楚辭要籍叢刊

主編 黄靈庚

楚辭纂説

［日］西村時彦 撰

崔小敬 點校

屈原賦説

［日］西村時彦 撰

黄靈庚 李鳳立 點校

楚辭玦

［日］龜井昭陽 撰

黄靈庚 李鳳立 點校

上海古籍出版社

本書爲「十三五」國家重點圖書出版規劃項目

本書爲二〇一一—二〇二〇年國家古籍整理出版規劃項日

本書爲二〇一九年國家古籍整理出版資助項目

本書爲浙江師範大學中國語言文學一流學科建設成果

本书爲教育部人文社會科學規劃基金項目成果

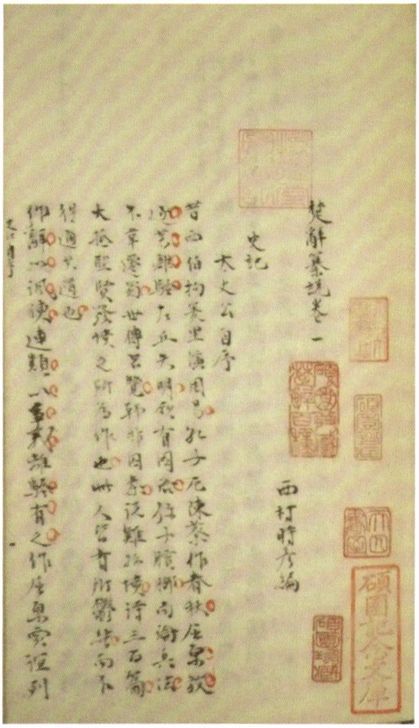

大阪大學圖書館藏稿本
《楚辭纂説》書影

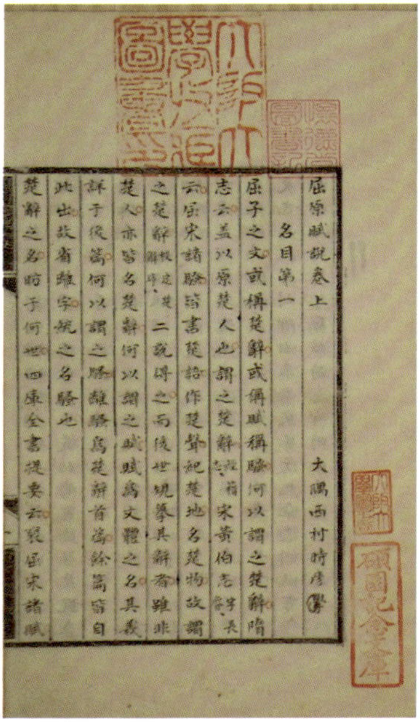

大阪大學圖書館藏稿本
《屈原賦説》書影

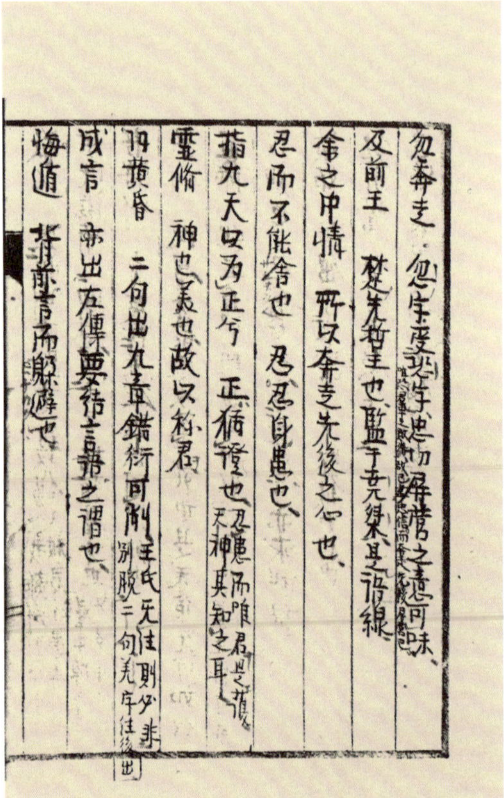

慶應義塾大學藏雷山古刹舊藏本
《楚辭玦》書影

楚辭要籍叢刊導言

黄靈庚

楚辭首先是詩，與詩經是中國詩歌史上的兩大派系，好比是長江與大河，同發源於崑崙山，然後分南北兩大水系。大河奔出龍門，一瀉千里，蜿蜒於中原大地，孕育出帶上北國淳厚氣息的國風；而長江闖過三峽，九曲十灣，折衝於江漢平原，開創出富有南國絢麗色彩的楚辭。

「楚辭」這個名稱，始於漢代，是漢人對於戰國時期南方文學的總結。「楚辭」既指繼承詩經之後，在南方楚國發展起來的新體詩歌，標誌着中國文學又進入了一個輝煌的時代；又是中國詩歌由民間集體創作進入了詩人個性化創作的時代，而屈原無疑是創作這種新歌體的最傑出的代表，創造出了「驚采絶豔，難與並能」的離騷、九歌、天問、九章、遠遊、卜居、漁父等不朽的名作。

屈原的弟子宋玉、景差及入漢以後的辭賦作家，承傳屈原開創的詩風，相繼創作了九辯、招魂、大招、惜誓、招隱士、七諫、哀時命、九懷、九嘆、九思等摹擬騷體之作，被後世稱之爲「騷體詩」。據説是西漢之末的劉向，將此類詩賦彙輯成一個詩歌總集，取名爲「楚辭」。再以後，東漢王逸爲劉向的這個總集做了注解，這就是至今還在流傳的王逸楚辭章句十七卷的本子，是現存的最早的楚辭文獻，也是我們今天學習楚辭最好的讀本。

「楚辭」之所以名「楚」，表明了所輯詩歌的地方特徵。宋黄伯思業已指出：「蓋屈、宋諸騷，皆書楚語，作楚聲，紀楚地，名楚物，故可謂之『楚詞』。若些、只、羌、誶、蹇、紛、侘傺者，楚語也；頓挫悲壯，或韻或否者，楚聲也；沅、湘、江、澧、修門、夏首者，楚地也；蘭、茝、荃、葯、蕙、若、蘋、蘅者，楚物也；他皆率若此，故以『楚』名之」。其雖然説出了「楚辭」所以名「楚」的緣由，而没有進一步指出名「辭」的來歷。辭，也可以寫作「詞」。楚辭詩句之中都有感嘆詞「兮」字。這個「兮」字，古人統歸屬於「詞」，古音讀作「呵」，是最富於表達、抒發詩人的情感的感嘆詞。這也是楚辭句式的顯著特點。「楚辭」之又所以稱「辭」，是與用了這個「兮」字有關係。

楚辭的句式比較靈活，四言、五言、六言、七言不等，參差變化，不限一格，一改詩經以四言爲主的呆板模式。詩經的篇章結構以短章重疊爲主，短則數十字，長則百餘字，内容相對單一，只截取生活中一個片斷，無法敘述比較複雜、曲折、完整的故事。楚辭突破了這個局限，像離騷這樣的宏篇巨製，洋洋灑灑，三百七十三句，二千四百九十字，至今仍是最偉大的浪漫主義抒情長詩，表現了詩人自幼至老、從參與時政到遭讒被疏，極其曲折的生命歷程；撫今思古，上天入地，抒瀉了在較大時空跨度中的複雜情感。從音樂結構分析，楚辭和詩經一樣，原本都是配上音樂的樂歌。詩經只是一遍又一遍的短章重複演奏，而楚辭有「倡曰」、「少歌曰」、「重曰」，表示樂章的變化，比詩經豐富得多。最後一章，必是衆樂齊鳴，五音繁會，氣勢宏大的「亂曰」。

楚辭的地方特徵，不僅僅是詩歌形式上的變化和突破，更重要的在於精神内容方面的因素。南國楚地三千里，風光秀麗，山川奇崛，楚人既沾濡南國風土的靈氣，又秉習其民族素有「剽輕」的遺風，陶鑄了楚人所特有的品格。楚辭更是「得江山之助」，在聲韻、風情、審美取向、精神氣質等方面，無不深深地烙上了南方特色的印記，染上了濃厚的「巫風」、神怪氣象，動輒駕龍驂鳳，驅役神鬼，遨遊天庭，無所不至。至其抒發情感，激越獷放，一瀉如注，較少淳厚平和的理性思辨，和中原文化所宣導的「不語怪力亂神」、「温柔敦厚」風氣比較，確實有些區别。

屈原是一位富於創造精神的文化巨匠，他置身於大河、長江的崑崙源頭，俯視於南北文化交融的臨界綫。一方面既保持着楚人特有民族性格，自强不息的精神面貌，富有想象的浪漫情調；另一方面又廣泛吸取、融會中原的理性思想，繼承詩經的道德傳統精神。故而在他的作品中，儘管有大江兩岸、南楚沅湘的旖旎風光、濃豔色彩，但幾乎不曾提到楚國的先王先賢，而連篇累牘的都是爲中原文化所公認的歷史人物：堯、舜、禹、湯、啓、后羿、澆、桀、紂、周文王、周武王、皋陶、伊尹、傅説、比干、吕望、伯夷、叔齊、甯戚、伍子胥、百里奚等。在屈原的神話傳説中，除九歌中的湘君、湘夫人、山鬼三篇外，像太一、雲中君、東君、司命、河伯、女岐、望舒、雷師、屏翳、伏羲、女媧、虙妃等，都不是楚國固有的神靈，也没有一個是楚人所獨有的神話故事。離騷開頭稱自己是「帝高陽之苗裔」，高陽是黄帝的孫子，其發祥之地，在今河南省的濮陽，不也是中原人的先祖嗎？總之，楚辭是承接詩經之後的一種新詩體，二者同源於大中華文化，是不能割切開來的。更不能説，楚辭是獨立於中華文化以外的另一文化系統。如果片面强調楚辭的地域性、獨立性，也是不妥當的。

楚辭對於後世文學創作的影響是非常巨大的，像司馬遷、揚雄、張衡、曹植、阮籍、郭璞、陶淵明、李白、杜甫、李賀、李商隱、蘇軾、辛棄疾等各個歷史時期的名家巨子，沿波討源，循聲得實，都不同程度地從屈原的辭賦中汲取精華，吸收營養，形成了一個與詩經並峙的浪漫主義傳統的創作風格。在中國文學史上，後世習慣上説「風、騷並重」，指的是現實主義和浪漫主義的兩大傳統精神。由此想見，屈原對於中國文學的偉大貢獻是無與倫比的，屈騷傳統精神更是永恒不朽的。

正因如此，研究中國詩學，構建中國文學史及中國文化史，楚辭無論如何是繞不開的。而讀楚辭、研究楚辭，必須從其文獻起步。據相關書目文獻記載，自東漢王逸楚辭章句以來至晚清民初的兩千餘年間，各種不同的楚辭注本大約有二百十餘種。綜觀現存楚辭文獻，大抵以王逸章句與朱熹集注爲分界：在朱熹集注以前，基本上是承傳王逸章句，而明、清以後，基本上是承傳朱子集注。由我主編且於二〇一四年國家圖書館出版社出版的楚辭文獻叢刊，輯集了二百〇七種，應該蒐録的注本，基本上已彙輯於其中了。遺憾的是，由於這部叢書部帙巨大，發行量也極有限，普通讀者很難看到。且叢書爲據原書的影印本，没作校勘、標點，對於初學楚辭者，尤爲不便。

有鑑於此，我們與上海古籍出版社合作，從中遴選了二十五種，均在楚辭學史上具有影響，爲楚辭研究者必讀之作，分别予以整理出版，滿足當下學術研究的需要，而顔之曰楚辭要籍叢刊。其二十五種書是：漢王逸楚辭章句，宋洪興祖楚辭補注，宋朱熹楚辭集注，宋吴仁傑離騷草木疏，清祝德麟離騷草木疏辨證，宋錢杲之離騷集傳，明汪瑗楚辭集解，明陸時雍楚辭疏，明周拱辰離騷草木史，明陳第屈宋古音義，明黄文焕楚辭聽直，清林雲銘楚辭燈，清王夫之楚辭通釋，清丁晏楚辭天問箋，清蔣驥山帶閣注楚辭，清戴震屈原賦注附初稿本，清胡濬源楚辭新注求確，清陳本禮屈辭精義，清劉夢鵬屈子楚辭章句，清朱駿聲離騷賦補注，清王闓運楚辭釋，清馬其昶屈賦微附初稿本屈賦晢微，日本西村時彦楚辭纂説、屈原賦説，日本龜井昭陽楚辭玦等。參與點校者，皆多年從事中國古典文獻研究、尤其是楚辭文獻研究，是學養兼備的「行家裏手」，其對於所承擔整理的著作，從底本、參校本的選定，出校的原則及其前言的撰寫等，均一絲不苟，功力畢現，令人動容。但是，由於經驗、水平不足，受到各種條件限制（如個别參校本未能使用），且多數作品爲首次整理，頗有難度，因而存在各種問題，在所難免，其責任當然由我這個主編來承擔。敬請讀者批評指瑕，便於再版改正。

總目

楚辭纂説

［日］西村時彦 撰　崔小敬 點校

目録

楚辭纂説卷二 …… 九〇

目録

楚辭纂説卷四

前言

崔小敬

楚辭纂説是日本明治、大正時期的著名漢學家西村時彦編纂的一部有關屈原與楚辭的資料彙編。西村時彦（一八六五—一九二四）字子俊，號天囚，晚號碩園，大隅種子島人。大正九年（一九二〇）獲文學博士，次年任宫内省行走，掌内外制誥。西村時彦對楚辭情有獨鍾，曾於光緒二十三年（一八九七）、二十五年（一八九九）、三十二年（一九〇六）三度訪問中國，廣泛搜集漢籍，與當時名士如張之洞、劉坤一、辜鴻銘、俞樾等均有過交往。在華期間，西村時彦搜集了大量漢籍，其中包括楚辭類典籍百餘種，不僅在日本絶無僅有，即使在中國也罕見其匹。西村時彦并將自己的書室命名爲「百騷書屋」，請俞樾爲之題寫匾額「讀騷廬」，可見其于楚辭之深厚情感。

楚辭纂説稿本四卷，現存日本大阪大學圖書館。全書輯録自司馬遷史記以下有關屈原和楚辭的文獻資料，涉及歷史、地理、文學、民俗、傳説、文物、古迹等各個方面，搜集範圍遍布經、史、子、集四部，數量豐富，種類繁多，細大不捐，聞見必録。全書没有統一嚴格的分類標準，雖分爲四卷，但各卷之間并無絶對的界限與起訖。大致卷一爲與屈原其人相關的傳記、祠祀、碑記等文獻，始自司馬遷史記之太史公自序及屈原賈誼列傳，然後是劉向新序之節士，劉歆西京雜記，班固漢書之古今人表（附清梁玉繩人表考），王充論衡之書虚篇，王符潛夫論之賢難，應劭風俗通之六國、風伯，以後繼之以六朝、唐、宋、元、明直至清代相關材料。其資料來源多端，或出自正史如史記、漢書，或出自雜著如續齊諧記、荆楚歲時記，還有小説如屈原外傳，文集如謙齋遺集、嵰山甜雪，方志如湘陰縣圖志、湖北通志，等等，均零見碎出，搜集不易，且間有所録文獻未爲他人發現、使用者，如所録湘陰縣圖志引彭淮玉笥山三閭宅詩：「玉壺清鎖寒江色，兩岸孤蒲風索索。白雲紅樹古今愁，青山遠水離騷國。瓣香未吊大夫魂，口不能言空嘖嘖。魂之生兮世莫容，骯髒一身天地窄。修門一去不復返，正坐椒蘭在君側。緜緜心緒漫多思，願逐彭咸歸楚國。魂之去兮二千載，凜凜照人霜月白。空今兒輩擷芳華，吟到大招呼不得。依然欸乃聽漁歌，愁殺三閭孤墳客。當時黑白不可辨，今日丹青猶有赫。吴山煙鎖子胥祠，汨羅水繞三閭宅。」似未見他人引用，亦可補全宋詩之闕。

卷二内容相對而言更爲駁雜，又可分爲兩部分。第一部分爲自漢代賈誼至清代文人「吊屈之作」，以騷體爲主，共計二十一條，始賈誼吊屈原賦，繼董仲舒士不遇賦、揚雄反離騷，歷代而下，至清周燮祥祭三閭大夫文、周耀祥祭屈靈均文。第二部分是歷代涉及楚辭的文獻資料，如兩漢書中凡涉及楚辭者，均搜羅殆盡，含藝文志「賦類」、禮樂志、地理志、淮南王安傳、朱買臣傳、揚雄傳、後漢明德馬皇后傳、應奉傳、梁竦傳、孔融傳、班固與驃騎將軍王蒼書等。接下來輯録的是班固離騷序離騷贊序、張衡四愁詩序、曹丕典論、陸雲與兄平原書、摯虞文章流别論、劉勰文心雕龍相關章節、昭明文選序、簡文帝與湘東王書、裴子野雕蟲編、顔之推顔氏家訓之文章篇音辭篇、沈約謝靈運傳論、魏收文苑傳序、姚察文學傳後論等，然後自隋唐以下至清張九鏈楚風辨、王泉之楚國無詩辨等。大概爲論述、評價屈原或其創作的資料。

卷三爲歷代筆記叢談中涉及楚辭的論述，始於朱熹朱子語類、沈括夢溪筆談，歷元明，乃至清代諸大家名作如顧炎武日知録、王念孫讀書雜志、孫詒讓札迻等二十餘家，取各家之長，或校勘文字，或訓釋詞義，可謂集衆家之精華。

卷四輯録歷代從文體角度對辭賦的論述，自元祝堯古賦辨體至明張溥漢魏六朝百三名家集中的辭賦創作，再到徐師曾文體明辨、費經虞雅倫、張惠言七十家賦鈔、姚鼐古文辭類纂、梅曾亮古文詞略、曾國藩雜鈔、吴汝倫古文辭類纂評點等，其中時有精辟切當的考證。

楚辭纂説共引録圖書一百餘種，計四百餘條，字數多寡不一，或長至萬言，或短僅數字，涉及時段自漢至清，乃西村時彦讀書之時凡遇涉及屈原及楚辭者則一一記録在案，資料之豐與用力之勤，令人感佩，誠如學界所稱，乃「楚辭外編」、「屈原學資料庫」，嘉惠後學，功德無量。且許多條目末尾有西村時彦的按語，或辨析源流，或列校異文，或考訂是非，或續補未盡之意，時有洞見。如其對賈誼吊屈原賦特别重視，謂：「屈原之姓字事迹與其所作之文，先秦古書則不一及。屈子死後見于記載者，以此篇爲始，微此篇，則雖有卜居、漁父自致其姓字，而後人或以爲假託，恐馬史亦不能徵信也。則賈生誠爲屈子知己，而此篇爲騷學功臣第一。王逸褒集楚辭，不知何以不收此篇，至宋晁無咎重定楚辭，取以爲續離騷，朱子依之，是也。」又云：「史記、漢書竝載此文，以爲『賦』，文選則作吊屈原文，蓋本集如此云。」西村時彦據賈誼此文而以賈誼「爲騷學功臣第一」，顯示出獨到的眼光。再如辯駁司馬光通鑑不列屈原，于司馬光答張尉耒書一條末尾按云：「司馬温公誠希世儒相也，然其言往往有不飽公論者。其疑孟子，稱揚雄爲大儒，孟荀不及；賈生學爲不能正，曰『材高而道不正』者，君子惡之；罵柳宗元爲邪佞之人；而通鑑不載屈子之事，蓋薄之以辭人，非公論也。」所論頗有見地，其不信權威、秉持公心昭然紙上。

我們此次整理，以大阪大學圖書館藏楚辭纂説稿本爲底本，以楚辭纂説所鈔原書爲參校本，只校是非，不校異同，明顯錯誤徑改，其他改動出校記。底本中時有朱筆眉批、旁批、圈點符號及增删等改動標記，可見此書鈔録完成後又經過作者的審閲，凡所增删及改動均依作者朱批，如卷二録班固離騷解序、離騷贊序，後有作者按語「班彪悼騷賦云」云云，之後原接録「班固序」一段，然前有朱筆「削」字，天頭復有眉批「重複，是漢書地理志之文也」，後亦有朱筆抹去之痕，故依作者後來之修訂，不再録入此段。底本中抄録各相關條目後，時或引録他人評述，時或作者自作按語，後者往往以「按」或「案」開頭，有時亦不加「按」「案」而徑附己説，亦保留。

參校本大多數用個人文集整理本或四庫全書、續修四庫全書、四庫全書存目叢書、四部叢刊等所收録的較爲通行的版本。原書無目録，爲方便閲讀與翻檢，我們爲本書重新編製了目録按作者在前、文獻出處在後的格式重新排列。西村選録篇目時對其原作者或稱字或稱名或稱謚號，有時同一作者也此處稱名彼處稱字（如柳宗元與柳子厚并存）。有的原作者後附有小字注解，有的則没有。本次目録編製以尊重原著爲準則，原作者姓名稱謂大多一仍其舊，僅將魏文帝與梁簡文帝改爲曹丕、蕭綱。此外，因原書爲稿本，歲久或有漫漶之處，個别地方亦辨識困難，再加上整理者材識淺陋，斷句標點或有不當之處，懇請方家不吝指正。

楚辭纂說卷一

漢司馬遷史記

太史公自序

昔西伯拘羑里，演周易；孔子厄陳蔡，作春秋；屈原放逐，著離騷；左丘失明，厥有國語；孫子臏脚，而論兵法；不違遷蜀，世傳吕覽；韓非囚秦，説難、孤憤。詩三百篇，大抵聖賢發憤之所爲作也。此人皆意〔一〕有所鬱結，而不得通其道也。作辭以諷諫，連類以争義，離騷有之，作屈原賈誼列傳第二十四。

【校記】

〔一〕「意」字原脱，據史記補。

屈原賈誼列傳

鈔出屈原本傳①

屈原者，名平，②楚之同姓也。爲楚懷王左徒。博聞彊志，③明於治亂，嫻於辭令。入則與王圖議國事，以出號令；出則接遇賓客，應對諸侯。王甚任之。

上官大夫與之同列，争寵而心害其能。懷王使屈原造爲憲令，屈平屬草藁未定，上官大夫見而欲奪之，屈平不與，因讒之曰：「王使屈平爲令，衆莫不知，每一令出，平伐其功，曰以爲『非我莫能爲』也。」王惡而疎屈平。④

屈平疾王聽之不聰也，讒諂之蔽明也，邪曲之害公也，方正之不容也，故憂愁幽思而作離騷。離騷者，猶離憂也。夫天者，人之始也；父母者，人之本也。人窮則反本，故勞苦倦極，未嘗不呼天也；疾痛慘怛，未嘗不呼父母也。屈平正道直行，竭忠盡智以事其君，讒人間之，可謂窮矣。信而見疑，忠而被謗，能無怨乎？屈平之作離騷，蓋自怨生也。國風好色而不淫，小雅怨誹而不亂。若離騷者，可謂兼之矣。上稱帝嚳，下道齊桓，中述湯武，以刺世事。明道德之廣崇，治亂之條貫，靡不畢見。其文約，其辭微，其志潔，其行廉，其稱文小而其指極大，舉類邇而見義遠。其志潔，故其稱物芳。其行廉，⑤故死而不容自疎。濯淖汙泥之中，蟬脱於濁穢，以浮游塵埃之外，不獲世之滋垢，皭然泥而不滓者也。推此志也，雖與日月争光可也。

屈平既絀，其後秦欲伐齊，齊與楚從親，惠王患之，乃令張儀詳去秦，厚幣委質事楚，曰：「秦甚憎齊，齊與楚從親，楚誠能絶齊，秦願獻商、於之地六百里。」楚懷王貪而信張儀，遂絶齊。使使如秦受地，張儀詐之曰：「儀與王約六里，不聞六百里。」楚使怒去，歸告懷王。懷王怒[二]，大興師伐秦。秦發兵擊之，大破楚師於丹、淅，斬首八萬，虜楚將屈匄，遂取楚之漢中地。懷王乃悉發國中兵以深入擊秦，戰於藍田。⑥魏聞之，襲楚至鄧。楚兵懼，自秦歸。而齊竟怒不救楚，楚大困。

明年，秦割漢中地與楚以和。楚王曰：「不願得地，願得張儀而甘心焉。」張儀聞，乃曰：「以一儀而當漢中地，臣請往如楚。」如楚，又因厚幣用事者臣靳尚，而設詭辯於懷王之寵姬鄭袖。懷王竟聽鄭袖，復釋去張儀。是時屈平既疏，⑦不復在位，使於齊，顧反，諫懷王曰：「何不殺張儀？」⑧懷王悔，追張儀不及。

其後諸侯共擊楚，大破之，殺其將唐眛。

時秦昭王與楚婚，欲與懷王會。懷王欲行，屈平曰：「秦，虎狼之國，不可信，不如無行。」懷王稚子子蘭勸王行：「奈何絶秦歡！」懷王卒行。入武關，秦伏兵絶其後，因留懷王，以求割地。懷王怒，不聽。亡走趙，趙不内。復之秦，竟死於秦而歸葬。

長子頃襄王立，以其弟子蘭爲令尹。楚人既咎子蘭以勸懷王入秦而不反也。屈平既嫉之，雖放流，⑨睠顧楚國，繫心懷王，不忘欲反，冀幸君之一悟，俗之一改也。其存君興國而欲反覆之，一篇之中三致志焉。⑩然終無可奈何，故不可以反，卒以此見懷王之終不悟也。人君無賢不肖，莫不欲求忠以自爲，舉賢以自佐，然亡國破家相隨屬，而聖君治國累世而不見者，其所謂忠者不忠，而所謂賢者不賢也。懷王以不知忠臣之分，故内惑於鄭袖，外欺於張儀，疏屈平而任上官大夫、令尹子蘭，兵挫地削，亡其六郡，身客死于秦，爲天下笑。此不知人之禍也。易曰：「井泄不食，爲我心惻，可以汲。王明，竝受其福。」王之不明，豈足福哉？

令尹子蘭聞之⑪大怒，⑫卒使上官大夫⑬短屈原於頃襄王，頃襄王怒而遷之。屈原至於江濱，披髮行吟澤畔。顔色憔悴，形容枯槁。漁父⑭見而問之曰：「子非三閭大夫歟？何故而至此？」屈原曰：「舉世皆濁而我獨清，衆人皆醉而我獨醒，是以見放。」漁父曰：「夫聖人者，不凝滯於物而能與世推移。舉世混濁，何不隨其流而揚其波？衆人皆醉，何不餔其糟而啜其醨？何故懷瑾握瑜而自令見放爲？」屈原曰：「吾聞之：新沐者必彈冠，新浴者必振衣，人又誰能以身之察察，受物之汶汶者乎！寧赴常流而葬乎江魚腹中耳，又安能以皓皓之白而蒙世之溫蠖乎？」

乃作懷沙之賦。其辭曰：

陶陶孟夏兮，草木莽莽。傷懷永哀兮，汩徂南土。眴兮窈窕，孔靜幽墨。冤結紆軫兮，離慜之長鞠。撫情效志兮，俛詘以自抑。

刓方以爲圓兮，常度未替。易初本由兮，君子所鄙。章畫職墨兮，前度未改。內直質重兮，大人所盛。巧匠不斲兮，孰察其撥正？玄文幽處兮，矇謂之不章。離婁微睇兮，瞽以爲無明。變白而爲黑兮，倒上以爲下。鳳皇在笯兮，雞雉翔舞。同糅玉石兮，一槩而相量。夫黨人之鄙妬兮，羌不知吾所臧。

任重載盛兮，陷滯而不濟。懷瑾握瑜兮，窮不得吾所示。邑犬群吠兮，吠所怪也。誹駿疑桀兮，固庸態也。文質疏內兮，衆不知吾之異采。材樸委積兮，莫知余之所有。重仁襲義兮，謹厚以爲豐。重華不可牾兮，孰知余之從容。古固有不竝兮，豈知其故也？湯禹久遠兮，邈不可慕也。懲違改忿兮，抑心而自彊。離湣而不遷兮，願志之有象。進路北次兮，日昧昧其將暮。含憂虞哀兮，限之以大故。

亂曰：浩浩沅湘兮，分流汩兮。脩路幽拂兮，道遠忽兮。曾唫恒悲兮，永嘆慨兮。世莫吾知兮，人心不可謂兮。懷情抱質兮，獨無匹兮。伯樂既没兮，驥將焉程兮？人生有命兮，各有所錯兮。定心廣志，余何畏懼兮？曾傷爰哀，永嘆喟兮。世溷不吾知，心不可謂兮。知死不可讓兮，願勿愛兮。明以告君子兮，吾將以爲類兮。

於是懷石遂自投汨羅以死。⑮

屈原既死之後，楚有宋玉、唐勒、景差之徒者，皆好辭而以賦見稱。然皆祖屈原之從容辭令，終莫敢直諫。其後楚日以削，數十年竟爲秦所滅。

自屈原沈汨羅後百有餘年，漢有賈生，爲長沙王太傅，過湘水，投書以弔屈原。

太史公曰：余讀離騷、天問、招魂、哀郢，悲其志。適長沙，觀屈原所自沈淵，未嘗不垂涕，想見其爲人。及見賈生弔之，又怪屈原以彼其材，游諸侯，何國不容，而自令若是。讀服鳥賦，同死生，輕去就，又爽然自失矣。

方望溪曰：「屈原既死之後」段，惜諸人不能直諫而繫以楚之削與滅，通篇脈絡皆相灌輸。「懷沙之賦」段，於原賦獨存懷沙者，其處死之審也。賈生傳於誼文弔屈原外，獨存鵩賦，閔其志之哀，而死期將至也。

張廉卿曰：史公於著書家，必掇其指要，而述其所以然，然變化無方，無相似者。此文特作變調，而敘述尤微，至深遠。

歸震川曰：屈原傳，因賈誼弔屈原，故賈誼在後。評點史記例意按，太史公自序曰：「昔西伯拘於羑里，演周易；孔子厄陳蔡，作春秋；屈原放逐，著離騷；左丘失明，厥有國語；孫子臏脚，而論兵法。此人皆意有所鬱結[二]，不得通其道者也。」是皆司馬遷之所以自方，而以屈原竝列于大聖大賢，其信且尊之，可謂極矣。

又案：屈原名平，原其字。而卜居、漁父竝自稱「屈原」，是以或疑以「原」爲名，「平」爲字。然古人自稱字，其例甚多。梁玉繩瞥記卷七雜事引日知録卷二十三，歷舉十餘條，又補數條，云：「今俗以署名爲敬，以稱字爲簡，蓋不足語于斯。」由卜居、漁父，屈平自稱其字，亦亡足怪焉已。

日知録卷二十六「通鑑不載文人」：李因篤語予曰：「通鑑不載文人。如屈原之爲人，太史公贊之，謂與日月争光，而不得書於通鑑。杜子美，若非『出師未捷』一詩爲王叔文所吟，則姓名亦不登於簡牘矣。」予答之曰：「此書本以資治，何暇録及文人？昔唐丁居晦爲翰林學士，文宗於麟德殿召對，因面授御史中丞。翼日制下，帝謂宰臣曰：『居晦作得此官。朕曾以時諺謂杜甫、李白輩爲四絶，問居晦，居晦曰：「此非君上要知之事。」今所以擢爲中丞。』冊府元龜。如君之言，其識見殆出文宗下矣。」黄汝成注云：「不載文人，是也。而屈子不當在此數，諫懷王入秦，繫興亡大計。通鑑屬之昭睢，而不及屈原，不可謂非脱漏也。」

又按，日知録卷二十六：屈原傳：「雖放流，睠顧楚國，繫心懷王，不忘欲反……卒以此見懷王之不悟也」，似屈原放流於懷王之時。又云「令尹子蘭聞之大怒，卒使上官大夫短屈原於頃襄王。頃襄王怒而遷之」，則實在頃襄之時矣。「放流」一節，當在此文之下，太史公信筆書之，失其次序爾。沈氏注曰：「此説誤。」

【眉批】

①茅坤云：以議論行敘事體。陳沂曰：二子一傳，自成一片，詞皆屬，而意皆可悲。

②屈原、屈平竝稱。

③彊志，古史作「彊識」。

④疎屈平，古史無「屈」字。古史自「王怒而疎屈平」直接「其後秦欲伐齊」。

⑤張廉卿：廉，猶論語「古之矜也廉」之「廉」，故曰「其行廉故死而不容自疎」，非謂「廉潔」之廉也。

⑥戰於，古史「於」作「于」。

⑦屈平既疎，古史無「屈」字。

⑧張儀列傳云：屈原曰：「前大王見欺于張儀，張儀至，臣以爲大王烹之。今雖弗能殺之，又聽其邪説，不可。」

⑨雖放流，梁玉繩史記志疑云：「案自此至『豈足福哉』似宜在『頃襄王怒而遷』之後。」讀史漫録曰：「論懷王事引易斷之曰『王之不明，豈足福哉』，即繼之曰『令尹子蘭聞之大怒』，何文義不相蒙如此？世之好奇者，求其故而不得，則以爲文章之妙，變化不測，何其迂乎！」日知録廿六曰云云，注云：「細玩文勢，終不甚順。」

⑩「一篇之中三致意焉」下，古史注云：太史公言離騷之作自懷王之世屈原始見疎而作矣。今按，離騷之文斥刺子蘭，當在懷王末年頃襄王世，故正之于此。張廉卿云：「楚人」句掉轉開出懷王一段，即呼起「子蘭聞之」句，筋脈貫輸，前後俱動。

⑪曾滌生云：「聞之」，聞屈原作離騷也。張廉卿云：「子蘭」句遥接「屈平既嫉之」。

⑫古史「屈平既嫉之」下移置上文「憂愁幽思而作離騷」至「可謂兼之矣」百二十四字，削「上稱帝嚳」至「其行廉」四十三字，直接「其稱文小而其指極大舉類邇而見義遠」四句，削「其志潔」以下至「屈平既絀」六十六字。此處又削「雖放流」三字而接「睠顧楚國，繫心懷王」，削「不忘欲反」至「欲反覆之」二十五字，接「一篇之中三

致意焉」，其下至「豈足福哉」百五十九字亦削去。「令尹子蘭聞之大怒」以下皆同。

⑬卒使上官大夫，附案離騷序云「上官靳尚」，豈仍新序節士之誤？考楚策，靳尚爲張旄所殺在懷王世。而此言上官乃子蘭所使，當頃襄王時，必别一人。故漢書人表列上官大夫五等，靳尚七等。

⑭按，漁父，晉皇甫謐入高士傳。

⑮狄子奇孟子編年：赧王十九年，年七十七。楚君槐卒于秦。楚三閭大夫屈平投江而死。注云：按，屈原之卒無年可考，然其繫心懷王有明徵也，故今繫之懷王卒後，以全其志。通鑑在十六年，似乎太早。案：通鑑不載屈子事。古史止于「爲秦所滅」。

【校記】

［一］「怒」字原脱，據史記補。

［二］「結」字原脱，據史記補。

漢劉向新序

節士

屈原者，名平，楚之同姓大夫。有博通之知，清潔之行，懷王用之。秦欲吞滅諸侯，并兼天下，屈原爲楚東使於齊，以結强黨。秦國患之，使張儀之楚，貨楚貴臣上官大夫靳尚之屬，上及令尹子蘭、司馬子椒，内賂夫人鄭袖，共譖屈原。屈原遂放於外，乃作離騷。張儀因使楚絶齊，許謝地六百里。懷王信左右之姦謀，聽張儀之邪説，遂絶强齊之大輔。楚既絶齊，而秦欺以六里。懷王大怒，舉兵伐秦，大戰者數，秦兵大敗楚師，斬首數萬級。秦使人願以漢中地謝懷王，不聽，願得張儀而甘心焉。張儀曰：「以一儀而易漢中地，何愛儀？」請行，遂至楚，楚囚之。上官大夫之屬共言之王，王歸之。是時懷王悔不用屈原之策，以至於此，於是復用屈原。屈原使齊還，聞張儀已去，大爲王言張儀之罪。懷王使人追之，不及。後秦嫁女於楚，與懷王歡，爲藍田之會。屈原以爲秦不可信，願勿會。群臣皆以爲可會，懷王遂會，果見囚拘，客死於秦，爲天下笑。懷王子頃襄王亦知群臣諂誤懷王，不察其罪，反聽群讒之口，復放屈原。屈原疾闇王亂俗，汶汶嘿嘿，以是爲非，以清爲濁，不忍見於世，將自投於淵。漁父止之，屈原曰：「世皆醉我獨醒，世皆濁我獨清。吾獨聞之：新浴者必振衣，新沐者必彈冠。又惡能以其泠泠，更事世之嘿嘿者哉？吾寧投淵而死。」遂自投湘水汨羅之中而死。

漢劉歆西京雜記 唐志以爲葛洪

卷四

司馬遷發憤作史記百三十篇，先達稱爲良史之才。其以伯夷傳居傳之首，以爲善而無報也。爲項羽本紀，以踞高位者非關有德也。及其序屈原、賈誼，辭旨抑揚，悲而不傷，亦近代之偉才。

班固漢書

古今人表

上上	聖人	孔子
上中	仁人	子思 孟子 屈原 漁父 孫卿
上下	智人	
中上		
中中		上官大夫 宋玉
中下		蘇秦 張儀 令尹子椒 子蘭 唐勒 景瑳
下上		楚懷王 靳尚 楚頃襄王
下中		
下下	愚人	夫人鄭袖

按，明楊用修古今人表論曰：班史古今人表，予反覆論之，其謬有四：一曰識鑒之謬，二曰荒略之謬，三曰名義之謬，四曰妄作之謬。夫傳道者曾子，乃列於冉、閔、

仲弓之下，蓋不知曾之不與四科之故也。首霸爲齊桓，乃居於四公之次，蓋不知五霸莫盛於桓、文之説也。魯隱列於下下，而葛伯乃列於上中，若以讓桓爲行善而未盡，彼廢祀仇餉者，惡未極乎？嫪毐列於中下，而於陵仲子與之同等，若以好名者誠非中道，彼淫穢叛逆者尚可齒乎？此識見之謬也。夔，后夔也，居夔於上下，出后夔於下上；韋，豕韋也，置韋於下上，而列豕韋於上下，是以一人而二之。郵無卹與王良並著，范武子與士會俱垂，是以名謚而離之。此其荒略之甚也。兹二謬者，古人嘗論之，見於張晏、羅泌之書，然猶就其成籍而謫之耳。若其名義妄作之謬，則未有及之者也。余以爲固作漢書，紀漢事也，鴻荒以來，非漢家之宇；上古群佐，非劉氏之臣，乃總古今以著人表，既已乖其名，復自亂其體，名義謬矣。有仲尼之聖，然後可以裁定前人，憲章後世，然而六經之述，必待晚年，固何人也，而高下古今之人乎？依阿人螭，自取天憲，使其自署，當在何等？身陷於重淵之下，而抗論於逵霄之上，誰其信哉？昔荀卿論十二子，一時人耳，識者猶或非之。固又豈卿儔乎？謂之妄作可也。大謬若此，而古人之論不曾及之，豈以爲不足論乎？班史文詞，世所深好，蓋有愛忘其醜者矣。注家之説曰：六家之論，輕重不同；百行所同，趨舍難一。班史所論，未易掎摭。陋哉，顔氏誠班氏之佞臣乎！予亦竊謂孟堅離騷解序以屈原爲非明智，而今此表列之於「仁人」，以錯乎「智人」之上，以謂人表不謬，則序或依托也。今姑採録於此，而附載梁氏人表考於下云。

清梁玉繩人表考 清白士集

上中仁人

屈原　屈原始見楚辭卜居、漁父。字原，通志氏族略三。名平，史本傳。離騷所謂皇考伯庸名余正則字余靈均者，爲楚三閭大夫，史傳。故稱曰三閭，後漢孔融傳。亦曰原生，楚辭九嘆。亦曰屈子。楚辭漢王襃九懷。以正月庚寅日生，離騷。以五月五日梁宗懍荆楚歲時記。投汨羅死。史傳。唐昭宗天［一］祐元年封爲昭靈侯，舊唐書哀帝紀。宋元豐六年改封忠潔侯，宋史神宗紀。後又封清烈公，宋史禮志。疑徽宗封。元延祐五年加封忠節①清烈公。元史仁宗紀。

漁父　漁父惟見楚辭、史屈原傳。　案：屈生被放沉淵，君子蓋亦哀其忠而狹其量，已不可與孔、思、孟子竝列。若漁父何爲者？金王若虚滹南集雜辯曰：「離騷漁父篇，假設以見意爾。人表遂列漁父之名。使誠有斯人，觀其所言，不過委順從俗，以求自全，何遽至九等中第二哉？」錢宮詹曰：「屈原之義高矣，然班氏嘗譏其露才揚己，必不躋諸大賢之列，蓋後人妄以意進之，并漁父牽連入第二等，非班氏意也。竊意屈原、漁父二人，元當在陳軫之後、占尹之前。」

中中

上官大夫　上官大夫惟見史屈原傳。　案：新序節士以上官即靳尚，王逸離騷序仍之，但戰國楚策言尚爲張旄所殺，在懷王世，而上官大夫爲令尹子蘭所使，短屈平于頃襄王，當別是一人。故表列上官五等，靳尚七等。唐表七十三下。通志略三謂王子蘭爲上官大夫，不足據。錢宮詹曰：「此段諸人多有誤超二格者。上官大夫亦然，當移居第七等。」

宋玉　宋玉始見史屈原傳，文選：高唐神女登徒子好色賦對楚王問。鄢人，水經沔水注、寰宇記百四十五云：宜城人。屈原弟子。王逸楚辭注。體貌閑麗，好色賦。楚襄王稱爲先生。對問。冢在唐州北陽縣。寰宇記百[二]四十二。

中下[三]

令尹子椒

子蘭　令尹子蘭始見史屈原傳。司馬子椒惟見新序節士。蘭，又作闌。新序。

子蘭，楚懷王稚子。史傳。　案：子椒不爲令尹，必傳寫訛倒「椒」「蘭」字。二人讒短屈原，又陷懷王客死于秦，當置下下，何以居第六？

唐勒　唐勒惟見史屈原傳。楚滅唐，子孫以唐爲氏。通志氏族略二。

景瑳師古曰：「瑳音子何反，即景差也。」　景差惟見屈原傳。景氏，楚大族。本書高紀。　案：史索隱云：法言、人表皆作「景瑳」，作「差」字省。徐、裴、鄒三家無音，是讀如字。考今本法言吾子篇，亦作「差」，若讀如字，當言「音楚宜切」。師古蓋隨字爲音，故不全也。而熊忠韻會紀要景差音倉何反，李商隱宋玉詩、黄庭堅答任仲徽詩讀景差，初牙切，與「家」、「花」仝押，則不定讀如字矣。集解徐廣或作「慶」，非。

下上

楚懷王威王子。　楚懷王始見楚策，威王子始見楚世家。名槐，六國表。又作熊槐。世家。而宋方勺泊宅編、姚寬西溪叢語據秦詛楚文謂名熊相，宋歐陽修六一題跋、董逌廣川題跋又謂熊相是頃襄，竝非。立三十年，卒于秦，史記。而賈誼新書春秋篇云：「懷王逃，秦克尹殺之西河[四]。」葬舄陵亢。越絶書二。

靳尚　靳尚始見楚策，爲張旄所刺。同上。

楚頃襄王懷王子。頃襄王始見秦策，懷王子始見齊、楚策。名横，亦曰襄王，楚策、楚世家。亦曰傾王，魯世家。亦曰傾襄。淮南主術。兵散徙陳。世家、白起傳。立三十六年。六國表、世家。葬舄陵亢。越絶書二。

下下愚人

夫人鄭袖　夫人鄭袖始見戰國楚策。策作「褎」，此從史。楚懷王之幸夫人，亦曰南后。仝上。

【眉批】

①節，疑「潔」誤。

【校記】

〔一〕「天」字原作「元」，據清白士集改。

〔二〕「百」字原脱，據清白士集補。

〔三〕「中下」原闕，據人表考補。

〔四〕「西河」原作「河西」，據清白士集乙。

後漢王充論衡

書虚篇

傳書言：吴王夫差殺伍子胥，煮之於鑊，乃以鴟夷囊投之於江。子胥恚恨，驅水爲濤以溺殺人。今時會稽、丹徒大江，錢塘浙江，皆立子胥之廟，蓋欲慰其恨心，止其猛濤也。夫言吴王殺子胥投之於江，實也；言其恨恚驅水爲濤者，虚也。屈原懷恨，自投湘江，湘江不爲濤。申徒狄蹈河而死，河水不爲濤。世人必曰屈原、申徒狄不能勇猛，力怒不如子胥。夫衛葅子路而漢烹彭越，子胥勇猛不過子路、彭越，然二士不能發怒於鼎鑊之中，以熟湯葅汁瀋殺旁人。子胥亦自先入鑊乃入江。在鑊中之時，其神安居？豈怯於鑊湯，勇於江水哉？何其怒氣前後不相副也。

案書篇

楊子雲反離騷之經，非能盡反，一篇文往往見非，反而奪之。

超奇篇

唐勒、宋玉，亦楚之文人也。竹帛不紀者，屈原在其上也。會稽文才，豈獨周長生哉？所以不論列者，長生尤踰出也。

後漢王符潛夫論

賢難

帝乙以義故囚，文王以仁故拘。夫體至行仁義，據南面師尹卿士，且猶不能無難。然則夫子削迹，叔向縲紲，屈原放沉，賈誼貶黜，鍾離廢替，何敞束縛，王章抵罪，平阿斥逐，蓋其輕士者也。詩云：「無罪無辜，讒口敖敖。」「彼人之心，于何不臻。」由此觀之，姤媢之攻擊也，亦誠工矣；賢聖之居世也，亦誠危矣。

後漢應劭風俗通

六國 卷一

楚之先，出自帝顓頊。其裔孫曰陸終，娶於鬼方氏，是謂女嬇，蓋孕而三年不育，啓其左脅，三人出焉；啓其右脅，三人又出焉。其六曰季連，是爲芈。其後有鬻熊，爲文王師。成王舉文、武勤勞而封熊繹於楚，食子男之采。其十世稱王。懷王佞臣上官、子蘭斥遠忠臣，屈原作離騷之賦，自投汨羅水。因爲張儀所欺，客死於秦。至王負芻，遂爲秦所滅。百姓哀之，爲之語曰「楚雖三户，亡秦必楚。」自顓頊至負芻六十四世，凡千六百一十六載。

風伯　卷八

楚辭説「後飛廉使奔屬」，飛廉，風伯也。

晉葛洪字稚川抱朴子

屈原没汨羅之日，人竝命舟楫以迎之，至今以爲口渡，或謂之飛凫。亦有脱文。日州將士庶，悉臨觀之。書鈔一百三十七。

梁吳均續齊諧記

屈原五月五日投汨羅水，楚人哀之，至此日以竹筒子貯米投水以祭之。漢建武中，長沙歐曲一作回忽見一士人，自云三閭大夫，謂曲曰：「聞君見祭，甚善。常年爲蛟龍所竊，今若有惠，當以楝葉塞其上，以綵絲纏之。此二物，蛟龍所憚。」曲一作回依其言。今五月五日作粽，并帶楝葉五花絲，遺風也。

梁宗懔荆楚歲時記

五月五日

五月五日，四民竝蹋百草，又有鬭百草之戲；採艾以爲人，懸門户上，以禳毒氣。

按，宗測字文度，嘗以五月五日雞未鳴時採艾，見似人處，攬而取之，用灸有驗。師曠占曰：「歲多病，則艾先生。」

是日競渡，採雜藥。

按，五月五日競渡，俗爲屈原投汨羅日，傷其死，故竝命舟檝以拯之。舸舟取其輕利，謂之飛鳧。一自以爲水軍，一自以爲水馬，州將及士人悉臨水而觀之。邯鄲淳曹娥碑云：「五月五日，時迎伍君，逆濤而上，爲水所淹。」斯又東吴之俗，事在子胥，不關屈平也。越地傳云起於越王勾踐，不可詳矣。是日競採雜藥。夏小正「此月蓄藥，以蠲除毒氣」。

夏至節日，食糉。

周處謂爲角黍。人竝以新竹爲筒糉，楝[一]葉插五綵繫臂，謂爲長命縷。

【校記】

[一]「楝」原作「糸」，據荆楚歲時記改。

唐沈亞之屈原外傳

昔漢武愛騷，令淮南作傳，大概屈原已盡於此，故太史公因之以入史記，外有二三逸事，見之雜紀方志者尤詳細。屈原瘦細美髯，丰神朗秀，長九尺，好奇服，冠切雲之冠。性潔，一日三濯纓。事懷、襄者，蒙讒負譏，遂放而耕，吟離騷，倚耒號泣於天。時楚大荒，原墮淚處，獨産白米如玉，江陵志有玉米田，即其地也。嘗游沅湘，俗好祀，必作樂歌以樂神，辭甚俚，原因棲玉笥山，作九歌，托以風諫。至山鬼篇成，四山忽啾啾若啼嘯，聲聞十里外，草木莫不萎死。又見楚先王廟及公卿祠堂圖畫天地山川神靈，琦瑋僪佹，與古聖賢怪物行事，因畫其壁，呵而問之。時天慘地愁，白晝如夜者三日。晚益憤懣，披蓁茹草，混同鳥獸，不交世務。採柏實，和桂膏，歌遠游之章，托游仙以自適。王逼逐之，於五月五日遂赴清泠之水。其神游於天河，精靈時降湘浦。楚人思慕，謂爲水仙。每值原死日，必以筒貯米投水祭之。至漢建武中，長沙歐回白日忽見一人，自稱三閭大夫，謂曰：「聞君嘗見祭，甚善，但所遺並爲蛟龍所竊。今有惠，可以楝樹葉塞上，以五色絲轉縛之。此物蛟龍所憚。」回依其言。世俗作糉並帶絲葉，皆其遺風。晉咸安中，有吴人顔珏者，泊汨羅。夜深月明，聞有人行吟曰：「曾不知夏之爲丘兮，孰兩門之可蕪。」前曰：「汝三閭大夫耶？」忽不見其所之。江陵志又載：原故宅在秭歸鄉北，有女嬃廟，至今擣衣石尚存。時當秋風夜雨之際，砧聲隱隱可聽也。嘻，異哉！原以忠直死，古龍、比者流，何以没後多不經事？特千古騷魂鬱而未散，故鬻熊雖久不祀，三閭之迹，猶時彷彿占斷於江潭澤畔兼葭白露耳。

按，四庫全書提要別集類三沈下賢集十二卷：「唐沈[二]亞之撰。下賢，亞之字也。……杜牧、李商隱集均有擬沈下賢詩，則亞之固以詩名，而此集所載乃止十八首。其文則務爲險峻，在孫樵、劉蜕之間。觀其答學文僧請益書謂：『陶器速售而易敗，煅金難售而經久。』送韓静略序述韓愈之言，蓋亦戛然自異者也。其中如秦夢記、異夢録、湘中怨解，大抵諱其本事，托之寓言，如唐人后土夫人傳之類，劉克莊后土詩話詆其名檢掃地，王士禎池北偶談亦謂弄玉、邢鳳等事大抵近小説家言。考秦夢記、異夢録二篇，見太平廣記二百八十二卷，湘中怨解一篇見太平廣記二百九十八卷，均注曰出異聞集，不云出亞之本集，然則或亞之偶然戲筆，爲小説家所採，後來編亞之集者又從小説摭入之，非原本所舊有歟？」云云。屈原外傳亦是小説，而提要不説及，爲集中所無。吾友狩野子温亦云嘗檢下賢集無此文，則其出小説類可知也。此文明人蔣之翹評本始載之卷首，其後明清諸家評本不言及，至清蔣仕驥與史記本傳竝置諸卷首，可謂不倫矣。

【校記】

［一］「沈」字原脱，據四庫全書總目補。

宋歐陽修集古録跋

秦祀巫咸神文跋[一]一作秦誓文，元第四百一。

右秦祀巫咸神文，今流俗謂之詛楚文。其言首述秦穆公與楚成王事，遂及楚王熊相之罪，按司馬遷史記世家，自成王以後，王名有熊良夫、熊適、熊槐、熊元，而無熊相。據文言，穆公與成王盟好，而後云倍十八世之詛盟。今以世家考之，自成王十八世爲頃襄王，而頃襄王名横，不名熊相。又以秦本紀與世家參較，自楚平王取婦於秦昭王，時吴伐楚而秦救之。其後歷楚惠、簡、聲、悼、肅五王，皆寂不與[二]秦相接。而宣王熊良夫時，秦始侵楚。至懷王熊槐、頃襄王熊横，當秦惠文王及昭襄王時，秦、楚屢相攻伐。則此文所載，非懷王則頃襄王也，而名皆不同。又以十八世數之，則當是頃襄。然則相之名，理不宜謬，但史記或失之耳，疑「相」傳寫爲「横」也。

按，别本「熊良夫」上有「熊疑」。其餘文字頗有異同，「屢相攻伐則」下斷曰「秦所詛者是懷王也」，但史記以爲熊槐者，失之乎？「槐」「相」二字相近，蓋轉寫之誤。當從詛文石刻以「相」爲正。又有祀朝那湫文，其文與此同。集古録目[二]解説略同，故不録。

【校記】

[一]「跋」字原脱，據集古録跋補。

[二]「與」字原脱，據集古録跋補。

宋蘇轍古史

屈原列傳論贊

蘇子曰：「漢賈誼爲長沙傅，過汨羅，爲賦以吊屈原，曰：『歷九州而相君，何必懷此故都？』誼之言或一道也，而非原志。原，楚同姓，不忍棄其君而之四方，而誼教之以孔子、孟軻歷聘諸侯以求行道，執必不從矣。柳下惠爲士師，三黜而不去，曰：『直道而事人，何往而不三黜？枉道而事人，何必去父母之邦？』惜乎，屈原廉直而不知道，殉節以死，然後爲快，此所以未合于聖人耳。使原如柳下惠，用之則行，舍之則藏，終身于楚，優游以卒歲，庶乎其志也哉！」

按，古史屈原傳「一篇之中三致意焉」下注云：「太史公[一]言離騷之作自懷王之世屈原始見疎而作矣。今案：離騷之文斥刺子蘭，宜在懷王末年、頃襄王世，故正之于此。」

【校記】

[一]「公」字原脱，據古史補。

唐劉知幾史通

載文 内篇

若乃宣、僖善政，其美載於周詩；懷、襄不道，其惡存乎楚賦。讀者不以吉甫、奚斯爲謟，屈平、宋玉爲謗者，何也？蓋不虛美、不隱惡故也。

序傳 內篇

蓋作者自敘，其流出於中古乎？案：屈原離騷經，其首章上陳氏族，下列祖考；先述厥生，以顯名字。自敘發迹，實基於此。浦二田云：此以賦體自述，而遂開敘體者。降及司馬相如，始以自傳。然其所敘者，但記自少及長，立身行事而〔二〕已。逮及祖先所出，則蔑爾無聞。浦云：此則敘體所始，而不述其先者。至馬遷，又徵三閭之故事，放讀「仿」。文園之近作，模楷二家，勒成一卷。於是揚雄遵其舊轍，班固酌其餘波，自敘之篇，實煩於代。雖屬辭有異，而兹體無易。浦云：至太史公，則歷述先世而敘體備，遂爲後代所宗。

聖達之立言也，時亦揚露己才，或托諷以見情，或選辭以顯其迹。

雜説 外篇

自戰國以下，詞人屬文皆僞立客主，假相訓答。至於屈原離騷辭，稱遇漁父於江渚；宋玉高唐賦，云夢神女於陽臺。夫言並文章，句結音韻，以兹敘事，足驗憑虚。而司馬遷、習鑿齒之徒，皆採爲逸事，編諸史籍，疑誤後學，不其甚邪！必如是，則馬卿游梁，枚乘譖其好色；曹植至洛，宓妃覩於巖畔。撰漢魏史者，亦宜編爲實録矣。浦云：此辟屈原列傳之採漁父辭，漢晉春秋之援證神女事也。

【校記】

［一］「而」下原衍一「而」字，删。

清蔡仲光謙齋遺集卷九

仲光字大敬，蕭山人

書屈原傳後

楚懷王既信上官大夫、靳尚、子蘭之譖，不聽屈原而聽張儀所設之詭辯，欺於張儀，不殺之，而西入秦以客死。其子頃襄王復信上官大夫、靳尚、子蘭之所短，不怨秦而怨屈原，遷放之，俾去故鄉以日遠。屈原欲諫則向郢都而不得入，欲容與江皐以終老則不忍宗國之日就淪亡也，遂抱石沈於汨羅以死。屈原之死，其睠懷故國，無盡之情，有不得不死者在也，非過也。雖然，原固何嘗死哉！至今讀離騷、天問、懷沙、哀郢之篇，肅然如接其音容，抒其志慮，其摯懷至計宛轉自效於指墨之間，歷數千載而猶相告語也。彼懷、襄、子蘭已死之人，何足以聞之哉？

按，平凡之言，無所發明。偶繙閱之一過，鈔以消閒耳。

清嚴如熤論屈原

湖南文徵卷二十八

六國之亡於秦也，秦智而六國愚。而其愚之甚者莫如楚。其君愚，其臣愚，其舉國皆愚。有一不愚者，且羣起而嫉之。烏乎，欲其國之不亡也得乎？楚地半天下，帶甲百萬，自成、穆以來，常雄於天下。一旦而頓爲秦弱，何哉？夫國之所以振興者，曰有人而已。楚入戰國來，其君既庸下，其臣亦皆碌碌無可紀者。張儀之愚懷王如戲嬰兒，如狙公之弄狙。而舉朝憒憒，獨一原者知其詐，憤其奸，痛哭垂涕而告之，而終不悟。不唯不悟，且羣以爲狂，以爲誹謗，必不使其身容於朝廷之上。吁，亦可哀也已！

迨賈生作賦吊之，謂原以其才游諸侯，何國不容，而自令如此，傷之至矣。然亦未知其心焉。夫屈子其可去乎哉？其忍去乎哉？身爲宗臣，準諸箕干之義，有死而已，有囚而已。行吟澤畔，憔悴枯槁，則亦微子遯荒之意耳。而惓惓宗國，冀其君之一聽，則心良苦矣。甯子邦無道則愚，屈子其可謂愚者矣。然正惟屈子之不愚，所以成其愚也。正惟其君之愚、臣之愚、舉國之愚，而屈子尤不能已於愚也。竭屈子之愚而君可以不愚，臣可以不愚，舉國可以不愚，而楚可稱雄於天下，獨奈何愚者之羣不諒其愚也？且其言曰：「舉世皆醉而我獨醒，舉世皆濁而我獨清。」夫濁者，愚之本也；醉者，愚之狀也。當其時，秦以術愚人，而六國者皆在醉死夢生中也。舉世如是，屈子又安適也哉？伊尹之任，伯夷之清，柳下之和，疑皆倚於一偏，得孔子、孟子取而論之，而天下皆知其爲聖。使屈子生孔孟之前，得至人以表其微，俾使天下後世知臣子之於君國有如是其纏綿悱惻不容自已者，則三綱得以益明，五常得以益顯。夫聖與愚，相反者也，而屈子則庶幾以愚而造於聖。烏乎，不諒於屈子之愚，而愚屈子之愚者，獨楚人之愚乎哉？

清向曾賢屈原論

湖南文徵卷百三十六

屈子之窮戹以死，千古所謂奇憤也，故至今吊屈原者，每歲必於其死之日而哀之。而吾以謂不足以窮戹屈子，且以爲千古幸。何者？屈子窮不極，戹不極，則離騷不作；離騷不作，則千古風雅之脈斷焉。故天生屈子，非以爲楚也，所以傳忠臣義士之心而繼三百篇者也。奚以明其然也？詩之亡也，「繁霜」正月以降，幽憂鬱積至不可解，夫子録而存之，至於曹檜之末，則亦録匪風下泉焉。凡以亂極思治，其義如是焉爾。世運遞更，人心澆漓，君臣父子之間，泛然若萍浮於江湖而適相值，故孟子曰「詩亡然後春秋作」也。至於戰國而禍變極矣，晦旨否塞，各以其術相傾危。若孫臏、衛鞅、范雎之徒，去以資敵國用，爲害尤烈。屈子生於其間，遭時不幸，主聽不聰，而嫉之者又衆也。以彼其才，何適不可？而獨以其忠厚惻怛之詞，寄其憔悴專一之意，以維持於君臣上下之大，天地不失，日月不改，則此志不移也。是心也，即龍逢、比干之心；是書也，即大雅凡伯、家父諸君子之什。三百篇之所留遺，而人心之所由以不死也，然則離騷之作，不亦重乎？

抑吾竊思之，曩令委任無恙，王言聽計從無恙，無靳尚之讒，無鄭袖之惑，無張儀之攻擊，無令尹子蘭之排擠，幸得展其所長，修蔿賈叔敖之業，抗强秦以雄長中原，當是時，未遂能相楚除嬴，帝制自爲，與臯夔争烈也。然而遭時得志，功建名立，縱使赫奕，不暇著作，縱使著作，亦混於梼杌之書，參雜於戰國諸篇之内，亦必不傳。千載後亦安知屈子之義憤有如此者？吾故曰天生屈子，所以使傳忠臣義士之心，而繼三百篇者也。則誠幸也，然而非屈子之意也。彼其忠愛之心鬱於中而大作於外，不得已而寄之於辭，未嘗以致必傳於後也。後之踵興而師其辭者代不乏人，而求其異世同神，若賈長沙、杜少陵、文文山數人而外，不多覯焉。蓋所爲源流遠矣，乃其音則亦到今未寂云。

明羅奎三閭行祠碑記

湖南文徵元明部卷三十九

梁侯一西，蜀之江津人，以進士來令湘陰，敦化敷政，振弊舉廢，罔不殫心。勸忠節之念，尤爲拳拳。夫忠節之在楚者，推三閭屈子爲最著。其仗節死義，世有定論，載諸史，可考也；其祀事崇報，歲有常典，載諸志，亦可考也。迺湘之邑内罔祀焉，是爲缺典。按正廟在汨羅，爲其死所。行祠三，一在壘石，一在菱子市，一在湘治之廣照寺，謂湘境内之地，爲公所常游也。宋元間，遷廢靡常，祠在廣照者今失其阯，二百年來未有議復者。自侯之始涖也，慊然有志，而未得其地。既越月，巡視邑内，得有當毀衛舍一所，遂捐資於俸，借力於民，鳩工庀材，兩月竣事。棟宇巍然，丹書赫然，前對衡岳，後帶洞庭，一時廟貌與佳山秀水同其高深，公之靈其妥於湘矣。雖然，公之精神充塞宇宙，固無往而不在，豈獨著於湘而已也！特以公楚産也。湘，楚之衝，而汨羅又湘之屬也。汨羅在湘東隅，去湘治六十餘里，則公之正廟爲僻阻，是以天下之人，凡抱忠節而歷楚湘者，往往以不一覲公像爲遺憾。則是祠之建匪公靈之獨妥，而所以對天下以淑人心風後世者，胥於此焉寓矣。

祠在縣之東南隅約三百步，廟一寢一，廡門各一，廣深寬五丈，祀儀如汨羅。先是汨羅祠有隙地，計周圓一千一百三十六丈，爲豪右侵久矣。侯覈返侵地，歲取其租，以供新廟之祀云。

清黄本驥嵰山甜雪　三長物齋叢書

屈賈像説

长沙嶽麓有屈子祠，道光八年，刻屈賈二像，立後祠中，余各爲之説。

屈子像説曰：雯山闞丈嵐以丹青名於時，爲仙佛鬼神形狀，尤擅吴道子之長。戊子春正月，諸城王香、杜太史金策、新化鄧湘臯學博顯鶴、寧鄉黄本驥集同人於嶽麓祠，爲三間大夫作生日。雯山與其會，見塑像，以爲不類，慨然曰：「大夫以忠死，以騷傳，像祀於此宜也。余客湖湘二十餘年矣，寫生其所習，不可不以是役自任。」因謂本驥曰：「君博雅士，生長湘中，大夫之年貌冠佩必有詳攷於平日者。幸以教我，庶像成不致爲士林所笑。」本驥按，史記本傳未載其生卒年壽，自張儀以六里紿懷王，至頃襄王聽子蘭之讒而大夫被放，以六國年表攷之，其間不過十餘年事，前後不得而知矣。楚辭離騷亦僅述其降生於攝提之歲孟陬之月庚寅之日，其月日爲楚之何王何年，固未之及。即其自投汨羅，亦不知在頃襄之第幾[二]年，無從臆度也。惟九歌曰「老冉冉兮既極」，九章曰「年既老而不衰」，戴記謂「七十曰老」，則大夫之卒，必非壯歲。漁父篇曰「顔色憔悴，形容枯槁」，其貌必瘦削而黧，憂世之心有見於面者。涉江篇曰「帶長鋏兮陸離」，「冠切雲之崔巍」，「被明月兮佩寶璐」，而離騷亦曰「高余冠之岌岌，長余佩兮陸離」，則其冠必方屋而高，岌岌然有切雲之象。長鋏，其佩劍；明月、寶璐，其雜佩之珠玉也。大夫之年貌冠佩可知者如此。若夫紉蘭作佩，製荷爲裳，駕青虬而乘赤豹，騷人託喻之辭，未可據爲典要。其行吟澤畔，搔首問天，幽憂悒鬱，無聊不平之情狀，又有驚才絶豔，志潔行芳，皭然不滓之態流露於衣冠瞻視之餘，是則頰上三毫，唯吾丈之筆能傳之，非善考據者所能歷言而求肖也。文翁學舍，武梁石室，昔人固以畫像傳矣。要皆於千百年後想像爲之，未必確有所據。至今賞鑑家以拓本爲珍藏，未有或議其面目之不能神似者。蓋求肖於貌，不若求肖於神，吾丈試據案伸紙，閉目凝思，若與唐勒、景差、宋玉之徒雜然共侍於大夫之側，然後放筆爲之，無不神似。不爾，孫叔[二]敖雖復生，優孟不能肖其萬一也，衣冠云乎哉？

賈生像說曰：雯山闕丈既作三閭大夫像，曰：「屈賈二子，皆有遺迹在長沙，屈有像，賈可闕乎？」囑本驤并攷太傅生卒，將圖諸石，以爲三閭配。本驤案：太傅之生，不見於史。本傳載其卒年三十三，爲齊文王薨前之四年，以諸侯年表[三]推之，爲文帝十二年癸酉。逆推而上三十三年，爲高帝七年辛丑，其生卒可得而知矣。傳曰「年十八爲河南守吴公召置門下」，由高帝七年至高后五年爲十八年。「文帝初立，召以爲博士」，由高帝七年至文帝前元年爲二十二年，故曰「年二十餘，最爲少」也。歲中至大中大夫，則二十三矣。爲長沙王太傅三年而作服鳥賦，賦曰「單閼之歲四月孟夏」，單閼，卯歲也。文帝六年，歲在丁卯，太傅來長沙已三年，則以四年乙丑來長沙。長沙王者，文王吴芮之玄孫靖王差也。時差襲封二年，太傅年二十五，賦服後歲餘，帝復徵入，則以八年己巳去長沙，爲靖王差之六年。太傅在長沙凡四年，去時年二十九。是年，拜梁王太傅。梁王者，帝少子懷王勝也。勝封國十年，於文帝十一年來朝，墜馬死。太傅在梁凡三年，時年三十二。後歲餘亦死，其年爲三十三。夫顔生以三十三而爲亞聖，賈生以三十三而爲通儒，人貴自立，不以年限也。治安建策，固可與日月争光，然其在長沙纔四年，吊屈原、賦服鳥外未見他作，太史公至以同死生、輕去就與屈子合傳。千載以下如劉長卿、戴叔倫之流過長沙訪故宅者，未嘗不想見其人而詠歌焉。彼絳灌之功名何在，顧以年少短之哉？是像不可闕也。因書以復之，像成，附刻其末。

【校記】

[一]「幾」原作「第」，據嗛山甜雪改。

[二]「叔」原作「孫」，據嗛山甜雪改。

[三]「年表」二字原脱，據嗛山甜雪補。

清鄒漢勳

屈子生卒年月考 湖南文徵卷三十六

勳寓于新康學舍，同縣鄧湘皋先生以考定屈子生卒事相屬，并出巴陵方冉亭埜屈子生卒年月考。勳讀之，見其誼爲可憑，但引據或未確，持論或未精，譚曆法又及高春遲疾贏縮之事，意欲求精，不知反不合於古，於是發憤成此篇。

夫欲考屈子之生卒，必先定作離騷之歲月。案：史記屈原列傳：原名平，爲楚懷王左徒，上官大夫讒之，王怒而疎屈平。平憂愁幽思而作離騷。劉向新序：屈原者名平，楚之同姓，懷王用之。秦使張儀之楚，貨楚貴臣上官大夫靳尚之屬，上及令尹子蘭、司馬子椒，内賂夫人鄭褎，共譖屈原。原遂放於外，乃作離騷。張儀因使楚絶齊，許謝地六百里。考張儀去秦相楚，詐楚絶齊，皆在懷王十六年，則原之見放、作離騷必是年也。離騷曰「及榮華之未落兮」，「相下女之可詒」，又曰「及年歲之未晏兮」，「時亦猶其未央」，又曰「及余飾之方壯兮」，「周流觀乎上下」，王叔師注，於前曰「及年德盛時」，中曰「冀及年未晏晚」，末曰「願及年德方盛壯」。以是徵之，則作離騷之時，屈子年方壯也。惟「老冉冉其將至兮」，似非壯年人所宜語。然叔師注引論語「君子疾没世而名不稱焉」，下繼之曰：「屈原建志清白，貪流名於後世，蓋志士惜日，不覺其年之方富也。」況「冉冉」訓「漸漸」見五臣文選注。曰將，曰漸漸，皆望而未至之詞，則離騷爲屈子壯時所作明甚。夫是則屈子之生年可考矣。離騷曰：「攝提貞於孟陬兮，惟庚寅吾以降。」叔師注：「太歲在寅曰攝提格。孟，始也。正月爲陬。庚寅，日也。言己以太歲在寅正月始春庚寅之日下母之體而生。」據是則屈子故以寅年正月庚寅日生也。考楚懷王十六年，周王赧二年也，其年龍在戊申。前七年爲慎王二年壬寅，前十九年爲顯王三十八年庚寅，前三十一年爲顯王二十六年戊寅，前四十三年爲顯王十四年丙寅，前五十五年爲顯王二年甲寅，壬寅則太幼，甲寅則非壯盛，記曰：「五十始衰」，故曰非壯盛。皆不必疑。惟庚寅、戊寅、丙寅三者難定耳。續漢志：甲寅曆，於孔子時效。己巳顓頊，秦所施用。漢興草創，因而不易。至元封中，迂闊不審，更用太初。又曰：甲寅、己巳，前已施行效，後格而不用。甲寅即殷曆，是孔子時用殷曆，秦時用顓頊曆，六國承孔子之後，則用殷曆可知矣。殷曆，魯元公四年正月天正也。己酉朔旦冬至，弟十六蔀首也，其年青龍甲寅，即考王十四年也。魯康公四年正月天正也。戊子朔旦冬至，弟十七蔀首也，其年青龍庚午，即顯王十八年也。顯王十四年丙寅，入弟十六蔀，七十三歲，人正大，庚戌朔，月内無庚寅。顯王三十年庚寅入弟十七蔀，二十一歲，人正小，辛酉朔，月内亦無庚寅。惟顯王二十六年戊寅入弟十七蔀，九歲，人正大，庚午朔，庚寅爲月之二十一。

清周韞祥

屈子疑冢辨　湖南文徵卷四十一

少嘗從汨羅過平江，沿江諸山多爲淘金民所穴，有古堆，香草繽紛，古氣蟠鬱，周遭數十丈、高十數丈者不一。父老告余曰：「此屈子冢也。」余曰：「何不一？」父老曰：「二十四，蓋疑冢也。」余曰：「何疑之有？」父老曰：「昔者屈子沈沙，逆流三十里，抵今汨羅祠山而休。首饞於魚半，其女鑲以金，諺所以有『九子不葬父，一女打金冠』謡也。防掘故葬以夜，而多其冢以亂之。代有發其冢者，皆爲風雷所阨。」

余曰：「嗚！是諺也，所以起貪人之心而速之使發者也。風雷其難爲役矣。夫屈子廉貞嘿嘿，未死以前家無長物可知也，安所得金？其女何人，金又何來？之説也，必起於秦漢間貪夫之臆度也。烏足述哉？」父老曰：「非金也，何故疑以冢？」余曰：「非冢也，何更疑以金？」父老曰：「金冠，古諺也，惡乎疑，而并疑非冢？」余曰：「惟金之故，而冢所由疑也。非金也，而并非冢也。」父老曰：「明明冢也，何故無之？」余曰：「有冢之名，而金之説起也。從來懷芳好古之士，慕古人之行事，想望風期既已渺不可接，於是撫其遺迹如見其人，方且愛敬之不暇，附會之不暇，且又誇耀爲都郡之勝而争執之不暇，矧夫竭忠盡知而國不能容，反覆流連而君不之悟，至欲明其心不得，汙其行不能，無可奈何徒葬其身於江魚之腹，若我屈子其人者哉？夫以汨羅一區，屈子之行吟於斯，沈没於斯，廟祀亦於斯，安必其冢之不葬於斯？風騷之士疑以爲即在二十四冢間，亦固其所。余以爲泥江魚之説，則屈子不必有冢。既有之，由周而來二千有餘歲，顧安所得其真耶？且有之，一之已足，何故爲二十四邪？以有金故，窀穸之初固不能必鬼神呵護也。雖二十四，竊金者何難盡發邪？以爲屈子忠義必能格天，又何必二十四邪？古人不我欺，斷不若是之勞且拙也。然則冢之二十四者，奈何？揣宋玉、唐勒、景差之徒，憫恤其師厥命將落，作大招賦，四望以招其魂，此殆其招魂臺也。夫臺，其微者也，而風雷可召，則屈子之真忠格天也。千百世猶存，則山川鬼神所呵護也。不必真冢在其間，更不必冢之有金也。冢之真僞不待深辨，正恐嗜古者泥爲冢，又牽於打金之説而階爲掘金者厲也，如之何不辨？」

湖南通志

湘陰縣

汨羅山在縣北七十里，孤峙汨羅江水中，一統志。上有屈原墓。舊志。地理十三山川一

汨水在縣北七十里，舊志。自岳州府平江縣流入，西注湘水，亦名汨羅江。一統志。昭公五年楚子以馹至於羅汭。左傳。屈原懷石自投汨羅以死。史記列傳。汨水在羅，故名。應劭史記注。羅縣北帶汨水，水源出豫章艾縣界，西流注湘。沿汨西北去縣三十里爲屈潭，即屈自沈處。荊州記。汨水又西徑羅縣北，謂之羅水〔一〕，又西徑玉笥山，又西爲屈潭，即羅淵也。汨水又西徑汨羅戍南，西流注於湘，春秋之羅汭矣，世謂汨羅口。水經注。湘陰有汨水，隋書地理志。汨水東北自洪州建昌縣界流入，西徑玉笥山，又西徑羅國故城，爲屈潭，即屈原懷沙自沈之所。又西流入於湘水，元和志。長沙羅縣有屈原自投之川，山川明净，異於常處，民爲立廟，在汨羅之西，岸側盤石馬蹟尚存，相傳云原投川之日乘白驥而來。異苑一。唐柳宗元汨羅遇風詩：「南來不作楚臣

悲，重入修門自有期。爲報春風汨羅道，莫將波浪枉明時。」李德裕汨羅詩：「遠謫南荒[二]一病身，停舟暫吊汨羅人。都緣靳尚圖專國，豈是懷王厭直臣。萬里碧潭秋影浄，四時愁色野花新。不勞漁父重相問，自有招魂拭淚巾。」胡曾汨羅：「襄王不用直臣籌，放逐南來澤國秋。自向波間葬魚腹，楚人徒倚濟川舟。」地理十三山川。

屈原塔在縣北汨羅江邊，相傳宋玉、景差招屈子魂處，後人於此建塔。一統志。地理三十二古蹟。

長沙府○湘州之奥，人豐土閑。南齊書州郡志。人多純樸，士少宦情。湘中記。士風純古，恬于世利。其俗多慷慨尚節，而耻爲不義。學者勤於禮，耕者勤於力，故雖無甚富，亦無甚貧。明李東陽長沙竹枝十首：「汨羅江頭春水生，汨羅江上楚歌聲。人間若解三閭苦，水底魚龍亦有情。」地理四十風俗。

五月五日，四民竝蹋百草，又有鬬百草之戲。采艾以爲人，縣門户上，以禳毒氣。是日競渡，采雜藥以五采絲繫臂，名曰辟兵，人不病瘟。又有條達等織組雜物，以相贈遺，取鴝鵒教之語。歲時記。屈原以五月望日赴汨羅，土人追至洞庭不見，乃歌曰：「何由得渡湖」，因爾鼓櫂争歸，競會亭上，爲競渡之戲。迅楫齊馳，櫂歌亂響，喧振水陸，觀者如雲。隋書地理志。競渡始於武陵，及今舉楫而相和之，其音咸呼云「何在斯」，劉禹錫競渡曲自注。屈原五月五日投汨羅江，楚人哀之，每至此日，以竹筒貯米投水祭之，漢建武中長沙歐回白日見一人，自稱三閭大夫，謂回曰：「見祭甚美，但苦爲蛟龍所竊，今若有惠，可以楝葉塞茥，以五綵絲縛之。此二物，蛟龍所畏。」今人作糉子以此，蓋其遺風也。續齊諧記。地理四十風俗〔三〕。

唐屈原廟詩碑，常德府龍志崔禮山撰。藝文二十三金石九。

【校記】

〔一〕「水」字原脱，據湖南通志補。

〔二〕「南荒」二字原脱，據湖南通志補。

〔三〕本段出處原脱，據湖南通志補。

湘陰縣圖志

水志 卷二十

汨水又西四里經汨羅戍南，又與羅水分流，經西逶南十四里，出沈沙港西。會湘水，入洞庭。

案，汨水自挽船港會羅水，徑河伯潭，水經注所謂「又西爲屈潭，即羅淵也」。案，荆州記謂汨西北去縣三十里爲屈原潭，即原自沉處。一統志：汨羅江分二水，至屈潭後合，今名河伯潭，去古羅城三十里。

典禮志 卷二十三

三閭祠在縣北六十里汨羅江者，相沿爲汨羅廟，乾隆二十年知縣陳鍾理改建玉笥山上，有重造三閭祠記。案，唐太和二年有蔣防汨羅碑記，梁開平元年有蕭振三閭廟記，元致和元年有劉行業重建忠傑清烈公廟記，明嘉靖二十年有戴嘉猷重修汨羅廟記，崇禎二年有全自怡重修汨羅廟碑記。

祠右有女嬃祠，一在縣城，舊名曰行祠。明嘉靖二十一年知縣梁汝璧重修，臨湘羅奎有記。案，羅紀稱：「祠舊在廣照祠，宋元以來已失其阯。是祠之建在宋以前，舊志所稱磊石山行祠、臨泚市行祠。今並廢。」

營造志 卷二十六

屈原宅

沈亞之屈原外傳：「原棲玉笥山作九歌」。羅含湘中記：「屈潭之左玉笥山，屈平之放棲於此。」今玉笥山有屈原宅。而大洲舊建屈原祠，真德秀吊屈原賦所謂南陽里也，亦名屈原宅。宋彭淮玉笥山三閭宅詩：「玉壺清鎖寒江色，兩岸菰浦風索索。白雲紅樹古今愁，青山遠水離騷國。瓣香未吊大大魂，口不能言空嘖嘖。魂之生兮世莫容，骫髒一身天地窄。修門一去不復返，正坐椒蘭在君側。緜緜心緒漫多思，願逐彭咸歸楚國。魂之去兮二千載，凜凜照人霜月白。空令兒輩擷芳華，吟到大招呼不得。依然欸乃聽漁歌，愁殺三閭孤墳客。當時黑白不可辨，今日丹青猶有赫。吴山煙鎖子胥祠，汨羅水繞三閭宅。」

藝文志 卷三十

漢屈原廟碑

水經注：羅淵北有屈原廟，廟前有碑。又有漢南太守程堅碑，寄在原廟。據魏志劉表傳評「跨蹈漢南」，是漢南即漢之南郡。漢南太守碑何以寄在原廟？不一詳其始末。道元，北魏人，足迹亦未至南方，不知其何所據也。

唐屈原墓碑

通典：羅江有屈原冢，上有石碑。文曰：楚放臣屈大夫之碑。其餘字滅矣。不詳建立年代，而繫之屈原冢下，明非水經注所記之廟碑也。

唐蔣防汨羅廟碑記

案：舊志作蔣昉，通志據全唐詩小傳作蔣防。防，義興人，官右拾遺，李紳薦爲司封郎中，知制誥，進翰林學士。長慶四年貶紳，亦出防爲汀州刺史。碑云「奉命宜春」，是防又移袁州刺史，防有合江亭詩石刻，後題太和元年六月，通志謂其官衡州刺史時所題，而衡州職官表不列防名。距此碑僅及數月，蓋皆一時作爾。碑云：屈原之祠，有碑無文。三閭大夫志作屈原之墳。玩其下文云「俗以三閭投汨水而死，所葬者招魂也，嘗以憾焉」，極辯招魂而葬之誣。銘辭亦云「天高地闊，孤魂魄兮」，始終不著廟祀之義，似屬墓碑。

記云：噫！日月明而忠賢生，日月翳而忠賢斃。明翳其天耶？非耶？其数耶？非耶？將適然耶？且昔抱大忠而生，抱大忠而死者，亦何可勝言？雖天傾地摇，山崩川竭，猶可得而評論焉。及至軒轅氏之天，以道爲日月，無明翳之變，故風后、力牧得適其材焉。帝堯氏之天，以德爲日月，無生羶之數，故羲和氏、百工之徒得信其用焉。帝舜氏之天，以仁爲日月，無虧盈之節，故十六族得宏其理焉。大禹氏之天，以公爲日月，無氣靄之蔽，故皋陶、稷、契之臣得專其任焉。殷湯氏之天，以信爲日月，不暾不昧，故伊尹得符其志焉。文王氏之天，以心爲日月，無薄蝕之變，故周、召之倫得張其化焉。我大唐氏之天，以政爲日月，故房、杜、魏徵得盡其訏謨焉。其餘上自列國，下逮周隋，或以耳目爲日月，左右爲日月，一明一翳，非天之所爲也，非地之所爲也，故萇弘辟，伍員梟，范蠡、魯連去，徐衍負石，三閭懷沙，良可痛哉！然三閭者，以大忠而揚大義，沉吟澤畔，哀鬱自贊，爰興褒貶，六經同風。至於宋玉、景差，皆弟子也，況吾黨哉！太和二年春，防奉命宜春，抵湘陰，歇帆西渚。邑宰馬摶謂予曰：「三閭之祠，有碑無文，豈前賢缺歟？」又曰：「俗以三閭投汨水而死，所葬者招魂也，嘗所憾焉。」案：圖經：汨，冬水二尺，夏九尺。則爲大水也。古之與今，其汨不甚異也。又楚人惜三閭之才，惘三閭之死，舟馳楫驟，至今爲俗。安有尋常之水而失其遺骸哉？安有不覩其骸而知其懷沙哉？但以楚辭有小、大招魂，後人憑而穿鑿，不足徵也。愚則以爲三閭魂歸於泉，尸歸於墳，靈歸於祠，爲其實。郡守東海徐希仁洎馬摶以予嘗學古道，熟君臣至理之義，請述始終符契，以廣忠賢之業云。於戲！後代知予者以此。又曰：屈碑立兮，讒人泣兮。屈碑摧兮，讒人掊兮。碑兮碑兮，汨水之隈兮。天高地闊兮，孤魂魄兮。

後梁楚三閭大夫昭靈侯廟記

武安軍節度館驛巡官、守京兆府咸陽縣蕭振譔。將仕郎、守江陵府功曹參軍柴瑕書竝篆額。案：梁開平元年楚王馬殷請封屈原昭靈侯，遂新其廟，爲之記。蕭振名不見於九國志。記云「名參幕府」，當亦天策府官屬也。寶刻類編載：蕭振譔重修黄陵懿節廟記，柴瑕書竝篆額，開平元年九月二十五日建。而昭靈侯廟記實偁開平元年十月二十五日建，寶刻類編未著録，其懿節廟記文亦無可攷。疑誤記此碑，又誤十月爲九月爾。

記云：噫！楚懷失道，遠君子而近小人；靳尚讒言，興浮云而蔽白日。大夫含冤靡訴，抱直無歸，叩閽而天且何言，去國而人皆不吊。徘徊澤畔，顑頷江濱，吟貝錦以空悲，佩崇蘭而自喻。雲裝雨駕，東君忽爾來游；斂衽端著，詹尹於焉靡說。懷忠履潔，憂國愛君，鷙禽而行欲繞枝，棄婦而豈忘回首。離騷詠盡，不回時主之心；靈璅長辭，竟葬江魚之腹。救溺之烝徒競楫，招魂之角黍争投，寖爲午日之風，播作三閭之事。式瞻遺廟，尚歸崇基，綿歲月以斯多，黯精靈而未歇。然即金鏞零落，蘭橑摧頽，蝸蜒全染於杏梁，蟲蠹半穿於桂柱。苔生玉座，塵壓珠簾，蓬蒿漸蔽於軒楹，風雨垂侵於像設。我大尉中書令楚王道惟濟物，德必通神，思闕政而咸脩，想忠魂而有感。況靈符禱請，事著聰明，能資上相之兵威，克靖二凶之沴氣。遂得拜章上疏，請爵遥封，爰旌感應之功，是錫昭靈之號。相府乃減凈資於厚禄，模大壯於遺祠。規圓矩方，上棟下宇。華櫨錦簇，將日曜而月暉；彩檻帶縈，或龍盤而獸走。飛檐鳥企，瑶砌砥平，靈官與鬼將争趨，海若共波神竝侍。陰風瞑起，應朝澤國之靈；落月春深，但哭巴山之鳥。前依積水，廻壓高丘，占形勝於一隅，奠馨香於萬古。其或征人輟棹，歸客憑軒，當洞庭木落之初，是枉渚波生之後。千聲鼓枻，猶傳濯足之歌；一紙沈書，曾吊懷沙之恨。風疾始知於草勁，火炎方辨於玉貞。當時之瓦釜雖鳴，異代之桐珪忽及。矧重新廟貌，光被綸音，固可大慰幽靈，全攄憤氣。想直躬而若在，披遺像以如生。爰終結構之巧，欲紀經營之績。豈期嚴命，猥及下僚。振道愧譚賓，名參幕府。居唯代舍，歸來敢憚於無魚；地實長沙，日晚誰驚於有鵩[二]。從車稍暇，訪古多懷，正吟招屈之辭，忽捧受辛之旨。勒他山之翠琰，序有土之殊功。風聲永播於無窮，追琢便期於不朽。何人讀罷，起三十年之沈思；今日斐然，慙二百年之述作。直書成事，用告將來。開平元年十月二十五日建。

元重建忠潔清烈公廟記

致和元年劉行榮撰，見三閭大夫志。舊志未著録。案：記稱祠産甚豐，爲南陽寺僧所據，泰定甲子州守宋仲仁春卿籍其産歸祠，新其殿宇。明年，孫天才元質來繼守，廟東創齋舍，出其贏餘，貿田三十六畝。州士彭翼飛又輸田五畝，益之爲墓田。據此記，是宋淳祐八年至此八十年中，祠産一侵於豪民，再侵於南陽寺僧，專恃地方官清理。今其碑尚存，文字剥蝕，多不可辨。三閭大夫志亦稍有修補，略存其概，以備參攷。

明重修汨羅廟記

嘉靖二十年，知縣戴嘉猷撰，見三閭大夫志。舊志未著録。

記云：嘉靖辛丑春，拜官斯邑。凡再閲月，始克脩祠事於汨羅。至其處，駭觀遺像，覆以茅蕪，咨嗟久之。因思佛老氏斁倫滅性，乃今華宇滿天下，稍就圮，輒脩葺，惟恐後。忠節清烈如我公，是處僅專祠焉，祠廢不知幾何年矣，莫有議建之者。於是嘆正學之不明，而異端之足以惑世也。適有以南陽僧舍數多所宜拆毁請，相去甚邇，遂發公帑餘金，命邑幕袁憲董其役，募〔三〕夫徙建。凡爲門堂總若干楹，稍加塗飾，煥然一新。庖湢亭臺，以次粗備，庶足以妥神靈，而於我國家崇祀之典爲不孤矣。摩挲斷碑，乃知是廟元泰定間知州事宋侯春卿重建，併黜南陽僧徒，歸所侵地。去今二百餘年，廟再新焉。事如有待，而廢興相乘，固亦有數存焉。若夫脩葺以時，俾勿壞，則有望於後之君子。嘉猷又有獨醒亭記，云：余既新三閭祠矣，往訪求遺迹，迺知門外有橋焉，以「濯纓」名。祠下舊有亭焉，以「獨醒」名。皆後之人想像我公，味其文辭而寓哀焉者也。橋固無恙，如亭何？輒爲於邑，時好事何端輩解余意，欣焉任其事。不日亭告成，於此可以見忠節之感，人心所同，固有曠世相孚不言而喻者矣。因思懷王客死於秦，貽千古笑，職其由，昏瞶爲患云爾。使其清心寡欲，必能知上官、令尹之皆醉，我公之獨醒，讒謗不行，而謀猷見聽，楚其庶幾矣，何至爲秦所執也？襄王嗣立，使其悟昏憒之爲患，悔禍圖新，必能知靳尚之皆醉、我公之獨醒，移其所以信靳尚者而信任之，何至謫江南而懷沙以死哉？大抵古今人才，自有分數。沈溺富貴之場，依阿鮮耻，惟欲之快，而不顧人家國者，十常八九。赤心謀國，慷慨論事，挺拔流俗之中，不以死生禍福嬰其慮者，百無一二焉。然又往往以讒疎，以直放，則獨醒之難全，豈特一屈原哉？嗚呼！百年旦暮，爲日幾何，以有限之榮枯，而無窮芳穢繫之矣。瞻斯亭，能無感也夫，能無懼也夫！

明三閭行祠記

嘉靖二十二年臨湘舉人羅奎撰。稱：屈子行祠三，一在磊石，一在臨泚市，一在邑治廣照寺。宋元間遷廢靡常。祠在廣照者失其址，二百年未有議復者。侯至治，巡視邑内，得當毁衙舍一所，在縣東南隅約三百步，廣深五丈，爲廟一寢一，祀儀如汨羅。其所費取諸汨羅之隙地爲豪右湛明所侵者一千一百三十八丈，募民耕之，取其租以供新廟之祀。竝勒石陰，以告來世。縣城三閭祠致祭原始具詳於此。

明重修汨羅廟碑記

崇禎六年知縣余自怡撰。

記云：三閭故有祠，在汨羅，去湘治七十里。予童子時，讀史記列傳，掩卷久之曰：「安得一遊先生彈衣振冠之地耶！」長而讀騷，於放流睠顧所謂一篇之中三致意焉者，未嘗不想見先生之悲憤也。崇禎二年己巳，吏於下湘。考圖記，汨羅在治北，念爲童子知敬先生，今得祀先生，何幸也！及問先生祠，則云自吾新安戴黄門前峰先生脩葺後，至今缺然矣。噫！仕於楚，師於楚，先生之忠，故萬世臣鵠也，而在楚最著，即楚之忠若子文，若申包胥，及倚相白珩之對，賢卿大夫不勝師。而古羅又得以汨羅私先生，牧夫樵豎過祠下者，亦知感慨。是祠安可以無修乎哉？予同士民捐金三百兩，命良民黄一鳳董其工。逾月告成，將享且有日，則集士若民而告之曰：「祀先生，教忠也。忠，天性也。先生憂讒畏譏，而忠不衰，況吾人遭明盛之世乎？先生傷美人之遲暮，叩帝閽以陳詞，而忠不替，況吾人事神聖之主乎？若夫志潔行廉，佩蘭懷芷，忠固未有不貞白自好者，而吾人潔身靖職，固可哺糟啜醨，隨流揚波乎？則願祀先生者，黍稷非馨，肥腯非碩，求爲先生所噱，而毋爲先生所吐也。悲夫！楚懷入關而風不競，行吟澤畔，懷石自沈，先生一生忠憤，見於哀郢諸篇，至今讀之，尚潸然出涕也。予謂三户亡秦，實先生激烈先之，則先生忠楚，能存楚也。夫忠楚能存楚，楚之忠不勝師，師先生足矣。況爾羅若士若民，桂酒椒漿，日得親炙先生，而唯先生是師乎！」予修先生祠畢，而教忠之訓，不敢不申焉。戴黄門名嘉猷，新安績溪人，以嘉靖辛丑至羅。予亦新安人，祠之成，若有待也。廟之成，以辛未；碑之成，以癸酉。

三閭墓田蠲税記

康熙六年知縣唐懋醇撰。

記云：於古聖賢陵墓之地，而建爲廟，所以崇明祀也。建廟而置廟田，所以薦馨而昭明德也。顧置田而不蠲其田中之税，使耕是田者以全力給公賦，以餘力供祀事，則奉盛以告，求黍稷之馨，尚不可得，安望明德維馨哉？予謁選得湘邑，下車拂詹尹之策，問漁父之津，求搴芳紉蘭之幽，展獨清獨醒之墓，低徊久之。或爲予言曰：「古廟空山，闃其無人，則以廟田之就蕪而廟税之不少假故也。」夫税不蠲，則田蕪；田蕪，則祀曠；徒使荔橘之將僅見於過客，穎栗之升莫虔於守土，豈所以昭祀典哉？爰召廟中之舊僧，以墓田給之，而盡豁其税。彼黍彼稷，自薦馨外，無過而問焉。既請於上，復勒於石，使後之君子知明祀之足重，而區區升斗當别論云。

重修汨羅三閭大夫祠記

乾隆二十一年知縣陳鍾理譔。記云：余家去羅湘僅十餘里，幼讀三閭大夫離騷及龍門子長傳，流涕想見其爲人。甲戌春，奉天子命，來令湘陰。公餘訪三閭沈淵故處，舊有祠，爲湖水浸嚙，垣瓦僅存，榱桷將圮。噫嘻！忠貞之祀，風化之原，何任其蕩析墮廢，一至於斯乎？夫古之艱貞蒙難，繫心宗社，寧死不悔者，三仁尚矣。三閭於楚爲同姓，竭志盡忠，卒遭讒放，其萋菲之蘭，尚與廉來同；其君兵挫地削，入關不返，又與紂之自焚同；而其心之惓顧宗國，微文諷諫，至無可如何而後死，死而猶不忘諫者，又無不與三人同。昔周道衰微，孔子删書，序微子一篇於商書之末，使後世君若臣知讒人高張，賢士仆躓，而國隨以丘墟，爲天下笑。余讀離騷，掩卷歎息，亦謂與微子一篇相表裏。「帝高陽之苗裔」則「我祖底罪陳於上」也；「恐皇輿之敗績」，則「今殷其淪喪」也；「將遠逝以自疎」，則「王子弗出，我乃顛隮」也；「伏清白以死直」，則「自靖，人自獻於先王」也。眷懷君國，呼天呼父母，一出於至誠惻怛之意，其仁一也。三仁出而殷存，三閭沈而楚重。原之忠，全楚之地，竝宜崇祀勿替。今僅一專祠，顧任其頹敗不振，微特非所以妥忠魂，亦非所以振人心而厚風俗也。余咨嗟久之，爰與諸生登玉笥，四山啾啾，猶聞啼嘯聲。多士告余曰：「此當年作九歌地也。盍遷廟而祀於此？」遂屬周生富榜、黄生齊植、高生峻、楊生茂根等董其役，鳩金一千有奇，飭工庀材，徙三閭祠而新之。宏而甚麗也，其前爲騷壇，又其前爲獨醒亭，又其前爲濯纓橋。經始乾隆甲戌八月，竣工乾隆乙亥九月。廟成，諸生丐余言，誌其顛末。余以祀先生爲教忠之大者，爰刻石而爲之記。

獨醒亭記

乾隆二十一年縣學生王立楷譔。[三]

騷壇記

乾隆二十一年萬年縣知縣王立槐譔。

記云：乾隆二十一年，湘人士撤三閭廟而新於玉笥山。余瓣香謁所爲新廟者，臨水濯纓。濯纓有橋，循橋登山，而亭巋然，一曰「招屈」，一曰「獨醒」。直前有壇，額曰「騷壇」。壇高而宏，吾鄉黄公所建也。余訝若橋若亭，自昔[四]有之，騷壇毋乃嫌於創乎？黄君曰：「惟楚無風，鬱極必發。三閭睠懷宗國，作離騷二十五篇，雄博瓌麗，稱詞賦宗；其徒宋玉、景差攄情寫志，感慨傷懷。三湘七澤間，爲採風所不及者，騷騷乎大倡宗風矣。於是賈誼、劉安、東方朔、嚴忌、王褒、劉向、揚雄、王逸之徒相繼，則其綺麗，抒其哀怨，鴻裁豔辭，乞靈争長。吾建騷壇於此，欲懸三閭爲詞賦不祧之祖。彼摛華競秀，與二十五篇同原者，吾進之壇中；與二十五篇異流者，吾斥之壇外。先生其爲我志之？」余曰：「玉笥爲三閭作九歌地，史記云：原賦懷沙，沈汨羅以死，其他離騷、天問、遠游、卜居、漁父等篇，不傳作於何地。是天下之騷繫於全楚，而全楚之騷繫於湘陰，兹壇其所以增乎？夫別裁僞體，轉益多師者，詞垣之統論也。俯視千載，截斷衆流者，藝苑之大衡也。則且以三閭爲牛耳主盟，宋玉、景差而下，歷階而升，樹幟北面。其餘詞賦詩歌之徒，悉逡巡廡下，奔走而馳驟之。崑崙玄圃，赤水流沙，皆騷壇丘壑；鸞鳥鳳丘，文貍赤豹，皆騷壇物産。杜蘅蘭茝，揭車流夷，皆騷壇紉佩；一切雷填雨冥、風颯木蕭、猿悲狖愁之聲，皆騷壇鼓吹。非是者厲色登壇，舉袂而麾之也。自古遷客遊人，皆嘗逕此，投吊三閭。異時有賈誼、史遷其人過焉，吾知不躑躅江干以垂涕，而徘徊堂廡以歔欷也！」黃公名德然，字達山，邑高士，年八十，捐金百兩成壇。其孫齊銓董其役，竝書之以貞諸石。

重立楚三閭大夫墓碑記

同治六年黃世崇譔。案：通典：屈原冢有石碑，曰「楚放臣屈大夫之碑」。乾隆二十二年邑人王邦翊建立墓碑，題曰「楚左徒三閭屈大夫之墓」。至是，世崇仍復唐碑之舊，而記文特辨正疑冢之誤。以俗傳屈原疑冢二十四，或曰十有二，又沿招魂而葬之說，謂冢旁有宋玉、唐勒招魂臺，益多出土人之附會。通志及明一統志紀載甚詳，①汨羅山爲今烈女嶺，亦非僻地。歷二千餘年，竝無疑冢之說，不足辨之。②

【眉批】

① 通志、明一統志卷首。

② 疑冢二十四。

【校記】

[一]「鵩」字原作「鵬」，據全唐文改。

［二］「募」字原作「幕」，湘陰縣圖志亦誤，據文意改。
［三］本篇有目無文。
［四］「昔」字原作「晉」，據湘陰縣圖志改。

湖北通志 卷四十四

宜昌府歸州

屈田在州東北。秭歸縣東北數十里有屈原舊田宅，雖畦堰靡漫，猶保屈田之稱。水經注。

屈原宅在縣北。秭歸縣北一百里有屈原故宅，方七頃，累石爲屋基，其名樂平，荆州記。在縣北三十里。元和志。

宋玉宅在州東二里相公嶺上。宋玉宅在秭歸縣之東，今爲酒家壚矣。舊有石刻「宋玉宅」三字。陸游入蜀記。

楚辭纂説卷二

賈長沙集

吊屈原賦

史記曰：及渡湘水，爲賦以吊屈原。[一]

恭（共）承嘉惠兮，竢（俟）罪長沙。仄（側）聞屈原兮，自湛（沈）汨羅。造託湘流兮，敬吊先生。遭世罔極兮，迺（乃）隕厥身。烏虖哀哉兮（無「兮」），逢時不祥。鸞鳳伏竄兮，鴟鴞翱翔。闒茸尊顯兮，讒諛得志。賢聖逆曳兮，方正倒植。謂隨（伯）夷溷兮，謂跖蹻廉。

莫邪爲鈍兮，鉛刀爲銛。于嗟默默（嘿嘿）兮，生之亡故兮。斡棄周鼎兮，寶康瓠兮。騰駕罷牛兮，驂蹇驢兮（無「兮」）。驥垂兩耳兮，服鹽車兮（無「兮」）。章父薦屨兮，漸不可久兮（無「兮」）。嗟若先生兮，獨離此咎兮（無「兮」）。

誶（訊）曰：已矣！國其莫吾知兮（無「兮」），子獨壹鬱（兮）其誰語？鳳縹縹（漂漂）其高逝（遰）兮，夫固自引（縮）而遠去。襲九淵之神龍兮，沕淵（深）潛以自珍。偭蟂獺（彌融爚）以隱處兮，夫豈從蝦（螘）與蛭螾？所貴聖人之神德兮，遠濁世而自藏。使麒麟（騏驥）可（得）係而羈兮，豈云異夫犬羊！般紛紛其離此郵（尤）兮，亦夫子之故（辜）也。歷九州而相其君兮，何必懷此都也？鳳皇翔于千仞之上兮，覽德輝而（焉）下之。見細德之險微兮，遥繒繳（摇增翮逝）①而去之。彼尋常之汙瀆兮，豈（能）容吞舟之魚！橫江湖之鱣（鱏）鯨兮，固將制於蟻螘（蟻）五居切。

按，屈原之姓字事迹與其所作之文，先秦古書則不一及，屈子死後見於記載者，以此篇爲始。微此篇，則雖有卜居、漁父自致其姓字，而後人或以爲假託，恐馬史亦不能徵信也。則賈生誠爲屈子知己，而此篇爲騷學功臣第一。王逸褒集楚辭，不知何以不收此篇，至宋晁無咎重定楚辭，取以爲續離騷，朱子依之，是也。今自史記本傳鈔出，以冠纂説，不忘祖之意云爾。

又按，史記、漢書竝載此文，以爲賦，文選則作弔屈原文，蓋本集如此云。又出藝文類聚四十。

【眉批】

①「繒繳」作「增掣」。

【校記】

［一］正文中括號内爲西村時彥朱筆旁批。

董膠西集　董仲舒

士不遇賦

嗚呼嗟乎，遐哉邈矣！時來曷遲，去之速矣。屈意從人，非吾徒矣。正身俟時，將就木矣。悠悠偕時，豈能覽矣。心之憂歟，不期禄矣。皇皇匪寧，祇增辱矣。努力觸藩，徒摧角矣。不出户庭，庶幾過矣。生不丁三代之聖隆兮，而丁三季之末俗。以辯詐而期通兮，貞士耿介而自束。雖日三省於吾身兮，猶懷進退之惟谷。彼實繁之有徒兮，指其白而爲黑。目信嫮而言眇兮，口信辯而言訥。鬼神不能正人事之變戾兮[二]，聖賢亦不能開愚夫之違惑。出門則不可以偕往兮，藏器又嗤其不容。退洗心而内訟兮，亦未知其所從也。觀上古之清濁兮，廉士亦煢煢而靡歸。殷湯有卞隨與務光兮，周武有伯夷與叔齊。卞隨務光遁迹於深淵兮，伯夷叔齊登山而采薇。使彼聖人其猶周遑兮，矧舉世而同迷。若伍員與屈原兮，固亦無所復顧。亦不能同彼數子兮，將遠游而終慕。於吾儕之云遠兮，疑荒途而難踐。憚君子之于行兮，誡三日而不飯。嗟天下之偕違兮，悵無與之偕返。孰若返身於素業兮，莫隨世而輪轉。雖矯情而獲百利兮，復不如正心而歸一善。紛既迫而後動兮，豈云稟性之惟褊。同人而大有兮，明謙光而務展。遵幽昧於默足兮，豈舒采而蕲顯。敬肝膽之可同兮，奚鬚髮之足辨也。

按，此文出藝文類聚三十及古文苑。

【校記】

[二]自「口信」下至「戾兮」十七字原脱，據董膠西集補。

揚子雲集

反離騷

有周氏之蟬嫣兮，或鼻祖於汾隅。靈宗初諜伯僑兮，流于末之揚侯。淑周楚之豐烈兮，超既離虖皇波。因江潭而淮記兮，欽吊楚之湘纍。惟天軌之不辟兮，何純潔而離紛。紛纍以其淟涊兮，暗纍以其繽紛。漢十世之陽朔兮，招摇紀於周正。正皇天之清則兮，度后[二]土之方貞。圖纍承彼洪族兮，又覽纍之昌辭。帶鉤矩而佩衡兮，履欃槍以爲綦。素初貯厥麗服兮，何文肆而質䰄。資娵娃之珍髢兮，鬻九戎而索賴。鳳皇翔於蓬陼兮，豈駕鵝之能捷。騁驊騮以曲艱兮，驢騾連蹇而齊足。枳棘之榛榛兮，蝯貁擬而不敢下。靈脩既信椒蘭之唼佞兮，吾纍忽焉而不蚤睹。衿芰茄之綠衣兮，被夫容之朱裳。芳酷烈而莫聞兮，固不如襞而幽之離房。閨中容競淖約兮，相態以麗佳。知衆嫭之嫉妬兮，何必颺纍之蛾眉。懿神龍之淵潛兮，竢慶雲而將舉。亡春風之被離兮，孰焉知龍之所處。愍吾纍之衆芳兮，颺燁燁之芳苓。遭季夏之凝霜兮，慶夭顇而喪榮。横江湘以南湗兮，云走乎彼蒼梧。馳江潭之汎溢兮，將折衷虖重華。舒中情之煩惑兮，恐重華之不纍與。凌陽侯之素波兮，豈吾纍之獨見許。精瓊靡與秋菊兮，將以延夫天年。臨汨羅而自隕兮，恐日薄於西山。解扶桑之總轡兮，縱令之遂奔馳。鸞皇騰而不屬兮，豈獨飛廉與雲師。卷薜芷與若蕙兮，臨湘淵而投之。棍申椒與菌桂兮，赴江湖而漚之。費椒稰以要神兮，又勤索彼瓊茅。違靈氛而不從兮，反湛身於江皋。纍既攀夫傅説兮，奚不信而遂行。徒恐鷤搗之將鳴兮，顧先百草爲不芳。初纍棄彼宓妃兮，又思瑶臺之逸女。抨雄鴆以作媒兮，何百離而曾不一耦。乘雲蜺之旖旎兮，望崑崙以樛流。覽四荒而顧懷兮，奚必云女彼高丘。既亡鸞車之幽藹兮，焉駕八龍之委蛇。臨江瀕而掩涕兮，何有九招與九歌。夫聖哲之不遭兮，固時命之所有。雖增欷以於邑兮，吾恐靈修之不纍改。昔仲尼之去魯兮，斐斐遲遲而周邁。終回復於舊都兮，何必湘淵與濤瀨。溷漁父之餔歠兮，潔沐浴之振衣。棄由聃之所珍兮，蹠彭咸之所遺。①

按，漢書本傳云：雄怪屈原文過相如，而主不容，作離騷自投江而死。悲其文，讀之未嘗不流涕也。以爲君子得時則大行，不得時則龍蛇也。遇不遇，命也，何必湛身哉？迺作書，往往摭離騷文而反之，自岷山投諸江流，以吊屈原，名曰反離騷。雄不死漢室，甘爲莽大夫，此文毋乃豫作以爲地乎？司馬文正以宋氏大賢而心醉揚雄之學，通鑑亦不載屈子之事，予所不解也。方望溪醇儒，亦以爲吊屈子之文無若反騷之工者，其隱痛幽憤微獨東方、劉、王不及也，視賈、嚴猶若過焉，而以爲文之意爲悖矣。其文誠美，然至引孔子以攻湘淵，則其誤後世亦甚矣。近儒吴至甫則極筆回護劇秦美新，又注斯篇「仲尼去魯」云：「屈氏見於春秋之初，其爲楚同姓遠矣。其死由於耿介，説者輒以同姓解之，豈知屈子者？子雲稱仲尼，不與論屈爲楚同姓者道也」。「不」下疑脱「足」字。同姓豈可以親疏而厚薄事君之心哉？此論尤有害世教矣。嗚呼，風氣之衰，使儒生有此言，清室之屋亦亡足怪已。

又曰：漢書本傳云：「旁離騷作重一篇，名曰廣騷；旁惜誦以下至懷沙一卷，名曰畔牢愁。」皆佚而不傳矣。

法言吾子篇

或問屈原智乎？曰：如玉如瑩，爰變丹青。如其智，如其智。潘焯[二]注云：玉、瑩喻清潔，丹青喻有文采，言屈原雖有行能如此之美，而不能樂天知命，至於自沈，不足言其智也。

【校記】

〔一〕「后」原作「皇」，據揚子雲集改。

〔二〕此條出司馬光法言集注卷二，非潘焯所注。

後漢班彪悼離騷 全後漢文卷二十三

夫華植之有零茂，故陰陽之度也。聖哲之有窮達，亦命之故也。惟達人進止得時，行以遂伸，否則詘而坼蠖，體龍虵目出潛。藝文類聚五十八。

續古文苑

清孫星衍撰

後漢梁竦悼騷賦 東觀漢記○全後漢文卷二十二

既徂南土，歷江湖，濟沅湘，感悼子胥、屈原，以非辜沉身，乃作悼騷賦，繫玄石而沈之。案：范史竦傳云：「後坐兄松事，與弟恭俱徙九真。」「既徂南土」云云，必出竦此賦序，今取之補。章懷太子注云「東觀漢記載其文曰」云云，蓋序已在正文，故注不更言也。

彼仲尼之佐魯兮，先嚴斷而後弘衍。雖離讒以嗚邑兮，卒暴誅於兩觀。殷伊周之協德兮，暨太甲而俱寧。豈齊量其幾微兮，徒信己以榮名。肯吞刀以奉名兮，案：「肯」舊誤「雖」，今改。抉目眥於門閭。吴荒蒙其已殖兮，可信顔於王廬。圖往競來兮，闕北在篇。案：「北」舊誤「此」，今改。君名其既泯没兮，後辟亦然。屈平濯德兮，絜顯芬香。句踐罪種兮，越嗣不長。重耳忽推兮，六卿卒强。趙殞鳴犢兮，秦人入疆。樂毅奔趙兮，燕亦是喪。武安賜命兮，昭以不王。蒙宗不幸兮，長平顛荒。范父乞身兮，楚項不昌。何爾生不先後兮，惟洪勳以遐邁。服荔裳如朱紱兮，騁鸞路於犇瀨。歷蒼梧之崇丘兮，宗虞氏之俊乂。臨衆瀆之神林兮，東敕職於蓬碣。祖聖道而垂典兮，褒忠孝以爲珍。既匡救而不得兮，必殞命而後仁。惟賈傅其達指兮，案：「達」舊誤「違」，今改。何揚生之敗真。彼皇麟之高舉兮，熙太清之悠悠。臨岷川以愴恨兮，指丹海以爲期。

按，此篇出東觀漢記，四庫簡明目録云：「於漢明帝時創修，後遞有增續，到熹平中乃成。隋志題劉珍撰，蓋失其實。」孫星衍收載續古文苑。據後漢書，應奉亦著感騷三十篇，數萬言。亡佚不傳。本傳云：黨事起，奉乃慨然以疾自退，追愍屈原，内心自傷，著感騷三十篇，數萬言。曰悼騷，曰感騷，皆約離騷單言「騷」者，昉之揚雄廣騷，實爲後人總稱楚辭曰「騷」之俑也。

蔡中郎集

吊屈原文

鸖鳪軒翥，鸞鳳挫翮。啄啐琬琰，寶其瓴甋。皇車奔而失轄，執轡忽而不顧。卒壞覆而不振，顧抱石其何補？

按，邕亦雄之徒，其言何其似也。

吊屈原文 全後漢文卷七十九

迴口世而遥吊，託白水而騰文。北堂書鈔一百二。

晉謝萬 全晉文八十三

八賢頌·屈原

皎皎屈原，玉瑩冰鮮。舒采翡林，摛光虬川。初學記十七。

按，八賢論有目無文，嚴可均全晉文引世説文學篇注引萬集，載其敘四隱四顯爲八賢之論，謂漁父、屈原、季主、賈誼、楚老、龔勝、孫登、嵇康也。其旨以處者爲優，出者爲劣。案：此蓋八賢頌，即繫論後也，其論今亡。

晉陶彭澤集

讀史述九章

有序曰：余讀史記，有所感而述之。

屈賈

進德修業，將以及時。如彼稷契，孰不願之。嗟乎二賢，逢世多疑。候詹寫志，感鵩獻辭。

按，讀史述九章曰夷齊，曰箕子，曰管鮑，曰程杵，曰七十二弟子，曰屈賈，曰韓非，曰魯二儒，曰張長公，其大意云：采薇高歌，爰感懦夫。夷齊。狡童之歌，悽矣其悲。箕子。知人未易，相知實難。管鮑。望義如歸，允伊二子。程杵。俱映日月，共飡至言。七十二弟子。哀矣韓生，竟死説難。韓非。介介若人，特爲貞夫。魯二儒。遠哉長公，獨養其志。張長公。擬屈賈以稷契，其生平之學亦可以知矣。淵明又有感士不遇賦，其序云：「故夷皓有『安歸』之歎，三閭發『已矣』之哀。悲夫！寓形百年而瞬息已盡；立行之難而一城莫賞。此古人所以染翰慷慨，屢伸而不能已者也。」其嚮慕屈子，可謂殷矣。今謹録于此，以爲尚友之資云。

宋顔延年集 延之

爲湘州[一]祭屈原文

維有宋五年月日，湘州刺史吴郡張邵恭承帝命，建旟舊楚。訪懷沙之淵，得捐佩之浦。弭節羅潭，艤舟汨渚。乃遣户曹掾某敬祭故楚三閭大夫屈君之靈：

蘭薰而摧，玉縝則折。物忌堅方，人諱明潔。曰若先生，逢辰之缺。温風迨時，飛霜急節。嬴芈遘紛，昭懷不端。謀折儀尚，貞蔑椒蘭。身絶郢闕，迹徧湘干。比物荃蓀，連類龍鸞。聲溢金石，志華日月。如彼樹芳，實類實發。望汨心欷，瞻羅思越。籍用可塵，昭忠難闕。

【校記】

[一]「州」原作「洲」，據六臣注文選改。

唐柳子厚柳州集

吊屈原文

後先生蓋千祀兮，余再逐而浮湘。求先生之汨羅兮，擥衡若以薦芳。願荒忽之顧懷兮，冀陳辭而有明。叶音芒。先生之不從世兮，惟道是就。支離搶攘兮，遭世孔疚。華蟲薦壤兮，進禦羔袖。牝雞咿嗄兮，孤雄束咮。①哇咬環觀兮，蒙茸大呂。堇喙以爲羞兮，焚棄稷黍。犴獄之不知避兮，宮庭之不處。陷塗籍穢兮，榮若繡黼。榱折火烈兮，娭娭笑語。讒口之嘵嘵兮，惑以爲咸池。便媚鞠恧兮，美愈西施。謂謨言之怫誣兮，反寘瑱而遠違。匿重痼以諱避兮，進俞[一]、緩之不可爲。

何先生之凜凜兮，厲鍼石而從之？仲尼之去舍魯兮，曰吾行之遲遲。柳下惠之直道兮，又焉往而可施？今夫世之議夫子兮，曰胡隱忍而懷斯。惟達人之卓軌兮，固僻陋之所疑。委故都以從利兮，吾知先生之不忍。立而視其覆墜兮，又非先生之所志。②窮與達故不渝兮，夫惟服道以守義。矧先生之悃愊兮，滔大故而不貳。沈璜瘞珮兮，孰幽而不光？荃蕙蔽匿兮，胡久而不芳？

先生之貌不可得見兮，猶髣髴其文章。③託遺編而嘆喟兮，涣余涕之盈眶。呵星辰而驅詭怪兮，夫孰救於崩亡？何揮霍雷電兮，苟爲是之荒茫。耀姱辭之矘朗兮，世果以是之爲狂。④哀余衷之坎坷兮，獨藴憤而增傷。諒先生之不言兮，後之人又何望？忠誠之既内激兮，抑銜忍而不長。⑤羋爲屈之幾何兮，胡爲獨焚其中腸？⑥

吾哀今之爲仕兮，庸有慮時之否臧？食君之禄畏不厚兮，悼得位之不昌。退自服以默然兮，曰吾言之不行。既媮風之不可去兮，懷先生之可忘！

古賦辯體引晁氏曰：宗元得罪，與昔人離讒去國者異，其吊屈原殆困而知悔者，其辭慙矣。愚謂此篇亦用比賦體，而雜出於風興之義，其迹原之心，亦頗得之。晦翁嘗稱揚、柳於楚辭逼真，必非苟言者。

【眉批】

① 牝雞，指楚后；孤雄，指楚王。祝堯曰：下同。

②此四句每得原之心者。
③意得是從文章説來。
④又好。
⑤况其沉湘也。
⑥此二句大妙，感叹之意溢於言外。

【校記】

［一］「俞」原作「愈」，據河東先生集改。

宋劉敞屈原嘏辭

梅聖俞在江南，作文祝于屈原，譏原好競渡，使民習尚之，因以鬬傷溺死；一歲不爲，輒降疾殃，失愛民之道，其意誠善也。然競渡非屈原意，民言不競渡則歲輒惡者，訛也。故爲原作嘏辭以報祝，明聖俞禁競渡得神意。

唯時仲夏，①吉日維午。神歆既祠，錫辭以嘏。曰：朕之初生［一］，皇揆予度。嘉朕以名，終身是守。抑豈不淑，不幸逢遇。離愍被憂，天不可訴。宗國爲墟，寧取自賊。朕爲忍生，豈不永年。悁悁荆人，是拯是憐。赴水蹈波，疢不廢旃。既招朕魂，巫祝皆先。豈朕是私，將德是傳。淪胥及溺，初亦不悛。其後風靡，民益輕死。匪朕之心，是豈爲義。婦吊其夫，母傷其子。人訊其端，指予以詈。予亦念之，其本有自。昔朕婞直，不爲衆下。世予尚之，謂予好怒。昔朕不容，自投于江。世予尚之，謂予棄躬。既習而鬬，既遠益謬。被朕僞名，汙朕以咎。朕生不時，亂世是遘。民之秉彝，嘉是直道。從仁于井，朕亦不取。汝禁其俗，幸懷朕忠。好競以誣，一何不聰。我實鬼神，民焉是主。其祀其禱，予之所厚。予懼天明，焉事戲豫。予憫横流，焉事競渡？予懷堯舜，焉事狎侮？汝維賢人，曾不予怒。徇俗雷同，譏予以好。履常徇直，切諫盡節。人神所扶，未必皆福。去邪即正，何以有罰。曾非予懷，可禁其爲。毋使佞臣，指予爲戒。錫爾多福，畀爾龐眉。使爾忠言，于君畢宜。

【眉批】

①按，「唯」、「維」誤。

【校記】

〔一〕「生」字原脱，據公是集補。

宋晁公遡屈原宅賦

余入蜀之初，嘗至於秭歸之山。有漁者過焉，指其墟中而告曰：「此吾三閭大夫之故居也。」余聞而異之，問途而往觀焉。則羣山連綿，若遠若近，風雲停滀，不見其境。於時秋也，霜降氣肅，月光益明，風林水麓之影相亂，而大江之聲若敲金擊石，泠泠然其可聽也。而所謂屈原之居，則無復可識。吾想夫牛羊之牧其上而樵蘇之不禁也久矣，而彼漁者何自而知耶？

余觀於屈原之前者，有唐叔之苗裔，襲霸王之遺風，方示侈於天下，築虒祁之新宮，傾四封以來會，賀匠氏之奏功。其玉帛之容焜燿於下，而環珮之音鏗鏘於中，固已爲諸侯之雄也。自後强君桀主日益侈矣。東西五里，南北千步，採玉砂以瑩礎，布金椎以隱路者，秦之驪山阿房也。璧門鳳闕，上棲金爵，繚周墻以百里，而終南泰華之氣上下而交錯者，漢之長楊五柞也。嘉木崇岡，蔽虧杳冥，而珍臺閒〔二〕館間見層出於幽深者，唐之玉華九成也。方其作而未毁，固極侈以增麗。五都之豪傑，足留而目注者，彷徨而不已。然而千載之後，皆漫滅而不紀，又況屈原之宅哉？

自沈沙之告終，凡幾易於星紀。觀陵谷之遷變，想丘隴其已毁，而後之人猶於荒榛野蔓之間求髣髴於田里，而謂屈原之在是也。噫吁悲哉！獨何爲然？豈五方之異族，惟楚人之爲賢？秦晉漢唐之址，已泯絶而無有，至於此而獨傳。考厥族之所託，實祝融之世臣，能遺迹於不朽，矧郢中之舊京。然今也平原曠野，上下禾黍，九嶷雲夢之間，水波煙雲之容，輪囷浩蕩而瀰漫於九土。其章華之館，蘭臺之宫，亦不知其處所矣。予於是瞻悵久之，泫然流涕，而後知名節之可尊而富貴之爲不足恃也。

漁者聞而笑之，曰：「子真知吾三閭大夫者歟！觀此荒蕪尋常之地，豈昔者所以見放逐不忍去者也？聞其始也，漁父語之而不從；其終也，宋玉招之而不來。自葬於魚腹，邈神遊於九陔。曩云懷乎故都，今何不少留而徘徊也？」余曰：「封狐雄虺，象蟻壺蜂，層冰積雪，流金鑠石之域，當凜而夏，宜燠而冬，生於四方，爲物之凶。然吾知其爲異，可前備而不逢。惟楚國之衆士，實同質而異心。吾不量其有毒，故見放于江濱。然則，彼可畏歟？此可畏歟？雖漁父之見告，使揚其波焉，如誦招魂之哀些，亦小智而大愚。所以赴江流而不悔，其何愛於弊廬？」

【校記】

［一］「閒」字原脱，據歷代賦彙補。

蘇文忠集

屈原廟賦①

古賦辨體云：賦也，雖不規規於楚辭之步驟，中間描寫原心，如親見之，末意更高，真能發昔人所未發。

泛扁舟以適楚兮，過屈之遺宫。覽江上之重山兮，曰惟子之故鄉。伊昔放逐兮，渡江濤而南遷。去家千里兮，生無所歸而死無以爲墳。悲夫！人固有一死兮，處死之爲難。②徘徊江上欲去而未決兮，俯千仞之驚湍。賦懷沙以自傷兮，嗟子獨何以爲心。忽終章之慘烈兮，逝將去此而沉吟。吾豈不能高舉以遠遊兮，③又豈不能退默而深居。獨嗷嗷其怨慕兮，恐君臣之愈疎。④生既不能力争而强諫兮，死猶冀其感發而改行。苟宗國之顛覆兮，吾亦何愛於久生。⑤託江神以告冤兮，馮夷告余以上訴。歷九關而見帝兮，帝亦悲傷而不能救［二］。懷瑾佩蘭而無所歸兮，獨惸惸乎中浦。峽山高兮崔嵬，故居廢兮行人哀。子孫散兮安在？況復見兮高臺。

自子之逝今千載兮，世愈狹而難存。賢者畏譏而改度兮，隨俗變化斲方以爲圓。黽勉於亂世而不[二]能去兮，又或爲之臣佐。變丹青於玉瑩兮，雄乃謂子爲非智。惟高節之不可企及兮，⑥宜夫人[三]之不吾與。違國去俗死[四]而不顧兮，豈不足以勉於後世。嗚呼！君子之道，豈必全兮；全身遠害，亦或然兮。嗟子區區，獨爲其難兮；雖不適中，要以爲賢兮。夫我何悲，子所安兮。

古賦辨體引晦翁云：「公自蜀而東，道出屈原祠下，嘗爲之賦，以詆揚雄而中原志，然亦不專用楚語。」其輯之亂爲有發於原之心，而其詞氣亦若有冥會者。晁補之云：「曹操氣吞宇宙，樓舫泛江，以爲遂[五]無吴矣。而周瑜、黃蓋一炬以焚之。公謫黃岡，數游赤壁下，蓋忘意於世矣。觀江濤湧洶，慨然懷古，猶壯瑜事而賦之云。」

【眉批】

① 按，此篇又見宋文鑑。

② 祝堯曰：此意一篇骨。

③祝曰：意反覆處極佳。
④祝曰：原之心正如此。
⑤祝曰：此四句真原之心哉。
⑥祝曰：意優柔。

【校記】

〔一〕「救」字原脱，據蘇文忠公全集補。
〔二〕「不」原作「死」，據蘇文忠公全集改。
〔三〕「人」字原脱，據蘇文忠公全集補。
〔四〕「死」字原脱，據蘇文忠公全集補。
〔五〕「遂」原作「遠」，據四庫文淵閣本古賦辨體改。

蘇潁濱集

屈原廟賦

古賦辨體云：賦而雜出於風比興之義，反覆優柔，沈著痛快。以古意而爲古辭，何患不古？

淒涼兮秭歸，寂寞兮屈氏。楚之孫兮原之子，位直遠兮誰復似。宛有廟兮江之浦，予來斯兮酌以酒。吁嗟神兮生何喜，九疑陰兮湘之涘。鼓桂楫兮蘭爲舟，横中流兮鳳鳴厲。①忽自溺兮曠何求，野莽莽兮舜之丘。舜之墻兮繚九州，②中有長遂兮可駕以遊。揉玉以爲輪兮，斲冰以爲輈。柏翳俯以御馬兮，皋陶爲予驂乘。慘然愍余之强死兮，泫然涕下而不禁。道予以登夫重丘兮，紛古人其若林。牾百夷以太息兮，③焦衍爲予而歔欷。古固有是兮，余又何恠乎當今？獨有謂予之不然兮，夫豈柳下之展禽？彼其所處之不同兮，又安可以謗予？抱關而擊柝兮，予豈責以必死？宗國隕而不救兮，夫余舍是安去？④予將質以重華兮，⑤蹇將語而出涕。予豈如彼婦兮，夫不仁而出訴。慘默默予何言兮，使重華之自爲處。⑥予惟樂夫揖讓兮，坦平夷而無憂。朝而從之遊兮，顧予使予昌言。言出而無忌兮，暮還處以燕安。⑦嗟平生之所好兮，既死而後能然。⑧彼鄉之人兮，夫孰知予此歡？忽反顧以千載兮，⑨喟故宫之頽垣。

古賦辨體云：「公嘗與兄子瞻同出屈原祠而並賦，愚謂大蘇之賦，如危峰特立，有嶄然之勢；小蘇之賦，如深溟不測，有淵然之光。」

【眉批】

①祝曰：即退之碑中語。

②祝曰：自此以下比之義。

③祝曰：自此以下以古人爲比。

④祝曰：真原之心。

⑤祝曰：此下托也，乃比而興之義。

⑥祝曰：好。人所不到。

⑦祝曰：此等處，皆人難到處。

⑧祝曰：意高遠又寓比與風[一]。

⑨祝曰：此二句截斷衆流，有千鈞之筆力。意味黯然。

【校記】

[一]「風」原作「興」，據成化本古賦辯體改。

宋薛士隆悼騷賦 有序

觀競渡而得屈原之所以死作。

江水滔滔兮，恢臭中陽。桂楫蘭舟兮，泝洄翱翔。周章通國兮，社里亶出。赫奕炳明兮，象龍偶濟。筒糧絲結兮，招祭先生。今古回環兮，顯允人之故誠。蹇産予心兮，緬懷虛郢。騏驥伏箱兮，駑駘馳騁。變緇以爲白兮，珍寶甘繩。蒔艾穫蘭兮，將誰與明。蛾眉粲其嬋娟兮，羌被離於衆醜。纍蠲埃而爲竊飯兮，蓀孰知其内守。視羣輕之折軸兮，舟沉於積羽。緊直木之致斤兮，信夫君之有取。堯徂舜陟兮，人自爲家。媢嫉異采兮，憎人心之所如。耿著夜光兮，浮雲結而慘黯。忘衣裳之昌被兮，不自知其顑頷。眺丹陽而侘傺兮，黄沙之莽莽。拔高丘之松桂兮，剛寄根於非土。鸞鳳翔於千仞兮，來下棲於荆棘。豢龍烹兮，同雞鶩於人食。鄂渚徜徉兮，思要眇之故步。永懷流烈兮，聞高風於競渡。時移世變地益遠而年益邁兮，孰孜孜其愈勤。飄風發而白雪飛兮，蘭含香而自焚。

重曰：崦嵫嵯峨前介西兮，服翼昌楊玄鳥棲兮。子胥鴟夷比干逝兮，逍遥沅汨將永世兮。崇荂言文在羌兮，人吾歸知何有兮。雷霆奮聲輼輪兮，拯溺風千萬春兮。椒蘭穢庸有止兮，懷留夷曷其已兮。

宋鄒浩懷古賦 有序

余讀離騷，見屈平以忠不容而卒葬於魚龍之腹也，憤然傷之，故爲此賦。

嗚呼，屈平之忠曷不足以悟懷襄兮？薦困乎讒口之嗷嗷。流落江湖不堪其憔悴兮，曾舊履不貶損乎一毫。憤懣中溢不可遏以復爲無物兮，操觚進牘遂大肆乎離騷。博萬殊之動植而擇以比興兮，匪故角勝負而爲此忉忉。或超然曠蕩乎四方上下之表若無〔一〕以取信兮，要其心之所存則惟冀君之我交。後世有志之士覽斯文而想風采兮，猶慨然永歎又繼之以號咷。以此較彼輕重固有在兮，如之何不從彭咸而投波濤。

人孰不有一〔二〕死兮，或重逾泰山，或輕愧鴻毛。惟平之死於忠兮，使來者自悔其貪叨。歷上古以稽君臣之盛兮，邈鮮儷乎重華之朝。稷契皋夔更相汲引以比肩於巖廊之上兮，北之幽州，南之崇山，不聞流鯁直而放英豪。聚精會神如一人兮，成功獨巍巍乎其高。夫何世而不生靳尚兮，其消其長係人君之孰褒。以唐太宗之卓犖近代兮，於鄭公之既没也，停昏仆碑且不念其勤勞。況本非其擬重以難明易聽之説兮，宜其君臣之盛亘千祀而一遭。幸大明之燭無疆兮，間不能以容刀。戒百煉之剛化而繞指兮，雖至陋也願初終乎所操。

【校記】

〔一〕「無」字原脱，據歷代賦彙補。

〔二〕自「重固」至「有一」二十一字原脱，據歷代賦彙補。

宋李綱擬騷賦 有序

昔屈原放逐，作離騷經，正潔耿介，情見乎辭，然而託物喻意，未免有譎怪怨懟之言。故識者謂體慢於三代，而風雅於戰國，乃雅頌之博徒，而詞賦之英傑，不其然歟？予既以愚觸罪，久寓謫所，因效其體，攄思屬文，以達區區之志。取其正直耿介之義，去其譎怪怨懟之言，庶幾不詭於聖人。目之曰擬騷，其辭曰：

上畧。有鵩詠自適兮，樂天命何憂？悼屈原之沉汨兮，悲賈誼之不修。笑退之之戚嗟兮，憫德裕之窮愁。惟君子之出處兮，貴體道以周流。自任以天下之重兮，何一己之爲謀？用則行而舍則藏兮，又何必殺身而怨尤。惟蓋棺兮事始定，聊康强兮保天性。歲寒不失其青青兮，惟松柏之獨正。信吾道以優游兮，始居易以俟命。

明王陽明全集

吊屈平賦

正德丙寅，某以罪謫貴陽，取道沅湘，感屈原之事，爲文而吊之。其詞曰：

山黯慘兮江夜波，風颼颼兮木落森柯。汎中流兮焉泊？湛椒醑兮吊湘纍。雲冥冥兮月星蔽晦，冰崚嶒兮霰又下。纍之宫兮安在？悵無見兮愁予。高岸兮嶔崎，紛糾錯兮樛枝。下深淵兮不測，穴澒洞兮蛟螭。山岑兮無極，空谷谽谺兮迴寥寂。猿啾啾兮吟雨，熊羆嘷兮虎交蹟。念纍之窮兮焉託，處四山無人兮駭狐鼠。魑魅遊兮羣跳嘯，瞰出入兮爲纍姦宄嫉。纍正直兮反詆爲殃，昵比上官兮子蘭爲臧。幽叢薄兮儔侶，懷故都兮增傷。望九疑兮參差，就重華兮陳辭。沮積雪兮磵道絶，洞庭渺邈兮天路迷。要彭咸兮江潭，召申屠兮使驂。娥鼓瑟兮馮夷舞，聊遨遊兮湘之浦。乘回波兮泊蘭渚，睠故都兮獨延佇。君不還兮郢爲墟，心壹鬱兮欲誰語？郢爲墟兮函崤亦焚，讒鬼逋戮兮快不酬。冤歷千載兮耿忠愊，君可復兮排帝閽。望遁迹兮渭陽，箕羅囚[一]兮其佯以狂。艱貞兮晦明，懷若人兮將予退藏。宗國淪兮摧腑肝，忠憤激兮中道難。勉低回兮不忍，溘自沈兮心所安。雄之詇兮讒喙，衆狂稺兮謂纍揚己。爲魈爲魅兮爲讒媵妾，纍視若鼠兮佞顡有泚。纍忽舉兮雲中，龍旗晻靄兮飄風。橫四海兮倏忽，駟玉虯兮上衡。降望兮大壑，山川蕭條兮漭寥廓。逝遠去兮無窮，懷故都兮蜷局。

亂曰：日西夕兮沅湘流，楚山嵯峨兮無冬秋。纍不見兮涕泗，世愈隘兮孰知我憂。

【校記】

[一]「囚」字原脱，據歷代賦彙補。

宋真德秀

吊屈原賦[一]

【校記】

[一]本篇有目無文。

明徐禎卿反反騷賦 有序

昔揚雄作反離騷，論者多過之。余閔原之含忠隕鬱，且復獲謗，遂援筆慷慨，賦反反騷。辭曰：

稽卬氏之攸肇兮，纍楚均之遐阺。侯帝頊之流胤兮，承靈澤之汪澈。夙陳力於皇軌兮，歆仁朗之所廬仄。仰吾均之潔脩兮，羌引軀以伏義。播昌烈之赫煌兮，集衆芳之霏霏。憤遭世之毦濁兮，雜紛揚於江之汜。在炎漢之微季兮，孰臨岷而悼均？

投束藻之欲麗兮，何理拙而誹深？閱志而抑道兮，冀投誦而有明。惟帝監之孔嚴兮，敢黨族而誣貞。初均幼志於粹清兮，乃中情之獨與。謇厲節以植身兮，憙浩蕩之修譽。進亹亹於中行兮，恐日月之凋邁。準前修以共蹈兮，違先時而逆敗。約性行以赴榘兮，經五常以綴佩。靈修謂其允淑兮，目成歡而叶妃。夫均既沐靈修[二]之昵澤兮，又信言之噲噲。苟中路而遷好兮，寧余心之有介。汎光華之的皪兮，衆睊睊而妬之。何有懼讒與招慝兮，排蛾眉而錯之。颸蕙服之芬郁兮，遭紛媢而幽毁。寧遭幽而迸斥兮，敢詭汙而合穢。鳳凰翔林而掛網兮，龍行陸而困蟻。爲鳳凰神龍豈無知兮，亦處身之多虞。所貴賢者之韞玉兮，不迷邦而遐舉。哀宗社之不長兮，比干皇皇而不忍去。世蔑復以相明兮，心耿耿以無從。涉湘波以南遡兮，昭均心之確忠。俗叢蕭而鄗蘭兮，實重華之所醜。效精白以殞軀兮，自先聖之所厚。奉靈氛之玄筮兮，申以巫咸之嘉告。覽九州以求匹兮，寧閨容之有淑。測神占其未然兮，豈均曾好此詭疑？諗從人以辱義兮，不如赴身於淤泥。餐秀芬以介齒兮，竟河清之難俟。違苟生以保譽兮，夫何悔於九死。汎浮雲之翳翳兮，晦沉茫其曷排。陽陵微而渝度兮，晨北風又雨霾。精徘徊而不去兮，憑精誠其未爽。人情重於捐故兮，焉冀白日之回光？懷薜蘿與杜蘅兮，時不與其有芳。雜緄拉以颸波兮，馥烈烈其彌章。精氣通於至清兮，神髣髴以憑虛。駕玉虬與雲驂兮，①訪太素之舊廬。聞至道其可承兮，欽均誠之匪懈。舍佚游以自湛兮，夫何以誅其好怪。昔貞士之蒙佞兮，憤伏斃而靡悔。務光沈於淵瀨[二]兮，將惡浮埃之霏䨴。忠賢忉忉以苦身兮，蓋有隱於墜祚。韙[三]三仁之所裁兮，見歎譽於孔父。獨耿耿而覯侮兮，曾吾均之所尤。曰印悊之惟誠兮，騂執正於陽侯。

【眉批】

① 駕字宜後讀。

【校記】

[一]「修」原作「澤」，據歷代賦彙改。

[二]「瀨」字原缺，據歷代賦彙補。

[三]「韙」原作「題」，據歷代賦彙改。

清朱景英天中節祭三閭大夫文

湖南文徵卷百二十二

沅與湘兮通波，發枉渚兮弭節汨羅。胡儃佪兮此上，帝告巫陽曰：有人在下。叶。藹蘺兮椒蘭，靈修浩蕩兮無端。羌独愛兮沅芷，忽而終古兮以此。謂滯淫兮江南，渺如軫兮邅邅。蕉萃兮潭畔，將何之兮汗漫？指洞庭兮睠清沅，擊汰乘舲兮申予煩冤。莽不可辨兮周鼎康瓠，千秋萬歲兮茫茫歸路。惟荆楚兮重歲時，吉日良辰兮重午爲期。怨渡江兮蕩畫橈，歌齊發兮升屋同號。依彭咸兮趾遺則，魂歸來兮此焉故國[一]。山川無極兮疑是非，苟舍此兮復奚歸？嗤鴆媒兮曷毒，呼詹尹兮安卜？忽破涕兮啓顔，何楚塞兮秦關？緊昭忠兮難闕，四方上下兮心欷思越。文章祖兮日月光，金相玉式兮志潔行芳。高曾兮規矩，衣被兮來許。報芬薌兮涉汀洲，瓊糜粻兮瓊枝羞。效嗽詞乎景宋，神肸蠁兮訊於掌夢。

【校記】

[一]「故國」原作「國故」，據湖南文徵乙。

清周燮祥祭三閭大夫文

湖南文徵卷百二十五

嘉慶二十有五年夏五之五日，修復屈忠潔公祠廟，將次告竣。俗以是日投角黍、競龍舟吊公之魂，乃具酒殽祀於廟，使祝讀文曰：

維公三楚純臣，忠節凜風霜之氣；千秋騷祖，詞壇爭日月之光。博物望重於南邦，潤色名齊乎東里。當懷王踐位之始，正左徒用命之年。入參帷幄之謀，出肅嘉賓之令。國其有豸，敵不加兵。於是取八邑於襄陵，合六國爲從約。法度之嫌疑攸別，先功之照耀彌彰。富强可稱，伊誰之力？不謂蛾眉易妒，珍髢誰誇。在功高者豈自伐其能，而邪曲者早陰妨其寵。竟肆鴟梟之喙，叫嘯庭楸；坐看鸞鳳之儀，竄飛榛莽。烏乎！唐虞已邈，誰知稷契之賢；湯武云遥，孰重伊周之任？濯污泥而此情莫諒，采芳草而誰與爲貽？欲叫帝閽，君心難輓；願明臣志，讒口猶張。呼父呼天，原冀申其哀怨；稱名稱物，用自寫其憂愁。君或可回，俗仍能改。離騷之作，所由來與！毋何良臣之柄終疎，外侮之乘日起。騏驥負鹽車而去，虎狼行厚賂而來。絶我婚姻，反資讎寇。六百里之河山安在？恨滿商於；八萬人之戈戟齊摧，愁生丹淅。

及藍田之師不克，而鄧邑之襲旋驚。出函關而殘甲空還，望渤海而援矢不至。悔之何及？嗟乎晚矣！已而敵國既願和親，仍還漢郡；王心終懷雪耻，甘受讎頭。何以虎既入藩，掉尾之於菟可刃；卒使魚能脱網，揚鬐之鱗甲終逃。原以厚幣之行，致設詭辭之辨。國其誰誤，釀成朋黨之奸；王獨何心，竟聽妖姬之請。迨至尚方請劍，悔而追之。而關法鳴雞，翩然逝矣。豈不誤哉！向使有公之圖議，則秦不能欺也；任公之明通，則齊不至絶也。何至巧計迭行，蒙耻殆盡若此邪？乃敵愈懷欺，復設要盟之餌；而君終不悟，竟成婚媾之求。斯時也，檻折殿前，痛哭輓君王之駕；鱗批闕下，欷歔陳君國之謨。卒之蹇叔之諫不行，崤陵之兵終伏。去武關而旌旗不返，望荆門而輿櫬空歸。悲乎哉！欲賦大招，客死之魂莫返；繫懷宗社，孤臣之淚難乾。事可知也，良足悲矣。又況嗣主之昏庸愈甚，貪人之柄用彌專。益設讒譏，遂行流放。自行吟於澤畔，憔悴誰憐；抱貞潔之姱修，離憂何訴？天終難問，徒悲三代興亾；鬼亦無靈，空奏九歌神曲。詹尹之拂龜莫卜，漁人已鼓枻而過。欲作遠游，比干無可去之義；因懷自盡，彭咸有效死之心。遂乃唱招魂之歌，賦懷沙之句。湘流渺渺，誰收魚腹之骸；郢樹迢迢，獨灑龍門之涕。當日忠風一代，長懷楚澤纍臣；至今廟食千年，永奠汨羅抔土。

某等生依福地，素企高風。瞻廟貌之傾頹，何異餐霜吸露；顧神靈之妥佑，因爲相土鳩工。今者邃宇重新，翠帳耀層臺之色；朱筵布列，羽觴酹瓊液之漿。盤傾角黍，芬芳靈其鑒止；羹雜幽蘭，馨苾魂兮歸來。乃復爲迎神之曲以歌之，其詞曰：

湘山莪莪兮湘水迢迢，魂歸故居兮魂無逃。新迴廊兮伏檻，樹蘭茝兮申椒。靈之來兮渡江皋，乘雲車兮飛星軺。降此突廈兮堪遊遨，備樽俎兮陳牲醪。奏金鼓兮吹玉簫，靈其鑒止兮通此焄蒿。望靈旗兮影飄飄，福我民兮沛恩膏。

清周燿祥吊屈靈均文

湖南文徵卷百二十五

伊大道之衰謝兮，威鳳竄而遐翔。憫世途之溷濁兮，祥麟且遁諸窮荒。當楚風之不競兮，公何爲降止？生既非其時兮，曷獨攬兹芳揆？業瓦釜之雷鳴兮，奚不抱黄鐘而遠徙？迨謡諑之隱譏兮，訴離憂而何歸？縱反覆其哀籲兮，又孰從而聽之？霧隱之玄豹誠高兮，詎效騏驥而長馳？果奮懷兹遠猷而莫試兮，又何邦不可建白？俾千秋之憑吊兮，咸執兹爲公惜。竊獨不以爲然兮，彼安測公之高深？抱耿耿之廉貞兮，羌獨異此寸心。苟可去父母之邦兮，詎不希蹤於鄒魯？原三仁其親戚兮，獨與箕比接武。或君心其一悟兮，方三宿而返予。竟悽愴江潭而不顧兮，有誓白水而弗渝。歌哀郢而白公之忠兮，諷漁父而得公之潔。披遠遊而見公之心兮，謳懷沙而悉公之節。呵天問而知公之憤憤兮，筮卜居又知公之默默。湘水汩汩兮揚風波，其下流毒兮藏蛟鼉，靈不返兮當奈何。龍之舟兮桂之橈，雲旗翻兮鼉鼓號，魂歸來兮當遊遨。山之阿兮故居，層臺累榭兮華且都，魂歸來兮堪相於。雲之帳兮煙之幔，丹之楹兮光燦爛，魂歸來兮恣泮奐。醢豚羔兮供膾苴，包黍稻兮雜粱菰，魂歸來兮享鼎臑。煎璚漿兮細斟酌，吴醴湘醽兮注瑶爵，魂歸來兮燕以樂。磬管鏘兮酣笙竽，鏗鐘按鼓兮揚吴歈，魂歸來兮聊悦娱。哀江南兮心欲灰，波瀓蕩兮山崔巍，望雲中兮魂歸來。

班固漢書藝文志

屈原賦二十五篇楚懷王大夫，有列傳。

王氏補注沈欽韓曰：「自離騷至大招適二十五篇。隋志專列『楚詞』一家，後漢校書郎王逸集屈原以下迄劉向，逸又自爲一篇，并敘而注之，今行於世。隋時有釋道騫善讀之，能爲楚聲，音韻清切，至今傳楚詞者皆祖騫公之音。」案：漢時朱買臣召見言楚詞，宣帝徵能爲楚詞，九江被公召見誦讀。爾時自有專門，可知其音讀非易也。

唐勒賦四篇楚人。

補注沈欽韓曰：「御覽六百三十之引宋玉賦，云景差、唐勒等造大言賦。」

宋玉賦十六篇楚人，與唐勒並時，在屈原後也。

補注王應麟曰：「隋志：宋玉集三卷。王逸云：屈原弟子。楚詞：九辨、招魂。文選：風賦、高唐、神女賦、登徒子好色賦，古文苑：大言、小言、釣、笛賦。」沈欽韓曰：「笛賦非宋玉作。隋志：宋玉集三卷。」

右賦

孫卿賦十篇

補注王應麟曰：「荀子賦篇：禮、知、雲、蠶、箴，又有佹詩。」

秦時雜賦九篇

補注沈欽韓曰：「文心雕龍詮賦篇『秦世不文，頗有雜賦』本此。」

右雜賦

凡詩賦百六家，千三百一十八篇，入揚雄八篇。傳曰：補注先謙曰：官本傳下提行。

不歌而誦謂之賦。登高能賦可以爲大夫。補注王應麟曰：毛詩定之方中傳：建邦能命龜，田能施命，作器能銘，使能造命，升高能賦，師旅能誓，山川能説，喪紀能誄，祭祀能語。君子能此九者，可謂有德矣，可以爲大夫也。言感物造耑，材知深美，師古曰：耑，古「端」字也。因物動志，則造辭義之端者。可與圖事，故可以爲大夫也。古者諸侯卿大夫交接鄰國，以微言相感，當揖讓之時必稱詩以諭其志，蓋以別賢不肖而觀盛衰焉。故孔子曰「不學詩，無以言」也。師古曰：論語載孔子戒伯魚之辭也。春秋之後，周道寖壞，師古曰：寖，漸也。聘問歌詠不行於列國，學詩之士逸在布衣，而賢人失志之賦作矣。大儒孫卿及楚臣屈原，離讒憂國，皆作賦以風，師古曰：離，遭也。風讀曰諷，次下亦同。補注王念孫曰：案：「風」下原有「諭」字，而今本脱之。下文之「没其諷諭之義」，「風諭」二字正承此文言之。文選皇甫謐三都賦序注、藝文類聚雜文部二、御覽文部三引此並作「作賦以諷諭」。咸有惻隱古詩之義。其後宋玉、唐勒。漢興，枚乘、司馬相如，下及揚子雲，競爲侈麗閎衍之詞，没其風諭之義。是以揚子悔之曰：「詩人之賦麗以則，辭人之賦麗以淫。」師古曰：辭人，言後代之爲文辭。補注先謙曰：注末疑當有「者」字。如孔子之門人用賦也，則賈誼登堂，相如入室矣。如其不用何？師古曰：言孔子之門既不用賦，不可如何，謂賈誼、相如無所施之。補注王念孫曰：門下「人」字涉上文兩「人」字而衍。據注言孔子之門不用賦，則無「人」字明矣。此文本出法言吾子篇，而法言亦無「人」字，鈔本北堂書鈔藝文部八陳禹謨本删去。藝文類聚雜文部二、御覽文部二引此皆無「人」字。自孝武立樂府而采歌謠，於是有代趙之謳，秦楚之風，皆感於哀樂，緣事而發，亦可以觀風俗、知薄厚云。詩賦爲五種。補注錢大昭曰：南雍本、閩本「詩賦」上並有「序」字。朱一新曰：汪本有「序」字。先謙曰：官本有「序」字。

按，所謂五種者，屈、宋、賈、馬至王褒賦二十五家，陸賈、枚皋等賦二十一家，孫卿及秦漢等賦二十五家，雜賦十二家，高祖歌詩等二十八家是也。

宋王伯厚玉海 第百册

漢藝文志考證

屈原賦二十五篇。離騷經、九歌、天問、九章、遠游、卜居、漁父。王逸曰：「武帝使淮南王安作離騷經章句。」安傳云：爲離騷傳。隋志：其書今亡。劉向分楚辭爲十六卷，屈原八卷，九辨亦謂原作，王逸云宋玉。隋志：原著離騷八篇。班固叙贊二篇。太史公曰：「作辭以諷諫，連類以争義，離騷有之。」地理志：始楚賢臣屈原被讒放流云云，故世傳楚辭。朱買臣召見言楚辭，宣帝徵能爲楚辭，九江被公朝見誦讀。七略曰：宣帝詔徵被公見誦楚辭。被公年衰母老，每一誦，輒與粥。平園周氏曰：「詩國風及秦不及楚，已而屈原離騷出焉，衍風雅於詩亡之後，發乎詩，止乎忠直，殆先王之遺澤也。謂之文章之祖，宜矣。」艾軒林氏曰：「江漢在楚地，詩之萌芽，自楚人發之。詩一變爲楚辭，屈原爲之唱，是文章鼓吹多出於楚也。」

班固漢書禮樂志

凡樂，樂其所生。禮不忘本。高祖樂楚聲，故房中樂，楚聲也。至武帝定郊祀之禮，祠太一於甘泉，就乾位也；祭后土於汾陰，澤中方丘也。乃立樂府，采詩夜誦，有趙代秦楚之謳。

按，高祖，楚人，其樂楚聲，不忘本也。武帝好藝文，善作楚辭，楚辭盛行於漢，以開古代之文體者，非偶然也。

漢書地理志

漢興，立都長安。徙齊諸田、楚昭屈景及諸功臣家於長陵。後世世徙吏二千石、高貲富人及豪桀并兼之家於諸陵。蓋亦以彊幹弱支，非獨爲奉山園也。①

景武間，文翁爲蜀守，教民讀書法令，未能篤信道德，反以好文刺譏，貴慕權勢。及司馬相如游宦京師諸侯，以文辭顯於世。鄉黨慕循其迹，後有王褒、嚴遵、揚雄之徒，文章冠天下。繇文翁倡其教，相如爲之師，故孔子曰「有教無類。」②

楚地，翼軫之分壄也。③今之南郡、江夏、零陵、桂陽、武陵、長沙，及漢中、汝南郡盡楚分也。周成王時封文武先師鬻熊之曾孫熊繹於荆蠻，爲楚子，居丹陽。後十餘世至熊達，是爲武王。寖以强大，後五世至嚴王。總帥諸侯，觀兵周室，并吞江漢之間，内滅陳魯之國。後十餘世，頃襄王東徙于陳。楚有江漢川澤山林之饒，江南地廣，或火耕水耨，民食魚稻，㠯漁獵山伐爲業。果蓏蠃蛤，食物常足，故呰窳媮生而亡積聚。飲食還給，不憂凍餓，亦亡千金之家。信巫鬼，重淫祀。而漢中淫失枝柱，與巴蜀同俗。汝南之別，皆急疾有氣勢。江陵，故郢都，西通巫、巴，東有雲夢之饒，亦一都會也。

吴地，斗分壄也。今之會稽、九江、丹陽、豫章、廬江、廣陵、六安、臨淮郡，盡吴分也。殷道既衰，周大王亶父興邠、梁之地，長子大伯，次曰仲雍，少曰公季。公季有聖子昌，大王欲傳國焉云云，大伯初奔荆蠻，荆蠻歸之，號曰勾吴云云。始楚賢臣屈原被讒放流，作離騷諸賦，㠯自傷悼。後有宋玉、唐勒之屬，慕而述之，皆㠯顯名。漢興，高祖王兄子濞於吴，招致天下之娛游子弟，枚乘、鄒陽、嚴夫子之徒，興於文景之際。而淮南王安亦都壽春，招賓客著書。而吴有嚴助、朱買臣貴顯漢朝，文辭竝發，故世傳楚辭，④其失巧而少信。初，淮南王異國中民家有女者，目待游士而妻之，故至今多女而少男。本吴、粤與楚接，比數相并兼，故民俗畧同。

按，王伯厚詩地理考：漢廣，江漢之域。引夾漈鄭氏曰：周爲河洛，召爲岐雍。河洛之南瀕江，岐雍之南瀕漢。江漢之間，二南之地，詩之所起，在於此。屈宋以來，騷人辭客多生江漢，故仲尼以二南之地爲作詩之始。又引林氏曰：江漢在楚地，詩之萌芽，自楚發之。故云江漢之域，詩一變而爲楚辭，即屈原、宋玉爲之倡，是文章鼓吹多出於楚也。

【眉批】

① 徙昭屈景。
② 蜀之文學。
③ 楚。
④ 世傳楚辭。

班固漢書淮南王安傳

時武帝方好藝文，以安屬爲諸父，辯博爲文辭，甚尊重之。每爲報書及賜，常召司馬相如等視草乃遣。初，安入朝，獻所作内篇。内篇，二十篇。新出，上愛祕之。使爲離騷傳，旦受詔，日食時上。

唐顔師古注曰：「傳，謂解説之，若毛詩傳。」王先謙補注王念孫曰：傳，當爲「傅」。「傅」與「賦」古字通。皋陶謨「敷納以言」，文紀作「傅」，僖二十七年左傳作「賦」。論語公治長篇「可使治其賦也」，釋文：「賦，梁武云魯論作傅」。使爲離騷賦者，使約其大旨而爲之賦也。安辯博善爲文辭，故使作離騷賦。下又云安又獻頌德及長安都國頌，藝文志有淮南王賦八十二篇，事與此竝相類也。若謂使解釋離騷傳，則安才雖敏，豈能旦受詔而食時成書乎？漢紀孝武紀曰：「上使安作離騷賦，自旦受詔，食時畢。」高誘淮南鴻烈解序云：「詔使爲離騷賦，自旦受詔，日早食已。」此皆本於漢書，御覽皇親部十亦引此作離騷賦[二]，是所見本與師古不同也。

按，王念孫所引東觀漢紀，後漢明帝時創修，靈帝時成書，高誘亦後漢人，竝足以爲據。然班固離騷解序云：「昔在孝武，博覽古文，淮南王安敘離騷傳。」王逸楚辭章句序亦云：「至于孝武帝恢廓道訓，使淮南王作離騷經章句。」曰傳，曰章句，雖不相合，而其言則一。班固、王逸去孝武未遠，且固曾祖斿與劉向校秘書，父叔皮彪修漢書而固成其業，叔師亦爲校書郎，其説必有所受，則漢書「離騷傳」之「傳」字，恐非「傳」誤，蓋淮南王有賦與傳，而旦受詔日食時上者，居其一也。

【校記】

［一］「賦」字原脱，據太平御覽補。

淮南王劉安離騷傳佚文

屈平之作離騷，蓋自怨生也。國風好色而不淫，小雅怨誹而不亂，若離騷者，可謂兼之矣。上稱帝嚳，下道［二］齊桓，中述湯武，以刺世事。明道德之廣崇，治亂之條貫，靡不畢見。其文約，其辭微，其志潔，其行廉，其稱文小而其指極大，舉類邇而見義遠。其志潔，故其稱物芳。其行廉，故死而不容自疎，濯淖汙泥之中，蟬蜕於濁穢，以浮游塵埃之外，不獲世之滋垢，皭然泥而不滓者也。推此志也，雖日月争光可也。

按，楚辭至漢大行者，雖由屈子之忠與其詞藻之美，然亦高祖、武帝並樂楚聲，作楚辭之所致也。武帝命淮南王安爲離騷傳，是爲騷學之祖。其書今亡而不傳。班孟堅序所引淮南王語與史記本傳中之文合，宋洪氏補注楚辭卷第一下引之，豈太史公取其語以作傳乎？然則此語雖僅僅壹百五十言，亦可以見淮南王、太史公二人尊重屈賦之意。而其所以盛行後世，與日月争光者，此語啓之也，可不尚哉？洪氏所引不過數句，故予今自本傳中鈔出，以徵騷學淵源焉。

【校記】

〔一〕「道」下原衍一「道」字，據史記删。

漢書列傳

朱買臣字翁子，吴人也。家貧，常艾薪樵，賣以給食。其妻亦負載相隨，數止買臣毋嘔歌道中。買臣即聽去，其後買臣獨行歌道中。會邑子嚴助貴幸，薦買臣。召見，説春秋，言楚詞，帝甚説之。三十四卷朱買臣傳

王褒字子淵，蜀人也。宣帝時修武帝故事，講論六藝群書，博盡奇異之好。徵爲

楚辭，九江被公召見誦讀，益召高材劉向、張子僑、華龍、柳褒等待詔金馬門。

王氏補注沈欽韓曰：「御覽八百五十九：宣帝詔徵被公見誦楚辭，被公年衰老，每一誦輒與粥。」

按，御覽所引則歆七略也。楚辭之名武宣之世既有之，讀此可證。班固序文參看。

又按，嚴助傳：其尤親幸者東方朔、枚乘、嚴助、吾丘壽、司馬相如，上頗俳優畜之。王褒傳：上曰：「不有博奕者乎？爲之猶賢乎己。辭賦大者與古詩同義，小者辯麗可喜，辟如女工有綺縠，音樂有鄭衛，今世俗猶皆曰以此虞説耳目。辭賦比之，尚有仁義風諭，鳥獸草木多聞之觀，賢於倡優博弈遠矣。」武帝俳優畜之，以其小耳。後事辭賦者，復爲其大者也。

漢書揚雄傳 八十七卷

先是時，蜀有司馬相如，作賦甚宏麗温雅。雄心壯之，每作賦，常擬之以爲式。又怪屈原文過相如，至不容，作離騷，自投江而死。悲其文，讀之未嘗不流涕也。以爲君子得時則大行，不得時則龍蛇。遇不遇，命也，何必湛身哉？①迺作書，往往摭離騷文而反之，自岷山投諸江流，雄，成都人。以弔屈原，名曰反離騷。又旁離騷作重一篇，名曰廣騷；又旁惜誦以下至懷沙一卷，名曰畔牢愁。

補注王念孫曰：「離」字涉上下文而衍，下文犹載「反離騷曰」。曰反騷，曰廣騷，其篇名皆省一「離」字。後漢書梁竦傳「感悼子胥、屈原以非辜沈身，乃作悼騷賦」，應奉傳「追愍屈原，因以自傷，著感騷三十篇」，篇名皆省一「離」字，并與此同也。文選頭陀寺碑文注引作「反離騷」，「離」字亦後人依誤本漢書加之。其魏都賦注、贈秀才入軍詩注、陳情表注、與嵇茂齊書注、運命論注、辨命論注皆引作「反騷」。又江水注、後漢書馮衍傳注舊本、北堂書鈔藝文部八、陳禹謨本加「離」字。藝文類聚雜文部二、白貼六十五、八十二、御覽文部十二卉部三亦皆引作「反騷」。吴氏刊誤補遺引此文作「反騷」，則吴所見本尚無「離」字。○畔，反也。牢劉爲憂。

按，後人稱楚辭曰「騷」，不獨離騷之省，雄實作之俑矣。

箴莫善於虞箴，作州箴；賦莫深於離騷，反而廣之；辭莫麗於相如，作四賦。皆斟酌其本，相與放依而馳騁云。

【眉批】

①清汪堯峰云：屈原、子胥皆孔子所謂殺身成仁者也，而揚子雲獨譏之。子雲方自詡以爲煌煌之明哲，庶其胸中舍劇秦美新而外所自得者無幾矣，宜乎於二子若冰炭水火之不相入也。題淵明集。

後漢書后紀 第十卷

明德馬皇后 明帝后

明德馬皇后諱某，伏波將軍援之小女也。既正位宫闈，愈自謙肅。身長七尺二寸，方口美髮，能誦易，好讀春秋、楚辭，尤善周官、董仲舒書。

後漢書

後應奉傳 七十八卷

及黨事起，奉乃慨然以疾自退。追愍屈原，著感騷三十篇，數萬言。應奉，字世叔。

汝南南頓人也。永興元年拜武陵太守。子劭。

前梁竦傳 六十四卷

竦字叔敬，少習孟氏[一]易，弱冠後坐兄松事，與弟恭俱徙九真。即徂南土，歷江湖，濟沅湘，感悼子胥、屈原以非辜，乃作悼騷賦，繫玄石而沈之。竦，梁統子。著書數[二]篇，名曰七序。班固見而稱曰：「孔子著春秋而亂臣賊子懼，梁竦作七序而竊位素餐者慙。」

前賈逵傳 六十六卷

賈逵字景伯，父徽，從劉向受左氏春秋。逵悉傳父業。與班固並校秘書。

孔融傳 一百卷

「操故書激厲融曰」云云，「屈原悼楚，受譖於椒蘭」云云。

【校記】

[一]「氏」原作「子」，據後漢書改。

〔二〕「數」下原衍「萬」字，據後漢書删。

後漢班蘭臺集

班固與驃騎將軍王蒼書 時固始弱冠。○固死獄中，時六十一。

昔卞和獻寶，以離斷趾；靈均納忠，章懷太子注：靈爲字，非也。終於沉身。而和氏之璧，千載垂光；屈子之篇，萬世歸善。願將軍隆照微之明，信日昃之聽，少屈威神，咨嗟下問，令塵埃之中永無荆山、汨羅之恨。①

【眉批】

① 本傳：固所著今傳四十一篇。

後漢班固離騷解序

昔在孝武，博覽古文。淮南王安敘離騷傳，以「國風好色而不淫，小雅怨誹而不亂，若離騷者，可謂兼之；蟬蜕濁穢之中，浮游塵埃之外，皭然泥而不滓，推此志，雖與日月争光可也」。斯論似過其實。又説「五子以失家巷」謂伍子胥也。及至羿、澆、少康、貳姚、有娀佚女，皆各以所識，有所增損。然猶未得其正也。故博采經書傳記本文，以爲之解。且君子道窮，命矣，故潛龍不見是而無悶，關雎哀周道而不傷，蘧瑗持可懷之智，甯武保如愚之性，咸以全命避害，不受世患。故大雅曰：「既明且哲，以保其身」，斯爲貴矣。今若屈原，露才揚己，競乎危國羣小之間，以離讒賊。然責數懷王，怨惡椒蘭，愁神苦思，强非其人，忿懟不容，沉江而死，亦貶絜狂狷景行之士。多稱昆侖冥婚宓妃虚無之語，①皆非法度之致，經義所載。謂之兼詩風雅，而與日月争光，過矣。然其文弘博麗雅，爲辭賦宗。後世莫不斟酌其英華，則象其從容。自宋玉、唐勒、景差之徒，漢興，枚乘、司馬相如、劉向、揚雄，騁極文辭，好而悲之，自謂不能及也。雖非明智之士，可謂妙才者也。

離騷贊序

離騷者，屈原之所作也。屈原初事懷王，甚見信任。同列上官大夫妬害其寵，讒之王，王怒而疎屈原。屈原以忠信見疑，憂愁幽思，而作離騷。離，猶遭也；騷，憂也。明己遭憂作辭也。是時周室已滅，七國竝争。屈原痛君不明，信用羣小，國將危亡，忠誠之情懷不能已，故作離騷。上陳堯舜禹湯文王之法，下言羿澆桀紂之失以風。懷王終不覺悟，信反間之説，西朝于秦。秦人拘之，客死不還。至于襄王，復用讒言，逐屈原。在野又作九章，賦以風諫，卒不見納，不忍濁世，自投汨羅。原死之後，秦果滅楚。其辭爲衆賢所悼悲，故傳于後。

按，班彪悼離騷云「惟達人進止得時」，班固前序，蓋家風然也，以「明哲保身爲貴」一語開六朝文人昨南今北之弊，可悲而已。洪慶善駁得中肯綮，其文在補注班序下，今不載録。

又按，圖書集成引平園周氏曰：詩國風及秦不及楚也，而屈原離騷出焉，衍風雅於詩亡之後，發乎情，止乎忠直，殆先王之遺澤也。謂之文章之祖，宜矣。艾軒林氏曰：江漢在楚地，詩辭萌芽自楚人，蓋是詩一變爲楚辭，屈原爲之唱，謂文章鼓吹多出於楚也。

【眉批】

① 文選曹子建贈白馬王彪詩李善注引班固楚辭序曰：「帝閽、宓妃，虛無之語。」其文小異。

東漢張衡四愁詩序

文選卷二十九，節録

屈原以美人爲君子，以珍寶爲仁義，以水深雹雰爲小人，思以道術報貽於時君，而懼讒邪不得以通。

魏文帝典論論文

佚文。全三國文卷八

或問屈原、相如之賦孰愈？曰：優游案衍，屈原之尚也；窮侈極妙，相如之長也。然原據託譬喻，其意周旋，綽有餘度矣。長卿、子雲意未能及也。北堂書鈔一百。

晉陸雲與兄平原書

本集

雲再拜：嘗聞湯仲歎九歌，昔讀楚辭，意不大愛之。頃日視之，實自清絶滔滔，故自是識者。古今來爲如此種文，此爲宗矣。視九章，時有善語，大類是穢文，不難舉意。視九歌，便自歸謝絶。思兄常欲其作詩文，獨未作此曹語，若消息小佳，願兄可試作之。兄復不作者，恐此文獨單行千載。間常謂此曹語不好，視九歌正自可歎息。王襃作九懷，亦極佳，恐猶自繼。真玄盛稱九辨，意不甚愛。

晉摯太常集文章流别論

賦

賦者，敷陳之稱，古詩之流也。古之作詩者，發乎情，止乎禮義。情之發，因辭以形之；禮義之指，須事以明之，故有賦焉。所以假象盡辭，敷陳其志。前世爲賦者，有孫卿、屈原，尚頗有古詩之義。至宋玉，則多淫浮之病矣。楚辭之賦，爲賦之善者也。故揚子稱賦莫深于離騷。賈誼之作，則屈原儔也。古詩之賦以情義爲主，以事類爲佐。今之賦以事形爲本，以義正爲助。情義爲主則言省而文有例矣，事形爲本則言當而辭無常矣。文之煩省，辭之險易，蓋緜於此。夫假象過大則與類相遠，逸辭過壯則與事相違，辯言過理則與義相失，麗靡過美則與情相悖。此四過者，所以背大體而害政教。是以司馬遷割相如之浮説，揚雄疾辭人之賦麗以淫也。全晉文引藝文類聚五十六、御覽五古八十七。

愍騷①藝文類聚五十六

蓋明哲之處身，固度時以進退。泰則攄志于宇宙，否則澄神于幽昧。擿之莫究其外，亟之罔識其内。順陰陽㠯潛躍，豈凝滯乎一概？

【眉批】

①陸雲有九愍。

梁劉勰文心雕龍

序節録

蓋文心之作也，本乎道，師乎聖，體乎經，酌乎緯，變乎騷。文之樞紐，亦云極矣云云。

宗經

建言修辭，鮮克宗經。是以楚豔漢侈，流弊不還。

辨騷

自風雅寢聲，莫或抽緒，奇文鬱起，其離騷哉？固已軒翥詩人之後，奮飛辭家之前，豈去聖之未遠，而楚人之多才乎？昔漢武愛騷而淮南作傳，以爲國風好色而不淫，小雅怨誹元作「謗」，許改。而不亂，若離騷者，可謂兼之。蟬蛻穢濁之中，浮遊塵埃之外，皭然涅而不緇，雖日月争光可也！班固以爲露才揚己，忿懟沉江，羿澆二姚與左氏不合；崑崙懸圃非經義所載。然其文辭麗雅，爲詞賦之宗。雖非明哲，可謂妙才。王逸以爲詩人提耳，屈原婉順，離騷之文，依經立義。駟虬乘翳，則時乘六龍；崑崙流沙，則禹貢敷土。名儒辭賦，莫不擬其儀表，所謂金相玉質，百世無匹者也。及漢宣嗟嘆，以爲皆合經術；揚雄諷味，亦言體同詩雅。四家舉以方經，而孟堅謂不合傳。褒貶任聲，抑揚過實，可謂鑒而弗精，翫而未覈者也。將覈其論，必徵言焉。

故其陳堯舜之耿介，稱湯武之祗敬，典誥之體也。譏桀紂之猖披，傷羿澆之顛隕，規諷之旨也。虬龍以喻君子，雲蜺以譬讒邪，比興之義也。每一顧而掩涕，歎君門之九重，忠怨之辭也。觀茲四事，同於風雅者也。至於雲龍説迂怪，豐隆求宓妃，鴆鳥媒娀女，詭異之辭也。康回傾地，夷羿彃元作「蔽」，孫改。日，木夫元作「天」，謝改。九首，土伯三目元作「足」，朱改。譎怪之談也。依彭咸之遺則，從子胥以自適，狷狹之志〔二〕也。士女雜坐，亂而不分，指以爲樂；娛酒不廢，沉湎日夜，舉爲以懽，荒淫之意也。摘此四事，異乎經者也。故論其典誥則如彼，語其夸誕則如此。固知楚辭者，體慢元作「意」，朱據宋本楚辭改。於三代，而風雅於戰國，乃雅頌之博徒，而詞賦之英傑也。觀其骨鯁所樹，肌膚所附，雖取鎔經意，亦自鑄偉辭。故騷經九章朗麗以哀志，九歌九辨綺靡以傷情，遠游天問瓌詭而惠巧，招魂招隱馮云：招隱，楚辭本作大招，下云屈宋莫追，疑大招爲是。耀豔而深華，卜居標放言之致，漁父寄獨往之才，故能氣往轢古，辭來切今，驚采絶豔，難與竝能矣。自九懷以下，遽躡其迹，而屈宋逸步，莫之能追。故其敍情怨則鬱伊而易感，述離居則愴怏而難懷，論山水則循聲而得貌，言節候則披文而見時。是以枚賈追風以入麗，馬揚沿波而得奇，其衣被詞人，非一代也。故才高者菀其鴻裁，中巧者獵其豔辭，吟諷者銜其山川，童蒙者拾其香草。若能憑軾以倚雅頌，懸轡以馭楚篇，酌奇而不失其真，翫華而不墜其實，則顧盼可以驅辭力，欬唾可以窮文致，亦不復乞靈於長卿，假寵於子淵矣。贊曰：

不有屈原，豈見離騷？驚才風逸，壯志煙高。山川無極，情理實勞。金相玉式，豔溢錙毫。元作「終益稱豪」，朱考宋本楚辭改。

明詩

自王澤殄竭，風人輟采，春秋觀志，諷誦舊章。酬酢以爲賓榮，吐納而成身文。逮楚國諷怨，則離騷爲刺。

樂府

暨武帝崇禮，始立樂府。總趙代之音，撮齊楚之氣。延年以曼聲協律，朱馬以騷體制歌。

詮賦

及靈均唱騷，始廣聲貌。然賦也者，受命於詩人，拓宇於楚辭也。於是荀況禮智，宋玉風鈞，爰錫名號，①與詩畫境。六義附庸，蔚成大國。遂許云：當作「述」。客主以首引，極聲貌以窮文，斯蓋别詩之原始，命賦之厥初也。

祝盟

若夫楚辭招魂，可謂祝辭之組纚也。紀評云：招魂似非祝辭。

通變

暨楚之騷文，矩式周人；漢之賦頌，影寫楚世；魏之策制，顧慕漢風；晉之辭章，瞻望魏采。榷而論之，則黄唐淳而質，虞夏質而辨，商周麗而雅，楚漢侈而豔，魏晉淺而綺，宋初訛而新。從質及訛，彌近彌澹。

章句

六言七言，雜出詩騷，而疑有脱字。體之篇，成於兩漢。

又詩人用「兮」字入於句限，楚辭用之，字出句外。尋「兮」字成句，乃語助餘聲。

舜詠南風，用之久矣。而魏武弗好，豈不以無益文義耶？②

比興

楚襄信讒而三閭忠烈，依詩製騷，諷兼比興。炎漢雖盛，而辭人夸毗，詩刺道喪，故興義消亡。於是賦頌先鳴，故比體雲構，紛紜雜遝，信舊章矣。

夸飾

自宋玉景差，夸飾始盛；相如憑風，詭濫愈甚。

事類

觀夫屈宋屬篇，號依詩人，雖引古事，而莫取舊辭，唯賈誼鵩賦始用鶡冠之說，相如上林撮引李斯之說，此萬分之一會也。

時序

屈平聯藻於日月，宋玉交彩於風雲。

爰自漢室，迄至成哀，雖世漸百齡，辭人九變，而大抵所歸，祖述楚辭，靈均餘影，於是乎在。

物色

至如雅章棠華，或黄或白；騷述秋蘭，緑葉紫莖；凡摛表五色，貴在時見。若青黄屢出，則繁而不珍。

才畧

諸子以道術取資，屈宋以楚辭發采。

荀況學宗，而象物名賦，文質相稱，固巨儒之情也。

相如好書，師範屈宋，洞入夸豔，致名辭宗。

知音

昔屈平有言「文質踈内，衆不知余之異采」，見異唯知音耳。九章。

程器

若夫屈賈之忠貞，鄒枚之機覺，黄香之淳孝，徐幹之沉默，豈曰文士必其玷歟？

【眉批】

① 勰以賦名爲自荀宋始，非也。

② 兮字。

【校記】

〔一〕「志」原作「士」，據文心雕龍改。

梁昭明集

文選序 是習見之文，今鈔出一節

至今之作者，異乎古昔。古詩之體，今則全取賦名。荀宋表之於前，賈馬繼之於末。自兹以降，源流實繁云云。又楚人屈原，含忠履潔，君匪從流，臣進逆耳，深思遠慮，遂放湘南。耿介之意既傷，壹鬱之情靡愬。臨淵有懷沙之志，吟澤有憔悴之容。騷人之文，自兹而作。

按，漢志稱屈原賦二十五篇，則劉向所裒集離騷以下二十五篇及宋景賈馬之文皆是賦體，非另有騷體。昭明以賦爲荀宋所創名，屈原之作爲騷人之文，另立一體。文選目録「賦」十類、「詩」七類，下置「騷體」一類，於是楚辭另有「騷」之名。楚辭總名曰「騷」則可，騷之與賦分爲二體，則陋矣。

梁簡文帝與湘東王書 節録全梁文卷十一

吾輩亦無所遊賞，止事披閲。性既好文，時復短詠。雖是庸音，不能閣筆。有慙伎癢，更同故態。比見京師文體，懦鈍殊常，競學浮疎，争爲闡緩。玄冬修夜，思所不得，既殊比興，正背風騷云云。①梁書庾肩吾傳：「時太子與湘東王書論之」。又畧見藝文類聚七十七。

【眉批】

①風騷。

梁裴子野 字幾原

雕蟲論 節録全梁文第五十三卷

古者四始六藝，總而爲詩。既形四方之氣，且彰君子之志。勸美懲惡，王化本焉。後之作者，思存枝葉，繁華蘊藻，用心自進。若悱惻芳芬，楚騷爲之祖；靡漫容與，相如和其音云云。

北齊顏之推顏氏家訓

文章篇 第九

自古文人多陷輕薄。屈原露才揚己，顯暴君過。宋玉體貌容冶，見遇俳優云云。

著劇秦美新，妄[一]投於閣，周章怖懾，不達天命，童子之爲耳。桓譚以勝老子，葛洪以方仲尼，使人嘆息。此人直曉算術，解陰陽，故著太玄經，爲數子所惑耳。其遺言餘行，孫卿屈原之不及，安敢望大聖之清塵？

按，顏之推父子爲梁人，被囚入北齊。齊亡，仕周。周亡，仕隋。其無節如此，而駡屈子爲露才揚己，顯暴君過，抑何其靦面目也！

音辭篇 第十八

夫九州之人，言語不同，生民以來，固常然矣。自春秋標齊言之傳，離騷目楚辭之經，此豈其較明之初也。後有揚雄著方言，其常大備。然皆考名物之同異，不顯聲讀之是非也云云。

【校記】

[一]「妄」原作「忘」，據顏氏家訓改。

梁沈約宋書

謝靈運傳論 第六十七卷

史臣曰：民稟天地之靈，含五常之德，剛柔迭用，喜愠分情。夫志動於中，則歌詠外發。六義所因，四始攸繫，升降謳謡，紛披風什。雖虞夏以前，遺文不覩，稟氣懷靈，理無或異。然則歌詠所興，宜自生民始也。

周室既衰，風流彌著。屈平宋玉導清源於前，賈誼相如振芳塵於後。英辭潤金石，高義薄雲天。自兹以降，情志愈廣。王褒劉向揚班崔蔡之徒，異軌同奔，遞相師祖。雖清辭麗曲，時發于篇，而蕪言累氣，固亦多矣。若夫平子豔發，文以情變，絶唱高蹤，久無嗣響。至于建安，曹氏基命，二祖陳王，咸蓄盛藻。甫乃以情緯文，以文被質。自漢至魏，四百餘年，辭人才子，文體三變。相如巧爲形似之言，班固長於情理之説，子建仲宣以氣質爲體，竝標能擅美，獨映當時。是以一世之士，各相慕習。原其風流所始，莫不同體風騷，徒以黨好異情，故異制相詭。降及元康，潘陸特秀，律異班賈，體變曹王，縟旨星稠，繁文綺合。綴平臺之逸響，採南皮之高韻，遺風餘烈，事極江左。有晉中興，玄風獨振，爲學窮於柱下，博物止乎七篇。馳騁文辭，意單乎此。自建武暨乎義熙，歷載將百，雖綴響聯辭，波屬雲委，莫不寄言上德，託意玄珠，遒麗之辭無聞焉爾。仲文始革孫許之風，叔源大變太元之氣。爰逮宋氏，顔謝騰聲。靈運之興會標舉，延年之體裁明密，竝方軌前秀，垂範後昆。

若夫敷衽論心，商榷前藻，工拙之數，如有可言。夫五色相宣，八音協暢，由乎玄黄律吕，各適物宜。欲使宫羽相變，低昂互節，若前有浮聲，則後須切響。一簡之内，音韻盡殊；兩句之中，輕重悉異。妙達此旨，始可言文。至於先士茂制，諷高歷賞，子建函京之作，仲宣霸岸之篇，子荆零雨之章，正長朔風之句，竝直舉胸情，非傍詩史。正以音律調韻，取高前式。自騷人以來，此秘未覩。至於高言妙句，音韻天成，皆闇與理合，匪由思至。張蔡曹王，曾無先覺；潘陸顔謝，去之彌遠。世之知音者，有以得之，知此言之非謬。如曰不然，請待來哲。

齊魏收魏書

文苑傳序 八十五卷

淳于出齊，有雕龍之目；靈均逐楚，著嘉禍之章。漢之西京，馬揚爲首稱；東都之下，班張爲雄伯。曹植信魏世之英，陸機則晉朝之秀。

陳姚察梁書

文學傳後論 第五十卷

陳吏部尚書姚察曰：魏文帝稱古之文人鮮能以名節自全，何哉？夫文者，妙發性靈，獨拔懷抱，易邈等夷，必興矜露。大則凌慢侯王，小則慠蔑朋黨，速忌離訧，啓自此作。若夫屈賈之流斥，桓馮之擯放，①豈獨一世哉？蓋恃才之禍也。群士值文明之運，摛豔藻之辭，無鬱抑之虞，不遭向時之患，美矣。劉氏之論，命之徒也。命也者，聖人罕言歟，就而必之，非經意也。

按，梁陳二書，題唐散騎常侍姚思廉撰。思廉繼其父察業而成之也。陳書文苑傳序論云自楚漢以降，辭人世出，洛汭江左，其流彌暢云云。

【眉批】

① 馮衍有曲陽集。

隋書經籍志

唐長孫無忌等撰

經籍四 集

楚辭者，屈原之所作也。自周室衰亂，詩人寢息，諂佞之道興，諷刺之辭廢。楚有賢臣屈原，被讒放逐，乃著離騷八篇。①言己離別愁思，申抒其心，自明無罪。因以諷諫，冀君覺悟，卒不省察，遂赴汨羅死焉。弟子宋玉痛惜其師，傷而和之。其後賈誼東方朔劉向揚雄嘉其文彩，擬之而作。蓋以原楚人也，謂之楚辭。然其氣質高麗，雅致清遠，後之文人咸不能逮。始漢武帝命淮南王爲之章句，旦受命，食時而奏之，其書今亡。後漢校書郎王逸集屈原以下迄於劉向，逸又自爲一篇，并敘而注之，今行於世。隋時有釋道騫，長讀之，能爲楚聲，音韻清切，至今傳楚辭者，皆祖道騫之音。

按，漢志稱「屈原賦二十五篇」，隋志則云「乃著離騷八篇」，所謂「八篇」，豈指離騷、九歌、天問、九章、遠游、卜居、漁父、招魂歟？九歌以下皆有篇名，而隋志總稱曰離騷，雖是王逸以離騷爲經，餘篇爲傳，昭明以離騷以下諸篇爲騷之遺意，而亦實總稱楚辭曰「騷」，其名至隋而定矣。

別集之名，蓋漢東京之所創也。自靈均以降，屬文之士衆矣。然其志尚不同，風流殊別，後之君子欲觀其體制，而見其心靈，故別聚焉，名之爲集。辭人景慕，並自記載，以成書部。年代遷徙，亦頗遺散，其高唱絶俗，略皆具存。今依其先後，次之於此。

總集者，以建安之後，辭賦轉繁，衆家之集，日以滋廣。晉代摯虞苦賢者之勞倦，於是採擿孔翠，芟剪繁蕪，自詩賦下，各爲條貫，合而編之，謂爲流別。是後文集總鈔，作者繼軌，屬辭之士，以爲覃奥，而取則焉。今次其前後，并解釋評論，總於此篇。

按，楚辭儼爲一類，自專蒐屈賦而觀之，則別集也。自匯集楚漢騷體而觀之，則亦爲總集之祖。

文者，所以明言也。古者登高能賦，山川能祭，師旅能誓，喪紀能誄，作器能銘，則可以爲大夫。言其因物騁辭，情靈無擁者也。唐歌虞詠，商頌周雅，敘事緣物，紛綸相襲。自斯已降，其道彌繁。世有澆季，時移治亂，文體遷變，邪正或異。宋玉屈原激清風於南楚，嚴鄒枚馬陳盛藻於西京，平子豔發於東都，王粲獨步於漳滏。爰逮晉氏，凡稱潘陸，並黼藻相輝，宫商間起，清辭潤乎金石，精義薄乎雲天。永嘉已後，玄風已扇，辭多平淡，文寡風力。降及江東，不勝其弊。宋齊之世，下逮梁初，靈運高致之奇，延年錯綜之美，謝玄暉之藻麗，沈休文之富溢，煇焕斌蔚，辭義可觀。梁簡文之在東宫，亦好篇什。清辭巧制，止乎衽席之間；雕琢蔓藻，思極閨闈之内。後生好事，遞相放習，朝野紛紛，號爲宫體，流宕不已，訖于喪亡。陳氏因之，未能全變。其中原則兵亂積年，文章道盡。後魏文帝頗效屬辭，未能變俗，例皆淳古。齊宅漳濱，辭人間起，高言累句，紛紜絡繹，清辭雅致，是所未聞。後周草創，干戈不戢，君臣戮力，專事經營，風流文雅，我則未暇。其後南平漢沔，東定河朔。訖于有隋，四海一統，采南之杞梓，收會稽之箭竹，辭人才士，總萃京師。屬以高祖少文，煬帝多忌，當路執權，逮相擯壓。於是握靈蛇之珠，韞荆山之玉，轉死溝壑之内者不可勝數，草澤怨刺，於是興焉。古者陳詩觀風，斯亦所以關乎盛衰者也。班固有詩賦略，凡五種，今引而伸之，合爲三種，謂爲集部。

按，隋志倣荀勗四部而楚辭爲集部之冠者，漢志既然。

【眉批】

① 以離騷爲屈賦總名。

後晉劉昫舊唐書

文苑傳序論

臣觀前代，秉筆論文者多矣，莫不憲章謨誥，祖述詩騷，遠宗毛鄭之訓論，近鄙班揚之述作。謂「采采芣苢」獨高比興之源，「湛湛江風」長擅詠歌之體，殊不知世代有文質，風俗有淳漓云云。

明焦竑經籍志

賦頌集

詩有賦比興，而頌者四詩之一也。後世篇章蔓衍，自開塗轍，遂以謂二者於詩文，如魚之於鳥獸，竹之於草木，不復爲詩屬，非古矣。屈平宋玉自鑄偉辭，賈誼相如同工異曲，自此以來，遞相師祖。即蕪言累氣，時或不無，而標能擅美，輝暎當時者，每每有之，悉著於篇。語曰：登高能誦，①可以爲大夫。學者吟諷廻環，可以慨然而賦矣。

【眉批】

① 登高能誦，詩定之方中毛傳語。

四庫全書提要

楚辭類

裒屈宋諸賦，定名楚辭，自劉向始也。後人或謂騷，故劉勰品論楚辭，以「辨騷」標目。考史遷稱「屈原放逐，乃著離騷」，蓋舉其最著一篇。九歌以下，均襲「騷」名，則非事實矣。隋志集部以楚辭别爲一門，歷代因之。蓋漢魏以下，賦體既變，無全集皆作此體者。他集不與楚辭類，楚辭亦不與他集類。體例既異，理不得不分著也。楊穆有九悼一卷，至宋已佚。晁補之、朱子皆嘗續編，然補之書亦不傳，僅朱子書附刻集注後。今所傳者，大抵注與音耳。注家由東漢至宋，遞相補苴，無大異詞。迨於近世，始多别解。割裂補綴，言人人殊，錯簡説經[一]之術，蔓延及於詞賦矣。今竝刊除，杜竄古書之漸也。

按，晁書不傳，而道光中裔孫貽[二]端刊晁氏叢書，内有重定楚辭，豈掇拾而成書歟？

又按，劉向以前既有楚辭之目，見漢書朱買臣傳及王襃傳，非始于劉向也。

【校記】

［一］「經」原作「簡」，據四庫全書總目改。

［二］「眙」原作「詒」，據晁氏叢書改。

清王芑孫讀賦卮言

道源

荀況賦論言「請陳佹詩」，班固言「賦者古詩之流」。曰「佹」，旁出之辭；曰「流」，每下之説。夫既與詩分體，則義兼比興，用長箴頌矣。單行之始，椎輪晚周。別子爲祖，荀況屈平是也。繼別爲宗，宋玉是也。追其統系，三百篇其百世不遷之宗矣。下此則兩家歧出，有由屈子分支者，有自荀卿別派者。昭明序選［二］所以云「荀宋表前，賈馬繼後」，而慨然於源流自兹也。相如之徒敷典摛文，乃從荀出。賈傅以下，湛思渺慮，具有屈心。抑荀正而屈變，馬愉而賈戚，雖云一轂，略已殊塗。賦家極軌，要當盛漢之隆，而或命騷爲的，偏奉東京，豈曰知言哉？飈流所始，同祖風騷。騷有擬有反，稍已分門，兹不具論。由荀宋而言，則禮知之篇，義徵載道；箴蠶之作，理在前民，附庸六義者也。高唐神女，有孔子殷勤之意，猶之風詩。馬既騰聲，揚旋飛躅，子虚上林，甘泉羽獵，鏘洋鴻麗，有清廟噫嘻之響，般桓甫草之音，抑亦雅頌之亞也。東莞言秦世不文，頗有雜賦，今不可見[二]矣。推尋三代之遺聲，綜覈十家之梗概，討其義類，西京爲上。

總指

荀卿五首，乃學道之餘言；屈子九歌，亦懷貞之浩唱。守元之暇，雄有長篇；校書之日，歆多閒作。東馬皆列仙之儒，彪固當良史之任。董醇賈茂，班女黄香。姬漢賦家，莫非文傑。

杜詩稱史，屈賦稱經。經史之歸，以古文爲路。

【校記】

[一]「選」原作「遷」，據淵雅堂全集改。

［二］「見」原作「言」，據淵雅堂全集改。

唐劉軻代荀卿與楚相春申君書

前蘭陵令臣況謹奉書於相國春申君足下：

前者不識事機，冠宋章，襲儒衣，以廉軸駕羸駑，應聘於諸侯。始入秦，見秦應侯，會侯方以六國啗其君，且曰：「吾方角虎以鬬，又何儒爲？」故去秦之趙。會孝成王喜兵，方築壇拜孫臏，欲磨牙而西。臣以湯武之兵鉗其口於前，趙王亦不少孫臏而多臣。臣以是去趙之齊。會宣王方沽賢市名達諸侯間，人聚稷下，若鄒子、田駢、淳于髡，皆號客卿，故臣得翺翔於諸子間。自威王至襄王，三爲祭酒，號爲老師。然憫諸生少年皆不登闕里，不浴沂水，各掉寸舌，得紆朱垂組，自以爲高潔莫我若也。臣以乳兒輩畜之，何虞其蝎蠆之爲毒也。由是讒言塞路，臣之肉幾爲齊人所食。伏念相君與平原、孟嘗、信陵齊名，故游談者謂從成則楚王，衡成則秦帝，①以相君之相楚故也。不然，楚何以得是名？以是去齊歸相君。相君果不以臣孱固，俾臣爲蘭陵令。臣始下車，方弦琴調軫，欲蘭陵之人心和且富，既富且教，必使三年有成，然後報政於相君。此臣效相君者希以是。不意稷下之謗又起於左右，俾臣之醜聲直聞於執事，執事亦疑棄臣如脱故屣。臣之去蘭陵，豈不知相君之棄臣邪？臣尚念古者交絶不出惡聲，臣懟楚而怨相君也哉？頃相君徒欲人之賢己，曾不知楚國前事。臣不遠引三代洎春秋，今雖戰國，亦不敢以他事白，直道楚國盛衰之尤者，冀相君擇焉。

自重黎爲火正，光融天下。鬻熊有歸德，教西伯弟子。洎蚡冒、熊繹，篳路藍縷，以啓荆蠻。歷武、文、成，始臣妾江漢。至莊王，始與中國争霸。此數君皆郢之祖宗，而代亦稱臣之術。五尺童子，羞稱五伯，臣又何必獨爲相君道哉？然楚君但成、莊而已矣。自莊而下，楚亟不競。平王嗣位，耳目倒置，伍奢以諫死，費無極以讒用。亡太子，走昭[二]王，污楚宫，鞭郢墓，豈不以一讒而至乎爾？下及懷王，知左徒屈原忠賢，始能付以楚政。當諸侯盛，以游説交鬭，猶以楚爲有人。無何，爲上官靳尚所短，王怒疎屈平。平既疎，秦果爲張儀計陷楚之商於地。儀計行，秦果欺楚，是以有藍田之役，丹徒之敗。懷王囚不出咸陽，亡不越魏境，客死而尸歸，至今爲楚痛，豈不曰疎屈平、親靳尚而至于爾？人亦謂令尹子蘭不得皭然無非，己不能疾讒，又從而借之，俾屈生溺，離騷爲之作。襄王以前事，歷目切骨，雖有宋玉唐勒景差輩子弟，賦風吊屈而已，又何能免王於矢石哉？

今相君自左徒爲令尹，封以號春申君。楚於相君，設不能引伍胥、屈平以輔政，復不能拒無極、靳尚之口弭，臣見泗上諸侯不北轅不來矣。夫如是，漢水雖深，不爲楚塹；方城雖高，不爲楚險；相君雖賢，欲捨楚而安之也？今有李園者，世以諛媚薦寵，喜以陰計中上，根結枝布，浸爲難拔，相君不以此時去之，則王之左右前後不靳尚，則無極，詎獨臣之不再用也？前月相君聘至，跪書受命，且曰：「若惡若仇，若善若師，真宰相之心。」脱李園何至，費、靳方試，何害臣之不再罷蘭陵也哉？敢輒盡布諸執事，而無遂子蘭之非，況之望也，楚子之幸也。

按，事後之見，雖近游戲，亦有可觀者矣。

【眉批】

① 屈子之所以主從。

【校記】

［一］「昭」字原脱，據全唐文補。

唐柳冕與徐給事論文書

文章本於教化，形於治亂，繫於國風。故在君子之心爲志，形君子之言爲文，論君子之道爲教。易云：「觀乎人文，以化成天下。」此君子之文也。

自屈宋已降，爲文者本於哀豔，務於恢誕，亡於比興，失古義矣。雖揚馬形似，曹劉骨氣，潘陸藻麗，文多用寡，則是一技，君子不爲也。昔武帝好神仙，而相如爲大人賦以諷，帝覽之飄然有凌雲之氣，故揚雄病之，曰「諷則諷矣，吾恐不免於勸」也。蓋文有餘而質不足則流，才有餘而雅不足則蕩。流蕩不返，使人有淫麗之心，此文之病也。雄雖知之，不能行之。行之者惟荀、孟、賈生、董仲舒而已。仆自下車，爲外事所感，感而應之，爲文不覺成卷。意雖復古，而不逮古，則不足以議古人之文。噫！古人之文，不可及之矣。得見古人之心在於文乎？苟無文，又不得見古人之心，故未能亡言，亦言之所之也。

唐韓愈昌黎集

進學解

沈浸醲郁，含英咀華。作爲文章，其書滿家。上規姚姒，渾渾無涯。周誥殷盤，佶屈聱牙。春秋謹嚴，左氏浮誇。易奇而法，詩正而葩。下逮莊騷，太史所録。子雲相如，同工異曲，先生之於文，可謂閎其中而肆其外矣。

唐柳宗元柳河東集

與楊京兆憑書

自古文士之多莫如今。今之後生，爲文希屈馬者，可得數人；希王褒、劉向之徒者，又可得十人；至陸機、潘岳之徒，累累相望。若皆爲之不已，則文章之大盛，古未有也。誠使博如莊周，哀如屈原，奥如孟軻，壯如李斯，峻如馬遷，富如相如，明如賈誼，專如揚雄，猶爲今之人，則世之高者至少矣。由此觀之，古人之未始不薄於當[一]世而榮於後世也。

報袁君陳秀才避師名書

大都文以行爲本，在先誠其中。其外者，當先讀六經，次論語、孟軻書，皆經言。左氏國語、莊周、屈原之辭，稍采取之。穀梁子、太史公甚峻潔，可以出入。餘書俟文成異日討也，其歸在不出孔子。

按，此二書，學者須與韓昌黎進學解及答劉正夫書竝看，以知二人所讀何書，所師倣何人也。昌黎開口則曰司馬相如、太史公、劉向、揚雄，柳子厚則曰莊周、屈原、孟軻、李斯、司馬遷、相如、賈誼、揚雄，不如韓之專矣，而其歸在孔子，則同耳。

【校記】

[一]「當」原作「後」，據柳河東集改。

唐裴度寄李翺書

荀孟之文，左右周孔之文也。理身理家，理國理天下，一日失之，敗亂至矣。騷人之文，發憤之文也。雅多自賢，頗有狂態。相如子雲之文，譎諫之文也，自爲一家，不是正氣。賈誼之文，化成之文也，鋪陳帝王之道，昭昭在目。司馬遷之文，財成之文也，馳騁數千載，若有餘力。董仲舒、劉向之文，通儒之文也。發明經術，究極天人。其餘擅美一時，流譽千載者多矣。

唐李翺答進士王載言書

創意造言，皆不相師。故其讀春秋也，如未嘗有詩；其讀詩也，如未嘗有易；其讀易也，如未嘗有書；其讀屈原莊周也，如未嘗有六經。故義深則意遠，意遠則理辯，理辯則氣厚，氣厚則詞盛，詞盛則文工。

六經之後，百家之言興，老聃、列御寇、莊周、田穰苴、孫武、屈原、宋玉、孟軻、吴起、商鞅、墨翟、荀況、韓非、李斯、賈誼、枚乘、司馬遷、相如、揚雄，皆足以自成一家之文，學者之所歸也。

唐皇甫湜與李生第二書 節録

秦漢以來，至今文學之盛，莫如屈原、宋玉、李斯、司馬遷、相如、揚雄之徒，其文皆奇，其傳皆遠。生書文亦善矣，比之數子，似猶未勝。何必心之高乎？傳曰："言之不出，耻躬之不逮也"，生自視何如哉？書之文不奇，易之文可爲奇矣，豈礙理傷聖乎？如"龍戰於野，其血玄黄"，"見豕負塗，載鬼一車"，"突如其來如，焚如，死如，棄如"，此何等語也？生輕宋玉而稱仲尼班馬相如爲文學，按司馬遷傳屈原曰"雖與日月争光可矣"，生當見之乎？若相如之徒，即祖習不暇者也。豈生[一]稱誤邪？將識分有所至極[二]耶？將彼之所立卓爾，非强爲所庶幾遂讎嫉之邪？其何傷於日月乎？生笑"紫貝闕兮珠宫"，此與詩之"金玉其相"何異？天下人有金玉爲之質者乎？"被薜荔兮帶女蘿"，此與"贈之以芍藥"何異？文章不當如此説也。豈爲怒三四而喜四三、識出之白而性入之黑乎？

近風教偷薄，進士尤甚。廼至有「一謙三十年」之説，争爲虚張，以相高自謾。詩未有劉長卿一句，已呼阮籍爲老兵矣；筆語未有駱賓王一字，已駡宋玉爲罪人矣。書字[三]未知偏傍，高談稷契；讀書未知句度，下視服鄭。此時之大病，所當嫉者。生美才，勿似之也。

【校記】

[一]「生」下原衍「豈」，據全唐文删。

[二]「極」原作「識」，據全唐文改。

[三]「字」原作「生」，據全唐文改。

宋歐陽修文忠公集

賈誼不至公卿論 外集

且以誼之所陳，孝文略施其術，猶能比德於成康；況用於朝廷之間，坐於廊廟之上，則舉大漢之風，登三皇之首，猶決疶捭墜耳。奈何俯抑佐王之略，遠致諸侯之間，故誼過長沙，作賦以弔汨羅，而太史公傳於屈原之後，明其若屈原之忠而遭棄逐也。而班固不譏文帝之遠賢，痛賈生之不用，但謂其天年早終。且誼以失志憂傷而横夭，豈曰天年乎？

宋曾鞏元豐類稿

讀賈誼傳〔一〕

余讀三代兩漢之書，至於奇辭奧旨，光輝淵澄，洞達心腑，如登高山以望長江之活流，而怳然駭其氣之壯也。故詭辭誘之而不能動，淫辭迫之而不能顧，考是與非，若别白黑，而不能惑，浩浩洋洋，波徹際涯，雖千萬年之遠，而若會於吾心，蓋自喜其資之者深〔二〕而得之者多也。既而遇事輒發，足以自壯其氣，覺其辭源源來而不雜，剔吾粗以迎其真，植吾本以質其華。其高足以凌青雲，抗太虚，而不入於詭誕；其下足以盡山川草木之理，形狀變化之情，而不入於卑污。及其事多而憂深慮遠之激扞，有觸於吾心而干於吾氣，故其言多而出於無聊，讀之有憂愁不忍之態，然其氣要以爲無傷也，於是又自喜其無入而不宜矣。

使予位之朝廷，視天子所以措置指畫號令天下之意，作之訓辭，鏤之以金石，以傳太平無窮之業，蓋未必不有可觀者。遇其所感，寓其所志，則自以爲皆無傷也。

余悲賈生之不遇，觀其爲文，經畫天下之便宜，足以見其康天下之心；觀其過湘爲賦以吊屈原，足以見其憫時憂國，而有觸於其氣。後之人責其不一遇而爲是憂怨之言，乃不知古詩之作，皆古窮人之辭，要之不悖於道義者，皆可取也。賈生少年多才，見文帝，極陳天下之事，毅然無所回避；而絳灌之武夫相遭於朝，譬之投規於矩，雖强之不合，故斥出，不得與聞朝廷之事，以奮其中之所欲言，彼其不發於一時，猶可託文以攄其藴，則夫賈生之志，其亦可罪耶？故予之窮餓，足以知人之窮者亦必若此；又嘗學文章，而知窮人之辭自古皆然，是以於賈生少進焉。嗚呼！使賈生卒其所施，爲其功業，宜有可述者，又豈空言以道之哉？予之所以自悲者亦若此。然世之知者其誰歟？雖不吾知，誰患耶？

【校記】

［一］此文不見于今本元豐類稿，當轉録自宋文選，現據以校。

〔二〕「深」字下原衍「者」字，據宋文選删。

宋蘇軾與謝民師推官書

揚雄好爲艱深之詞，以文淺易之説，若正言之，則人人知之矣。此正所謂雕蟲篆刻者〔一〕，其太玄法言皆是類也。而獨悔於賦，何哉？終身雕蟲，而變其音節，便謂之經，可乎？屈原作離騷經，蓋風雅之再變者，雖與日月争光可也，可以其似賦而謂之雕蟲乎？使賈誼見孔子，升堂有餘矣，而乃以賦鄙之，至與司馬相如同科，雄之陋，如此者甚衆。可與知者道〔二〕，難與俗人言也。因論文偶及之耳。

【校記】

〔一〕「者」下原衍「者」字，據蘇文忠公全集删。

〔二〕「道」字原脱，據蘇文忠公全集補。

宋黄魯直山谷集

與徐師川書

欲作楚辭，追配古人，直須熟讀楚詞，觀古人用意曲折處，講學之，然後下筆。譬如巧女文繡妙絶一世，欲作錦，必得錦機，乃成錦耳。

宋晁無咎

離騷新序 據宋文鑑

先王之盛時，四詩各得其所。王道衰而變風變雅作，猶曰達於事變，而懷其舊俗。舊俗之亡，惟其事變也。故詩人傷今而思古，情見乎辭，猶詩之風雅而既變矣。孟子曰：「王者之迹熄而詩亡。」然則變風變雅之時，王迹未熄，詩雖變而未亡。詩亡而後離騷之辭作，非徒區區之楚[一]事不足道，而去王迹逾遠矣。一人之作，奚取於此也？蓋詩之所嗟嘆，極傷於人倫之廢，哀刑政之苛。而人倫之廢，刑政之苛，孰甚於屈原之時邪？國無人，原以忠放，欲返，幸君之一悟，俗之一改也。一篇之中三致意（志）焉，與夫「三宿而後出晝」於心猶以爲速者何異哉！世衰，天下皆不知止乎禮義，故「君視臣如犬馬，則臣視君如國人。」而原一人焉，被讒且死，而不忍去。其辭止乎禮義可知。則是詩雖亡，至原而不亡矣。使後之爲人臣不得於君而熱中者，猶不懈乎愛君如此，是原有力於詩亡之後也。此離騷所以取於君子也。離騷，遭憂也。「終窶且貧，莫知我艱」，北門之志也；「何辜於天，我罪伊何？」小弁之情也。以附益六經之教，於詩最近。故太史公曰：「國風好色而不淫，小雅怨誹而不亂，若離騷者，可謂兼之矣。」其義然也。又班固敘遷之言曰：「大雅言王公大人，德逮黎庶；小雅譏小己之得失，其流及上。所言雖異，其合德一也。」司馬相如雖多虚辭濫説，然要其歸，引之於節儉，此亦詩之風諫何異？揚雄以謂猶騁鄭衛之音，曲終而奏雅，不已戲乎？固善推本知之，賦與詩同出，與遷意類也。然則相如始爲漢賦，與雄皆祖原之步驟，而獨雄以其靡麗悔之，至其不失雅，亦不能廢也。自風雅變而爲離騷，離騷變而爲賦，譬江有沱，乾肉爲脯，謂義不出於此，時異然也。

傳曰：「賦者，古詩之流也。」故懷沙言賦，橘賦言頌，九歌言歌，天問言問，皆詩也，離騷備之矣。蓋詩之流，至楚而爲離騷，至漢而爲賦，其後賦復變而爲詩，又變而爲雜言、長謠、問、對、銘、贊、操、引，苟類出於楚人之辭而小變者，雖百世可知。故參取之，曰楚辭十六卷，舊録也。曰續楚辭二十卷，曰變離騷二十卷，新録也。使夫緣其辭者存其義，乘其流者反其源，謂原有力於詩亡之後，豈虚也哉！若漢唐以來所作，非楚人之緒，則不録。

按，續楚辭、變離騷之目，昉于晁録，其他無一發明，此文亦不足觀也。

變離騷序 自餘師録鈔出。

宋玉親原[二]弟子，高唐既靡，不足於風。大言小言，義無所宿，至登徒子靡甚。上林子虚甘泉羽獵之作，賦之宏衍，於是乎極，然皆不若大人反離騷之高妙。然猶歸之於正，義過高唐云。○李夫人長門賦皆非義理之正，然辭渾麗不可棄。○曹植賦最多，要無一篇及漢者，賦卑弱自植始。然植文於魏諸子中特出，而植好古，自漢而上遺文，皆一一規模之，九愁九詠倣楚詞者也，然已繁促。嗚呼！離騷自此益變矣。○王粲詩有古風登樓之作，去楚詞遠，又不及漢，然猶過潘岳陸機閒居懷舊衆作。晉之文上不逮漢，而下愧唐。陸雲與兄機自吴入晉，張華一見大賞之，然華文亦謝漢唐，未足稱於後來也。陸雲九愍之作，蓋倣九辯而下，思而不貳，差近楚詞，非若機之嘆逝止愛生而悲死。文賦止翰墨事而已，舍曰體弱，則其義亦可取也。○晉宋而下，文益破碎。而鮑照以詩鳴，長於雜興，渾厚近古。蓋五言始於蘇李，而成於照。蕪城之作，不媿其詩，故獨出宋世。又以劉濞事諷劉瑱，有心哉於此者。○江淹用寡而文麗。又梁文益卑弱，然猶蒙虎之皮，尚區區楚人步驟云。○唐李白詩文，最號不襲前人，而鳴皋一篇，首尾楚詞也。王維生韓柳前才數十年，雖淺鮮未足與言義，然低昂宛轉，頗有楚人之態。元結振奇，自成一家，其辭義幽約，譬古鐘磬不諧於里耳，而可尋玩，要曰羣言之異味，亦可貴也。顧況文不多，約而可觀，問大鈞理勝，招北客詞勝。阿房宮賦云「亦使後人而復哀後人」，皆唐賦之不可廢者也。皮日休九諷專效離騷，其反招魂，靳靳如影守形，然如畫者謹形而失貌。嗚呼！離騷自此散矣。

續楚辭序 同上

息夫躬絶命詞甚高。○韓愈博極羣書，奇辭奥旨，如取諸室中，以其涉博，故能約而爲十操。夫孔子於三百篇皆弦歌之，操亦弦歌之詞也。愈操詞取興幽眇，怨而不言，最近離騷。離騷本古詩之衍者，至漢而衍極，故離騷亡，操與詩賦同出而異名。

蓋衍復於約者，約故去古不遠，然則後之欲爲離騷者，惟約故近之。十操取其四，以近楚詞也。

【校記】

［一］「楚」原作「是」，據宋文鑑改。

［二］「原」原作「厚」，據余師録改。

宋司馬光文正公集

答孔司户文仲書

今之所謂文者，古之辭也。孔子曰：「辭達而已矣」，明其足以通意，斯止矣，無事於華藻宏辯也。必也以華藻宏辯爲賢，則屈宋唐景莊列楊墨蘇張范蔡皆不在七十子之後也。顔子不違如愚，仲弓仁而不佞，夫豈尚辭哉！

答張尉耒書

然竊見屈平始爲騷，自賈誼以來，東方朔、嚴忌、王子淵、劉子政[一]之徒踵而爲之，皆蹈襲模倣，若重景疊響，訖無挺特自立於其外者。獨柳子厚耻其然，乃變古體造新意，依事以叙懷，假物以寓意，高颺横騖，不可羈束。若咸濩韶武之不同音，而爲宏美條鬯，其實鈞也。自是寂寥無聞，今於足下復見之，苟非英才間出，能如此乎？

司馬温公誠希世儒相也，然其言往往有不飽公論者。其疑孟子，疑孟。稱揚雄爲大儒，孟荀不及。説玄。賈生學爲不能正，曰材高而道不正者，君子惡之。賈生論。蓋駁歐陽公賈生不爲公卿論也。罵柳宗元爲邪佞之人。述周語。而通鑑不載屈子之事，蓋薄之以辭人，非公論也。

【校記】

[一]「政」原作「淵」，據司馬文正公傳家集改。

宋黄伯思新校楚辭序

漢書朱買臣傳云：嚴助薦買臣。召見，説春秋，言楚辭。帝甚悦之。王褒傳云：宣帝修武帝故事，徵能爲楚辭者九江被公等。楚辭雖肇於楚，而其目蓋始於漢世。然屈宋之文，與後世依倣者通有此目。而陳説之以爲惟屈原所著則謂之離騷，①後人效而繼之者則曰楚辭，非也。

自漢以還，文師詞宗慕其軌躅，摛華競秀，而識其體要者亦寡。蓋屈宋諸騷皆書楚語，作楚聲［二］，紀楚地，名楚物，故可謂之楚辭。若些、只、羌、誶、謇、紛、侘傺者，楚語也；頓挫悲壯，或韻或否者，楚聲也；沅、湘、江、澧，修門、夏首者，楚地也；蘭、茝、荃、藥、蕙、若、蘋、蘅者，楚物也。率如此，故以楚名之。自漢以還，去古未遠，猶有先賢風槩。而近世文士，但賦其體，韻其語，言雜燕粤，事兼夷夏，而亦謂之楚辭，失其指矣。

此書既古，簡册迭傳，亥豕帝虎，舛午甚多。②近世祕書晁監美叔獨好此書，乃以春明宋氏、趙郡蘇氏本參校失得。其子伯以、叔予又以廣平宋氏及唐本與太史公記諸書是正。而伯思亦以先唐舊本及西都留監楊建勳及洛下諸人所藏，及武林、吴郡槧本讐校，始得完善。文有殊同者，皆兩出之。

案：此書舊十有六篇，并王逸九思爲十七，而伯思所見舊本乃有揚雄反騷一篇，在九嘆之後，此文亦見雄本傳。與九思共十有八篇，而王逸諸序並載於書末，猶古文尚書漢本、法言及史記自序、漢書序傳之體，駢列於卷尾，不冠於篇首也。今放此録之。又太史公屈原列傳、班固離騷傳序論次靈均之事爲詳，故編于王序右方。陳説之本以劉勰辨騷在王序之前，③論世不倫，故緒而正之。而天問之章辭嚴義密，最爲難誦，柳柳州於千祀後獨能作天對以應之，深宏傑異，析理精博，而近世文家亦難遽曉，故分章辨事，以其所對别附於問，庶幾覽者瑩然，知子厚之文不苟爲艱深也。

自屈原傳而下，至陳説之序，又附以今序，别爲一卷，附十通之末，而目以翼騷云。

至於屈原行之忠狷，文之正變，事之當否，固昔賢之所詳，僕可得而略也。

按，翼騷一卷，見宋志。校定楚辭十卷、翼騷一卷、洛陽九詠一卷，見陳直齋書録解題，陳氏據斯序以説其大要，予今讀此序，知伯思邃于騷，視諸晁氏勝萬萬矣。蓋取太史公屈原傳、班固序以爲楚辭羽翼，似昉于伯思，而楊萬里天問天對解比附貫綴，亦實襲伯思故智者也。翼騷四庫總目不載，其或亡佚歟？幸有此序，可以彷彿而已。

又按，楚辭之目，世以爲始於劉向裒集，不知武宣之世既有此目，斯序言楚辭之目始於漢世，而引漢書朱王二傳，塙矣。

【眉批】

①陳説之。

②楚辭舊本。

③驗騷，恐離騷誤。

【校記】

[一]「聲」原作「辭」，據東觀餘論改。

朱子文集 卷八十六

書楚辭協韻後

始予得黄叔垕父所定楚辭協韻而愛之，以寄漳守傅景仁，景仁爲刻板，置公帑。未幾，予來代景仁，景仁爲予言，大招「昭」「遽」同韻，此謂「遽」當爲「遭」，似矣。然嘗讀王岐公集，銘詩中用「遽」字正入「昭」韻，則大招之「遽」自不當改。然又疑其或反是承襲此篇之誤，因考漢書敘傳，則有「符」與「昭」韻者，高惠功臣侯表。「區」與「驕」韻者，西南夷兩粵傳。乃大招本文誠不爲誤，而岐公用韻其考之亦詳也。予按諸書，信如景仁之言，蓋從「豦〔二〕」聲者，「噱」、「臄」、「醵」，平讀音皆爲「蘧」，然則大招之「遽」當自「驕」而爲「喬」，乃得其讀。於是即其板本復刊正之，使覽者無疑焉。景仁説尚有欲商訂者，會其去亟不果。他日當并扣之，附刻書後也。紹熙庚戌十月壬午新安朱熹書。

再跋楚辭協韻

楚辭叶韻九章所謂「將寓未詳」者，當時黄君蓋用古杭本及晁氏本讀之，故於此不得其説而闕焉。近見閤皂道士甘夢叔説「寓」乃「當」字之誤，因亟考之，則黄長睿、洪慶善本果皆作「當」。黄注云：「宋本作寓。」洪注云：「當，值也。」以文義音韻言之，二家之本爲是。杭本未校，舛誤最多，宜不足怪。獨晁氏自謂深於騷者，顧亦因襲其謬而不能有所是正，若此類者，尚多有之。然則其所用力，不過更易序引，增廣篇帙，以飾其外，而於是書之實，初未嘗有所發明也。近世之言删述者例如此，不但晁氏而已。予於此編實嘗助其吟諷，今乃自愧其眩於名實，而考之不詳也，因復書其後，以曉觀者云。

題屈原天問後

此書多不可曉處，不可强通。亦有顯然謬誤而讀者不覺，又從而妄爲之説者。如「啓棘賓商，九辨九歌」，王逸則訓「棘」爲「陳」，訓「賓」爲「列」，謂「商」爲五音之商，固已穿鑿。而洪興祖又以爲急相符契以賓客之禮而作是樂，尤爲迂遠。今詳此乃字以篆文相似而誤，「棘」當作「夢」，「商」當作「天」，言啓夢上賓于天，而得此二樂以歸耳。如列子、史記所載周穆王、秦穆公、趙簡子等事爾。若山海經云夏后上三嬪于天，得九辨九歌以下，則是當時此書别本。「賓」字亦誤作「嬪」，故或者因以爲説。雖實怪妄，不足爲據，然「商」字猶作「天」字，則可驗矣。柳子厚「貿嬪」之云，乃爲山海經所誤，而或者又誤解之，三寫之口，可勝嘆哉！

嘗疑山海經與此書相出入處，皆是並緣此書而作。今説者反謂此書爲出於彼，而引彼爲説，誤矣。若淮南子，則明是此書之訓傳亡疑，然亦未必有所傳聞，只是傅會説合耳。

【校記】

〔一〕「豦」原作「處」，據朱子文集改。下「噱」、「臄」、「醵」三字同。

元李塗 字耆卿，號性學先生 文章精義

莊子者，易之變。離騷者，詩之變。史記者，春秋之變。作世外文字，須換過境界。莊子寓言之類，是空境界文字。靈均九歌之類，是鬼境界文字。宋玉招魂亦然。子瞻大悲閣記之類，是佛境界文字、魚枕冠頌自楞嚴經來，芙蓉城、黃鶴樓詩之類是。鬼仙境界文字、上清宮辭之類是。仙境界文字。惟退之不然，一切以正大行之，未嘗造妖捏怪，此其所以不可及。

論語氣平，孟子氣激，莊子氣樂，楚辭氣悲，史記氣勇，漢書氣怯。文字順易而逆難，六經都順，惟莊子、戰國策逆。韓柳歐蘇順，封建論一篇逆。惟蘇明允逆。子瞻或順或逆，然不及明允處多。

學楚辭者多，未若黃魯直最得其妙。魯直諸賦，如休亭賦、蘇李枯木畫道士賦之類。他文愈小者愈工，如跛奚移文之類。但作長篇，苦於氣短，又且句句要用事，此

其所以不能長江大河也。

明王世貞藝苑巵言

騷賦雖有韻之言，其於詩文，自是竹之與草木，魚之與鳥獸，别爲一類，不可偏屬。騷辭所以總雜重復，興寄不一者，大抵忠臣怨夫，惻怛深至，不暇致詮，亦故亂其敘，使同聲者自尋，脩郄者難摘耳。今若明白條易，便乖厥體。卷一

作賦之法，已盡長卿數語，大抵須包蓄千古之材，牢籠宇宙之態，其變幻之極如滄溟開晦，絢爛之至如霞錦照灼，然後徐而約之，使指有所在，若汗漫縱橫，無首無尾，了不知結束之妙。又或瑰偉宏富，而神氣不流動，如大海忽涸，萬寶雜厠，皆是瑕璧，有損連城。然此易耳。惟寒儉率易，十室之邑，借理自文，乃爲害也。賦家不患無意，患在無畜，患在無以運之。同上

擬騷賦，勿令不讀書人乃竟。騷覽之，須令人裴回循咀，且感且疑；再反之，沈吟歔欷；又三復之，涕淚俱下，情事欲絶。賦覽之，初如張樂洞庭，褰帷錦官，耳目摇眩；已徐閲之，如文錦千尺，絲理秩然；歌亂甫畢，肅然斂谷，掩卷之餘，徬徨追賞。同上

屈子之騷，騷之聖也。長卿之賦，賦之聖也。一以風，一以頌，造體極玄，故自作者，毋輕優劣。卷二

天問雖屬離騷，自是四詩之韻。恐四韻之詩誤。但詞旨散漫，事迹惝怳，不可存也。同上

「入不言兮出不辭，乘回風兮載雲旗」，雖爾恍忽，何言之壯也。「悲莫悲兮生别離，樂莫樂兮新相知」，是千古情語之祖。卷二

卜居漁父便是赤壁諸公作俑。作法於冷，令人永慨。同上

長卿子虚諸賦本從高唐物色諸體，而辭勝之。長門從騷來，毋論勝屈，故高於宋也。長卿以賦爲文，故难蜀封禅綿丽而少骨。贾傅以文爲賦，故吊屈鵩鸟率直而少致。同上

太史公千秋軼才，而不曉作賦，其載子虛上林，亦以文辭宏麗爲世所珍而已，非真能賞詠之也。觀其推重賈生諸賦可知。賈暢達用世之才耳，所爲賦自是一家。太史公亦自有士不遇賦，絶不成文理。荀卿成相諸篇，便是千古惡道。同上

雜而不亂，復而不厭，其所以爲屈乎？麗而不俳，放而有制，其所以爲長卿乎！以整次求二子，則寡矣。子雲雖有剽模，尚少谿逕。班張而後，愈博愈晦愈下。同上

明謝茂秦榛四溟詩話

揚雄作反騷、廣騷，班彪作悼騷，梁悚亦作悼騷，摯虞作愍騷，應奉作感騷。漢魏以來，作者繽紛，無出屈宋之外。卷一

離騷語雖重複，高古渾然，漢人因之，便覺費力。同上

屈騷爲詞賦之祖。荀卿六賦，自創機軸，不可例論。相如善學楚詞，而馳騁太過。子建骨氣漸弱，體制猶存。庾信春賦，間多詩語，賦體始大變矣。①子美曰：「庾信平生最蕭瑟，暮年詩賦動江關。」託以自寓，非稱信也。卷二

屈原曰：「衆人皆醉我獨醒」，王績曰：「眼看人盡醉，何忍獨爲醒。」左思曰：「功成不受爵，長揖歸田廬。」太白曰：「若待功成拂衣去，武陵桃花笑殺人。」王、李二公，善於翻案。子美曰：「明年此會知誰健，醉把茱萸仔細看。」劉浚曰：「不用茱萸仔細看，管取明年各强健。」太拙而無意味。楊誠齋翻案法，專指宋人，何也？卷二

洪興祖曰：「三百篇比、賦少而興多，離騷興少而比賦多[二]。」②予嘗考之，三百篇，賦七百二十，興三百七十，比一百一十。洪氏之説誤矣。同上

法言曰：「堯舜之道皇兮，夏商周之道將兮，而以延其光兮。」子雲法言以準論語，學屈原且不及，況孔子哉？同上

張崇德曰：「屈原天問全學莊子天運。莊子寓乎忘形，屈原滯於孤憤。」同上

【眉批】

① 賦至庾信一變。

② 詩騷之比賦興。

【校記】

［一］「興少而比賦多」原作「興多而比賦少」，據四溟詩話改。

明王廷相與郭价夫學士論詩書

三百篇比興雜出，意在辭表；離騷引喻借論，不露本情。東國困於賦役，不曰「天之不恤」也，曰「維南有箕，不可以簸揚；維北有斗，不可以挹酒漿」，則天之不恤

自見。齊俗婚禮廢壞，不曰「婿不親迎」也，曰「俟我於著乎而，充耳以素乎而，尚之以瓊華乎而」，則「婿不親迎」可測。不曰「己之德修」也，曰「余既滋蘭之九畹兮，又樹蕙之百畝。畦留夷與揭車兮，雜杜蘅與芳芷」，則己德之美，不言而章。不曰「己之守道」也，曰「固時俗之工巧，偭規矩以改措。背繩墨以追曲兮，競周容以爲度」，則己之守[二]道，緣情以灼。斯皆包藴本根，標顯色相，鴻才之妙擬，哲匠之冥造也。

若夫子美北征之篇，昌黎南山之作，玉川月蝕之詞，微之陽城之什，漫敷繁敘，填事委實，言多趁帖，情出附輳，此則詩人之變體，騷壇之旁軌也。淺學曲士，志乏尚友，性寡神識，心驚目駭，遂區軫不能辨矣。嗟乎！言徵實則寡餘味也，情直致而難動物也。故示以意象，使人思而咀之，感而契之，邈哉深矣！此詩之大致也。然措手施斤，以法而入者有四務；真積力久，以養而充者有三會。謂之務者，庸其力者也。謂之會者，待其自至者也。何謂四務？運意，定格，結篇，煉句也。意者，詩之神氣，貴圓融而忌闇滯。格者，詩之志向，貴高古而忌蕪亂。篇者，詩之體質，貴貫通而忌支離。句者，詩之肢骸，貴委曲而忌直率。是故超詣變化，隨模肖形，與造化同工者，精於意者也；搆情古始，侵風匹雅，不涉凡近者，精於格者也。比類攝故，辭斷意屬，如貫珠累累者，精於篇者也。機理混含，辭勘意多，不犯輕佻者，精於句者也。夫是四務者，藝匠之節度也，一有不精，則不足以軒翥翰塗[二]，馳騁古苑，終隨代汩没耳。何謂三會？博學以養才，廣著以養氣，經事以養道也。才不贍則寡陋而無聞，氣不充則思短而不屬，事不歷則理舛而犯義。三者所以彌綸四務之本也。要之名家大成，罔不具此。然非一趨可至也，力之久而後得者也，故曰會，如不期而遇也。此工詩之大凡也。

【校記】

[一]「守」原作「乎」，據王氏家藏集改。

[二]「塗」字原缺，據王氏家藏集補。

明楊慎升菴集

雜著

離騷出于國風，言多比興，意亦微婉。世以風騷並稱，謂其體之同也。太史公稱離騷曰：「國風好色而不淫，小雅怨誹而不亂，若離騷者，可謂兼之矣。」言離騷兼國風、小雅而不言其兼大雅，見小雅與風騷相類，而大雅不可與風騷並言也。卷四十二

漢興，文章有數等。蒯通、隨何、陸賈、酈生，游説之文，宗戰國；賈山、賈誼，政事之文，宗管、晏、申、韓；司馬相如、東方朔譎諫之文，宗楚辭；董仲舒、匡衡、劉向、揚雄，説理之文，宗經傳；李尋、京房，術數之文，宗讖緯；司馬遷，紀事之文，宗春秋。嗚呼，盛矣！卷四十七

楚辭招魂一篇，宋玉所作。其辭豐蔚穠秀，先驅枚馬而走僵班揚，千古之希聲也。大招一篇，景差所作。體製雖同，而寒儉促迫，力追而不及。昭明文選獨收招魂而遺大招，有見哉！朱子謂大招平淡醇古，不爲詞人浮豔之態，而近於儒者窮理之學，蓋取其尚三王、尚賢士之語也。然論詞賦不當如此，以六經言之，詩則正而葩，春秋則謹嚴。今責十五國之詩人曰「焉用葩也，何不爲春秋之謹嚴？」則詩經可燒矣。止取窮理，不取豔詞，則今日五尺之童能寫仁義禮智之字，便可以勝相如之賦；能抄道德性命之説，便可以勝李白之詩乎？卷四十七

昭常、景鯉不肯與秦地，昭睢、屈原止懷王入秦。四臣皆楚同姓世臣，夷險不易其操，危難不更其守，家國一體，休戚同之。豈若江左王謝，唐之崔柳，易姓則爲之佐命，竊國則爲之奉璽，誨盜黨賊，樂災利亡，恬不知怪，可勝誅乎？卷五十一〔一〕

蕭穎士云：六經之後有屈原宋玉，文甚雄壯，而不能經；賈誼文辭最正，近於治

體；枚乘相如亦瓌麗才士，然而不近風雅；揚雄用意頗深，班彪識理，張衡宏曠，曹植豐贍，王粲超逸，嵇康標舉，左思詩賦有雅頌遺風，干寶著論近王化根源，此後夐絶無聞焉。近日惟陳子昂文體最正。蕭之所取如此，可以知其所養矣。卷五十二

文選注引法言曰：「或問：『屈原相如之賦孰愈？』曰：『原也過以浮，如也過以虚。過浮者蹈雲天，過虚者華無根。然原上援稽古，下引鳥獸，其著意於虚，長卿亮不可及。』」今法言無此條。卷五十二

楚辭「吉日兮辰良」，王逸注「日」謂甲乙，「辰」謂寅卯。逸之意本謂「日」爲甲乙之屬，「辰」爲寅卯之屬，而各省二字。後之讀者不曉，便謂甲乙爲吉日，寅卯爲良辰。雖朱子注楚辭，亦誤用俗見也。高誘注吕氏春秋云：「日，從甲至癸也；辰，從子至亥也。」此則明白無疵。大凡訓詁之文貴顯如此。卷五十二

蔣之翰稱離騷經若驚瀾奮湍，鬱閉而不得流；若長鯨蒼虬，偃蹇而不得伸；若渾金璞玉，泥沙掩匿而不得用；若明星皓月，雲漢蒙蔽而不得出。卷五十二

楚騷、漢賦、晉字、唐詩、宋詞、元曲。卷六十五

薛符溪楚辭悲回風云：「借光景以往來兮，施黄棘之枉策」，蓋秦楚嘗盟於黄棘，後懷王再會武關，遂被執。是黄棘之盟，楚禍所始。朱子以「黄塵荆棘」解之，謬

矣。卷五十三

今文語辭「朅來」「聿來」不知所始。按，楚辭「車既駕兮朅而歸，不得見兮心傷悲」，舊注「朅，去也。」又按，吕氏春秋膠鬲見武王於鮪水，曰：「西伯朅來？無欺我也。」武王曰：「不子欺，將代殷也。」膠鬲曰：「朅至？」武王曰：「將以甲子日至。」注「朅，何也。」若然，則「朅」之爲言「盍」也。若以解楚辭，則謂車既駕矣，盍而歸乎？以不得見而心傷悲也，意尤婉至。則今文所襲用「朅來」者，亦謂「盍來」也，非是發語之辭矣。文選注劉向七言曰「朅來歸耕永自疏」，顔延之秋胡妻詩曰「朅來空復辭」，皆謂「盍」字始通。卷五十九

楚辭「紛旖旎乎都房」，王逸注引詩曰「旖旎其華」，今詩作「猗儺」，司馬相如賦「又旖旎以招摇」，揚雄「旖旎郅偈之旖旎」，王褒洞簫賦「形旖旎以順推」，其用字皆自詩、楚辭來，當依詩音作「猗儺」，特古今字形有異耳。今以「猗儺」爲平音，「旖旎」作仄音，誤。卷六十二

「枘」字從木從内，考工記「調其鑿枘而合之」。宋玉九辨：「圜枘而方鑿兮，吾固知其鉏鋙而難入。」今舉子程文襲用「枘鑿不相入」，彼此相效，莫知其非也。夫枘鑿本相入之物，惟方枘圓鑿則不相入。今去方圓字而曰鑿枘不相入，字義不通，文義大

謬矣。甚者寫「枘」字作「柄」字，尤可笑也。卷六十三[二]

【校記】

[一]「卷五十一」原作「卷五十」，據升庵集改。

[二]出處原闕，據升庵集補。

明胡承諾繹志

文章論 卷十四

昔之爲文者，吾安所取正乎？屈原有取焉。繾綣惻怛不能自己之意，有以增三綱五常之道也。并奉者陸大夫：賈誼、陸贄、董仲舒、劉向、韓愈、陶徵士。

尚論篇 卷十七

楚懷王爲秦所留，其太子又質於齊，國内無君，群臣有欲立庶子者，此亂亡之幾也。若果行此，則國内先亂，外寇因之，袁紹之子是也。楚之社稷猶存，賴昭睢力止此事也。

汪堯峯文鈔 卷四

楚辭

問者曰：「楚辭，其詩之苗裔與？」曰：「然。詩亡而後春秋作，春秋絶而後楚辭興，其諸所以憫世疾俗，勸善而懲惡者，蓋猶不失忠厚惻怛之意焉。是故與三百篇近者，莫善於楚辭。」

王懋竑白田草堂存稿

書楚辭後

王逸離騷經序説謂屈原之仕，在懷王時。後被讒見疎，乃作離騷。是時秦使張儀譎詐懷王，令絶齊交，又誘與俱會武關，原諫不聽，遂爲所脅，客死於秦。頃襄王立，復用讒言，遷原於江南。原復作九歌、天問、九章、遠遊、卜居、漁父等篇，終不見省，乃自沈而死。洪氏補注云：考原被放，在懷王十六年，至十八年復召用之，三十年有諫懷王入秦事。頃襄王立，復放屈原。兩説少異。余考其書，離騷之作未嘗及放逐之云，與九歌、九章等篇，自非一時之語。而卜居言「既放三年」，哀郢言「九年之不復，壹返之無時」，則初無召用再放之事。洪説誤也。原之被放在懷王十六年，洪説或有所考。以九年計之，其自沈當在二十四五年間。而諫懷王入秦者，據楚世家，乃昭雎，非原也。夫原諫王不聽，而卒被留，以至客死，此忠臣之至痛，而原諸篇乃無一語以及之，至惜往日、悲回風，臨絶之音，憤懣伉激，略無所諱，而亦衹反復於隱蔽障壅之害，孤臣放子之冤。其於國家，則但言其委啣勒，棄舟楫，將卒於亂亡，而不云禍殃之已至是也。是誘會被留，乃原所不及見，而頃襄王之立，則原之自沈久矣。①王説亦誤也。王之誤本於史，洪氏則以卜居有「既放三年」之語而諫入秦在懷王之三十年，故爲「再召」之説以彌縫之。其於史亦並不合。朱子辯證謂逸合張儀詐懷及誘會武關二事爲一，失之不考。又謂洪氏解「施黄棘之枉策」引襄王爲言，與上下文絶不相入。而於序説及哀郢注仍本之者，蓋偶失之。集注之作真有以發明屈子之心千載而下無遺議矣。而舊説之誤，猶有未盡祛者，故竊附論，以俟後之君子考焉。

或曰：「屈原本末，史所載甚明，逸蓋本之子長。原不及襄王時，則史不足據乎？」余曰：「史所載得於傳聞，而楚辭原所自作，固不得據彼以疑此也。原所著惟九章敘事最爲明晰，其所述，先見信後被讒，與史所記懷王時相合，至於仲春南遷，甲之朝以行，發郢都，過夏首，上洞庭，下江湘時，時日道里之細，無不詳載，而於懷王入秦諸大事乃不一及，原必不若是之顛倒也。懷王客死，君父之讐，襄王不能以復，宗社危亡，將在朝夕，此宜呼天號泣，以發其冤憤不平之氣，而乃徒嘆息於讒諛嫉妬之害，而終之曰『不畢辭以赴淵兮，恐壅君之不識』，則原之反復流連，纏綿瞀亂，僅爲一身之故，而忠君愛國之意亦少衰矣。司馬公作通鑑，削原事而不載，謂其過於中庸，不可以訓。此不足以爲原病，而恐後之人或有執是以議原者，九原之下，其不無遺憾焉？故不得而不辨也。蘇子由作古史，於伯夷傳獨載孔子之説，而於史所傳則盡去之。朱子嘗取其論，以爲知所考信。余蓋放古史之例，以斷屈子之事，後之君子，其必有取於吾言也夫！

按，楚世家懷王六年，使昭陽將兵攻魏，破之於襄陵，取八邑。又移兵攻齊。十一年，六國共攻秦，懷王爲從約長，惜往日所云「國富强而法立，屬貞臣以自娭」，正屈原爲左徒任事之日也。至十六年，秦使張儀譎詐懷王，絶齊交，楚遂爲秦所困。原列傳言：上官大夫之譖，王怒而疏屈平。惜往日云：「君含怒以待臣，不清澂其然否」，又云：「弗參驗以考實，遠遷臣而弗思」，其指甚明，而略不及譎詐絶交之云，則原之見疏被放必在十六年以前。洪補注云：被放在十六年。蓋亦因此而斷，然以十六年言之，則無所據。而張儀譎王，乃原被放以後之事，故不之及。史所載原諫釋儀雖兩見於楚世家、原列傳，恐傳聞之誤，不足據也。以原之自敘考之，既見疏，即被放，相去無幾時，而史謂懷王時見疏不復在位，至襄王時乃遷江南，與原自敘不合。又史云：屈平雖放流，繫心懷王，不忘欲反，冀幸君之一悟，俗之一改。然終無可奈何，卒以此見懷王之終不悟，則原在懷王時已放流矣。一篇之中自相違戾，其不足據明甚。又史僅載作離騷及漁父、懷沙兩篇，其可據此而謂九歌、九章、天問、遠遊、卜居等篇皆非原所作乎？又史言懷王幼子子蘭，頃襄王立，以子蘭爲令尹，當實有子蘭其人矣。朱子辯證則謂其因楚辭蘭椒之語而附會之，與班固古今人表令尹子椒其誤同，故於序説直削不載。是朱子固不盡以史爲可信，而非余今日一人之私言也。余曩有書楚辭後一篇，其原本失去，今偶於亂囊中録出之，而更考之史，爲附其説於此，庶來者有以識余言之非誣焉爾。

【眉批】

①應劭風俗通六國篇述屈原之事，以爲作離騷在于懷王客死之前，蓋白田不知千古之前之有此説也。

方望溪全集

書朱注楚辭後

朱子定楚辭，删七諫、九懷、九嘆、九思，以爲類無疾而呻吟者，卓矣。而詆反騷，則於其詞指若未詳也。弔屈子之文，無若反騷之工者，其隱病幽憤，微獨東方、劉、王不及也，視賈、嚴獨若過焉。今人遭疾罹禍殃，其泛交相慰勞，必曰「此無妄之災也。」戚屬至，則將咎其平時起居之無節，作事之失中，所謂「垂涕洟而道之」也。雄之斯文，亦若斯而已矣。知七諫、九懷、九歎、九思之雖正而不悲，則知雄之言雖反而實痛也。然雄之末路躊張苟免，未必非痛屈子之心所伏積而成，文雖工，其所以爲文之意則悖矣。豈朱子惡其爲文之意，於詞指遂忽焉而未暇以詳與？

彭紹升二林居集

讀離騷

釋離騷者衆矣，能心知其意者，前獨有司馬子長，後獨有梁谿高子而已。①子長推屈子之志，以國風、小雅當之。夫國風首關雎，樂得淑女以配君子，所謂閨門之內，王化之基。古先哲王，莫不用此爲兢兢。懷王之嬖鄭袖，此致亂之本。故篇中疊引宓妃、有娀、二姚，明爲君求助。繼關雎哀窈窕思賢才之志，諷王正家以爲定國之本也。小雅所刺譏，尤在尹氏、皇父輩。篇中屢斥黨人，子長以子蘭、上官實之，則小雅之志也。卷耳，后妃所作，而志在求賢審官。十月之交，斥用事之人，而歸獄于豔妻。自古女子小人禍人家國，未有不隱爲表裏者。此詩人所深痛，亦屈子微旨之所存而不忍斥言之者也。注家不察，過以求女爲求賢臣之喻，不知既以女爲賢臣，則所引摯、咎繇、傅説、吕望之徒，又何謂也？或又以女喻君，則陰陽失序，尊卑易位，更非立言之旨。且既屢述重華、禹、啓諸帝王以爲君鵠，奈何復以他詞亂之？其不可通也，決矣。高子之言曰：「世人僅知[一]屈子以詞，又或謂其過怨，不知其所自得，固有天下之至樂者存。『耿吾既得此中正』『溘埃風余上征』，蓋真見中正之道，上與天通，而乘鸞跨鳳，何天之衢，不知世中更有何事矣。」此能言出屈子心事。故曰「覽冀州兮有餘，横四海兮焉窮」，又曰「與天地兮比壽，與日月兮齊光」，此非能先立乎其大者，孰足以知其意哉？雖然，充斯志也，其亦可無入不自得矣。懷石自沈，不已激乎？此又江濱漁父所爲深歎者也。

【眉批】

① 按，梁溪高子，蓋高攀龍也。

【校記】

[一]「知」原作「以」，據二林居集改。

清謝濟世梅莊雜著 桂林人

纂言内外篇

老子約，莊列剽，屈宋豔，左氏孫氏峭，史遷疎以宕，揚雄縝而奥。柳近左氏，韓近揚，歐近史遷，蘇近莊。老莊害道，諸子亦未能載道。道不在，皆辭章之類也。内篇

「瑣兮尾兮，流離之子」，即騷體也。卷耳、長發，前後奇而中央偶，亦律體也。外篇

棲霞林山甫仲懿寄所注離騷中正至，予以離騷解答之。明年又寄南華本義至，予復書曰：「離騷，忠孝之書也，正矣。依彭咸，中猶未也。南華者，非聖無法，非孝無親者也，我未敢讀也。」外篇

清李光廷宛湄書屋文鈔

跋離騷草木疏

右宋吴仁傑離騷草木疏四卷，四庫全書著録在集部楚詞類中。仁傑仕履已見兩漢刊誤補遺。是編結銜稱國子學録，則時居是官也。書後有四跋，一爲河南方燦，一爲州學生張師尹，一爲縣學長杜醇，一爲縣講學吴世傑。書脱稿于慶元丁巳，而庚申則刻于羅田，則方燦爲原籍同鄉，而三人皆其舊屬也。草木之書取材頗乏，自爾雅、本草而外，祇有毛詩、山經。提要駁其以山經釋騷，謂以即目之景引之大荒，亦中。然考疏中所有出山經者，十之六七則以郭注之博，多所採獲，且所釋亦人間習見，不必大荒而始有。是作騷者不必據山經，而作疏者不能不引郭注，此不足以相難也。鮑氏謂其意有所斥，或亦有之。而書之佳處不在此，要其徵引宏富，考辨典核，實無愧提要之品評。其著作多不傳，朱竹垞先生所見惟兩漢刊誤補遺、古周易、易圖説及離騷草木蟲魚疏。鮑以文謂竹垞所見爲明屠本畯增删本，故多出「蟲魚」，然則竹垞亦未見是書也，可稱珍笈矣。

私案：光廷，字恢垣，番禺人。

清張九鍵楚風辨　湖南文徵卷三十八

楚地山川清絕，出乎九嶷，以涉瀟湘，泛洞庭，入漢，瞻鹿門峴首，蒼茫數千里，代有忠孝，能文章之士咸紀其勝，謂楚無風，何薄也？僅摘「漢廣」「江永」、「遵循汝墳」諸詠實之，亦頗嫌略焉。薄與略，豈有得於風之意乎？夫風者，發動乎天機，疎啓乎地氣，轉移乎人心。古昔人心厚樸，多因天地之本，故雖婦女子所歌，間得採而收之。後世人心不厚，往往有孝子忠臣，憂思鬱結，抒而成詞，悠揚平遠，足以導中和，維教化，而概不得以收。其不得收者，何不囿乎天地，以時拘之，以格限之也？嗟乎！論詩而限以時與格，是猶植長木於林，搖白羽拂之而其杪不動，其謂無風也固宜。不然，周詩已後，若屈子之有騷；漢魏樂府已後，若詩之有杜，可不謂楚之風氣醞釀獨厚能然與？

太史公曰：「國風好色而不淫，小雅怨誹而不亂，若離騷可謂兼之。」元稹之敘杜甫曰：「上薄風雅，下掩諸家，自詩人以來未有若子美者。」是兩人固明明以楚風推尊兩公矣。夫楚之風氣本厚，後人亦明知屈杜兩公之足繼楚風，終不難一概薄略之。然則使忠孝有淚可無揮，學士輩自習繁聲曼舞，靦面陳請，重爲五經玷矣，又獨風人之意邈焉一無存乎？或曰：「由子之見，是謂鄭衛陳所歌率非善風。夫果一無善，太史不必採之，魯叟删詩亦何事因而存之？」余曰：「是又不然。今夫風號於竅，激謞叱吸，怒出而萬不定者，其自鼓也。若夫以我培風，則必擇其有厚於風者矣。所以孔子蔽詩曰『思無邪』。後儒潛仿其意，於騷得篇二十有五，外若宋玉之作九辨、景差之作大招，雖附騷末，示從遜。於杜得詩千四百五十有八，其一代鄉先生若孟浩然、皮日休、李羣玉，雖竝屬楚材，殊謂遠遜。蓋非獨遜其詞也，其憂讒愛國，每飯不忘君父，讀而通之，悠揚平遠，檃括古今，彼楚風補一編，對此直蕪雜可擲去耳。」或曰：「其編已成，子一人謂可擲去，將天下後世有忠孝而能文章之士，不仍嗤子爲拘於時，限於格乎？」雖然，吾甯使天下後世之言風自屈杜兩公而限，不欲使屈杜兩公之風爲列國婦女子所歌而限，限則楚真無風矣。嗟乎！楚無風，而天下後世曼淫，安得有風哉？

清王泉之楚國無詩辨

湖南文徵卷四十

二南皆楚詩，誰云楚無詩哉？朱子謂得之國中者，雜以南國之詩，謂之周南；其得之南國者，則直謂之召南。言固是也。不思周國名，文王，西伯也，即遷於豐，而國名仍舊。何以言自天子之國而被於諸侯，不但國中已也？又何以言方伯之國被於南方，而不敢繫於天子也？其説誤矣。

文王未嘗爲天子，而誣文王爲天子，反以詩譜所引孔子三分有二之言以爲證，而誣文王分岐周故地，以爲周公旦、召公奭之采邑，且使周公爲政於國中，而召公宣布於諸侯，於是德化大成於内，而南方諸侯之國、江沱汝漢之間莫不從化，蓋三分天下而有其二焉。夫子之言三分天下有其二，就人心而言也，言天下之人心三分有二歸周，文王猶以服事殷，所以爲至德。若於春秋傳所云「歸文王者六州」，及詩譜言「雍、梁、荆、豫、徐、揚之人咸被其德而從之」，文王直叛臣耳，尚何至德之有？既不能辟國寖廣，而岐周片壤，焉有采地可分周公、召公乎？即以詩譜而論，雍、梁、荆、豫、徐、揚皆被其德，胡爲二南均未言及，而僅言先及於荆之江漢邪？朱子既忘卻鬻熊爲文王師，又泥著孔疏釋詩譜之言，因亦曲爲之辭。誠如詩譜「紂命文王典治南國江漢汝旁之諸侯」，是在未遷豐以前，六州業已皆被其化，而作邑於豐，乃分岐邦周、召之地爲周公旦、召公奭之采地，施先公之教於己所職之國。其言已自相矛盾。周、召先未分有采地，何言分岐邦周、召之地？未得天下，何言稱己所職之國？謂非誣乎？惟是鬻雄既爲文王師，文王之德化，熊知之最深，傳之國人，故周南無召伯之巡行，而刈楚、刈蔞、伐枚、伐肄之士女，皆能俗易風移，尊君親上，而與公姓公族同播休美於聲歌。非楚詩而何？召南皆楚詩，非惟江有汜三章云然也。惟何彼襛矣一詩插入其中，則不可解。毛傳以「平王」之「平」訓「正」，而「齊侯」之「齊」似當訓「一」，何以於「齊」字獨無所訓乎？齊，東北之國，於南渺不相涉，列之召南何爲？皇甫謐云：「武王五男二女。元女妻胡公，王姬爲媵。」今何得適齊侯之子？何休曰：「事無所出，未可遽信也。或以尊，故命同族爲媵。」其説亦通。其言王姬下嫁者，武王因鬻熊爲文王師，故以其次女嫁於鬻熊之子孫，傳是以謂武王女、文王孫。孔疏云：「德能平正天下，稱爲平王。」余謂德能齊一諸侯，亦可稱爲「齊侯」。若以平王爲宜臼，齊侯爲襄公諸兒，則謬矣。宜臼之詩，何得列於文武之時？平王之爲文王無疑。齊侯之爲楚侯，又何疑哉？不得謂楚爲子爵，不可稱侯，婚禮從其隆也。是召伯巡行南國在武王時，不在文王時明矣。弟不臣師，故熊繹在成王時始封於楚，且南爲楚詩，非余之臆說。楚鐘儀縶於晉，晉侯使與之琴，操南音。范文子曰：「樂操土風，不忘舊也。」二南列風詩之首，故曰風，其不名爲楚風者，因鬻熊也。鼓鐘之詩曰「以雅以南」，劉炫之釋云：「南，爲二南。季札觀樂，工歌周南、召南。」不獨鍾儀之不忘舊而琴操南音也。南爲楚之土風，由來久矣。誰云楚無詩哉？鄭漁仲曰：「周爲河洛，召爲岐雍。河洛之南瀕江，岐雍之南瀕漢。江漢之間，二南之地，詩之所起在於此。屈宋以來騷人墨客多生江漢。故仲尼以二南之地爲作詩之始。」楚南有詩，豈余之私言哉？

楚辭纂説卷三

朱子語類　論文

卷第百三十九

楚詞不甚怨君，今被諸家解得都成怨，不成模樣。九歌是托神以爲君，言人間隔不可企及，如己不得親近於君之意，以此觀之，他便不是怨君。至山鬼篇，不可以君爲山鬼，又倒説山鬼欲親人而不可得之意。今人解文字，不看大意，只逐句解，卻不貫。

問離騷、卜居篇内字。曰：字義從來曉不得，但以意看可見。如「突梯滑稽」，只是軟熟迎逢，隨人倒、隨人起底意思。如這般文字，更無些小窒礙，想只是信口恁地説，皆自成文。林艾軒嘗云：「班固、揚雄以下皆是做文字。已前如司馬遷、司馬相如只是恁地説出。」今看來是如此。古人有取於登高能賦，這也須是敏，須是會説得通暢。如古者或以言揚，説得也是一件事，後世只就紙上做。如就紙上做，則班、揚便不如已前文字。當時如蘇秦、張儀都是會説。史記所載，想皆是當時説出。

「楚些」，沈存中以「些」爲呪語，如今釋子念「娑婆訶」三合聲，而巫人之禱，亦有此聲。此卻説得好。蓋今人只求之於雅，而不求之於俗，故下一半都曉不得。

離騷叶韻到篇終，前面只發兩例。後人不曉，卻謂只此兩韻如此。

楚辭注下事皆無這事，是他曉不得後，卻就這語意撰一件事爲證，都失了他那正意。如淮南子、山海經皆是如此。

高斗南解楚詞引瑞應圖，周子充説館閣中有此書，引得好。他更不問義理之是非，但有出處便説好。且如天問云「啓棘賓商」，山海經以爲啓上三嬪于天，因得九嘆、九辨以歸。如此，是天亦好色也。柳子厚天對以爲「貿嬪」，説天以此樂相轉換得。某以爲「棘」字是「夢」字，「商」字是古文篆「天」字，如鄭康成解記「衣衰」作「齊衰」，云是壞字也，此亦是擦壞了。蓋啓夢賓天，如趙簡子夢上帝之類。賓天是爲之賓，天與之以是樂也。今人不曾讀古書，如這般等處，一向恁地過了。陶淵明詩「形夭無千歲」，曾氏考山海經云「當作『形天舞干戚』」，看來是如此。周子充不以爲然，言只是説精衛也，此又不用出處了。

古人文章大率只是平説而意自長，後人文章務意多而酸澀。如離騷初無奇字，只恁説將去，自是好。後來如魯直恁地着力做，卻自是不好。道夫録。云：古今擬騷之作，惟魯直爲無謂。古賦須熟，看屈宋韓柳所作，乃有進步處。入本朝來，騷學殆絶，①秦黄晁張之徒不足學也。楚詞平易，後人學做者反艱深了，都不可曉。

【眉批】

① 騷學。

沈括夢溪筆談

楚詞招魂尾句皆曰「些」。蘇固反。今夔峽湖湘及南北江獠人，凡禁咒句尾皆稱「些」，此乃楚人舊俗，即梵語「薩嚩訶」也。薩音桑葛反，嚩無可反，訶從去聲。三字合言之即「些」[一]字也。卷三

舊傳黄陵二女，堯子舜妃，以二帝道化之盛始於閨房，則二女當具任、姒之德。考其年歲，帝舜陟方之時，二妃之齒已百歲矣。後人詩騷所賦，皆以女子待，語多瀆

慢，皆禮義之罪人也。卷三[二]

世稱善歌者皆曰郢人。郢州至今有白雪樓，此乃因宋玉問曰：「客有歌於郢中者，其曰下里巴人，次爲陽阿薤露，又爲陽春白雪，引商刻羽，雜以流徵」，遂謂郢人善歌，殊不考其義。其曰「客有歌於郢中者」，則歌者非郢人也。其曰「下里巴人」，「國中屬而和者數千人」；「陽阿薤露」，「和者數百人」；「陽春白雪」，「和者不過數十人」；「引商刻羽，雜以流徵」，則「和者不過數人而已」。以楚之故都，人物猥盛，而和者止於數人，則爲不知歌甚矣。故玉以此自況。陽春白雪，皆郢人所不能也。以其所不能者名其俗，豈非大誤也？襄陽耆舊傳雖云「楚有善歌者，歌陽菱、白露、朝日、魚麗，和之者不過數人」，復無陽春白雪之名。夫今郢州本謂之北郢，亦非古之楚都。或曰楚都在今宜城界中，有故墟尚在。亦不然也，此鄢也，非郢也。據左傳，楚成王使鬭宜申爲商公。沿漢泝江，將入郢，王在渚宫下見之。沿于漢，至于夏口，然後泝江，則郢當在江上，不在漢上也。又在渚宫下見之，則渚宫蓋在郢也。楚始都丹陽，在今枝江，文[三]王遷郢，昭王遷鄀，皆在今江陵境中。杜預注左傳云：「楚國，今南郡江陵縣北紀南城也。」謝靈運鄴中集詩云：「南登宛郢城」。今江陵北十二里有紀南城，即古之郢都也，又謂之南郢。卷五

補筆談

自古言楚襄王夢與神女遇，以楚辭考之，似未然。高唐賦序云：「昔者先王嘗遊高唐，怠而晝寢，夢見一婦人，曰：『妾，巫山之女也，爲高唐之客。朝爲行雲，暮爲行雨。』故立廟，號曰朝雲。」其曰「先王嘗遊高唐」，夢神女者，懷王也，非襄王也。又神女賦序曰：「楚襄王與宋玉遊於雲夢之浦，使玉賦高唐之事。其夜王寢，夢與神女遇。王異之，明日以白玉。玉曰：『其夢若何？』對曰：『晡夕之後，精神恍惚，若有所喜。見一婦人，狀甚奇異。』玉曰：『狀何如也？』王曰：『茂矣美矣，諸好備矣。盛矣麗矣，難測究矣。瓌姿瑋態，不可勝讚。』王曰：『若此盛矣，試爲寡人賦之。』」以文考之，所云「茂矣」至「不可勝讚」云云，皆王之言也。宋玉稱歎之可也，不當卻云「王曰：『若此盛矣，試爲寡人賦之。』」又曰「明日以白玉」，君與其臣語，不當稱「白」。又其賦曰「他人莫覩，玉覽其狀」，「望余帷而延視兮，若流波之將瀾」。若宋玉代王賦之，若王之自言者，則不當自云「他人莫覩，玉覽其狀」，既稱「玉覽其狀」，即是宋玉之言也，又不知稱「余」者誰也？以此攷之，則「其夜王寢，夢與神女遇」者，「王」乃「玉」字耳。「明日以白玉」者，以白王也。「王」與「玉」字誤書之耳。前日夢神女者，懷王也。其夜夢神女者，宋玉也。襄王無預焉，從來枉受其名耳。

【校記】

〔一〕「些」原作「楚」，據夢溪筆談改。

〔二〕「卷三」原脱漏，據夢溪筆談補。

〔三〕「文」原作「乂」，據夢溪筆談改。

洪邁容齋五筆

毛詩所用語助之字以爲句絶者，若之、乎〔一〕、焉、也、者、云、矣、爾、兮、哉，至今作文者皆然。他如只、且、忌、止、思、而、何、斯、旃、其之類，後所罕用。「只」字如「母也天只，不諒人只」；「且」字如「椒聊且」，「遠條且」，「狂童之狂也且」，「既亟只且」；「忌」字如「叔善射忌，又良御忌」；「止」字如「齊子歸止」，「曷又懷止」，「女心傷止」；「思」字如「不可求思」，「爾羊來思」，「今我來思」；「而」字如「俟我於著乎而，充耳以素乎而」；「何」字如[二]「如此良人何」，「如此粲者何」；「斯」字如「恩斯勤斯」，「鬻子之閔斯」，「彼何人斯」；「旃」字，如「舍旃舍旃」；「其」字音基，如「夜如何其」，「子曰何其」，皆是也。「忌」惟見於鄭詩，「而」惟見於齊詩。楚詞大招一篇全用「只」字。太玄經「其人有輯抗，可與過其」。致於「些」字，獨招魂用之耳。卷四，毛詩語助

自屈原詞賦假爲漁父、日者問答之後，後人作者悉相規倣。司馬相如子虛、上林賦以子虛、烏有先生、亡是公，揚子雲長楊賦以翰林主人、子墨客卿，班孟堅兩都賦以西都賓、東都主人，張平子兩都賦以憑虛公子、安處先生，左太沖三都賦以西蜀公子、東吳王孫、魏國先生，皆改名換字，蹈襲一律，無復超然新意。稍出於法度規矩者，晉人成公綏嘯賦，無所賓主，必假逸羣公子乃能遣詞；枚乘七發本只以楚太子、吴客爲言。而曹子建七啓遂有玄微子、鏡機子，張景陽七命有沖漠公子、殉華大夫之名，言語非不工也，而此習根著，未之或改。若東坡公作後杞菊賦，破題直云「吁嗟先生，誰使汝坐堂上稱太守」，殆如飛龍摶鵬，蹇翔扶摇於煙霄九萬里之外，不可搏詰，豈區區巢林翾羽者所能窺探其涯涘哉！卷七，東坡不隨人後

【校記】

[一]「乎」字原作「之」，據容齋隨筆改。

[二]「如」下原脫一「如」字，據容齋隨筆補。

王觀國學林

叒

玉篇、廣韻皆曰：「叒，而灼切。榑桑，叒木也。」然則榑桑即扶桑也，叒木即若木也，後之文士變「叒」爲「若」耳。扶桑在東，若木在西，事見山海經。故離騷曰：「飲余馬於咸池兮，總余轡於扶桑。折若木以拂日兮，聊逍遥以相羊。」蓋扶桑者，日出之處；若木者，日入之處。折若木以拂日者，日既西矣，猶能折若木以揮拂其日，使之不暮，而我尚逍遥安舒以遊也。謝希逸月賦曰：「擅扶桑於東沼，嗣若英於西冥。」若英即若木也，此理甚明。然李賀詩曰「天東有若木」，豈賀誤耶？桑字上從叒，又有「桒」字，乃俗書，不可用。若又爲香草名，曰杜若。屈平九歌曰「采芳洲兮杜若」，故謝玄暉詩曰「芳洲采杜若」。唐貞觀中敕下度支求杜若，省郎責坊州貢之，其事謬誤，遂傳而不可泯。若又音人者切，北魏復姓者有若干氏、若久氏，周書有若干惠，後燕録有若久和是也。又釋典言「般若」者，於華爲言濟彼岸，南史梁武帝中大通三年十一月幸同泰寺説般若經是也。釋典或作「惹」，凡音人者切者，皆出於北魏釋典之語。

周章

屈平九歌曰：「龍駕兮帝服，聊翺翔兮周章。」五臣注文選曰：「周章，往來迅疾也。」左太沖吴都賦曰：「輕禽狡獸，周章夷猶。」五臣注文選曰：「周章夷猶，恐懼不知所之也。」王文考魯靈光殿賦曰：「俯仰顧盼，東西周章。」五臣注文選曰：「顧盼[一]、周章，驚視也。」觀國案：五臣訓「周章」，三説不同，然皆非也。周章者，周旋舒緩之意，蓋九歌有「翺翔」字，吴都賦[二]有「夷猶」字，靈光殿賦有「顧盼」字，皆與「周章」文相屬，而翺翔、夷猶、顧盼，亦優游不迫之貌，則周章爲舒緩之意可知矣。前漢武帝紀元狩二年南越獻馴象，應劭注曰：「馴者，教能拜起周章，從人意也。」所謂「拜起周章」者，其舉止進退皆喻人意而不怖亂者也。而五臣注文選反以爲迅疾、恐懼、驚視，則誤矣。

郢

史記周成王封熊繹於荆蠻，爲楚子，居丹陽。楚文王自丹陽徙郢，楚頃襄王自郢徙陳，楚考烈王自陳徙壽春，命曰郢。觀國案：前漢地理志曰：「江陵，故楚郢都。」楚既屢徙，至壽春，則去郢遠矣。地既非郢，而猶命曰「郢」者，蓋楚嘗居郢而霸，則先世之威名已著於郢矣。後雖東徙，猶以先世威名自稱，覬楚之復大也。故雖東徙而猶命曰「郢」，亦猶南朝蕭氏出於蘭陵，而其後又創南蘭陵，各貴其所自出故也。今之郢州，乃楚之別邑，號郢亭，非楚都之郢。

能

「能」字奴登切，又奴代切，又奴來切，又土來切。其音奴登切者，多技藝也。所謂「有能奮庸」，所謂「獻賢能之書」，所謂「以能問于不能」之類是也。又與「耐」通用，禮運曰「聖人耐以天下爲一家」，樂記曰「人不耐無樂，樂不耐無形，形而不爲道不耐無亂」，鄭氏注曰：「耐，古『能』字也。」其音奴代切者，姓也。何氏姓苑曰：「能姓，出長廣，亦與『耐』通用。」史記淮南王安傳曰：「有耐罪以上，赦令除其罪。」應劭曰：

「輕罪，不至於髡，全其耏鬢，故曰耐，古『耏』字從彡，髮膚之意。」如淳注曰：「律：耐爲可魁冠，耐爲鬼薪白粲。耐，猶任也。」云云。案：此條非説騷者，然騷亦有「修能」，故採。

攝提

前漢天文志曰：「大角者，天王帝座廷，其兩傍各有三星，鼎足向之，曰攝提。攝提者，直斗杓所指，以建時節。」觀國案：天文志所言攝提，乃攝提星也。史記歷書曰：「孟陬殄滅，攝提無紀。」裴駰注曰：「攝提星乃隨斗杓所指，建十二月。」前漢律歷志曰：「孟陬殄滅，攝提失方。」孟康注曰：「攝提，星名，隨斗杓所指，建十二月。若歷誤，當指辰而乃指巳，是謂失方。」凡此言攝提，皆謂攝提星也。爾雅曰：「正月爲陬，太歲在寅曰攝提格。」蓋陬者，月名也。攝提格者，歲名也。攝提格惟主太歲居寅一位而已。若攝提星，則隨斗杓所指，徧歷十二辰以正歲時焉。苟攝提無紀，則閏餘乖錯而歷數差矣。屈平離騷曰：「攝提正於孟陬兮，惟庚寅吾以降。」五臣注文選曰：「太歲在寅曰攝提。庚寅，日辰也。言我攝提歲正月庚寅日下母[三]之體。」觀國案：離騷云「攝提正於孟陬兮」者，蓋言攝提星順乎斗杓而不失正朔之紀也。「孟陬」者，正朔之紀始於此也，言正於孟陬者，不失正朔之紀也。庚寅者，屈平所生之歲也，故曰「攝提正於孟陬兮，惟庚寅吾以降」，言斗杓順序，正朔不乖，而我之生也，陰陽和平，初無謬戾，故曰皇考錫我以嘉名，而字我以靈均，我之美善如此而不爲人所知，①此作騷之意也。五臣以攝提爲太歲，則非也。夫事有疑似如此類者，不可不審。

木蘭

文士用木蘭舟、蘭棹、蘭橈，無所經見，惟小説述異記曰：「江州有木蘭洲，魯班嘗於洲用木蘭造船，因謂之木蘭舟。文士用木蘭舟自此始。」觀國案：畫圖本草木蘭注文亦引述異記木蘭舟事，當止見於述異記，他書所不載也。屈平九歌曰：「桂棟兮蘭橑，辛夷楣兮藥房。」五臣注文選曰：「蘭、辛夷、藥，香草也。」今按：橑者，椽也；楣者，門楣也。蘭橑者，以木蘭爲橑也；辛夷楣者，以辛夷木爲楣也；桂棟者，以桂木爲棟。凡此皆謂以木之有香者爲屋室也。五臣乃以蘭、辛夷爲香草，則誤矣。九歌又曰「桂櫂兮蘭枻」，蓋枻者，船傍板也。以桂木爲櫂，以木蘭爲枻者也。離騷、九歌言蕙蘭、石蘭、椒蘭、幽蘭，皆蘭草也。唯蘭橑、蘭枻爲木蘭，而辛夷亦是木。離騷曰「朝搴阰之木蘭兮」，又曰「朝飲木蘭之墜露兮」，此正言木蘭也。揚子雲甘泉賦曰「列辛夷于林薄」，五臣注文選曰：「辛夷，香草也」，亦誤矣。杜子美偪仄行曰「辛夷始花亦已落」，韓退之感春詩曰「辛夷花高最先開」，又曰「辛夷花房忽全開」，王荆公詩曰「回首辛夷木下行」，古人用辛夷爲文著矣，非香草也。

【眉批】

① 淺見。

【校記】

[一]「盼」原作「視」，據學林改。
[二]「賦」原作「都」，據學林改。
[三]「母」字原脱，據學林補。

王應麟困學紀聞

三禮義宗引禹受地記，王逸注離騷引禹大傳，豈即太史公所謂禹本紀者歟？卷十地理○集證：玉海五十七：三禮義宗明天地歲祭義引禹受地記云：「崑崙東南五千里之地，謂之神州。」王逸注離騷引禹大傳曰：「洧盤之水，出崦嵫之山。」史記大宛傳：「禹本紀言：『河出崑崙，其高二千五百餘里，日月所相避隱爲光明也。其上有醴泉、瑶池。』自張騫使大夏之後，窮河源，惡覩所謂崑崙者乎？禹本紀、山海經所有怪物，余不敢言之也。」按，張騫傳：天子案古圖書，名河所出山曰崑崙。通典疑所謂「古圖書」即禹本紀。

呂氏春秋：「禹南至九陽之山，羽人、裸民之處，不死之鄉。」此屈子遠遊所謂「仍羽人於丹丘兮，留不死之舊鄉。朝濯於湯谷兮，夕晞余身兮九陽。」同上○集證：文選孫綽天台山賦：「仍羽人於丹丘，尋不死之福庭。」注：楚辭曰：「仍羽人於丹丘兮，留不死之舊鄉。」王逸注曰：「因就衆仙於光明也。丹丘書夜常明。山海經有羽人之國，不死之鄉。」元圻案：呂氏春秋慎行論求人篇高誘注曰：「南方積陽，陽數極於九，故曰九陽之山也。」「羽人，鳥喙，背上有羽翼。裸民，不衣衣裳也。鄉，亦國也。」

楚辭漁父：「吾聞之：新沐者必彈冠，新浴者必振衣。安能以身之察察，受物之汶汶者乎！」荀子不苟篇曰：「新浴者振其衣，新沐者彈其冠，人之情也。其誰能以己之僬僬，閣本云：元板作『譙譙』。受人之掝掝者哉！」案，今本荀子僬作「潐」。楊倞注：潐潐，明察之貌。掝，當爲「惑」。掝掝，惛也。荀卿適楚，在屈原後，屈原卒於楚頃襄王時。春申君以荀卿爲蘭陵令，在考烈王八年。考烈王，頃襄王太子完也。豈用楚辭語歟？抑二子皆述古語也？諸子○何云：「曰『吾聞之』，則述古語矣。」元圻案：説苑説叢亦曰：「新沐者必拭冠，新浴者必振衣。」

王逸云注楚辭自序：「屈原爲三閭大夫。三閭之職，掌王族三姓，全云：蓋公族大夫之職。曰昭、屈、景。屈原序其譜屬，率其賢良，以厲國士。」漢興，徙楚昭、屈、景於長陵，以强幹弱支，則三姓至漢初猶盛也。莊子庚桑楚曰：「昭、景也，著載也；甲氏也，著封也，非一也。」説云：「昭、景、甲三者，皆楚同宗也。」①此陸氏莊子釋文之文。甲氏，其即屈氏歟？秦欲與楚懷王會武關，昭睢、屈平皆諫王無行。襄王自齊歸，齊求東地五百里，昭常請守之，景鯉請西索救於秦，東地復全。三閭之賢者，忠於宗國，所以長久。卷十一考史○全云：昭奚恤、昭陽亦戰將。○元圻案：漢徙齊諸田，楚昭、屈、景，燕、趙、韓[二]、魏後實關中，見漢書婁敬傳。昭睢之語，見史記楚世家。屈平之諫，見本傳。戰國策：楚襄王爲太子之時，質於齊。懷王薨，太子辭於齊王而歸。齊王隘之，「予我東地五百里」云云，昭常曰「不可予也」云云。新序載屈盧不從白公爲亂，亦三閭之賢者也。

賈生吊屈原曰「謂跖、蹻廉」，注：楚之大盜曰莊蹻。韓非子喻老篇：楚莊王欲伐越，杜子諫曰：「莊蹻爲盜於境内，而吏不能禁，此政之亂也。」蹻蓋在莊王時。漢西南夷傳：「莊蹻者，楚莊王苗裔也，以其衆王滇。」此又一莊蹻也。名氏與盜同，何哉？卷十二考史[二]〇元圻案：漢書賈誼傳注李奇曰：「跖，秦之大盜也。楚之大盜爲莊蹻。」吕氏春秋季冬紀介立篇高注：「莊蹻，楚成王之大盜。」商子弱民篇、荀子議兵篇、韓詩外傳[三]四、補史記並有「莊蹻起而楚分」之語，皆不言在楚何時。

汪彦章全云：龍溪汪氏藻。曰：「左氏、屈原始以文章自爲一家，而稍與經分。」卷十七評文〇元圻注：汪藻，崇寧二年進士，宋史入文苑傳。著浮溪集，四庫全書著録三十二卷。其爲鮑吏部欽止集序曰：左氏傳春秋，屈原作離騷，始以文自成爲一家，而稍與經分。」

離騷曰「閨中既以邃遠兮，哲王又不寤」，以楚君之闇，而猶曰「哲王」，蓋屈子以堯舜之耿介，湯武之祗敬望其君，不敢謂之不明也。太史公列傳曰「王之不明，豈足福哉？」此非屈子之意。同上〇全云：左氏猶附經以爲文，離騷則孤行矣，二者不當例論。

夾漈通志草木略以蘭、蕙爲一物，皆今之零陵香[四]也。然離騷「滋蘭」、「樹蕙」，招魂「轉蕙」、「氾蘭」，是爲二草，不可合爲一。同上〇閻按：蘭、茝與蕙，各自爲類。黄山谷：「一榦一花，而香有餘者，蘭；一榦數花，而香不足者，蕙。」説未必然。〇元圻案：通志草木略曰：「蘭即蕙，蕙即薰，薰即零陵香。楚辭云『滋蘭九畹』，『植蕙百畝』，互言也。古方謂之薰草，近方謂之零陵香。神農本經謂之蘭。」陸佃埤雅、羅願爾雅翼、張淏雲谷雜記俱從山谷之説。

江離，史記司馬相如傳索隱引吴録曰：「臨海海水中生，正青，似亂髮。」廣志爲

「赤葉紅華」。今芎藭苗曰江離，緑葉白華，又不同。案：後漢書張衡傳注：「本草經曰：蘪蕪一名江離，即芎藭苗也。」藥對以爲蘪蕪，一名江離。原注：「芎藭，槀本、江離、蘪蕪並相似，非是一物也。」淮南子云：「亂人者若芎藭與槀本。」顔師古曰：「郭璞云：『江離似水薺，今無識之者，然非蘪蕪也，藥對誤耳。』」讀詩記：「董氏曰：『古今注謂：芍藥，可離。』唐本草：『可離，江離。』然則芍藥，江離也。」集證：唐志：張勃吴地記一卷，郭義恭廣志二卷，徐之才雷公藥對二卷。[五]

屈原，楚人，而涉江曰「哀南夷之莫吾知」，②是以楚俗爲夷也。險邪之類，讒害君子，變於夷。全云：屈子豈肯以楚爲夷？曰「南夷」者，指放逐之地言之也，蓋近於苗疆矣，故曰「夷」。[六]

「忠湛湛而願進兮，妬披離而障之」，九章哀郢。壅蔽之患也。元帝似之，故周堪、劉更生不能決一石顯。「聲有隱而相感兮，物有純而不可爲」，悲回風。偏聽之害也，德宗似之，陸贄、陽城不能攻一延齡。同上

劉勰辨騷：班固以爲羿、澆、二姚，與左氏不合。洪慶善曰：「離騷用羿、澆事，正與左氏合。孟堅所云，謂劉安説耳。」閻云：此條已見左氏。[七]

【眉批】

①昭、甲、景，皆楚同宗。

② 南夷。

【校記】

〔一〕「韓」原作「漢」，據困學紀聞注改。

〔二〕此條原注「同上」，實出卷十二「考史」，據困學紀聞注改。

〔三〕「傳」字原脱，據困學紀聞注補。

〔四〕「香」原作「者」，據困學紀聞注改。

〔五〕本條未注出處，實出卷十七「評文」。

〔六〕本條未注出處，實出卷十七「評文」。

〔七〕本條未注出處，實出卷十七「評文」。

宋高似孫騷略

離騷不可學，可學者章句也，不可學者志也。楚山川奇，草木奇，原更奇。原人高志高，文又高，一發乎詞，與詩三百五文同志同。後之人沿規襲武，摹倣製作，言卑氣嫚，志鬱弗舒，無復古人萬一。武帝詔漢文章士修楚辭，大山、小山，竟不一企，況騷乎！嗚呼，詩亡矣，春秋不作矣，騷亦不可再矣！獨不能忘情於騷者，非以原可悲也，猶恨夫騷不及一遇夫子耳。使騷在删詩時，聖人能遺之乎？嗚呼，余固不能窺原作，猶或知原志者，輒抱微款，妄意抒辭，題曰騷略。

越山川曾識舜禹，作蒼梧帝，作思禹；又經勾踐君臣，作越王臺，作鴟夷子皮；吴爲越所滅，失於棄胥也，作浙水府；始皇東游，以功被石，作秦游；王謝諸人殊鍾情於越，迄爲蒼生一起，作東山；其以德著于腏祠者侑之歌，作江夫人，作嶀山雨，命之曰九懷。嗚呼，後之視今，今之視昔也，知我者騷乎！　九懷序

「秋蘭」歌，三閭大夫以奉司命者。至漢張衡賦兩言之，「秋蘭被涯」，又曰「纗秋蘭之幽華」。而酈炎、「秋蘭榮何晚」。曹植、「秋蘭被長坂」。潘尼、「流聲馥秋蘭」。傅玄、「秋蘭豈不馨」。江淹「秋蘭被幽崖」。諸人疑於蘭眷眷者，而九歌遺情輒鬱弗彰，悲夫！乃抒蘭辭酹大夫。　秋蘭辭序

招隱士，淮南小山之所作也。漢淮南王安好書，招致賓客游士八公之徒爲辭賦，篇章曰大山、小山，猶大雅、小雅也。而騷之意度氣藴，小山能知之？然其詞有曰「山中兮不可以久留」，乃作小山叢桂，庶幾於招隱者仍反其詞焉。　小山叢桂序

蘭曾伴屈大夫，政復何恨？然非屈大夫，無知蘭者。予固非知蘭，亦非知大夫

者，後五百年或有知予者焉。幽蘭賦序

葛氏韻語陽秋

宋葛立方

韓退之詩曰：「離騷二十五」，王逸序天問亦曰：「屈原凡二十五篇」。今楚詞所載二十三篇而已，豈非并九辨、大招而爲二十五乎？九辨者，宋玉所作，非屈原也。今楚詞之目雖以是篇併注屈宋，然九辨之序止稱屈原弟子宋玉所作。大招雖疑原文，而或者謂景差作。若以宋玉痛屈原而作九辨，則招魂亦當在屈原所著之數，當爲二十六矣。不知退之、王逸之言何所據耶？宋葛立方韻語陽秋卷六

楚詞云：「箟蔽象棊，有六博些。分曹並進，遒相迫些。」王逸謂投六箸，行六棊，故謂之六簙，言以箟簬作箸，象牙爲棊也。而楚詞補注乃引列子「繫博樓上」謂繫，打也，如今之雙陸棊也。予謂雙陸之制，初不用棊，俱以黑白小棒槌，每邊各十二枚，主客各一色，以骰子兩隻擲之，依點數行，因有客主相擊之法，故趙摶雙陸詩云：「紫牙鏤合方如斗，二十四星銜月口。貴人迷此華筵中，運木手交如陣鬥。」今六簙既行六棊，則非雙陸明矣。同上卷十七

宋嚴羽滄浪詩話

楚詞惟屈宋諸篇當讀之，外此惟賈誼懷長沙、淮南王招隱操、嚴夫子哀時命宜熟讀之，此外亦不必也。同上

九章不如九歌，九歌哀郢尤妙。①宋嚴羽

前輩謂大招勝招魂，不然。同上。

讀騷之久，方識真味。須歌之抑揚，涕洟滿襟，然後爲識離騷，否則爲戛釜撞甕耳。同上

唐人惟柳子厚深得騷學，退之、李觀皆所不及，若皮日休九諷不足爲騷。同上

【眉批】

① 哀郢在九章内，不在九歌内，此言不可解。

宋吴曾能改齋漫録

湘君湘夫人

樂府敘篇云：「『洞庭之山，帝之二女居之。』郭璞云：『天帝之女，處江爲神，即列仙傳所謂江妃二女也。』劉向列女傳：『帝堯之二女，長曰娥皇，次曰女英。堯以妻舜於嬀汭。舜既爲天子，娥皇爲后，女英爲妃。舜死於蒼梧，二妃死於江湘之間，俗謂之湘君。』湘中記曰：『舜二妃死爲湘水神，故曰湘妃。』韓愈黄陵廟碑曰：『秦博士對始皇帝云：湘君者，堯之二女、舜妃者也。』劉向、鄭康成亦皆以二妃爲湘君，而離騷、九歌既有湘君，又有湘夫人。王逸以爲湘君者，自其水神而言；湘夫人，乃二妃。璞與逸俱失也。堯之長女娥皇爲舜正妃，故曰君；其次女女英自宜降曰夫人也。故九歌謂娥皇爲君，女英爲帝子，各以其盛者推言之也。禮有小君，明其正自得稱君也。」以上皆樂府敘篇。余嘗考之，若敘篇以郭璞、王逸爲失者，甚當，然山海經、列仙傳、湘中記、韓愈碑亦未爲得。按，禮檀弓曰：「舜葬於蒼梧之野，蓋三妃未之從也。」

故康成注曰：「帝嚳立四妃，象后妃四星。其一明者爲正妃，餘三小者爲次妃。帝堯因焉。至舜不告而娶，不立正妃，但三妃而已，謂之三夫人。離騷所歌湘夫人，舜妃也。夏后氏增以三三而九，合十二人。春秋説云『天子娶十二』，即夏制也。」凡康成之論，本取帝王世紀耳。世紀云：「長妃娥皇無子，次妃女英生商均，次妃癸比〔一〕生二女，宵明、燭光是也。」乃知康成所注爲有據依。又按秦紀云「死而葬焉」，今王逸乃以爲溺死，益非矣。諸人皆以爲二女，當以檀弓、世紀有三妃爲正。

揚雄反騷

揚雄反騷云「有周氏之嬋嫣兮，或鼻祖於汾隅。」注：「鼻，始也。」余以爲未盡其義。雄方言云：「獸之初生謂之鼻，人之初生謂之首也。梁、益謂鼻爲初。」或謂始祖爲鼻祖者，其義如此。

蘭蕙

山谷説蘭云：「蘭似君子，而蕙似小人，蓋山林中十蕙而一蘭也。離騷曰：『予既滋蘭之九畹兮，又樹蕙之百畝。』以是知不獨今人，雖楚人亦賤蕙而貴蘭也。」按，離騷經注三十畝爲畹，即是蘭二百七十畝，蕙且百畝，豈十一之謂乎？不應以多少分貴賤。

按，吴曾黨秦檜，其人不足取，然今不以人廢言，采録三則。

【校記】

［一］「比」原作「妃」，據能改齋漫録改。

明薛文清瑄讀書録 三則

遠游篇曰：「道可受兮而不可傳，其小無内兮其大無垠」，形容道體之言也。卷一

楚辭「載營魄」之「載」，與漢史「從與載」之「載」、揚子「載魄」之「載」、韓子畫記「以孺子載」之載，皆加載之意，朱子論之誤矣。卷六

朱子楚詞集注成於晚年，所感者深矣。卷十

明都穆南濠詩話①

楚辭云「思公子兮未敢言」，惟其不言，所以爲思之至。劉公幹云：「思子沈心曲，長歎不能言」，本楚辭也。

六經如詩、書、春秋、禮記所載，無非實事。自騷賦之作興，託爲漁父、卜者及無是公、烏有先生之類，而文詞始多漫語。其源出於莊子，莊子一書，大抵皆寓言也。

【眉批】

① 卷首有正德癸酉黄桓序。都南濠，吴郡人。

顧炎武日知録

巫咸

古之聖人，或上而爲君，或下而爲相。其知周乎萬物，而道濟天下，固非後人之所得能測也，而傳者猥以一節概之。黄帝，古聖人也，而後人以爲醫師。伯益，古賢臣也，而世有百蟲將軍之號。以彼事迹昭昭在經籍者，猶且如此，若乃堯之臣名羿，而有窮之君亦名羿；堯之典樂名夔，而木石之怪亦爲夔；湯居亳，而亳戎之國亦名湯。夫苟以其名而疑之，則道德之用微，而謬悠之説作。若巫咸者，可異焉。書君奭篇：「在大戊時則有若伊陟、臣扈，格於上帝，巫咸乂王家。在祖乙時，則有若巫賢。」原注：孔安國傳：「賢，咸子，巫氏。」史記殷本紀：「帝祖乙立，殷復興，巫咸任職。」「咸」當爲「賢」字之誤。書序：「伊陟相太戊，亳有祥，桑穀共生於朝，伊陟贊於巫咸，作咸乂四篇。」孔安國傳曰：「巫咸，臣名。」馬融曰：「巫，男巫也，名咸。殷之巫也。」孔穎達正義曰：「君奭傳曰：『巫，氏也，當以巫爲氏，名咸。』鄭玄云：『巫咸謂之巫官。』」①按君奭，咸子巫賢，父子并爲大臣，必不世作巫官，故孔言「巫，氏」是也。則巫咸之爲商賢相，明矣。史記正義謂「巫咸及子賢冢，皆在蘇州常熟縣西海隅山上，蓋二子本吴人」云。②越絶書云：「虞山者，巫咸所出也。」是未可知，而後之言天官者宗焉，言卜筮者宗焉，言巫鬼者宗焉。言天官，則史記天官書所云「昔之傳天數者，高辛之前重黎，於唐虞羲和，有夏昆吾，殷商巫咸」者也。言卜筮，則吕氏春秋所謂「巫彭作醫，巫咸作筮」者也。原注：周禮簭人：「九簭之名，一曰巫更，二曰巫咸，三曰巫式，四曰巫目，五曰巫易，六曰巫比，七曰巫祠，八曰巫參，九曰巫環。」鄭玄注：「此九巫皆當讀爲『筮』，字之誤也。」言巫鬼，則莊子所云「巫咸祒曰來。」楚辭離騷所云「巫咸將夕降兮，懷椒糈而要之。」史記封禪書所云「巫咸之興自此始。」原注：索隱曰：孔安國尚書傳云：「巫咸，臣名。」今云「巫咸之興自此始」，則以巫咸爲巫覡。然楚辭亦以巫咸主神。蓋太史公以巫咸是殷臣，以巫接神，事大戊，使禳桑穀之災，故云然。許氏說文所云「巫咸初作巫」，又其死而爲神，則秦詛楚文所云「不顯大神巫咸」者也。原注：封禪書：「荊巫祀堂下、巫先、司命、施糜之屬。」索隱曰：「巫先，謂古巫之先有靈者，蓋巫咸之類也。」而又以巫咸爲黃帝時人，歸藏言「黃神將戰，筮於巫咸」是也。以爲帝堯時人，郭璞巫咸山賦序原注：地理志：「巫咸山在安邑縣東。」水經注：「鹽水出東南薄山，西北流，逕巫咸山北。」言「巫咸以鴻術爲帝堯醫」是也。以爲春秋時人，莊子言「鄭有神巫曰季咸」，列子言「神巫季咸，自齊來處於鄭」是也。原注：枚乘七發：「扁鵲治內，巫咸治外。」文選呂向注：「扁鵲、巫咸皆鄭人。」按，列子、莊子皆言「鄭有神巫曰季咸」，而扁鵲則鄭人，字形相混，亦以爲鄭也。至山海經海外西經言：「巫咸國在女丑北，左手操青蛇，右手操赤蛇，在登葆山，群巫所從上下也。」原注：注：採藥往來。大荒西經言：「大荒之中，有山名曰豐沮玉門，日月所入。有靈山，巫咸、巫即、巫朌、巫彭、巫姑、巫真、巫禮、巫抵、巫謝、巫羅十巫，從此升降，百藥爰在。」原注：注：羣巫上下此山採之也。淮南子地形訓言：「軒轅丘在西方，巫咸在其北方。」則益荒誕不可稽，而知古賢之名，爲後人所假託者多矣。

河伯

竹書：帝芬十六年，雒伯用與河伯憑夷鬭。帝泄十六年，殷侯微原注：上甲微也。以河伯之師伐有易，殺其君綿臣。是河伯者，國居河上，而命之爲伯，如文王之爲西伯，而馮夷者其名爾。楚辭九歌以河伯次東君之後，則以河伯爲神。天問「胡羿射夫河伯，而妻彼雒嬪？」王逸章句以射爲實，以妻爲夢。其解遠游「令海若」「舞馮夷」，則曰「馮夷，水仙人也。」是河伯、馮夷皆水神矣。穆天子傳：「至於陽紆之山，河伯、無夷之所都居。」原注：注：無夷，馮夷也。山海經云冰夷。山海經：「中原注：一作「從」。極之淵，深三百仞，惟冰夷恒都焉。冰夷人面，乘兩龍。」郭璞注：「冰夷，馮夷也，即河伯也。」原注：郭璞江賦：「冰夷倚浪以傲睨。」莊子：「馮夷得之以遊大川。」司馬彪注引清泠傳曰：「馮夷，華陰潼鄉隄首里人也，服八石得道爲水仙，是爲河伯。」是以馮夷死而爲神，其説怪矣。龍魚河圖曰：「河伯姓吕，名公子。夫人姓馮，名夷。」以馮夷爲河伯之妻，更怪。楚辭九歌有河伯，而馮夷屬海若之下，亦若以爲兩人。大抵所傳各異，而謂河神有夫人者，亦秦人以君主妻河、鄴巫爲河伯娶婦之類耳。原注：淮南子：「馮夷，大丙之御。」注：「二人，古之得道能御陰陽者。」魏書：高句麗先祖朱蒙。朱蒙母，河伯女，爲夫餘王妻，朱蒙自稱爲河伯外孫。則河伯又有女、有外孫矣。

真誥載：有一人，旦旦詣河邊拜河水，如此十年。河侯、河伯遂與相見，予白璧十雙，教以水行不溺法。注曰：「河侯、河伯，故當是兩神邪？」

湘君

楚辭湘君、湘夫人，亦謂湘水之神，有后有夫人也，初不言舜之二妃。原注：王逸章句始以湘君爲水神，湘夫人爲二妃。記曰：「舜葬於蒼梧之野，蓋三妃未之從也。」梁氏曰：「堯妻舜二女，明載堯典，檀弓何以有三妃？歷考漢書、後漢書、三國志，凡所稱引皆作二妃。周禮天官目録『九嬪』疏，史五帝紀集解之類，注引禮記作二妃，則知三妃乃别本之訛，而康成就文立義，謂之三夫人，孔疏引皇甫謐世紀以實之，不可信。」山海經：「洞庭之山，帝之二女居之。」郭璞注曰：「天帝之二女，而處江爲神，即列仙傳江妃二女也，九歌所云湘夫人、稱帝子者是也。而河圖玉版曰：『湘夫人者，帝堯女也。秦始皇浮江至湘山，逢大風，而問博士湘君何神，博士曰聞之堯二女，舜妃也，死而葬此。』列女傳曰：『二女死於江湘之間，俗謂之湘君。』鄭司農亦以舜妃爲湘君。説者皆以舜陟方而死，二妃從之，俱溺死於湘江，遂號爲湘夫人。按九歌，湘君、湘夫人，自是二神。江湘之有夫人，猶河雒之有宓妃也。此之爲靈，與天地並，安得謂之堯女？且既謂之堯女，安得復總云湘君哉？何以考之？禮記云：『舜葬蒼梧，二妃不從。』明二妃生不從征，死不從葬。且傳曰：『生爲上公，死爲貴神。』沈氏曰：「昭二十九年，傳本作『封爲上公，祀爲貴神。』」禮：『五岳比三公，四瀆比諸侯。』今湘川不及四瀆，無秩於命祀，而二女帝者之后，配靈神祇，無緣復下降小水而爲夫人也。原其致謬之繇，繇乎俱以帝女爲名，名實相亂，莫矯其失，習非勝是，終古不悟，可悲矣。」此辨甚正。又按遠遊之文，上曰「二女御九招歌」，下曰「湘靈鼓瑟」，是則二女與湘靈固判然爲二，即屈子之作，可證其非舜妃矣。後之文人附會其説，以資諧諷，其瀆神而慢聖也不亦甚乎！

禹崩會稽，故山有禹廟，而水經注言：「廟有聖姑。禮樂緯云：『禹治水畢，天賜神女聖姑。』」夫舜之湘妃，猶禹之聖姑也。

甚矣，人之好言色也！太白，星也，而有妻。甘氏星經曰：「太白上公，妻曰女媊。女媊居南斗，食厲，天下祭之曰明星。」河伯，水神也，而有妻。龍魚河圖曰：「河伯，姓呂名公子，夫人姓馮名夷。」常儀，古占月之官也，而淮南子以爲羿妻，竊藥而奔月，名曰常娥。霜，露之所爲；雪，水之所凝也，而淮南子云：「青女乃出，以降霜雪。」原注：高誘注：「天神青霄玉女。」巫山神女，宋玉之寓言也，而水經注以爲天帝之季女，名曰瑤姬。原注：李善高唐賦注引襄陽耆舊傳曰：「赤帝女姚姬，未行而卒，葬於巫山之陽。」雒水宓妃，陳思王之寄興也，而如淳以爲伏羲氏之女。原注：漢書音義：「伏羲氏之女，溺雒水爲神。」嵞山啓母，天問之雜說也，後人附以少姨，以爲啓母之妹。原注：今少室山有阿姨神。而武后至封之爲玉京太后、金闕夫人。青溪小姑，爲蔣子文之第三妹，則見於楊炯之碑。原注：楊炯少姨廟碑曰：「蔣侯三妹，青溪之軌迹可尋。」并州妬女，爲介子推之妹，則見於李諲之詩。小孤山之訛爲小姑也，原注：歐陽公耕田録。杜拾遺之訛爲十姨也，原注：黄氏日抄。是皆湘君、湘夫人之類。而九歌之篇，遠遊之賦，且爲後世迷惑男女、瀆亂神人之祖也。或曰：易以坤爲婦道，而漢書有媪神之文。原注：郊祀歌：「媪神蕃釐。」張晏曰：「媪者，老母之稱，坤爲母，故稱媪。」於是山川之主，必爲婦人以象之，非所以隆國家而昭民敬也已。

金元好問承天鎮懸泉詩注曰：「平定土俗，傳介子推被焚，其妹介山氏耻兄要君，積薪自焚，號曰妬女祠。原注：唐書：高宗調露元年九月，幸并州，道出妬女祠。其碑大曆中判官李諲撰，辭旨殊謬，至有『百日積薪，一日燒之』之語。鄉社至今以百五日積薪而焚之，謂之祭妬女。」其詩有曰：「神祠水之滸，儀衛盛官府。頗怪祠前碑，稽考失莽鹵。吾聞允格臺駘，宣汾洮，障大澤，自是生有自來，歸有〔二〕所假。而原注：而即「如」字。自經溝瀆，便可尸祝之，祀典紛紛果何取？子胥鼓浪怒未洩，精衛銜薪心獨苦。楚臣百問天不酬，肯以誕幻虚荒驚聾瞽？自有宇宙有此水，此水綿綿流萬古。人言主者介山氏，且道未有介山之前復誰主？山深地古自是有神物，不假靈真誰敢侮。稗官小説出閭巷，社鼓村簫走翁媼。當時大曆十才子，争遺李諲鑱陋語。」此是千古正論。杜氏通典：「汾陰后土祠爲婦人塐像，武太后時，移河西梁山神塐像就祠中配焉。開元十一年，有司遷梁山神像於祠外之别室。」夫以山川之神，而人爲之配合，其瀆亂不經尤甚矣。原注：張南軒集言：「舜廟中有武后像，即日投之江中。」

泰山頂碧霞元君，宋真宗所封，世人多以爲泰山之女，後之文人知其説之不經，而撰爲黄帝遣玉女之事以附會之，不知當日所以褒封，固真以爲泰山之女也。今考封號，雖自宋時，而泰山女之説則晉時已有之。張華博物志：「文王以太公爲灌壇令，期年風不鳴條。文王夢見有一婦人當路而哭，問其故，曰：『我東海泰山神女，嫁爲西海婦，欲東歸，灌壇令當吾道。太公有德，吾不敢以暴風疾雨過也。』文王夢覺，明日召太公。三日三夕，果有疾風驟雨自西來也。文王乃拜太公爲大司馬。」此一事也。干寶搜神記：「後漢胡母班常至泰山側，爲泰山府君所召，令致書於女婿河伯。云『至河中流，扣舟呼青衣，當自有取書者。』果得達，復爲河伯致書府君。」此二事也。原注：魏書高句麗傳：「朱蒙告水曰：『我是日子，河伯外孫。』」列異傳记蔡支事，又以天帝爲泰山府君之外孫。自漢以來，不明乎天神地祇人鬼之别，一以人道事之，於是封嶽神爲王，則立寢殿爲王夫人。有夫人則有女，而女有婿，又有外孫矣。唐宋之時，但言靈應，即加封號，不如今之君子必求其人以實之也。

又考泰山不惟有女，亦又有兒。魏書段承根傳：「父暉，師事歐陽湯。有一童子，與暉同志。後二年辭歸，從暉請馬。暉戲作木馬與之，童子甚悦，謝暉曰：『吾泰山府君子，奉敕遊學，今將歸，損子厚贈，無以報德。子後至常伯封侯。』言訖，乘馬騰空而去。」集異記言：「貞元初，李納病篤，遣押衙王祐禱岱嶽。遥見山上有四五人，衣碧汗衫半臂。路人止祐下車，言此三郎子、七郎子也。」文獻通考：「後唐長興三年，詔以泰山三郎爲威雄將軍。宋大中祥符元年十月，封禪畢，親幸，加封炳靈公。」夫封其子爲將軍，爲公，則封其女爲君，正一時之事爾。

又考管子對桓公曰「東海之子類於龜」，不知何語；而房玄齡注則以爲海神之子。又元劉遵魯漢島紀曰：「廟中神妃，相傳爲東海廣德王第七女。」夫海有女，則山亦有女，曷足怪乎？

【眉批】

① 巫三説：巫氏、巫官、田巫。

② 吴人。

【校記】

[一]「有」原作「所」，據日知録改。

王念孫讀書雜志餘編下楚辭

余雖脩姱以鞿羈兮，謇朝誶而夕替

離騷：「余雖脩姱以鞿羈兮，今本「脩」上有「好」字。臧氏用中拜經日記曰：「王注云『言己雖有絶遠之智、姱好之姿』，絶遠之智釋『脩』字，姱好之姿釋『姱』字，不言『好脩』。『余雖脩姱以鞿羈兮』與上『苟余情其信姱以練要兮』同一句法，舊本『脩』上有『好』字者，因正文多言『好脩』而衍。」今依臧説删。 謇朝誶而夕替。」王注曰：「鞿羈，言爲人係累也。 誶，諫也。 替，廢也。言己雖有絶遠之智、姱好之姿，然已爲讒人所鞿羈而係累矣。故朝諫謇謇於君，夕暮而身廢棄也。」念孫案：「雖」與「唯」同。言余唯有此修姱之行，以致爲人所係累也。「唯」字古或借作「雖」。大雅抑篇曰「女雖湛樂從，弗念厥紹」，言女唯湛樂之從也。無逸曰：「惟耽樂之從。」管子君臣篇：「故民迂則流之，民流通則迂之。決之則行，塞之則止。雖有明君，能決之，又能塞之。」言唯有明君能如此也。莊子庚桑楚篇：「唯蟲能蟲，唯蟲能天。」釋文曰：「一本『唯』作『雖』。」皆其證也。謇，讀惜誦「謇不可釋」之「謇[二]」，詞也，非上文「謇謇爲患」之「謇」。

長余佩之陸離

「高余冠之岌岌兮，長余佩之陸離。」王注曰：「陸離，猶參差，衆貌也。」念孫案：陸離有二義，一爲參差貌，一爲長貌。下文云「紛總總其離合兮，斑陸離其上下」，司馬相如大人賦云「攢羅列聚叢以蘢茸兮，衍曼流爛痑以陸離」，皆參差之貌也。此云「高余冠之岌岌兮，長余佩之陸離」，「岌岌」爲高貌，則「陸離」爲長貌，非謂參差也。

九章云「帶長鋏之陸離兮，冠切雲之崔嵬」，義與此同。

啓九辯與九歌兮，夏康娱以自縱。不顧難以圖後兮，五子用失乎家巷

「啓九辯與九歌兮，夏康娱以自縱。不顧難以圖後兮，五子用失乎家巷。」王注曰：「啓，禹子也。九辯、九歌，禹樂也。言禹平治水土，以有天下，啓能承先志，纘敘其業，育養品類，故九州之物，皆可辯數，九功之德，皆有次序而可歌也。左氏傳曰：『六府三事，謂之九功，九功之德皆可歌也，謂之九歌。』夏康，啓子太康也。娱，樂也。縱，放也。圖，謀也。言太康不遵禹啓之樂而更作淫聲，放縱情欲，以自娱樂，不顧患難，不謀後世，卒以失國。兄弟五人家居閭巷，失尊位也。尚書序曰：『太康失國，昆弟五人須于洛汭，作五子之歌。』此佚篇也。」洪氏補曰：「山海經云：夏后開上三嬪於天，得九辯與九歌以下。①注云：『皆天帝樂名。啓登天而竊以下，用之。』天問亦云：『啓棘賓商，九辯九歌。』王逸不見山海經，故以爲禹樂。巷，里中道也。此言太康娱樂放縱，以至失邦耳。五子之失乎家巷，太康實使之。」戴先生屈原賦注曰：「言啓作九辯九歌示法後王，而夏之失德也，康娱自縱，以致喪亂。『康娱』二字連文，篇内凡三見。」引之曰：洪釋九辯九歌、戴釋「康娱」皆郅確矣。其以「夏」爲夏后氏之「夏」則與王注同。今案：「夏」當讀爲「下」，左氏春秋「僖二年虞師晉師滅下陽」，公羊穀梁皆作「夏陽」。即大荒西經所謂「夏后開上三嬪于天，得九辯與九歌以下。此大穆之野，高二千仞，開焉始得歌九招」者也。郭璞注引開筮曰「不得竊辯與九歌以國於下」，亦其證也。自「啓九辯與九歌」以下皆謂啓之失德耳。言啓竊九辯九歌於天，因以康娛自縱於下也。詒謀不善，子姓姦回，故下文有「不顧難以圖後」云云也。墨子非樂篇引武觀曰「啓乃淫溢，康樂于野；飲食將將，銘筦磬以力；湛濁于酒，渝食于野；萬舞翼翼，章聞于天。天用弗式。」竹書：「帝啓十年，帝巡守，舞九招于大穆之野」，皆所謂「下康娛以自縱」者也。解者誤以「啓九辯與九歌」爲美啓之詞，又誤以「夏」爲夏后氏之「夏」，是以詰籥爲病矣。又案：「五子用失乎家巷」，「失」字因王注而衍，注內「失國」「失尊位」乃釋「家巷」二字之義，非以文中有「失」字而解之也。「五子用乎家巷」者，「用乎」之文，與「用夫」「用之」同，下文云「日康娛而自忘兮，厥首用夫顛隕」，「后辛之菹醢兮，殷宗用之不長」是也。若云「五子用失乎家巷」，則是所失者家巷矣，注何得云「兄弟五人，家居閭巷，失尊位」乎？文選李周翰注云：「五弟失尊位，家於閭巷。」「失尊位」三字在「五弟」之下，則唐本已誤衍「失」字。揚雄宗正箴曰：「昔在夏時，太康不恭。有仍二女，五子家降。」「降」與「巷」古同聲而通用，亦足證「家巷」之文爲實義，而「用乎」之文爲語詞也。巷，讀孟子「鄒與魯閧」之「閧」。劉熙曰：「閧，構也。構兵以鬭也。」五子作亂，故云家閧。義見下。家，猶内也，若詩云「蟊賊内訌」矣。「閧」字亦作「鬨」，呂氏春秋愼行篇「崔杼之子，相與私鬨」，高誘曰：「鬨，鬭也。」「私鬨」，猶言「家閧」。「閧」之爲「鬨」，猶「閧」之爲「巷」也。「閧」之通作「巷」，猶「巷」之通作「閧」。法言學行篇「一閧之市」，「閧」即「巷」字。宗正箴作「五子家降」，「降」亦「閧」也。呂氏春秋察微篇：「楚卑梁公舉兵攻吴之邊邑，吴王怒，使人舉兵侵楚之邊邑。吴楚以此大隆。」「大隆」謂「大鬭」也，「隆」與「降」通。書大傳「隆谷」，鄭注曰「隆讀如厖降之降」，荀子天論篇「隆禮尊賢而王」，韓詩外傳「隆」作「降」；齊策「歲八月降雨下」，風俗通義祀典篇「降」作「隆」：是「隆」與「降」通也。呂氏春秋「吴楚大隆」，高誘曰「隆當作格。格，鬭也。」案：隆亦格鬭之名，字可不改。逸周書嘗麥篇曰「其枉殷之五子，「殷」當作「夏」。忘伯禹之命，假國無正，用胥興作亂，遂凶厥國。皇天哀禹，賜以彭壽，思正夏略。」五子胥興作亂，所謂家閧也。五子，即五觀也。楚語曰：「堯有丹朱，舜有商均，啓有五觀，湯有太甲，文王有管蔡，是五王者皆元德也，而有姦子。」五觀或曰武觀。竹書：「帝啓十年，帝巡守，舞九招于大穆之野。十一年，放王季子武觀于西河。十五年，武觀以西河叛，彭伯壽即周書所謂彭壽。帥師征西河，武觀來歸。」墨子引武觀亦言「啓淫溢，康樂于野」，是五觀之作亂，實啓之康娛自縱有以開之，故云「啓九辯與九歌兮，夏康娛以自縱。不顧難以圖後兮，五子用乎家巷」也。王注以家巷爲家居閭巷，失之矣。五子家巷，即當啓之世。揚雄宗正箴及王注以爲太康時，亦失之矣。

又何芳之能祗

「椒專佞以慢慆兮，榝又欲充夫佩幃。既干進而務入兮，又何芳之能祗。」王注曰：「祗，敬也。言苟欲自進，求入於君，身得爵禄而已，復何能敬愛賢人而舉用之也？」引之曰：祗之言振也。言干進務入之人委蛇從俗，必不能自振其芬芳，非不能敬賢之謂也。上文云「蘭芷變而不芳」，意與此同。逸周書文政篇「祗民之死」，謂振民之死也。「祗」與「振」聲近而義同，故字或相通。皋陶謨「日嚴祗敬六德」，史記夏本紀「祗」作「振」；柴誓「祗復之」，魯世家「祗」作「敬」，徐廣曰：「一作振」。内則「祗見孺子」，鄭注曰：「祗或作振。」

簫鍾兮瑤簴

九歌：「緪瑟兮交鼓，簫鍾兮瑤簴，鳴䶵兮吹竽。」簫，一作「蕭」[二]。「簫鍾」句，王氏無注。洪補曰：「瑤簴，以美玉爲飾也。」洪邁容齋續筆曰：「洪慶善注東君篇『簫鍾』，一蜀客過而見之曰：『一本簫作㩋，廣韻訓爲擊也。』蓋是，擊鍾正與緪瑟爲對耳。」念孫案：讀簫爲㩋者，是也。廣雅曰：「㩋，擊也。」玉篇音所育切。廣韻又音蕭。㩋與簫、蕭，古字通也。瑤讀爲搖，搖動也。招魂曰「鏗鍾搖簴」，王注曰「鏗，撞也。搖，動也。」文選張銑注曰：「言擊鍾則搖動其簴也。」義與此同。作瑤者，借字耳。「緪瑟」以下三句，皆相對爲文，若以瑤爲美玉，則與上下文不類矣。

不能固臧　羌不知余之所臧

天問：「白蜺嬰茀，胡爲此堂？安得夫良藥，不能固臧？」王注曰：「茀，白雲逶移若蛇者也。臧，善也。言崔文子學仙於王子僑，子僑化爲白蜺而嬰茀，持藥與崔文子，崔文子驚怪，引戈擊蜺，中之，因墮其藥，俯而視之，王子僑之尸也。故言得藥不善也。」念孫案：如王所述崔文子事，則「臧」字當讀爲「藏」，古無「藏」字，借「臧」爲之。說文無「藏」字。魯語曰：「掩賊者爲臧」，管子侈靡篇曰：「天子臧珠玉，諸侯臧金石。」墨子耕柱篇曰：「不舉而自臧，不遷而自行。」荀子解蔽篇曰：「心未嘗不臧也，然而有所謂虛。」漢書禮樂志「臧於理官」，顏師古曰：「古書懷藏之字，本皆作臧。漢書例爲臧耳。」漢敦煌長史武班碑「勳臧王府」，衞尉衡方碑「用行舍臧」，竝以「臧」爲「藏」。崔文子引戈擊蜺而墮其藥，故云「得夫良藥不能固臧」，若訓「臧」爲「善」，則義與「固」字不相屬矣。又九章云「夫惟黨人鄙固兮，羌不知余之所臧」，「臧」亦讀爲「藏」，謂美在其中而人不知也。下文云「材朴委積兮，莫知余之所有」，意與此同也。王訓「臧」爲「善」，亦失之。

設張辟以娛君兮

九章：「矰弋機而在上兮，罻羅張而在下。設張辟以娛君兮，願側身而無所。」王注曰：「辟，法也。言讒人設張峻法以娛樂君。」念孫案：此以「張辟」連讀，非以「設張」連讀。「張」讀「弧張」之「張」，周官冥氏「掌設弧張」，鄭注曰：「弧張，罿罦之屬，所以扃絹禽獸。」「辟」讀「機辟」之「辟」，墨子非儒篇曰「大寇亂，盜賊將作，若機辟將發也。」莊子逍遙遊篇曰「中於機辟，死於罔罟。」司馬彪曰：「辟，罔也。」辟，疑與「繴」

同。爾雅：「繴謂之罿，罿，罬也。罬，謂之罦。罦，覆車也。」郭璞曰：「今之翻車也。有兩轅，中施罥以捕鳥。」山木篇曰：「然且不免於罔羅機辟之患。」鹽鐵論刑德篇曰：「罻羅張而縣其谷，辟陷設而當其蹊。」楚辭哀時命曰：「外迫脅於機臂兮，上牽聯於矰䧢」，機臂與機辟同。王注以機臂爲弩身，失之。此承上文「矰弋罻羅」而言，則「辟」非「法」也。

心絓結而不解兮

「心絓結而不解兮，思蹇産而不釋。」王注曰：「絓，懸也。蹇産，結屈也。」念孫案：絓，亦結也。廣韻：「絓，絲結也。」史記律書曰：「秦二世結怨匈奴，絓禍於越。」是「絓」與「結」同義。絓結，雙聲也。蹇産，疊韻也。凡雙聲疊韻之字，皆上下同義。

悲江介之遺風

「哀州土之平樂兮，悲江介之遺風。」王注曰：「遠涉大川，民俗異也。」念孫案：上文云「欸秋冬之緒風」，王注「欸，嘆也。」下文云「悲秋風之動容兮」，又云「悲回風之搖蕙兮」，則此云「悲江介之遺風」亦謂風雨之風，非風俗之風也。文選聖主得賢臣頌「追奔電，逐遺風」，李善曰：「遺風，風之疾者。」揚雄甘泉賦「輕先疾雷而馺遺風」，曹植雜詩「江介多悲風」，義本於此。

願搖起而橫奔兮

「願搖起而橫奔兮」，王注曰：「欲搖動而奔走。」念孫案：搖起，疾起也。疾起與橫奔，文正相對。方言曰：「搖，疾也。廣雅同。燕之外鄙、朝鮮洌水之間曰搖。」淮南原道篇曰「疾而不搖」，漢書郊祀志曰「遥興輕舉」，「遥」與「搖」通。彼言「遥興」，猶此言「搖起」矣。說見漢書。

懲連改忿兮

「懲連改忿兮，抑心而自强。」王注曰：「懲，止也。言止己留連之心，改其忿恨。」念孫案：連，當從史記屈原傳作「違」字之誤也。違，恨也。言止其恨，改其忿也。「恨」與「忿」義相近，若云留連之心，則非其類矣。班固幽通賦「違世業之可懷」，曹大家曰：「違，恨也。」漢書敘傳「違」作「愇」。廣雅：「愇，恨也。」無逸曰「民否則厥心違怨。」邶風谷風篇「中心有違」，韓詩曰：「違，很也。」很，亦恨也。廣雅：「很，恨也。」

曾傷爰哀

「曾傷爰哀，永嘆喟兮。」王注曰：「爰，於也。」引之曰：王訓爰爲於，曾傷於哀則爲不詞矣。今案：爰哀謂哀而不止也。「爰哀」與「曾傷」相對爲文。方言曰：「凡哀泣而不止曰咺。」又曰：「爰、嗳，哀也。」爰、嗳、咺，古同聲而通用。齊策「狐咺」，漢書古今人表作「狐爰」，是其證也。

逢此世之俇攘

九辯：「悼余生之不時兮，逢此世之俇攘。」王注曰：「卒遇譖讒而遽惶也。」念孫案：俇攘，亂貌。逢此世之俇攘，言與亂世相遭也。哀時命曰「摡塵垢之枉攘兮」，王注曰：「枉攘，亂貌。」「枉攘」與「俇攘」同，此注以爲遇讒而惶遽，失之。

不能復用巫陽焉乃下招曰

招魂：「巫陽對曰：掌瘳，上帝其難從。若必筮予之，恐後謝之謝之，一本作「之謝」，非。不能復用。」王注曰：「謝，去也。巫陽言如必欲先筮問求魂魄所在，然後與之，恐後世怠懈，必去卜筮之法，不能復脩用。」文選呂延濟注略同。下文「巫陽焉乃下招曰」，王注曰：「巫陽受天帝之命，因下招屈原之魂。」念孫案：此則「不能復用」爲句，「巫陽焉乃下招曰」爲句明矣。「焉乃」者，語詞，猶言巫陽於是下招耳。王注：「因下招屈原之魂」，「因」字正釋「焉乃」二字。遠遊篇「焉乃逝以徘徊」，是其證。列子周穆王篇「焉迺觀日之所入」，「迺」與「乃」同。今本楚辭及文選皆以「不能復用巫陽焉」爲句，非也。「不能復用」者，謂不用卜筮，非謂不用巫陽。且「用」字古讀若「庸」，與「從」字爲韻，小雅小閔篇「不臧覆用」與「從」、「邛」爲韻。管子樞言篇「坦坦之備不爲用」與「功」爲韻，趙策「士爲知己者用」與「容」爲韻。堯典「徵庸二十」，論衡氣壽篇引此「庸」作「用」。皋陶謨「五刑五用哉」，後漢書梁統傳引此「用」作「庸」。若以「不用巫陽」連讀則失其韻矣。今據王、呂二注訂正。

氾崇蘭些

「光風轉蕙，氾崇蘭些。」王注曰：「崇，充也。言充實蘭蕙，使之芬芳。」文選呂延濟注曰：「崇，高也。」念孫案：二説均有未安。崇蘭，猶叢蘭耳。文子上德篇：「叢蘭欲茂，秋風敗之。」説文：「叢，聚也。」廣雅：「崇，聚也。」酒誥曰：「矧曰其敢崇飲」，大雅鳧鷖篇曰：「福禄來崇」，隱六年左傳曰：「芟夷蕰崇之」。是「崇」與「叢」同義。

蒻阿拂壁

「蒻阿拂壁，羅幬張些。」王注曰：「蒻，蒻席也。阿，曲隅也。拂，薄也。言以蒻席薄牀四壁，及與曲隅復施羅幬也。」念孫案：王以阿爲牀隅，則上與「蒻」字不相承，下與「拂壁」二字不相連屬矣。今案：「蒻」與「弱」同。阿，細繒也。言以弱阿拂牀之四壁也。弱阿，猶言弱緆。淮南齊俗篇曰「弱緆羅紈」是也。「阿」字或作「絅」，廣雅曰：「絅，練也。」史記李斯傳曰：「阿縞之衣，錦繡之飾」，徐廣以「阿」爲東阿縣，非是，辯見史記。淮南脩務篇：「衣阿錫，曳齊紈。」高注曰：「阿，細縠。錫，細布。」漢書禮樂志：「曳阿錫，佩珠玉」，如淳曰：「阿，細繒。錫，細布。」司馬相如傳：「被阿錫，揄紵縞。」張揖注與如淳同。

臑若芳些

「肥牛之腱，臑若芳些。」王注曰：「腱，筋頭也。臑若，熟爛也。言取肥牛之腱爛熟之，則肥濡臑美也。」念孫案：臑，熟也。若，猶而也。言既熟而且芳也。顧懽老子義疏曰：「若，而也。」夬九三曰：「遇雨若濡。」言遇雨而濡也。金縢曰：「予仁若考。」言予仁而巧也。說見經義述聞。莊二十二年左傳曰：「幸若獲宥，及於寬政」，言幸而獲宥也。而、若，語之轉耳。若無「熟」義，不得與「臑」同訓。

不沾薄只

大招：「吴酸蒿蔞，不沾薄只。」王注曰：「沾，多汁也。薄，無味也。言其味不濃不薄，適甘美也。」念孫案：王以沾爲多汁，非也。沾，亦薄也，言其味不薄也。廣雅曰：「沾，䙏也。」曹憲音他縑反。「䙏」與「薄」同。漢書魏其傳注云：「今俗言薄沾沾。」

察篤夭隱

「察篤夭隱，孤寡存只。」王注曰：「篤，病也。早死爲夭。隱，匿也。言察知萬民之中被篤疾病，早夭死及隱逸之士，存視孤寡而振贍之也。」洪補曰：「篤，厚也。」念孫案：二説均有未安。「篤」與「督」同。昭二十二年左傳「晉司馬督」，漢書古今人表作「司馬篤」。漢書張騫傳「身毒國」，李奇曰：「一名天篤。」後漢書文苑傳作「天督」，鹽鐵論詔聖篇「渫篤責而任誅斷」，「篤責」即「督責」。說文曰：「督，察也。」是「督」與「察」同義。隱，窮約也。昭二十五年左傳「隱民多取食焉」，杜注曰：「隱，約，窮困。」定三年傳：君以弄馬之故隱，君身弃國家。」言察督夭死及窮約之人，存視孤寡也。

昭質既設

「昭質既設，大侯張只。」王注曰：「昭質謂明旦也。明旦既設禮，張施大侯，使衆射之。」引之曰：昭讀爲招，招質謂射埻的也。「埻」通作「準」。呂氏春秋本生篇曰：「萬人操弓，共射一招。」高注曰：「招，埻的也。」盡數篇曰：「射而不中，反循于招，何益於中？」別類篇曰：「射招者，欲其中小也。」小雅賓之初筵篇：「發彼有的」，毛傳曰：「的，質也。」荀子勸學篇曰：「質的張而弓矢至焉」。是埻的謂之質，又謂之招。合言之，則曰招質。魏策曰：「今我講難於秦，兵爲招質。」謂以趙兵爲秦之招質也。韓子存韓篇曰：「秦必爲天下兵質矣。」說林篇曰：「且君何釋以天下圖智氏，而獨以吾國爲智氏質乎？」是其明證也。作昭者，假借字耳。春秋襄二十八年「楚子昭」，史記楚世家作「招」。管蔡世家「司徒招」，索隱曰：或作「昭」。設謂設昭質，非謂設禮。昭質在侯之中，故即繼之以大侯，猶詩言「大侯既抗」而繼之以「發彼有的」也。若以昭質爲明旦，則義與下文不相屬，且明旦謂之質明，不謂之昭質也。

正法弧而不公

七諫：「邪説飾而多曲兮，正法弧而不公。」王注曰：「弧，戾也。言世俗之人推佞以爲賢，進富以爲能，故君之正法膠戾不用，衆皆背公而嚮私也。」念孫案：「正法弧而不公」，「公」與「容」同，謂己之正法戾於流俗而不見容，非謂君之正法膠戾不用，亦非謂衆皆背公而嚮私也。衆背公而嚮私已在上句内，此但言己之不容於世耳。「邪説飾而多曲」，即所謂邪曲害公也；「正法弧而不容」，即所謂方正不容也。「容」與「公」，古同聲而通用。故容貌之容本作頌，從頁、公聲；容受之容古作㝐，從宀、公聲。淮南主術篇「萬民之所容見也」，「容」與「公」同。齊俗篇「望君而笑，是公也」，「公」與「容」同。

款冬而生兮

九懷：「款冬而生兮，凋彼葉柯。」王注曰：「物叩盛陰，不滋育也。」引之曰：急就篇：「款東、貝母、薑狼牙。」顔師古曰：「款東，即款冬，亦曰款凍，以其凌寒叩冰而生，故爲此名。」師古以款凍爲叩冰義，本於王注也。然反復九懷文義，實與王注殊指。其曰：「款冬而生兮，凋彼葉柯。瓦礫進寶兮，捐弃隨和。鉛刀厲御兮，頓弃太阿。」總言小人道長，君子道消耳。款冬、瓦礫、鉛刀以喻小人，葉柯、隨和、太阿以喻君子。七諫云：「鉛刀進御兮，遥棄太阿。拔搴元芝兮，列樹芋荷。」彼言元芝，猶此言葉柯也；彼言芋荷，猶此言款冬也。鉛刀、太阿取譬正與此同。此言陰盛陽窮之時，款冬微物乃得滋榮，其有名材柯葉茂美者反凋零也。「款冬而生」指款冬之草，不得以爲物叩盛陰。草之名款冬，其聲因顆涷而轉，爾雅：「菟奚、顆涷」，郭璞曰：「款冬也。」更不得因文生訓。爾雅釋魚「科斗、活東」，舍人本作「顆東」。科斗非冬生之物，而亦名顆東，則謂取淩寒叩冰之意者謬矣。傅咸款冬花賦云「維兹奇卉，款冬而生」，亦仍王注之誤。

行叩誠而不阿兮

九嘆：「行叩誠而不阿兮，遂見排而逢讒。」王注曰：「叩，擊也。言己心不容非，以好叩擊人之過，故遂爲讒佞所排逐也。」念孫案：王訓「叩」爲「擊」，則「叩誠」二字義不相屬。今案：叩誠，猶言款誠。廣雅曰：「款，誠也。」「款」與「叩」，一聲之轉。

款誠之爲叩誠，猶叩門之爲款門也。重言之則曰叩叩。繁欽定情詩曰：「何以致叩叩，香囊繫肘後。」廣雅曰：「叩叩，誠也。」轉之則又爲款款矣。

巡陸夷之曲衍兮

「巡陸夷之曲衍兮」，王注曰：「大阜曰陸。夷，平也。衍，澤也。言巡行陵陸，經歷曲澤之中。」念孫案：「巡陸夷」及注内「大阜曰陸」兩「陸」字皆當作「陵」，義見爾雅。此因「陵」、「陸」字相似，又涉注内「陸」字而誤。又案：陵夷者，漸平之稱。陵夷二字上下同義，不可分訓。説見漢書連語下。下平曰衍，見釋名及周官、左傳、國語注。陵夷即曲衍之貌，王以陵爲大阜，衍爲澤，皆失之。

律魁放乎山間

「偓促談於廊廟兮，律魁放乎山間。」王注曰：「偓促，拘愚之貌。律，法也。魁，大也。言拘愚蔽闇之人反談論廊廟之中，明於大法賢智之士弃在山間而不見用也。」念孫案：王以律爲法，魁爲大，又云明於大法賢智之士，殆失之迂矣。今案：律魁，猶魁壘也。壘、律聲相近，漢書司馬相如傳「隱轔鬱壘」，師古曰：「壘音律。」路史餘論曰：「山海經云神荼鬱壘二神人，主執惡害之鬼。風俗通作『鬱律』。」案：今本風俗通仍作「鬱壘」，蓋後人不通古音而改之也。藝文類聚果部上、太平御覽果部四竝引作「鬱律」。漢書鮑宣傳曰：「朝臣亡有大儒骨鯁、白首耆艾、魁壘之士」，服虔曰：「魁壘，壯貌也。」轉之則爲律魁。小雅蓼莪篇曰「南山律律」，史記留侯世家贊曰「魁梧奇偉」。是律、魁皆高大之意，正與偓促相對。司馬相如曰「委瑣握齪」，「握齪」與「偓促」同。偓促、律魁皆疊韻也。凡疊韻之字皆上下同義，不宜分訓。

蔽聵登於清府

「烏獲戚而驂乘兮，燕公操於馬圉。蔽聵登於清府兮，咎繇棄而在壄。」王注云：「燕公，邵公也。封於燕，故曰燕公也。蔽聵，衛靈公太子也。」念孫案：邵公、咎繇皆古之賢臣，而衛蔽聵與烏獲行不相類。蔽聵謂趙之蔽聵也。史記太史公自序曰：「司馬氏在趙者以搏劍論顯，蔽聵其後也。」漢書司馬遷傳與此同。如淳曰：「刺客傳之蔽聵也。」淮南主術篇曰：「故握劍鋒以今本此下脫一字，下「雖」字譌作「離」。雖北宮子、司馬蔽蕢不便應敵。「蕢」與「聵」通。高注曰：「司馬蔽蕢在趙以善擊劍聞。」操其觚，招其末，則庸人能以制勝。今使烏獲藉蕃從後牽牛尾，尾絶而不從者，逆也。若指之桑條，以貫其鼻，則五尺童子牽而周四海者，順也。」然則趙之蔽瞶以搏劍聞，故與烏獲並舉之。淮南稱北宫子蔽瞶而並及於烏獲藉蕃可以互證矣。自「烏獲」以下四句，皆謂貴武士而賤賢臣也。

【眉批】

① 開即啓。

【校記】

[一]「謇」下原衍一「謇」，據讀書雜志删。

[二]「蕭」原作「簫」，據讀書雜志改。

清惠棟九經古義

静言庸違，楚辭天問曰：「康回馮怒，地何故以東南傾？」王逸曰：「康回，共工名也。」案鄭注尚書以爲共工名氏未聞，先祖居此官，故以官爲氏。然則楚辭所謂「康回」者，即書所謂「靜言庸違」也。關書作「請言」，王逸引書云「淺淺請言」，公羊亦云「戔戔莫諍這」。「違」與「回」通。詩大雅云「厥德不回」，毛傳云：「回，違也。」春秋傳晏子云「君無違德」，下云「若德回亂」明「違」與「回」同。回，邪辟也。論衡引作「回德」。回，邪辟也。故史記云：「共工善言其用僻」，是訓「違」爲「辟」，與「回」同也。古「庸」字或作「康」，故楚辭言「康回」。秦詛楚文云：「今楚王熊相康回無道」，董逌釋「康」爲「庸」，是也。或云「康」讀爲「亢龍」之「亢」，謂亢，極邪辟也。○尚書古義

「樂酒今夕，君子維宴。」王逸楚辭章句引云「樂酒今昔」，云「昔，夜也。」昔、夕，古字通。穀梁傳曰：「日入至于星出謂之昔。」崔譔莊子注云：「昔，夕也。」管子小匡云：「旦昔從事。」旦昔，猶旦夕也。列子曰：「尹氏[二]有老役夫，昔昔夢爲國君。」注云：「昔昔，夜夜也。」○毛詩古義下

曲禮云：「若不得謝」，注云：「謝，猶聽也。」棟案：謝，猶去位也。説文：「謝，辭去也。」楚辭大招云：「青春受謝」，王逸云：「謝，去也。謝一作謝。」史記蔡澤謂范雎云：「夫四時之序，成功者去。」今時有「代謝」之語，蓋本于楚辭。顧炎武訓「謝」爲「序」。案：招魂云「若必筮予之，恐後之謝，不能復用巫陽焉」，注亦云：「謝，去也。」若訓爲「序」，不合事理。戰國策云：「靖郭君七日謝病，强辭不得，三日而聽。」○禮記古

義上

「趨以采齊」，注云：「齊，當爲楚薺之薺。」案：詩作「楚茨」。王逸楚辭章句引詩云：「楚楚者薋」，其字皆以齊、次爲聲，同物同音。故大戴禮保傅篇云「行以采茨，趨以肆夏」，又云「揚中采茨，趨中肆夏。」鄭从周禮作「薺」，又引楚茨以證之，明同物也。

○禮記古義下

「女樂二八」，王逸楚辭章句曰：「二八，二列。大夫有二列之樂。」韋昭曰：「八人爲列，備八音也。」左傳補注三襄公十一年

師曠　王逸楚辭章句曰：「師曠，聖人。字子壄，生無目而善聽。」同上，襄公十四年

楚氛甚惡　王逸楚辭章句曰：「氛，惡氣也。」同卷四○襄廿七年

【校記】

[一]「氏」原作「子」，據九經古義改。

孫志祖讀書脞録

字頤谷，嘉慶中人

九辯：焦竑筆乘以九辯爲原所自作，引直齋書録解題載離騷釋文首離騷經，次九辯，王逸九章注云：「皆解於九辯中」，則釋文篇第蓋舊本也，決無宋玉所作攙入原文之理。志祖按：王逸敘明云：「九辯者，楚大夫宋玉之所作也。」文選亦以宋玉九辯列於屈子卜居、漁父之後。釋文舊本自誤爾。注云：「皆解於九辯中」，不必定九辯在前也。焦氏因此遂以九辯爲屈子所作，非也。林西仲又以招魂爲屈子自作，亦誤。或以史記屈原傳贊云：「余讀離騷、天問、招魂、哀郢，悲其志」，謂當從林説，予以爲不然。蓋屈子所作本名招魂，後人以宋玉又有招魂之作，故以此爲大招，史公所云招魂，即大招也。至宋玉所作，又名小招魂，見張載魏都賦注。卷七九辯

陳澧東塾讀書記

戰國時儒家之書，存於今者鮮矣。澧以爲屈原之文雖詩賦家，其學則儒家也。

離騷云「紛吾既有此内美兮，又重之以脩能」，又云「汩吾若將不及兮，恐年歲之不吾與」，有天資，有學力，而又及時自勉也。涉江云「被明月兮佩寶璐」，①「世溷濁而莫余知兮，吾方高馳而不顧」，「駕青虬兮驂白螭，吾與重華游兮瑶之圃」，「登崑崙兮食玉英，與天地兮比壽，與日月兮齊光」，此言「人不知而不愠」，與古聖人爲徒，高矣美矣，足以不朽也。橘頌云：「深固難徙，廓其無求兮，蘇世獨立，横而不流兮。」此中庸所謂「强哉矯」也。此靈均之學也。宋玉九辨亦云：「獨耿介而不隨兮，願慕先聖之遺教。處濁世而顯榮兮，非余心之所樂。彦按：國無道富且尊，耻也。與其無義而有名兮，寧窮處而守高。食不媮而爲飽兮，衣不苟而爲温。竊慕詩人之遺風兮，願託志乎素餐。」其對楚王問自謂「瑰意琦行，超然獨處」，非夸語也。杜子美稱之曰「風流儒雅亦吾師」，其可謂儒雅矣，真可師矣。彼罵宋玉爲罪人者，烏足以知之？皇甫持正答李生第二書云：「筆語未有駱賓王一字，已罵宋玉爲罪人。」○朱子楚辭集注云：「景差大招，近於儒者窮理經世之學」。此尤非朱子不足以知之也。

【眉批】

① 寶璐，倪元璐，字鴻寶，名字所因出。

陳洪綬寶綸堂集

字章侯，號老蓮

題來風季離騷序

丙辰，洪綬與來風季學騷於松石居。高梧寒水，積雪霜風，擬李長吉體，爲長短歌行，燒燈相詠。風季輒取作琴作激楚聲，每相視，四目瑩瑩然，耳畔有寥天孤鶴之感。便戲爲此圖，兩日便就。嗚呼！時洪綬年十九，風季未四十，以爲文章事業，前途于邁，豈知風季羈魂未招，洪綬破壁夜泣。天不可問，對此寧能作顧、陸畫師之資哉？第有車過腹痛之慘耳。一生須幸而翁不入昭陵，欲寫吾兩人騷淫情事于人間，刻之松石居，且以其餘作燈火貲，復成一段净緣。當取一本，焚之風季墓前，靈必嘉與，亦不免有存亡殊向之痛矣。戊寅暮冬，諸暨陳洪綬率書於善法寺。

按，洪綬字章侯，號老蓮，又老遲、悔遲，紹興府諸暨人。好酒好女子，善書，於順治九年壬辰卒，年五十四。西河竹坨竝爲之傳。

姚範援鶉堂筆記

楚辭 明俞初校本

何屺瞻編修云：「楚辭，隆慶辛未豫章芙蓉館宋本重雕者善。」範按：隋志王逸楚辭十二卷，唐志十六卷，晁子止讀書志十七卷云。劉向典校經書，分爲十六卷，章句又續爲九思，取班固二序附之，爲十七卷。今此刊本十卷，不知何時所定，亦無班序，其賈傅弔屈、鵩賦二篇，則朱子集説所取，非叔師十六卷之本有也。大招小序又朱子之辭，疑皆坊本之謬。惜不得豫章雕本正之。芙蓉館之本，余疑即此本，新都吴琯序所云豫章王孫刊本。

劉彦和辨騷「班固以爲露才揚己」云云，即出于班序。

晁氏云東京班固、賈逵各作離騷章句，朱子亦云劉安、班固、賈逵之書[一]，世復不傳。或賈逵亦有序耶？或叔師別有大序著其説而今失之耶？郭璞楚辭音，隋志二卷，唐志十卷。洪慶善云少時從柳展如得東坡手校十卷，但不知十卷若爲定著也。

又今篇第朱子以爲天聖時陳説之所定，而陳伯玉書録解題云：「洪氏從吴郡林宓得楚辭釋文，乃古本，其篇次則首離騷經，次九辨，而後九歌、天問、九章、遠游、卜居、漁父、招隱士、招魂、九懷、七諫、九嘆、哀時命、惜誓、大招、九思。洪氏云『按九章注云皆詳于九辨中』，則釋文篇第蓋舊本也，後人始以作者先後次序之耳。」然今刊本九章注中亦無洪氏之説，則非宋本之舊矣。洪興祖補注於離騷篇後載王逸敘，此本亦無，蓋非佳刻，當更求善本。

離騷經章句敘「亦貶絜狂狷景士之士」，余疑「貶」同「褊」；絜，獨也；景士，「士」字疑誤。

楚辭目録第十卷王逸九思傳。余按，隋志云：「後漢校書郎王逸集屈原已下迄于劉向，逸又自爲一篇，并敘而注之，今行於世。隋時有釋道騫善讀之，能爲楚聲，音韻清切，至今傳楚辭者，皆祖騫公之音。」道騫楚辭音一卷，隋唐志竝有其目。此本有反切及協音，蓋不知何人所加，非其舊矣。

天問傳：「浞娶純狐，眩妻爰謀。」余疑「眩妻」同左傳叔向之母所云「玄妻」，耳其事聞者各殊，故徵引互異，而古籍淪亡，後人亦不審所云耳。

九辨傳：「以爲君獨服此蕙兮，體受正氣而高明也。羌無以異於衆芳。乃與佞臣而同情也。」余按：注非也。蓋云此蕙華當爲君所佩服，而君視之亦無異於衆芳耳。

「竊美申包胥之氣盛兮」。按：洪興祖分此下爲一篇。

「堯舜皆有所舉任兮」至「雖重介之何益」，余欲以此合前「被荷裯之晏晏兮」爲一章；「邅翼翼而無終兮」至「惟著意而得之」爲一章；「紛純純之願忠兮」至末爲一章。九辨、九歌本舊名，九歌十一篇，則九辨或亦可從其例乎？洪興祖本從「何氾濫之浮雲兮」至「妬被離而障之」爲第八章。

「紛純純之願忠兮，妬被離而障之。」按前漢百官公卿表東園主章，小顏云：「今所謂木鐘者，章，聲之轉。」

招魂傳　「稻粢穱麥」，注：「穱音捉。稻，稌。粢，稷也。穱，擇也。擇麥中先熟者。」余按：張衡南都賦：「冬稌夏穱，隨時代熟。」以穱爲擇，謬也。

「成梟而半，呼五白些。」注[二]：「五白者，簙齒也。言己棊已梟，當成牟勝，射張食棊，下兆於屈，故呼五白，以助投也。兆于屈，一作『逃窟』。」余按：文選注作「下逃於窟」，然義皆未詳。

「結撰至思，蘭芳假些。」按：「結撰至思」，言賦以抒情耳。

【校記】

[一]「書」原作「世」，據援鶉堂筆記改。

[二]「注」原脱，據援鶉堂筆記補。

何義門讀書記

何焯屺瞻

屈平離騷經　賈生曰[二]：「屈原被讒放逐，作離騷賦。」若用此語，去經之名，則無吳楚僭王之疑矣。」

恐年歲之不吾與　此「恐」字謂身之修。

「朝搴阰之木蘭兮」二句　朝夕，即若將不及之意。

恐美人之遲暮　此「恐」字謂君之正。

既遵道而得路　緣上「先路」來。

「夫唯捷徑以窘步」三句　道之者非，故至于捷徑窘步也。

恐皇輿之敗績　此「恐」字謂國之安。

忽奔走以先後兮　緣上「馳騁」來。

傷靈修之數化　「化」與「訛」同，數訛，屢訛其路也。

「余既滋蘭之九畹」四句　此即上文注中「衆芳，喻羣賢也」。故有「九畹」「百畝」之多，注頗兩意紛錯。

各興心而嫉妬　恐其復用也。

忽馳騖以追逐兮　緣上「不難離别」來。

「長太息以掩涕兮」四句　以「涕」「替」首尾相叶，即申上一節言之。

終不察夫人心　萬民好善惡惡之心。

「鷙鳥之不羣兮」至「及行迷之未遠」　言吾自行吾之義，豈可以讒謗之來遽自引去？故復屈心抑志，忍尤攘詬。悔向之不難離别者，相道之不察也。

忍尤而攘詬　攘，取也。

固前聖之所厚　厚，重也。遲迴鄭重，不遽引決也。

「進不入以離尤兮」二句　欲處身於進退之間，已不虧其節，國亦猶有人也。

「女嬃之嬋媛兮」四句　身雖在野而節愈高，望愈歸，則忌者必不能釋。女嬃所以復以鮌死羽野戒之也。

就重華而陳詞　所謂依前聖以折其中節也。

周論道而莫差　可証論道經邦是古書之詞。

「跪敷衽以陳辭兮」四句　可以告於神明，豈不可感格其主？故復幡然上征欲少留靈瑣也。

「鸞皇爲余先戒兮」至「好蔽美而嫉妬」　多方以遇主，而小人多方以敗之。史記所謂「冀幸君之一悟，俗之一改，而無如懷王之終不悟也」，正此段之意。

「朝吾將濟於白水兮」至「余焉能忍與此終古」　此辭難通處無如求女三節，然寄情屬望之懇到全在此段。歷來注家莫有得其説者。王逸注稍近而指未明，惟吾師安溪先生云：楚辭所謂求女者，非求君也，欲其君之得賢臣焉爾。始也，「哀高丘之無女」，則高位者無人矣；繼而「相下女之可貽」，猶望其有處于下位而備進用者也；乃求女如宓妃者而不可得，相與驕傲淫遊而已，上下相習，大小成風，亂國之朝，其勢固然。於是思遺佚之士，曰庶幾其登進乎，乃爲媒者鴆已毒矣，鳩猶巧焉，隱逸之賢安能以自通？鳳凰既受他人之詒，而不爲吾國媒，則有娀之佚女必爲高辛之有，而非高陽之有矣。雖然，望未絶也，使少康而有賢配，倘所謂祀夏配天，不失舊物者乎？奈何媒理之妬蔽，無異於前，則事既可知，而原之望於是絶矣。蓋是時懷昏而不悟，襄淫而失道，原固灼見之而惓惓之誠不能自已焉。他日天問之作反復於鮌禹啓少康之事，夫亦此志也。按：此宓妃貴女以喻貴臣，佚女以喻遺佚之賢，少康以喻嗣君，二姚以喻嗣君左右之臣也。孟子曰「親之過大而不怨，是愈疎也。」若至「決上下之無人，將違棄而遠去」，是豈忍以明言者？原之滑稽，其不忍明言之心乎？彼以求女爲失喻，幽昏爲無禮者，蓋未窺尋及此耳。吾師此論實有以究難言之隱，發前賢所未發，當與作者共千古矣。

雖信美而無禮兮　無禮，猶言不恭也。

余猶惡其佻巧　拙如鳩者，猶惡其巧，言佞人之多。

欲自適而不可　鴆鳩已蔽賢，已又無力進賢，故云。

「理弱而媒拙兮」至「好蔽美而稱惡」　庸碌不能進賢，至嫉蔽，則又其甚也。

閨中既以邃遠兮　閨中，女所處也。

余焉能忍與此終古　終古，言没世不可待也。

求矩矱之所同　則無「不量鑿而正枘」之患也。

「蘭芷變而不芳兮」四句　此所謂「衆芳之蕪穢也」。本爲同類，而信道不篤，隨俗遷貿，不忍斥言，故託爲巫咸告我若是也。

余以蘭爲可恃兮　注：「蘭，懷王少子，司馬子蘭也。」按：此即承上來，何必求其人以實之？

「芳菲菲而難虧兮」二句　緣上「昭質未虧」「芳菲彌章」來。

「何離心之可同兮」二句　言不同他焉者可離。「吾將」者，彷徨瞻顧之詞，猶前「猶豫」、「狐疑」也。

「朝發軔於天津兮」二句　發軔天津，扶桑、析木之津也。夕至西極，以比日西方暮也。

「陟升皇之赫戲兮」四句　陟升，猶言升遐，此終言至死不能或忘楚國，反應前「焉能忍與此終古」之辭也。

屈平九歌　越人鬼而楚人禨，其俗固然。漢書郊祀志載谷永之言云：「楚懷王隆祭祀，事鬼神，欲以邀福，助却秦軍，而兵挫地削，身辱國危。」則屈子蓋因事以納忠，故寓諷諭之詞，異乎尋常史巫所陳也。

東皇太一。　蕙肴蒸兮蘭藉　蒸，當作「烝」，進也。

「疏緩節兮安歌」二句　安歌，升歌也。浩唱，間歌也。

五音紛兮繁會　合樂也。

雲中君。　與日月兮齊光　太史公「雖與日月齊光」之語本屈子之詞。

湘君。望涔陽兮極浦　涔陽者，漢之陽也。史記「沱涔既道」。

斲冰兮積雪　冰雪塞道比小人當路，不可復行也。

將以遺兮下女　不敢言以遺湘君，故托之下女，猶言君之下執事也。

湘夫人。「帝子降兮北渚」四句　「渚」與「下」爲叶。

少司命。「與汝遊兮九河」二句　猶言江漢以濯之也。

「竦長劍兮擁幼艾」二句　幼艾，嗣君也。革其舊而新是圖，庶可易亡爲存耳。

卜居　卜居漁父九辯招隱，王注皆有韻可讀。

「用君之心」三句　雖悟主不可期，而臣道無可變，不疑何卜哉？

漁父子非三閭大夫歟　稱故官者，明與世推移之道，非己所獨昧，顧宗臣非若漁父避世之士可比耳。

宋玉九辯　「皇天平分四時兮[二]」「去白日之昭昭兮」二句　驚心動魄，實是開闢以来美句。

「何時俗之工巧兮[三]」「故駒跳而遠去」　駒跳，楚詞俱作「踴跳」。據朱子云，作「駒跳」者非。

招魂　麈史云：「楚詞招魂、大招其末盛稱洞房翠帷之飾，美顔秀領之列，瓊漿胾羹之烹，新歌鄭舞之娛，日夜沉湎與象牙六博之樂，夫所以訾楚者深矣。其卒云『魂兮歸来，正始昆只』，言往者既不可正，尚或以解其後耳。又曰『賞罰當只，尚賢士只。國家爲只，尚三王只。』皆思其來而反其政者也。」後五語皆大招之文，讀此篇者亦當以此意求之。

「一夫九首」至「其身若牛些」　然則如後世夜叉之説，古已有之。

魂兮歸来，入修門些　頂上「樂」字。

天地四方，多賊姦些　帶上一句。

魂兮歸来，何遠爲些　帶此一句，勢乃不直。

歸來歸來反故室　又一頓。

涉江采菱，發揚荷些　注：「喻屈原背去朝堂，隱伏草澤。」按：此非喻也，前言容飾，此言歌舞戲劇；前是平居，此是宴會。

「菎蔽象棊」至「揳梓瑟些」　歌舞之中忽間以戲劇，總不令文勢直也。

劉安招隱士[四]。注：「閔傷屈原身雖沈没，名德顯聞，與隱處山澤無異。」按：招隱之作，與原何與？

【校記】

［一］底本「贾生曰」旁有朱筆批注「太史公自序之語」。

［二］「兮」原作「首」，義門讀書記亦作「首」，當爲訛字。

［三］「兮」原作「首」，義門讀書記亦作「首」，當爲訛字。

［四］「士」字原脱，據義門讀書記補。

梁玉繩清白士集

人表攷

顓頊帝高陽氏　顓頊始見月令、祭法、左昭十七、周語下、魯語上、楚語下。高陽氏始見左文十八、五帝之二也。

簡逷帝嚳妃，生卨。師古曰：逷音吐歷反，即簡狄也。始見史殷紀索隱引史異本。帝嚳次妃，生契，始見帝繫殷紀。「簡」又作「柬」。「逷」又作「狄」。楚辭天問、帝繫、殷紀。

彭祖　始見鄭語、帝繫、世本。彭姓封于大彭，鄭語及注。名籛，帝繫。而史楚世家集解引吴虞翻云：名翦。字鏗，路史後紀八。故曰彭鏗。楚辭天問。而莊子逍遥游釋文、劉向列仙傳、葛洪神仙傳以爲姓籛名鏗，竝非。

咎繇　始見離騷、尚書大傳、説文言部引虞書。今本作「皋陶」。路史後紀七、國名紀二以皋爲陶之封國，非也。

啓　禹子。始見書益稷，亦曰夏后伯啓，畢校本吕氏春秋先己。曰夏后啓。山海海外西經、海内南經，而大荒西經及墨子耕柱〔二〕作「夏后開」，蓋校書者避漢諱改。

伊尹　始見商書。伊，氏；尹，字。孔疏。而太甲上疏、史殷紀索隱言「湯使之尹正天下，號曰伊尹」。恐非。吕覽本味又云有侁氏命之曰伊尹也。僞古文自稱「尹躬」，蓋誤以「尹」爲名。名摯。孫子用間、墨子尚賢中、楚辭離騷、天問。

巫咸　師古曰：大戊之臣也。始見商書序、君奭。巫，氏；君奭傳。咸，名。書序疏。又寄名祒。莊子天運。吴人。咸及子賢竝葬蘇州常熟縣西海虞山上。史殷紀正義。而一統志謂墓在解州夏縣東五里。

比干　始見書武成、論語。路史國名紀四：商後有比國，即沘水，爲比干之封。然則比，其國；干，其名也。紂諸父。論語注。

屈原　屈原始見楚辭卜居、漁父。字原，通志氏族略二。名平。史本傳。離騷所謂皇考伯庸名余正則、字余靈均者也。爲楚三閭大夫，史傳。故稱曰三閭，後漢孔融傳。

亦曰原生，楚辭九歎。亦曰屈子。楚辭漢王褒九懷。以正月庚寅日生，離騷。以五月五日梁宗懍荆楚歲時記。投汨羅死。史傳。唐昭宗天祐元年封爲昭靈侯，舊唐書哀帝紀。宋元豐六年改封忠潔侯，宋史神宗紀。後又封清烈侯，宋史禮志，疑徽宗封。元延祐五年加封忠節清烈公。元史仁宗紀。

漁父　惟見楚辭、史屈原傳。案：屈生被放沈淵，君子蓋亦哀其忠而狹其量，已不可與孔、思、孟子竝列。若漁父者，金王若虚滹南集曰：離騷漁父篇，假設以見意爾，人表遂列漁父之名。使誠有斯人，觀其所言，不過委順從俗以求自全，何遽至九等中第二哉？錢宫詹曰：「屈原之義高矣，然班氏嘗譏其露才揚己，必不躋諸大賢之列。蓋後人妄以意進之，并漁父亦牽連入第二等，非班氏意也。」竊意屈原、漁父二人元本當在陳軫之後、占尹之前。

少康相子。　相子始見左襄四、哀元。遷于原。竹書。

二姚少康妃。　始見左哀元、離騷經。虞思以妻少康，始見哀元。姚，虞姓。杜注。

甯戚　始見齊語、管子小匡諸篇。「戚」又作「遬」，吕覽勿躬。又作「籍」，亢倉子賢道。衛人。吕覽舉難。亦曰齊甯。本書敘傳。

梅伯　始見楚辭天問、惜誓。子姓，廣韻注。紂諸侯。楚辭注。商之思[一]國。路史國名紀六。以數諫至醢。楚辭。

宋玉　始見史屈原傳、文選高唐、神女、登徒子好色賦、對楚王問。鄢人。水經沔水注、寰宇記百四十五云：宜城人。屈原弟子，王逸楚辭注。體貌閒麗，好色賦。楚襄王稱爲先生。對問。冢在唐州北陽縣。寰宇記百四十二。

子蘭　令尹子蘭始見史屈原傳。司馬子椒惟見新序節士。「蘭」又作「闌」。新序。子蘭，楚懷王稚子。史傳。案：子椒不爲令尹，必傳寫訛倒「椒」「蘭」字。二人讒短屈原，又陷懷王客死于秦，當置下下，何以居第六？

唐勒　惟見史屈原傳。楚滅唐，子孫以「唐」爲氏。通志氏族略二。

景瑳師古曰：瑳音子何反，即景差也。　惟見屈原傳。景氏，楚大族。本書高紀。案：索隱云：法言、人表皆作「景瑳」，作「差」字省。

羿師古曰：有窮君也。　羿始見左襄四。論語即有窮后羿。書五子之歌、襄四。本作「羿」，説文五經文字。又作「芎」，説文。又作「㸦」。郭忠恕汗簡集韻。有窮，國名。孔傳、杜注。羿，有窮君之號。杜注。未聞其姓何先。史夏紀正義引世紀，而路史後紀十四云：偃姓。先祖世爲射官，帝嚳賜彤弓素矢，封之于鉏，歷虞、夏。書、左疏引賈逵、史正義引世紀。故説文云：「羿，帝嚳射官。」淮南本經云：「堯使羿誅鑿齒，射十日。」嚳賜弓矢，見山海海内經。射殺鑿齒，見海外南經、大荒南經。射日事亦見楚辭天問、孔疏及海外東經，郭注引歸藏鄭母經。故嚳時有羿，堯時亦有羿，則「羿」是善射之號，非人名字。不知羿名爲何。孔疏。而海内經注言：后羿慕羿善射，故號此名。路史後紀九注言：羿，古諸侯，非夏羿先祖。通志三王紀言：羿必太康時人，以射得名。堯、嚳時亦有善射之人，世訛以爲羿。其説各異。蓋其字從羽從廾，「廾」即「拱」字，拱羽爲羿，是指其人而制字也。通志。羿右臂長，善射，御覽三百六十九引淮南、史正義引世紀。自鉏遷窮石，因代夏政。襄四。亦曰窮后，水經巨洋水注。亦曰窮羿，路史九注。亦曰夷羿，襄四、天問。吕覽勿躬。杜云：夷，氏。亦曰夷昕，吕順民注：疑字訛。亦曰羿帝，御覽八十二[三]引世紀。亦曰帝羿，世紀。皆本左氏「在帝夷羿」語也。亦曰羿氏，本書揚雄傳。亦曰羿子。後漢文苑趙壹傳，而注以爲堯時之羿。代夏八年，路史十四。通志或云二年，而廣弘明集破邪論引陶公年紀云：羿篡十五年。逢蒙殺而烹之。孟子、襄四。又淮南氾論云：羿死爲宗布。當是古之羿，非夏羿也。吴仁傑刊誤補遺謂孟氏書「逢蒙殺羿」是堯時羿，殊妄。

鮌　始見吴語。本作「鯀」，虞書。又作「⿰骨系」，禮祭法釋文、廣韻。又作「⿰骨玄」，列子楊朱張注。又作「鮌」，廣韻注。又作「歞」，説文、通雅四辨之。顓頊之後。吴越春秋無余外傳。

鯀，名；書孔傳、史五帝紀集解引馬融。字熙。夏紀索隱引皇甫謐。封于崇，伯爵，索隱、周語下注。故曰伯鯀。墨子尚賢中、竹書。亦曰有崈伯鯀，周語。亦曰崇伯，竹書。亦曰崇鮌。水經濟水注一。亦曰夏鯀，淮南原道、吕覽君守。亦曰白馬。山海海内經。殛之羽山，虞書。死三歲不腐，副之以吴刀，海内經注引開筮、吕覽行論。其神化爲黄熊。左昭七，「熊」字釋文亦作「能」，與晉語八同。楚辭天問「黄熊」，注：一作「能」。海内經注、水經淮水注作「黄龍」。拾遺記又云：化爲玄魚。夏紀正義謂「熊，乃來反，下三點爲三足。鼈三足爲熊。」然字書無此字。墓在臨沂縣東南百里。寰宇記廿三[四]、路史後紀十三注。案：墨子云「伯鯀，帝之元子」，故海内經注、史索隱引世本及帝繫竝言顓頊生鯀，海内經言黄帝子駱明生鯀，路史言高陽子駱明生鯀，所説俱難信。本書律歷志謂顓頊五世生鯀，似近真。然不如吴越春秋之爲得矣。學林三論鯀不應列九等，亦非。彼徒見禹脩鯀之功，實爲夏郊；而堯放四罪，斷無枉理。疑鯀在堯時，不僅因治水被殛，觀吕覽稱其作亂爲患可見。至先儒以左傳「四兇」當「四罪」，則誤也。

韩浞師古曰：羿之相也。浞音士角反。寒浞始見襄四。「韓」與「寒」通，水經巨洋水注亦作「韓浞」。寒是國名，孔疏。猗姓。路史後紀十四。而國名紀六引世本云：邳姓。浞，伯明氏之讒子弟也，伯明后。寒棄之，羿收以爲相，取其國家。襄四。滅夏后相，左哀元。

襲有窮之號，杜注、夏紀正義引世紀。在位四十三年，路史。而通志作三十二年，或云十年。路史注：或云四十，或云三十，或云二年。廣弘明集年紀云：浞篡十二年。爲夏遺臣伯靡所殺。襄四、竹書。

奡師古曰：音五到反，楚辭所謂澆者也。奡始見論語，即澆。左襄四、哀元，離騷、天問。又作「敖」。説文「豷」字注。寒浞因羿室生澆，處于過，襄四。故曰過澆。左傳及注。多力，能陸地行舟，夏紀正義引世紀。少康殺之。襄四、天問、竹書[五]。案：澆、奡、傲三字古多通借，故論語「奡盪舟」，天問注引作「澆」；左傳「生澆及豷」，説文引作「敖」；即「傲」字。虞書「丹朱傲」，釋文云又作「奡」，説文引書政作「奡」也。困學紀聞二疑盪舟者即是丹朱，吴氏刊誤補遺謂堯時別有一奡，與丹朱爲兩人，非羿之子澆，皆詭錯不合。

瞥記檀弓剩義

蓋三妃未之從也　堯妻舜二女，明載堯典，孟子何以有「三妃」？歷考漢書劉向傳、後書張衡趙[六]咨傳、三國志魏文帝終制，皆作「二妃」。周禮天官目録「九嬪」疏、史五帝紀集解、後書李賢注、文選思玄賦李善注、山海中山經郭璞注、路史後紀十二羅苹注引禮記作「二妃」，則知「三妃」乃別本之訛。康成就文立義，謂之三夫人。宋書禮志第四襲其説，孔疏引皇甫謐世紀以實之。世紀所稱舜妃癸比本於海内北經作登比氏，一曰登北氏。豈可信哉？鄭注引離騷、湘夫人尤屬乖謬，蓋蒼梧之葬本爲妄傳，而二妃不從，記有明文，安得神游湘浦？漢地理志：陳倉有舜妻盲冢祠。竹書：舜三十年葬后[七]育于渭。則娥皇先舜二十年卒也。育乃其名，「盲」必爲「育」之誤。路史餘論引世紀：女英墓在商州，隨其子均徙于封所，故卒葬在焉。斯固事之可信者。路史乃仍襲傅會，或謂二妃葬湘山，秦博士。或謂從巡溺湘水，列女傳、王逸、酈道元湘水注，黄陵廟碑。郭璞、羅泌已辨其非。寰宇記百六十二言桂州臨桂縣有雙妃冢，奚足據耶？九歌湘靈、湘夫人是湘之神，靈竝天地，奈何嫁名堯女？洛水宓妃，一以爲伏羲女，如淳説。一以爲伏羲[八]妃，路史説。似古帝之子，動遭水厄，多作水神，此與山海經注以湘神爲天帝之二女、路史以爲帝舜之二女仝歸荒誕矣。

清梁玉繩，字曜北，别號諫庵，又清白士，嘉慶中人。年五十八著史記志疑。其清白士集二十八卷，收人表攷九卷，吕子校補二卷，元號略四卷，誌銘廣例二卷，瞥記七卷，蜕橐四卷。人表攷按班固漢書人表摭采羣編以爲攷者，今鈔出楚辭人名。瞥記係經史子詩文雜事，無慮千餘條，今鈔出湘君、湘夫人一則，以資參稽云。

【校記】

〔一〕「柱」原作「注」，據漢書人表攷改。
〔二〕「思」原作「田」，據漢書人表攷改。
〔三〕「二」原作「一」，據漢書人表攷改。
〔四〕「三」原作「二」，據漢書人表攷改。
〔五〕自「襄四」至「竹書」六字原脱，據漢書人表攷補。
〔六〕「趙」原作「張」，據瞥記改。
〔七〕「后」下原衍「后」字，據瞥記删。
〔八〕自「女如」至「伏羲」九字原脱，據瞥記補。

沈德潛説詩晬語

離騷者，詩之苗裔也。第詩分正變，而離騷所際獨變，故有侘傺噫鬱之音，無和平廣大之響。讀其詞，審其音，如赤子婉戀于父母之側而不忍去。要其顯忠斥佞，愛君憂國，足以持人道之窮矣。尊之爲經，烏得爲過？

楚辭托陳引喻，點染幽芬于煩亂瞀擾之中，令人得其悃款悱惻之旨。司馬子長云「一篇之中三致意焉」，深有取于辭之重、節之複也。後人穿鑿注解，撰出提挈照應等法，殊乖其意。

騷體有少歌，有倡，有亂。歌詞未申發其意爲倡。獨倡無和，總篇終爲亂。蓋言之不足，故長言之。長言之不足，故反覆咏嘆之也。漢人五言興而音節漸亡，至唐人律體興，第用意于對偶平仄間，而意言同盡矣。求其餘情動人，何有哉？

天問一篇雜舉古今來不可解事問之，若己之忠而見疑，亦天實爲之，思而不得，轉而爲怨，怨而不得，轉而爲問，問君問他人不得，不容不問之天也。此是屈大夫無可奈何處。

九歌哀而豔，九章哀而切，九歌托事神以喻君，猶望君之感悟也。九章感悟無由，沈淵已決，不覺其激烈而悲壯也。

卜居、漁父兩篇設爲問答。以顯己意，客難、解嘲[二]之所從出也。詞義顯然，楚辭中之變體。

屈原、微、箕皆同姓之臣，離騷二十五與麥秀之歌，辭不同而旨同。有詩説、離騷説另出，此録其大旨二十七則。

美人佳人，初無定稱。簡兮以西周盛王爲美人，離騷以君爲美人，漢武以賢士爲佳人，光武稱陸閎爲佳人，而蘇蕙稱竇滔云「非我佳人，莫之能解」，又婦人以男子爲佳人矣。九歌「思夫君兮太息」，指云中君也；「思夫君兮未來」，指湘夫人也。孟浩然「衡門猶未掩，佇立望夫君」，指王白雲也。夫讀同扶，猶「之子」之稱，非婦人目其所天之謂。

【校記】

［一］「嘲」字原脱，據説詩晬語補。

洪亮吉曉讀書齋初録

招隱士一篇，淮南王賓客所作，王逸章句云：「小山之徒閔傷屈原，故作招隱士之賦以章其志。」昭明文選竟指爲［二］劉安所作，誤矣。卷上

秦風「夏屋［二］渠渠」，鄭箋依爾雅訓作「大」。夏，楚辭招魂章「冬有突夏」，王逸章句云：「夏，大屋也。」詩云『于我乎，夏屋渠渠』。」是則以夏屋作室屋訓者，康成前不止崔駰一人也。又大招篇「夏屋廣大」，亦訓作高殿峻屋。卷上［三］

楚辭招魂「路貫廬江兮左長薄」，王逸章句：「長薄，地名，在江北。」按：今歸德府商丘縣。漢薄縣故城在西北，古所云南亳也，正在廬江之左。薄、亳古字通。漢書地理志：「山陽郡薄縣，臣瓚曰：湯所都。」皇覽及杜預左傳注「湯冢在亳城中」，皆指此。卷上[四]

同一王芻也，衛風以興君子，楚辭以喻惡人。同一芰荷也，鄭風以比美德，楚辭以譏小人。同一柏實也，宣尼以比後凋之節，方朔以方閉塞之心。同一桂樹也，小山以興忠貞，七諫以比佞諂。豈遷地弗爲良，抑所見者心自各异乎？二録卷下[五]

楚辭九章之「九折臂」，即左傳之「三折肱」，特甚言之耳。二録卷下[六]

王逸所著，楚辭章句外，又有漢詩百二十三篇，見後漢書文苑本傳；廣陵郡圖經，見李善蕪城賦注；正部論八卷，見隋書經籍志，集二卷，録一卷，亦同。而唐書藝文志皆不載，蓋唐時其書已亡。二録卷下[七]①

楚辭大招「魂乎無西，西方流沙，漭洋洋只。」「魂乎無北，北有寒山，逴龍赩只。」「天白顥顥，寒凝凝只。」逴龍，當即天山之異名。招魂則云「魂兮歸來，西方之害，流沙千里些。」「魂兮歸來，北方不可以止些。增冰峩峩，飛雪千里些。」今出嘉峪關抵伊犂，七千[八]里中，實皆西而兼北，戈壁之險，雪山之寒，或經旬而斷水，或匝月而無人。偶揭此二篇讀之，真覺古今一轍也。三録卷下[九]

【眉批】

①王逸著書。

【校記】

[一]「爲」下原衍「爲」字，據曉讀書齋雜録初録删。

[二]「屋」原作「至」，據曉讀書齋雜録初録改。

[三]出處原脱，據曉讀書齋雜録初録補。

[四]「卷上」原作「卷下」，據曉讀書齋雜録初録改。

[五]出處原脱，據曉讀書齋雜録二録補。

[六]出處原脱，據曉讀書齋雜録二録補。

[七]出處原脱，據曉讀書齋雜録二録補。

[八]「千」原作「十」，曉讀書齋雜録三録亦作「十」，當爲「千」之誤。

[九]出處原脱，據曉讀書齋雜録三録補。

清魏源詩古微

采齊即楚茨，注云：禮記「趨以采齊」，鄭注：「齊，當爲楚薺之薺。」保傅篇：趨中采茨，王逸楚詞章句引詩「楚楚者薋」。夫子正樂論下

變風變雅作于東西周之際，先王遺澤未如戰國嬴秦之盡斬，故猶賦多于興，興多于比。世愈亂，情愈鬱，則詞愈幽。于是微詞之對，隱語之諫，與騷賦之比，始並盛于時。故曰：「國風好色而不淫，小雅怨誹而不亂，離騷可謂兼之。」又曰：「其文約，其詞微，其稱名小而其指極大，舉類邇而見義遠」，豈非以離騷皆寓怨誹於好色之中，比多于興，興多于賦乎？秦之亡也，而詩騷不作，並比興而亡之也。毛詩义例篇下

古無四聲之分，「諷刺」與「風化」字皆同一讀，猶「好惡」字、「美惡」字離騷皆讀去聲。毛詩大序义

文選琴賦注引薛君章句云：游女，漢神也。言漢神時見，不可求而得之。據此，則喬木、漢女二皆比興。如楚词之湘君、湘夫人，皆江漢典故，傳自上古，詩人以比貞静之女，可望不可即。卷七周南答問，亦見卷十七詩序集義

按，采薺即詩楚茨一條，出惠定宇禮記古義，魏古微何以不言有所本也？管子牧民篇「毋蔽汝惡，毋異汝度」，「惡」、「度」協韻，是「姑惡」之「惡」與「美惡」之「惡」同一讀之證也。

曾滌生求闕齋讀書録

集一　楚辭

惜誦　欲儃回以干傺兮　「傺」當作「際」，謂際遇際會。莊子：「仁義之士貴際。」

涉江　文選獨選此篇，無「亂曰：鸞鳥鳳皇，日以遠兮」以下一節。

惜往日　自吴才老疑古文尚書爲贋作，朱子語類亦數數疑之。明宣城梅氏、崑山歸氏復申其説。我朝自閻百詩後，辨僞古文者無慮數十百家，姚姬傳氏獨以神氣辨之，曰：不類。柳子厚辨鶡冠子之僞，亦曰不類。余讀屈原九章，惜往日，亦疑其贋作，何以辨之？曰：不類。

懷沙　史記屈原傳於「予何畏懼兮」之下多四句。

孫詒讓札迻 卷十二

楚辭 王逸注毛晉刊洪興祖補注本 日本莊允益刊本 戴震屈原賦注校 俞樾讀楚辭校

離騷經第一。「薋菉葹以盈室兮，判獨離而不服。」王注云：「判，別也。女嬃言衆人皆佩薋、菉、枲耳，爲讒佞之行，滿於朝廷，而獲富貴。汝獨服蘭蕙，守忠貞，判然離別，不與衆同，故斥弃也。」又九章〔一〕抽思云：「好姱佳麗兮，牉獨處此異域。」注云：「背離鄉黨，居他邑也。」洪校云：「牉，一作『叛』，一作『柈』。」凡補注本云「某一作某」，皆洪氏所校舊本，與王注混淆無別。明刻單注本亦或誤采之，竝非也。莊本不誤。補注云：「牉，音泮，舊音伴。」又悲回風云：「氾潏潏其前後兮，伴張弛之信期。」注云：「伴，俱也。弛，毀也。言己思君念國，而衆人俱共毀己。言內無誠信，不可與期也。」洪補注云：「伴，讀若背畔之畔。言己嘗以弛張之道期於君，而君背之也。」案：判、牉、伴、叛，字竝通。蓋分別離散之意，即遠遊注所謂「叛，散也」。云「判獨離」、「牉獨處」者，言叛散而獨離處也。云「伴張弛以信期」者，言張弛任時，叛散無定也。諸篇字舛異而義實同。悲回風注説亦未得其恉。悲回風戴補注云「伴之言寬也」，亦非。洪説近是，而謂「以張弛之道期於君」則非其指。又遠遊云「叛陸離其上下兮」，則與判、伴義異，詳後。

「吾令蹇脩以爲理」。注云：「理，分理也，述禮意也。」戴氏注云：「理，治也。主治事者之稱。」案：理即行理之理。國語周語云「行理以節逆之」；左傳昭十三年云「行理之命，無月不至」，杜注云：「行理，使人通聘問者。」此理亦猶言使也，與「媒」義略同，廣雅釋言云：「理，媒也。」理，詳言之則曰行理，猶媒亦曰行媒。下文云「又何必用夫行媒」。故下文云「理弱而媒拙兮」。九章抽思云「理弱而媒不通兮」，注云：「知友劣弱，又鄙朴也。」又思美人云「令薜荔以爲理」、「因芙蓉以爲媒」，皆理媒竝舉。王注下文亦以媒理爲釋，而分理之義則未當。

「曰勉陞降以上下兮，求榘矱之所同。」注云：「言當自勉强上求明君，下索賢臣，與己合法度者，因與同志共爲治也。」又七諫謬諫云「不量鑿而正枘兮，恐榘矱之不同」，洪校云：「同，一作周。」案：此「同」竝當作「周」，與下「調」協韻。同、周形近，上文云「何方圜之能周兮」，注云：「言何所有圜鑿受方枘而能合者。」洪校亦云：「周，一作同。」案：此「同」竝當作「周」，與下「調」協韻。同、周形近，上又云「何方圓之能周兮」，注云：「言何所有圓鑿受方枘而能合者」。洪校亦云：「周，一作同。」以彼及七諫別本證之，知此「同」亦當作「周」也。淮南子氾論訓云：「有本主於中，而以知榘篗之所周者也。」淮南王嘗作離騷傳，氾論所云必此本文，然則西漢本固作「周」矣。上文「雖不周於今之人兮」，注云：「周，合也。」此注似亦以合法度釋「周」字，與上注同。疑王本自作「周」，今本涉注「同志」之文而誤耳。自今本誤作「同」，而與「調」韻不協，考古音者遂滋異論。江永古韻標準以爲古人相效之誤，戴本音義同。段玉裁六書音均表則以爲古音三部與九部之合韻，俞正燮癸巳類稿又以爲雙聲爲韻，殆皆未究其本矣。

九歌第二大司命。「固人命兮有當，孰離合兮可爲。」注云：「言人受命而生，有當貴賤貧富者，是天禄也。」案：當，猶值也。言人之命各有所當值，不能强爲。九辯云「惟其紛糅而將落兮，恨其失時而無當」，注云：「不值聖王而年老也。」彼「無當」爲不值，則此「有當」即言有所值，明矣。此注義不若九辯注之密合也。

天問第三。「鮌何所營？禹何所成？」注云：「言鮌治鴻水，何所營度，禹何所成就乎？」案：營，惑也，亂也。淮南子原道訓「精神亂營」，高注云：「營，惑也。」大戴禮記文王觀人篇「煩亂之而志不營」，盧辯注云：「營，猶亂也。」言鮌禹同治水，何以鮌獨惑亂，禹獨成功乎？王注失之。

「啓棘賓商，九辯九歌。何勤子屠母，而死分竟地？」注云：「勤，勞也。屠，裂剥也。言禹愊與疈同。剥母背而生，其母之身分散竟地。」戴本音義説同。①又引一説云：「勤子，勤勞生子也。謂啓母化石之事，石破北方而啓生，見淮南子。」今淮南子無啓母化石之文。此據漢書武帝紀顏注。案：勤子屠母死分竟地，當亦蒙啓言之。注以爲指禹母，未塙。戴引或說得之，而未盡也。此勤，當讀爲詩鴟鴞「恩斯勤斯」之「勤」，鄭箋釋爲殷勤。言母殷勤其子，而子反害其母，致其化石也。死分竟地，亦即指啓死、太康失國之事。

「何羿之䠶革，而交吞揆之？」注云：「吞，滅也。揆，度也。言羿好䠶獵，不恤政事法度，浞交接國中，布恩施德，而吞滅之也。」洪云：「羿之射藝如此，唯不恤國事，故其衆交合而吞滅之，且揆度其必可敗也。」戴說同。案：王、洪、戴竝望文生訓，非屈子意也。揆，亦滅也。呂氏春秋知上篇云：「靖郭君大怒，曰：剗而類，揆吾家，苟可以傔劑貌辨者，吾無辭爲也。」戰國策齊策作「剗而類，破吾家」，此云「交吞揆之」，即謂浞與國人交結，破滅羿之家也。

「何由並投，而鮌疾脩盈？」注云：「言堯不惡鮌而戮殺之，則禹不得嗣興，民何得投種五穀乎？」洪云：「幷，竝也。言禹平水土，民得竝種五穀矣。何由鮌惡長滿天下乎？」戴說同。案：幷，當讀爲大學「迸諸四夷」之「迸」。釋文引皇侃云：「迸，猶屏也。」投，讀爲詩巷伯投畀有北之「投」，毛傳云：「投，棄也。」並投，猶言屏棄，即指極鮌羽山之事。王、洪竝以投種五穀爲釋，疎矣。

「厥萌在初，何所億焉？」注云：「言賢者預見施行萌牙之端，而知其存亡善惡所終，非虚億也。」案：「萌」與「氓」通，史記三王世家「姦巧邊萌」，索隱云：「萌，一作甿。」一切經音義云：「萌，古文『氓』同。」言生民之始不可億度也，注非。

「昏微遵迹，有狄不寧。何繁鳥萃棘，負子肆情？」注云：「昏，闇也。遵，循也。迹，道也。言人有循闇微之道，爲淫泆夷狄之行者，不可以安其身也。言解居父聘吴，過陳之墓門，見婦人負其子，欲與之淫泆，肆其情欲。婦人則引詩刺之曰『墓門有棘，有鴞萃止』。故曰繁鳥萃棘也。」案：狄，當讀爲「惕」。古从易聲字，多與「狄」通。詩魯頌泮水「狄彼東南」，鄭箋云：「狄，當作剔。」釋文引韓詩作「鬄」。史記殷本紀「簡狄」，索隱云「狄，舊本作易，又作逷。」言解居父昏闇微行，遵循軌迹，心當憂惕不安，何反肆其情而致繁鳥之刺乎？王謂爲夷狄之行，不可以安其身，非屈子意也。廣雅釋鳥云：鷙鳥，鴞也。山海經北山經：「涿光之山，其鳥多蕃。」郭注云：或云即鴞也。繁、鷙、蕃，聲近字通。

「會鼂争盟，何踐我期？」洪云：「一作『會晁請盟』，『鼂』、『晁』，竝『朝夕』之『朝』。詩云『肆伐大商，會朝清明』。」戴云：「盟者，河北地名也。史記『師畢渡盟津，諸侯咸會』，是其事。」案：洪説是也。争盟，即清明，聲近假借。屈子正用詩大明語也。戴謂盟即盟津，不足據。

「蒼鳥羣飛，孰使萃之？」注云：「蒼鳥，鷹也。萃，集也。言武王伐紂，將帥勇猛，如鷹鳥羣飛，誰使武王集聚之者乎？詩曰『惟師尚父，時惟鷹揚』也。」案：王以蒼鳥羣飛比諸將帥，是也。而引詩「鷹揚」以證義，則未塙。考史記齊世家云：「師尚父左杖黄鉞，右總白旄，誓曰：蒼兕蒼兕，總爾衆庶。與爾舟楫，後至者斬。」索隱云：「本或作蒼雉。馬融云：蒼兕，主舟楫名。」此本今文書大誓文。此蒼鳥疑即指「蒼雉羣飛」與「總爾衆庶」之文，亦相應也。

「勳闔夢生，少離散亡。何壯武厲，能流厥嚴？」注云：「壯，大也。闔廬少小散亡，何能壯大，厲其勇武，流其威嚴也。」案：「嚴」與「亡」、「饗」、「長」韻不協。江永以爲效殷武詩「嚴」、「遑」韻而誤，古韻標準。段玉裁以爲古音八部十部[二]之合韻，六書音均表。俞正燮以爲「嚴」是「莊」字，漢人所改。癸巳類稿。三説不同，俞是也。注「威嚴」亦「威莊」，禮記表記云「威莊日安」，孔疏釋爲「威嚴矜莊」，是也。諸家如字讀，竝失之。

「荆勳作師夫何長？悟過改更我又何言？」注云：「荆，楚也。師，衆也。勳，功也。初，楚邊邑之處女與吳邊邑處女争采桑，於境上相傷，二家怨而相攻。於是楚爲此興師，攻滅吳之邊邑，而怒始有功。時屈原又諫，言我先爲不直，恐不可久長也。欲使楚王覺悟，引過自與，以謝於吳。不從其言，遂相攻伐。言禍起於細微也。」案：吳楚搆兵乃楚平王時事，屈子安得諫之？王注殊憒憒。此勳，當讀如「閽」。易艮九三爻辭「厲薰心」，李鼎祚集解本「薰」作「閽」，引虞翻云：「古閽作熏字。」艮爲閽。閽，守門人。荀子以「熏」爲「勳」。釋文引荀本同。續漢書百官志「光禄勳」，劉昭注引胡廣漢官解詁云：「勳，猶閽也。易曰爲閽寺，主宫殿之職。」漢書百官公卿表注如淳引胡公説略同。荆勳，即荆閽，蓋謂鬻拳也。莊十九年左傳：「初鬻拳强諫楚子，楚子勿從。臨之以兵，而從之。鬻拳曰：吾懼君以兵，罪莫大焉。遂自刖也。楚人以爲大閽，謂之大伯，使其後掌之。」杜注云：「使其子孫常主此官。」此云「作師」，師即官也。言鬻拳之後，世其官秩，何久長也。「悟過改更」，亦蒙上文而言，謂楚王既從鬻拳之諫而改過，則鬻拳又何言乎？此假鬻拳之諫君以自寓其憂國之忱，何嘗直斥懷王乎？

九章第四惜誦。　「壹心而不豫兮，羌不可保也。」注云：「豫，猶豫也。言已專壹忠信，以事於君，雖爲衆人所惡，志不猶豫。」又云「行婞直而不豫兮，鮌功用而不就。」注云：「豫，厭也。」又涉江云「余將董道而不豫兮，固將重昏而終身。」注云：「豫，猶豫也。言已雖見先賢執忠被害，猶正身直行不猶豫而狐疑也。」案：豫，猶言詐也。晏子春秋問上篇云「公市不豫」，鹽鐵論力耕篇云「古者商通物而不豫」，禁耕篇云「教之以禮則工商不相豫」，周禮司市鄭注云「定物賈，防誑豫」，皆即此不豫之義。

懷沙。「巧倕不斲兮，孰察其撥正。」注云：「撥，治也。言倕不以斤斧斲斫，則曲木不治。誰知其工巧者乎？」洪云：「史記作『揆正』。揆，度也。」案：撥謂曲枉，與正對文。管子宙合篇云「夫繩扶撥以爲正」，淮南子本經訓亦云「扶撥以爲正」，高注云：「撥，枉也。」脩務訓云「琴或撥刺枉撓」，注云：「撥刺，不正也。」荀子正論篇云「不能以撥弓曲矢中」，戰國策西周策云「弓撥矢鉤」，皆其證也。王釋爲治，失之。史記作「揆」，亦誤。

思美人。「與纁黄以爲期」，王云：「纁黄，蓋黄昏時也。」洪校云：「纁，一作曛。」莊本作「曛」，注作「曛黄，蓋昏時。」案：纁黄，即昏黄也。纁、昏，古音相近，得相通借，猶「閽」之通作「勳」也。詳前天問。離騷云「曰黄昏以爲期兮，羌中道而改路」，又前抽思云「昔君與我誠言兮，曰黄昏以爲期」，九嘆遠逝云「舉霓旌之墆翳兮，建黄纁之總旄」，注云：「黄纁，赤黄也。天氣玄黄，故曰黄纁也。」校云：「纁，一作昏。」注云：「黄昏時天氣玄黄，故曰黄昏。」亦纁、昏字通之證。

橘頌。「淑離不淫，梗其有理兮。」注云：「淑，善也。梗，强也。言己雖設與橘離別，猶善持己行，梗然堅强，終不淫惑而失義也。」戴云：「離，如離立，言孤特也。」案：「離」與「麗」通，言橘之章色善麗而不淫邪，又有文理也。注説迂曲不可從，戴説亦未允。

悲回風。「借光景以往來兮，施黄棘之枉策。」注云：「黄棘，棘刺也。言己願借神光電景，飛注往來，施黄棘之刺，以爲馬策。言其利用急疾也。」洪云：「懷王二十五年，乃與秦昭王盟約於黄棘，其後爲秦所欺，卒客死於秦。今頃襄信任姦回，將至亡國，是復施行黄棘之枉策也。黄棘，地名。」案：洪以黄棘爲地名，其説太巧，且與上下語氣不相貫，殆非也。此黄棘自當以王詁爲正，即所謂「王棘」也。儀禮士喪禮云：「決，用正王棘若檡棘。」鄭注云：「王棘與檡棘[三]，善理堅刃者，皆可以爲決。」世俗謂「王棘矺鼠」，黄、王音近，故通稱。神農本草經云「黄連，一名王連」，是其例也。黄棘多刺，又策當直，而今反枉，皆言其不足用。注乃以爲利用急疾，則正與屈子意相戾矣。

「叛陸離其上下兮，遊驚霧[四]之流波。」注云：「繚隸叛散以別分也。」案：離騷云「紛總總其離合兮，斑陸離其上下。」注云：「斑，亂貌。陸離，分散也。言己游觀天下，但見俗人競爲讒佞，僔僔相聚，乍離乍合，上下之義斑然散亂而不可知也。」洪校云：「斑，一作班。」此文與彼正同，則「叛」亦當與[五]「斑」通。招魂云「放敶組纓，班其相紛些」，洪校云：「班，一作斑。」遠遊云「騎膠葛以雜亂兮，斑漫衍而方行」，七諫自悲云「駕青龍以馳騖兮，班衍衍之冥冥」，班、斑錯出，義竝同。

遠遊第五。「左雨師使徑待兮」，案：待，當作「待」。離騷云「路脩遠以多艱兮，騰衆車使徑待。」注云：「言崑崙之路險阻艱難，非人所能由，故令衆車先過，使從邪徑以相待也。」此文當與彼同。離騷洪校云：「待，一作侍。」彼別本雖亦與此同，然以注「從邪徑相待」之義覈之，則王本不必作「侍」明矣。

招魂第九。「巫陽對曰掌瘮上帝其難從若必筮予之恐後之句謝不能復用句巫陽焉乃下招曰句」注云：「謝，去也。巫陽言如必欲筮問求魂魄所在，然後與之，恐後世怠懈，必去卜筮之法，不能復修用，但招之可也。」案：此文奧衍難通，注説殊不憭。以意求之，「巫陽對曰掌瘮」者，蓋言己非卜筮之官。「上帝其難從」，疑當如書洪範「筮從」之「從」，言筮於上帝，吉凶難必，若必筮與之，或初筮不吉，則當再筮，恐於時太後，魂魄或已離散，則不可復用也。「巫陽焉乃下招」者，正謂帝許其不筮而即下招。注乃以爲恐不復用卜筮之法，非也。

「軒輬己低」，注云：「軒、輬，皆輕車名也。低，屯也。一曰低，俛也。」案：九章涉江云「邸余車兮方林」，注云：「邸，舍也。」洪校云：「邸，一作低。」此「低」與彼「邸」聲義同，蓋謂舍車而榰柱其轅於地。説文車部云「卻車抵堂爲䡰」，低與抵義亦同。王釋低爲舍，是也。洪謂邸無舍義，非。而釋低爲屯，則尚未密合。別説以「低」爲「俛」，尤誤。

「胹莊本作「臑」。鼈炮羔」，注云：「羔，羊子也。或曰：血鼈炮羔，和牛五藏，爲羔臛，鶩爲羹者也。」二字莊本無。洪校云：「一注云：胹鼈炮羔，和牛五藏，臛爲羹者也。」按：注「或曰」以下有訛。審校文義，或本正文。「羔」蓋作「羹」，注當云「或曰：胹鼈炮羹，和牛五藏，爲羹臛者也。」今本「羹」誤涉正文作「羔」，又衍「鶩爲羹」三字，遂不可通。

「晉制犀比，費白日些。」注云：「比，集也。費，光貌也。言晉國工作簙棊箸，比集犀角，以爲雕飾。投之皜然，如日光也。」案：王以犀比爲簙箸，古書未見。考戰國策趙策，説趙武靈王胡服，賜周紹「黄金師比」，史記匈奴傳作「黄金胥紕」，集解引徐廣云「或作胥毗」，索隱云：「漢書見作『犀毗』，此作『胥』者，胥〔六〕、犀聲相近。延篤云『胡革帶鉤』，班固與竇憲書牋云『賜犀比金頭帶』是也。」此犀比疑亦指金帶鉤言之，蓋本胡服，武靈效之，遂行於世，以其原本出於捎，故云晉制，趙即三晉之一也。犀比以黄金爲之，故得光費白日矣。費、曊字同。

大招第十。「直贏在位，近禹麾只。」注云：「贏，餘。禹，聖王，明於知人。麾，舉手也。言忠直之人皆在顯位，復有贏餘賢俊，以爲儲副，誠近夏禹指麾取士，一國之人悉進之也。」案：荀子成相篇云：「禹傅土平天下，躬親爲民，行勞苦，得益、皋陶、横革、直成爲輔。」直成，吕氏春秋求人篇又作「真窺」，此「直贏」疑即「直成」也。麾，當作「戲」，古字音近通用。史記項羽本紀「麾下」，正義云「麾，亦作戲。」禹麾，言禹與伏戲也。荀子又云「文、武之道，同伏戲」，語意亦與此略同。注義竝穿鑿，不足據。

哀時命第十四。「孰魁摧之可久兮，願退身而窮處。」注云：「言己爲諛佞所譖，被過魁摧，不可久止，願退我身，處於貧窮而已。」案：魁摧，義未詳，竊疑當作「魁堆」，摧、堆形近而誤。九嘆遠逝云「陵魁堆以蔽視兮，雲冥冥而闇前」，注云：「魁堆，高貌。」此亦言高危不可久處，故欲退身而窮處也。莊子齊物論篇云「山林之畏佳」，釋文云「畏，崔本作嵔。李頤云：畏佳，山阜貌。」魁堆、畏佳，聲義同。

九思第十七怨上。「進惡兮九旬，復顧兮彭、務。擬斯兮二蹤，未知兮所投。」注云：「紂爲九旬之飲，而不聽政。」洪校云：「惡，一作思。進惡，一作集慕。莊本[七]正如此。九句，一作仇苟。復，一作退。」莊本正如此。補注云：「仇苟，謂仇牧、苟息。」案：此文當從别本。「惡」作「思」。「九句」作「仇苟」，即仇牧、苟息，與下句「彭務」爲彭咸、務光正相對，故下文總承之曰「二蹤」也。復當作復。復、退古今字，故一本作「退」。「退」與「進」文亦正相對。以進退無主，故下承之云未知所投也。尋文究義，不當如今本甚明。九思爲王逸自作，注不知何人所補，疑出魏晉以後。此釋「九句」爲「紂爲九句之飲」，蓋所據已是誤本，洪興祖疑注爲叔師子延壽所作，則不宜有此巨謬。殆不然矣。

【眉批】

①戴本音義，汪梧鳳作，非戴氏所作。

【校記】

[一]「章」原作「歌」，札迻亦同，誤，抽思爲九章之篇而非九歌之篇。

[二]「部」原作「韻」，據札迻改。

[三]自「鄭注」下至「檡棘」八字原脱，據札迻補。

[四]「霧」原作「夢」，據札迻改。
[五]「與」字原脱，據札迻補。
[六]「胥」字原脱，札迻亦脱，據史記補。
[七]「本」原作「子」，據札迻改。

楚辭纂説卷四

元祝堯古賦辨體 卷一

楚辭體

宋景文公曰：離騷爲詞賦祖，後人爲之，如至方不能加矩，至圓不能過規，則賦家可不祖楚騷乎？然騷者，詩之變也。詩無楚風，楚乃有騷，何邪？愚按：屈原爲騷時，江漢皆楚地。蓋自文王之化，行乎南國，漢廣、江有汜諸詩已列於二南、十五國風之先。其民被先王之澤也深。風雅既變，而楚狂「鳳兮」之歌，滄浪孺子「清兮濁兮」之歌，莫不發乎情，止乎禮義，而猶有詩人之六義，故動吾夫子之聽。但其歌稍變於詩之本體，又以「兮」爲讀，楚辭萌蘖久矣。原最後出，本詩之義以爲騷。凡其寓情草木，託意男女，以極遊觀之適者，變風之流也。其叙事陳情，感今懷古，不忘君臣之義者，變雅之類也。其語祀神歌舞之盛，則幾乎頌矣。至其爲賦，則如騷經首章之云，比則如香草惡物之類，興則託物興辭，初不取義，如九歌沅芷澧蘭以興「思公子而未敢言」之屬。但世號楚辭，初不正名曰賦，然賦之義實居多焉。自漢以來，賦家體製大抵皆祖原意，故能賦者要當復熟於此，以求古詩所賦之本義。則情形於辭，而其意思高遠；辭合於理，而其旨趣深長。成周先王，二南之遺風，可以復見於今矣。

屈原 名平

原與楚同姓，仕於懷王，爲三閭大夫，掌王族昭、屈、景三族。與王圖政監下，應對諸侯。同列上官大夫及用事臣靳尚妬其能，譖之王。王疎原，原乃作離騷、九歌、九章、遠遊等篇，陳正道以諷諫，泄其憂悲憤懣無聊不平之思，致其繾綣惻怛不能自已之意。以靈修美人喻君，以香草善鳥龍鳳比忠貞君子，以臭草惡鳥颷風雲霓比小人，上述唐虞，下序桀紂，援天引聖，終不見省。不忍見宗國將遂危亡，遂自沈於汨羅之淵。

離騷 離，别也。騷，愁也。

晦翁云：「詩之興多而比賦少，騷則興少而比賦多。要必辨此，而後辭義可尋。」然其遊春宫、求宓妃之屬，又兼風之義；述堯舜、言桀紂之類又兼雅之義。故淮南王安曰：「國風好色而不淫，小雅怨誹而不亂，若離騷者，可謂兼之矣。」讀者誠能體原之心而知其情，味原之行而知其理，則自有感動興起省悟處。孟軻氏論說詩曰：「不以文害辭，不以辭害意，以意逆志，是爲得之。」凡賦人之賦與賦己之賦，皆當於此體會。則其情油然而生，粲然而見，決不爲文辭之所害矣。

九歌

昔楚南郢沅湘之俗信鬼而好祀，每使巫覡作樂，歌舞以娱神。俗陋詞俚，原既放而感之，故更其辭，以寓其情。因彼事神不荅而不能忘其敬愛，比吾事君不合而不能忘其忠赤，故諸篇全體皆賦而比，而賦比之中又兼數義。晦翁云：「比其類則宜爲三頌之屬，論其辭則反爲國風再變之鄭衛矣。」讀者詳之。

東皇太一　太一，天之貴神，祠在楚東，故曰東皇。全篇賦而比也。言己至誠盡禮以事神，願神之欣悦安寧，以寄人臣竭力盡忠愛君不已之情。又古者巫以降神，神降而下託於巫，則其貌美服好，身雖巫而心則神也。楚人名巫爲靈子，若曰神之子也。後篇凡言靈者，義仿此。

雲中君　賦而比也。言神降而與人接，神去而人思不忘，以寄臣子慕君之情。

湘君　堯長女，舜正妃，娥皇也。舜崩於蒼梧，二妃死於江湘之間，湘旁黄陵有廟[二]。賦而比也。然其中有比之比與興而比處，情意愛慕，曲折尤多。

湘夫人堯次女，舜次妃，女英也。與前篇比賦同。至「沅有芷兮澧有蘭，思公子兮未敢言」，則又屬興矣。

大司命周禮大宗伯：祀司命。賦而比也。卒章乃言人生貧富貴賤各有所當，或離或合，神實司之，非人所能爲也。原於祠司命而發此意，所以順受其正者嚴矣，其又雅之義與？

少司命此司命，其文昌第四星歟？首兩章興也，中間意思纏綿處似風，末段正言稱贊處又似雅與頌。然全篇比賦之義固已在風興雅頌之中矣。前篇司命陽神而尊，故但爲主祭者之詞。此司命陽神而少卑，故爲女巫之言以接之。篇末言神能驅除邪惡，擁護良善，宜爲下民取正，則與前篇意合。

東君迎日之祭也。賦也，似不兼别義，却有頌體。

河伯 賦而比也。晦翁云：「巫與河伯既相别矣，而波猶來迎、魚猶來送，眷眷之無已也。原豈至是而始嘆君恩之薄乎？」

山鬼 賦而比也。前諸篇皆言人慕神，比臣忠君。此篇鬼陰而賤，不可比君，故以人況君，以鬼喻己，而爲鬼媚人之語。凡言「余」與「我」及「若有人山中」之類，皆託鬼自喻。言「子」與「君」〔二〕及所思靈修美人公子之類，則况君也。反覆曲折，蓋言己與君始親終疏，今君雖未忘我，而卒困於讒，己終拳拳不忘君也。

九章〔三〕

原思君念國，隨事感觸，輒形於聲，後人輯之得其九章，合爲一卷，非必出於一時之言也。其詞多直致，無潤色。而惜往日、悲回風，又其臨絶之音，尤憤懣而極悲哀。讀之使人嘆息流涕而不能已。比之離騷，又其情哀傷之甚者也。蓋風雅之變，至此極矣。

惜誦　賦也。晦翁云：「此篇全用賦體，無他寄託。其言明切，最爲易曉。」

涉江　賦而比也。

哀郢　楚文王自丹陽徙江陵謂之郢。九世平王城之。又後十世爲秦所拔，而楚徙陳，謂之東郢。

賦也，有風義。原懷故都，徘徊不忍去，有黍離之餘悲焉。但黍離章末曰「悠悠蒼天，此何人哉？」雖怨而發之和平，蓋猶有先王之澤，此章之末則曰「信非吾罪而棄逐兮，何日夜而忘之」，雖言非我，深乃尤人，其出於憤激，固已與和平之音異矣。

抽思　賦而比也。所謂少歌、倡、亂皆是樂歌音節之名。其「倡曰」一節意味尤長，不惟兼比賦之義，抑且有風人之旨焉。

懷沙言懷抱沙石以自沈。　賦而比也。

思美人　比而賦也。其謂寄言於雲而雲不將，致辭於鳥而鳥難值，令薜荔爲理而憚緣木，因芙蓉爲媒而憚濡足，原之思何時可釋邪？詩曰「心之憂矣，其誰知之？其誰知之，蓋亦勿思。」當是時也，有能思原之思者乎？

思往日　此章賦多而比少。

橘頌　此章以頌名，雖曰頌橘之德，其實則比賦之義。原蓋有感於踰淮爲枳之説，自比其志節如橘之不可移，篇内意皆放此。然此一章宜作兩節看，前一節是形容其根葉華實之紛緼，後一節是稱美其本性德行之高潔，兩節發端皆以不遷、難徙爲言，原之深情在此也。而後一節尤展轉詠嘆，豈專頌橘也哉？

悲回風　此章比而賦，賦而比。蓋其臨終之作，出於瞀亂迷惑之際，詞混淆而情哀傷，無復如昔者雍容整暇矣。

遠遊

此篇雖託神仙以起興，而實非興；舉天地百神以自比，而實非比。原之作此，實以往者弗及、來者不聞爲恨，悲宗國將亡而君不悟，思欲求仙不死，以觀國事終久何如爾。故其詞皆與莊周寓言同，有非復詩人寄託之義，大抵用賦體也。後來賦家爲閎麗鉅麗之辭者，莫不祖此。司馬相如大人賦尤多襲之。然原之情，非相如所可窺也。大人賦因不復録。

卜居

賦也，中用比義。此原陽爲不知善惡之所在，假托蓍龜以決之，非果未能審於所向而求之神也。居謂立身所安之地，非居處之居。洪景盧云：「自屈原詞賦假爲漁父、日者問答之後，後人作者悉相規仿。司馬相如子虚上林以子虚、烏有先生、亡是公，楊子雲長楊賦以翰林主人、子墨客卿，班孟堅兩都賦以西都賓、東都主人，張平子兩京賦以憑虚公子、安處先生，左太冲三都賦以西蜀公子、東吴王孫、魏國先生，皆改名换字，蹈襲一律，無復超然新意、稍出於規矩法度者。」愚觀此言，則知詞賦之作莫不祖於屈原之騷矣。

漁父

賦也。格轍與前篇同。漁父蓋古巢由之流，荷蕢丈人之屬，或曰亦原托之也。篇中句末用「乎」字，疑辭，亦與前篇義同。其即荀卿諸賦句末「者邪」「者歟」等字之體也。古今賦中或爲歌，固莫非以騷爲祖。他有「誶曰」「重曰」之類，即是亂辭；中間作歌，如前赤壁之類；用「倡曰」「少歌曰」體，賦尾作歌，如齊梁以來諸人所作，用此篇體。

宋玉

玉，屈原弟子也，爲楚大夫，閔其師忠而放逐，故作九辨以述其志。玉賦頗多，然其精者莫精於九辨。昔人以屈宋並稱，豈非於此乎？得之太史公曰：「屈原之後，楚有宋玉、唐勒、景差之徒，皆以賦見稱。」或問揚子雲曰：「景差、唐勒、宋玉、枚乘之賦也善乎？」曰：「必也淫。詩人之賦麗以則，詞人之賦麗以淫。」審此，則宋賦已不如屈，而爲詞人之賦矣。宋黄山谷云：「作賦須以宋玉、賈誼、相如、子雲爲之師，略依仿其步驟，乃有古風。」老杜詠吴生畫云「畫手看時輩，吴生遠擅場」，蓋古人於能事不獨求誇時輩，要須前輩中擅場爾。此言尤後學所當佩服。但其言有宋玉以下而不及屈子，豈以騷爲不可及邪？

九辨

其一　興而賦也，然兼比義。蓋遭讒放逐，感時物而興懷者，興也。而秋乃一歲之運，盛極而衰，陰氣用事，有似叔世危邦之象，則比也。

其二　賦兼風也。玩其優柔宛轉之辭，則得之矣。

其三　賦兼比興之義，與首篇同。「余」、「吾」皆爲原之謂，他篇仿此。

其四　比而賦也。

其五　比而賦也。全篇取驥與鳳爲比，寓情曲折有味。

其六　賦而比也。其中賦多而比少[四]。

其七　賦也，中含比義。

其八　比而賦也。而首尾專言擁蔽之禍[五]。

其九　賦也，其間亦略兼比。

右屈宋之辭，家傳人誦，尚矣。删後遺音，莫此爲古者，以兼六義焉爾。賦者誠能雋永於斯，則知其辭所以有無窮之意味者，誠以舒憂泄思，粲然出於情，故其忠君愛國，隱然出於理，自情而辭，自辭而理，真得詩人發乎情[六]，止乎禮義之妙，豈徒以辭而已哉？如但知屈宋之辭爲古，而莫知其所以古，及其極力摹放，則又徒爲艱深之言以文其淺近之説，摘奇難之字以工其鄙陋之辭，汲汲焉以辭爲古，而意味殊索然矣，夫何古之有？能賦者，必有以辨之。

荀卿　名况

卿，趙人。少游於齊，爲稷下祭酒。後以避讒適楚，春申君以爲蘭陵令。君死卿廢，遂家蘭陵而終。其時在屈原先，楚賦於斯已盛矣。愚今先屈後荀，固誠逆舛，但以屈子之騷，賦家多祖之。卿賦措辭工巧，雖有足尚，然其意味終不能如騷章之淵永。若欲寘之首，恐誤後學。林少穎曰：昔孔子之始删詩也，得周之國風雅頌，於自衛反魯之初，既列而序之。末乃得商頌，又從而附益之，不以世次之先後爲嫌也。狂愚不揆，竊自附於聖人之義，覽者亦毋以世次之先後爲拘，則幸矣。

禮賦　純用賦體，無别義。後諸篇同。卿賦五篇，一律全是隱語，描形寫影，名狀形容，盡其工巧，自是賦家一體，要不可廢。然其辭既不先本於情之所發，又不盡本於理之所存，若視風騷所賦，則有間矣。吁，此楚騷所以爲百代詞賦之祖也歟？

知賦

雲賦

蠶賦　五賦中蠶箴二賦辭尤深刻，直思索到人所不到處。

箴賦　古「箴」「鍼」通，俗今作「針」。

兩漢體　上

漢藝文志曰：「古者諸侯卿大夫交接鄰國，揖讓之時，必稱詩以喻志，以别賢不肖，而觀盛衰焉。春秋賦詩是也。春秋之後，聘問詠歌不行於列國，學詩之士逸在布衣，而賢士失志之賦作矣。大儒荀卿及楚臣屈原離讒憂國，皆作賦以風，如所云則騷即風也。咸有惻隱古詩之義。如荀卿佹詩、成相並賦也。所謂古詩之義在是。其後宋玉唐勒枚乘司馬相如揚子雲競爲侈麗閎衍之辭，没其風喻之義，子雲悔之，曰詞人之賦麗以淫。」愚謂騷人之賦與詞人之賦雖異，然猶有古詩之義。辭雖麗而義可則。故晦翁不敢直以詞人之賦視之也。至於宋、唐以下，則是詞人之賦多，没其古詩之義。辭極麗而過淫傷，已非如騷人之賦矣，而況於詩人之賦乎？何者？詩人所賦，因以吟詠情性也。騷人所賦，有古詩之義者，亦以其發乎情也。其情不自知而形於辭，其辭不自知而合於理。情形於辭，故麗而可觀；辭合於理，故則而可法。然其麗而可觀，雖若出於辭，而實出於情；其則而可法〔七〕，雖若出於理，而實出於辭。有情有辭，則讀之者有興起之妙趣；有辭有理，則讀之者有詠歌之遺音。如或失之於情，尚辭而不尚意，則無興起之妙，而於則乎何有？後代賦家之俳體是已。又或失之於辭，尚理而不尚辭，則無詠歌之遺，而於麗乎何有？後代賦家之文體是已。是以三百五篇之詩，二十五篇之騷，莫非發乎情者。爲賦爲比爲興，而見於風雅頌之體，此情之形乎辭者，然其辭莫不具是理。爲風爲雅爲頌，而兼於賦比興之義，此辭之合於理者，然其理莫不出[八]於情。理出於辭，辭出於情，所以其辭也麗，其理也則，而有風比雅興頌諸義也與！漢興，賦家專取詩中賦之一義以爲賦，又取騷中贍麗之辭以爲辭，所賦之賦爲辭賦，所賦之人爲辭人，一則曰辭，二則曰辭，若情若理，有不暇及。故其爲麗，已異乎風騷之麗，而則之與淫遂判矣。賈馬楊班，賦家之升堂入室者，至今尚推尊之。晦翁云：「自原之後，作者繼起，獨賈生以命世英傑之材，俯就騷律，非一時諸人所及。」定齋云：「賦則漫衍，其流體亦叢雜。長卿長於叙事，淵雲長於説理。」林艾軒云：「揚子雲、班孟堅只填得腔子滿，張平子輩竭盡氣力，又更不及。」如是則賈生之非所及，毋論也，張平子輩之更不及，不論也[九]。若長卿子雲孟堅之徒，誠有可論者。蓋其長於叙事，則於辭也長，而於情或昧；長於説理，則於理也長，而於辭或略。只填得腔子滿，則辭尚未長，而況於理？要之皆以不發於情故爾。所以漁獵捃摭，誇多鬭靡，而每遠於性情，哀荒褻慢，希合苟容，而遂害於義理。間如上林甘泉，極其鋪張，終歸於諷諫，而風之義未泯。兩都等賦，極其眩曜，終折以法度，而雅頌之義未泯。長門自悼等賦，緣情發義，託物興辭，咸有和平從容之意，而比興之義未泯。一代所見，其與幾何？誠以其時經焚坑之秦，故古詩之義，未免没而或多淫。近風雅之周，故古詩之義猶有存，而或可則。古今言賦，自騷之外，咸以兩漢爲古，已非魏晉以還所及。心乎古賦者，誠當祖騷而宗漢，去其所以淫，而取其所以則，可也。今故於此備論古今之體製，而發明揚子麗則、麗淫之旨，庶不失古賦之本義云。

賈誼

吊屈原賦

鵩賦

司馬長卿

子虛賦此賦雖兩篇，實則一篇。賦之問答體，其原自卜居、漁父篇來，厥後宋玉輩述之。至漢，此體遂盛。此兩賦及兩都、二京、三都等作皆然。蓋又别爲一體，首尾是文，中間乃賦。世傳既久，變而又變。其中間之賦，以鋪張爲靡，而專於辭者，則流爲齊梁、唐初之俳體。其首尾之文，以議論爲便，而專於理者，則流爲唐末及宋之文體。性情益遠，六義澌盡，賦體遂失。然此等鋪叙之賦，固將進士大夫於臺閣，發其藴而驗其用，非徒使之賦詠景物而已。須將此兩賦及揚子雲甘泉、河東、羽獵、長揚，班孟堅兩都，潘安仁藉田，李太白明堂、大獵，宋子京圜丘，張文潛大禮慶成等並看，又將離騷、遠遊諸篇贍麗奇偉處參看，一掃山林草野之氣習，全倣冠冕佩玉之步驟。取天地百神之奇怪，使其詞誇；取風雲山川之形態，使其詞媚；取鳥獸草木之名物，使其詞贍；取金璧綵繒之容色，使其詞藻；取宫室城闕之制度，使其詞壯。則詞人之賦，吾既盡之。然後自賦之體而兼取他義，當諷刺則諷刺，而取之風；當援引則援引，而取諸比；當假託則假託，而取諸興；當正言則正言，而取諸雅；當歌咏則歌咏，而取諸頌。則詩人之賦，吾又兼之。吞吐溟渤，黼黻雲際，良金美玉，無施不可。漢人所謂「感物造端，材知深美，可與圖事，故可爲列大夫」，有不在於斯人與？

上林賦　此篇之末有風義。

長門賦

班婕妤

自悼賦「重曰」以上，賦也。「重曰」以下，且興且風。

楊子雲

擣素賦

甘泉賦

河東賦

羽獵賦

長楊賦

班孟堅

西都賦

東都賦

禰正平衡

鸚鵡賦

三國六朝體

梁昭明文選序云：詩有六義，二曰賦。今之作者異乎古詩之體，今則全取賦名。

愚按：漢藝文志云「不歌而誦謂之賦」，則知辭人所賦，賦其辭爾，故不歌而誦。詩人所賦，賦其情爾，故不誦而歌。誦者其辭，歌者其情。此古今詩人辭人之賦所以異也。嘗觀古之詩人，其賦古也，則於古有懷；其賦今也，則於今有感；其賦事也，則於事有觸；其賦物也，則於物有況。情之所在，索之而愈深，窮之而愈妙，彼其於辭直寄焉而已矣。又觀後之辭人，刊陳落腐，而惟恐一語未新；搜奇摘豔，而惟恐一字未巧；抽黄對白，而惟恐一聯未偶；回聲揣病，而惟恐一韻未協。辭之所爲馨矣而愈求，妍矣而愈飾，文其於情，直外焉而已矣。是故古人所歌，情至而辭不至，則嗟嘆而不自勝；辭盡而情不盡，則舞蹈而不自覺。三百五篇所賦皆弦歌之，以此爾。後來春秋朝聘燕享之所賦，猶取於弦歌之聲詩；楚騷亂、倡、少歌之所賦，亦取於樂歌之音節。奈之何漢以前之賦出於情，漢以後之賦出於辭？其不歌而誦，全取賦名，無怪也。蓋西漢之賦，其辭工於楚騷；東漢之賦，其辭又工於西漢；以至三國六朝之賦，一代工於一代。辭愈工，則情愈短；情愈短，則味愈淺；味愈淺，則體愈下。建安七子獨王仲宣辭賦有古風。歸來子曰：「仲宣登樓之作去楚騷遠，又不及漢，然猶過曹植、陸機、潘岳衆作，魏之賦極此矣。」誠以其登樓一賦不專爲辭人之辭，而猶有得於詩人之情，以爲風比興等義。晉初，陸士衡作文賦，有曰「立片言以居要，乃一篇之警策」，呂居仁曰：「文章無警策則不能動人。但晉宋間人專致力於此，故失於綺靡而無高古氣味。」吁！士衡以辭爲警策爾，故曰立言居要；居仁以辭能動人爾，故曰綺靡無味。殊不知辭之所以動人者，以情之能動人也，何待以辭爲警策然後能動人也哉？且獨不見古詩所賦乎？出於小夫婦人之手，而後世老師宿儒不能道。夫小夫婦人亦安知有所謂辭哉？①特其所賦出於胸中一時之情，不能自已，故形於辭，而爲風比興雅頌等義，其辭自深遠矣。然非此辭之深遠也，情之深遠也。至若後世老師宿儒[一〇]則未有不能辭者，及其見於賦，反不能如古者小夫婦人之所爲，則以其徒泥於紙上之語，而不得其胸中之趣，故雖窮年矻矻，操觚弄翰，欲求一辭之及於古，亦不可得。又觀士衡輩文賦等作，全用俳體。蓋自楚騷「製芰荷以爲衣，集芙蓉以爲裳」等句，便已似俳，然猶一句中自作對。及相如「左烏號之彫弓，右夏服之勁箭」等語，始作兩句作對，其俳益甚。故吕與叔曰：「文似相如，殆類俳。」流至潘岳，首尾絶俳，然猶可也。沈休文等出，四聲八病起，而俳體又入於律。②爲俳者，則必拘於對之必的；爲律者，則必拘於音之必協。精密工巧，調和便美，率於辭上求之。郊居賦中嘗恐人呼雌霓音齧。作「倪」，不復論大體意味，乃專論一字聲律，其賦可知。徐庾繼出，又復隔句對聯，以爲騈四儷六；簇事對偶，以爲博物洽聞。有辭無情，義亡體失，此六朝之賦所以益遠於古。然其中士衡歎逝、茂先鷦鷯、安仁秋興、明遠蕪城野鵝等篇，雖曰其辭不過後代之辭，乃若其情則猶得古詩之餘情。愚於此益歎古今人情如此其不相遠，古詩賦義如此其終不泯。詩云「中心藏之，何日忘之。」六義藏於人心，自有不能忘者，吾烏乎而忘吾情？

王仲宣名粲，三國魏人。

登樓賦

陸士衡名機，晉人。

文賦當時貴尚妍巧，以爲至文，又豈知古人之文哉？

嘆逝賦

張茂先名華，晉人。

鷦鷯賦

潘安仁[二]

藉田賦

秋興賦

成公子安名綏。

嘯賦

孫興公名綽，東晉人。

天台山賦

顔延年名延之，宋人。

赭白鳥賦

謝惠連

雪賦

謝希逸

月賦

鮑明遠照。

蕪城賦

舞鶴賦

野鵝賦

江文通淹。

別賦

庾子山信。

枯樹賦

唐體

嘗觀唐人文集及文苑英華所載唐賦，無慮以千計，大抵律多而古少。夫古賦之體，其變久矣。而況上之人選進士以律賦，誘之以利禄耶？蓋俳體始於兩漢，律體始於齊梁。俳者，律之根；律者，俳之蔓。後山云：「四律之作，始自徐庾，俳體卑矣，而加以律；律體弱矣，而加以四六。此唐以來進士賦體所由始也。雕蟲道喪，頹波横流，光鋩氣燄，埋鏟晦蝕，風俗不古，風騷不今，後生務進干名，聲律大盛。句中拘對偶，以趍時好[三]；字中揣聲病，以避時忌。孰肯學古哉？」退之云：「時時應事作俗語，下筆令人慙。及以示人，大慚以爲大好，小慚以爲小好，不知古文真何用於今世？」斯言也，其傷今也夫？其懷古也夫？是以唐之一代，古賦之所以不古者，律之盛而古之衰也。就有爲古賦者，率以徐庾爲宗，亦不過少異於律爾。甚而或以五七言之詩爲古賦者，或以四六句之聯爲古賦者，不知五七言之詩、四六句之聯，果古賦之體乎？宋廣平，大雅君子也，其爲梅花賦，皮日休尚稱其清便富豔，得南朝徐庾體，殊不類其爲人，他可知矣。且古賦所以可貴者，誠以本心之情有爲而發，六義之體隨寓而形，如雲之行空，風之行水，百態横生，萬變叵測，縱横顛倒，不主故常，委蛇曲折，畧無留礙。有不齊之齊，焉用俳？有不調之調，焉有律？及爲俳體者，則不然，駢花儷葉，含宫泛商，如無鹽輩膏沐爲容，而又與西施鬬美，然天下之正色，終自有在。子美詩云「詞賦工無益」，其意殆爲俳律者發乎？李太白天才英卓，所作古賦差强人意，但俳之蔓雖除，律之根故在。雖下筆有光燄，時作奇語，只是六朝賦爾。惟韓柳諸古賦一以騷爲宗，而超出俳律之外。韓子之學，自言其正葩之詩，而下逮於騷；柳之學，自言其本之詩以求其恒，參之騷以致其幽。要皆是學古者。唐賦之古，莫古於此。至杜牧之阿房宫賦，古今膾炙，但大半是論體，不復可專目爲賦矣。毋亦惡俳律之過，而特尚理以矯其失與？或疑詩序謂「發乎情，止乎禮義」，言情言理而不言辭，豈知古人所賦，其有理也，以其有辭；其有辭也，以其有情。其情正，則辭合於理而正；其情邪，則辭背於理而邪。所謂辭者，不過以發其情而達其理。故始之以情，終之以禮義，雖未嘗言辭，而辭實在其中。蓋其所賦，固必假於辭而有不專於辭者。去古日遠，人情爲利欲所汩，而失其天理之本，然情涉於邪而不正，則以游辭而釋之；理歸於邪而不正，則以强辭而奪之。易係六辭，軻書四辭，固不出於理之正，而亦何莫不從心上來？吁！辭者，情之形諸外也；理者，情之有諸中也。有諸中，故見其形諸外；形諸外，故知其有諸中。辭不從外來，理不由他得，一本於情而已矣。若所賦專尚辭，專尚理，則亦何足見其平時素蘊之懷，他日有爲之志哉？方今崇雅黜浮，變律爲古，愚故極論律之所以律，古之所以爲古。賦者知此，則其形一國之風，言天下之事，當有得古人吟咏情性之妙者矣。

駱賓王

螢火賦

李太白

大鵬賦
明堂賦
大獵賦
惜餘春賦
愁陽春賦
悲清秋賦
劍閣賦
韓退之
閔己賦
別知賦
柳子厚
閔生賦
夢歸賦
杜牧之
阿房宫賦

宋體

王荆公評文章，嘗先體製。觀蘇子瞻醉白堂記，曰「韓白優劣論爾。」後山云：「退之作記，記其事爾。今之記，乃論也。」少游謂醉翁亭記亦用賦體。范文正公岳陽樓記用對句説景，尹師魯曰「傳奇體爾」。宋時名公於文章必辯體，此誠古今的論。然宋之古賦，往往以文爲體，則未見其有辯失者。晦翁云：「東漢文章漸趨對偶，漢末以後只做屬對文字。韓文公盡掃去，方成古文。當時信他者少，亦變不盡。及歐公一向變了，亦有欲變而不能者。所以做古文自是古文，四六自是四六，却不衮雜。」後山又云：「宋初士大夫例能四六，楊文公筆力豪贍，體亦多變，而不脱唐末五代之氣，喜用方語，以切對爲工，乃進士賦體爾。歐陽少師始以文體爲對屬。」愚攷唐宋間文章，其弊有二，曰俳體，曰文體。爲方語而切對者，此俳體也，自漢至隋，文人率用之。中間變而爲雙關體，[3]爲四六體，爲聲律體，至唐而變深，至宋而變極，進士賦體又其甚焉。源遠根深，塞之非易。晦翁又謂：「文章到歐陽曾蘇，方是暢然。」所謂欲變不能，豈特四六也哉？後山謂：「歐公以文體爲四六，但四六對屬之文也，可以文體爲之。至於賦，若以文體爲之，則專尚於理，而遂略於辭，昧於情矣。」俳律卑淺，固可去。議論俊發，亦可尚。而風之優柔，比興之假託，雅頌之形容，皆不復兼矣。非特此也，賦之本義當直述其事，何嘗專以論理爲體邪？以論理爲體，則是一片之文，但押幾箇韻爾，賦於何有？今觀秋聲赤壁等賦，以文視之，誠非古今所及。若以賦論之，恐坊雷大使舞劍，終非本色。學者當以荆公、尹公、少游等語爲法[三]，其曰論體、賦體、傳奇體既皆非記之體，則文體又果可爲賦體乎？本以惡俳，終以成文，舍高就下，俳固可惡，矯枉過正，文亦非宜。俳以方爲體，專求於辭之工；文以圓爲體，專求於理之當。殊不知專求辭之工而不求於情，工則工矣，若求夫「言之不足」與「咏歌嗟嘆」等義有乎？否也；專求理之當而不求於辭，當則當矣，若求夫「情動於中」與「手舞足蹈」等義有乎？否也。故欲求賦體於古者，必先求之於情，則不刊之言自然於胸中流出，辭不求工而自工，又何假於俳？無邪之思自然於筆下發之，理不求當而自當，又何假於文？胸中有成思，筆下無費辭。以樂而賦，則讀者躍然而喜；以怨而賦，則讀者愀然以吁；以怒而賦，則令人欲拔劍而起；以哀而賦，則令人欲掩袂以泣。動盪乎天機，感發乎人心，而兼出於風比興雅頌之義焉。然後得賦之正體，而合賦之本義。苟爲不然，雖能脱於對語之俳，而不自知又入於散語之文。渡江前後，人能龍斷，聲律盛行，賦格賦範，賦選賦[一四]粹，辯論體格，其書甚衆。至於古賦之學，既非上所好，又非下所習，人鮮爲之。就使或[一五]爲，多出於閒居暇日，以翰墨娛戲者，或惡近律之俳，則遂趨於文；或惡有韻之文，則又雜於俳。二體衮雜，迄無定向，人亦不復致辨。近年選場以古賦取士，昔者無用，今則有用矣。嘗攷春秋之時，覘國盛衰，别人賢否，每於公卿大夫士所賦知之。愚不知今之賦者，其將承累代之積弊，嚘啾咿嚶，而使天醜其行邪？抑將侈太平之極觀，和其聲而鳴國家之盛邪？則是賦也，非特足以見能者之材知，而亦有關吾國之輕重，學者可不自勉？嗟夫，「誰謂華高，企其齊而」，古體高乎哉？「誰謂河廣，一葦航之」，古體遠乎哉？慎勿以「無田甫田，維莠驕驕」之心以自阻。

宋子京

圜丘賦

歐陽永叔

秋聲賦

蘇東坡

屈原廟賦④
前赤壁賦
後赤壁賦
蘇子由
屈原廟賦
黄樓賦漢賦之流。
超然臺賦
蘇叔黨
颶風賦前賦後記。
黄山谷
悼往賦
秦少游
黄樓賦楚辭之流。
張文潛
病暑賦

大禮慶成賦雜出雅頌。

洪舜俞

老圃賦

外録 上

嘗觀晁氏續騷，以陶公歸去來辭爲古賦之流。疑其詩流爲賦，賦又流爲他文，何其愈流愈遠邪？又觀唐元微之曰：「詩訖于周，離騷訖于楚，是後詩人流而爲二十四名：⑤賦、頌、銘、贊、文、誄、箴、詩、行、吟、詠、題、怨、嘆、章、篇、操、引、謡、謳、歌、曲、詞、調。自操以下八名，皆是起於郊祭、軍賓、吉凶等樂。由詩以下九名，皆屬事而作，雖題號不同，而悉謂之詩。」愚謂二十四名，或爲文，或爲詩，要皆是韻語，其流悉源於詩。但後代銘贊文誄箴之類，終是有韻之文，何可與詩賦例論？亦嘗反覆推之，然後知後代之賦本取於詩之義以爲賦，名雖曰賦，義實出於詩，故漢人以爲古詩之流。後代之文間取於賦之義以爲文，名雖曰文，義實出於賦，故晁氏亦以爲古賦之流。所謂流者，同源而殊流爾。如是，賦體之流，固當辯其異[一六]；賦體之源，又當辯其同。異同兩辯，則其義始盡，其體始明。此古賦外録之辨所以繼於古賦辨體之辨也歟！夫自帝王之書有明良之歌、五子之歌，詩文雖互見，而詩體實自異。及聖人删商周之詩爲一經，而詩體始與文體殊趨。然論詩之體，必論詩之義。詩之義六，惟風比興三義，真是詩之全體。至於賦雅頌三義，則已鄰於文體。何者？詩所以吟詠情性，如風之本義，優柔而不直致；比之本義，託物而不正言；興之本義，舒展而不刺促。得於未發之性，見於已發之情。中和之氣形於言，其吟詠之妙，真有永歌嗟嘆舞蹈之趣，此其所以爲詩，而非他文所可混。人徒見賦有鋪叙之義，則鄰於文之叙事者；雅有正大之義，則鄰於文之明理者；頌有褒揚之義，則鄰於文之贊德者。殊不知古詩之體，六義錯綜，[6]昔人以風雅頌爲三經，以賦比興爲三緯。經，其詩之正乎？緯，其詩之葩乎？經之以正，緯之以葩，詩之全體始見。而吟咏情性之作，有非復叙事、明理、贊德之文矣。詩之所以異於文者以此。賦之源出於詩，則爲賦者固當以詩爲體，而不當以文爲體。後代以來，人多不知經緯之相因、正葩之相須，吟咏無所因而發，情性無所緣而見。問其所賦，則曰「賦者鋪也」。如以鋪而已矣，吾恐其賦特一鋪叙之文爾，何名曰賦？是故爲賦者不知賦之體而反爲文，爲文者不拘文之體而反爲賦體。賦家高古之體不復見於賦，而其支流軼出，賦之本義，乃有見於他文者。觀楚辭於屈宋之後，代相祖述，續騷後語等編中所載，如二招隱惜誓以下，至王荆公寄蔡氏女、邢敦夫秋風三疊皆本於騷，猶曰於賦之體無以異，他如秋風絶命歸去來辭等作，則號曰辭；弔田横萇弘等作則號曰文；易水越人大風等作，則號曰歌。雖異其號，然取於賦之義則同。蓋於其同而求其異，則賦中之文，誠非賦也；於其異而求其同，則文中之賦，獨非賦乎？必也分賦中之文，而不使雜吾賦；取文中之賦，而可使助吾賦。分其所可分，吾知分非賦之義者爾，不以彼名曰賦而遂不敢分；取其所可取，吾知取有賦之義者爾，不以彼名他文而遂不敢取。此正魯男子學柳下惠法也。賦者，其可泥於體格之嚴而又不知曲暢旁通之義乎？今故以歷代祖述楚語者爲本，而旁及他有賦之義者，因附益於辨體之後，以爲外録。庶幾既分非賦之義於賦之中，又取有賦之義於賦之外，嚴乎其體，通乎其義，其亦賦家之一助爾。

後騷

楚臣之騷即後來之賦，愚於前已屢辨之。然愚載屈宋之騷而未及於後來之爲騷者，則以賦雖祖於騷，而騷未名曰賦，其義雖同，其名則異。若自首至尾，以騷爲賦，混然並載，誠恐學者徒泥圖駿之間，而不索驪黄之外。騷爲賦祖，雖或信之；賦終非騷，亦或疑之矣。故先以屈宋之騷載之，爲正賦之祖；而别以後來之騷録之，爲他文之冠。有源有委，而因委知源；有祖有述，而因述知祖。則古賦之體，或先或後，同源並祖，於此乎辨之其可也。蓋其意實與續騷及楚辭後語之意同，然不敢言自並前脩，故少異其號，謂之後騷焉。

招魂

惜誓

漢莊忌

哀時命忌，梁孝王客也。

招隱士淮南小山之一。

漢揚子雲

反騷

唐韓退之

訟風伯

享羅池

宋王介甫

寄蔡氏女荆公女也，妻蔡卞。

宋黄魯直

毁璧[一七]

宋邢居實

秋風三疊寄秦少游

辭

休齋云：「詩變而騷，騷變而爲辭，皆可歌也。」辭則兼風騷之聲，而尤簡邃者。愚謂辭與賦一體也，特名異爾。故古人合而名曰「辭賦」。騷號楚辭，漁父篇亦號辭，是其例也。

漢武帝

秋風辭序云：上行幸河東，祠后土。顧視帝京，欣然中流，與羣臣飲燕。上歡甚，乃自作秋風辭。文中子曰：「秋風辭，其悔心之萌乎？」休齋曰：「此辭一章，凡易三韻。其節短，其辭哀，此辭之權輿乎？」前則二句一叶，自「泛樓船」以下五韻一叶，錯雜成章，亦楚辭之體。愚謂此興而賦也。

漢息夫躬

絶命辭哀帝時。朱子云：「躬利口作姦，死有餘責。此辭特以其高古似賈誼，故録之。」

晉陶淵明

歸去來辭

宋黄魯直

濂溪辭序云：春陵周茂叔人品甚高云。

宋楊誠齋

延陵懷古辭延陵季子　蘭陵令荀卿　東坡先生

外録　下

文[一八]

昔漢賈生投文而後代以爲賦，蓋名則文，而義則賦也。是以楚辭載韓柳諸文，以爲楚辭之續，豈非以諸文並古賦之流歟？今故録歷代文中之有賦義者于此。若夫賦中有文體者，反不若此等之文爲可入於賦體云。

六朝孔德璋稚圭。

北山移文北山，建康蔣山也，時周顒彦倫嘗隱此山。以彦倫不能終其隱節，爲文紀之。

迂齋云：「造語騷麗，下字新奇。」

唐李遐叔華

吊古戰場文

唐韓退之

吊田橫文

唐柳子厚

吊屈原文

吊萇弘文

吊樂毅文

操

風俗通云：「琴曲曰操。操者，言其窮阨猶不失其操也。」然舜南風歌亦被之琴，豈謂窮阨乎？亦歌之別名爾。晁氏曰：「孔子於三百篇皆弦歌之」，操亦弦歌之辭也。離騷本古詩之衍者，至漢而衍極，故離騷亡，操與詩賦同出而異名。蓋衍復於約者，約故去古不遠。然則後之欲學離騷者，惟約猶近之。

尹伯奇尹吉甫子[一九]。

履霜操無罪爲後母譖而見逐，自傷而作。

牧犢子

雉朝飛操七十無妻，見雉雙飛，有感而作。

韓退之

將歸操孔子

龜山操孔子

拘幽操文王

殘刑操曾子

漢蔡文姬琰。

胡笳胡中樂也。此辭乃其樂曲，亦操類。嫁爲衛中道妻，没於南匈奴。

歌

漢藝文志云「不歌而誦謂之賦。」然騷中抽思篇有少歌，荀卿賦篇内佹詩有少歌，及漁父篇末又引滄浪孺子歌，則賦家亦用歌爲辭，未可泥「不歌而誦」之言也。是故後代賦者多爲歌以代亂，亦有中間爲歌者，蓋歌者樂家之音節，與詩賦同出而異名爾。今故載歷代本謂之歌而有六義可以助賦者。

虞舜氏

南風歌有兮字。

箕子

麥秀歌用兮字。

伯夷

采薇歌用兮字。

孔子

獲麟歌用兮字。

楚狂接輿

鳳兮歌

寡陶嬰

黄鵠歌魯陶[二〇]門之女，聞魯人將求，作歌明己，魯人不復求。

楚漁父

渡伍員歌

牓枻越人

越人[二一]歌楚王弟鄂君泛舟，榜枻越人拆棹而歌。

燕荆軻

易水歌

項羽

垓下帳中歌兮。

漢高祖

大風歌兮。

烏孫公主

烏孫公主歌武帝元封中，江都王建女妻烏孫王，王老，言語不通，公主悲愁作歌。

後漢梁鴻

五噫歌

唐李太白

鳴皋歌

唐韓退之

盤谷歌雖歌，實賦也。

古賦辨體篇目云：古今之賦甚多，愚於此編非敢有所去取，而妄謂賦之可取者止於此也，不過載常所誦者爾。其意實欲因時代之高下而論其述作之不同，因體製之沿革而要其指歸之當一，庶幾可以由今之體以復古之體云。

右古賦辨體，借大阪圖書館藏本而鈔寫之。祝堯字君澤，信之佐谿人。自宋入元。此書有成化二年吴錢溥序，云傳久脱誤，世難其全，淮陽金君宗潤守信得是原集於君澤家而喜之，命工復刻以傳云云。亦珍本也。丁巳十二月念五。

【眉批】

①此論誤矣。詩人代小夫婦人而道其情耳，非小夫婦人自作也。

②俳體入律。

③中間雙闕。

④屈原廟。

⑤韻文二十四名。

⑥六義。

【校記】

［一］自「堯長」下至「有廟」二十八字原脱，據四庫文淵閣本古賦辯體補。

[二]「君」下原注：「此下脱一葉」。今據四庫文淵閣本古賦辯體補四十七字。
[三]「九章」下原注：「序説脱」。今據四庫文淵閣本古賦辯體補。
[四]「少」原作「多」，據四庫文淵閣本古賦辯體補。
[五]「尾」字下原以□□代不清數字，今據四庫文淵閣本古賦辯體補六字。
[六]自「故其」至「平情」二十六字原脱，據四庫文淵閣本古賦辯體補。
[七]自「然其」至「可法」二十一字原脱，據四庫文淵閣本古賦辯體補。
[八]「莫不出」原作「本不本」，據成化本古賦辯體改。
[九]自「張平」至「論也」十一字原脱，據四庫文淵閣本古賦辯體補。
[一〇]「儒」原作「傅」，旁有西村時彦朱筆旁批「恐儒誤」，今從之。
[一一]「仁」字原脱，據四庫文淵閣本古賦辯體補。
[一二]「好」字原脱，據四庫文淵閣本古賦辯體補。
[一三]「語爲法」原作「爲語」，據成化本古賦辯體改。
[一四]「賦」字原脱，據成化本古賦辯體補。
[一五]「或」原作「其」，據成化本古賦辯體改。
[一六]自「賦體」至「其異」九字原脱，據四庫文淵閣本古賦辯體補。
[一七]「璧」原作「壁」，據四庫文淵閣本古賦辯體改。

〔一八〕「文」字原脱，據四庫文淵閣本古賦辯體補。

〔一九〕「子」字原脱，據四庫文淵閣本古賦辯體補。

〔二〇〕「陶」字原脱，據成化本古賦辯體補。

〔二一〕「越人」二字原脱，據四庫文淵閣本古賦辯體補。

明張溥漢魏六朝百三名家集

漢賈誼長沙集題詞

屈原爲楚懷王左徒，入議國事，出對諸侯，深見親任。賈生年二十餘，吴廷尉言于漢文帝，一歲中超遷至大中大夫。此兩人者，始何常不遇哉？讒積忌行，欲生無所，比古之懷才老死，終身不得見人主者，悲傷更甚。即漢大臣若絳、灌、東陽數短賈生，亦武夫天性不便文學，未必讒人罔極如上官、子蘭也。太史公傳而同之，悼彼短命，無異沉江。漢廷公卿莫能材賈生而用也，蔽于不知，猶楚譖人耳。賈生治安策，其大者無過滅封爵、重本業、教太子、禮大臣數者，於天子甚忠敬，於功臣宿將無不利也。怒之深，而遠之疾，何爲乎？史記不載疏策，班固始條列之，世謂於賈生有功。

然身既疏退，哭泣而死，焉用文爲？太史公闕而不録，其哀其賈生者深也。時政諸疏，雜見新書，顧倫理博通，不如本疏。揣摹家庭，登獻華屋，草創潤色，意者亦有殊途乎？騷賦辭清而理哀，其宋玉、景差之徒歟！西漢文章，莫大乎是，非賈生其誰哉！

劉向中壘集題詞

漢膠侯劉路叔，長者也。頗脩黃老術。治淮南獄時，得其枕中鴻寶苑秘書，子子政因而誦讀，獻之人主，鑄金不成，繫獄當死。路叔上書頌罪，亦遭吏劾。好奇賈禍，誦「白圭」者且爲父咎云。元帝初立，忠直輔政，寺人譖愬，復困犴獄。至今讀其封事，忠愛憯怛，義兼詩書。成帝尚文，心嚮子政，阨於王氏，不能大用。連章讜言，僅告無罪而已。夫屈原放廢，始作離騷；子政疾讒，八篇乃顯。同姓忠精，感慨相類。左徒當日諫書不傳，彼蓋争之口舌，其著者張儀一事耳。子政苦口，終身不倦，年餘七十，惓惓漢宗。感災異而論洪範，戒趙衛而傳列女，鑒往古而[一]著新序、説苑，其書非無爲而作者也。雖九歎深雅微謝騷經，其他文詞宏博，足相當矣。太史公屈原傳云：原死後，楚日削，竟爲秦滅。班孟堅亦云：子政卒後十三歲，王氏代漢。此兩人係社稷輕重何如哉？

王叔師集題詞①

屈原在楚懷[二]王時，以忠被疎，作離騷經。頃襄王立，放之江南，復作九歌、天問、九章、遠遊、卜居、漁父、大招，自沉汨羅。其後楚宋玉作九辯、招魂，漢賈誼作惜誓，淮南小山作招隱士，東方朔作七諫，嚴忌作哀時命，王襃作九懷，劉向作九歎，皆擬其文。漢武時，淮南王安始作離騷傳。向典校經書，分爲十六卷。東京班固、賈逵各作離騷章句，餘十五卷闕而不説。至王逸，復作十六篇章句，又續爲九思，取班固二序附之，爲十七篇。今世所行離騷，皆王本也。東漢文苑，王叔師父子皆有名。文考[三]靈光殿賦與夢賦二篇，世共傳誦。叔師文少有習者，讀離騷乃見之矣。文字存亡，常有時命，或存己集，或附他書，俱可不敝天壤。叔師騷注即不能割本書獨行，然自以爲與原同産南陽，風土哀思，有足親者。章句諸篇與遺文并録，不類巨山詩序、康成詩譜哉？

【眉批】

① 王叔師著書見洪亮吉曉讀書齋雜録。類説第三卷

【校記】

［一］自「傳列」下至「古而」七字原脱，據漢魏六朝百三名家集補。

［二］「懷」原作「平」，漢魏六朝百三名家集亦誤，今改。

［三］「名文考」原作「文名考」，據漢魏六朝百三名家集改。

明徐師曾文體明辨

楚辭一

按，楚辭者，詩之變也。詩無楚風，然江漢之間皆爲楚地，自文王化行南國，漢廣、江有汜諸詩列於二南［一］，乃居十五國風之先，是詩雖無楚風而實爲風首也。風雅既亡，乃有楚狂鳳兮、孺子滄浪之歌，發乎情，止乎禮義，與詩人六義不甚相遠。但其辭稍變詩之本體，而以「兮」字爲讀，則夫楚聲固已萌蘖於此矣。屈平後出，本詩義以爲騷，蓋兼六義而賦之義居多。厥後宋玉繼作，并號「楚辭」，自是辭賦之家悉祖此體。故宋宋祁有云：「離騷爲辭賦之祖，後人爲之，如至方不能加矩，至圓不能過規。」信哉，斯言也！故今列屈宋諸辭于篇，而自漢至宋凡倣作者附焉。俾後之銓賦者，知所祖述云。

賦

春秋之後，聘問詠歌不行於列國，學詩之士逸在布衣，而賢士失志之賦作矣，即前所列楚辭是也。揚雄所謂「詞人之賦麗以淫」者，正指此也。然自今而觀，楚辭亦發乎情，而用以爲諷，實兼六義。而趙人荀況遊宧于楚，考其時在屈原之前，①所作五賦工巧深刻，純用隱語，若今人之揣謎，於詩六義不啻天壤，君子蓋無取焉。兩漢而下，作者繼起，獨賈生以命世之才俯就騷律，非一時諸人所及。

徐師曾文體明辨剿襲吴訥文章辨體，識者無取焉。然予書架單薄，不藏吴書，此間藏書家亦無藏本，因姑採録徐書。其言大概皆前人唾餘，無所發明。蓋以「兮」字爲讀，不獨楚聲，詩三百篇中，國風尤多「兮」字。以荀賦爲在屈騷前者，前志皆然。以予觀之，屈在荀前。否則同時而作，無所相襲。荀賦是比體，今言於六義不啻天壤者，尤誤矣。徐書盛行我邦，有翻刻，有鈔本，其誤人者蓋不尠，予他日有閒，當作一篇辨其謬。

【眉批】

① 荀去屈遠矣，此説謬甚。

【校記】

［一］「南」原作「國」，據文體明辯改。

清費經虞雅倫

經虞，成都人。有順治中序。

楚辭格式 卷三

費經虞曰：齊桓、晉文而後，秦楚皆爲大國。聖人録秦詩而不載楚詩，楚其無詩耶？然則離騷、九歌，詩之變者也。六義中賦居一，蓋直賦其事。而曲言長篇，大雅已有之，但句法不長耳。屈平既變爲一體，楚人宋玉、景差之徒皆效焉，而楚辭成。楚辭成［二］，三代文章爲之一變，則楚辭者，三百篇之後繼也。漢猶以屈平所作謂之賦，自司馬相如等之賦間以散文，而屈宋始專命爲騷。朱元晦又選詩賦之類騷者，爲楚辭後語，自荀卿成相而下，凡五十二篇。今以楚騷立爲一部，而以屈宋之作爲法，其後人詩賦各入其類，兹不取。騷之體，源委滔滔；騷之情，纏綿委曲，不可强直，不可迨遝，玩味古人自見。屈原之作不可得而擬議也，宋玉、景差、賈誼等作，所差者毫髮耳。九辯高達肆放，則無離騷淳厚之味，未免到清洌一邊。若莊忌、淮南，則其變多，又次矣。

離騷

費經虞曰：騷之篇或長或短，或如此或如彼，不可以拘以格也。然天問、卜居、九歌等篇，則已與此章有異矣，而句法則宜長。若九歌、天問則亦短句。擬騷大約長句多而短句少，句長方得優柔委婉之致。

天問

費經虞曰：屈平忠君愛國之忱，有不據釋然，故稱托物理，指陳事像，以爲寓言，而其後云「悔過改更我又何言」，可知矣。朱元晦注云「未詳」，又曰「荒謬之説」，皆未識天問之旨也。

抽思

費經虞曰：此篇中有「少歌曰」，又有「倡曰」，後之「亂曰」，句法前後亦略變。遠游篇又有「重曰」。

卜居

費經虞曰：此篇以散文章體，漁父雖稍異，而大畧一也。

招魂　楚宋玉

費經虞曰：大招與柳宗元招海賈皆取則于此篇。

【校記】

［一］「成」字原脱，據雅倫補。

張惠言七十家賦鈔

序言

凡賦七十家，二百六篇，通人碩士，先代所傳，奇辭奥旨，備于此矣。其離章斷句，闕佚不屬者，與其文不稱辭者，皆不與是。論曰：賦烏乎統？曰：統乎志。志烏乎歸？曰：歸乎正。夫民有感于心，有概于事，有達于性，有鬱于情，故有不得已者而假于言。言，象也；象必有所寓，其在物之變化，天之漻漻，地之嚻嚻，日出月入，一幽一昭，山川之崔蜀杳伏，畏佳林木，振硪谿谷，風雲霧霿，霆震寒暑，雨則爲雪，霜則爲露，生殺之代新而嬗故。鳥獸與魚，草木之華，蟲走蟺趨，陵變谷易，震動薄蝕，人事老少，生死傾植，禮樂戰鬭，號令之紀，悲愁勞苦，忠臣孝子，羈士寡婦，愉佚愕駭，自動于中，久而不去，然後形而爲言，于是錯綜其辭，回牾其理，鏗鎗其音，以求其志。其在六經，則爲詩。詩之義六，曰風，曰賦，曰比，曰興，曰雅，曰頌。六者之體主于一，而用其五。故風有雅頌焉，七月是也；雅有頌焉，有風焉，烝民、崧高是也。周澤衰，禮樂缺，詩終三百，文學之統熄。古聖人之美言，規矩之奥趣，鬱而不發，則有趙人荀卿、楚人屈原引辭表旨，譬物連類，述三王之道，以譏切當世。振塵滓之澤，發芳香之鬯，不謀同偁，竝名爲賦。故知賦者，詩之體也。其後藻麗之士祖述憲章，厥製益繁。然其能之者爲之，愉暢輸寫，盡其物，和其志，變而不失其宗；其淫宕佚放者爲之，則流遁忘反，壞亂而不可紀。譎而不觚，盡而不斁，肆而不衍，比物而不醜，其志潔，其物芳，其道杳冥而有常，此屈平之爲也。與風雅爲節，涣乎若翔風之運輕椵，灑乎若玄泉之出乎蓬萊而注渤澥。及其徒宋玉、景差爲之，其質也華，然其文也縱而後反。雖然，其與物椎拍，宛轉泠汰，其義觳輠於物，芴芴乎古之徒也。剛志決理，輐斷以爲紀，内而不汙，表而不著，則荀卿之爲也。其原出于禮經，樸而飾，不斷而節。及孔臧、司馬遷爲之，章約句制，奡不可理，其辭深而旨文，確乎其不頗者也。其趣不兩，其于物無甥，若枝葉之坿其根本，則賈誼之爲也。其原出于屈平，斷以正誼，不由其曼。其氣則引費而不可執，循有樞，執有廬，頡滑而不可居，開決宧突，而與萬物都其終也，芴莫而神明爲之槖，則司馬相如之爲也。其原出于宋玉；揚雄恢之，脇入竅出，緣督以及節，其超軼絶塵而莫之控也，其波駭石嶨而没乎其無垠也。張衡盰盰，塊若有餘，上與造物爲友，而下不[二]遺埃墟。雖然，其神也充，其精也苶。及王延壽、張融爲之，傑格拮撥，鉤孑菆牾，而俶佹可覩。其於宗也，無蜕也。平敞通洞，博厚而中，大而無瓠，孫而無弧，指事類情，必偶其徒，則班固之爲也。其原出于相如。而要之使夷，昌之使明。及左思爲之，博而不沈，贍而不華，連犿焉而不可止。言無端厓，傲倪以爲質，以天下爲郛廓，入其中者眩震而謬悠之，則阮籍之爲也。其原出于莊周。雖然，其辭也悲，其韻也迫，憂患之辭也。塗澤律切，荂藪紛悦，則曹植之爲也。其端自宋玉，而柄其角，摧其牙，離其本而抑其末，浮華之學者相與尸之，率以變古。搰搰乎改繩墨，易規矩，則佞之徒也。不搰於同，不獨于異，其來也首首，其往也曳曳，動静與適，而不爲固植，則陸機、潘岳之爲也。其原出于張衡、曹植，矯矯乎振時之儁也。以情爲裏，以物爲襮，鑱雕雲風，琢削支鄂，其懷永而不可忘也。坌乎其氣，煊乎其華，則謝莊、鮑照之爲也，江淹爲最賢。其原出于屈平九歌。其掩抑沈怨，泠泠輕輕，其縱脱浮宕，而歸大常。鮑照、江淹其體則非也，其意則是也。逐物而不反，駘蕩而駁舛，俗者之囿而古是抗，其言滑滑，而不背于塗奥，則庾信之爲也。其規步矱騄則揚雄、班固之所引銜而控轡，惜乎拘於時而不能騁，然而其志達，其思哀，其體之變則窮矣。後之作者，概乎其未之或問也。乾隆五十有七年四月日武进張惠言。

離騷

「帝高陽」至「哀衆生之蕪穢」

以上一節，傷有道不見用。○衆芳，即指道德。舊謂衆賢，非是。

彭咸之遺則

彭咸之遺則，謂其道也。彭咸之所居，謂其死也。不可混看。

「衆皆競進」至「固前聖之所厚」

以上一節，言不特修名不立，嫉妬者必擠之至死。

「悔相道之不察兮」至「非余心之可懲」

此節言將高隱而不忍，寧遭嫉妬，不以避禍而恝然君國也。「往觀四荒」，即下文

「上下求索」。

「女嬃之嬋媛兮」至「夫何煢獨而不余聽」

以上女嬃辭，勸以貶節。

「依前聖以節中兮」至「霑余襟之浪浪」

以上陳辭重華，言道不可貶。

溘埃風余上征

接上「往觀四荒」，謂以道驅馳也。

吾將上下而求索

「上」謂君，「下」謂臣。帝閽不開，傷懷王也。高丘無女，傷樹蘭也。

來違棄而改求

即「蘭芷變而不芳」之意。

跪敷衽以陳辭兮，余焉能忍與此終古

以上一節，言以道誘掖楚之君臣，卒不能悟。

豈惟是其有女

「惟」，承求女，不忍言求君也。

「索瓊茅以筳篿兮」至「謂申樹其不芳」

以上靈氛辭，勸其去楚。

恐嫉妬而折之

巫咸之言以嫉妬折之爲主，可以聞而將遠逝也。

「欲從靈氛之吉占兮」至「周流觀乎上下」

以上巫咸詞，言楚不可留。

吾將遠逝以自疏

九州求女，固所不忍。而嫉妬之折又可畏，則有遠逝自疏，聊以遠害耳。而又不忍，故決從彭咸所居。

吾將從彭咸之所居

「願俟時乎吾將刈」，「延佇乎吾將反」，「吾將上下而求索」，「吾將遠逝以自疏」，「吾將從彭咸之所居」，五句爲層次。

九歌

東皇太一

此言以道承君，冀君之樂己。○十一篇連讀。

雲中君

言君苟用己，則可以安覽天下，惜此會之不可得也。

湘君

此離騷所謂「哲王不悟」也。

湘夫人

湘君比君，故湘夫人比樹蘭，此離騷所謂「閨中深邃」也。

大司命

惜住日之「曾信」也。

少司命

大司命比懷王，少司命又比子蘭。秋蘭，目子蘭；蓀，目君也。所美果美，君何愁苦乎？

按：無「與汝游兮九河」二句。

東君

「霓保」謂賢臣，「靈之來」謂小人。

傷頃襄也。嗣政之初，如日方出，豈意聲色是娱，終於杳冥乎？

河伯

此章決懷沙之志。

山鬼

靈在下，蔽之也。晝晦，蔽之甚也。故曰「孰華予」。

君思我，而公子蔽之，所以怨也。

雷塡雨冥，以比國危，禍成於公子，故曰「思公子徒離憂」。

雖死不忘君，故以山鬼自比。予，山鬼。子、君，皆公子也。

國殤

以忠死，故比國殤。

禮魂

幾知我者於百世之下。

天問

右鈔出全文，以爲一册。

九章九章皆遷江南作。

惜誦

「聽直」横截，「忳忳」横截，「紆軫」横截。
「心鬱邑」四句誤倒。白、路爲韻。「情」下韻「聞」、「忳」。

涉江

「江湘」横截，「終身」横截。

哀郢

「不釋」下、「可蕪」下、「途邁」下，竝横截。
「思蹇産而不釋」下：追述始放。
「將運舟而下浮兮」下：運舟下浮〔二〕即涉江也。

抽思

「有獲」下、「不聽」下、「從容」下，竝横截。

懷沙

「大故」下横截。

思美人

「難當〔三〕」下、「爲期」下、「狐疑」下横截。

惜往日

「不昭」下横截。

橘頌

悲回風

「所明」下、「所聞」下竝横截。

遠游

「余將焉所程」横截。

卜居

漁父

宋玉九辨

昭明所選五篇居前，知其次不可考已。

宋玉招魂

招魂、大招，諷頃襄也。頃襄君臣宴安，湛于淫樂，而放屈子，故招屈子以諷之也。巫陽之言，女嬃、漁父之意，亂以懷王講武不可再見，國耻未雪，宗社將危，不啻大聲疾呼矣。

「不能復用巫陽焉」下云：筮子魂魄，猶言符其德也，不能自貶以亂世，終于愁苦而已，故曰後之謝不能復用。

「愁苦」下、「返故居些」下，竝横截。

景差大招

大招，設頌之辭也。若曰能用屈子則樂與今同，而王業成耳。「青春受謝，白日昭只」，明政新也。

賈誼惜誓[四]

淮南小山招隱士

【校記】

[一]「不」字原脱，據七十家賦鈔補。

[二]「浮」字原脱，據七十家賦鈔補。

[三]「難當」原作「當難」，據七十家賦鈔乙。

[四] 本條及下條俱有目無文。

姚姬傳古文辭類纂

序目

辭賦類者，風雅之變體也。楚人最工爲之，蓋非獨屈子而已。余嘗謂漁父及楚人以弋說襄王、宋玉對王問遺行皆設辭無事實，皆辭賦類耳。太史公、劉子政不辨而以事載之，蓋非是。辭賦固當有韻，然古人亦有無韻者，以義在託諷，亦謂之賦耳。漢世校[一]書，有辭賦略，其所列者甚當。昭明太子文選分體碎雜，其立名多可笑者，後之編集者或不知其陋而仍之。余今編辭賦，一以漢略爲法。古文不取六朝人，惡其靡也。獨辭賦，則晉宋人猶有古人韻格存焉。惟齊梁以下，則辭益俳而氣益卑，故不録耳。

離騷

帝高陽之苗裔兮，朕皇考曰伯庸。攝提貞於孟陬兮，惟庚寅吾以降。皇覽揆余於初度兮，肇錫余以嘉名。名余曰正則兮，字余曰靈均。紛吾既有此内美兮，又重之以修能。扈江離與辟芷兮，紉秋蘭以爲佩。汩余若將不及兮，恐年歲之不吾與。朝搴阰之木蘭兮，夕攬洲之宿莽。日月忽其不淹兮，春與秋其代序。惟草木之零落兮，恐美人之遲暮。不撫壯而棄穢兮，何不改乎此度也？乘騏驥以馳騁兮，來吾導夫先路。昔三後之純粹兮，固衆芳之所在。雜申椒與菌桂兮，豈惟紉夫蕙茝。彼堯舜之耿介兮，既導道而得路。何桀紂之昌披兮，夫惟捷徑以窘步。惟夫黨人之偷樂兮，路幽昧以險隘。豈余身之殫殃兮，恐皇輿之敗績。忽奔走以先後兮，及前王之踵武。荃不查余之中情兮，反信讒而齋怒。余固知謇謇之爲患兮，忍而不能舍也。指九天以爲正兮，夫惟靈修之故也。初既與余成言兮，後悔遁而有他。余既不難夫別離兮，傷靈修之數化。余既滋蘭之九畹兮，又樹蕙之百畝。畦留夷與揭車兮，雜杜衡與芳芷。冀枝葉之峻茂兮，願俟時乎吾將刈。雖萎絶其亦何傷兮，哀衆芳之蕪穢。

以上言以道事君，見疑而不改。

衆皆競進以貪婪兮，憑不厭乎求索。羌内恕己以量人兮，各興心而嫉妒。忽馳騖以追逐兮，非余心之所急。老冉冉其將至兮，恐修名之不立。朝飲木蘭之墜露兮，夕餐秋菊之落英。苟余情其信姱以練要兮，長顑頷亦何傷。擥木根以結茝兮，貫薜荔之落蕊。矯菌桂以紉蕙兮，索胡繩之纚纚。謇吾法夫前修兮，非世俗之所服。雖不周於今之人兮，願依彭咸之遺則。長太息以掩涕兮，哀民生之多艱。

疑誤倒。蓋「涕」與「替」爲韻吳刻「爲韻」下有「齊東野語已有此説」八字。①

余雖好修姱以鞿羈兮，謇朝誶而夕替。既替余以蕙纕兮，又申之以攬茝。亦余心之所善兮，雖九死其猶未悔。怨靈修之浩蕩兮，終不察夫民心。衆女嫉余之蛾眉兮，謡諑謂余以善淫。固時俗之工巧兮，偭規矩而改錯。背繩墨以追曲兮，競周容以爲度。忳鬱邑余侘傺兮，吾獨窮困乎此時也。寧溘死以流亡兮，余不忍爲此態也。鷙鳥之不群兮，自前世而固然。何方圜之能周兮，夫孰異道而相安？屈心而抑志兮，忍尤而攘詬。伏清白以死直兮，固前聖之所厚。

以上言讒人之害，而將擠於死。

悔相道之不察兮，延佇乎吾將反。迴朕車以復路兮，及行迷之未遠。步余馬於蘭皋兮，馳椒丘且焉止息。進不入以離尤兮，退將復修吾初服。製芰荷以爲衣兮，集芙蓉以爲裳。不吾知其亦已兮，苟余情其信芳。高余冠之岌岌兮，長余佩之陸離。芳與澤其雜糅兮，唯昭質其猶未虧。忽反顧以遊目兮，將往觀乎四荒。佩繽紛其繁飾兮，芳菲菲其彌章。

言吾挾此德美，將適四方乎？若居楚國，芳菲彌章，安能使人之不忌乎？

民生各有所樂兮，余獨好修以爲常。

常，當作「恒」，避漢諱改。

雖體解吾猶未變兮，豈余心之可懲。

以上言欲退隱不涉世患而不能也。

女嬃之嬋媛兮，申申其詈予。

此段即漁父篇之義。又揚子雲反離騷所云「棄由聃之所珍」者，屈子於此已解其難。

曰：鯀婞直以亡身兮，終然殀乎羽之野。汝何博謇而好修兮，紛獨有此姱節。薋菉葹以盈室兮，判獨離而不服。衆不可户說兮，孰云察余之中情？世並舉而好朋兮，夫何煢獨而不予聽？

以上設爲女嬃辭，所謂「慎毋爲善」也。

依前聖以節中兮，喟憑心而歷茲。濟沅湘以南征兮，就重華而陳詞。啓九辯與九歌兮，夏康娛以自縱。

「啓九辯」下十六句，皆言失道君之致禍；「湯禹」四句，皆言得道君之致福。

啓之失道，載逸書武觀，墨子所引是也。屈子以與澆并，斥爲「康娱」，王逸誤以「夏康」連讀，解爲太康，僞作古文者遂有「太康尸位」之語，其失始於逸也。

不顧難以圖後兮，五子用失乎家巷。羿淫遊以佚田兮，又好射夫封狐。固亂流其鮮終兮，浞又貪夫厥家。澆身被服强圉兮，縱欲而不忍。日康娱而自忘兮，厥首用夫顛隕。夏桀之常違兮，乃遂焉而逢殃。后辛之菹醢兮，殷宗用而不長。湯禹儼而祗敬兮，周論道而莫差。舉賢而授能兮，循繩墨而不頗。皇天無私阿兮，覽民德焉錯輔。夫維聖哲以茂行兮，苟得用此下土。瞻前而顧後兮，相觀民之計極。夫孰非義而可用兮，孰非善而可服？阽余身而危死兮，覽余初其猶未悔。不量鑿而正枘兮，固前修以菹醢。曾歔欷余鬱邑兮，哀朕時之不當。攬茹蕙以掩涕兮，沾余襟之浪浪。

以上言以此心正於舜而無愧，又安能不爲善也。

跪敷衽以陳辭兮，耿吾既得此中正。駟玉虬以乘鷖兮，溘埃風余上征。

此下承「往觀乎四荒」極言之，而卒歸於不可，所謂發乎情，止乎理義。

朝發軔於蒼梧兮，夕余至乎縣圃。欲少留此靈瑣兮，日忽忽其將暮。吾令羲和弭節兮，望崦嵫而勿迫。路漫漫其修遠兮，吾將上下而求索。飲余馬於咸池兮，總余轡乎扶桑。折若木以拂日兮，聊須臾以相羊。前望舒使先驅兮，後飛廉使奔屬。鸞皇爲余先戒兮，雷師告余以未具。吾令鳳皇飛騰兮，又繼之以日夜。飄風屯其相離兮，帥雲霓而來禦。紛總總其離合兮，斑陸離其上下。吾令帝閽開關兮，倚閶闔而望予。時曖曖其將罷兮，結幽蘭而延佇。世溷濁而不分兮，好蔽美而嫉妒。朝吾將濟於白水兮，登閬風而緤馬。忽反顧以流涕兮，哀高丘之無女。溘吾遊此春宮兮，折瓊枝以繼佩。及榮華之未落兮，相下女之可詒。吾令豐隆乘雲兮，求虙妃之所在。解佩纕以結言兮，吾令謇修以爲理。紛總總其離合兮，忽緯繣其難遷。夕歸次於窮石兮，朝濯發乎洧槃。保厥美以驕傲兮，日康娛以淫遊。雖信美而無禮兮，來違棄而改求。

虙妃者，蓋后羿之妻，天問所謂「妻彼洛嬪」者是也。言方令蹇修爲理，而彼乃難於遷而歸我，而反適無道之羿，相從於驕傲無禮，何足顧邪？羿自鉏遷於窮石，窮石是羿國。凡淮南子、山海經之類多依楚辭妄爲附會，皆不足據。上言「相下女」，故虙妃、有娀、二姚皆下土女，非謂神也。

覽相觀於四極兮，周流乎天余乃下。望瑤臺之偃蹇兮，見有娀之佚女。吾令鴆爲媒兮，鴆告余以不好。雄鳩之鳴逝兮，余猶惡其佻巧。心猶豫而狐疑兮，欲自適而不可。鳳皇既受詒兮，恐高辛之先我。欲遠集而無所止兮，聊浮游以逍遥。及少康之未家兮，留有虞之二姚。理弱而媒拙兮，恐導言之不固。時溷濁而嫉賢兮，好蔽美而稱惡。閨中既以邃遠兮，哲王又不寤。懷朕情而不發兮，余焉能忍與此終古。

以上言將以此中正適於兹世，其於楚也，則如天閽之不通，是「哲王不寤[二]」也。其於異國，則世無賢君，相從驕傲；或有賢而非我偶，如佚女之不可求，是「閨中邃遠」也。

索瓊茅以筳篿兮，命靈氛爲余占之。曰：兩美其必合兮，孰信修而慕之？思九州之博大兮，豈惟是其有女？曰：勉遠逝而無狐疑兮，孰求美而釋汝？何所獨無芳草兮，爾何懷乎故宇？世幽昧以昡曜兮，孰云察余之美惡？民好惡其不同兮，惟此黨人其獨異。户服艾以盈要兮，謂幽蘭其不可佩。覽察草木其猶未得兮，豈珵美之能當？蘇糞壤以充幃兮，謂申椒其不芳。

以上皆靈氛之詞。

欲從靈氛之吉占兮，心猶豫而狐疑。巫咸將夕降兮，懷椒糈而要之。百神翳其備降兮，九疑繽其並迎。皇剡剡其揚靈兮，告余以吉故。曰：勉升降以上下兮，求矩矱之所同。湯禹儼而求合兮，摯咎繇而能調。苟中情其好修兮，又何必用夫行媒？

説操築於傅巖兮，武丁用而不疑。吕望之鼓刀兮，遭周文而得舉。甯戚之謳歌兮，齊桓聞以該輔。及年歲之未晏兮，時亦猶其未央。恐鵜鴂之先鳴兮，使夫百草爲之不芳。何瓊佩之偃蹇兮，衆薆然而蔽之。惟此黨人之不諒兮，恐嫉妒而折之。時繽紛其變易兮，又何可以淹留？蘭芷變而不芳兮，荃蕙化而爲茅。何昔日之芳草兮，今直爲此蕭艾也？豈其有他故兮，莫好修之害也！

靈氛弟言世之幽昧而已，巫咸則言黨人之害益深，中材畏而從之矣。是既無復同志之人，而居此則必遭其折害而死，其勢益危矣。

余以蘭爲可恃兮，羌無實而容長。委厥美以從俗兮，苟得列乎衆芳。椒專佞以慢慆兮，榝又欲充其佩幃。既干進而務入兮，又何芳之能祇？固時俗之從流兮，又孰能無變化？覽椒蘭其若兹兮，又況揭車與江離？惟兹佩之可貴兮，委厥美而歷兹。芳菲菲而難虧兮，芬至今猶未沬。和調度以自娱兮，聊浮游而求女。及余飾之方壯兮，周流觀乎上下。

以上皆巫咸之詞。

靈氛既告余以吉占兮，

言承靈氛，則巫咸在其内矣。

歷吉日乎吾將行。折瓊枝以爲羞兮，精瓊爢以爲粻。爲余駕飛龍兮，雜瑤象以爲車。何離心之可同兮？吾將遠逝以自疏。

上虙妃、有娀一節，猶言求女，靈氛、巫咸二節，亦以求女爲言，欲其擇君而事也。至此節則知求女之必不可矣，姑遠逝以自疏，遨游娛樂，如遠遊一篇之旨，而卒亦不忍，則死從彭咸焉而已也。

邅吾道夫崑崙兮，路修遠以周流。揚雲霓之晻藹兮，鳴玉鸞之啾啾。朝發軔於天津兮，夕余至乎西極。鳳皇翼其承旂兮，高翱翔之翼翼。忽吾行此流沙兮，遵赤水而容與。麾蛟龍使梁津兮，詔西皇使涉予。路修遠以多艱兮，騰衆車使徑待。路不周以左轉兮，指西海以爲期。屯余車其千乘兮，齊玉軑而並馳。駕八龍之婉婉兮，載雲旗之委移。抑志而弭節兮，神高馳之邈邈。奏九歌而舞韶兮，聊假日以媮樂。陟升皇之赫戲兮，忽臨睨夫舊鄉。僕夫悲余馬懷兮，蜷局顧而不行。亂曰：已矣哉！國無人莫我知兮，又何懷乎故都？既莫足與爲美政兮，吾將從[三]彭咸之所居！

九章

鼐疑此篇與離騷同時作，故有重著之語。

哀郢

當陵陽之焉至兮

鼐疑懷王時，放屈子於江南，在今江西饒、信地，處郢之東，蓋作哀郢時也。頃襄再遷之，乃在辰湘之間，處郢之南，作涉江時也。招魂曰：「路貫廬江兮左長薄」，廬江，古即彭蠡之水，故山曰廬山。漢初，廬江郡猶在江南，後乃移郡江北。地志曰：「廬江出陵陽東南，北入江。」蓋彭蠡東源，出今饒州東界者。古陵陽界及此。故屈子曰「當陵陽之焉至」，言不意其忽至此也。其後陵陽南界乃益狹，乃僅有今南陵銅陵縣耳。運舟下浮者，乘流下也。上洞庭下江者，言其處地之上下，非屈子是時已南入洞庭也。

抽思

豈至今其庸亡

言所陳成敗得失，無不耿著，其言猶在，而至今不已驗乎？

惟郢路之遼遠兮，魂一夕而九逝

此承上文，言我初陳言，明知施報之不爽，而君乃不聽，安得無禍乎？懷王入秦，渡漢而北，故託言有鳥而悲傷其南望郢而不得反也。故曰「雖流放，睠顧楚國，繫心懷王，不忘欲返。」

理弱而媒不通兮，尚不知余之從容

言懷王以信直而爲秦欺矣，又無行理爲通一言，王尚不知予之心，所謂「以此見懷王之終不悟也。」懷王昔者所任用，蓋皆小人爲利者耳。一旦主遭憂辱，則棄而忘之，冀如瑕生之於晉惠，子展、子鮮之推挽衞獻者，安可得哉？屈子所以痛心於「理弱」也，與離騷之「理弱」托意異矣。

作頌聊以自救兮

懷王之事不可追矣，聊作頌爲戒，以救襄王，尚可及也，故曰「冀幸君之一悟。」此篇悲傷懷王之拘困於秦，其辭致爲悽切，既自抒忠愛，亦所以厲頃襄報仇之心，而是時君臣方躭逸樂，惡聞國耻，此令尹子蘭所以「聞之大怒」也。

橘頌

鼒疑此篇尚在懷王朝，初被讒時所作。故首言「后皇」，末言「年歲雖少」，與涉江「年既老」之時異矣。而「閉心自慎」之語又若以辨釋上官所云「每一令出，平伐其功」之爲誣也。

【眉批】

①吴闓生案：朝誶夕替之「替」當作「譖」，與「很」韻，姚謂誤倒，非也。

【校記】

[一]「校」原作「投」，據古文辭類纂改。

[二]「寤」原作「寐」，據古文辭類纂改。

[三]「從」字原脱，據古文辭類纂改。

梅伯言古文詞略

離騷

帝高陽至固前聖之所厚

以上言以道事君，讒人之害己，而將濱於死。

悔相道至豈余心之可懲

以上言欲退隱不涉其患而不能也。

女嬃之嬋媛至判獨離而不服

女嬃言止此。

衆不可户説兮至耿吾得此中正

因女嬃之言，而自疑行之過激，及就正重華，而知中正之無可悔也，則又將以此道望之吾君吾相矣，所謂「一篇之中三致意」者也。自〔一〕此以下言求君也。求臣以女言，求君不敢斥言，故迷離惝恍言之，羲和、望舒、飛廉、鸞皇，皆喻己所以悟〔二〕君之道。

駟玉虬至好蔽美而嫉妬

此上言君之不可求，而歸罪於左右之蔽障，此以下言求所以通君側之人。皆指楚之君臣。

朝吾將濟於白水至閨中既以邃遠兮哲王又不寤

「閨中」句結求臣節，「哲王」句結求君節。

懷朕情至爾何懷乎故宇

靈氛言止此。

世幽昧至惟此黨人其獨異

言人好惡容有不同，惟小人則在在喜之，然則改之果有益乎？

户服艾至謂申椒其不芳

以上答靈氛之詞：去。去之無益。

欲從靈氛之吉占兮至求矩矱之所同

靈氛之言勸其去而已，巫咸之意則欲其留而求合，「勉升降」二句，求合之大旨也。

湯禹儼至恐嫉妬而折之

巫咸言止此。

時繽紛其變易兮，又何可以淹留

此下答巫咸之辭，言留以求合之不可，故極言時欲從流之態，以見己之必不同也。

蘭芷變至靈氛既告余以吉占兮

靈氛欲其去，既答以去之無益；巫咸欲其留以求合，尤有所不能。嗚呼，爲屈子者去耳？留耳？死耳？故不得已仍從靈氛之吉占焉，而卒亦不忍，則死從彭咸焉而已。

歷吉日至指西海以爲期

以上所指多西方之地，固山榛隰苓之思，亦刪書終秦誓之意也。時王國皆昏亂將亡，度往而樂者，惟秦耳，而屈子能適秦哉？

屯余車至從彭咸之所居[三]

【校記】

[一]「自」原作「是」，據古文辭略改。

[二]「悟」原作「喻」，據古文辭略改。

[三]本條有目無文。

曾滌生雜鈔

離騷

帝高陽至哀衆芳之蕪穢

以上言以道事君，見疑而不改。

衆皆競進至固前聖之所厚

以上言讒人之害，而將擠於死。

悔相道至豈余心之可懲

以上言欲退隱不涉世患而不能。

女嬃之嬋媛兮至煢獨而不予聽

以上設爲女嬃辭，勸其和光同塵。

依前聖至固前修以菹醢

以上言質之於舜，而又不敢不爲善，不敢與世俗和同。

曾歔欷至能忍與此終古

以上涉出世之遐想，即遠游之意也。宓妃、有娀、二姚，冀有所遇合而皇皇爾。

索瓊茅至心猶豫而狐疑

以上「兩美必合」至「何懷故宇」，靈氛之詞；「幽昧眩曜」至「猶豫狐疑」，屈子答靈氛之詞。

巫咸將夕降兮至又況揭車與江蘺

以上「升降上下」起至「百草不芳」止，巫咸之詞；「瓊佩偃蹇」起至「揭車江蘺」止，屈子答巫咸之詞。

惟兹佩之可貴至蜷句顧而不行

以上欲遠逝以自疎，有浩然長往之意。末言蜷局不行，則睠睠君國，不能忘也。

惜誦

背膺牉以交痛兮，心苑結而紆軫

今稱憂慮過甚有背痛者，有膺痛者。牉者，兩體若分割而仍交痛也。

哀郢

堯舜之抗行兮，瞭杳杳而薄天

一無「瞭」字。

思美人

因歸鳥而致辭兮，羌迅高而難當

難當，不相值也。

惜往日

此首不似屈子之詞，疑後人僞託也。淺句以△識之。

遠游

悲時俗至心愁悽而增悲

以上因時俗迫阨，人生勤勞，思出世而遠游。

神儵忽至世莫知其所如

以上思煉氣以登仙。

餐六氣至此德之門

以上思煉氣以上升。

聞至貴至掩浮雲而上征

以上渾寫遠游。

命天閽至驂連蜷以驕敖

以上升天。

騎膠葛至陵天地以徑度

以上東。

風伯爲予至聯媮娛以淫樂

以上西。

涉青雲至焉乃逝以裴回

以上南。

舒并節至予先乎平路

以上北。

吴至父古文辭類纂評點

離騷

夕擥洲之宿莽

以上自修。

傷靈修之屢化

以上事君不合。

哀衆芳之蕪穢

舊謂衆芳爲衆賢。姚以衆芳爲道德。某謂「扈蘺薜芷」爲道德之衆芳，後之「結菌矯桂」凡言服佩者是也；「樹惠滋蘭」爲賢人之衆芳，後之「蘭爲可恃」、「椒椴干進」是也。此衆芳蕪穢，即「芳草爲蕭艾」，故曰「衆皆競進」。此不宜分畫章段，至失本旨。

固前聖之所厚

以上是排同列。

蘭皋椒丘

張廉卿云：椒蘭即指謂二人，言不更爲所欺，後所謂「余以蘭爲可恃」、「椒專佞以慢諂」是也。

豈予心之可懲

以上窮無可入，欲變而不能。

方身原刻作「亡身」，吴刻改「方」。

依五臣，蓋讀「身」爲「命」。盤庚「女悔身何及」，漢石經「身」作「命」。下言天乎羽野，此不應先言亡身也。

姱節

朱駿聲云：當作「姱飾」方合古韻。

節中

當爲「折中」，反騷「將折中乎重華」即用此文也。○朱駿聲云：節中，當讀爲「折中」。

夏康始以自縱

王伯申云：夏，讀爲「下」。

皇天無所阿兮

張廉卿云：此等語與六經同風。

計極

猶言紀極。

霑余襟之浪浪

以上因女嬃之言就正於舜，言得道則興，失道則亡，從古如此，故不阿諛以絆身。○陳辭重華，明己之不能改爲不善耳。乃歷引君國善敗爲喻，此實者虛之之法，若移此文於「三后純粹」一段，則文法平實，無奇觀矣。

須臾

五臣作「逍遥」。

驕敖

此謂肥遁之賢之不可强起者。

余焉能忍與此終古

自「欲少留靈瑣」至「結蘭延佇」，言多方以救楚國之將亡，而爲小人所隔。自「朝濟白水」至「導言不固」，言廣求群賢，卒無一得，而各以溷濁妬蔽束之。然後以「閨中邃遠」結衆賢，以「哲王不悟」結危亡之無救，總束二事。姚氏所説殊非本恉。○「跪敷衽」四句是蒼莽特起之筆，「閨中」四句迷離總束，與起四句又自爲一段之首尾。

爾何懷乎故宇

靈氛言止，「故宇」句以下答言。人情相同，猶吾大夫不必去也。

惟此黨人其獨異

王注「黨人」爲楚國，是也。言豈楚國人獨異乎，「其」字皆如「豈」字讀。

户服艾以盈

「時幽昧」四句言不必去，「户服艾」六句又言不可留，所謂「狐疑」也。

勉升降以上下

梅氏謂：靈氛勸其去而之他，巫咸則欲其留以求合。「勉升降」二句，是求合大指。某案：勉升降，猶言與世浮沈也。

莫好修之害也

巫咸言止「好修之害」句，以下答辭。巫咸勸其詭道以避害，引他賢變易者以爲證也。「蘭爲可恃」以下，答「繽紛變易」；「兹佩可貴」以下，答「升降求君」。意言他人雖變，我則不能改也。

慢慆

謟同「慆」。

從流

流從，字從洪朱本。哀郢篇亦有「流從」字。

和調度以自娱

「和調度」四句，仍將從靈氛也。至於「遠游自疎」，則天上海外之幻想，非靈氛所稱「九州相君」之恉矣。非真從其占也。

總評

魏文帝典論云：「優游案衍，屈原尚之；窮侈極妙，相如之長也。然原據託譬喻，其意周旋，綽有餘度，長卿、子雲不能及。」

九章

羌衆人所仇惜誦

楚詞注：「羌，然詞也。」「然」字當有。○此下皆兩兩相較，略似卜居。

壹心而不豫兮

王注下「行婞直而不豫」云：「豫，厭也。」

心鬱悒余侘傺兮

古人用韻與今異，①「心鬱悒」句韻在上句，「傺」與「詒」韻。朱子改「中情」爲「善惡」，陳第改「情」爲「愫」，張惠言以四句倒句，皆非是。離騷「長太息以掩涕」四語，亦以「涕」與「羈」韻也。

初若是而逢殆

謂懷王時疎詘也。史記：離騷作於懷王時。而離騷序謂九章頃襄王時遷江南時所作。姚謂此與離騷同時，難信。

又何以爲此伴也

此用詩「無然畔援」，釋爲伴侶者，非。

設帳辟以娛君以上惜誦

娛君之君，屈原自謂也。

哀南夷之莫吾知涉江

南夷，謂貶所也。濟江湘，登鄂渚，還楚國也。以秋冬緒風止而不進，於是又乘船上沅，又不進，則又南至僻遠也。此皆虛設之詞，非實事。説者以南夷爲楚國，大謬。

欸秋冬以上涉江

欸音哀。

哀郢總評

向疑此篇爲頃襄王徙陳時作。徙陳在襄王二十一年，屈原遷逐，蓋在襄王初年，不能至徙陳時尚在也。然篇内「百姓震愆」、「離散相失」及「兩東門之可蕪」，皆非一身放逐之感，且必皆實事，非空言，殆懷王失國之恨歟？

顧龍門而不見哀郢

東行過夏首，又西浮以望龍門也。故其下云「回舟下浮」。

當陵陽之焉至兮

史記遷屈原乃襄王事，懷王但疎之耳。故猶爲楚使齊，諫釋張儀，諫入秦，未嘗被放也。姚謂懷王放之郢東，襄王放之郢南，殆不足據。

憂與愁其相接

懷王不返，己復被放，故曰「憂與愁〔一〕相接」。

江與夏之不可涉以上哀郢

江與夏之不可涉，述其諫入秦之言也。九年不復，則未報此國仇耳。舊謂放且九歲，非也。然自劉向九歎已爲此説矣。

願蓀美之可光光，一作「完」，吴刻改作「光」。抽思

光，亡韻，充也。

與美人抽怨兮

怨，朱子作「思」。案：王注云「爲君陳道，拔恨意也」，是本爲「怨」字之證。

敖朕辭而不聽

以上勸頃襄王復仇而不見聽，以下哀懷王之不返也。

望南山

望兩山，言懷王在秦望楚山也。

孟夏短夜

連夜方長，秋風動容，屈子作此篇之時令也。孟夏短夜，則代設懷王楚歸之幻境也。

人之心

人，秦也。吾，余懷王也。尚，曾也。

抽思以上抽思

思當爲「怨」，抽讀爲紬，説文：「紬，訓也。」抽怨即復仇也。

孰察其撥正懷沙

撥正讀「弓撥矢鉤」之「撥」，淮南：「扶撥以爲正。」

懷情抱質至余何畏懼兮

吴刻移置「人心不可謂兮」下。

程兮以上懷沙

錢大昕謂「匹」與「程」韻，程，讀「秩」。

壽考思美人

壽考。猶言至死也。

雜菜思美人

菜，即采。

惜往日 惜往日

起，用史記本傳。

昭詩吴刻詩作「時」。

詩，承也。

君含怒以待臣〔二〕

語多平衍。

遂自忍而沈流

懷沙乃投汨羅時絶筆也。若此篇已自明言沈淵，則懷沙可不作矣。彼文云「舒憂娱哀，限之以大故」，不似此爲徑直之辭也。若下文「不畢辭而赴淵」，則似更作於懷沙後者，史公何爲棄此録彼邪？

恐禍殃之有再

恐禍殃有再，豈屈子語？

不畢辭以赴淵

洪氏謂子雲畔牢愁所仿自惜誦至懷沙，然則懷沙以後，不盡屈子詞矣。

惜往日總評

曾文正公謂此篇不類屈子之辭，而識别其淺句。今更推衍文正之恉，蓋他篇皆奇奥，此則平衍而寡藴，其隸字亦不能深醇，文正之識卓矣。○語多平淺。

橘頌總評

此篇疑屈子少作，故有「幼志」及「年歲雖少」之語，未必已被讒也。

夫何彭咸之造思兮悲回風

此因屈子之自沈而歸咎於彭咸之先倡也。志介，謂屈子也。

更統世而自貺

統，繼也。言屈子終古無絶之美，乃繼嗣彭咸而以咸自況也。

介渺志之所惑

介，因也。此憂屈子而故反其詞。

捫若木以蔽光兮

謂障蔽[三]之極至也。王注：蔽日使之稽留，即「少留靈瑣」之恉。義亦通。

昭彭咸之所聞

昭、紹同字。書汝「紹乃顯祖」、「用會紹乃辟」，魏石經均作「昭」。

○以上言屈原之愁思不能無言。

託彭咸之所居

以上言屈原愁思之不可聊，不能不死。

依風穴以自息

「忽傾寤」以上，言上天而風忽吹落。「馮憑崐崙」以下，言隱江而波濤無定。

曰吾怨

曰者，即志之無適也，代爲屈子之詞。

從子胥

所引子胥入江、申屠狄赴河二事爲比，明是屈子沈汨羅後引彼二證。若屈子自言，則其於必死可也，安能自必其死於水哉？

任石以上悲回風

洪引文選注：「任石，即懷沙也。」通篇皆敘屈子之憤懣自沈，此二句乃歎其死之無益，終前眇志所惑之説，此豈屈子所自爲哉？

九章自懷沙以下，不似屈子之辭。子雲畔牢愁所仿自惜誦至懷沙而上，蓋懷沙乃投汨羅時絶筆，以後不得有作。橘頌或屈子少作，以篇末有「年歲雖少」之語。悲回風文字奇縱，而少沈鬱譎變之致，疑亦非屈子作。所謂「佳人」，乃屈子也。「眇志所惑」，則作者自言，蓋諫君不聽，任石何益，即眇志所惑也。然則，此殆吊屈子者之所爲歟？

遠游

載營魂而登霞

明用老子。

斗柄

古謂之「杓」，謂之「玉衡」，不謂「斗柄」。惟小正有「斗柄」字，然本作「斗枋」，傳寫誤爲柄耳。

「忽臨睨」三句

此離騷歸宿之言也。他句或可自用，此數語屈子必不再襲矣。「邊」、「馬」二字亦不倫。②

此篇殆後人仿大人賦託爲之。其文體格平緩，不類屈子。世乃謂相如襲此爲之，非也。辭賦家展轉沿襲，蓋始於子雲、孟堅。若太史公所録相如數篇，皆其所創。爲武帝讀大人賦，飄飄有凌雲之意。若屈子已有其詞，則武帝聞之熟矣。此篇多取老莊吕覽以爲材，而詞亦涉於離騷、九章者，屈子所見書博矣，天問、九歌所稱神怪，雖閎識不能究知。若夫神仙修煉之説，服丹度世之恉，起於燕齊方士，而盛於漢武之代，屈子何由預聞之？雖莊子所載廣成告黄帝之言，吾亦以爲後人羼入也。

【眉批】

① 韻字在句首。

② 遠游非原作。

【校記】

[一]「愁」原作「憂」，據古文辭類纂評點改。

[二]「臣」原作「君」，據楚辭改。

[三]「蔽」原作「壁」，據古文辭類纂評點改。

楚辭實有梅[一]

大谷士由，仙臺人。性質直，澹於名利，游寓四方，不肯婚宦。平居以書籍爲性命，所讀必抄出，蠅頭細字，凡數十行，紙幅不能容。積年所抄，不知溢幾簣，五指爲之腫。故雖未嘗學于大都，而博涉群書，奇籍僻典，靡不淹綜。年踰五十，猶矻矻不止。所著花徑樵話三百卷，其中有一條云：楚辭無梅，是詞客之常談。然楚辭實有梅，後人蓋未深考耳。離騷云「朝飲木蘭之墜露」，木蘭即梅也。何以言之？文選蜀都賦云「其樹則有木蘭」，注云：「劉曰：『木蘭，大樹也。華似長生，冬夏榮，常以冬華。其實爲小柿，南人以爲梅。』」史記司馬相如傳子虛賦曰：其木則桂椒、木蘭。正義曰：廣雅云：「木蘭似桂，皮辛可食。其實如小柿，辛美。南人以爲梅也。」據此，則木蘭之爲梅，確有明證矣。伊勢貞丈隨筆云：「染色有梅谷澁。斫紅梅之根，煎之，取其汁，和以明礬少許，其色赤黄。狩衣、直垂之色，木蘭地著是也。木蘭乃梅花之異稱，以梅木而香似蘭，故稱木蘭。」亦可以證梅之爲木蘭也。

此說大奇，千古文人所未發。

（艮齋南柯餘論下）

【校記】

［一］篇題爲編者所擬。

屈原賦説

［日］西村時彦　撰
黄靈庚　李鳳立　點校

屈原賦説目録

以上十二篇，時彦在京都帝國大學爲學生講述，遂綴成册。夫屈賦繼風雅於前，啓辭賦於後，爲文學之大宗，不可不必讀。而古今注釋，亡慮百家，羣言紛淆，疑惑學者。愚因著論，畧述大旨。刊誤補義，待諸他日焉。大正九年五月西村時彦識。

前言

黄靈庚

屈原賦説者，日本國西村時彦之所作也。凡上下二卷：上卷以研討屈賦二十五篇爲主，計有名目、篇數、篇第、篇義、原賦、體製、亂辭、句法、韻例、辭采、風騷、道術十二篇。上卷有兩個版本，一本前書「未定稿」（以下稱甲本），一本前書「碩園手稿」（以下稱乙本）。二本均有大量修訂，對比來看，甲本的修訂，乙本多繼承，如名目篇中，「自文選始也」下，甲本有涂抹删改符號，乙本正文徑删；「仍稱離騷」下，行間小字補「經」字，乙本正文補；篇數篇，「洪興祖」行上眉批補雙行小字「字慶善，宋史文苑傳。」乙本亦補。甲本字跡潦草，乙本字迹工整，當爲甲本謄清稿。乙本在甲本的基礎上，又加以修補，如篇第篇，「柳宗元」下小字，甲本作「唐書本傳」，乙本改作「宋史本傳」；篇義篇名，甲本作「各篇名義」，乙本改作「篇義」，其他諸篇篇名均爲雙字，故改四字爲雙字；如句法篇，首段對比詩經與離騷「兮」字用法，其結語，甲本作「句式頗近離騷」，乙本補充分析「或每句用兮字，或下句用之，雖不無小異，而句式頗近離騷」。今遂以乙本爲底本，參校甲本。目録之末，作於大正九年自題云：「時彦在京都帝國大學爲學生講述，遂綴成册。夫屈賦繼風雅於前，啓辭賦於後，爲文學之大宗，不可不必讀。而古今注釋，亡慮百家，羣言紛淆，疑惑學者。愚因著論，略述大旨。刊誤補義，待諸他日焉。」知此十二篇，本爲講義。下卷以研討屈原生平及辭賦流傳爲其意旨，計有名字、放流、自沉、生卒、揚靈、騷傳、宋玉、擬騷、騷學、注家十篇，然闕騷學、注家二篇，字迹潦草，塗抹甚夥，蓋未竟之作。體例同上十二篇，亦屬講義之類。每篇爲一專題，彼此相互關聯。蓋於屈子及屈賦古今聚訟之端，皆所論列，彙集西村氏歷年研究楚辭精義，屬「通論」者，亦其騷學研究總結性之作。兹下依次以論列之。

名目所以論述、考辨稱「楚辭」、稱「騷」之名目演變，云：「楚辭是統名，漢以後諸作亦得其名。屈原賦是專名，唯屈子諸作得稱其名。離騷本是篇名，非諸篇統名，而自晉以來借以爲統名。騷則離騷之省，亦不可統言各篇。但沿習已久，字面亦雅，從舊用之，亦無妨耳。」其説大致得之。然詳細論之，見其猶有可商處。如以楚辭之名不始於劉向，而始於武帝之世朱買臣。未審買臣所言楚辭是否即屈原、宋玉所作離騷、九辯？未可武斷。漢人所稱楚辭，雖與屈、宋之作有關係，然不盡相同。漢人所稱屈、宋之作爲「賦」，稱漢人類似或摹拟屈、宋之作爲楚辭。史記屈原列傳：「屈原既死之後，楚有宋玉、唐勒、景差之徒者，皆好辭而以賦見稱。」或者居然以「好辭」之「辭」爲楚辭之「辭」。甚者若金開誠改屈原賦爲「屈原辭」，大謬矣。史記「好辭」之「辭」，文辭也，辭章也，「以賦見稱」，則是稱宋玉等人所作統曰之以「賦」也。後人僅稱劉安、東方朔、王褒、莊忌、劉向等「追憫屈原」、代屈原「舒憂瀉憤」之作，而冠之以楚辭。故漢世所稱楚辭，並不包括先秦之世屈原、宋玉等人詩賦，尤於内容與屈原遭憂放逐無所牽涉者，如司馬相如大人賦、張衡思玄賦等，雖形式相似，猶不得以楚辭稱之也。且楚辭之名亦非始於中壘，向之別録亦以「賦」稱之，實昉自王逸。詳余楚辭十七卷成書考辨。又，作爲文體，「騷」之名誠昉自昭明文選，前者雖有「反騷」、「廣騷」、「悼騷」、「愍騷」諸名，皆離騷之省，非文體之名。

篇數所以論定「屈賦二十五篇」所在，西村氏歷叙自王逸以下諸家異同。大致離騷、天問、遠遊、卜居、漁父及九章九篇，多無異義，而九歌爲九篇抑或十一篇？則聚訟紛繁矣。若以九歌止於山鬼爲九篇，則二十五篇闕其二，別以招魂、大招充其數，而國殤、禮魂二篇，無所繫屬矣。若以九歌爲十一篇，則二招排除在外，與史遷屈原列傳「余讀離騷、天問、招魂、哀郢，悲其志」云云，則不合矣。西村氏以爲「以九章九篇例之，九歌亦當九篇。後人附載國殤，而禮魂本爲國殤之文，則九歌實十篇，與九章九篇，離騷、天問、遠遊、卜居、漁父各一篇，共爲二十四篇。猶闕其一，宜以大招充其數也。大招，王逸云『屈原之所作』，蓋此説承自西漢。『或曰景差』，是後人疑之之言也。」又曰：「蓋屈子初作招魂，以祭懷王，太史公讀而『悲其志』者是也。後屈子沉汨羅，而宋玉爲作招魂，於是有二招魂。故及劉向裒集楚辭，稱屈子招魂以『大』。今本宋玉招魂無『小』字、屈子大招無『魂』字者，蓋竝脱也。二十五篇中，不可無大招魂。而隋志『八篇』，晁氏以大招充其數，其見卓卓矣。」其説自成一家，存之可以增廣異聞。然大招一篇，多見漢世習語，若「三公九卿」、「粉白黛黑」之類，非周秦時所作。且以大招爲大招魂之省，招魂爲小招魂之省，終是臆説，無文獻可徵也。且必以班氏「二十五篇」之數求之，未免削足適履，宜實事求是，存其真而去其僞者可也。

篇第所以論述楚辭十七卷篇次，以爲楚辭釋文目録置宋玉九辯於離騷之後、九歌之前，斷非唐以前之舊。其依據是，「文選騷類，首離騷經，次九歌、九章、卜居、漁父，而九辯在漁父下，與今本同。漢書地理志：『始楚賢臣屈原被讒放逐，作離騷諸賦，以自傷悼。』顔師古注云：『諸賦，謂九歌、天問、九章之屬。』則唐時篇第亦以九歌繼離騷，次天問、九章，與今本合」。又以「釋文爲妄人所移易，而知洪氏所引九章注文爲後人竄入矣」。文選騷類所收楚辭非全帙，且以作者先後爲次，蕭氏所編次，非存原本之舊。顔注所引者均爲屈原之作，九辯未入其內，以其非原所作也。二事均未足以證九辯不次離騷之後者。釋文目録編次，是否爲王逸楚辭章句之舊，僅於離騷未稱「經」而斷之，蓋失之麤疏。楚辭釋文已放佚而未傳，目録僅見洪氏補注所録，是否釋文原貌，亦已不可知矣。然九辯次於離騷之後、九歌之前，確存王逸原本之舊。釋文目録，自離騷至漁父爲八篇。隋志所謂「乃著離騷八篇」者，即離騷、九辯、九歌、天問、九章、遠遊、卜居、漁父是也。九辯所以次於離騷後者，亦非如湯炳正氏所言，爲先秦時期宋玉編纂的屈宋合集，乃緣離騷「啓九辯與九歌兮，夏康娱以自縱」，天問亦云：「啓棘賓商，九辯九歌。」九辯均次九歌前。國家圖書館藏王國維手校汲古閣楚辭補注本，見王氏於楚辭目録下批云：「按九辯、九歌，皆古之遺聲。離騷云：『啓九辯與九歌兮，夏康娱以自縱。』大荒西經云：『夏后開上三嬪於天，得九辯與九歌以下。』故舊本九辯第二、九歌第三。後人以撰人時代次之，乃退九辯於第八耳。」其説與吾若桴鼓相應。六朝人或目九辯爲屈原所作者，亦正由於此矣。三國志魏書陳思王植傳引屈平云：「國有驥而不知乘，焉皇皇而更索。」此語出於九辯，非屈子所作明矣，而定爲「屈平曰」。知三國之世曹子建所據楚辭本，九辯次離騷後矣。故隋志「八篇」云云，九辯不次漁父後，而次離騷後、九歌前，而雜於屈原辭賦中也。又，西村氏據史記本傳、古本釋文、陳氏説之更定王逸本、晁氏重編楚辭、朱子楚辭集注、黄文焕楚辭聽直、陸時雍楚辭疏、林雲銘楚辭燈、陳遠新屈子説志、陳本禮屈辭精義等，編爲楚辭篇第異同表。又據王逸楚辭章句、黄氏楚辭聽直、林氏楚辭燈、陳氏屈辭精義，編爲九章目次異同表。謂「陳遠新屈子説志，割裂九章，插入各篇間，尤不可從。蔣驥山帶閣楚辭注目次一從林氏楚辭燈，九章章次則沿舊焉」。又謂「漢書揚雄傳所謂『惜誦以下至懷沙一卷』，確指九章。而揚雄所見九章雖中間目次未可知其詳，然其首惜誦，終懷沙也明矣。則可知今本九章目次非劉向之舊，而黄氏所更定尤近于古矣」。觀其所製二表，見各家目録編次異同，一目瞭然。黄氏、林氏、蔣氏諸家目録雖未分拆九章，然於書中已置九章各篇於其餘十三篇之間矣，且各家又有異同。陳氏説志目録編次，與書内統一，不亦善乎？且九章篇次舊本始惜誦、終懷沙，亦與今本不同，正不必拘泥矣。

篇義所以釋屈子二十五篇題名之旨。謂離騷之義，古有四説：一曰「離憂」，二曰「遭憂」，三曰「别離之憂」，四曰同楚語之「騷離」。西村氏以爲釋「遭憂」爲允，「别愁義淺」。而離騷稱

「經」，「後世祖述其詞，尊之爲『經』耳」。以九歌因「其俗信鬼好祀」，「屈子惟託祀神之曲以寫其隱衷者，適有九首耳，故取諸夏書以名九歌。九歌之名，非楚國自古有之」。又以「荆楚之俗，信巫鬼，重淫祀者，蓋殷人之遺」云。以「屈子天問所説『琦瑋僪佹』、『怪物行事』，亦蓋楚國之古傳舊説也。屈子遭文字之禍，不肯正言，託爲天問于人之詞，以列舉古傳舊説，或合經、或不合經者，或反辭，或正説，不可端倪，寓鑑戒於其中，以使人自思自悟」云。以九章「後人所名。或追述舊事，或反覆而詠嘆，其一時之作與否，未可知也。惜誦、思美人、惜往日、悲回風，並取篇首文字以爲名」，而「叙乘船放流道程，故名涉江；回顧放迹，哀慕郢都，故名哀郢」。謂抽思舊本名抽怨，「懷沙是懷抱沙石以自沉之意」，橘頌是假橘不可涉而寓「宗國無可去之義」云。以「屈子初作離騷，其情迫切，尋作」遠遊云。以「卜居、漁父皆假設之辭」，而非「實録」，「王逸既以「屈原之所作」，又以「楚人思念屈原，因叙其辭，以相傳焉」，「前後矛盾，尤不可解」云。觀其所論，大略得之，且言之有據，與私心臆造者，不可同日語矣。然未嘗深入探討之，可商之處亦復不少。如九歌之名，既云因於夏樂，又云「殷人之遺」，自相矛盾矣。屈子二十五篇題名，約爲三端：一是古樂名，離騷、九歌是也。宋玉九辯亦古樂名。二曰以篇首數字爲名，惜誦、思美人、惜往日、悲回風是也。三曰以所詠之事爲名，天問、遠遊、涉江、哀郢、懷沙、抽思、橘頌、卜居、漁父是也。釋屈子二十五篇題名之旨，則以例求之可也。又，抽思或作抽怨者，蓋後人不知「思」有「憂愁」義而妄改，非古本作抽怨者也。

原賦者，所以辨析「賦」義與「賦」體異同及屈原稱「賦」之旨。以爲詩「六義」之「賦」，屬「直陳鋪叙」之修辭法；而屈子「竊賦詩之所明」，以爲「賦、詩對文，『竊』字倒置，言介然微志之所惑者，吾賦詩之所竊明也。詩爲詩歌總名，故併舉詩。然屈子意在『賦』字，故『賦』居首，蓋自名其所作曰『賦』也」。屈子二十五篇，雖篇内混用比、興，然其篇首鋪陳辭法，仍多用『六義』之賦。而『六義』之賦，是辭法之名，非文體之名。屈子之賦，雖辭法是賦，而其體製一變，本於詩，而與詩異其面目，故另擇名目曰『賦』。於是『賦』字又三轉實用，辭法之名一變爲文體之名。賦體與賦名，竝創於屈子矣。屈子大招曰：『二八接舞，投詩賦只。』曰『賦詩』，曰『詩賦』，猶曰『詩文』、曰『文詩』也」。又以「屈原作賦在懷、襄之際」，而荀子適楚在屈原之後，「賦體、賦名已創於屈子，而賦盛行於屈門。荀子之賦，其亦承屈子餘韻歟？第荀子大儒，不相蹈襲，其賦名雖同，體製稍異，故漢志以屈子爲賦家之祖，以荀賦寘雜賦之首，允矣」。其辨「賦」義及「賦」體、屈子稱「賦」者詳矣。然覆審之，猶有剩義。屈子未嘗稱其所作曰「賦」。悲回風「竊賦詩之所明」，王逸注「鋪陳其志以自證明」云云，賦，猶鋪陳也，用作動詞。逸注詩爲志，則亦失之。原稱其所作曰「詩」，「賦詩」，猶作詩云爾，非連文同義。而大招「詩賦」者，賦，通作傅。論語公冶長「可使治其賦也」，釋文：「賦，梁武云『魯論作傅』。」銀雀山漢簡有神烏傅，即神烏賦也。傅，當作傳，形訛字也。若漢書淮南王安傳稱安作離騷傳，或本訛作離騷傅，而後又訛作離騷賦矣。「投詩傳」，謂投合歌詩之節以傳遞之也。「傳」與下「亂」、「變」同協元韻。若作「賦」，出韻也。又，大招非屈子所作，且「詩文」古亦無乙作「文詩」者。故其説根柢已誤，不足爲訓。以「賦」稱屈子之作，始于漢代，漢志稱屈子爲「賦家之宗」是也。屈子自稱其作曰「詩」，然體製已變，不類詩，故後世以「賦」分別之也。又，屈子橘頌之作，名曰「頌」，亦詩「六義」之體也。

體製者，所以論述屈賦、漢賦異同也。西村氏以爲班固「不歌而誦者謂之賦」，是漢賦也；楚賦，則能歌也。是楚、漢之賦名雖同而實則別也。「楚人善歌，而不善詩焉。所謂歌，非入樂之詩；而所謂詩，謂大雅正聲也。屈子之文，離騷、九歌、九章、遠遊，皆用『兮』字」，而「『兮』字是民間歌詞助語，蓋帶野調，非大雅之音」矣。觀「詩歌用『兮』字者，或四句成章，或六句、八句成篇，謂之『小歌』」。屈賦抽思之『少歌』，荀子賦篇之『小歌』，皆是也」。謂「楚人好作小歌，又好用『兮』字，世謂之『楚歌』」。「屈子學問文章超絶千古，豈不能作詩？但詩之最長者不出五百言，而屈子以賢被讒，以忠見放，憂憤怨悱，鬱結于中，其欲言志，非尋常詩體可能盡。且夫屈子亦楚人也，窮迫呼天，不能不楚聲也。隨其所習，發爲楚歌，反覆詠嘆，不覺繁重，累小歌而成大篇，是實離騷神來之音」。「是以離騷之文，如斷如續，汪洋自恣，將往而不反，乃摘一篇要旨以作『亂』」。「亂者，小歌也」。積累小歌，層層疊章，結以小歌，鏗爾而止，而後天下之奇文成矣。是屈子之創體也」。其以「歌」、「詩」之別而辨楚賦、漢賦異同，以離騷長篇鉅製，爲「累小歌」，故結撰「層層疊章」，「如斷如續」。爲西村氏所獨創。然「小歌」、「倡」、「重」、「亂」皆古樂章名。東皇太一曰「安歌」，乃遲緩之歌調，「浩倡」，乃大聲唱也。「小歌」者，謂聲調降低，若今「低音」也。

「重」者，二重合唱也。「亂」者，謂衆樂齊鳴而大合唱也。故「亂曰」爲「合樂」之名，第七亂辭論之甚詳，則不當與「小歌」溷矣。又，屈賦用「兮」，確與民間歌調相關。兮，出土戰國竹書作「可」，即「呵」也，語稽之詞也。楚辭之辭，亦語稽之詞，指「兮」字而言。此蓋屈賦所以名「楚辭」者也。

句法、韻例、辭采、風騷四篇，西村氏所以探討屈賦藝術特色。謂「離騷居屈賦之首，而綜二十五篇之美，欲知文體，則宜先檢離騷也」。天問「乃謂之箴體亦可，蓋雜賦所由出也。至卜居、漁父，則體制大變，散韻相交，其用韻者亦帶散文之氣」。「要之，屈賦二十五篇，雖云古詩之流，然其體製，則創造于屈子，以啓後世辭賦之法門矣」。又以「昧于音韻之學」，未敢言明清諸家言音韻之短長，惟據明陳第屈宋古音義、蔣驥楚辭説韻，制屈賦用韻分段表，示其異同，蓋供後學檢索之便。乃謂屈賦多古音，亦用楚聲，「聲音之學，非專門不能通」云。故其楚辭用韻實無甚發明矣。西村氏於屈賦「造語措辭，亦多别創獨造，自我作古者」，如「紛吾」、「沛吾」、「謇吾」、「喟憑心」、「忳鬱邑」、「余侘傺」、「判獨離」、「佩繽紛」、「老冉冉」、「芳菲菲」等，皆「别開生面」，「變化百出，意態清新」，前所未有。其尤矚目於屈賦「駢偶句法」，以爲「屈子之文，則著色傅彩，以華麗勝，駢偶辭法，於是一變，開千古未到之蹊徑」云。西村氏據淮南王安「國風好色而不淫，小雅怨悱而不亂，若離騷者可謂兼之」，以「風騷」竝稱者，實啓于劉安。然後辨屈賦「好色與怨君，發于人情，而止于禮義」，「其文約，其辭微；其稱文小而其指極大，舉類邇而見義遠。其志潔，故其稱物芳；其行廉，故死而不容」。其不便明言而引喻借喻，寄意於草木鳥獸。蓋推崇備至，則無以復加矣。句法四篇乃泛泛而論，讀之不無增廣異聞爾，故未可因其泛而廢之矣。

道術一篇，西村氏旨在探究屈子思想道統及其學術，以斥後世研究屈子「重辭采而輕道術」之習氣，乃謂屈子之文「寓道術於辭章，以言志之什，兼載道之辭，是其所以上繼風、雅也」。觀「屈子折中于三后、五帝，求合于堯、舜、禹、湯，有孔子祖述堯、舜，孟子言必稱堯、舜之風。而其尤惓惓于帝舜者，豈以舜怨慕父母，號泣于昊天，與己之怨慕君王相似乎？……及其言不用，其身被絀，則哀衆芳之蕪穢，而怨靈修之浩蕩，稱聖哲之茂行，而悲夏桀、后辛之無道，美咎繇、伊摯、傅説、吕望、甯戚之遇，而悼梅伯、箕子、比干、介子推、伍子胥之志，鬱于中而發于外，豈汲汲于能文？蓋亦不期然而然也，則讀其文者，豈可眩其辭采，而畧其道術哉」？其以「内美」、「修能」，比之于後世「尊德性」與「道問學」，韙也。然論屈子思想與學術，探其「内美」、「修能」之旨，莫不在乎「正則」、「靈均」之義，蓋一「正」字可得涵蓋之矣。生得年月日之正，而行得其正中，死亦得其正中，故屈子言「指九天以爲正」、「耿吾既得此中正」、「求正氣之所由」、「内厚質正」、「既莫足與爲美政」，蓋亦有所本也。後天之「修能」也繫於「正」，佩飾衆芳者，喻其好行中正，好善行義也。故曰「受命不遷生南國」，忠事楚國，同姓無去事二姓之義；曰「法度」、曰「繩墨」、曰「祇敬」、曰「不羣」、曰「服清白以死直」，皆緣乎「正」也。故探索屈子思想道術，當於「正」字反覆推磨，庶幾得其實矣。觀西村氏所論，雖百方稽之於屈賦内證，求之於楚國學術以及與其時諸子相比較，大略亦在「中正」二字用力矣。清華簡保訓云：「昔微叚中于河，以復有易。有易伓其辠，微無害，廼歸中于河。微志弗忘，傳貽子孫，至于成湯，祗服不解，用受大命。」殷之「中正」之道能以興邦，而楚文化多承殷商之制。屈子「中正」之道，亦殷道遺餘矣。

自名字以下十篇爲下卷，蓋分專題以研討屈子生平事迹也。西村氏以屈子與孟子、莊子同時，荀子、韓非、吕不韋等皆在其後，而不載屈子名字者，以「僻處南夷，放逐江南，竄伏沉没于葭葦波濤之間」故也。復力辨史記所載屈子名平字原，離騷名「正則」以隱「平」，字「靈均」以隱「原」之旨。其以文選作者「史不書字者皆書其名，餘皆書字不書名」，而卷三十二書「屈平」，則昭明蓋以原爲名、平爲字。自是「異説始出，紛紛聚訟」。五臣張銑云：「史記云：『屈原字平。』」西村氏謂「史記明書『名平』，雖多異本，無書『字平』者。則知張注『字平』是『名平』之誤，否則臆改史記，牽附選例也。李周翰注釋『正則』、『靈均』仍從王逸，未嘗以『平』爲字，可以證也已。後世學者好異標奇，乃以謂六臣注釋『正則』爲『原』，釋『靈均』爲『平』，而或咎史記之疏漏。如宋馬永卿、明汪瑗、陳第、清屈復等皆以『平』爲字者，蓋本于此」。乃駁諸家之非而不遺餘力，謂「名以正體，字以表德，古人不名前賢，尊其人則必稱其字」。而「賈誼去古未遠，祖述孔子之道，其吊屈原文云『敬吊先生』，其尊之亦至矣，固宜不名而字之。則其所謂『仄聞屈原兮自湛汨羅』者，豈非原是字之證乎」？又以「正則、靈均已爲隱文謎語，其爲原爲平，本無定義，顧解釋何如耳。史記所據，果在于此否，是未可知矣。意司馬遷父子相繼成史記，而定原爲字，定平爲名。劉向校祕書，博覽多識，不減于司馬氏，而亦從史記而不疑，可以知其必有的據矣」。其辨甚詳且當，則屈子名平字原之公案，至此蓋可定讞矣。然「正則」之名、「靈均」之字，當涵名「平」、字「原」之意，王逸之注亦未可易移矣。惟離騷於當世人物皆不直書，君曰「靈修」，同僚曰「衆女」，姊曰「女嬃」，謂女之有才智者。以例推之，屈子亦不當直書其名字，平之爲「正則」、原之爲「靈均」者，諱名也，寓名也。馬永卿以爲「小名小字」，古人「小名」雖有之，而未聞有「小字」矣。

放流者，西村氏所以論辨史記載屈子「疏」、「絀」、「放流」之異同及作離騷等二十五篇之時也。屈子平生事迹莫詳於史記屈原列傳，然記載其事，或前後齟齬，是以古來紛紛聚訟，莫衷一是。西村氏辨之曰：「史記懷王時曰『疏』、曰『自疏』、曰『絀』、曰『放流』，新序不言『疏』、『絀』，而惟言『放』，似小異而其實同。何以言之？離騷曰：『何離心之可同兮，將遠逝而自疏。』自疏，猶自退也。『何離心之可同兮』，言君則怒而疏之，屈子則退而自疏，以冀君之一悟，其心不同也。言懷王見疏之日，屈子自退，去郢而隱居遠地也。故賈誼吊屈原賦云：『鳳縹縹其高逝兮，夫固自引而遠去。』雖君怒而疏之，然不言君疏之，而言自疏者，人臣自罪也。東方朔七諫王逸敘云：『人臣三諫不從，退而待放。』謂自疏，所以待放也。……『古者人臣三諫不從，待放三年，君命還則復，無則遂行也。』屈子自疏而待放，不知退居何處也？林雲銘以爲『漢北』，以抽思有『有鳥自南兮，來集漢北；好姱佳麗兮，牉獨處此異域』句也。……嚴忌哀時命云：『賢者遠而隱藏。』王注云：『賢者遠逝而藏匿也。』又云：『願退身而窮處。』又云：『時猒飫而不用兮，且隱伏而遠身。』皆言自疏、自退之意，而不言懷王放流者，成屈子志也。嚴忌、東方朔與司馬遷同時，其視屈子如此。而史記云：『王怒而疏屈平。』直書其實也。既疏，則不能居侍從貴近之列，其罷左徒也明矣。故疏即絀也……猶不失爲同姓大夫也。而史記書『雖放流』者，何也？以雖疏絀，非放流，而其迹猶放流也。蓋屈子爲懷王所疏絀，乃亦自退而待放者日久矣。……使屈原使於齊，以謀從親，可知其非放也。顧反，諫王不殺張儀，王雖悔，亦不能大用屈子，仍是疏也。屈子仍退而自疏。自十八年使於齊，至懷王三十年入秦，經十二年，疏絀依舊。雖非放，亦猶放也。……懷王入秦，楚之興亡係焉。故屈子雖見疏猶放流，而不忍坐視，因諫不如無行。王不聽而入秦被留，於是作離騷。『令尹子蘭聞之大怒』，曾國藩云：『聞屈原作離騷。』此説得之矣。……史記屈原傳以離騷爲骨子，故先叙屈子所以作離騷，而其初疏在何年，不可知也。後叙其『繫心懷王』，以明作離騷在懷王入秦之後也。屈子既疏之初，作九歌以攄隱衷。……蓋既疏之後出使於齊者，其或懷王讀九歌，憐而復用歟？其後懷王二十八年，秦與韓、魏、齊共攻楚，大破楚軍，殺其將唐昧。屈子作國殤，以招陣歿將士之魂，疑在此時也。……離騷迫切，乃又作遠遊，以申遠逝自疏之意，自寬自慰，其情彌哀，而人不知其本意所在，以其辭微也。懷王入秦後三年，客死不返，乃作大招，以招其魂……『存君興國，欲反覆之』之志存焉。卜居成于頃襄放遷後之三年。而尋作九章，語多追述，或顧望舊都，或回憶放迹，皆非一時之言。而哀郢作于既放之九年，懷沙爲絶命之辭，而漁父恐賦于懷沙之前。」其辨「疏」、「絀」、「放流」之旨，大略得之矣。蓋史遷「疏」、「絀」、「放流」之義，皆散文也，是以不別。若對文則別也。然離騷篇内有「濟沅湘以南征」、「朝發軔于蒼梧兮」之句，沅、湘、蒼梧皆在南楚，是見遷於頃襄之時所居地。據此，離騷似作于再遷江南時也。王逸九歌序明言作于見放「楚國南郢之邑、沅湘之間」，則亦作于頃襄之時也。又，西村氏離騷「不撫壯而棄穢」之「壯」指頃襄王，以「棄穢猶雪耻」，牽合之甚。其不知壯、穢皆承上佩飾衆芳，以草木喻賢佞也。

西村氏歷考儒、道二家論生死之文，又歷述賈誼、揚雄、班固、王逸以下所以評騭屈子之異同，而作自沉一篇。以屈子之自沉而死，既與孔、孟相合，又與老、莊齊死生者同。謂「屈子，楚之同姓大夫，猶貴戚之卿也。諫而不聽，安得如異姓之卿不聽則去哉？懷王嘗信任屈子，蓋非不可匡救之闇主，但近小人，嬖鄭袖，而疏絀賢者。因受敵國之欺，有亡滅之兆，武關之辱。屈子知幾，雖見疏在外，而進言『不如無行』。懷王不聽，客死於秦，爲天下笑。屈子雖致愍發憤，尚不自沉，以有嗣王在焉，冀其報仇雪辱也。而頃襄王亦聽讒放之。於是楚人勸原以去國求君，楚材晉用，習尚固然。屈子乃作離騷，以陳堯、舜之道，述治亂之因，蓋在此時終寓不可去國之意，以宗臣宜死宗廟也。其後楚國君臣淫樂是耽，國日以弱，危亡益迫。屈子不忍坐視兩東門之可蕪，守死善道，殺身成仁，固以所欲有甚於生者，所惡有甚於死者也。豈非與孔、孟之道相合者乎？然老、莊皆楚人也，楚南人，不知北方之學，惑老、莊長生之説，羨神仙不死之術，先是或有嘲屈子之憂憤，而勸以學仙猶勸去國者。屈子因作遠遊篇，托仙家之言，以説孔、孟内省之學，以述仁者之壽在於此而不在於彼，猶離騷如欲去國者而終于不可去也。曰：『悲時俗之迫阨兮，願輕舉而遠遊。質菲薄而無因兮，焉託乘而上浮。』託諸謙辭，而實言輕舉上浮之不可得也。但遭沈濁，而鬱結愁悽，炯炯不寐，於是内省端操，自求正氣，見有所守而志不移也。……『保神明之清澄兮，精氣入而麤穢除』，『壹氣孔神兮，於中夜存』，與孔子『清明在身，氣志如神』，孟子『浩然之氣』及『夜氣』相合。臨睨舊鄉，僕夫心悲，邊馬不行，太息掩涕數語，是屈子真面目，不覺流露于夢遊神往之間。又勉强而遐舉，抑志而自弭，遂爲徜徉自恣之語。『超無爲以至清』，『與泰初而爲隣』，可以知其一死生而齊壽夭，又可以知其所謂不死之舊鄉，即是汨羅之屈淵也。遠遊一篇孔情老思，錯落而出，如憂如樂，終歸于正。其非知命，曷能此賦？不讀離騷，則不知屈子之所以自沉；不讀遠遊，則又不知屈子之所以知生知死也」。又，西村氏別作生卒一篇，可與自沉合爲一篇。其以爲「屈子生於顯王二十六年（公元前三四三年）、楚宣王二十七年戊寅正月二十一日，沉於赧王二十七年（公元前二八八年）、楚頃襄王十一年癸酉五月五日」，享年五十六。西村氏可謂長於綜合者矣。然謂「南人不知北方之學」，則近年南方出土竹書多見孔子、子思遺篇，則不攻自破矣。觀屈子自沉汨淵，既是理性選擇，殺身以成仁者，然不盡與儒家説同。又是情感衝動，回歸於帝高陽之冥塗者，故效法彭咸以水死，亦非老、莊齊死生之義也。余嘗詳論之，參之可也。屈子自沉之年，史無記載。西村氏據史記「自屈原沉汨羅後百有餘年，漢有賈生，爲長沙王太傅，過湘水，投書以吊屈原」云云，賈生吊屈在漢文帝前四年，逆上而推，則屈子自沉，蓋在楚頃襄王十一年也。亦可備爲一説矣。

揚靈、騷傳、宋玉、擬騷以下諸篇，論述屈子事蹟及其辭賦傳於後世所産生影響。謂南郡、襄陽及沅、湘之間，五月五日龍舟競渡，「自晉時已然」。而屈子故宅，「在今湖北省宜昌府歸州」。屈原廟舊址，「舊在汨羅屈淵之北」。二者水經注載之至詳。謂楚辭之傳，其故有二：一是漢不忘本，樂楚聲；二是楚元王之力。元王本荀卿三傳，向之族祖也。稱「劉向典校祕書，裒輯楚辭，分爲十六卷，而其第十六卷，則向所自作九嘆九篇。其惓惓于屈子，果何如也！蓋魯詩與楚辭，並爲元王所傳家學，緜延至向有斯編」云。所製楚元王傳詩表，亦頗可觀，以爲猶楚元王傳楚辭表也。又以宋玉爲屈門弟子，謂屈子初作招魂以祭懷王，宋玉亦爲作招魂，「二招皆爲死者作，與舊説頗相反」。「以旨而言，則大招醇古如朱子説。以辭而言，則汪洋恢詭，不可端倪，爲古辭賦中第一奇文。玉之富於辭采，殆過於其師」云。九辯亦宋玉所作，蓋作於「原被遷江南之日」，「雖不明言屈子，而使人知其爲屈子南竄是也，所謂微辭也，所謂從容辭令也」。謂惜誓爲賈誼所作，「代原述志也。擬騷之文，大抵皆爲代言之體」。招隱士「爲淮南王致山谷潛伏之士，絶無閔屈子而章之之意。其可以類附離騷之後者，以音節局度，瀏瀨昂激，紹楚辭之餘音，非他詞賦可比」。七諫、九懷、九嘆、九思，「蓋擬九歌、九章、九辯而作」，朱子以「其詞氣平緩，意不深切，如無所疾痛而强爲呻吟者」而删之不存。西村氏謂「擬騷諸篇之必不可不一讀也」,「是二十五篇注脚也。漢人讀騷之法,存于擬騷諸作之中;而屈子事蹟,往往有可徵者。其辭氣雖平緩,而其造語之煉,結撰之工,亦皆可以爲法」云。又謂劉向九嘆「亦有病呻吟,與屈子相似。劉向爲漢宗正,猶屈子爲三閭大夫也。向爲弘恭、石顯等所構陷,猶屈子爲上官大夫、靳尚等所讒也。向屢下獄,猶屈子見疏見放也。漢室之危,猶楚國之危也。向之忠愛,曷讓屈子?宜矣其之眷眷于屈子也。向既裒集楚辭,又隨而作九嘆,其辭雖遜于誼,而其言則醇正,有可觀者矣」。則皆其所創獲,蓋前所未聞。然可商者亦復不少。如以大招爲屈子所作,所以招客死于秦的懷王之魂。未審此篇多雜漢世習語,非出于先秦人之手也。逸序亦云「疑不能明」,蓋未可武斷也。

西村氏是編,與其楚辭纂説頗有相重之處。然此編以論述爲勝,而彼則以纂輯資料見長,雖相重而不可偏廢也。稿本原爲西村氏「讀騷廬」所收藏楚辭百種之一,今庋藏於日本國大阪大學圖書館。由於稿本下卷字迹潦草,中間塗抹、插入文字甚夥,引文亦時見脱落,則稽考所引原書覈對,凡缺者補之,衍者删之,錯亂者正之。仔細甄辨,務令文字通順,故整理難度頗大,其訛誤也在所不免,祈請教於高明。時值本命,年七十有三翁作於丙申冬月金華麗澤寓舍。

屈原賦説上卷

大隅西村時彦學

名目第一

屈子之文，或稱「楚辭」，或稱「賦」，稱「騷」。何以謂之「楚辭」？隋志云：「蓋以原，楚人也，謂之楚辭。」經籍志。宋黄伯志字長睿。云：「屈、宋諸騷，皆書楚語，作楚聲，紀楚地，名楚物，故謂之楚辭。」校定楚辭序。二説得之。而後世規摹其辭者，雖非楚人，亦皆名楚辭。何以謂之賦？賦爲文體之名，其義詳于後篇。何以謂之騷？離騷爲楚辭首篇，餘篇皆自此出，故省「離」字，統之名騷也。

楚辭之名，昉于何世？四庫全書提要云：「裒屈、宋諸賦，定名楚辭，自劉向字子政，漢書本傳。始也。」按楚辭之名，非自向始。漢書朱買臣傳：「會邑子嚴助薦買臣，召見，説春秋，言楚辭，帝甚悦之。」王褒傳：「徵爲楚辭，九江被公召見誦讀。」可知武帝之世既有此名，故劉向取以名書，王逸字叔師，後漢書文苑傳。章句仍之耳。清江中時楚騷心解云：「楚辭之名，始於東漢王叔師。」大謬矣。但劉向楚辭之名，統屈宋諸賦及景差、賈誼、東方朔、嚴忌、淮南王、王褒等作而言，非專言屈子之文也。其專稱屈子之文曰屈原賦者，始于漢書藝文志。而賦名則所由來尚矣，屈子九章悲回風有「介眇志之所惑兮，竊賦詩之所明」句，蓋屈子自名其所作曰賦。故史記屈原傳云：「乃作懷沙之賦。」當時宋玉、景差慕而仿之，荀卿賦篇出于其後。原賦第五參看。而梁劉勰字彦和，梁書及南史有傳。乃以賦之名號，爲始錫于荀况禮智、宋玉風釣者，謬矣。文心雕龍詮賦篇。屈子之文，皆賦也，微特懷沙也。蓋劉向裒集屈宋景賈諸人之作，統名曰楚辭。當其撰別録，録屈子之文，專名曰屈原賦。其子歆字子駿，漢書本傳。七畧仍之，班固字孟堅，後漢書本傳。作藝文志，從向歆之舊，亦曰屈原賦。後人或稱屈賦焉。近人孫德謙，字隘庵，江蘇人。漢書藝文志舉例以屈原賦爲省稱，恐非也。

騷之名昉于何世？逮梁蕭統昭明太子，梁書。選文選，屈原賦不入賦類，而另立騷類，寘諸賦下。其體似禮貌，而其實忘祖，昭穆顛倒矣。乾隆中所刻增訂文選集成詳注係方廷珪字伯海評點、陳雲程字孫鵬補訂，首騷、次賦，以改舊目。於是「騷」爲文體定名，有風、騷、梁簡文與湘東王書。楚騷梁裴子野雕蟲論。等之目，其人曰騷人，文選序。其學曰騷學。朱子語類第百三十九及嚴羽滄浪詩話等。然騷之名，亦非自文選始也。漢揚雄字子雲，漢書本傳。反騷、本傳作反離騷，清王念孫讀書雜志云：「離字衍。」廣騷、後漢梁竦悼騷、應奉感騷，竦字叔敬，奉字世叔，後漢書並有本傳。晉摯虞愍騷之類，藝文類聚第五十六。雖皆爲離騷之省，而非指離騷一篇，蓋以離騷居首，足統餘篇，故總人與文而言也。王逸本目録，離騷稱「經」，九歌至九思下，皆有「傳」字。明豫章王氏本有「傳」字，其餘明本，概皆無之。洪興祖補注目録九歌下云：「一本九歌至九思下皆有傳字。」然則宋本亦有無「傳」字者可知矣。傳，猶毛傳、孔傳之傳，以九歌以下諸篇爲離騷經之注脚也，傳字果出於逸。則其以離騷總餘篇者，蓋自漢人啓之。禮記檀弓上，舜葬於蒼梧之野，蓋二妃未之從也。鄭注云離騷所歌湘夫人，舜妃也。云漢末人已稱九歌以離騷。晉郭璞山海經注援引楚辭，其曰「見離騷經」者，離騷之文也；南山經。其曰「離騷曰」者，或遠游，或九章，或天問、九歌，中山經。或劉向九嘆海内經。之文也。張湛列子注亦引天問，書「離騷曰」，可知晉已以離騷爲楚辭别名，惟不省「離」字耳。至齊梁間，則又省「離」字，而稱騷。劉勰文心雕龍辨騷篇總論屈子諸作，以及枚賈馬揚之文。蕭統文選亦以屈子離騷、九歌、九章、卜居、漁父與宋玉九辯、招魂、淮南招隱士竝入騷類，匪惟以騷爲文名，實爲楚辭别名矣。隋書經籍志云：「楚有賢臣屈原，被讒放逐，乃著離騷八篇。」韓愈字退之，新舊唐書。感春詩云：「屈原離騷二十五，不肯餔啜糟與醨。」竝以離騷爲屈賦統名，不復省「離」字，蓋晉人之遺也。宋晁補之字無咎，宋史文苑傳。重編楚辭，依據隋志，離騷仍稱離騷經，九歌以下至漁父、大招皆冠以「離騷」二字，如曰「離騷九歌」、曰「離騷天問」之類，以合離騷八篇之目，九辯以下諸篇稱楚辭。又立續楚辭、變離騷之名。朱子集注依遵晁本，而九辯以下八篇曰續離騷，其目録九辯下云：「晁補之本此篇以下乃有『傳』字。」然則晁氏離騷八篇從隋志，九辯以下稱「傳」者，從王逸，與重編楚辭序中篇序有三篇。所謂「首卷曰離騷經，後篇皆曰離騷，餘皆曰楚辭」者不合。其書既亡，道光中裔孫詒端依序例，重編刻以入晁氏叢書，但續楚辭、變離騷尚未刻。今亦未知的據。而共以離騷爲統名，則晁、朱皆同。史記言「憂愁幽思而作離騷」，屈原傳。又言「屈原放逐乃著離騷」，太史公自序。蓋舉其最著一篇，四庫提要之説。非統言餘篇，故以懷沙、天問、招魂、哀郢各篇之名，與離騷分別而舉之。而後人或云：「觀史記列傳，終始言作離騷，因知統二十五篇言。」江氏心解。或云：「蓋離騷爲騷之總名。」陳本禮屈辭精義。並謬矣。黄伯思云：「陳説之以爲唯屈原所著，則謂之離騷，後人倣而繼之，則曰楚辭。非也。」此説得之。

綜而言之，楚辭是統名，漢以後諸作亦得其名。屈原賦是專名，唯屈子諸作得稱其名。離騷本是篇名，非諸篇統名，而自晉以來借以爲統名。騷則離騷之省，亦不可統言各篇。但沿習已久，字面亦雅，從舊用之，亦無妨耳。

篇數第二

漢志云：「屈原賦二十五篇。」班固注云：「楚懷王大夫，有列傳。」而其篇名則無注。夫楚辭，劉向哀之，王逸傳之。逸天問叙亦云：「屈原所作，凡二十五篇。」乃以離騷、九歌、天問、九章、遠遊、卜居、漁父，定爲屈子作。蓋承之向，其說尚矣。而餘篇惟大招，逸云：「屈原之所作，或曰景差，疑不能明也。」大招序。

夫九歌名九，而實十一篇，與九章九篇，其例不同。離騷有二九歌，其一「啓九辯與九歌兮」，王逸以爲「九功之歌」；其二「奏九歌而舞韶兮」，以爲「九德之歌」，而九歌篇則無注。洪興祖字慶善，宋史文苑傳。引王逸九辯注云：「九者，陽之數，道之綱紀也。」文選五臣注云：「取『簫韶九成』之義。」九歌注。其附會，林雲銘駁之當矣。姚寬字令威，宋人。云：「九以數名之，如七啓、七發。」西溪叢語。四庫提要云：「以九紀數，大凡之名，猶雅、頌之稱什。」楚辭類李氏九歌注條。其說竝未足以祛疑。據史記屈原傳贊云：「余讀離騷、天問、招魂、哀郢，悲其志。」則招魂亦是原作無疑，而不在其數。於是群疑百出，紛紛聚訟。晁補之重編楚辭，從隋志「離騷八篇」之目，有所更定。取離騷至漁父七篇及大招以充其數，然惑而不決云。今起離騷經、遠遊、天問、卜居、漁父、大招而六，九章、九歌又十八，則原賦存者二十四篇耳，并國殤、禮魂在九歌之外爲十一，則溢爲二十六篇。不知國殤、禮魂何以繫九歌之後？又不可合十一以爲九。若溢而爲二十六，則又不知其一篇當損益者何等也。抑固二十五篇之一，未可知也。重編楚辭序中篇。洪興祖補注云：「屈原賦二十五篇，漁父以上是也，大招恐非原作。」王逸大招序注。是九歌十一篇在數内，與王逸同。朱子集注依遵晁本，而篇目則確守王、洪，定大招爲景差作。王應麟字伯厚，宋史文苑傳。亦左袒漁父以上之説。漢書藝文志考證。王先謙漢書補注引沈欽韓曰：「自離騷至大招，適二十五篇。」蓋從晁氏也。然九歌之有十一，招魂之不在數，竝未有別解。葛立方字常之，南宋人。云：「今楚詞所載二十三篇而已，豈非并九辯、大招而爲二十五乎？」韻語陽秋。九辯非原作，曷得在數？姚寛云：「若文選去國殤、禮魂，以大招惜誓補，則二十五篇似爲足矣。」西溪叢語。九歌，文選僅録六首，匪啻去國、禮二首；惜誓，雖晁氏闕疑原作，然又謂其爲賈誼作，其要非原作，古今皆無異詞。姚説可謂踈舛矣。

明黄文焕字維章，崇禎中人。以謂九歌，國殤、禮魂不在神列，與山鬼，皆鬼也，雖三仍一也。楚辭聽直。因據史記，取大招、招魂以合篇數。清林雲銘字西仲，順治十五年進士。楚辭燈剿襲其説。然其謂雖三仍一者，不通之論也。錢澄之字飲光，桐城人。乃謂「祀神之歌，正得九章」，屈莊合詁。而不言國、禮二首所屬。蔣驥字涑塍，康熙中人。云：「九歌本十一章，其言九者，神之類有九而言。兩司命類也，湘君與湘夫人亦類也。」山帶閣楚辭注。同時王朋采字詒六。亦云：「當亦湘君、湘夫人只作一歌，大司命、少司命只作一歌。則九歌仍是九篇耳。」屈子箋畧。胡文英字繩崖，乾隆中人。則云：「湘君、湘夫人合廟分獻，各歌其辭。大司命、少司命亦然。祭之所有九，故謂之九歌。」屈騷指掌。其説大同小異，祖述黄氏，而少變其意耳。屈復字晦翁，雍、乾間人。以禮魂爲前十篇之亂辭。楚辭新注。蓋據王注所謂「祠祀九神，成其禮敬，乃傳歌作樂」之語而言。則九歌實十篇，又益以二招，溢爲二十六篇，與漢志不合。且夫神曰靈，人曰魂，名祀神樂曲之亂辭稱禮魂，頗嫌不倫。故屈氏疑「魂」字爲「成」字，欲改作「禮成」。恣意妄改，學者所宜戒，不可從也。近人王闓運字紉秋。言：「國殤，舊祀所無，兵興以來新增之，故不在數。」楚辭釋。陳大文字海帆。亦云：「禮魂一篇，宜以爲國殤末段之斷簡，分之爲二。則國殤無祭而無尾，禮魂無着落而無首。蓋禮魂者，即禮國殤之魂也。」楚辭串解。是爲得之。蓋屈子初作山鬼以上九首，故名九歌。後作國殤，以祭陣殁者，禮魂猶招魂，招陣殁者之魂也。可知國、禮二首，本一篇之文，後人取以附屬九歌之末耳。李光地號榕村，康熙中人。以謂：「九歌止九篇，後兩篇或無所繫屬而以附之者。」九歌解。雖四庫提要譏其拘，而其附載之説允當矣。

夫以九章九篇例之，九歌亦當九篇。後人附載國殤，而禮魂本爲國殤之文，則九歌實十篇，與九章九篇，離騷、天問、遠遊、卜居、漁父各一篇，共爲二十四篇，猶闕其一，宜以大招充其數也。大招，王逸云「屈原之所作」，蓋此説承自西漢；「或曰景差」，是後人疑之之言也。孫志祖字頤谷，嘉慶中人。云：「屈子所作，本名招魂，後人以宋玉又有招魂之作，故以此爲大招。史公云『招魂』，即大招也。至宋玉所作，又名小招魂。見張載魏都賦注。」讀書脞録第七。按：文選李善注云：「三都賦成，張載爲注魏都，劉逵爲注吴、蜀。」今六臣本魏都賦誤題劉淵林注，而其「劉曰」者，即張孟陽注也。張注引招魂之文，李善本作「楚辭小招魂曰」，六臣本作「楚辭小招曰」，無「魂」字。洪氏補注招魂云：「李善以招魂爲小招，以有大招故也。」不知以招魂爲小招者，是張注，非李善注。張雲璈選學膠言駁之。然其言以有大招，故曰小招者，得之。而以有宋玉招魂故，名屈原招魂曰大招者，其或始于劉向歟？蓋屈子初作招魂，以祭懷王，太史公「讀而悲其志」者是也。後屈子沉汨羅，而宋玉爲作招魂，於是有二招

魂。故及劉向裒集楚辭，稱屈子招魂以「大」。今本宋玉招魂無「小」字、屈子大招無

「魂」字者，蓋竝脱也。二十五篇中，不可無大招魂。而隋志「八篇」，晁氏以大招充其數，其見卓卓矣。

孟子曰：「盡信書，則不如無書。」盡心下。屈子之文，必據漢志二十五篇之數而求之，恐未免拘泥。後人或疑僞託，或信疑參半，亦所不免。明陳繼儒字眉公，明史隱逸傳。以漁父一篇，爲却顯易不類屈子。蔣之翹本引其語。清顧成天字良哉，雍、乾間人。以九章、惜往日及卜居爲僞託，以漁父爲莊周。四庫提要「讀騷别論」條。近人曾國藩字滌生。云：「惜往日疑其贋作，何以辨之？曰不類。」求闕齋讀書録。吴汝綸字摯甫。云：「九章懷沙以下不似屈子之辭。子雲畔牢愁所仿，自惜誦至懷沙而止。蓋懷沙乃投汨羅時絶筆，以後不得有作。橘頌或屈子少作，遠遊殆後人仿大人賦託爲之。」古文辭類纂評點本。愚亦嘗竊以謂，天問一篇，楚國舊文。雜載傳説，其體爲箴。後人誤爲屈子作，司馬遷信之。劉向録之，猶弟子職誤入管子也。九章惟哀郢、懷沙、橘頌爲屈子作，餘篇皆屈門諸子吊師之文，爲哀辭祭文之類。劉向一并裒集，以名九章。後世遂信以爲屈賦也。既而反覆熟讀，又思屈賦之所以傳于後世者，竊謂劉向集之，王逸傳之。兩漢大儒，必有師承。史、漢所記，雖出傳聞，豈無根據？後人任意

損益，恐非稽古之道。且夫僞託之説，皆無確據。類與不類，所見各殊，師心臆斷，不亦殆於恣肆乎？但吴氏引畔牢愁以斷懷沙以下非屈子作，似有憑據。按漢書揚雄傳云：「又旁惜誦以下至懷沙一卷，名曰畔牢愁。」畔牢愁，今亡不傳，篇數無徵。然愚謂惜誦以下至懷沙一卷，似確指九章一卷，惟其篇第與今本不同耳。吴氏據今本篇第，以惜誦、涉江、哀郢、抽思、懷沙五篇，爲漢書所謂一卷，餘皆疑以爲僞託，將以其所謂少作橘頌，屬第幾卷乎？大人賦，司馬相如所作，劉向去相如不遠，大人賦後有遠遊，則向豈不辨其僞哉？吴氏之説可謂偵矣。愚於是知立異標新之弊，而悟信古之不可不篤。二十五篇之數，參舊説而論定焉，抑篇數多寡，似不關大旨。拘泥固非，妄斷亦不可，若不信書，則不如不讀書。學者折衷羣言，宜加慎焉爾。

篇第第三

王逸楚辭章句今本目次，首離騷經，次九歌、天問、九章、遠遊、卜居、漁父、九辯、招魂、大招、惜誓、招隱、七諫、哀時命、九懷、九嘆、九思。洪氏補注目録各篇下，注明釋文篇次，首離騷經，次九辯，而後九歌、天問、九章、遠遊、卜居、漁父、招隱士、招魂、九懷、七諫、九嘆、哀時命、惜誓、大招、九思，與今本目次夐異。洪氏云：「按九章第四，九辯第八，而王逸九章注云：『皆解於九辯中。』知釋文蓋舊本也。後人始以作者先後次叙之爾。」所謂釋文，據陳振孫字伯玉，南宋人。書録解題云「離騷釋文一卷，古本，無名氏。洪氏得之吴郡林虙德祖」云云。四庫總目引作「古本楚辭釋文」，辨其非舊本，云：「洪興祖考異，於離騷經下注曰：『釋文第一，無「經」字。』而逸注明云：『離，别也。騷，愁也。經，徑也。』則逸所注本，確有『經』字，與釋文本不同。必謂釋文爲舊本，亦未可信。」楚辭章句條。又云：「黄伯思東觀餘論謂逸注楚辭，序皆在後，如法言舊本之例。不知何人移於前，則不但篇第非舊，併其序亦非舊矣。」同上。舊本爲妄人所移易如此。愚案：文選騷類，首離騷經，次九歌、九章、卜居、漁父，而九辯在漁父下，與今本同。漢書地理志：「始楚賢臣屈原被讒放逐，作離騷諸賦，以自傷悼。」顔師古注云：「諸賦，謂九歌、天問、九章之屬。」則唐時篇第亦以九歌繼離騷，次天問、九章，與今本合。而釋文以九辯繼離騷，决非唐以前之舊可知也。予又觀于今本目次，爲齊梁隋唐之舊，釋文爲妄人所移易，而知洪氏所引九章注文爲後人竄入矣。且九辯，王逸以爲宋玉作，而釋文混于屈子諸賦中，斷非王逸之舊也。焦竑字弱侯，明末人。經籍志亦據釋文，以九辯爲屈原作。孫志祖引王逸九辯序説及文選篇第以駁之，是也。惟其謂「注云『皆解於九辯中』，不必定九辯在前」讀書脞録。者，亦不知爲後人竄入耳。洪氏所謂以作者前後次叙之者，出于北宋陳説之。其傳未詳。晁序云：「天聖中，有陳説之者，第其篇，然或不次序。」朱子辨證亦云：「天聖十年，陳説之序以爲舊本篇第混并首尾，乃考其人先後，重定其篇。」蓋所謂舊本，指釋文，而其所據以重定者，豈唐時舊第歟？然宋玉招魂在屈原大招之上，嚴忌哀時命在淮南招隱、東方朔七諫之下，先後顛倒，仍失次序，如晁氏言。晁氏更定目次，遷遠遊、九章在離騷下、九歌上，謂「原叙其意近離騷也」。次天問、卜居、漁父，以大招終焉。而九辯以下失序猶故也。黄文焕楚辭聽直從晁本，繼離騷以遠遊，以離騷、遠遊俱言「吾令帝閽開闗」，爲登天而問，故次以天問。問天之後，徧祈於諸神，故又次以九歌。據史記本傳，於引漁父後乃云「作懷沙之賦」，以爲太史公固已定之，因繼卜居、漁父以九章。九章亦更定章次，首仍惜誦，次思美人、抽思、涉江、橘頌、悲回風、哀郢、惜往日、懷沙，終以大招、招魂焉。自是以後，明、清諸家，任意移易，紛紛更定，可謂費事矣。目次姑從舊第，而考定制作先後，各立其説，亦無妨已。今試作楚辭篇第異同表，以備參考焉。

楚辭篇第異同表一 漢宋

史記本傳	古本釋文	陳氏更定王逸本	晁氏重編楚辭	朱子楚辭集注
離騷本傳傳贊	離騷	離騷經	離騷經	離騷經
漁父	九辯	九歌傳	離騷遠遊	離騷九歌
懷沙以上本傳	九歌	天問傳	離騷九章	離騷天問
天問	天問	九章傳	離騷九歌	離騷九章
招魂	九章	遠遊傳	離騷天問	離騷遠遊
哀郢以上傳贊。右固不可稱篇第，然以篇名見傳中，諸家引以爲證，故録于此。	遠遊	卜居傳	離騷卜居	離騷卜居
	卜居	漁父傳	離騷漁父	離騷漁父
	漁父	九辯傳	離騷大招	續離騷九辯
	招隱士	招魂傳	楚辭九辯	續離騷招魂
	招魂	大招傳	楚辭招魂	續離騷大招

續表

	九懷	惜誓傳	楚辭惜誓	續離騷惜誓
	七諫	招隱士傳	楚辭七諫	續離騷吊屈原
	九嘆	七諫傳	楚辭哀時命	續離騷服賦
	哀時命	哀時命傳	楚辭招隱	續離騷哀時命
	惜誓	九懷傳	楚辭九懷	續離騷招隱士
	大招	九嘆傳	楚辭九嘆	
	九思	九思傳		

楚辭篇第異同表二　明清

黃氏楚辭聽直	陸氏楚辭疏	林氏楚辭燈	陳氏屈子說志	陳氏屈辭精義
離騷	離騷	離騷	離騷	離騷
遠遊	九章	九歌	九歌	天問
天問	遠遊	天問	天問	招魂

續表

九歌	天問	九章	卜居	大招
卜居	九歌	遠遊	惜誦	九章
漁父	卜居	卜居	思美人	九歌
九章	漁父	漁父	惜往日	遠遊
大招	九辯	招魂	抽思	卜居
招魂	招魂	大招	橘頌	漁父
	大招		悲回風	
	反離騷		遠遊	
	惜誓		招魂	
	吊屈原賦		涉江	
	招隱士		哀郢	
	七諫		漁父辭	

續表

	哀時命		懷沙	
	九懷		大招附	
	九嘆		九辯	
	九思		弔屈原	

陳遠新字日又，乾隆中人。屈子說志，割裂九章，插入各篇間，尤不可從。蔣驥山帶閣楚辭注目次一從林氏楚辭燈，九章章次則沿舊焉。今又舉九章更定目次，作異同表。

九章目次異同表

王逸章句	楚辭聽直	楚辭燈	屈辭精義	
惜誦	惜誦	惜誦	惜誦	
涉江	思美人	思美人	思美人	

續表

哀郢	抽思	抽思	涉江	
抽思	涉江	涉江	惜往日	
懷沙	橘頌	橘頌	抽思	
思美人	悲回風	悲回風	哀郢	
惜往日	哀郢	惜往日	悲回風	
橘頌	惜往日	哀郢	懷沙	
悲回風	懷沙	懷沙	橘頌	

漢書揚雄傳所謂「惜誦以下至懷沙一卷」，確指九章。而揚雄所見九章雖中間目次未可知其詳，然其首惜誦、終懷沙也明矣。則可知今本九章目次非劉向之舊，而黃氏所更定尤近于古矣。

篇義第四

離騷之義，古有三説：其一，史記云：「憂愁幽思，而作離騷，離騷者，猶離憂也。」班固云：「離，猶遭也。騷，憂也。明己遭憂作辭也。」離騷贊序。史記索隱應劭注從之。離字，史記無解，唯曰「憂愁幽思」，而不言離別之意，可知班固、應劭之解得司馬遷之意矣。其二，王逸云：「憂愁煩亂，不知所愬，乃作離騷經。離，別也。騷，愁也。經，徑也。言己放逐離別，中心愁思，猶依道徑以風諫君也。」蓋以「離騷」之「離」釋「別」者，始于揚雄畔牢愁。李奇注云：「畔，離也。牢，聊也。與君相離，愁而無聊也。」王注豈本于雄歟？其三，王應麟云：「楚語：伍舉曰：『德義不行，則邇者騷離，遠者距違。』伍舉所謂騷離，屈平所謂離騷，皆楚言也。揚雄爲畔牢愁，與楚語合。」困學紀聞。按「騷離」、「距違」對文，可知「騷離」之「騷」，即詩大雅常武「徐方釋騷」之「騷」也，毛傳云：「繹，陳。騷，動也。」馬瑞辰字元伯，道光中人。云：騷者，慅之假借。説文：「慅，動也。」毛詩傳箋通釋。騷離，即騷動，離畔也，與遭憂別愁之義不同。檀弓「騷騷爾則野」，騷騷，急疾貌。張平子思玄賦：「寒風凄其永至兮，拂穹岫之騷騷。」李善注：「騷騷，風勁貌。」而韋昭注云「騷，愁。離，畔」者，襲用王注耳。離騷固楚言也，王應麟作騷離爲楚言，非也。洪氏補注引顏師古云：「憂動曰騷。」似合「憂愁」與「擾動」，爲調停之説，亦非也。騷之爲憂，皆無異詞。惟其解不同者，離字耳。離爲別，明汪瑗左祖王説，字玉卿，嘉靖中人。著楚辭集解。以篇中有「余既不難夫離別兮」句爲證。然篇中又有「進不入以離尤兮」句，尤，猶咎也。尚書洪範「不罹于咎」，史記微子世家作「不離于咎」。詩兔爰「雉罹于羅」，釋文：「罹，本作離。」可知罹、離通用。離之反訓附也，遭也。離尤，猶遭咎也。其餘山鬼「思公子兮徒離憂」，天問「卒然離蠥」，惜誦「恐重患而離尤」，思美人「獨歷年而離愍」，皆做遭用。別愁義淺，不如遭憂義長也。離騷下，史記、漢書皆無「經」字。而王逸本作離騷經，釋「經」爲「道徑」。劉熙釋名云：「經，徑也。」蓋從王説。洪興祖云：「古人引離騷，未有言『經』者，蓋後世祖述其詞，尊之爲經耳，非原意也。逸説非是。」王世貞云：「劉向編集尊屈原離騷爲經，而以九歌等章爲傳。楚辭序。不知何據。洪氏所謂後世尊之爲經。竟不可知其出于何人。豈王逸以前已有「經」之名，逸因作之解，而九歌以下加「傳」字歟？黄文焕謂：「經之稱始于武帝之時，淮南王受詔作傳。」漢書稱離騷傳，不用「經」字。而王逸總序作離騷經章句，非也。夫屈子惟言其志耳，豈有意以騷繼風，而自僭稱經哉？何焯字義門，雍、乾間人。咎吴、楚僭王之妄，文選評本。王闓運誣屈子自題爲經，楚辭釋。竝非篤論也。又按，由古及今，經之名數不同，古稱六經，詩、書、禮、樂、易、春秋，見莊子天運篇。漢之七經，易、詩、書、春秋、三禮。唐之九經，加孝經、論語。至宋增加有十三經易、書、詩、三禮、三傳、論語、孝經、爾雅、孟子。之多，本無定數也。沈德潛字確士，乾隆中人。謂：「離騷尊之爲經，曷得爲過？」説詩晬語。洵如其言，但雖經無定數，世有公論。老子道德經，莊子南華真經，雖冒經名，皆入子類。至茶經、晉陸羽。酒經唐王績。又有宋無求子、大隱翁、蘇東坡等酒經。之屬，則不過遊戲文字。離騷稱經與否，於其尊之，本無所增減，則不如無「經」字也。釋離騷。

九歌之名，始見左傳。文公七年：晉郤缺引夏書曰：「九功之德，皆可歌也，謂之九歌。」又見古文尚書大禹謨。彼歌九功之德，與此祀九神不同。蓋屈子所作，適合其數，故亦名九歌。而後人附屬國、禮二篇於其末焉爾。王逸云：「南郢沅、湘，其俗信鬼好祀，歌樂鼓舞以樂諸神，其詞鄙陋，原因作九歌之曲。」愚按：其俗信鬼好祀，則淫祀必多，而祀神之曲，亦何啻九首？以其詞鄙陋，故改作其歌，則恐日亦不足。屈子惟托祀神之曲以寫其隱衷者，適有九首耳，故取諸夏書以名九歌。九歌之名，非楚國自古有之也。又按：漢書地理志載：「楚俗信巫鬼，重淫祀。」蓋離騷之有巫咸，九歌之有靈保、姱女，河非楚之望，山鬼非祀典所宜有，而並祭之，是皆其證。則其信巫鬼，重淫祀，本是楚俗爲然，微特南郢沅、湘也。周興，滅國者五十，驅虎豹犀象而遠之。孟子滕文公下。周人所謂殷頑者，亦猶虎豹犀象而已。於是殷墟蕩然，宋不足徵，論語八佾。亡足怪焉。夫南國荆楚，殷武奮伐，深入其阻，封建其福。成湯以來，自彼氐羌，莫不來享來王。商頌殷武。迨周滅殷，殷頑之見驅逐者，皆入荆、徐，以爲窟穴，往往放流言，以梗王化。是周公之所以「荆徐是懲」，魯頌閟宮。而熊繹之所以封於楚蠻歟！史記楚世家。殷人尊神，率民以事神，先鬼而後禮。其蔽蕩而不静，勝而無恥。禮記表記。荆楚之俗，信巫鬼，重淫祀者，蓋殷人之遺也。九歌，皆以所祀之神爲名。國殤，死於國事而無主之鬼也。禮魂，猶招魂也。釋九歌。

天問，王逸云：「天尊不可問，故曰天問。」見王廟及祠堂圖畫，「因書其壁，呵而問之」，楚人「因共論述」之。唐柳宗元字子厚，唐書本傳。有天對，亦以天問爲問天，而擬其對也。黄文焕始辨壁間題畫之謬。丁晏字儉卿，咸豐中人。引漢魯殿石壁及文翁禮殿圖皆有畫像，以回護王説。天問箋序。愚左袒黄氏，然其謂離騷、遠遊俱言「吾令帝閽開關」，此其登天而問乎者，鑿矣。王夫之號船山，清初人。云：「原以造化變遷，人事得失，莫非天理之昭著，故舉天之不測不爽者，以問惛不畏明之庸主具臣。」楚辭通釋。陳遠新云：「天即理也，理有可信、有可疑，即以問而使人悟。」屈子說志。二說並爲天問人，則頗得其要，而陳氏天即理之說，未免牽附矣。愚按：中原屢遭喪亂，文物蕩燼，古書舊說，多傳于遠僻之地。楚本南夷，蓋有古書舊說自中國流傳，獨存于此者。左史倚相所讀三墳五典八索九丘左傳昭公十二年。之屬是也。屈子天問所說「琦瑋僪佹」、「怪物行事」，亦蓋楚國之古傳舊說也。屈子遭文字之禍，不肯正言，託爲天問于人之詞，以列舉古傳舊說，或合經、或不合經者，或反辭，或正說，不可端倪，寓鑑戒於其中，以使人自思自悟。甫刑曰「帝清問下民」，言天之問于民也。天問之旨，蓋本此。王逸以爲楚人論述，非也。黃文煥云：「王逸之論殊謬。原所結撰，前無古人，後無來者。」楚辭聽直。吳世尚字六書，雍正中人。云：「天問之文，原之良工苦心，非楚人從先廟祠堂圖畫壁上抄羅論述者也。」楚辭注疏。竝得之。屈復據四庫提要「臆爲變亂」、「隨意移置」之說，以爲有錯簡，前後移置，亦是臆改耳。朱子謂：「後人引山海經、淮南子以釋天問，不知據天問以作二書。」楚辭辨證。是亦一說也。釋天問。

九章，王逸謂：「作於江南之野。章者，著明也。言己所陳忠信之道甚著明也。」則似以九章爲屈子所自名矣。朱子謂：「後人輯之，得其九章，合爲一卷，非必出於一時之言也。」則似九章爲後人纂輯者所名矣。愚按：說文云：「章爲樂一章，从音、十。十，數之終也。」段玉裁注云：「樂所止曰章。」劉勰云：「夫人之立言，因字而生句，積句而成章。」文心雕龍章句篇。九章「章」字，是「章句」之「章」，猶云九篇。則朱說是矣。九歌以祀神之歌有九首，故名；九章以述懷之賦有九篇，故名。九歌似屈子自名，九章則後人所名。或追述舊事，或反覆而詠嘆，其一時之作與否，未可知也。惜誦、思美人、惜往日、悲回風，並取篇首文字以爲名。追記在朝進諫本末，閔惜其言不用，故名惜誦。敘乘船放流道程，故名涉江。回顧放迹，哀慕郢都，故名哀郢。汪瑗、王夫之等謂，哀郢，頃襄棄郢都陳時作。則爲頃襄王二十年事。恐是時屈子已在魚腹矣。抽思述君臣離合，以攄怨慕之情。朱注云：「以篇內少歌首句二字爲名。」所謂首句二字，王逸本皆作「抽怨」，朱注本獨作「抽思」。王注云：「拔恨意也。」則其本作「怨」，不作「思」明矣。朱子注釋古書，尤加矜慎，恐不據篇名以改正文，第未知何據耳。懷沙是懷抱沙石以自沉之意，朱子說。爲絕命永訣之辭。汪瑗以爲懷長沙而作，非也。思美人蓋取詩邶風簡兮「彼美人兮」句，以冀君之一悟，不變其初志。惜往日述往日受命作憲令，而悲今之遭讒被放。悲回風將沉述志，臨風悲喟。諸篇皆俛仰今昔，語多追述，並見矢死不忘之忠。橘頌，林雲銘云：「在原當日，見國事不可爲，而又有宗國無可去之義，故把橘之不踰淮做個題目。」此說得之。楚人常習不用則去，楚材晉用，左傳襄公二十六年，聲子曰：「雖楚有材，晉實用之。」自古而然。離騷借巫咸、靈氛之言，以述時人勸屈子去國，亦爲此也。屈子乃作此以示志，觀于「受命不遷，生南國兮」一聯，其意可知也已。汪瑗以爲生平所作，陳本禮號素村，嘉慶中人。以爲童冠時作，屈辭精義。吳汝綸以爲少作，説本陳氏。皆不知有追述之法也。釋九章。

遠遊篇首「悲時俗之迫阨兮，願輕舉而遠遊」一聯，包括全篇名義矣。王逸序説云：「被讒困極，乃託配仙人，猶懷念故國，忠信之篤，仁義之厚也。」蓋屈子初作離騷，其情迫切，尋作斯篇，强自寬之詞也，聊自慰之語也。朱子乃謂：「悼年壽之不長，欲制煉形魂，排空御氣，浮遊八極，後天而終，以盡反復無窮之世變。雖同寓言，苟能充之，實長生久視之要訣也。」似以屈子爲誠欲從王子喬而遊者，謬亦甚矣。蓋朱子晚年注參同契，或有志于此。楚辭之注，亦成于晚年，故有此言也歟！釋遠遊。

卜居、漁父，皆假設之辭也。卜居之居，謂所以居心處身。孟子以仁爲人之安宅。公孫丑上。居者，心身之安宅也。屈子終身不改其初服，何疑之有？故託疑問，以明吾心之所安宅。所謂鄭詹尹，亦巫咸、靈氛之類耳，矧漁父乎？其爲寓言，與莊子漁父勿擇焉已。王逸序説云：「漁父者，屈原之所作也。」又云：「楚人思念屈原，因叙其辭，以相傳焉。」則似漁父問答爲實録。楚人追叙其語，非屈子所自作。前後矛盾，尤不可解。洪興祖云：「卜居、漁父，假設問答，以寄意耳。」而太史公屈原傳、劉向新序、嵇康高士傳，或採楚詞、莊子漁父之言，以爲實録。非也。按班固漢書古今人表以漁父爲仁人，與屈原同列於上中。梁玉繩字曜北，嘉慶中人。人表攷，引錢大昕説，以爲後人竄入。清白集。其或然也。大招名義，已釋于前，兹不復贅。釋卜居、漁父。

原賦第五

文有賦體，創于屈子。屈子何以名賦？夫詩三百五篇，分爲風、雅、頌三體；而周禮教六詩，詩序陳六義，風、賦、比、興、雅、頌是也。孔穎達字仲達，唐太宗時人。云：「風、雅、頌者，詩篇之異體。賦、比、興者，詩文之異辭。賦、比、興，是詩之所用。風、雅、頌，是詩之成形。」詩序疏。宋嚴粲以爲非是。詩緝參看。然則風、雅、頌以體制言，賦、比、興以辭法言，非風、雅、頌之外更有賦、比、興之詩。風、雅、頌體異，而其入樂也，音亦不同。賦、比、興，則與樂聲不相關焉。其風居首，賦、比、興在于雅、頌之上者，示風、雅、頌均用賦、比、興而作也。

賦字始見尚書禹貢，曰「厥賦上上錯」。賦，税斂之名也。一轉虚用，布税法曰賦，賦因訓布。詩大雅烝民曰「明命使賦」，又曰「賦政于外」，傳云：「賦，布也。」布與敷同，故敷陳文辭亦曰賦，六詩六義之賦是也。比，設比喻也。興，感物托興，猶今人所謂聯想也。賦不借比、興，而直陳情叙事。直陳鋪叙，爲修辭之法，其字實用，又再轉而虛用。作詩曰賦詩。左傳隱公元年：「公入而賦：「大隧之中，其樂融融。」」又僖公五年，退而賦曰：「狐裘尨茸，一國三公。吾誰適從，狐裘尨茸。」比也，而曰賦，可知唯言作詩，曰賦非六義之賦矣。其餘如韓詩外傳，孔子曰：「君子登高必賦，小子曷言其願？」詩鄘風定之方中，毛傳云：「陞高能賦，可以爲大夫。」皆是也。

誦古詩亦曰賦。左傳襄公二十六年，晉侯賦嘉樂；國景子相齊侯，賦蓼蕭；子展相鄭伯，賦緇衣。襄公二十七年，趙孟曰：「請皆賦，以卒君貺。」子展賦草蟲，伯有賦鶉之賁賁，子西賦黍苗之四章。是漢志所謂「當揖讓之時，必稱詩以喻其志者也」。詩入樂則曰歌，如左傳襄公元年「歌文王之三」「歌鹿鳴之三」及「使工爲歌周南召南」是也。賦嘉樂、賦蓼蕭之賦，是不歌而誦，與國語「瞍賦矇誦」同。韋注云：「無眸子曰瞍矇。賦，公卿列士所獻詩也。」乃知瞍矇皆瞽，賦、誦互文也。漢志曰：「不歌而誦謂之賦。」疑是古語。釋賦嘉樂、賦蓼蕭之賦，班固乃借以釋漢人賦體歟？屈子九章悲回風曰：「介眇志之所惑兮，竊賦詩之所明。」王逸以詩爲志，洪興祖以爲古詩，竝非也。朱子則以爲屈子自作詩，是矣。然其所作賦也，非詩也。「賦」、「詩」對文，「竊」字倒置，言介然微志之所惑者，吾賦詩之所竊明也。詩爲詩歌總名，故併舉詩。然屈子意在「賦」字，故「賦」居首，蓋自名其所作曰「賦」也。屈子二十五篇，雖篇内混用比、興，然其篇首、鋪陳辭法，仍多用「六義」之賦。而「六義」之賦，是辭法之名，非文體之名。屈子之賦，雖辭法是賦，而其體製一變，本於詩，而與詩異其面目，故另擇名目曰「賦」。於是「賦」字又三轉實用，辭法之名一變爲文體之名。賦體與賦名，竝創于屈子矣。屈子大招曰：「二八接舞，投詩賦只。」曰「賦詩」，曰「詩賦」，猶曰「詩文」、曰「文詩」也。後世連用詩賦者，亦實始于此。宋玉招魂曰：「人有所極，同心賦些。」「賦」字雖虛用，而其所賦，蓋亦賦體也。屈門諸子皆學賦，同心而作，可知也已。

荀子亦有賦篇。戰國策曰，荀卿爲書謝春申君，因爲賦曰「寶珍隋珠，不知佩兮」云云。楚策。亦以賦爲文體之名。據漢志云，大儒荀卿及楚臣屈原，離讒憂國，皆作賦以風。皇甫謐字士安，晉人。三都賦序曰：「孫卿、屈原之屬，遺文炳然，辭義可觀。」文選。則作賦似荀子在屈子前。後人往往有誤謂屈賦祖荀子者，本于此矣。如明徐師曾文體文辨是也。愚按：屈原作賦，在懷、襄之際，其徒宋玉、景差、唐勒作高唐、神女、大言、小言諸賦，在頃襄王時。史記言「作懷沙之賦」，豈司馬遷所見屈子諸作題下有「賦」字，與高唐、神女等題下有「賦」字同，而今本無之者，後人删之歟？否則遷亦沿舊稱賦耳，非自遷始名之曰賦也明矣。王應麟云：「荀卿適楚，在屈原後。」又自注其下云：「屈原卒於楚頃襄王時，春申君以荀卿爲蘭陵令，在考烈王八年。」困學紀聞。愚按：史記云：「春申君死而荀卿廢，因家蘭陵，著數萬言而卒。」本傳。孔安國孔子家語之序曰：「當秦昭王時，孫卿入秦，昭王從之問儒術，孫卿以孔子之言及諸國事、七十二弟子之言，凡百餘篇與之，由此秦悉有焉。」范家相云：「孔序爲王肅所代作。」此言蓋有所本。春申君爲李園所殺，在考烈王二十五年，距懷王卒於秦時，且五十八年矣。荀子之書，或有平日所作者，然古人著書，必在晚年。戰國策所載賦一篇，作于考烈王時，而今坿賦篇。則賦篇亦非早作，而在入楚後可知矣。先是賦體、賦名已創于屈子，而賦盛行于屈門。荀子之賦，其亦承屈子餘韻歟？第荀子大儒，不相蹈襲，賦名雖同，體製稍異，故漢志以屈子爲賦家之祖，以荀賦寘雜賦之首，允矣。但其以屈次荀，貽誤後學，予故辨之。

體製第六

班固云：「賦者，古詩之流也。」兩都賦序。流，猶支派也。詩言志，古今歌詠，亦皆言志，孰不自詩旁出？吴歈蔡謳，楚歌越吟，皆不然。古詩之流，豈獨賦而已哉？

然夫賦，自賦也；古詩，自古詩也。屈子富南人之藻，兼北方之學，道術第十二參看。使其作詩，可以補楚風矣。而何以不作詩而作賦也？愚嘗竊謂楚人善歌，而不善詩焉。所謂歌，非入樂之詩；而所謂詩，謂大雅正聲也。屈子之文，離騷、九歌、九章、遠遊，皆用「兮」字。説文：「兮，語所稽也。從丂、八，象氣越亏也。」「丂，氣欲舒出，勹上礙於一也。」「八，分也。」「亏，於古文烏。也。象氣之舒亏。从丂、从一。一者，其氣平也。」以上説文解字。段玉裁字若膺，乾隆中人。云：「越、亏，皆揚也。八，象氣分而揚也。」説文解字注。然則「兮」字，語氣欲舒不能，有所留止，乃用「兮」，則氣揚而舒，所以爲語助也。詩之周南、葛覃、螽斯、麟之趾。召南、摽有梅、野有死麕。邶、緑衣、擊鼓、旄丘、簡兮。鄘、君子偕老。衛、淇澳、考槃、氓、芄蘭、伯兮。王、采葛。鄭、緇衣、將仲子、羔裘、遵大路、籜兮、狡童、丰、野有蔓草。齊、還、東方之日、甫田、猗嗟。魏、陟岵、十畝之間、伐檀。唐、綢繆、無衣、葛生。秦、黄鳥。陳、宛丘、月出。檜、素冠、匪風。曹、鳲鳩。豳九罭。十五國風，壹百六十篇中，四十一篇用「兮」字，無國無之，而鄭、衛二風最多用之。小雅七十四篇中，六篇有「兮」字，蓼蕭、彤弓、巷伯、無將大車、都人士、白華。然少者一篇一二句，多亦不過四句。大雅三十一篇中，用「兮」字者，惟桑柔一篇一句耳。魯頌四篇中，有駜一篇三句用之，雖曰頌，猶有國風之音。至周頌、商頌，共三十六篇，則無一「兮」字。

可知「兮」字是民間歌詞助語，蓋帶野調，非大雅之音矣。劉勰云：「兮，語助餘聲。舜詠南風，用之久矣。而魏武不好，豈以無益文義耶？」文心章句篇。雖無益文義，有助語氣，故古詩多用之。祇世所傳堯之神人暢，舜之南風歌，文王之拘幽操諸篇，非追記，則僞託耳。諸國詩歌，用「兮」字者，或四句成章，或六句、八句成篇，謂之小歌。屈賦抽思之「少歌」，荀子賦篇之「小歌」，皆是也。史記伯夷傳所載采薇歌亦用「兮」字，一篇九句。雖不知果是夷齊作與否，亦蓋小歌之最古者也。荀子「小歌」，雖無「兮」字，亦沿通行之名，而其所本者，蓋楚歌也。楚人好作小歌，又好用「兮」字，世謂之「楚歌」。論語楚狂接輿鳳兮歌，微子篇。孟子孺子滄滄歌，離婁上。困學紀聞云：「禹貢：漢水東爲滄浪之水，則亦楚歌也。」早見於古；史記項羽本紀拔山歌，漢高祖紀大風歌，大風歌有三「兮」字，兮與侯通，故又曰三侯章。繼出於後，皆是楚歌正音。而如馮驩彈鋏歌，荆軻易水歌，亦皆似楚歌矣。世稱善歌者爲郢人，宋沈括夢溪筆談。郢，楚都也。然楚人徒善小歌耳。戰國策：宋玉曰：「客有歌於郢中者，其始曰下里、巴人，國中屬而和者數千人。其爲陽阿、薤露，國中屬而和者數百人。其爲陽春、白雪，國中屬而和者數十人。引商刻羽，雜以流徵，國中屬而和者不過數人而已。是其曲彌高，其和彌寡。」楚策。夫申叔時傅太子，教之詩，教之樂。國語楚語。楚人立教以詩與樂，其來久矣。然入周問鼎，勝而無耻，以夷自居，禮樂不興。厥後亞飯干適楚，播鼗武入於漢，論語微子篇。而上無明主，下有楚音，欲引商刻羽，奈和寡何？以楚人善巴調，而不善雅聲也。詩之無楚風，匪惟所以貶僭王，而漢廣、江汜，恐非楚人作也。屈子學問文章超絶千古，豈不能作詩？但詩之最長者不出五百言，魯頌閟宫，四百九十二言。豳風七月，三百八十四言。而屈子以賢被讒，以忠見放，憂憤怨悱，鬱結于中，其欲言意，非尋常詩體可能盡。且夫屈子亦楚人也，窮迫呼天，不能不楚聲也。隨其所習，發爲楚歌，反覆詠嘆，不覺繁重，累小歌而成大篇，是實離騷神來之音。宋玉招魂所謂「人有所極，同心賦些」者，屈子窮而作賦之謂也。抑屈子任意言志耳，未始創定文體，以汲汲于篇章之末。是以離騷之文，如斷如續，汪洋自恣，將往而不反，乃摘一篇要旨以作「亂」。亂者，小歌也。荀子所謂「願聞反辭」。其小歌曰」者是也。積累小歌，層層疊章，結以小歌，鏗爾而止，而後天下之奇文成矣。是屈子之創體也。

或云：騷賦已累小歌而成，宜可以歌。而漢志曰「不歌而誦謂之賦」者，何也？愚對曰：小歌可以入樂，可以徒歌，又可以彈鋏、鼓柮、擊缶而歌焉。騷賦二千四百餘言，雖前古未有之大作，亦累小歌而成。每章每節，聲調鏗鏘，莫不可以歌焉。當時屈子且賦且歌，自慰其情，可以知已。然曲高則和寡，他人或不能，況漢以後人乎？抽思有「少歌」、有「倡」。倡者，歌唱之唱，其可歌無論已。卜居、漁父，賦中異體，蓋其後半或可歌也。至九歌則本是小歌，可以緩節安歌，東皇太一。其樂則絙瑟交鼓，簫鐘瑶簴，鳴䶵吹竽，東君。五音之繁會，東皇太一。不亦盛乎！漢以後非楚人而作騷賦，或不合楚聲，蓋多不可歌者。宋玉規摹異體，稍變師法，如高唐、神女諸賦，雖成于楚人，恐已不可歌，況漢人倣之。漢賦斯興，其體一變，音節不同，皆誦而不歌，如瞍矇於詩矣。高祖，楚人，樂楚聲，作楚歌，當時猶有知音者。至武帝之時，則去古寖遠，朱買臣、九江被公等所謂爲楚辭者，亦能誦之謂也。能誦者且乏人，矧能歌者乎？宜矣漢人不歌而誦謂之賦也。葛立方云：「讀騷之久，方識真味。須歌之抑揚，涕洟滿襟，然後爲識離騷，否則爲戛釜撞甕耳。」韻語陽秋。漢人猶且不歌而誦，隋人惟釋道騫能爲楚聲，至今傳楚辭者，皆祖騫公之音。隋書經籍志。況葛氏宋末人，想誦且不易，豈能知離騷之歌調哉？余蕭客字仲林，乾隆中人。云：「不歌而誦謂之賦，然則九歌歌矣，何得更被賦稱？孟堅以己矛攻己盾。」文選紀聞。是未深考屈賦本可歌，而漢以後不能歌之故耳。二十五篇中，非賦者，天問一篇而已。天問，箴也，餘篇皆賦也。故漢志從多而統言屈原賦，何矛盾之有？胡文英屈騷指掌凡例云「屈騷之音，楚音也。予嘗求土音于楚中，學者多不能得，惟于童稚舟輿之際，恒有領會」云云。學者於楚音苦心求之，如此而其變久矣。左太冲魏都賦云：「音有楚、夏者，土風之乖也。」李善注引孫卿子曰：「人居楚則楚，居夏則夏，非天性也，積靡使然也。」

亂辭第七

屈賦「亂辭」，何以得名？王逸云：「亂，理也。所以發理詞旨，總撮其要也。屈原舒肆憤懣，極意陳詞，或去或留，文采紛華，然後結括一言，以明所趣之志也。」洪興祖云：「國語云『其輯之亂』。輯，成也。凡作篇章既成，撮其大要，以爲亂辭也。離騷有『亂』、有『重』。遠遊篇有「重」。亂者，總理一賦之終。重者，情志未申，更作賦也。」朱子云：「亂者，樂節之名。」因亦引國語，又引史記曰：「關雎之亂，以爲風始。」禮曰：「既奏以文，復亂以武。」愚按：爾雅釋詁云：「亂，治也。」王注本于爾雅。理與治通。亂字見于經傳者三：其一，論語泰伯篇。子曰：「師摯之始，關雎之亂，洋洋乎，盈耳哉。」或云：亂即𤔲省，或作𤔲同。𤔲爲古辭字，辭與詞通。漢人誤釋亂，非。按：洋洋盈耳者，樂也，非辭也。或説非。鄭玄字康成，後漢靈帝時人。云：「周道衰微，鄭、衛之音作。正樂廢而失節，魯大師摯識關雎之聲，而首理其亂者。」集解。是以亂訓理。謂治其失節而亂者，反訓虛用，亦本于爾雅。朱子云：「亂，樂之卒章也。」亂字實用，與鄭注異而與楚辭注合。其二，朱子所引小戴禮樂記之文。其前章曰：「先鼓以警戒，三步以見方，再始以著往，復亂以飭歸。」鄭注云：「復亂以飭歸，謂鳴鐃而退，明以整歸也。」孔氏正義以謂：「鳴鐃而退釋復字，明以整歸釋亂字，故云亂治也。」復謂：「舞曲終，舞者復其行位而整治也。」其後章曰：「始奏以文，復亂以武，治亂以相，訊疾以雅。」鄭注云：「文謂鼓也，武謂金也。相拊也。以韋爲表，裝之以糠。亦以節樂，雅亦樂器名也。」其言文謂鼓也者，即是先鼓以警戒也。言武謂金也者，即是鳴鐃而退也。故正義云：「言舞畢反復亂理欲退之時，擊金鐃而退。亂，理也。言治理奏樂之時先擊相。」按，二章之文：先、三、再復，相對言序；鼓、步、始、亂，相對言事。始奏以文，復亂以武，始奏、復亂對文。治亂以相，訊疾以雅，治與訊，亂與疾，亦對文。則「復」，又也，猶再也。正義乃一以爲往復之復，一以爲反復之復，非也。亂樂之紛亂也，疾舞之急疾也，乃擊相與雅以節之，以治以訊也。正義「治亂」連文，亦非也。蓋曲將終時，樂音紛亂，故樂之終曰亂。亂反訓治，治亂曰亂。錢氏集傳。復亂者，又治其曲終之亂也。治其亂以相，故曰「亦以節樂」。紛亂盛貌，與論語鄭注所謂「理其失節而亂者」異。關雎之亂，亦是樂終之亂，故洋洋盈耳也。鄭義失之。其三，洪氏所引國語。

「其輯之亂」，是魯語之文。「凡作篇章」至「以爲亂辭」，是韋昭吴人，三國志作韋曜。注文也。魯語閔馬父曰：「昔正考叔校商之名頌十二篇於周大師，以那爲首。其輯之亂曰：自古在昔，先民有作。温恭朝夕，執事有恪。」其下有「顧予烝嘗，湯孫之將」二句。可知「自古在昔」以下爲那篇之亂辭，而所謂「樂之卒章」也。韋注又云：「詩者，歌也。所以節樂者，如今三節舞矣。曲終，乃更變章亂節，故謂之亂也。」韋注蓋本于樂記鄭注。所謂「節舞」，即是「治亂以相」；所謂「變章亂節」，亦言「樂音紛亂」，但未知三國時，三節舞如何耳。蓋樂有序、破、急三節。曲將終曰急，五音繁會，節奏一變，似所謂「變章亂節」者矣。今雅樂舞者，進退以笛，笛調參差，故曰亂聲。聲，器音。又古者倡今様短歌而舞者，蓋曰亂舞，亂，入聲。以舞與樂不必相合也。毋乃「變章亂節」之類邪？然今所以節舞者，笛也，非相也。抑古樂四節，本非三節，升歌笙奏，間歌合樂，謂之一成。合樂即亂也。說本于劉台拱論語騈枝。豈以樂合則急，急則將亂，故名曰亂歟？茫茫千載，樂崩雖久，其義與音，亦可推知也已。岡松辰號甕谷，豐後人。釋亂云：「奏樂且終，微變其節簇，令聲調稍紛亂，以取適耳。今俗樂亦有如此者。」楚辭考。亦本于韋注，而未得典要矣。綜而言之，韋注前半釋辭，後半釋樂，以明所以名亂。蓋樂終節亂，治其亂者而止，故反訓治。治亂曰亂，虚字一轉實用，樂之終曰亂。朱子曰「亂者，樂節之名」是也。樂節之名，又轉爲樂辭之名。朱子曰「亂樂之卒章」是也。屈子大作，結以小歌，其名曰亂者，蓋取諸關雎之亂、那之亂也。可以知其遽結。以楚辭證經義，亦可以辨論語鄭注之非矣。

朱子於論語注，引史記之文，於楚辭注，亦引之。並謬矣。司馬遷從三家詩説，以關雎爲刺亂之詩，故孔子世家曰：「至幽、厲之缺，始於衽席，故曰：關雎之亂，以爲風始。」正義引毛傳，不通。十二諸侯年表序亦曰：「周道缺，詩人本之衽席，關雎作，夫洋洋盈耳，孔子嘆美其善也。」刺亂之詩，何洋洋盈耳之有？吾友官應清字誨之，貴州人。論語稽駁之，是也。錢澄之騷詁引李陳玉云：「蓋八音競奏，以收衆聲之成，猶涉水者截流而渡，將到岸也。」群言紛緒，因臆立異類此，故皆不録焉。

我邦推古朝與唐交通，是以奈良朝文學，承唐代選學之盛，而國風亦復一變，有長歌、反歌焉。長歌，擬賦也，萬葉集第十七卷，有大伴家持二上山賦一首，遊覽布勢水海賦一首，大伴池主敬和遊覽布勢水海賦一首；大伴家持立山賦一首，大伴池主敬和立山賦一首，皆謂長歌，是其證也。長歌篇尾有短歌，名曰反歌，擬亂也。蓋取諸荀子反辭焉。辭賦之學，盛於當時，説本于藤原雅清萬葉集古義總論。國文淵源，亦出于此。而屈騷爲辭賦宗，今人棄而不講焉，則愚未知其可也。

句法第八

離騷居屈賦之首，而綜二十五篇之美，故欲知文體，則宜先檢離騷也。

離騷句數，諸家不符。南宋錢杲之以爲三百七十三句，離騷集傳。蓋從洪說。以「曰黄昏以爲期兮，羌中道而改路」二句，爲後人誤入，而不算之，乃以「亂曰」二字爲一句也。張德純字松南，康熙中人。云：「通計三百七十二句。『曰黄昏』二句不在此數。」離騷節解。明陳第字季立，萬曆中人。則以「曰黄昏」二句，與「余固知謇謇之爲患兮」二解相合，以爲六句一韻，屈宋古音義。不以「亂曰」二字爲一句，共計三百七十四句。愚今從之。至其字數，則各本亦不一。朱子集注二千四百八十二言，蔣驥注本二千四百九十言，「黄昏」二句，竝在其内，而小異如此。今據汲古閣箋注本，離騷通篇三百七十四句，二千四百八十五言，「黄昏」十三字在内，似可從矣。今觀其句法，二句一聯，上句句尾有「兮」字，下句用韻，共壹百八十七聯。劉勰云：「詩人用兮字，入於句限；楚辭用之，字出句外。」文心章句篇。則似宜寘「兮」字於一句字數之外，未知是否。今除「兮」字，而算一句字數：上句五字，下句亦五字，三聯。上句五字，下句六字，十七聯。上句五字，下句七字，一聯。上句六字，下句五字，五聯。上句六字，下句七字，二十七聯。上句七字，下句六字，十七聯。上句七字，下句七字，四聯。上句七字，下句八字，一聯。上句九字，下句六字，二聯。上句八字，下句七字，一聯。上句八字，下句六字，四聯。上句六字，下句八字，四聯。而上下二句皆六字，共壹百壹聯。分類而算之，九字二句，八字十句，七字五十五句，五字二十九句，至六字成句者，則有二百七十八句之多。可知一句六字，爲騷賦正體矣。蓋其間有五字成句者，故用短句，以成節奏也。其多自七字至九字者，混用虚字，以開漢賦、元曲襯字之法也。如「惟夫黨人之偷樂兮」句，夫字是襯字。如「吾獨窮困乎此時也」句，乎字、也字是襯字。其他可以類推耳。古詩無九言十言，宋顔延之字延年，宋書本傳。云：「詩體無九言者，將由聲度闡緩，不協金石。」毛詩正義引。唐成伯瑜無考。亦云：「不至九言十言者，聲長氣緩，難合雅章。」毛詩指説。今屈賦有九言者，是詩體之變，而楚聲曼緩，不厭句長歟？按詩之用「兮」字，四字句，有如「如可贖兮，人百其身」，秦風黄鳥。「士之耽兮，猶可説也」衛風氓。者，五字句、六字句，有如「聊與子同歸兮」，檜風素冠。「還予授子之粲兮」，鄭風緇衣。「遭我乎猛之間兮」齊風還。者，而魏風伐檀篇「坎坎伐檀兮，寘之河之干兮，河水清且漣猗。不稼不穡，胡取禾三百廛兮。不狩不獵，胡瞻爾庭有縣貆兮」數句，則或每句用兮字，或下句用之。雖不無小異，而句式頗近離騷，然「兮」字在上句句尾。疊句累章，至壹百八十七聯之多如離騷者，前古未見其比，實爲屈子創格矣。九歌句法，與離騷稍異。曰「吉日兮辰良」，東皇太一。曰「蓀橈兮蘭旌」，湘君。曰「帝子降兮北渚」，湘夫人。上下各二字，若三字，中間用「兮」字，以成一句。凡古詩用「兮」字，必在語尾，若句尾，無用之句間者。其有之，蓋以九歌爲始。古今樂録所載，堯之神人暢「清廟穆兮承予宗，百寮肅兮于寢堂」，舜之思親操「陟彼歷山[二]兮崔嵬，有鳥翔兮高飛」，兮字皆在句間。然二首竝是後人依託，不足爲據。而詩「緑兮衣兮」、邶風緑衣。「父兮母兮」邶風日月。數句，則「兮」在語尾，與在句間者異。詩本無一字句，以言謇而不會，不可以詠歌也。其用一字，必加語助以爲一語，如「樂只君子」周南樛木。之「樂只」，「日居月諸」邶風日月。之「居諸」，皆是也。九章懷沙「眴兮」二字亦然。「緑兮」是一語，「衣兮」是一語，以二語爲一句，與「吉日兮良辰」句法不同。則九歌句法，亦是屈子創格，無所依倣也。離騷皆用「兮」字於句尾，而惟「謂幽蘭兮不可佩」一句，「兮」在句間，是王逸單注本誤寫。汲古閣箋注本，成化版集注本，並作「謂幽蘭其不可佩」，是也。九章惟涉江一篇，間用「兮」於句間，與九歌同。橘頌及涉江、哀郢、抽思、懷沙諸篇亂詞，則用之下句句尾，韻在「兮」字上，辭法又一變。其餘九章諸篇及遠遊一篇，與離騷同體。

天問一篇，不用「兮」字。一句四字尤多，或五字，或七字，長短不均，句法變化，其體與老子及管子弟子職相似。乃謂之箴體亦可，蓋雜賦之所由出也。至卜居、漁父，則體制大變，散韻相交。其用韻者亦帶散文之氣，假設問答，一反一正，與莊子之文相似。沈德潛説詩晬語引明都穆云：「其原出莊子。」然屈、莊大畧同時，恐未見其書，是偶相似耳。後之作者，悉皆規倣，漢賦之體，乃出于此。淺人或以爲依託，非知言也。大招一聯二句，每句四字，下句以「只」爲語助，亦用韻於「只」字上。除東、西、南、北數聯外，句法齊整，共八百八十餘言。鋪張舒肆，洵爲偉觀。要之，屈賦二十五篇，雖云古詩之流，然其體製，則創造于屈子，以啓後世辭賦之法門矣。

【校勘記】

［一］原闕「山」字，據古謡諺卷八十補。

韻例第九

詩有章而賦無章，其分段節，夫人人殊。洪氏列王注於前，而補注於後，分釋一句或二句，頗病煩碎。朱子集注或分四句爲一節，或分六句、八句爲一節，以注其下。林兆珂字孟鳴，明萬曆中人。謂「朱子韻分，旨稍可尋」。楚辭述注。然離騷八句一韻，十二句一韻者，亦皆分爲四句一節。九歌東皇太一通篇一韻，亦分爲四句二節，七句一節。則朱子分段，或有以義者，不專以韻分也。林兆珂又云：「永嘉林應辰始爲段釋，盈尺可披，諷誦尤便。」同上。其書見陳振孫書録解題，而世無傳本，豈其亡歟？宋錢杲之集傳分離騷爲十四節，明陳第屈宋古音義分七大節，清戴震字東原，乾隆中人。屈原賦注分十段，龔景瀚字海峰，乾隆中人。離騷箋分三大節，每節又分小節。姚纂、曾鈔姚鼐古文辭類纂、曾國藩經史百家雜鈔。所見各異，張編梅畧，張惠言七十家賦鈔、梅曾亮古文辭畧。亦不一定。其以韻分段，始于陳第古音義；而其明示韻字及换韻者，以蔣驥楚辭説韻爲便。但陳氏主張古音，以駁叶韻之説；蔣氏謂古音本方言，以爲叶音即通韻。其説不同。愚昧于音韻之學，未敢言其短長。今據二書，作屈賦用韻分段表，以標其異同焉。但卜居、漁父則散韻混用，爲屈賦變體，故今不録。陳書無天問、大招二篇，專取蔣説而録之。

屈賦用韻分段表

篇名	同異	二句一韻	三句一韻	四句一韻	五句一韻	六句一韻	七句一韻	八句一韻	十句一韻	十二句	十五句	十八句	二十句	二十二句	句數
離騷	陳			七六		一		五		二					三七四
	蔣			七三				五	一	一					
東皇太一	同										一				一五
雲中君	陳			二		一									一四
	蔣					一		一							
湘君	陳	一		三		四									三八
	蔣	一		二		三			一						
湘夫人	陳			六		一			一						四〇
	蔣			四		一		一	一						
大司命	同			七											二八

續表

篇名	少司命		東君		河伯	山鬼	國殤	禮魂	天問	惜誦	
異同	陳	蔣	陳	蔣	同	同	同	同	蔣	陳	蔣
二句一韻	一	二	二	一	二	四	四		二一		
三句一韻			二		一	一					
四句一韻	五	三	二	一	一	一	一		六五	二三	二〇
五句一韻								一			
六句一韻	一	二	一	三		二	一		一		
七句一韻					一						
八句一韻									五		一
十句一韻									一		
十二句									一		
十五句											
十八句											
二十句											
二十二句											
句數	二八		二四		一八	二七	一八	五	三五〇	八八	

續表

篇名	同異	二句一韻	三句一韻	四句一韻	五句一韻	六句一韻	七句一韻	八句一韻	十句一韻	十二句	十五句	十八句	二十句	二十二句	句數
涉江	同			九	二	一		一							六〇
哀郢	同			一五		一									六六
抽思	同			一九					一						八六
懷沙	陳			一六				二							八〇
	蔣			八		四		三							
思美人	同			二一		二			一						六六
惜往日	陳			二		一		一		一			一	一	七六
	蔣			一						一		一	一	一	
橘頌	同			九											三六
悲回風	陳			一二		一		二					二		一一〇
	蔣			一〇		一		三					二		
遠遊	同			二七		二		三	一	二					一七八
大招	蔣		一	三		四	一	一五	四	一					二一八

屈賦韻法，本于古詩而少變。東皇太一十五句，通篇一韻到底。詩四句一章一韻，如關雎首章，或六句一章一韻，如葛覃末章者，其例不少。然多至十五句者，必换數韻。通篇一韻，詩無其例。周頌烈文，集傳以爲一韻，顧氏非之。則通篇一韻之法，蓋昉于九歌。其餘諸篇，每四句换韻尤多，與詩多四句一章同。蓋四句一韻爲詩賦古體矣。今次屈賦韻法，求例於詩，除四句一韻外，二句一韻，有齊風盧令第二章、三章，小雅魚麗後三章諸篇；三句一韻，有召南甘棠、王風采葛諸篇；五句一韻，有召南小星首章、小雅四牡等篇；六句一韻，有邶風日月、小雅瞻彼洛矣首章諸篇；七句一韻有鄘風桑中首章、大雅召旻末章諸篇；八句一韻，有邶風谷風第二章、小雅鹿鳴諸篇；九句一韻，有衛風淇澳末章、小雅大田第三章諸篇；十句一韻，有衛風氓首章、小雅甫田末章諸篇；十一句一韻，有豳風七月第五章；十二句一韻，有小雅楚茨第二章。而至周頌烈文一章十三句，小雅賓之初筵一章十四句，周頌時邁、臣工並一章十五句，雝一章十六句，魯頌閟宫一章十七句，商頌那、烈祖、玄鳥並一章二十二句，周頌良耜一章二十三句，載芟一章三十一句，則皆無不换韻，與屈賦十五句乃至二十句、二十二句均用一韻，其法不同。詩賦體製已異，韻法亦自不同也。詩之四句一韻，概皆隔句相韻，離騷亦然。詩有連句韻，二句連用，如關雎「關關雎鳩，在河之洲」；三句連用，如葛覃「言告言歸，薄污我私，薄澣我衣」是也。九歌亦往往有用連句韻者，如「廣開兮天門，紛吾乘兮玄雲」，大司命。「秋蘭兮青青，緑葉兮紫莖」，少司命。「入不言兮出不辭，乘回風兮載雲旗。悲莫悲兮生别離，樂莫樂兮新相知」同上。陳氏以爲四句一韻，蔣氏以爲每二句一韻，似陳説得之。是也。屈賦韻在句間者一，抽思：「願承間而自察兮，心震悼而不敢。悲夷猶而冀進兮，心怛傷之慘慘。」「敢」與「慘」韻，與詩之句中韻柏舟「日居月諸」，「居」「諸」相韻之類。稍異矣。涉江、抽思、懷沙諸篇亂詞及橘頌、大招二篇，韻在下句「兮」字、「只」字上，猶詩用「兮」、「也」、「之」、「只」、「矣」、「而」、「哉」、「止」、「思」、「我」、「斯」、「且」、「忘」、「猗」等助語之例，其法皆與詩合矣。第詩多古音，屈賦匪特多古音，亦用楚音。聲音之學，非專門不能通，況楚音已變乎？楚辭音書，不爲不多，而乏良書。學者宜據陳氏古音義及陳昌齊字賓臣，清嘉慶中人。楚辭音義與顧氏詩本音、江氏古音標準諸書，互相參稽，以取其長，而不通則闕疑焉可也。

辭采第十

屈子之文，匪惟其體制奇創，其造語措辭，亦多别創獨造，自我作古者。如「紛吾」、「謇吾」、「沛吾」之「紛」字、「謇」字、「沛」字，猶言紛然、謇然、沛然。雖與「吾」字連文，而實單用一字。如「喟憑心而歷兹」之「喟」字，「忳鬱邑余侘傺兮」之「忳」字，「判獨離而不服」之「判」字，亦皆以一字爲形容詞。是長于用一字者也。曰「正則」，曰「靈均」，曰「内美」，曰「修能」，曰「靈修」，以上離騷。曰「靈保」東君。等，古之載籍，未有所見。屈子鑄辭奇特如此者，不可勝數。是其工于用二字者也。曰「紛總總」，曰「老冉冉」，曰「芳菲菲」，曰「忳鬱邑」，曰「佩繽紛」，曰「世溷濁」，曰「心絓結」等，或疊字，或疊韻，皆以一字、二字連綴成語，另闢生面。是其精于用三字者也。自此以往，無往不宜。或五字成句，或六字成句，變化百出，意態清新，讀者自知，不必摘出。屈子又好用倒裝法，「紛吾」，是吾之紛然而盛也；「耿吾」，是吾之耿然而明也；「吉日兮辰良」，是吉日良辰，倒置協韻。洪注云：「杜詩『紅豆啄餘鸚鵡粒，碧梧棲老鳳凰枝』。秋興。韓文：『春與猿吟兮，秋鶴與飛。』羅池廟碑銘。

亦用此體。」王應麟云：「與論語『迅雷風烈』同。」困學紀聞。天問以「誰」字八、「胡」字四、「幾」字三、「孰」字九、「安」字十二、「焉」字十四、「何」字壹百二十六，設問發難，總壹百七十六條。黄氏以爲一百七十一問。或一句一問，或三句一問，字法句法，並極變化，書契以來，未有此體。章句聲勢，皆有法度。蔣之翹本楚辭引明陳深語。卜居以「寧」字八、「將」字八，亦設疑問，一反一正，層層如貫珠。漁父以二「皆」字、二「獨」字相對，以二「何不」字、二「安能」字轉接。散駢混用，屈子擅長；而各篇駢句，尤見別裁焉。

凡文章之體，分爲散、韻、駢之三。三體之文，與書契俱生。但上古字少，故其文尚簡，簡故古拙。後世字漸多，而文漸工，工不傷雅。經傳諸子，具有矩矱。有散文用韻者，堯典「克明峻德，以親九族」，「德」、「族」爲韻是也。有散文用駢者，堯典「九族既睦，平章百姓。百姓昭明，協和萬邦」；舜典「直而温，寬而栗，剛而無虐，簡而無傲」是也。韻文亦或散或駢，其體不一。虞廷倡和二首，是散中有對。益稷：「股肱喜哉，元首起哉，百工熙哉。」又：「元首叢脞哉，股肱惰哉，萬事墮哉。」帝王世紀所載擊壤歌，是駢中混散。日出而作，日入而息，鑿井而飲，耕田而食，帝何力於我哉。但古代之文，散韻有專體，而駢偶則散出其間耳。蓋散文宜於達意，韻文適於抒情，駢文便於喻理。故經傳諸子，立意説理，皆用散文，而綜合其意，以括至理者，往往用偶語，以其易誦易喻也。古書所載名言，概皆成于偶語，故人人傳誦，久而不滅。惟夫專於喻理，故使其字數齊整易入耳，易上口，而不必假辭藻。如論語「君子喻於義，小人喻於利」，里仁。「用之則行，舍之則藏」，述而。「不曰堅乎，磨而不磷。不曰白乎，涅而不緇」，陽貨。「禮云禮云，玉帛云乎哉。樂云樂云，鐘鼓云乎哉」；同上。孟子「權然後知輕重，度然後知長短」，梁惠王上。「飢者易爲食，渴者易爲飲」，公孫丑。「雖有智慧，不如乘勢。雖有鎡基，不如待時」，同上。「食而弗愛，豕交之也。愛而不敬，獸畜之也」盡心。之類，或單對，或偶對，或用韻，或不用韻，而大抵皆質勝于文。老莊管晏之屬，亦皆然。以專於説理而畧於飾辭也。詩爲言志之什，非專於説理者，其間用偶語，面目宜異。而如「淺則揭，深則厲」，邶風匏有苦葉。「發彼小豝，殪此大兕」，小雅吉日。「誨爾諄諄，聽我藐藐」，大雅抑「赫赫厥聲，濯濯其靈」商頌殷武。之類，對法頗密，仍不失質矣。至屈賦則言情喻志，好用偶語，爲韻文之兼駢者。而其駢偶之語，文勝于質，寓名理於辭采，如鏡花水月，爲先秦文之新體。經傳諸子之偶語猶墨畫，屈子之文則着色傳彩，以華麗勝，駢偶辭法，於是一變，開千古未到之蹊徑矣。

離騷曰：「名余曰正則兮，字余曰靈均。」曰：「朝搴阰之木蘭兮，夕攬洲之宿莽。」曰：「余既滋蘭之九畹兮，又樹蕙之百畮。」曰：「朝飲木蘭之墜露兮，夕餐秋菊之落英。」曰：「製芰荷以爲衣兮，集芙蓉以爲裳兮。」曰：「夫孰非義而可用兮，孰非善而可服。」曰：「飲余馬於咸池兮，總余轡於扶桑。」九歌曰：「采薜荔兮水中，搴芙蓉兮木末。」湘君。曰：「石瀨兮淺淺，飛龍兮翩翩。」同上。曰：「鳥次兮屋上，水周兮堂下。」同上。曰：「鳥何萃兮蘋中，罾何爲兮木末。」湘夫人。曰：「捐余袂兮江中，遺余褋兮澧浦。」同上。天問曰：「何闔而晦？何開而明？」曰：「鯀何所營？禹何所成？」曰：「何處冬暖？何處夏寒？」曰：「比干何逆，而抑沈之？雷開何順，而賜封之？」九章曰：「令五帝以折中兮，戒六神與嚮服。」惜誦。曰：「言與行其可迹兮，情與貌其不變。」同上。曰：「矰弋機而在上兮，罻羅張而在下。」同上。曰：「帶長鋏之陸離兮，冠切雲之崔嵬。」涉江。曰：「吾與天地兮比壽，與日月兮齊光。」同上。曰：「心絓結而不解兮，思蹇嵼而不釋。」哀郢。曰：「登高吾不說兮，入下吾不能。」思美人。曰：「觀炎氣之相仍兮，窺烟液之所積。悲霜雪之俱下兮，聽潮水之相擊。」悲回風。遠遊曰：「經營四方兮，周流六漠。上至列缺兮，降望大壑。下峥嶸而無地兮，上寥廓而無天。視儵忽而無見兮，聽惝怳而無聞。超無爲以至清兮，與泰初而爲鄰兮。」卜居曰：「寧與黃鵠比翼乎，將與雞鶩爭食乎？此孰吉孰凶，何去何從？」曰：

「尺有所短，寸有所長。物有所不足，智有所不逮，神有所不通。用君之心，行君之意。」漁父曰：「舉世皆濁而我獨清，衆人皆醉而我獨醒。」曰：「舉世皆濁，何不淈其泥而揚其波？衆人皆醉，何不餔其糟而歠其釃？」曰：「新沐者必彈冠，新浴者必振衣。」如此之類，無篇無之。而九歌「青雲衣兮白霓裳，舉長矢兮射天狼」東君。一聯，句中成對，二句成單對，可謂工煉矣。悲回風「紛容容之無經兮，罔芒芒之無紀。軋洋洋之無從兮，馳委移之焉止。漂翻翻其上下兮，翼遥遥其左右。氾潏潏其前後兮，伴張弛之信期」八句一聯，句法變化，極奇極工，視之先秦諸子排偶之語，雕樸異色，文質殊姿，驚采絶艷，空前邁古；而後世所謂單對、偶對、句中對、長偶對、正對、反對、事對等辭法，具備于此。宋玉以下，規而摹之，兩漢、六朝，皆步後塵，排偶之文，遂成一體，屈子實爲之祖。而古人用之説理之文者，後人多用之喻志抒情之篇，其體與用，至此一變，亦自屈子發其端。則屈子之於文，立于先秦、兩漢之歧路，而轉旋鴻鈞，繼前啓後，清孫梅四六叢話亦謂「以騷啓儷」。辭章源委，於是備焉。學者不讀屈賦，則曷知詩三百之變？又曷知兩漢以後辭賦之淵源哉？

風騷第十一

辭章之法，備于賦比興，而文學之道，貴發于情，止于禮義。詩三百篇，本原存焉。世以騷繼風，風騷並稱者，以其意相近也。王逸章句本載班孟堅序云：「淮南王安叙離騷，以國風好色而不淫，小雅怨悱而不亂，若離騷者，可謂兼之。」其叙已亡，而今司馬遷史記屈原傳有此語，則知後世風騷並稱者，實本于淮南王叙焉。所謂「國風好色而不淫」者，蓋自孔子關雎「樂而不淫」論語八佾。之語來。而所謂「小雅怨而不亂」者，出于孟子「小弁之怨」。告子下。國風始于關雎，求好逑而不得，則展轉反側，可謂好色矣。而遂不失其正，是謂之不淫。其餘國風多託之男女之辭者。屈賦亦以美人喻君、喻神，曰「恐美人之遲暮」，離騷。曰「滿堂兮美人」，曰「望美人兮不來」，少司命。曰「送美人兮南浦」。河伯。又好言求女，曰「哀高丘之無女」，曰「相下女之可詒」，曰「求宓妃之所在」，曰「見有娀之佚女」，曰「留有虞之二姚」，離騷。曰「將以遺兮下女」，湘君。曰「聞佳人兮召予」，曰「將以遺兮遠者」。湘夫人。顧炎武號亭林，清初人。譏其迷惑男女，瀆亂神人，日知録。可謂拘矣。黄文焕云：「蓋寓意在斥鄭袖，故多引古之妃嬪，欲以此爲吾王配焉。」楚辭聽直。彭紹升字元初，乾隆中人。亦云：「懷王之嬖鄭袖，此致亂之基，故篇中疊引宓妃、有娀、二姚，明爲君求助，繼關雎哀窈窕、思賢才之意。」二林居集。蓋屈子之言女，皆有寓意，亦「好色而不淫」者也。小雅小弁八章，皆致怨慕於親，冀其有所感悟。小序云：「小弁，刺幽王也。太子之傅作焉。」孟子趙岐注云：「伯奇仁人，而父虐之，故作小弁之詩。」孟子曰：「小弁之怨，親親也。親親，仁也。」屈子亦曰：「怨靈修之浩蕩兮，終不察夫民心。」曰：「閨中既邃遠兮，哲王又不寤。」離騷。所以怨慕懷王而冀幸其一悟者至矣。司馬遷云：「信而見疑，忠而被謗，能無怨乎？屈平之作離騷，蓋自怨生也。」又曰：「其存君興國，而欲反覆之，一篇之中，三致意焉。」史記屈原傳。然則屈原之怨，亦親親之仁也，豈非「怨而不亂」者乎？故晁無咎云：「終窶且貧，莫知我艱。北門之志也。邶風。何辜于天，我罪伊何。小弁之情也。以附益六經之教，於詩尤近。」重編楚辭序。屈子之好色與怨君，發于人情，而止于禮義，詩之與騷，殊體同歸。淮南王以爲兼風、雅，使後人風騷並稱，誠爲知言。而班固乃謂似過其真，抑又何意也？

王逸云：「夫離騷之文，依託五經以立義焉。『帝高陽之苗裔』，則『厥初生民，時惟姜嫄』也。大雅生民首章。『紉秋蘭以爲佩』，則『將翱將翔，佩玉瓊琚』也。鄭風有女同車首章。『夕攬洲之宿莽』，則易『潛龍勿用』也。乾卦初九爻辭。『駟玉虬而乘鷖』，則易『時乘六龍，以御天』也。文言。『就重華而陳詞』，則尚書咎繇之謀謨也。皋陶謨。登崑崙而涉流沙，則禹貢之敷土也。」楚辭章句序。其言雖似過鋪張，頗中肯綮。而帝高陽一條，唐劉知幾以爲自叙傳之祖，史通。實本于逸説矣。劉勰云：「陳堯、舜之耿介，稱禹、湯之祗敬，典誥之體也。譏桀、紂之猖狂，傷羿、澆之顛隕，規諷之旨也。虬龍以喻君子，雲霓以譬讒邪，比興之義也。每一顧而掩涕，嘆君門之九重，忠怨之辭也。觀茲四事，同於風雅者也。至於託雲龍，説迂怪，豐隆求宓妃，鴆鳥媒娀女，詭異之辭也。康回傾地，夷羿蔽日，木夫九首，土伯三目，譎怪之談也。依彭咸之遺則，從子胥以自適，狷狹之志也。士女雜坐，亂而不分，指以爲樂，娛酒不廢，沈湎日夜，舉以爲歡，荒淫之意也。摘此四事，異乎經傳者也。」文心辨騷篇。蓋其同乎風、雅之説，本于淮南、王逸；而異于經傳之説，未達其祕蘊矣。所謂「詭異之辭」者，不知詩賦馳想，不妨假設也。所謂「譎怪之談」者，不知是楚國古傳舊説，屈子設問，使人知其妄也。所謂「狷狹之志」者，不知孔子不得中行，而必取狂狷。孟子盡心下。而屈子之忠烈，其所欲有甚於生者也。道術第十二參看。所謂「荒淫之意」，是招魂之文，非屈子作，朱子宋玉招魂序云：「若夫譎怪之談，荒淫之志，則昔人蓋已誤其譏於屈原。」曷知非宋玉叙襄王荒淫以寓規諷耶？説本于王闓運。屈子大招雖亦言女，然其言云「比德好間，習以都只」，是關雎之「窈窕淑女」，貴其德者也，豈可與玉之流蕩同日而語哉？四事雖異于經傳，然未足以累屈子。第勰謂體慢于三代，而風雅于戰國者，塙矣。

朱子云：「楚人之詞，其寓情草木，託意男女，以極遊觀之適者，變風之流也。其叙事陳情，感今懷古，以不忘乎君臣之義者，變雅之類也。至於語冥婚而越禮，攄怨憤而失中，則又風、雅之再變也。其語祭祀歌舞之盛，則幾乎頌，而其變也又有甚焉。其爲賦，則如騷經首章之云也。比則香草、惡物之類也。興則託物興詞，初不取義，如九歌沅芷澧蘭，以興『思公子兮未敢言』之屬也。然詩之興多而比、賦少，騷則興少而比、賦多。」楚辭辨證。朱子之説，亦本于王、劉，而語焉加詳。其集注各篇，皆注明賦、比、興。陸時雍字昭仲，明末清初人。云：「有賦中兼比，比中兼賦者。若泥定一例，則意枯而語滯矣。」楚辭疏。夫三百篇，比興雜出；騷亦不一體，一一比附六義，則不免枯滯，惟宜論其大體耳。論其大體者，莫善於司馬遷焉。其言云：「其文約，其辭微。」又云：「其稱文小而其指極大，舉類邇而見義遠。其志潔，故其稱物芳；其行廉，故死而不容自疏。」史記屈原傳。屈子以諫忤君，以言得罪，故引喻借論，不肯明言本情。如「惟草木之零落兮，恐美人之遲暮」，如「悔相道之不察兮，延佇乎吾將反」，如「曰兩美其必合兮，孰信修而慕之」，如「曰勉遠逝而無狐疑兮，孰求美而釋女」，是所謂「其文約而其辭微」者也。曰「荃不揆予之中情兮」，曰「蓀何以兮愁苦」，是所謂「稱文小而其指極大」者也。曰「薋菉葹以盈室兮，判獨離而不服」，曰「何昔日之芳草兮，今直爲此蕭艾也」，以香草比賢者，以惡物比小人，所謂「舉類邇而見義遠」者也。魏源字默深，道光中人。云：「世愈亂，情愈鬱，則詞愈幽。於是微詞之對，陰語之諫，與騷賦之比，始並盛於時。」詩古微。亦謂此耳。二十五篇中，言蘭凡二十，言蕙凡十一，言桂者十，言椒者九，言芷者七，言薜荔者六，言荷者五，言杜若、言芙蓉、言菊、言木蘭、言辛夷、言蘅、言江離者各三。曰「衆芳之所在」，曰「苟余情其信芳」，屈子開口則言芳，是所謂「其志潔故其稱物芳」者也。其行廉而忠，被讒見放，遂自沈淵，不忍見楚國之亡，不亦悲乎！龔景瀚云：「千古以下，善讀離騷者，太史公一人而已。」離騷箋。洵然洵然！蓋騷之於六義，尤多比興，而其體與變風近，宜矣其風、騷竝稱也。

學詩多識於草木鳥獸之名，論語陽貨篇。讀騷亦然。騷多芳草嘉木，而惟無梅矣。安積艮齋云：大谷士由，仙臺人，所著花徑樵話三百卷，其中有一條云：「楚辭無梅，案邦諺云：「萬葉無菊，楚辭無梅。」是詞客之常談。然楚辭實有梅，後人未深考耳。離騷云『朝飲木蘭之墜露』，木蘭即梅也。何以言之？文選蜀都賦云：『其樹則有木蘭。』注云：『劉曰：木蘭，大樹也。葉似長生，冬夏榮，常以冬華，其實如小柿，南人以爲梅。』史記司馬相如傳子虚賦曰：『其木則桂、椒、木蘭。』正義曰：『廣雅云：木蘭似桂，皮辛，可食。其實如小柿，辛美。南人以爲梅也。』」據此，則木蘭之爲梅，確有明證矣。伊勢貞丈隨筆云：「染色有梅谷澁，斫紅梅之根，煎之取其汁，和以明礬少許，其色赤黄，狩衣、直垂之色，木蘭地者是也。木蘭乃梅花之異名，以梅木而香似蘭，故稱木蘭。」亦可以證梅之爲木蘭也。此説大奇，千古文人所未發。南柯餘編下卷。

古今東西，多名同而實異，名異而實同者，不獨草木鳥獸。愚不通本艸學，未知斯説當否？但梅樹皮不可食，其實酸美，非辛美，恐木蘭非梅也。姑書以待後考焉。

道術第十二

劉勰云：「諸子以道術取資，屈、宋以楚辭發采。」文心才畧篇。蕭昭明亦謂：「老莊之作，管晏之流，蓋以立意爲宗，不以能文爲本，而賢人之微辭，亦其所不取。」文選序。則勰以屈子爲辭人，不重其道術，而文選所録屈賦，亦唯取其辭采，而畧其道術也。愚案：文者載道，詩者言志。經傳諸子之文，是載道之辭，固以立意爲宗，而莫不能文者。詩三百篇是言志之什，能文而又能立意，其載道無論已。屈賦諸篇亦然已，能文而又立意，寓道術於辭章，以言志之什，兼載道之辭，是其所以上繼風、雅也。劉、蕭之視屈賦，愚頗嫌其淺焉。

屈子折中于三后、五帝，求合於堯、舜、禹、湯，有孔子祖述堯、舜，孟子言必稱堯、舜之風。而其尤惓惓于帝舜者，豈以舜怨慕父母，號泣于旻天，與己之怨慕君王相似乎？屈子曰：「昔三后之純粹兮，固衆芳之所在。」離騷。又曰：「彼堯舜之耿介兮，既遵道而得路。」此四句實屈子道術之要也。王逸云：「衆芳，譬群賢也。」龜井昱號昭陽，筑前人。云：「曰道曰路，似自洪範『無有作好，遵王之道；無有作惡，遵王之路』來。」楚辭玦。朱駿聲離騷補注亦有此説。蓋屈子知人能弘道，論語衛靈公篇。而善人是富之爲大賚，同堯曰篇。欲爲楚國得羣賢，使其君樂取於人以爲善，孟子公孫丑下。非堯、舜之道，不敢以陳王前。同下。曰「悔相道之不察」，曰「回朕車以復路」，曰「夫孰異道而相安」，曰「周論道而莫差」，以上離騷。曰「吾將董道而不豫」，涉江。曰「道可受兮不可傳」，遠遊。足見大臣以道事君論語先進篇。之義，可謂立于其大者矣。及其言不用，其身被絀，則「哀衆芳之蕪穢」，而「怨靈修之浩蕩」，稱聖哲之茂行，而悲夏桀、后辛之無道；美咎繇、尹摯、傅説、呂望、甯戚之遇，而悼梅伯、箕子、比干、介子推、伍子胥之志。鬱于中而發于外，豈汲汲于能文？蓋亦不期然而然也。則讀其文者，豈可眩其辭采而畧其道術哉？

離騷曰「紛吾既有此内美兮，又重之以修能」，「内美」承上文「正則」「靈均」而言。「正則」之正，即大學「正心」之正。後文「耿吾既得此中正」，離騷。及懷沙「内厚質正兮，大人所盛」、遠遊「求正氣之所由」，數「正」字皆本于此。孔子「割不正，不食」，「席不正，不坐」，「君賜食，必正席」，「升車，必正立」。論語鄉黨篇。其言曰：「政者，正也。子帥以正，孰敢不正？」顔淵。「其身正，不令而行。」同上。「苟正其身，於從政何有？」子路。「君子正其衣冠。」堯曰。可知正字，是修己治人第一工夫，而屈子生平從事於此矣。内美之内，即心也。不正其心，曷得正其外？正其内外，必順天則。天則，即正則也。有物有則，天命之性也。曾子曰：「陽之精氣曰神，陰之精氣曰靈。神靈者，品物之本也。」大戴禮曾子天員篇。所謂品物之本，即天之所命也。詩鄘風定之方中「靈雨既零」，鄭箋云：「靈，善也。」戴震注亦本于鄭箋。曾子意謂，人爲陰陽之精，而其所禀者善也。孟子性善之説，似出于此。而莊子所謂「靈臺」、庚桑楚。「靈符」，德充符。皆指心宅而言。又曰：「大愚者終身不靈。」不靈，猶不明也。不明與不善相似，蓋襲孔子「下愚不移」之語也。王逸云：「均，調也。」本于詩小雅皇皇者華

「六轡既均」，毛傳、文選五臣注云：「均，平也。」亦出于詩小雅節南山「東國之均」，毛傳：「均平則調。」其意相通。今合「正則」、「靈均」稱「内美」，内言性也，美猶善也。朱子云：「是天賦美質於内也。」豈非祖述孟子性善之説者乎？則賦中有比，托名字而説人性，匪惟字謎也。「修能」之修，是大學「修身」之修；龔氏離騷箋。能，是才能之能，與孟子「非才之罪也」之才同。告子上。才能者，性之用也。王逸以修爲遠，朱子以修能爲長才，林雲銘駁其大謬，楚辭燈。是也。王夫之云：「修能，志正道，學正學，而成材也。」通釋。張德純云：「自此至終篇，凡言好修者五，前修、姱修者再，而特發端於此。此一篇之指要也。」離騷節解。孫爾準字平叔，乾隆中人。云：「内美修能，從質性説到學問。内美，尊德性也。修能，道問學也。」鈔本。數子者之言，發蘊靡遺，可以知屈子之學問本領矣。

屈子曰：「孰非義而可用兮，孰非善而可服。」離騷。是大學所引楚書曰「楚國無以爲寶，惟善以爲寶」之意也。曰：「重仁襲義兮，謹厚以爲豐。」懷沙。是孔子説卦所謂「立人之道，曰仁與義」，孟子開口輒曰「亦有仁義而已矣」之意也。曰：「善不自外來兮，名不可以虛作。」抽思。曰：「紛郁郁其遠承兮，滿内而外揚。」思美人。是孟子所謂「集義所生」公孫丑上。及「仁義禮智非由我鑠之」告子上。之意也。曰：「言與行其可迹兮，情與貌其不變。」惜誦。是孔子所謂「言之必可行」顏淵。之意也。蓋聽其言而信其行，孔子且失之宰予，故聽其言而觀其行。公冶長。屈子狂狷之徒，似言不顧行，行不顧言者，而自待以中正，與鄉愿之情與貌變者異。豈以孤臣孽子心危慮深歟？蓋其言之所以發乎情，止乎禮義，亦爲此也。孔子主忠信，學而。曰「臣事君以忠」，八佾。曰「進思盡忠」。孝經。曾子曰：「事君不忠，非孝也。」大戴禮制言篇。屈子知謇謇之爲患而不能舍，隱隱思君而陫側，曰「交不忠兮怨長」，湘君。曰「忠名彌彰」，天問。曰「所作忠而言之兮」，曰「竭忠誠以事君兮」，曰「思君其莫我忠兮」，曰「忠何罪以遇罰兮」，曰「吾作忠以造怨兮」，以上惜誦。曰「忠不必用兮」，涉江。曰「忠湛湛而願進兮」，曰「介子忠而立枯兮」，曰「或忠信而死節兮」，以上惜往日。曰「竭智盡忠，而蔽障於讒」，曰「吾寧悃悃款款樸以忠乎」，以上卜居。其忠于君果何如也！屈子又言直者五，惜誦「聽直」、「婞直」，涉江「端直」，抽思「信直」，卜居「正直」。貴三代之所直道而行者也。言負者四，惜誦「貞臣」二，惜往日「貞臣」，卜居「廉貞」。尚貞固幹事之德也。言清者六，離騷「伏清白」，大司命「清氣」，遠遊「清澄」，卜居「不清」，漁父「獨清」、「水清」。庶幾乎身中清，論語微子。聖之清孟子萬章上。者矣。曰「人生有命兮，各有所錯」，懷沙。曰「受命不遷，生南國兮」，橘頌。誰謂屈子不知命也？曰「法度」、曰「繩墨」、曰「祇敬」，皆莫非修身之要。而遠遊所謂「内惟省以端操兮，求正氣之所由」者，得孔子「内省不疚」，顔淵。曾子「三省吾身」學而。之意，而與孟子「養浩然之氣」，其揆一也。屈子所謂「正氣」，即孟子所謂「浩然之氣」也。公孫丑上。孟子以前未有言「浩然之氣」者，惟管子内業篇有「浩然和平，以爲氣淵」之語，老子曰：「道冲而用之或不盈，淵兮。」又曰：「居善地，心善淵。」淵字出于此。似孟子「浩然之氣」所出。然管子多後人竄入，蓋此篇亦秦漢黄老家剿襲孟子之語，而依託管子，以張養生之説，疑非管子之語。然則浩然之氣，孟子創作歟？曰：否。孔子且述而不作，況孟子乎？但古人爲學，舉一隅反三隅，以自發明。孔子以孝爲至德要道，孝經。曾子乃以孝爲忠之用。大戴禮立孝篇。曾子之學，貴自反而縮，子思乃自「縮」字發明「誠」字。子思之學貴中和，而和而不流，孟子乃發明浩然之氣來。「浩然」之語，本于中庸「浩浩者天」；而「至大至剛」，出于「語大，天下莫能載焉；語小，天下莫能破焉」之語。其「以直養」之直，即縮即誠，而孔子「不疚」之謂也。蓋屈子師其意，而不襲其語，曰「内惟省以端操兮，求正氣之所由」，屈子以前未有言「正氣」者，亦自「浩然之氣」發明來耳。孔子曰：「清明在躬，氣志如神。」禮記孔子閒居。遠遊曰：「保神明之清澄兮，精氣入而麤穢除。」又曰：「壹氣孔神兮，於中夜存。」亦皆言浩然之氣。其曰「道可受兮不可傳」者，即孔子所謂「君子不可小知而可大受」之意也。其曰「其小無内兮其大無垠」者，孟子所謂「至大至剛，塞於天地」之謂。而其曰「於中夜存」者，即孟子所謂「夜氣」也。孟子曰：「梏之而反覆，則其夜氣不足以存。」告子上。按管子幼官第八：「若因夜虛守靜，人物人物則皇。」「夜虛」字，似孟子「夜氣」所本。然管子幼官圖第九作「若因處虛守靜，人物則皇」，可知幼官第八「夜虛」是「處虛」誤，「人物」二字是衍，而「夜氣」之説，孟子創爲之，而屈子祖述之也。遠遊一篇，亦是寓言，借道家之説，以爲自寛自慰之詞，而其本意在于死而不朽。惟以其辭微，故朱子猶且以爲長生久視之要訣，謬矣。予有別論，茲不復贅。要之，屈子之學，貫通孔、曾、思、孟之道，而尤與孟子近矣。

愚嘗竊考之，楚人之能誦詩書者，有申叔時；楚語下。能讀三墳五典八索九邱者，有左史倚相。左傳昭公十二年。而昭王亦嘗欲聘孔子，封以書社七百。史記孔子世家。可知楚人雖居南夷，亦有志於聖人之道矣。後有陳良者，悦周公、仲尼之道，北學於中國。北方之學者，未能或之先，孟子稱爲豪傑之士。其弟子陳相兄弟，以許行之言質疑孟子，孟子爲辨其妄，滕文公上。諄諄千餘言。蓋彼亦憮然曰命之矣。景春蓋爲楚同姓，問孟子以公孫衍、張儀之事，滕文公下。其或孟子門人歟？孟子之文，不架空結撰，其比喻，亦多借眼前實際之事者。其言曰：「有楚大夫于此，欲其子之齊語也，則使齊人傳諸？」「一齊人傳之，衆楚人咻之，雖日撻而求其齊也，不可得矣。引而置之莊嶽之間數年，雖日撻而求其楚，亦不可得矣。」滕文公下。蓋戰國之世，秦以武力稱雄，當時齊以文化爲諸侯所嚮往，以其近魯，且學者多集稷下也。孟子在齊尤久，從遊子弟亦不爲不多。楚居南夷，鴃舌不通，其大夫子弟因學齊語，其或猶今北京官話歟？故孟子爲戴不勝論薛居州，借楚人時尚以設比喻，非架空之談也。屈子之名不見孟子之書，然屈子與陳良、陳相、景春同時，而爲楚大夫，居左徒之職，掌應對諸侯，其爲國謀，與齊合從，屢使于齊，意微特能齊語，亦當樂其文化。則屈子之於孟子，雖未知其嘗相見與否，亦可以懸料其與聞孟子之道矣。是臆度耳，素無憑據，然其言相符，豈非確證乎？朱子以屈子爲不知學於北方，以求周公、仲尼之道者，蓋失之矣。然朱子亦評屈子之文，以謂足以發天性民彝之善，而增夫三綱五常之重，則非求周公、仲尼之道，安得如此？汪瑗謂「屈子可繼三百篇而無媿色，與孟子七篇並傳，而不多讓也。」楚辭集解。李光地云：「屈子蓋蠻荆之一人，北方學者，未能或先也。」離騷解義。陳澧字蘭甫，同光間人。云：「屈原之文，雖詩賦家，其學則儒家也。」東塾讀書記。陳大文字海帆，近人。云：「觀屈子之書，無一不與孟子合。」楚辭串解。竝得之矣。明黄文焕楚辭聽直有聽學一篇，論屈子之學，雖頗得要，而有未備者。予故論其道術，而考其學問所出如此。

屈原賦説下卷

大隅西村時彦　初藁

名字第一

孟子曰：「頌其詩，讀其書，不知其人可乎？是以論其世。」萬章下。是讀書之法也。讀屈子之書者，亦不可不知屈子其人也。屈子名字，本有二説，予故先辨之。屈子與孟子、莊子並時，而荀子、韓非子、呂氏春秋等皆出于其後，竝無道屈子名字者。其餘先秦古書，不一概見。豈以僻處南夷，放逐江南，竄伏沉没于葭葦波濤之間歟？惟其所作離騷，云：「名余曰正則兮，字余曰靈均。」卜居、漁父則自稱曰「屈原」。其死後百有餘年，漢賈誼謫長沙，作吊屈原文，云「仄聞屈原兮自湛汨羅」，未知「原」是名是字。暨司馬遷作史記屈原傳，始書其名字云「屈原者名平」，劉向新序節士篇亦同。東方朔七諫云：「平生於國兮，長於原壄。」莊忌哀時命云：「屈原沉於汨羅。」王褒九懷云：「伍胥兮浮江，屈子兮沈湘。」劉向九嘆云：「伊伯庸之末胄兮，諒皇直之屈原。」又：「原生受命於貞節兮。」後漢王逸楚辭章句釋「正則」「靈均」云：「正，平也。則，法也。靈，神也。均，調也。言正平可法則案：此語與下「養物均調」相對，疑「則」字是衍。者，莫過於天；養物均調者，莫過於地。高平曰原。爾雅釋地文。故父伯庸名我爲平以法天，字我爲原以法地。」宋洪興祖補注云：「正則以釋名平之義，靈均以釋字原之義。」果然，則史記與離騷合。然「正則」「靈均」，明陳第以爲置覆設謎，使人射猜；屈宋古音義。清屈復以爲名字隱文。愚亦謂卜居漁父倘無屈原名，史記不書名字，則後人安知正則之爲原爲平、靈均之爲平爲原哉？蓋王、洪二説似望史記之文而生義，多不解耳。蓋正則、靈均，雖託名字，以説心性，而王氏「法天」「法地」之説，則過於鑿邪？但其以正則爲平，以靈均爲原者，後世略無異詞，蓋以取信史記之文也。然正則、靈均已爲隱文謎語，其爲原爲平、爲平爲原，顾解釋如何耳，群言之所以不免紛淆也。

文選作者宋玉、荆軻、李斯、韋孟、賈誼、鄒陽、劉安、王康琚、謝靈運、惠連、王僧達等，史不書字者皆書其名，餘皆書字不書名。惟孔安國字子國，羊祜字叔子，仍書其名。陸機字士衡，第三十七卷書其名者，偶誤耳。蓋書字不書名者，文選例然也。而第三十二卷書屈平不書屈原，蓋昭明以原爲名、以平爲字也。異説始出，紛紛聚訟。五臣注張銑云：「史記云：『屈原字平。』」洪興祖云：「史記名平，文選以平爲字，誤矣」。然張詵所引史記明書「名平」，雖多異本，無書「字平」者。則知張注「字平」是「名平」之誤，否則臆改史記，牽附選例也。李周翰注釋正則、靈均仍從王逸，未嘗以平爲字，可以證也已。後世學者好異標奇，乃以謂六臣注釋正則爲原，釋靈均爲平，而或咎史記之疏漏。如宋馬永卿、明汪瑗、陳第、清屈復等皆以平爲字者，蓋本于此。而最張其說者，汪瑗也。瑗云：「古人質直，恒自稱名，非獨君父師長之命，按禮記曲禮云：「父前子名，君前臣名。」雖對平交亦然也。文選沈休文謝靈運传論李注云：「靈均，屈原字也。」屈子去聖人未遠，漁父卜居二篇皆自稱屈原，則原者名也。太史公作屈原傳，乃曰名平字原，未知其何所據而云也。吾嘗疑太史公或以『名余曰正則兮，字余曰靈均』而擬議以成之者也。王逸注曰『法天』『法地』云云，其說迂矣。五臣以正則爲釋原名，靈均爲釋平字，按：清吴旦生歷代詩話亦云：「五臣：正則猶云原也，靈均猶云平也。」五臣注無此文，蓋襲汪說耳。其說善矣，其見卓矣。」楚辭蒙引。按五臣注惟云：「均，亦平也。」而未嘗以正則爲釋名原，靈均爲釋字平。而張詵曰「字平」者，誤寫耳。瑗乃抑逸而揚五臣，可謂無據矣。且夫古人自名，誠如瑗言，如「忠信如丘」，論語公冶長。「軻也請無問其詳」，孟子告子下。皆是也。則似原是名矣。然名以正體，字以表德。顔氏家訓風操篇。古人不名前賢，尊其人則必稱其字，如「晏平仲善與人交」，論語公治長。「仲尼不爲已甚」，孟子離婁下。亦皆是也。瑗亦云：「孔子作春秋，記人之行事，或名之，或字之，皆因其行事之善惡而貴賤之。馬融長笛賦：「屈平適樂國，介推還受禄。」李善云：「今言屈平聞此笛音即還之楚國，不沈汨羅而死。」二百四十二年之間，字而不名者十二人而已。使屈原生於孔子之前，則其字當得大書特書，屢書不一而已也。」楚辭蒙引。夫賈誼去古未遠，祖述孔子之道，其吊屈原文云「敬吊先生」，其尊之亦至矣，固宜不名而字之。則其所謂「仄聞屈原兮自湛汨羅」者，豈非原是字之證乎？東方朔七諫代屈子立言而云「平生於國兮，長於原壄」，似亦以平爲名，以原爲字矣。然則卜居、漁父屈子所作，而仿以自字乎？古人稱字，其例不少。清顧炎武日知録卷第二十三歷舉十餘條，梁玉繩瞥記亦補記數條，且云：「今俗以署名爲敬，以稱字爲簡，不足語于斯。」清白士集卷二十四。則屈子自稱字亦似亡足怪焉。愚又按：古人簡質，或自稱字，或雖聖賢不諱其名。孔、孟恆稱堯、舜，蓋皆從其通行耳。屈子當日或以字行，亦未可知也。

宋馬永卿字大年，紹興中人。嬾真子第四卷云：「同年小録載小名小字始于司馬犬子。僕曰：不然。離騷：『名余曰正則兮，字余曰靈均。』屈原字平，而正則、靈均則其小名小字。」余蕭客文選記聞引。四庫提要以謂「正則、靈均，小名小字。雖無所考，亦足以備一解」。嬾真子條下。小名小字，未知當否？而其曰「屈原字平」者，蓋襲文選張詵之說也。陳第古音義亦以平爲字，而其云：「正則、靈均，皆未有的據。名正則字靈均，皆少時之名，如司馬相如小名犬子，及封胡、羯末之類。」亦剿襲馬說。而清朱軾号可亭，康、雍間人。以正則、靈均別創美稱，爲今人別號之權輿者，實本于馬、陳二氏，而少變化其說耳。蓋正則、靈均已爲隱文謎語，其爲原爲平，本無定義，顧解釋何如耳。史記所據，果在于此否？是未可知矣。意司馬遷父子相繼成史記，而定原爲字，定平爲名。劉向校祕書，博覽多識，不減于司馬氏，而亦從史記而不疑，可以知其必有的據矣。夫名之爲原爲平，字之爲平爲原，似無關大義矣。然欲知其人，須先知其名，孔子之所以必正其名也，予故析異求是如此。」

王褒九懷則稱「屈子」。

東方朔七諫云：「平生於國兮，長於原壄。」

劉向九嘆云：「伊伯庸之末胄兮，諒皇直之屈原。」又云：「原生受命于貞節兮，鴻永路有嘉名。」

放流考[一]

洪

十六年放。

十八年召用。

哀郢仲春東遷。王曰：懷王不明，信用讒言，而東徙。

新序：十六年放於外，作離騷。洪、朱從之。

蔣

始爲見疏，既而去朝，非朝夕。

十八年以前見疏，而未放於外，作離騷。

十八年，諫釋張儀之後，復以讒見放。

頃襄元年，遷於江南。

頃襄十三四年，或十五六年，自沉。

黃

放于頃襄初年，又次年。

頃襄九年，放九年而不復。

死于頃襄十年。

聽直云：「乃死在懷既死秦，頃不復仇九年以後，無可訴也。」離騷之文補史之闕。

黃云：死于頃襄十年。

林

十六年以前見疏，而未去任。

十七年，屈子所歌於王朝——惜誦。

十八年，屈子諫王釋張儀。

二十四年，被遠遷——惜往日。

二十五年，頃襄近婦——思美人。

二十八年，諸侯攻楚，疑屈子與同。

三十年，屈子諫王勿入武關。

頃襄二年，屈子見遷于江南——招魂、涉江。

三年——大招——自招。

四年——卜居。

七年——悲回風。

十一年——懷沙——自沉。

離騷作于懷王之時。

遠遊作于頃襄初立、懷王未死之日。

天問作于懷王初死之日。
九歌作于懷王初死、頃襄無復仇之時。
九章作于卜居之前。
卜居作于既放之三年。
騷，國風也。
九章，亦爲雅、爲風。
天問，大雅也。
遠遊，亦雅之類也。
九歌，頌也。

【校記】

［一］放流考爲放流第二初稿。

放流第二

史記本傳云：「屈原，楚之同姓，爲楚懷王左徒。」左徒，正義云：「蓋今在左右拾遺之類。」則侍從貴近之臣也。漁父自稱三閭大夫，王逸云：「三閭之職，掌王族三姓，曰昭、屈、景。」困學紀聞引莊子庚桑楚篇云「甲氏」，其即屈子與？則三閭大夫，即後世之宗正、宗伯也。或云：三閭，楚邑，原爲其大夫。近人曹耀湘讀騷論世。非也。武陵龍陽有三閭港，恐皆影響之説，不足憑耳。屈原，楚之同姓大夫，劉向新序云「楚之同姓大夫」。是離騷二十五篇之所以作也。

離騷作于何日也？史記云：屈子「入則與王圖議國事」，「出則接遇賓客，應對諸侯。王甚任之」。上官大夫爭寵害能，欲奪屈原所作憲令而不與，因讒其伐功。「王怒而疏屈平」，平乃「憂愁幽思而作離騷」。據此則似離騷作于疏絀之日矣，但未知疏絀在何年耳。然本傳「屈平既絀」下，敘商於之詐，丹淅、藍田之敗，張儀賂靳尚、鄭袖，而懷王釋去張儀，乃云「屈平既疏，不復在位，使於齊，顧反，諫懷王：何不殺張儀」。及懷王將入秦，平曰：「不如無行。」子蘭勸王入秦，客死。頃襄王立，子蘭爲令尹。屈平「雖放流，睠顧楚國，繫心懷王，不忘欲反，冀幸君之一悟，俗之一改也」，「一篇之中，三致志焉」。「令尹子蘭聞之大怒，卒使上官大夫梁玉繩史記志疑云：「考楚策靳尚爲張儀所殺，在懷王世。而此言上官爲子蘭所使，當頃襄時，爲別一人。故漢書人表列上官大夫五等，靳尚七等。」短屈原於頃襄王，頃襄王怒而遷之」。則又似屈子被絀復用，使於齊後見放流。而離騷作于懷王入秦之後，見再遷于頃襄新立之時矣。前後違戾，群疑紛出。至司馬遷報任安書則云：「屈原放逐，乃賦離騷。」所謂放逐，言懷王放流與指頃襄遷之，竝未可知，則不足以解群疑也。劉向新序節士篇云：「張儀之楚，貨楚貴臣上官大夫、靳尚之屬，上及令尹子蘭、司馬子椒，内賂夫人鄭袖，共譖屈原。屈原遂放於外，乃作離騷。」案：史記有子蘭，而新序又有子椒，朱子楚辭集注辨證言「非實有其人」。班固古今人表亦有子椒之名，蓋仍新序也。又云：「懷王悔不用屈原之策，復用屈原。懷王客死於秦，頃襄王反聽群讒之口，復放屈原。」按：新序惟言「放於外」，而不言「疏」、「絀」。史記惟言「使於齊」，而新序乃言「復用」。史記有「放流」字，而不言其在懷王時與在頃襄世。而新序明言在懷王十八年，張儀行賂之日，遂放於外，其作離騷亦在此時。史記惟言頃襄王「怒而遷之」，而新序言「復放屈原」，明是再放矣。其不相合如此，未知孰是孰非也。王逸章句乃以見疏而作離騷，爲在于張儀入楚之前，云

「放逐離別，中心愁思，猶陳直徑，以風諫君。」則釋「疏」爲「放逐」。故其下又云：「襄王復用讒言，遷屈原於江南。」明是再放，仍新序釋史記；而無復用之説，與新序不合。應劭風俗通六國篇則云：「懷王佞臣上官、子蘭斥遠忠臣，屈原作離騷之賦，自投汨羅之水。因爲張儀所欺，客死於秦。」則屈子之死，在于張儀入楚之前。其説與史記、新序、王注大異。兩漢去古不遠，而其所傳各不相符如此，後人其何從也。

宋蘇轍字子由，東坡弟。古史屈原傳改删史記之文，移置「憂愁幽思而作離騷」以下百二十四字，在于「屈平既嫉之」之下，删去「雖放流」三字；「一篇之中三致意焉」下，注云：「太史公言離騷之作自懷王之世，屈原始見疏而作矣。今按離騷之文，斥刺子蘭，宜在懷王末年、頃襄王世，故正之于此。」據此，則懷王惟疏屈原，而未嘗放之。及懷王入秦，屈原憂愁幽思而作離騷，子蘭譖之，頃襄王放之也。雖曰臆改，亦可以備一説矣。九章哀郢篇「至今九年而不復」句，洪興祖補注云：「屈原遂放於外，乃作離騷，當懷王之十六年。十八年，楚因張儀，復釋去。懷王悔不用屈原之策，於是復用屈原。屈平在懷王之世，被絀復用，至頃襄即位，遂放於江南耳。卜居云『既放三年』，謂被放之初。又云『九年而不復』，蓋作此時，放已九年也。」其説一從新序，而其謂作離騷當懷王十六年者，豈以張儀行賂爲其始相楚之時也？因以十六年爲被放之初，而既放三年爲十八年使於齊之歲，則與哀郢所謂「至今九年而不復」及「冀壹反之何時」二句不合。朱子引洪注，而言「此云九年，不知的在何時。」蓋疑懷王初放後九年，與頃襄南遷後九年，之二者居一，而不能決也。明黄文焕駁洪説云：「疏非放也，未嘗不仕位也。既絀，不復在左徒之位，仍任以出使，非放逐明甚。出使任外事，疏也。以疏爲放，以出使爲召用，均非也。絀左徒既不知何年，而謂放在十六年者，未有確徵也。」楚辭聽直。黄氏以疏與絀爲二事，恐失於鑿矣。清顧炎武云：「屈原『雖放流，睠顧楚國，繫心懷王，不忘欲反』，平以此見懷王之不悟也。似屈原放流於懷王之時。」又云：「『令尹子蘭聞之大怒，卒使上官大夫短屈原於頃襄王，頃襄王怒而遷之』，則實在頃襄王之時矣。『放流』一節，當在此文之下矣。太史公信筆書之，失其次序爾。」日知録第二十六卷。梁玉繩史記志疑引讀史漫録曰：「論懷王事，引易斷之，曰：『王之不明，豈足福哉？』即繼之曰『令尹子蘭聞之大怒』，何文義不相蒙如此。世之好奇者，求其故而不得，則以爲文章之妙，變化不測，何其迂乎？」又引顧炎武此文曰：「細玩文勢，終不甚順。」王懋竑字予中，康雍間人。云：「離騷之作，未嘗及放逐之云。而卜居言『既放三年』，哀郢言『九年之不復』、『壹反之無時』，則初無召用再放之事。洪説誤也。原之被放，在懷王十六年，洪説或有所考。以九年計之，其自沉當在二十四年間。吴汝綸云：九年不復，則未報此國仇耳。而諫懷王者昭睢，楚世家參看。非原也。夫原諫王不聽，而卒被留以至客死。此忠臣之至痛，而原諸篇乃無一語以及之，是誘會被留，乃原所不及見。而頃襄王之立，則原之自沉久矣。」百田草堂存稿。是蓋本于應劭說，而其謂「忠臣至痛無一語及者」，不想到屈子居危邦不肯明言其情也。龔景瀚云：「『故憂愁幽思而作離騷』，此要其終而言之耳。其實離騷之作，非在此時。其下曰『楚人既咎子蘭』云云，『屈平既嫉之，雖放流睠顧楚國，繫心懷王』云云，『一篇之中，三致意焉。然終無可奈何，故不可以反，卒以此見懷王之終不悟也』，是離騷之作，在懷王不反、頃襄未立之時，故曰『令尹子蘭聞之大怒』。頃襄王立，始以弟子蘭爲令尹。離騷之成，子蘭已爲令尹矣。」離騷箋。蓋其說本于蘇氏古史。姚鼐字姬傳，乾隆中人。云：「鼐疑懷王時放屈原於江南，在今江西饒、信地，處郢之東，蓋作哀郢時也。頃襄再遷之，乃在辰湘之間，處郢之南，作涉江時也。」古文辭類纂注。本是臆見，吴汝綸以爲不足據矣。王闓運楚辭釋考定放流年月云：「懷王十七年張儀來相，屈子見疏，時年三十二。」涉江注。「懷王不歸，立頃襄王，時年四十有六。頃襄放之江南，懷王既薨，新王定立，恩赦還國。子蘭怒，復徙之沅，徙十六年而楚亡郢，乃作九章焉。」序說。按：楚亡郢在頃襄二十一年，遡算十六年，爲頃襄王六年，似王氏以此年爲子蘭徙屈子。故又于涉江注頃襄初年，年五十餘，放沅九年。然哀郢「九年不復」句，注乃云：「再遷沅，至郢亡九年也。」逆計之，然則頃襄十二年，原再放。前後參差，杜撰亦甚。

愚按：書屈原事者，莫古且詳於史記焉。司馬氏父子相繼成書，其所載或得諸傳聞，或得諸載籍，而今無所考者，以載籍亡也。如屈原傳最然，劉向去司馬氏不遠，而校理祕書，閱覽群籍，其書必有所據，因宜參考。而新序節士篇書屈子事者，與史記大同小異。其小異者，出于傳聞之異，則後之析同異者，宜求證於屈子之書而取信史記之文，不宜信新序而滋疑史記也。史記懷王時曰「疏」、曰「自疏」、曰「絀」、曰「放流」，新序不言「疏」、「絀」，而惟言「放」，似小異而其實同。何以言之？離騷曰：「何離心之可同兮，將遠逝而自疏。」自疏，猶自退也。「何離心之可同兮」，言君則怒而疏之，屈子則退而自疏，以冀君之一悟，其心不同也。言懷王見疏之日，屈子自退，去郢而隱居遠地也。故賈誼吊屈原賦云：「鳳縹縹其高逝兮，夫固自引而遠去。」雖君怒而疏之，然不言君疏之，而言「自疏」者，人臣自罪也。東方朔七諫王逸敘云：「人臣三諫不從，退而待放。」謂自疏，所以待放也。七諫云：「隱三年而無決，歲忽忽其若頹。」自悲篇。王逸注云：「已放在山野滿三年矣，歲月迫促，去若頹下，年且老也。」

古者人臣三諫不從，待放三年，君命還則復，無則遂行也。」屈子自疏而待放，不知退居何處也？林雲銘以爲漢北，以抽思有「有鳥自南兮，來集漢北。好姱佳麗兮，牉獨處此異域」句也。戴東原屈原賦注引方晞原云：「屈子始放，莫詳其地。以是篇考之，蓋在漢北。」嚴忌哀時命云「賢者遠而隱藏」，王注云：「賢者遠逝而藏匿也。」又云「願退身而窮處」，又云「時猒飫而不用兮，且隱伏而遠身」，皆言自疏、自退之意，而不言懷王放流者，成屈子志也。嚴忌、東方朔與司馬遷同時，其視屈子如此。而史記云「王怒而疏屈平」，直書其實也。既疏，則不能居侍從貴近之列，其罷左徒也明矣。故疏即絀也。黄氏以疏與絀爲二事，非也。然疏黜之非放流，誠如黄氏説。故屈子雖疏、絀，猶不失爲同姓大夫也。而史記書「雖放流」者，何也？以雖疏絀，非放流，而其迹猶放流也。蓋屈子爲懷王所疏絀，乃亦自退而待放者日久矣。蓋屈原與昭睢主張齊楚從親，懷王復齊合矣。王爲張儀所欺，於是悔之，使屈原使於齊，以謀從親，可知其非放也。顧反，諫王不殺張儀，王雖悔，亦不能大用屈子，仍是疏也。屈子仍退而自疏。自十八年使於齊，至懷王三十年入秦，經十二年，疏絀依舊。雖非放，亦猶放也。故是豈史記之所以書放流歟，書其實也。諫懷王勿入秦者，楚世家言昭睢，不書屈原；屈原傳則書屈原，不書昭睢。索隱以爲二人同諫王，故彼此各隨録之也。懷王入秦，楚之興亡係焉。故屈子雖見疏猶放流，而不忍坐視，因諫不如無行。王不聽而入秦被留，於是作離騷。「令尹子蘭聞之大怒」，曾國藩云：「聞屈原作離騷。」經史百家雜鈔注。此説得之矣。然則史記「憂愁幽思而作離騷」，在被疏之初者，何也？史記要其終而言之，龔説得之矣。蓋史記屈原傳以離騷爲骨子，故先敘屈子所以作離騷，而其初疏在何年，不可知也。後敘其「繫心懷王」，以明作離騷在懷王入秦之後也。屈子既疏之初，作九歌以攄隱衷。大司命曰：「老冉冉而既極。」曰：「思夫君兮太息，極勞心兮忡忡。」雲中君。曰：「望〔二〕夫君兮未來，吹參差兮誰思。」曰：「隱思君兮悱側。」湘君。曰：「帝子降兮北渚，目眇眇兮愁余。」曰：「思公子兮未敢言。」湘夫人。曰：「夫人兮自有美子，蓀何以兮愁苦。」曰：「望美人兮未來，臨風怳兮浩歌。」曰：「蓀獨宜兮爲民正。」少司命。曰：「君思我兮不得閒。」曰：「思公子兮徒離憂。」山鬼。或抒思君不已之情，或致意於貴近公子，以冀其復用。考其辭氣，有恃愛之意，無失望之語。蓋既疏之後出使於齊者，其或懷王讀九歌，憐而復用歟？其後懷王二十八年，秦與韓魏齊共攻楚，大破楚軍，殺其將唐昧。屈子作國殤，以招陣歿將士之魂，疑在此時也。懷王將入虎狼之國，是爲楚國之大禍。屈子以疏絀之餘，在放流之中，不忍坐視，自出而諫，不如無行。而懷王不聽，爲秦誘禽。屈子乃作離騷，憂憤怨悱，不厭繁複，曰「不撫壯而棄穢兮」，所謂壯者，指頃襄王也。何以言之？曲禮云：「三十曰壯。」稚子子蘭爲令尹，則頃襄王當年垂三十矣。懷王有垂三十之子，則不可稱壯。屈子常自嘆老將至，則亦非壯者。于是乎知「不撫壯而棄穢」者，指頃襄王也。所謂棄穢，猶雪耻也。懷王入秦，而頃襄闇昧，無洗雪國耻之志。屈子欲其改度，故於篇首微言其志也，是蓋譎諫嗣王之詞也。陳大文云：「懷王之疏，特不信任耳。其身猶在朝，得以隨事匡救也。至頃襄王始放之，則不得在朝，而離騷、遠遊作焉。」離騷迫切，乃又作遠遊，以申遠逝自疏之意，自寬自慰，其情彌哀，而人不知其本意所在，以其辭微也。懷王入秦後三年，客死不返，乃作大招，以招其魂。不忍死其君，隱以三王之道，史記所謂「存君興國，欲反覆之」之志存焉。卜居成于頃襄放還後之三年，而尋作九章，語多追述，或顧望舊都，或回憶放迹，皆非一時之言。而哀郢作于既放之九年，懷沙爲絶命之辭，而漁父恐賦于懷沙之前。王闓運謂二十五篇皆作於懷王客秦之後者，楚辭釋。恐非也。

屈子其如神龍乎？其尾見賈誼吊文，而其首古書不一及見。史記掇於傳聞，以描首尾，其文夭矯變幻，不可端倪。猶片甲殘鱗，隱現於雲間，是以群疑百出，無一定説。善讀書者，與屈子之文互相參稽，則用舍死生，大略可以仿佛耳。

【校勘記】

〔一〕望，原作「思」，據章句改。

自沉第三

離騷曰「願依彭咸之遺則」，又曰「吾將從彭咸之所居」。抽思曰「指彭咸以爲儀」。悲回風曰「昭彭咸之所聞」，曰「託彭咸之所居」。所謂彭咸者，何人也？王逸云：「彭咸，殷賢大夫，諫其君不聽，自投水而死。」洪興祖引顔師古云：「彭咸，殷之介士，不得其志，投江而死。」其説小異而大同。朱子云：「古書不載彭咸之事，王、顔二説，未知其何据。」辨證。明汪瑗云：「劉向九嘆靈懷篇曰：『九年之中不吾反兮，思彭咸之水遊。』王逸或本之劉向，而顔師古或本之王逸，但不知劉向何所考據也」。集解。蓋彭咸水死，雖不知所出，後人皆從之。或以此語爲屈子自沉，其志先定，則近於鑿矣。然觀屈子曰「雖九死其猶未悔」，曰「寧溘死而流亡兮」，曰「伏清白而死直」，曰「雖體解吾猶未變兮」等數語，可以知窮迫痛切，汲汲於一死矣。餘篇所曰「首雖離兮心不懲」，九歌國殤。曰「狐死必首丘」，哀郢。曰「限之以大故」，懷沙。曰「遂自忍而沉流」，惜往日。曰「或忠信而死節兮」，曰「不畢辭而赴淵兮」，同上。曰「寧逝死而流亡兮」，悲回風。曰「寧赴湘流葬於江魚腹中」，漁父。是皆言一死自矣，不敢變志，遂懷砂礫，投汨羅以死，庶幾孔子守死善道，殺身成仁，孟子以身殉道之旨矣。然至遠游一篇，則曰：「漠虛静以恬愉兮，澹無爲而自得。聞赤松之清塵兮，願承風乎遺則。貴真人之休德兮，美往世之登仙。」又云：「軒轅不可攀援兮，吾將從王喬而娱戲。餐六氣而飲沆瀣兮，漱正陽而含朝霞。」其言又似老、莊貴生求壽之意，其言相反，世或疑焉。

愚嘗竊謂，古來人心有二大歧焉。其一見危授命，其一保身求壽。前者本于孔、孟之教，後者出于老、莊之旨。夫死亡貧苦，人之大惡存焉。禮記禮運。故樂生惡死，人之情也。聖人立教，本順人情，故洪範五福，壽居其首。孔子以仁者爲壽，而以顔回之短命爲不幸；戒不近老，惡暴虎馮河，死而無悔者，與老子「長生久視」、五十九章。莊子静清長生在宥篇「必静必清」，「可以長生」。之旨相去不遠矣。但恐衆人貪生忘義，惡死辱身，故孔子教以死生有命，顔回。喻以自古皆有死。同上。而天下人事有常有變，人處其常不難，一旦遭遇變故，則貪生避難，宜死而不死者，比比皆是。故孔子之教，反覆叮嚀於死生之際，曰：「朝聞道，夕死可矣。」里仁。曰：「篤信好學，守死善道。」泰伯。曰：「見利思義，見危授命。」顔回。曰：「士見危授命。」子張。曰：「志士仁人，無求生以害仁，有殺身以成仁。」衛靈公。曰：「志士不忘在溝壑，勇士不忘喪其元。」孟子滕文公。孟子述孔子之教，曰：「生亦我所欲也，義亦我所欲也。二者不可得兼，舍生而取義者也。生亦我所欲，所欲有甚於生者，故不爲苟得也。死亦我所惡，所惡有甚於死者，故患有所不辟也。」告子上。孔、孟之於死生，可謂審且慎矣。

老子曰：「谷神不死。」曰：「治人事天，莫若嗇。」「是謂深根固柢，長生久視之道。」又曰：「善攝生者，陸行不遇兕虎，入軍不被甲兵，兕無所投其角，虎無所措其爪，兵無所容其刃。夫何故？以其無死也。」老子果爲人無死乎？曰不然。其言曰：「死而不亡者壽。」可知人非不死，人之形體則死，但有雖死而不亡者，是曰谷神。谷神，靈魂也。靈魂不死，故壽。其所謂壽者，非形體而靈魂也。孔子疾没世而名不稱焉，其所謂名者，即仁者之壽也。孔子曰：「伯夷、叔齊餓于首陽之下。」季子篇。孔子唯言餓而不言餓死。然世傳其餓死，其或然也。而孔子贊之曰：「民到于今稱之。」其民到于今稱之者，豈非孔子所謂「仁者壽」，老子所謂「死而不亡者壽」者乎！人皆有死，孔、老同旨；而其所以壽，雖則不同，而其説壽亦相似矣。但孔、老之所以異者，孔子貴有爲，老子貴無爲。所謂嗇者，無爲之謂也。孔子以爲民之於仁甚於水火，因嘆見蹈水火而死者，不見蹈仁而死者。可知孔子之教，尚不惜死而蹈仁，故曰「殺身以成仁」也。所謂蹈仁成仁，是即有爲也。老子則自嗇而無爲，尚何蹈仁而死哉？於是治孔子之學者，每遭變故，蹈仁成義，視死如歸。曾子語。而治老子之學者，虚静無爲，唯長生是求，不厭曳尾泥中。莊子秋水。其弊也，逃難避危，棄義失節，亦可不顧也。莊子内篇，猶一視死生，以生爲附贅懸疣，以死爲決疢潰癰，不知死生先後之所在。大宗師。至外篇，則恐其徒所附加，非莊子自作者，故其言往往與内篇支離。以小人殉利，士殉名，大夫殉家，聖人殉天下，爲殘生傷性，一視伯夷、盗跖之死。駢拇。以爲目無所見，耳無所聞，心無所知，女神將守形，形乃長生。在宥。又言富則多事，壽則多辱。天地。悲世俗之君子，多危身棄生以殉物。讓王。以誹伯夷、叔齊、鮑焦、申徒狄、介子推、尾生之不知養生，以王子比干、伍子胥爲天下笑。盗跖。明與孔、孟之教相反，與屈子之所宗仰，亦冰炭不相容者也。賈生服賦借莊子之旨爲一死生之説，遂諦于知命。蓋戰國之世，騷亂相繼，節義拂地，士皆偷生於老、莊養生之説，而飾忘義失節之行。後世僞者亦每遭易代革命之厄，動輒藉口中庸默容之義，國無道，其默足以容。曲解古詩明哲之旨，詩大雅烝民：「既明且哲，以保其身。」甘爲孔、孟之罪人，爲屈子之賊臣者，滔滔皆是，蓋亦承老、莊之餘弊者也。

孟子曰：「貴戚之卿，君有大過則諫，反覆之而不聽，則易位。異姓之卿，不聽則去。」萬章下。禮曰：「國有患，君死社稷，謂之義；大夫死宗廟，謂之變。」禮運。屈子，楚之同姓大夫，猶貴戚之卿也。諫而不聽，安得如異姓之卿不聽則去哉？懷王嘗信任屈子，蓋非不可匡救之闇主，但近小人，嬖鄭袖，而疏絀賢者。因受敵國之欺，有亡滅之兆，武關之辱。屈子知幾，雖見疏在外，而進言「不如無行」。懷王不聽，客死於秦，爲天下笑。屈子雖致愍發憤，尚不自沉，以有嗣王在焉，冀其報仇雪辱也。而頃襄王亦聽讒放之，楚人勸原以去國求君，楚材晉用，習尚固然。屈子乃作離騷，以陳堯、舜之道，述治亂之因，蓋在此時，終寓不可去國之意，以宗臣宜死宗廟也。其後楚國君臣淫樂是耽，國日以弱，危亡益迫。屈子不忍坐視兩東門之可蕪，守死善道，殺身成仁，固以所欲有甚於生者，所惡有甚於死者也。洪氏補注亦引此語。豈非與孔、孟之道相合者乎？然老、莊皆楚人也，楚國，老子之國也。史記。楚南人，不知北方之學，惑老、莊長生之説，羨神仙不死之術，先是或有嘲屈子之憂憤，而勸以學仙猶勸去國者。屈子因作遠遊篇，托仙家之言，以説孔、孟内省之學，以述仁者之壽在于此而不在于彼，猶離騷如欲去國者而終于不可去也。曰：「悲時俗之迫阨兮，願輕舉而遠遊。質菲薄而無因兮，焉託乘而上浮。」托諸謙辭，而實言輕舉上浮之不可得也。但遭沈濁，而鬱結愁悽，炯炯不寐，於是内省端操，自求正氣，見有所守而志不移也。述赤松之清塵，説真人之休德，以冀衆患而不懼，唯聊仿佯而逍遥耳，非其本意也。「保神明之清澄兮，精氣入而麤穢除」，「壹氣孔神兮，於中夜存」，與孔子「清明在身，氣志如神」，禮记。孟子「浩然之氣」及「夜氣」相合。臨睨舊鄉，僕夫心悲，邊馬不行，太息掩涕數語，是屈子真面目，不覺流露于夢遊神往之間。又勉强而遐舉，抑志而自弭，遂爲徜徉自恣之語。「超無爲以至清」，「與泰初而爲隣」，可以知其一死生而齊壽夭，又可以知其所謂不死之舊鄉，即是汨羅之屈淵也。遠遊一篇孔情老思，錯落而出，如憂如樂，終歸于正。其非知命，曷能此賦？不讀離騷，則不知屈子之所以自沉。不讀遠遊，則又不知屈子之所以知生知死也。擬騷第八，十一月二日參看。

屈子死後，毁譽昧昧。漢賈誼始作文吊之，稱曰「先生」，尊之至矣。猶且云「歷九州而相其君兮，何必懷故都也」，蓋咎其不去國，可謂昧于同姓宗臣之義矣。然誼意出于愛惜賢才，概可也。揚雄反離騷云：「精瓊靡與秋菊兮，將以延夫天年。臨汨羅而自隕兮，恐日薄於西山。」又云「昔仲尼之去魯兮，斐斐遲遲而周邁。終回復於舊都兮，何必湘淵與濤瀨。」蓋雄不知屈子之與仲尼，其道同而其境異，又誤讀遠遊以爲屈子實求仙，觀其棄由、聃而蹠彭咸，棄由聃之所珍兮，蹠彭咸之所遺。以爲猶服蔘而縊也，宜矣朱子目以屈子之罪人也。楊升菴集卷五十二雜著云：「文選注引法言曰：『或問屈原、相如之賦孰愈？曰：原也過以浮，如也過以虛。』今法言無此條。」明徐禎卿有反反騷賦，而方望溪則云：「朱詆反騷，則於其詞旨若未詳也。吊屈原之文，無若反騷之工者。其隱痛幽憤，微獨東方、劉、王不及也，視賈、嚴猶若過焉。雖反，實痛也。」題朱子楚辭後。班彪字叔皮，東漢人。悼離騷云：「聖哲之有窮達，亦命之故也。」藝文類聚卷二十三。因責屈子不知屈伸之道。其子固則以屈子爲「露才揚己」。離騷序。其不善屈子，豈家風然歟？然固離騷贊序云：「屈子痛君不明，任用群小，國將危亡，忠誠之情懷不能已，故作離騷。」又與王蒼書云：「靈均徇忠，終於沉身。」班蘭臺集。非不知屈子者也。王充字仲任，後漢書。論衡云：「屈原懷恨，自投湘江。」書虛篇。屈子之死，豈爲憤恨？蔡邕字伯喈，後漢書。吊屈原文云：「卒壞覆而不振，顧抱石其何補。」蔡中郎集。邕亦雄之從，何其言之相似也？宋顏延年祭屈原文云：「物忌堅芳，人諱明潔。」唐李白樂府沐浴子：「沐芳莫彈冠，浴蘭莫振衣。處世忌太潔，至人貴藏暉。滄浪有釣叟，吾與爾同歸。」實本于延年此語。是猶可也。梁顏之推字介，北齊書文苑傳。被囚入北齊，齊亡仕周，周亡仕隋，其無節如此，而目屈子以「文人輕薄」，顏氏家訓。抑何其覥面目也！陳姚察字伯審，陳書。以屈、賈流，斥爲「恃才」之禍，梁書文苑傳。亦班、顏唾餘耳，皆不知屈子於死生之際，講于平生、果于一旦也。案唐裴度答李翱書云：「騷人之文，發憤之文也。雅多自賢，頗有狂態。」清彭紹升云：「抱石自沉，其不亦激乎！」此又江濱漁父所爲深嘆者也，亦皆本于班固、蔡邕之言。善哉王逸論屈子之死也，其言云：「人臣之義，以忠正爲高，以伏節爲賢。故有危言以存國，殺身以成仁。是以伍子胥不恨於浮江，比干不悔於剖心。若夫懷道以迷國，佯愚而不言，顛則不能扶，危則不能安，婉娩以順上，逡巡以避患，雖保黃耇，終壽百年，蓋志士之所耻，愚夫之所賤也。今者屈原膺忠貞之質，清潔之性，直若砥矢，言若丹青，進不隱其謀，退不顧其命。此誠絶世之行，俊彦之英也。」梁竦悼騷賦云：「既匡救而不得兮，必隕命而後仁。」續古文苑。庶幾亦得屈子之心矣。謝萬謝安弟，字萬石。八賢頌「表皓皓之節」，陶潛字淵明，晉書隱逸傳。讀史述「仰稷契之志」，而後之過湘投文者，唐柳宗元最爲深情，云：「委故都以從利兮，吾知先生之不忍。立而視其覆墜兮，又非先生之所志。窮與達故不渝兮，夫惟服道以守義。」吊屈原文。宋之二蘇亦過屈原廟，作賦吊之。軾東坡。云：「苟宗國之顛覆兮，吾亦獨何愛於久生。」又云：「變丹青於玉瑩兮，雄乃謂子爲非智。法言：「或問屈原智乎？曰：如玉如瑩，爰變丹青。如其智，如其智。」惟高節之不可企兮，宜夫之不吾與。」轍潁濱。云：「抱關而擊柝兮，予豈責以必死。宗國隕而不救兮，夫吾舍是安去。」並明宗臣之節，以稱其一死報國，可謂有益世道矣。其餘後人吊祭詩賦宋薛士隆懷騷賦、宋鄒浩憤古賦、宋李浩擬騷賦、真德秀吊屈原賦、明王陽明吊屈平賦等尤著。及論贊皆不出此二端，而責屈子以中庸者，實發于軾。其言云：「雖不適中，要以爲賢兮。夫我何悲，子所安兮。」屈原廟賦。朱子亦曰：「原之爲人，其志行雖或過於中庸，而不可以爲法。然皆出於忠君愛國之誠心，蓋復求備君子者也。」惟蘇轍素知不可以孔、孟歷聘責與楚同姓之屈子，而陳柳下惠三黜不去之義，云：「惜乎屈原，廉直而不知道，殉節以死，然後爲快，此所以未合于聖人之道耳。」古史論贊。夫伯夷聖之清，柳下惠聖之和，孟子萬章下。今望自比伯夷之屈子，以柳下惠之如者，猶望貓以犬，豈忠恕之道哉！蓋論屈子者，洪興祖最爲得之，云：「屈子之事，蓋聖人之變也。使遇孔子，當與三仁同稱。」離騷序補注。洪氏斯論，汲古閣本附載于王逸序文之後，朱子集注附載于反離騷之後，一二句稍不同，不知宋刊本載在何卷也。使夫知常而不知變者論屈子，其不異妾婦兒童之見，洪氏以揚雄、班孟堅、顔之推所云爲妾婦兒童之見。亦亡足怪而已。十一月九日。

司馬光字君實，宋史本傳。資治通鑒，不載屈子事迹。宋費衮字補之。梁溪漫志云：「邵公濟博著書，言司馬文正公修通鑑時，謂其屬范純父曰：『諸史中有詩賦等，若止爲文章，便可删去。』蓋公之意，士欲立於天下後世者，不在空言耳，如屈原以忠廢，至投汨羅以死。所著離騷，淮南王、太史公皆謂與日月争光，豈空言哉？通鑑并屈原事盡删去之。春秋褒毫髮之美，通鑑掩日月之光，何耶？公當有深識，求於考異中，無之。予謂三閭大夫以忠見放，然行唫恚懟，形於色詞，揚己露才，班固刺其怨刺。所著離騷，皆幽憂憤嘆之作，非一飯不忘君之誼，蓋不可以訓也。若所謂與日月争光者，特以褒其文辭之善耳。温公之取人，必考其終始大節。取揚雄何也？屈原沉淵，蓋非聖人之中道。區區絺章繪句之工，亦何足算也。」余蕭客文選紀聞引劉仲義通鑑問疑云：「通鑑載事迹不爲不廣，乃削去屈原投汨羅中、撰離騷事。春秋褒秋毫之美，通鑑掩日月之光。」顧炎武日知録卷二十六。云：「李恩篤語予：通鑑不載文人，如屈原之爲人，太史公贊之，謂與日月争光，而不得書於通鑑。杜子美若非『出師未捷』一詩爲王叔文所吟，則姓名亦不登於簡牘矣。予答之曰：此書本以資治，何暇録及文人？」黄汝成注云：「不載文人，是也。而屈原不當在此數。諫懷王入秦，係興亡大計。通鑑屬之昭睢，而不及屈原，不可謂非脱漏也。」愚嘗讀司馬光答孔司户文仲書云：「孔子曰『辭達而已矣』，無事華藻宏辯也。必也以華藻宏辯爲賢，則屈、宋、唐、景、莊、列、楊、墨、蘇、張、范、蔡皆不在七十子之後也。」司馬文正公集。此語本于揚雄「如孔氏之門用賦也，則賈誼升堂、相如入室矣」之詣。法言卷二吾子篇。光之學疑孟子，有疑孟。而崇尚揚雄太玄説玄及易説。，其不書屈子，固其所也。然通鑑良史，不可以愛憎而取舍史事。況光以宋賢之翹楚，而刪去屈子事績，最爲可疑。豈以屈子之事，先秦古書不一及，而史記所載似虛構，故疑爲烏有先生歟？否則脱漏耳。以屈子忠烈而通鑑不一字及，甚無謂也。又按：宋神宗元豐六年正月丙午是歲丁丑朔，丙午爲二十九日。封楚三閭大夫屈平爲忠潔侯；其翌七年十二月戊辰，端明殿學士司馬光上資治通鑑。宋史神宗紀。費袞謂離騷「不可以訓」者，不足駁斥。顧炎武謂「此書本以資治」，而神宗追封屈子，光所目睹，豈謂不資治乎？而脱漏如此，愚未知其何故也。

屈子之死，宋以前未有疑其自沉者。至南宋林應辰字渭起，永嘉人。其傳無考。始有屈子不沉汨羅之説。應辰所著龍岡楚辭説五卷，見陳振孫書録解題，云：「其推屈子不死於汨羅，比諸『浮海居夷』之意。其説甚新而有理。以爲離騷一篇，辭雖哀痛，而意則宏放，與夫直情徑行、勇於蹈河者，不可同日語。且其興寄高遠，登昆侖，歷閬風，指西海，陟陞皇，皆寓言也。世儒不以爲實，顧獨信其從彭咸葬魚腹以爲實者，何哉？然沉湘之事，傳自司馬遷、賈誼、揚雄，皆未嘗有異説。漢去戰國未遠，決非虛語也。」卷十五楚辭類。按涉江「雖僻遠之何傷」，王逸注引論語曰：「子欲居九夷也。」應辰之説，豈本于此，而變本加厲乎？賈誼過湘水聞屈子自沉，司馬遷適長沙觀屈原所自沉淵，史記傳贊。其所傳決非虛語。陳氏所駁確矣。林書今不知存佚，而明人尚或得見之。嘉靖中，汪瑗剿襲其説，作屈原投水辨。楚辭集解附刊楚辭蒙引。四庫提要不知其本于林説，以爲掇拾王安石聞吕望之解舟詩李壁注中語，楚辭類存目。非也。我友岡田君格所作楚辭解題云：「檢王臨川集李注無此語。」予亦覆檢，而知提要之誤矣。汪瑗以謂屈子所言，或設言，或反言，如孔子欲浮海，欲居夷；自沉之事，漢初諸君子亦得之傳聞耳。悲回風曰：「浮江淮而入海兮，從子胥而自適。望大河之洲渚兮，悲申徒之抗迹。驟諫君而不聽兮，任重石之何益。」此蓋譏二子之徒死無益，而己之必不負石而自沉也可見矣。因以懷沙爲懷長沙，而辨其非絶筆。雖費多言，而其不自沉之證，唯有「任重石之何益」一句而已。愚按：王逸注云：「百二十斤爲石。言己數諫君而不見聽，雖自任以重石，終無益於萬分也。」洪氏補注引文選郭璞江賦「悲靈均之任石」李善注「懷沙，即任石也」云，與逸説不同。汪瑗不從王注，而從文選李注，誤矣。任重石是重任之謂，與論語「任重而道遠」泰伯。之任重同。子胥、申徒二句，是哀慕之意，餘篇亦多言之，豈以其死爲無益？「驟諫」二句，是屈子自道也。屈子宗臣，以社稷自任，故雖見放而自愛不死。及見嗣王淫佚，乃知自任無益，不忍坐視危亡，欲從子胥、申徒狄而死。其意明白。汪瑗不通訓故，不知文理，憑意曲解，襲林氏之故智，而自標新音，安得破兩漢諸儒所傳之舊説哉！四庫提要以爲疑所不當疑，信然。而邦儒齋藤謙字有終，號拙堂，伊勢人。亦作屈原投汨羅辨，拙堂文集。唯云：「屈原之死，出於附會。原之賢，決無此事。而臆斷無證，殆不成體。」岡松辰楚辭考又襲汪説，以煽死灰，咎屈子不知命。屈子知命懷憂，洪氏已辨之，不復用駁斥也。夫死生大故，豈其遊戲？「人之將死，其言也善」，論語。以至誠不欺也。故雖匹夫匹婦之自溺自縊者，人之議之，不可不加敬與慎，説一國大夫之死乎？愚故辨屈子自沉事，尤致矜慎焉。

生卒第四

屈子之使於齊，在懷王十八年。武關之會，屈子曰「不如無行」，在懷王三十年。其餘疏、絀、放流及生卒年月，史皆不載，無可考徵。惟離騷曰：「攝提貞于孟陬兮，惟庚寅吾以降。」可以考生日耳。王逸云：「太歲在寅曰攝提格。孟，始也。正月爲陬。」攝提格與陬，竝爾雅釋天之文。戴震注引馬融洛誥注云：「貞，當也。」郝懿行字蘭皋，乾、嘉間人。爾雅義疏云：「攝提格者，史記天官書引李巡云：『言萬物承陽氣，故曰攝提格。格，起也。』開元占經廿三引孫炎云：『陽攝持攜萬物，使之至上。』按：攝提，星名，屬東方六宿，分指四時，從寅起也。離騷曰『攝提貞于孟陬兮』，不言格者，省文也。案：清朱冀以孟陬爲孟東十一月，今不從。據此，則屈子生于寅年正月即寅月，庚寅之日。今由懷王十八年、周赧王四年遡求寅年，前九年爲慎王二年壬寅，前二十一年爲顯王三十八年庚寅，前三十三年爲顯王二十六年戊寅，前四十五年爲顯王十四年丙寅，前五十七年爲顯王二年甲寅。甲寅太老，壬寅尚幼，庚寅亦僅超弱冠。庚寅既疏以前，未弱冠，恐不得圖議國事，應對諸侯。則戊寅、丙寅之二年，居其一焉。朱駿聲云：「屈子之生，當楚宣王二十七年著雍攝提格之歲，畢陬之月，後世所謂戊寅年甲寅，即顯王二十六年。沈於頃襄王七年著雍執徐之歲，厲皋之月，案爾雅釋天云：「五月爲皋。」後世所謂戊辰年戊午月。計年五十有一。」離騷補注。鄒漢勛字叔勣，道、咸間人。作屈子生卒年月考，案：巴陵方堃，字丹亭。亦有屈子生卒年月考，見鄒子文，鄒氏云：「其誼爲可憑，但引據或未確。」云：「顯王十四年丙寅，入第十六蔀，案詩大雅序「文王受命」疏云：「依三統曆，七十六歲爲一蔀，二十蔀爲一紀，積一千五百二十歲。」七十三歲，人正大，庚戌朔，月内無庚寅。顯王三十八年庚寅，入第十七蔀，二十一歲，人正小，辛酉朔，月内亦無庚寅。惟顯王二十六年戊寅，入第十七蔀，九歲，人正大，庚午朔，庚寅爲月之二十一。」湖南文徵。鄒氏按曆而言，其説尤確矣。王闓運楚辭釋亦云「生於楚宣王二十七年」，蓋從朱、鄒二氏也。其生年不可復疑，其不可考者，惟自沉年月耳。近人王樹枏字晉卿，號陶廬。以爲頃襄王七年者，離騷注。蓋仍朱説，而未知朱氏何據。王闓運以涉江爲頃襄王二十二年秦拔巫時，原年六十七作此詞，則王氏所謂「楚亡郢，原作哀郢之翌年端午自沉」是出臆見，曾無根據。曹耀湘字鏡初，湖南人。屈子編年則云：「周顯王十四年丙寅，楚宣王良夫十五年正月庚寅生。周慎靚王三年，楚懷王槐十一年，屈原年三十八歲，王怒而疏之。周赧王十一年，楚懷王二十五年，屈原五十二歲，被放居漢北。周赧王二十年，楚頃襄王横四年，屈原遷於江南。至長沙，五月自沉於汨羅，壽六十有一歲。」讀騷論世。亦出臆斷，未足據也。愚按：離騷云「老冉冉其將至兮」，曰「及榮華之未落兮」，是汲汲有愛日之情矣。禮「七十曰老」，曲禮。然「五十杖於家」，「五十養於鄉」，「五十異粻」，亦周禮也。離騷所謂老，不必指七十以上。曰「老冉冉其將至」，似年垂五十者矣。頃襄王立，屈子年四十有六，子蘭之譖而放之，其在懷王客死之後乎？則屈子年四十九矣。於是作離騷，故其言如此。朱氏謂沉於頃襄七年戊辰年，誤矣。自古繼統改元者，以嗣之翌年爲元年。懷王三十年壬戌之翌年癸亥，爲頃襄王元年，戊辰爲六年，史記六國年表。己巳爲七年。倘沉於戊辰年，則屈子年五十一；沉於頃襄七年，亦不過五十二，與屈子晚年所作九章曰「年既老而不衰」者不相合，以其曰「年既老」者，不似五十一二歲人也。抽思曰「曼遭夜之方長」，思美人曰「日昧昧其將暮」，皆暮年老境。宋玉九辯曰「老冉冉而愈弛」，賈誼惜誓云「惜予年老而日衰兮」，東方朔七諫云「壽冉冉而彌衰」，嚴忌哀時命亦云「老冉冉而逮之兮」，漢人皆以屈子爲老人，其自沉之日，疑非五十一二也。據「九年不復」句，由頃襄王七年而遡算九年，爲懷王二十九年，史無是歲見放之證，不知朱氏何據也。今以屈子之見放爲懷王客死、問憂定立之年，則爲頃襄王三年。從頃襄王三年見放，而九年不還，爲頃襄王十一年癸酉。是歲自沉，則屈子年五十六，蓋積憂而既老矣。史記云：「自屈原沉汨羅後百有餘年，漢有賈生，爲長沙王太傅，過湘水，投書以吊屈原。」所謂百有餘年，蓋過百年而不多也。黄本驥字仲良，道光中人。屈賈像説云：「太傅之生，不見於史。本傳載其卒年三十三，爲齊文王薨前之四年。以諸侯推之，爲文帝十二年癸酉。逆推而上三十三年，爲高帝七年辛酉，其生年可得而知矣。傳曰，年十八，爲河南守吴公召置門下。由高帝七年至高后五年，爲十八年。文帝初立，召以爲博士。由高帝七年至文帝元年，爲二十二年，故曰年二十餘，最爲少也。歲中至大中大夫，則二十三矣。爲長沙王太傅三年，而作服鳥賦，賦曰：『單閼之歲，四月孟夏。』單閼，卯歲也。文帝六年，歲在丁卯，太傅來長沙已三年，則以四年乙丑來長沙，嵰山甜雪則可知賈生過湘水吊屈原，在文帝前四年。由文帝前四年逆推而上，至周赧王二十七年、楚頃襄王十一年，得百十二年。史舉大數，故曰『百有餘年』也。」

又按：屈子自沉之年，司馬遷時已不可考，故舉大數曰「百有餘年」耳。朱子通鑑綱目繫之赧王十六年懷王入秦之後，遡敘屈原事迹，終書「其後抱石以死」。資治通鑑不載屈子事，我邦坊問年表亦於此年，書屈子卒者，從綱目也。狄子奇字叔穎，道光中人。孟子編年，則赧王十九年楚君槐卒於秦下，書楚三閭大夫屈平投江而死。蓋以皆無年月可考也。而愚今生於二千餘年之後，定不可考之年月，安能得其實？然讀史者徒安之於不可考而無所考究，則其可考而知者，亦將歸乎不可知焉，是恐非學問之道也。愚是以決擇考定屈子生於顯王二十六年、楚宣王二十七年戊寅正月二十一日，沉於赧王二十七年、楚頃襄王十一年癸酉五月五日，以待復考焉。何以知其五月五日也？從宗懍荆楚歲時記也。荆楚歲時記云：「五月五日競渡，俗爲屈原投汨羅而死。」並據太平御覽卷三十一。朱氏知其臯月者，亦豈據此歟？蓋俗傳也。然後世有司亦皆以此日致祭，其開爲例，相沿久矣，今姑從俗焉爾。

揚靈第五

晉葛洪号稚川，晉書。抱朴子云：「屈原没汨羅之日，人竝命舟楫以迎之，至今以爲競[二]渡，或謂之飛鳧。亦有脱文。州將士庶悉臨觀之。」北堂書鈔卷百三十七。梁宗懔荆楚歲時記云：「五月五日競渡，俗爲屈原投汨羅日，傷其死所，並命舟楫以拯之。舸舟取其輕利，謂之飛鳧。一自以爲水軍，一自以爲水馬，州將及土人悉臨水觀之。」太平御覽卷三十一。盖以五月五日爲屈原卒日，此日競渡，自晉時已然。雖不知始於何世，其由來亦久矣。隋書地理志則云：「昔屈原以五月望日赴汨羅，土人追至洞庭，不見，湖大舡小，莫得濟者，乃歌曰：『何由得濟湖？』因爾鼓櫂争歸，競會亭上，習以相傳，爲競渡之戲。其迅楫齊馳，櫂歌亂響，喧振水陸，觀者如雲。諸郡率然，而南郡、襄陽尤甚。」其不言「五日」而言「望日」者，不知何據？後世所記競渡，皆屬五日，則隋書言「望日」者誤矣。湖南通志引唐劉禹錫競渡詩自注云：「競渡始於武陵，及今舉楫而相和之，其音咸呼云『何在斯』。」宋劉敞屈原嘏辭序云：「梅聖俞在江南，作文祝於屈原，譏原好競渡，使民習尚之，因以鬬傷溺死；一歲不爲，輒降疾殃，失愛民之道。其意誠善也。然競渡非屈原意，民言不競渡則歲輒惡者，訛。故爲原做嘏辭以報祝，明聖俞禁競渡得神意。」宋文選。宋薛士隆懷騷賦序亦云：「觀競渡而得屈原之所以死。」未知何意。聖俞祝文，宛陵集通行本不載，愚未得讀之耳。蓋競渡爲拯屈原故事，亦可以知民之好懿德矣，亦可以知葬於江魚腹中之非假設，而與浮海居夷不同矣。

梁吳均續齊諧記云：「屈原五月五日投汨羅而死，楚人哀之，每至此日竹筒貯米，投水以祭之。漢建武中，長沙歐回見人按：漢魏叢書本「見人」作「忽見一士人」。自稱三閭大夫，謂回曰：『嘗見祭，甚善。但常年患蛟龍所竊，今若有惠，可以練樹葉塞其上，以五綵絲約之。漢魏叢書本「練樹葉」作「楝樹葉」，無「五」字，「約」作「纏」。此二物，蛟龍所憚也。』回依言，後乃復見，感之。漢魏叢書本「言」上有「其」字，無「後乃復見感之」五字。今人五日作糉子，帶五色絲及練葉，皆汨羅之遺也。」據太平御覽、漢魏叢書本「今人五日」作「今五月五日」，「糉子」作「粽」，其下二句作「帶楝葉五花絲遺風也」。太平御覽卷八百五十一飲食部糉條載有此文，又注引異苑云：「糉，屈原婦所作也。」蓋附會耳。屈子忠家愛國，二十五篇惟有皇考伯庸、姊嬃外，家人之事，不一語及，他書亦無所見。故子婦有無，不可知焉。惟劉向九嘆曰：「閔先嗣之中絶兮，心惶惑而自悲。」意劉向宏覽，必有所據，而屈子無子可知矣。既無子，豈有婦哉？太平御覽又引大戴禮曰：「五月五日蓄蘭，爲沐浴也。」按「蓄蘭」二字，是夏小正「五月」經文；「爲沐浴也」四字，是大戴名德。傳文。夏小正經文「蓄蘭」上無「五日」字，豈隔數句而有「匽之興，五日翕，望乃伏」字，故誤以蓄蘭屬五日歟？屈子九歌雲中君云「浴蘭湯兮沐芳」，王逸云：「已將修饗祭以事雲神，乃使靈巫先浴蘭湯沐香芷。」宋玉神女賦「沐蘭澤含若芳」。愚謂是周禮「釁浴」之遺也。周禮春官司巫曰：「女巫掌歲時祓除、釁浴。」鄭玄注云：「釁浴，謂以香薰草藥沐浴。」賈公彦疏云：「若直言浴，則惟有湯。今兼言釁，明沐浴之物必和香草，故云『以香薰草藥』。兼言沐者，凡潔静者沐浴相將，故知亦有沐也。」國語齊語云：「比至，三釁三浴之。」韋昭注云：「以香塗身曰釁。」蓋以牲血塗器曰釁，故韋昭引申其義也云。然據鄭注，則釁不獨以香塗身，又濯髮也。說文：「沐，濯髮也。」汪照字少山，乾、嘉間人。大戴禮補注引陸佃曰：「闌草爲蘭，闌不祥也。」則知周禮女巫祓除釁浴所用草藥謂蘭，而夏小正「五月蓄蘭」者爲此也。屈子邃於經，習於禮，故屈子亦云「浴蘭湯兮沐芳」，芳亦盖蘭之屬也。騷足以證經如此，而顔之推、司馬光等皆徒目以文人者，何也？我國每至五月五日亦作粽、浴菖蒲湯者，蓋據屈子之遺風。而又懸菖蒲於檐頭者，豈倣荆楚歲時記所謂懸門户上以禳毒氣也歟？

屈子故宅，相傳在今湖北省宜昌府歸州。歸州，漢時秭歸县。酈道元水經注云：江水又東過秭歸縣之南。縣，故歸鄉。地理志曰：「歸子國也。」袁山松曰：「屈原有賢姊，聞原放逐，亦來歸，喻令自寬。全鄉人冀其見從，因名曰秭歸。即離騷所謂女嬃嬋媛以詈予也。」縣城東北依山即坂，周回二里，南臨大江。縣東北數十里有屈原舊田宅，雖畦堰靡漫，猶保屈田之稱也。縣北壹佰六十里有屈原故宅，累石爲屋基，屋，一作室。名其地曰樂平里。宅之東北六十里有女嬃廟，搗衣石猶存。故宜都記曰：「秭歸，蓋楚子熊繹之始國，而屈原之鄉里也。」原田宅於今具存，指謂此也。江水又東逕歸鄉縣故城北，袁山松曰：「父老傳言，原既流放，忽然暫歸，鄉人喜悦，因名曰歸鄉。」抑其山秀水清，故出儁異。地險流疾，故其性亦隘。宋晁公遡有屈原宅賦，序云：「問途而往觀焉，大江之聲若敲金擊石，而所謂屈原之居，則無復可識。」陸游字務觀，宋史。入蜀記亦云：「宋玉宅在秭歸縣之東，今爲酒家壚矣。舊有石刻『宋玉宅』三字。」觀其云「舊有」，則可知當時石亦無之矣。不知屈宋遺迹，今果何如也。

明清諸家注本，多載唐沈亞之字下賢，與韓愈同時人。屈原外傳，盖以明天啓六年蔣之翹所刻集注本爲始。四庫提要沈下賢集云：「其文務爲險崛，在孫樵、劉蜕之間，亟述韓愈之言，盖亦戛然自異者也。其中如秦夢記、異夢録、湘中怨，大抵諱其本事，託之寓言，如唐人后土夫人傳之類。劉克莊後村詩話詆其名檢掃地，王士禎池北偶談亦謂大抵近小説家言。考秦夢記、異夢録二篇，見太平廣記二百八十二卷；湘中怨解一篇，見太平廣記二百九十八卷，均注曰出異聞集，不云亞之本集。然則或亞之偶然戲筆，爲小説家所採，後來編亞之集者，又從小説摭入，非原本所舊有歟？」觀屈原外傳亦爲小説家言，沈下賢集不載。檢太平廣記亦不收載，不知蔣氏從何書鈔出。其中有言云：「原嘗游沅、湘，俗好祀，必作樂歌以樂神，辭甚俚。原因棲玉笥山作九歌。」湘陰縣圖志云：「沈亞之屈原外傳，原棲玉笥山作九歌。」羅含湘中記：「屈潭之左玉笥山，屈平之放，棲於此。」今玉笥山有屈平宅，而大洲舊建屈原祠，真德秀吊屈原賦所謂「南陽里」也。亦名屈原宅，因又載宋彭淮玉笥山宅詩。據此，則玉笥山宅是謫居遺迹也。

屈原廟舊在汨羅屈淵之北，水經注云：「汨水又西逕羅縣北，謂之羅水。汨水又西爲屈潭，即汨羅源也。一作「即羅淵也。」屈原懷沙自沉於此，故淵潭以屈爲名。昔賈誼、史遷皆嘗逕此，弭檝江波，投吊於淵。淵北有屈原廟，廟前有碑。又有漢南太守程堅碑，寄在原廟。」按屈子廟不知何時立，漢碑何以寄在其間，固不得以廟有漢碑，爲漢時立祠也。又，引異苑云：「長沙羅縣有屈原自投之川，山川明浄，異於常處。民爲立廟，在汨羅之西岸側，磐石馬迹猶存。相傳云，原投川之日，乘白馬而來。」曰「淵北」，曰「西岸」，不知地之同異矣。湖南通志又云：「汨羅山在縣北七十里，孤峙汨羅江中，上有屈原墓。」湘陰縣圖志云：「三閭祠在縣北六十里汨羅江者，相謂爲汨羅廟。乾隆二十年知縣陳鍾理改建玉笥山上，有重建三閭祠記。又有行祠三，一在壘石一作「磊石」。一在夔子市一作「臨湘市」，一在湘治之廣照寺。」明羅奎三閭行祠碑記。長沙嶽麓亦有屈子祠，立石刻屈、賈二像。黄本驥屈賈像説。又有疑冢二十四之説，湖南文徵載清周韞祥屈子疑冢辨云：「父老曰：昔者屈子沉沙，逆流三十里，抵今汨羅祠山而休。首餽於魚半，其女鑲以金，諺所以有九子不葬父，一女打金冠謡也。防掘，故葬以夜，而多其冢以亂之。」蓋士人附會耳。唐昭宗天祐元年封爲昭靈侯舊唐書哀帝紀。宋神宗元豐六年改封忠潔侯，宋史神宗紀。後又封清烈公。梁玉繩人表考云：「宋史禮志。疑徽宗封。」元延祐五年，加封忠潔清烈公。元史仁宗紀。以上據人表考，而覆檢之。蓋後王褒顯之典，雖不足言，永世欽崇之誠，其何可比？屈子祠歷代或重修，或改建，學士大夫過湘者，莫不投文以吊焉。墓田既蠲，元重建忠潔清烈公廟記云：「廟東創齋舍，出其羸餘，買田三十六畝。州士彭翼飛又輸田五畝，益之爲墓田。清康熙六年有三閭墓田蠲税記。」廟食不衰，離愍於一時，揚靈於百世。愚讀其言而思其人，未嘗不睠睠於明月之被、寶璐之佩也。故集録古傳以備參考如此。

【校記】

［一］「競」字原脱，據北堂書鈔補。

騷傳第六

管晏之徒，功業赫著，孔子且稱之，雖無其書，其名足傳。其餘老、墨、莊、列，事蹟不明，而人至今道之者，以有其書也。楚國僻遠，加以戰亂，其人賢而其名不稱者何限！屈子之名，亦不一字見先秦古書，而獨著於漢，廟食百世，非其所作之文與日月争光，安能如此？世或疑屈子放流，國亦滅亡，其名晦於前如彼，而又章傳於後如此，何以有二十五篇之多？恐有依託焉。不知屈子以流亡之餘，而能存二十五篇於天壤者，蓋有所由來也。漢書地理志云：「高祖王兄子濞於吳，招致天下之娯遊子弟，枚乘、鄒陽、嚴夫子之徒，興於文景之際；而淮南王安亦都壽春，招賓客著書；而吳有嚴助、朱買臣貴顯漢朝，文辭竝發，故世傳楚辭。」愚按：淮南王之著離騷傳，嚴助、朱買臣之言楚词，固屈子之功臣也。然劉安之王淮南，嚴助、朱買臣之貴顯漢朝，竝在武帝時，距楚之亡、秦之興亦已遠矣。自秦亡漢興，至武帝且七十年矣。地理志載遷昭、屈、景於長陵，可知高祖崩後，楚國巨室遷徙，而屈子流風餘韻，恐無復存者矣。淮南王何以能掇拾遺文？則其能傳楚辭，必有不待淮南王及嚴、朱者也。愚按：蓋楚辭之傳，其故有二焉。其一，漢書禮樂志云：「禮不忘本。高祖樂楚聲，故房中樂，楚聲也。」高祖，沛豐邑中陽里人。沛本西楚地。史記貨殖傳云：「夫自淮北、沛、陳、汝南、南郡，此西楚也。」高祖不忘本，而樂楚聲者，以其本楚人也。楚聲存於楚辭，屈子所作諸賦，皆楚辭、楚歌、楚聲、楚調也。班固所謂「不歌而誦」者，惟漢賦爲然。楚人之於賦，蓋皆能歌焉。雖漢人亦當其初，習而能爲楚聲，以上之所樂，下有甚焉也。漢人既習楚聲、作楚歌，豈有不留意於屈子之文哉？於是屈原諸賦得掇拾而流傳焉。漢都長安，去楚既遠，能文之士雖有能擬作其辭者而楚聲則衰。武帝之時，朱買臣唯能言楚詞耳。宣帝時，九江被公唯能誦讀楚辭耳。可知武、宣之際，誦讀猶且不易矣。其二，楚辭之傳，盖毋乃楚元王之力耶？先是，屈原既死數十年，楚爲秦所亡。秦二世元年，陳涉自立爲楚王。翌年，東陽甯君、秦嘉等立景駒爲楚王。是歲二月，項羽立楚懷王孫心爲楚懷王。其翌年，即漢元年，項羽自立爲西楚霸王。漢五年，以齊王韓信習楚風俗，更立爲楚王。翌六年，廢爲淮陰侯，分楚爲二國，立從父兄劉賈爲荆王，立少弟文信君交爲楚王，楚元王是也。元王以前爲楚王者，不知文學。然昭、屈、景三姓猶在楚地，屈子遺文，盖儼存焉。元王好書，多材藝，少時與魯穆生、白生、申公俱受詩於魯浮丘伯。及封于楚，以穆生、白生、申公爲中大夫。浮丘伯在長安，遣子郢客與申公俱卒業。申公始爲魯詩傳，元王亦次之詩傳，曰元王詩。郢客稱夷王，其子王戊淫暴，穆生以其忘醴，故去。漢書。元王傅韋孟，楚國學者，歷事三王，乃作詩諷諫王戊。文選卷十九。王戊果敗自殺。元王弟休侯富亦坐削籍，後聞其屢諫，乃更封爲紅侯。其子辟彊亦好讀詩，常以書自樂。辟彊子德有「千里駒」之稱，其子向於元王爲元孫，漢書。亦治魯詩。清臧庸字拜經，嘉慶人。拜經日記有楚元王傳詩表，如左。

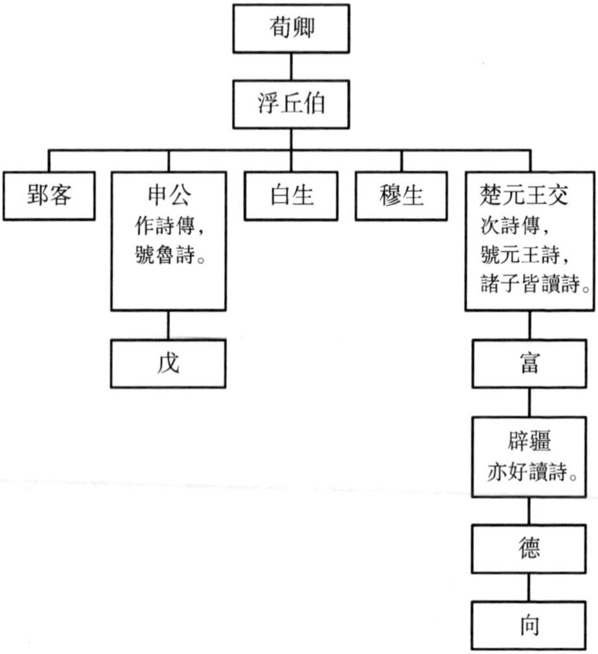

愚謂是可移以爲騷傳表矣。夫騷出於詩，以元王之好詩，而豈不好同源别派之騷哉？矧方高祖樂楚聲之日，封屈子唫澤畔之國，昭、屈、景三姓尚未遷徙，而左右有穆、白、申、韋諸儒，不可與吴王所招致娱游子弟同日而語，訪流風於墜簡，求餘韻於殘篇，徧搜而廣採，珎重而傳誦，是雖記載可證，而愚依情與理而推斷之，知其不太謬矣。其孫辟彊、曾孫德竝承家學，漢志有宗正劉辟彊賦八篇，陽成侯劉德賦九篇，雖佚而不傳，其蓋所得於騷者不淺，亦可以推知矣。至元孫劉向典校祕書，裒輯楚辭，分爲十六卷，而其第十六卷，則向所自作九嘆九篇。其惓惓於屈子，果何如也！蓋魯詩與楚辭，並爲元王所傳家學，綿延至向有斯編；而其子歆七畧録屈原所作，蓋仿向别録。漢志所謂屈原賦二十五篇，尚沿向、歆之舊，而所謂二十五篇，亦焉知無非元王與諸儒論定耶？可謂「素風道業，作範後昆，遺芳餘烈，奮乎百世」矣。傅亮爲宋公修楚元王墓教。淮南王安受詔作離騷傳，其有功於楚辭，固不待言。而劉向少信淮南之學，至以僞鑄黄金獲罪，其好楚辭亦相似然。至或有疑向受之安者，則謬矣。淮南王之敗，在武帝元狩元年，而向成帝綏和中卒，年七十二。綏和二年而終。今自綏和二年遡上七十二年，爲昭帝元鳳三年。向蓋生於元鳳二、三年，則去淮南之敗三十餘年矣。可知楚辭之學，向非受之淮南，而似家學淵源久矣遠矣。後人或疑屈賦有依託，然臆斷無證，倘知其傳來久遠，則信漢志而不疑焉可也。

或曰：劉向裒輯楚辭，漢志、隋志竝不載，可疑也。愚謹對曰：漢志詩賦沿七略而分録之，故不載劉向楚辭。至隋志則脱漏也。王逸楚辭章句敘明言「逮至劉向典校經書，分爲十六卷」，而隋志不録。王逸又明言「今臣復以所識所知，稽之舊章，合之經傳，作十六卷章句」，而隋志乃載「楚辭十二卷，并目録。後漢校書郎王逸注」，與王逸序不合。是謂隋志豈不信王逸序乎？今觀隋志其書「後漢校書郎王逸集屈原以下迄於劉向，逸又自爲一篇，并敘而注之」，則非不信王逸序也。愚故曰脱漏也。

宋玉第七

屈子之門，宋玉尤著。自古屈、宋竝稱，則繼屈者，玉也。而玉之招魂最爲宏妙，則繼騷者，招也。楚辭二招，異論紛出。或謂屈子初作招魂以祭懷王，後屈子自沉，而宋玉亦爲作招魂，於是有二招魂。故屈子招魂稱大招魂，後人省「魂」字曰大招；宋玉招魂稱小招魂，後人省「小」字曰招魂。其説是矣。而愚謂二招皆爲死者作，與舊説頗相反。請申明其説。

招魂，王逸云：「宋玉憐哀屈原忠而斥棄，愁懣山澤，魂魄放佚，厥命將落，故作招魂。欲以復其精神，延其年壽。」是以此篇爲玉招屈原魂於未死時也。大招，王逸或以爲屈原，則屈原自招其魂也。或以爲景差，則景差恐其師命將終，故招其魂於生時也。朱子乃疏釋王注曰：「古者人死，則使人以其上服升屋履危，北面而號曰：『皋某復！』遂以其衣三招之，乃下，以覆尸，此禮所謂『復』。而説者以爲招魂復魄，古佚叢書覆元本及嘉靖版、正德版皆作「招魂復魂」，非也。惟明蔣之翹本作「招魂復魄」，是也。又以爲盡愛之道，而有禱祠之心者，蓋冀其復生也，如是而不生則不生矣，此制禮者之意也。而荆、楚之俗，乃或以是施之生人，故宋玉哀閔屈原無罪放逐，恐其魂魄離散而不復還，遂因國俗託帝命，假巫語以招之。以禮言之爲鄙野，然其盡愛以致禱，則猶古人之遺意也。」辨證又引杜子美彭衙行「煖湯濯我足，剪紙招我魂」。以爲關陝間風俗，道路勞苦之餘，皆爲此禮以祓除而慰安之也。按朱子參酌儀禮士喪禮及禮記檀弓下篇、喪大記之文，而釋招魂之爲「復」，雖當切實，非敦禮不能，又知施之生人之爲鄙野，而顧乃引唐人之詩，以釋六國時之文，與其駁斥引山海經、淮南以釋楚辭者不相類，何也？自朱子據禮文、託楚俗以回護王注，後儒信而不疑者久矣。至明黄文焕謂二招皆屈原自招，張鳳翼文選纂注。疑謂或原始死而玉作以招之。蔣本上欄引。林雲銘襲黄説而小變，以謂「招魂，原自招。大招，原招懷王」。自此以後，二招之解，歧爲二之，未有定説也。

愚謂楚辭以前，未有「招魂」二字。其有之，以楚辭爲始。故檀弓「復，盡愛之道也」，鄭玄注云：「復，謂招魂。」孔穎達正義云：「招魂者，六國以來之言，故楚辭有招魂之篇，禮則云：『復，冀精氣復於身形。』」儀禮士喪禮曰「復者一人」，鄭玄注云：「復者，有司招魂復魄也。」禮記喪大記曰：「復，有林麓，則虞人設階。」鄭玄注云：「復，招魂復魄也。」鄭玄釋「復」以六國以前未有，而始見楚辭之招魂，則知「招魂」爲「復」，非施之生人者也。至孔氏正義則明引楚辭招魂以釋鄭注「復謂招魂」。夫鄭玄後於王逸，而不用王逸招生者魂之說。孔穎達前於杜甫，而不從剪紙招魂之俗。漢、唐大儒並以楚辭招魂爲招死者之魂，則乃可知王注無據，而朱子泥於舊說矣。孫詒讓周禮正義云：「士喪禮北面招以衣，即謂招魂也。孔疏謂招魂者是六國以來之言，未塙。」蓋招魂之書，則經文有之；「招魂」二字，則始見楚辭。孫氏駁之，未當矣。

蓋宋玉小招魂倣屈子大招魂而作。屈子大招成於懷王客死之後，而屈子忠愛，不忍質言其死，故陳三王之道，魂兮徠歸，尚三王只。以祈王生還，安定荆楚。自恣荆楚，安以定只。其言皆是王侯安民之事，非原所能爲，林說得之。而黃氏以爲自招之，非明見矣。屈子邃於禮者也。周禮春官「男巫掌望祀望衍授號，旁招以茅」，賈疏云：「四方祭神時，則以茅招之四方也。」大招曰：「魂兮歸來，無東無西，無南無北只。」是招魂以旁招之法也。曰：「冥凌浹行，魂無逃之。」暗指懷王逃秦而冀其魂不他之也。林氏亦有此說。庶羞聲樂，皆屬虚設。蔣驥亦以宋玉招魂所陳爲幻説。「朱唇皓齒」，盛稱美人者，陳本禮以爲芻靈，愚謂是指女巫，而亦假設耳。禮凡復，男子稱名，女子稱字。喪大記。然當時頃襄新立，小人滿朝，故屈子之文，不明言招王也。宋玉招魂起手擬騷，代原立言，而曰「有人在下」，與宋玉九辯「有美一人兮心不繹」同一筆法。亦不明稱屈子名字，以子蘭猶在朝，故雖屈子既死，其文託諸招生者之詞，以亂之耳。曰「恐後之謝」，謝，言死也。如屈子未死時，恐厥命將落者，是亦弟子之情，不忍以師爲已死也。「像設君室」，明是死者。王逸、朱子，乃以爲實施之生人，非也。「乃下招曰：魂兮歸來，去君之恒幹，何爲乎四方些。」亦是旁招也。文中極言宫室之美，侍女之麗，餚饌歌舞之盛，王逸所謂荒淫之意，陳本禮以爲頃襄内廷褻淫祕戲之事，王闓運襲其說。蓋得之。玉豈不知屈子不爲聲色所動哉？曰「結撰至思，蘭芳假些。假，至也。人有所極，同心賦些」，是述師弟相承之義，並結句。「哀江南」一句，始露出汨羅之哀。其成於屈子自沉之後也明矣。宋玉好色賦云「口多微辭」，所學於師也。招魂尤多微辭，不可不知也。

招魂語詞「些」字，些，蘇賀反。宋玉以前未嘗有用者，不知是何義也。朱子引沈括字存中。夢溪筆談言：「今夔、峽、湖、湘及南北江獠，凡禁呪，句尾皆稱些。此乃楚人舊俗。西域呪語，末皆云娑婆訶，亦三合而爲些也。」愚質諸善梵音者，曰沈說非是。愚按：以「些」與「嗟」古音相近，故宋玉假「些」爲「嗟」歟？文選左太沖吴都賦劉淵注云：「爾雅曰：嗟，楚人發語端也。」按郝懿行爾雅義疏以爲爾雅舊注，且謂「嗟自發端，非必楚語」。詩周南麟之趾「于嗟麟兮」，齊風猗嗟「猗嗟昌兮」，皆用之句間。小雅節南山「憯莫懲嗟」，則在句尾，箋云：「嗟乎奈何。」爾雅無此文。郝氏義疏引以爲「嗟乎奈何」之訓，以「嗟」爲「奈何」，亦似語助。或用之句間，或用之句尾，非必發端語也。劉熙釋名云：「嗟，佐也。言不足以盡意，故發此聲以自佐也。」王弼周易注云：「嗟，憂嘆之辭。」爾雅舊注以「嗟」爲「楚語」，而有「奈何」、「憂嘆」之義。雖本是發端語，似亦可以用之句間、句尾。則宋玉招魂用之句尾，以爲語助，似「嗟」是「些」字假借也。自宋玉一用「些」字後人有楚「些」語，韻會：「蘇箇切，娑去聲，語辭也」，而「嗟」是平聲，似不可假借者。然「些少」之些，平聲，廣韻「寫耶切」，正韻「思遮切」，竝謂平聲。廣韻：「少也。」「楚些」之些，亦古或平聲。恐無不可通假。若說平去同音，古有其例乎？又按：集韻「桑何切，音娑，挽歌聲。」可以證後世挽歌用「些」字亦讀平聲矣。然則宋玉之時，嗟、些通用。後世或讀去聲，或讀平聲耳。沈存中强爲之辭，以爲梵語咒文，可笑也。

二招優劣，未有定論。朱子謂大招近於儒者窮理經世之學，視小招則遠矣。序說。楊用脩乃云：「招魂豐蔚穠秀，先驅枚、馬而走僵班、揚，大招景差所力追不及。」升菴外集襍著。王世貞以爲足破宋人眼。蓋朱子言其旨，楊子言其辭；而並以大招爲景差作，則恐不當矣。愚謂大招忠厚，小招不及。招君王客死之魂，尤尚忠厚，而不尚穠秀，是其所以爲屈子也。玉招逐臣謫客之魂於闇主讒人之前，不得明言其情，於是乎隱微其旨，詭譎其辭。又陳嗣王淫佚之狀，以符古詩人譎諫之義，亦不爲不忠厚。苟不察其微辭，則曷能解其深旨？故皇甫謐譏其淫文，言過於實，誇競之興，體失之漸，風雅之則，於是乎乖，是不專指高唐神女登徒好色諸賦而言也。然玉之旨晦而辭衍，出於師法之外，有亦不得辭責者。故以旨而言，則大招醇古如朱子說。以辭而言，則汪洋恢詭，不可端倪，爲古辭賦中第一奇文。玉之富於辭采，殆過於其師，豈啻豐蔚穠秀，驅枚、馬而僵班、揚哉？

九辯亦玉所作，其成於原被遷江南之日歟？王逸云：「辯者，變也。」洪氏云：「辯，一作辨。辯，治也。辨，別也。五臣注云：宋玉惜其師忠信見放，故作此辭以辯之。」按：尚書堯典「平章百姓」，或作「辯章」。史記索隱。或作「辨章」。辯、辨，古通用。陳遠新云：「辯，明也。辯明其師之忠而遭讒，以説其君。」蓋本于六臣注，其説庶幾矣。但玉從容辭令，莫敢直陳耳。九辯之「九」與九歌同，亦當九章，而王逸本分爲十章，其分章，單注本與補注本亦各不同，蓋非劉向之舊。而朱子乃分爲九章，雖出臆定，亦可從也。起手秋氣蕭瑟，草木摇落，下曰「憭慄兮若在遠行」，曰「登山臨水兮送將歸」，可知屈子之遷竄也。而卻不露出其爲何人，曰「有美一人兮不繹」，繹，懌也。雖不明言屈子，而使人知其爲屈子南竄是也，所謂微辭也，所謂從容辭令也。曰：「獨耿介而不隨兮，願慕先聖之遺教。處濁世而顯榮兮，非余心之所樂。與其無義而有名兮，寧窮處而守高。食不媮而爲飽兮，衣不苟而爲温。竊慕詩人之遺風兮，願託志乎素餐。」是玉代屈子别白其志，似出自屈子之口，可知玉固與屈子同志，則玉亦聖人之徒矣。知屈子之志者，莫若玉焉；學屈子之學者，莫若玉焉，宜矣屈、宋並稱也。但居危邦而不危言，往往託蕩子之語，以諷諫人，不知其志，可悲而已。且夫九辯雖不明言屈，而摹倣屈子辭氣，與小招創闢獨境，空前曠古，終不依傍他人牆下不相類。是以或疑九辯爲屈子所作。然通覽全篇，爲玉所作無可疑焉。其辭采雖讓小招，而悲涼惻怛，文氣尤高，不負爲屈門高足也。

擬騷第八

擬騷謂學擬騷體而作者。晁氏稱楚辭，以別於離騷八篇，朱子乃稱續離騷是也。大招是屈子作，舊編在擬騷諸作者，誤矣。招魂、九辯爲擬騷之首，然屈、宋竝稱，玉已爲別宗，故愚別而論之。則擬騷自惜誓始。

惜誓，王逸云：「不知誰作，或曰賈誼，疑不能明也。」晁氏謂「惜誓宏深，亦類原作，或以爲賈誼作，蓋近之」；又云：「惜誓敘原意，末云『鸞鳳之高翔兮，見盛德而後下』，與賈誼吊屈原文云『鳳凰翔於千仞，見德輝而下之』斷章趣同，將誼倣之也。」離騷新序三。洪興祖亦引吊屈原文，云：「與此語意頗同。」蓋本於晁說。至朱子定爲誼作，云：「今玩其辭，實亦瑰麗奇偉，非誼莫能及。」後人概皆從之。或以誼年僅三十三而卒，而惜誓起句曰「惜余年老而日衰兮」，故疑以爲非誼作，蔣之翹本引明桑悅說。是不知誼代原述志也。擬騷之文，大抵皆爲代言之體，九辯、招魂實作之俑矣。惜誓之義，王逸云：「惜者，哀也。誓者，信也，約也。言哀惜懷王與己信約而後背之也。」愚讀其文，篇中絕無惜背信約之意，王注毋乃望文生義邪？明蔣之翹云：「誓，逝也。

古字通用。即屈子惜往日之意，觀首句可見。」蔣本集注上欄。以「誓」「逝」同聲，故成通用之說，似亦不可從。王船山云：「惜誓者，惜屈子之誓死，而不知變計也。」此義與誼弔屈原文合，或似矣。愚竊以謂誼讀屈子遠遊篇，而知其非本意，故述登蒼天，吸沆瀣，馳鶩杳冥，休息崑崙，赤松、王喬皆在其旁，遂辨之曰：「念我長生而久僊兮，不如反余之故鄉。黃鵠後時而寄處兮，鴟梟羣而制之。神龍失水而陸居兮，爲螻蟻之所裁。夫黃鵠神龍猶如此兮，況賢者之逢亂世哉。」是實屈子遠遊篇之注疏也。又云：「非重軀以慮難兮，惜傷身之無功。」此一句是斯篇本意，深惜屈子誓死不變，而今代原述志，則又似釋悲回風「任重石之何益」一句矣。誼知屈子之志者，而弔之，則曰「何必懷故都」；代述其志，則曰「不如反故鄉」，愛惜之至也，哀痛之極也。朱子云：「賈太傅以卓然命世之材，俯就騷律，所出之篇，皆非一時諸人所及。而所謂『黃鵠之一舉兮見山川之紆曲，再舉兮覩天地之員方』者，又於其間超然出人意之表。未易以筆墨蹊徑，論其高下淺深也。」此論盡之。

招隱士作於淮南王之客，古今無異詞。篇義見於其名。然屈子放臣而此稱隱士者，王逸云：「屈子雖身沉沒，名德顯聞，與隱處山澤無異。故作招隱士之賦，以章其志也。」是强下解耳。王夫之駁之曰：「此篇義盡於招隱，爲淮南王致山谷潛伏之士，絶無閔屈子而章之之意。其可以類附離騷于後者，以音節局度，瀏瀏昂激，紹楚辭之餘音，非他詞賦之比。」此說亦通。然其釋「王孫」云「隱士也。秦、漢以上，士皆王侯之裔，故稱王孫」者，亦是强下解矣。但其辭，則朱子以爲於漢諸作最爲高古。蓋其文氣似九歌，漢以來擬騷之文，學者皆以此篇爲第一矣。

莊忌哀時命，太襲而淺，古人已言之。蔣之翹語。通篇多排偶之語，前聯下句與後聯上句相對。如：「居處愁以隱約兮，志沉抑而不揚。道壅塞而不通兮，江河廣而無梁。」又如：「衣攝葉以儲與兮，左袪挂於榑桑；右衽拂於不周兮，六合不足以肆行。」蓋爲一種創格。劉向九嘆好學此體，如「覽屈子之離騷兮，心哀之而怫鬱」、「聲嗷嗷以寂寥兮，顧僕夫之憔悴」是也。其他曰「上同鑿枘於伏戲兮，下合矩矱於虞唐」，曰「與赤松而結友兮，比王僑而爲耦」，二聯是單對。曰：「騁騏驥於中庭兮，焉能極夫遠道。置猨狖於欞檻兮，夫何以責其捷巧。」「夫」字恐衍。一聯是偶對。並極其工，以啓六朝駢驪之體。蓋其旨則無所發明，其辭則摹擬已工，兼有獨創處，足以與諸篇角逐。焦竑以爲梁園之傑，豈爲此歟？祇憾其氣魄不足耳。

東方朔七諫七章，王褒九懷、劉向九嘆、王逸九思各九章，蓋擬九歌、九章、九辯而作，則可知九歌不宜有十一篇，九辯亦不宜分爲十章也。諫、嘆二篇，規摹九章；

懷、思二篇，體襲九歌。朱子皆不録。其言且云：「七諫、九懷、九嘆、九思，雖爲騷體，然其詞氣平緩，意不深切，如無所疾痛而强爲呻吟者。就其中諫、嘆，猶或有可觀，兩王則卑已甚矣。故雖牽附書尾，而人莫之讀，今亦不復累篇帙也。」其論允當矣。予少時讀明鄒東郭續文章軌範，而所録屈子文三篇，離騷及卜居、漁夫，惟喜卜居、漁夫，而不解離騷。尋讀楚辭集注，亦不卒業而中輟。況能及九辯以下擬騷諸篇乎？自顧竊愧天分之卑。及讀朱子辯證，而知彼云學者亦莫卒讀楚辭十七卷者，不覺苦笑。蓋自朱子有「無病呻吟」語，元、明以後人並不好讀擬騷諸篇，猶自賴襄罵曾文，後之學者輕視南豐也。厥後予耽讀楚辭，群疑百出，因取楚辭十七卷而精讀畢業，而後知擬騷諸篇之必不可不一讀也。何以言之？以擬騷諸作，是二十五篇注脚也。漢人讀騷之法，存於擬騷諸作之中；而屈子事迹，往往有可徵者。其辭氣雖平緩，而其造語之煉，結撰之工，亦皆可以爲法。後世文章，淵源於此。舉一例而言之，如七諫「故人疏而日忘兮，新人近而愈好」二句，本於九歌「悲莫悲兮生別離，樂莫樂兮新相知」二句。而古詩「去者日以疏，來者日以親」，亦本於七諫。聞人倓古詩箋引吕氏春秋云：「死者彌久，生者彌疏。」其意相近而小變。古詩「新人雖言好，未若故人姝」，則反言之也。此類頗多，不可不知也。

朱子謂「諫嘆猶有可觀」，蓋東方朔工於辭令，而劉向則有病呻吟，與屈子相似。劉向爲漢宗正，猶屈子爲三閭大夫也。向爲弘恭、石顯等所構陷，猶屈子爲上官大夫、靳尚等所讒也。向屢下獄，猶屈子見疏見放也。漢室之危，猶楚國之危也。向之忠愛，曷讓屈子？宜矣其眷眷於屈子也。向既哀集楚辭，又隨而作九嘆。其辭雖遜於誼，而其言則醇正，有可觀者矣。王逸以屈子鄉人，而注楚辭作九思，以附騷人之末，亦屈子功臣也哉。後之治騷學者，其拘泥於朱子之説，而措擬騷諸篇於莫讀也。

漢人擬騷之工者，莫若揚雄反騷焉。雄又有廣騷、畔牢愁二篇，雖亡而反離騷見本傳。雄後於劉向，王逸故不見録。晁氏亦棄而不録。蓋雄不慊於屈子之死，洪氏辨之盡矣。朱子乃取入後語，且云：「屈子之罪人，離騷之讒賊。」蓋顯揚雄之罪，所以明屈子之忠也。愚謂雄之意與誼略相似，亦是愛惜之至耳。但雄爲莽大夫，故獲罪朱子。惟以其辭而論之，則擬騷之作，後世莫及焉。枚乘七發，李善云：「説七事以起發太子，猶楚詞七諫之流。」厥後傅毅七激，張衡七辨，崔駰七依，相踵而出。曹子建倣之，作七啓。名與騷相似，而辭法少變，後世自爲一體。其餘文選所載，後諸所收，不可勝計。而明孫鑛之定廣騷，收漢司馬相如一哀及諫、懷、嘆、思外，録唐盧照鄰五悲，李白惜餘春、陽春歌[一]，劉蛻吊屈原三章，皮日休九諷，或云十一諷。韓愈憫己，柳宗元吊屈原文及天對，宋蘇軾轍兄弟吊屈原廟賦，黄庭堅毁璧，邢居實秋風，明李夢陽夷猶騁望，何景明九詠，徐禎卿反反騷，王廷相巫陽，陸澤春山，王世貞少歌等，諸篇皆爲屈宋兒孫矣。而文人雅士作銘詞，往往好用騷體，如韓愈文送李愿歸盤谷序詞，亦是也。今不一一。沈約云：「屈平、宋玉導清源於前，賈誼、相如振芳塵於後。英辭潤金石，高義薄雲天。自兹以降，情志愈廣，王褒、劉向、揚、班、崔、蔡之徒，異軌同奔，互相師祖，雖清辭麗曲，時發乎篇，而蕪音累氣，固亦多矣。」六朝以上且然，況後之去古益遠乎？

【校記】

[一] 陽春歌，原作「悲陽春」，據李太白全集改。

楚辭玦

[日]龜井昭陽 撰 黄靈庚 李鳳立 點校

目録

前言

黄靈庚

楚辭玦者，日本國龜井昭陽之所作。昭陽名昱，字元鳳，昭陽，號也。築前（今福岡）人。江户後期，任築前藩儒。父曰龜井南冥，名魯，字載道，業儒兼醫，江户初期儒學碩師荻生徂徠之三傳門生，人稱「徂徠学者」。昭陽秉承家學，潛心聖經，著述甚豐，有家學小言、尚書考、毛詩考、古序翼、左傳纘考、周禮鈔説、讀辨道、莊子瑣説等多種存世。

據龜井氏空石日記卷十一載，文政四年，始研治楚辭。如，「三月十八日」條稱，「書生乞夜講楚辭，欣然教之，借道革楚辭燈，徹夜鷄鳴」。又，「廿二日」條稱，「夜講離騷及九歌之三，頗有發明云」。又，「廿三日」條稱，「校九歌」。又，「廿六日」條稱，「校天問」、「夜講河伯至天問」。又，「廿八日」條稱，「校天問徹夜，講天問」。又，「廿九日」條稱，「天問校了」。又，「四月朔日」條稱，「夜講楚辭，迫鷄鳴卧」。又，「四日」條稱，「夜講天問了」。又，「十四日」稱，「夜校九章、招魂了」。又，「十六日」條稱，「招魂講了」。又，「十九日」條稱，「夜講大招了，楚辭止于是」。見其治楚辭之時，在文政四年，其時年已四十又九歲。日記卷三十八，又載其撰楚辭玦始末，詳記其撰寫時日。時在天保五年，龜井氏年已六十又二矣。如，「八月十九日」條稱，「尚書卒講，乞講楚辭」。又，「廿日」條稱，「始就楚辭玦緒」。又，「廿四日」條稱，「離騷注了」。又，「晦日」條稱。「大（九）歌畢，及天問」。又，「九月七日」條稱，「天問玦了」。又，「十日」條稱，「注惜誦之涉江」。又，「廿日」條稱，「九章玦了」。又，「十月四日」條稱，「夜楚辭會」。又，「五日」條稱，「楚辭玦卒業，七十二枚，分上下卷」。日記卷四十，「翌天保六年七月廿日」條稱，「釘楚辭玦」。玦者猶決也，謂決斷疑難問題也。其體式屬考據札記，以楚辭句詞爲條目，分上、下卷：上卷爲離騷、九歌、天問，下卷爲九章、遠遊、卜居、漁父、招魂、大招。即朱子集注所定楚辭篇目，而九辯、招隱士、惜誓、哀時命四篇未置一詞，蓋未竟之作。凡楚辭文句之正訛，字詞之訓釋，句法之奇正，段落之劃分，皆多論列之。每下斷語，旁證遠紹，以徵引文獻爲依據，且探幽發微，申明己意，在東亞學界之中，堪稱精湛，稱屬上乘之作，非虛矣。

楚辭玦條目引文，與朱熹集注本多合，蓋其藍本用朱子集注本，故其校勘，多以集注本爲依歸。間或參酌他本，擇善從之。而對校者，則日本莊允益王注楚辭本。如，離騷「夫維聖哲之茂行兮」，校云：「莊子謙校本『之』誤作『以』。」案：單行章句明刻本、洪氏補注本皆作「以」，惟朱子集注本作「之」。又，「縱欲而不忍」，校云：「莊本衍『殺』字。」案：單行章句本「欲」下有「殺」字，朱子集注本無「殺」字。又，「阽余身而危死兮」，校云：「莊本衍『節』字。」案：單行章句本「死」下有「節」字，朱子集注本無「節」字。又，「望崦嵫而勿迫」，校云：「莊本『勿』誤作『未』。」案：朱子集注本作「勿」，單行章句本作「未」。又，「繼之以日夜」，校云：「莊本脱『又』字。」案：

朱子集注本無「又」字，惟文選本有「又」字，從文選本也。又，「閨中既以邃遠兮」，校云：「莊本脱『以』字。」案：單刻章句本無「以」字，朱子集注本有「以」字。九歌東皇太一「瑶石兮玉瑱」，校云：「玉瑱，一作『鎮』，所以壓席也。」案：鎮、瑱古今字。朱子集注引「瑱」一作「鎮」。湘夫人「登白蘋兮騁望」，校云：「據字典，此固作『白蘋』也。或云作『薠』爲是。」案：朱子集注本作「登白薠」，洪氏補注本作「白薠」，文選六臣本作「登白蘋」，五臣本作「白薠」。從六臣本。大司命「導帝之兮九阬」，校云：「九阬，一作『坑』。」案：朱子集注本作「坑」，引一作「阬」。然洪氏補注本、文選本皆作「阬」，未審其所據本。少司命「與汝遊兮九河，衝風起兮水揚波」，校云：「二句古本無，王氏無注，衍文。」案：朱子集注云：「古本無此二句，王逸亦無注。補曰：『此河伯章中語也。』當删去。」其從集注。禮魂「盛禮兮會鼓」，校云：「盛禮，一作『成』。」案：朱子集注本作「成」，單行章句本作「盛」。是從章句本。天問「女岐無合夫焉取九子」，校云：「女岐無合夫……一云：無合，無配也。『夫焉』字，下文亦出。」案：朱子集注云：「女岐，神女，無夫而生九子。」朱本似以「夫」字屬上。朱氏承王注，蓋舊讀皆如此。昭陽據「夫焉」詞例斷之，以爲「夫」字當屬下也。又，「崑崙縣圃，其尻安在」，校云：「山至高，則入地之根亦當至深。脊骨盡處曰尻。」案：朱子集注本作「尻」，引一作「居」，云：「與『居』同。」惟戴震屈原賦注據注釋音辯柳先生集「尻」音「丘刀切」，則校作「尻」。是從戴氏説。又，「何所不死」，校云：「此上下似脱二句。」案：天問：「雄虺九首，儵忽焉在？何所不死？長人何守？」死、守出韻。是以脱文爲説。又，

「下土四方」，校云：「朱云：『有「四」字非是。』案：無者或依商頌删，亦不可知。」案：其不從朱本，洪氏補注本有「四」字。又，「胡爲嗜欲不同味」，校云：「依王注，一無『不』字爲真。」案：集注本、洪氏補注本並作「胡爲嗜不同味」，單行章句本作「胡爲嗜欲不同味」。是從章句本，復據王注擬删「不」字。又，「撰體脅鹿，何以膺之」，校云：「從朱本。案：協、脅字重亦可知。」案：單行章句本、洪氏補注本並作「撰體協脅，鹿何膺之」，則惟從集注本。又，「湯謀易旅」，校云：「朱云：『湯，當作康。』得之。」案：朱注云：「湯與上句澆、下句斟尋事不相涉，疑本康字之誤，謂少康也。」又，「何肆犬豕」，校云：「依王注。豕作體，失之。」案：據王注「肆其犬豕之心」云云，舊本亦作「何肆犬豕」。單行章句本、洪氏補注本並作「肆其犬體」，惟集注本作「肆其犬豕」。又，「而後嗣逢長」，校云：「莊本作『後嗣而』者，誤也。」案：洪氏補注本作「後嗣而逢長」，莊本據洪氏補注本。集注本作「而後嗣逢長」，是從朱本。又，「雷開阿順，而賜封之金」，校云：「阿，當作何。寫誤也。」「朱注：『之，一作金。』案：『封之金』，雅甚。莊本必有據。」案：集注本、洪氏補注本作「雷開阿順而賜封之」，並引一作「雷開何順而賜封金」。單行章句本作「雷開阿順而賜封之金」。則參校諸本而從其善。又，「荆勳作師夫何長」，校云：「無『先』字爲良。」案：單行章句本「長」下有「先」字，朱本無「先」字。謂無「先」字者「爲良」，是從集注本。九章惜誦「背膺牉合」，校云：「一無『合』字，皆好。」案：單行章句本作「背膺牉合」，朱子集注本無「合」字。哀郢「仲春」，校云：「朱本、林本『仲』上有『方』字，余以無者爲是。」案：單行章句本無「方」字，是其所據。又，「憂與憂其相接」，校云：「朱本可從。一本下『憂』作『愁』。」案：單行章句本、洪氏補注本並作「憂與愁」。又，「忽若去不信」，校云：「朱云：『「去」字上下恐有脱誤。一無「去」字。』」案：單行章句本亦有「去」字，惟洪氏補注本無「去」字。抽思「悲夫秋風之動容」，校云：「一無『夫』字，爲優。」案：朱注本、洪氏補注本並無「夫」字，單行章句本有「夫」字。又，「君既與我成言兮」，校云：「一作『誠』，誤。朱本可從。」案：單行章句本亦作「成」，惟洪氏補注本作「誠」。又，「豈至今其庸亡」，校云：「一『豈』下有『不』字。誤。」案：單行章句本有「不」字，朱注云：「非是。」其從集注本。懷沙「黨人之鄙固」，校云：「莊本脱『之』字。」案：單行章句本、洪氏補注本皆無「之」字，惟集注本有「之」字。又，「豈知其故也」，校云：「莊本似據史記，文字與諸本異同。」又，「曾唫恒悲兮」，校云：「此四句，莊本似依史記補之。」案：單行章句本皆若是，亦莊本所祖，非莊氏據史記補改。又，「獨無匹」，校云：「朱云：匹，當作正。得之。」案：洪氏補注云：「匹，俗作疋。」與「正」字相似而訛。又，「曾傷爰哀」，校云：「此四句楚辭本脱於上而跳於是，史記亦涉楚辭而重出，故史記『哀』下、『知』下無『兮』字。可削。」案：集注云：「若依史記移著上文『懷質抱情』之上，而以下章『死不可讓，願勿愛兮』承『余何畏懼』之下，文意尤通貫。但史於此又再出，恐是後人因校誤加也。」知其説據集注。思美人「竊快在其中心兮」，校云：「朱本可從。莊本脱二字。」案：單行章句本無「在其」二字，洪氏補注本無「其」字。又，惜往日「諒不聰明而蔽壅」，校云：「一作『聰不明』。未如作『諒聰明之蔽壅兮』，朱子得之。」案：單行章句本作「不聰明」，洪氏補注本作「諒聰不明」；集注作「諒聰不明」，云：「或疑無『不』字，『而』字當作『之』。」橘頌「類任道」，校云：「朱本可從。朱云：『一作可任，非是。』」案：洪氏補注本、單行章句本皆作「類可任」。若作「可任」，任字出韻。王注「故可任以道而事用之」云云，其舊本作「類任道」。又，「終不過失」，校云：「朱云：過，衍文。得之。」案：單行章句本作「終不失過」，洪氏補注本作「終不過失」。然王注「終不敢有過失」云云，舊蓋作「終不失過」。惜往日「雖過失而弗治」，此作「失過」，趁韻倒。遠遊「曾舉」，校云：「『翠曾』之『曾』，出九歌，『䎖』本字。」案：九歌東君王注：「曾，舉也。」洪氏補注引博雅：「䎖、翥，飛也。」又，「徑侍」，校云：「侍，當作『待』，與離騷意自異。」案：集注本作「待」。離騷「騰衆車使徑待」，王注：「令衆車先過，使從邪徑以相待也。」遠遊「左雨師使徑侍」，王注：「告使屏翳，備不虞也。」是其不同。又，「汎濫游」，校云：「『游』字恐衍。」案：集注無「游」字。若無「游」字，不成句法。又，「張樂咸池」，校云：「林本無『樂』字，爲優。」案：朱子集注本、洪氏補注本皆無「樂」字，單行章句本有「樂」字。張咸池、奏承雲，相對爲文，舊本似無「樂」字。漁父「懷瑾握瑜」，校云：「本作『深思高舉』，史記注可徵。此本又據史記。」案：朱子集注本、洪氏補注本皆作「深思高舉」，單行章句本作「懷瑾握瑜」。屈原傳作「懷瑾握瑜」，索隱引楚詞作「深思高舉」，蓋所據版本不同。若作「深思高舉」，則無「忠直」之義。舊本宜作「懷瑾握瑜」。招魂「歸來反故室」，校云：「一無『來』字。朱注：一作『歸來歸來反故室』。案：涉前文而誤。」案：朱子集注本無「來」字，云：「一有『來』字，一別有『歸來歸來』四字，而『反』上亦無『來』字。」知其引文有誤。單行章句本、洪氏補注本並有「反」字，文選本作「歸來歸來反故室」。又，「士女雜坐」，校云：「『士女雜坐』四句不似屈子語，必是宋、景輩所竄。」案：未知其所據，亦是臆說。又，「時不可以淹」，校云：「一作『時不淹』三字者是真。」案：文選本、朱子集注本並作「時不可淹」，朱云：「一無『可』字。」洪氏補注本作「時不可以淹」。蓋據朱引別本爲説。大招「溺水」，校云：「朱云：一作『弱』。案：似是。」案：王注「其水淖溺，沈没萬物」云云，乃沈溺之義，非弱水之名。朱子集注本、洪氏補注本、單行章句本亦皆作「溺」。又，「湯谷宋只」，校云：「朱本作『宋廖』，林從之，韻不得不然。」案：白皓膠、湯谷宋，相對爲文，不當作「宋廖」，且膠、宋，幽宵合韻。王注「視聽宋然無所見聞」云云，舊亦無「廖」字。又，「遽爽存」，校云：「未詳，必是寫誤。」案：王注：「遽，趣也。爽，差也。存，前也。言乃復煎鮒魚，臛黄雀，勑趣宰人，差次衆味，持之而前也。」遽爲趣促，爽爲食物之等級次第，存爲前，讀如荐，實爲薦，進獻之也。謂勑趣宰人，差次衆味，進獻而前也。其義自通，當非誤寫。又，「二八接武」，校云：「莊本『武』作『舞』。然詳王注，本作『武』耳。」案：單行章句本、洪氏補注本皆作「舞」，惟集注本作「武」。武、舞古字通用。

字義訓詁及發明篇題旨意，除依王逸、朱熹二家舊注外，離騷一篇偶或采用林雲銘楚辭燈説。離騷「攝提」條云：「林西仲得之，云：星名也，隨斗柄正指于寅方，是爲正月。」又，「申椒與菌桂」條云：「林氏可念，云：椒、桂帶辣氣，喻逆耳之言亦能受也，不但用純香之蕙茝而已。」

又，「謠詠」條云：「林云：徒歌曰謠。」又，「攘詬」條云：「林云：攘，取也。」又，「嬋媛」條云：「林云：柔態牽戀之皃。」天問一篇偶用屈復新注，如，「鴟龜曳銜」條云：「屈悔翁有考。張儀依龜迹築蜀城，非猶夫崇伯之知耶？據之，蓋言鮌視鴟龜曳尾相銜，因築城堤。」案：長沙馬王堆漢墓帛畫下部兩側各有一龜，背立一鳥，象「鴟龜曳銜」。惟其意未詳。又，「負子」條云：「屈云：婦、負古相通。」案：其說是也。負子猶婦子，謂母子並淫也。或采戴東原說，「其尻」條云：「山至高，則入地之根亦當至深。脊骨盡處曰尻。」案：王、朱二本皆作「尻」，戴東原屈原賦注改作「尻」，訓「脊尾」。然此問崑崙山之在何處，不問其尾脊。

龜井氏條疏王逸或朱熹舊注遺義，或補其闕，或正其誤，或辨二家是非，或存疑闕如，或自爲新解，發明意旨，其必持之有故，言之成理，頗見功力。特舉其顯著者以明之，如，離騷「離騷」條：「篇中有『離尤』字，蓋離、罹同。」案：以「離騷」之「離」，爲遭逢之「罹」。又，「紉秋蘭」條：「紉，結也。」案：王注：「紉，索也。」朱注：「紉，續也。」龜井氏猶繫結之義，非謂繩索、繼續。又，「不淹」條：「淹有留意。」案：王注：「淹，久也。」龜井氏以爲非久長之淹，乃久留之淹也。又，「不撫壯」條：「撫，循也。『撫于五辰』之『撫』，正同。」案：王注「君甫及年德盛壯之時」云云，以「撫」爲「甫及」之意，而龜井氏以爲猶「撫循」之撫，正與「甫及」相因。又，「及前王」條：「楚先哲王也。」案：王注「冀及先王之德」云云，未詳「前王」爲何人，龜井氏以爲「楚先哲王」，疏其遺義。「余之中情」條云：「所以『奔走先後』之心也。」案：王注「忠信之情」云云，不能確指，所以補之。又，「忍而不能舍也」條云：「忍，忍身患也。」案：王注「然中心不能自止而不言」云云，所「忍」之意甚含胡，所以申言之。又，「蕪穢」條云：「比玉石混雜，貞士而題以僞也。」案：王注以「蕪穢」爲「衆賢志士失其所」，而龜井氏以爲「畢生所育成，都爲俗士」，以斥衆賢變節。又，「嫉妒」條云：「恐屈子之率羣才以獲于君也。」案：王注「各生嫉妒之心，推棄清潔使不得用」云云，意雖相同，然舊注含胡，故疏以明之。又，「矯菌桂」條云：「揉以佩之。四句是『姱以練要』處。」案：王注「猶復矯直菌桂芬香之性」云云，意頗牽合，所以正之。又，「鞿羈」條云：「『心鞿羈而不開』，出九章。王氏得之。」案：王注：「鞿羈，言爲人所係累也。」朱注云：「言自繩束不放縱也。」龜井氏依王注是而舍朱注，且引九章爲證，所以辨析是非者。又，「朝誶」條云：「誶，告也，與『訊』同。」案：從朱注，且引幽通賦「既誶爾以吉象」爲證，而不從王注訓「諫」。又，「駝椒丘」條云：「與『蘭皋』對。王誤。」案：王注：「土高四墮曰椒丘。」朱注云：「其中有蘭，故曰蘭皋。丘上有椒，故曰椒丘。」是從朱注不從王注。又，「節中」條云：「節，有等。節其中而執之也。」案：王注以節爲節度，於義未明，蓋所以疏之。又，「厥家」條云：「王氏得之，非國家之家。」案：王注：「婦謂之家。」龜井氏復云：「左傳『棄其家』，言棄妻也。」疏解王注。又，「正枘」條云：「枘，刻木端所以入鑿。正，直立牢固之也。」案：王注：「正，方也。枘，所以充鑿。」蓋以「正」爲「枘」之飾語，於義未暢。龜井氏以「正」爲述語，猶掙入之，則無遺義。又，「相羊」條云：「相翔一義。相翔，出周禮。將升天，故姑且止息。」案：王注訓「相羊」爲「遊」，龜井氏視爲連語，猶同「相翔」，蓋以疏王注。又，「要之」條云：「要，迎也。詩云：『要我乎上宫。』」案王注、朱注並以「要」爲邀求之義。其訓爲迎，蓋所以正之。又，「上下」條云：「亦升降也，辭沓而已。前曰『上下而求索』。」案：王注：「上謂君，下謂臣。」朱注：「陞降上下，陞而上天，降而至地也。」是從朱注。又，九歌東皇太一「蕙肴蒸」條云：「蒸，烝通。言美肴升於俎也。」案：王注：「以蕙草蒸肉也。」朱子訓「蒸」爲進。是亦從朱注。雲中君「壽宫」條云：「供神之處也。」案：王注以爲「祠祀皆欲得壽，故名爲壽宫」。龜井氏則以爲牽合之説，「是未必」。又，湘君「洞庭」條云：「帝女居其山，出山海經。故道於大湖也。」而王、朱於湘君所以「邅吾道兮洞庭」，皆未置一言，故所以補之。又，「蘭枻」條云：「閱字書，枻亦楫也。王氏有據乎？」案：王注「枻」訓「船旁板」，龜井氏乃引韻會云：「短曰枻，長曰櫂。」所以質疑其義。又，湘夫人「思公子」條云：「非帝子也，但是所思也。佳人亦非帝子。」又，「麋何食」條云：「公子亦帝子之從也，不與我人同。」又，「佳人」條云：「帝子之使也。」案：王、朱二家皆以「公子」、「佳人」爲「帝子」，蓋龜井氏正其誤。又，「擗蕙櫋」條云：「櫋，連檐木也，在椽之端，擘蕙爲之。」案：王注云「以析蕙覆櫋屋」，朱注云「析蕙以爲屋櫋聯」，皆未達「櫋」字之義，至龜井氏「在椽之端」，則渙然冰釋。又，大司命「冲天」條云：「神已棄我去也，欲近之，末由也已。」案：王注以「冲天」屬言屈原「抗志高行」，朱云神去不留。是龜井氏從朱而棄王。又，少司命「竦長劍」條云：「竦，高舉也。」案：王注訓「執」，朱注訓「挺拔」，龜井氏以舊注皆非其義，是以訓「高舉」，且於古亦有徵。廣雅釋詁：

「竦，上也。」慧琳音義卷十二「森竦」條注：「竦，高上也。」又，東君「翠曾」條云：「字書有『翲』字，訓舉也。」案：洪氏補注曰：「博雅曰：『翲、翥，飛也。』」是用洪説。又，河伯「龍堂」條云：「蓋四面置龍以爲堂也。」案：王注「堂畫蛟龍之文」，朱注「以龍鱗爲堂」，皆未愜其意，而設爲此解。又，山鬼「徒離憂」條云：「别而憂者，猶有眷眷之意故也。」案：此篇「怨公子（山鬼）」而曰「憺忘歸」、「悵（暢）忘歸」，言喜而悲，言樂而怨，反意爲説，徒增其喜其樂。龜井氏善發微其意。又，國殤「右刃傷」條云：「車右之刃毁折也。車右用矛，而其刃傷。」案：王注以「右」爲右騑，朱注未爲説解。龜井氏以爲車右，亦未廢爲一家言。又，天問「明明闇闇」條云：「日月正，晝夜定，是其何故邪？」案：王注以爲説陰陽，朱注以爲説晝夜，則其從朱説。又，「永遏」條云：「蓋幽囚之也。」案：鮌遏於羽山，同離騷「殀乎羽之野」，謂囚拘於羽淵。又，「腹鮌」條云：「朱云：『腹，懷抱也。』詩云：『出入腹我。』亦通。」案：王注本「腹」作「愎」，訓狠戾。龜井氏不從其説，且引詩以證朱説可通。又，「阻窮西征」條、「巖何越焉」條云：「蓋鮌在東裔羽山，而阻阨困窮，乃自向西行。何能越巖險而西向？」案：王注謂鮌「西行度越岑巖之險，因墮死」，朱云「未詳」。龜井氏謂「越巖險」而未嘗死，蓋勝舊説。又，「并投」條云：「『屏諸四夷』之『屏』。」案：并字之義，王、朱皆未釋，補其未備。又，「厥萌在初」，王、朱未有確指。案：龜井氏據上文事，云：「末喜以亡，二女以興，其萌在興亡之先。」則暢達無隔。又，「會鼂争盟」條云：「蓋言八百會同乞盟也。詩云：『會朝清明。』」案：龜井氏不以王注「不失期」、朱注「請盟」爲説，而以争爲清、盟爲明，以詩「清明」爲證，從洪氏補注。又，「鹿何祐」條云：「二章姑從古注，此言福自然而至。」案：此二章古來聚訟紛繁，龜井氏未敢私臆妄作，故猶從舊注，見其謹慎之至。又，九章惜誦「言與行其可迹」條云：「我所言所行，可推迹以知之。」又，「情與貌」條云：「貌不變，是不脅肩諂笑之類。」案：訓釋簡要明快，勝舊注繁冗。又，「疾親君」條云：「急於親君而無他念也。」案：王注「疾」訓惡，則義生詰詘，故改易之。又，「初若是」條云：「初占如是，而今果逢殆。」案：龜井氏以「初」爲上文「昔」占厲神之時，蓋未以王氏謂屈子本性之初、朱子「初以君可恃」之初爲然。又，哀郢「民離散」條云：「時必有百姓亂離之事，非唯屈子一人。」案：王注以爲民指屈原，但就己言。朱子「屈原被放時，適會凶荒，人民離散，而原亦在行中。」知其從朱説。又，抽思「搖起」條云：「奮起之意。朱本作『遥起』。然依古注，莊本可從。」案：搖，非搖動之義。王念孫讀書雜志餘編下：「搖起，疾起也。疾起與横奔，文正相對。方言曰：『搖，疾也。燕之外鄙、朝鮮洌水之間曰搖。』淮南原道篇曰：『疾而不搖。』漢書郊祀志曰：『遥興輕舉。』遥與搖通。彼言遥興，猶此言搖起矣。」其説確也。方言：「汨、遥，疾行也。南楚之外曰汨，或曰遥。」搖、遥古字通用。又，懷沙「獨無匹」條云：「朱云：『匹，當作正。』得之。」案：若作「匹」，出韻。正，當也，對也，亦有匹敵之義。又，橘頌「蘇世」條云：「難解，恐有寫誤。」案：蓋慎之不爲强解。相反爲訓，背逆亦謂之蘇。荀子議兵篇：「以故順刃者生，蘇刃者死。」楊倞注：「蘇讀爲傃，傃，向也。」蘇、順相對爲文，蘇，猶逆也。楊氏説以假借字，蓋未審其義相反而相通。商君書賞刑篇

「萬乘之國不敢蘇其兵中原」，高亨注：「蘇，逆也。」又，陸時雍楚辭疏謂「蘇」當作「疏」，言疏遠之意。蘇、疏古字通用。易震六三「震蘇蘇」，漢帛書本「蘇蘇」作「疎疎」，疎與疏同。其亦可通。若龜井氏明此，蓋亦謂不「難解」。又，悲回風「隱其文章」條云：「不羣故隱，亦天性然。蛟龍隱，蘭茝幽，是屈子自比。而『比而不芳』、『荼薺不同』，亦比其志介。」説比興之義雖本王、朱舊義，然寥寥點睛之詞，妙乎神會。又，「惟佳人之永都」條云：「永保都美，乃世濟之意。」案：「都」訓美，雖本朱注，而説喻義則過之。又，「爲膺」條云：「蓋後世兜肚類歟？」案：朱注釋「絡胸者」，龜井氏比之「兜肚」，蓋以今況古。又，遠遊「求正氣之所由」條云：「『正氣』，言己中心純正之氣也。」案：正氣，即離騷「耿吾既得此中正」之「中正」。得正氣，而後能上征飛行，蓋神靈之氣。神靈之氣，乃純正之氣。又，「登霞」條云：「莊子『擇日而登遐』。朱云：『霞，古與遐借用。』」案：登遐，猶後世云「仙逝」。又，漁父「鼓枻」條云：「枻，楫也。以楫鼓舷。」案：王注云：「叩船舷也。」所以疏之。又，招魂「巫陽」條云：「筮人職有巫易，古精筮者。山海經注：『巫陽，古神醫。』」集注云：「女曰巫，陽，其名也。」未詳其事。此注補之。又，「後之謝」條云：「言後其死也。屈子既困危，筮求其魂而予之，曠日彌久，必不迨其生。」案：蓋以「謝」爲「死」。王注：「謝，去也。巫陽言如必欲先筮問求魂魄所在，然後與之，恐後世怠懈，必去卜筮之法，不能復修用，但招之可也。」則以「謝」爲「怠懈」。朱注：「此一節巫陽對語，不可曉，恐有脱誤。然其大意似謂帝命有不可從者，如必筮其所在而後招以與之，則恐其離散之遠，而或後之，以至徂謝，且將不得復用巫陽之技也。」則以「謝」爲「徂謝」。是從朱説。又，「血拇」條云：「拇，足大指也。裂人蹂人，故常染血。」案：王注「以手中血漫污人」云云，未詳「手中血」所以然者。龜井氏以爲「裂人蹂人」所致，蓋疏解王注之未明。又，「入脩門」條，舊注以「脩門」爲「郢城門」。龜井氏云：「舊説：脩門，郢城門也。未審門名與否。爲郢門，固也。説得不了。」乃曰：「唯是門修美而可入。」案：則以「修」爲「修美」者，存其一家説。又，「像設君室」條云：「模像舊宅而造設之。古注猶可從。朱、林云『設像而祀』，未優。」案：像者，故居之像，非人像。又，「室家遂宗」條，王注云：「言君九族室家，遂以衆盛，人人曉味，故飲食之和，多方道也。」朱注：「言君既歸來，則室家之衆皆來宗尊，當爲設食，其方法多端也。」案：王、朱皆牽合。龜井氏云：「屈子繁榮如前段，故族人遂以爲宗。食多方，此族食之事也。族人皆食於宗。」蓋近之。又，「撫案下」條，王注：「以手抑案而徐來下也。一云：撫，抵也。以手抵案而徐下行也。」朱注：「以手撫案其節而徐行也。」案：皆未達旨。龜井氏云：「下，蓋舞畢而退也。」其説近是。又，「發激楚」條，王注：「激，清聲也。言吹竽擊鼓，衆樂竝會，宫庭之内，莫不震動驚駭，復作激楚之清聲，以發其音也。」朱注：「激楚，歌舞之名，即漢祖所謂楚歌、楚舞也。」案：龜井氏云：「林云：『激楚，清凄之曲名。』發清凄之曲，以止宫庭之震驚。」則較舊注允通。又，「費白日」條，王注：「費，光貌也。言晉國工作簙棊箸，比集犀角以爲雕飾，投之皜然如日光也。」朱注：「費，耗也。費白日，言博者争勝，耽著不已，耗損光陰也。」案：龜井氏云：「費，光皃。大似古義，必是古讀。」至確。費，讀作咈。慧琳音義卷九八「麗咈」條引王逸注楚辭：「咈，光皃也。」其所見本作「咈」，蓋古讀。又，大招「誒笑狂」條，王注：「誒，猶强也。」朱注：「誒，强笑也。」案：龜井氏云：「説文：『誒，可惡之辭。』又與譆、嘻通。誒笑，蓋冷笑也。故王以爲强笑。」蓋疏舊注。又，「鼎臑盈望」條，王注「望之滿案」云云，以「望」爲觀望。案：龜井氏云：「望，亦滿也。莊子『望人之腹』。」其説正舊之訛。釋名釋天：「望，月滿之名也。」是望亦盈滿。又，「滂心」條云：「不相嫉妬也。妬忌者曰性不曠，宜反觀。」案：王注「美女心意廣大，寬能容衆」云云，即「不相嫉妬」之意。蓋疏明之。又，「觀絶霤」條，王注：「觀，猶樓也。霤，屋宇也。言復有南房别室，閒静小堂，樓觀特高，與大殿宇絶遠，宜遊宴也。」案：龜井氏云：「舊説未穩。蓋言觀之高出房霤上也。」其説則通暢無礙。

龜井氏尤致意於上下文關節，各篇皆爲科分段落，發明屈子本旨，且多有思致。如，離騷「彼堯舜之耿介兮」條云：「提自上古，而既然以起桀紂。」又，「死直」條云：「自『屈心』至此一氣讀，是屈子别提一個臣節以自奮厲者。」又，「衆不可户説」條云：「此二句與次二句前後錯誤。此二句屈子所嘆以緩遠遊，四句與靈氛語末全同。」又，「吾將上下而求索」條云：「上縣圃以望四荒，路曼曼修遠，於是又作氣而有上下求索之志，不唯觀乎四荒也。『求索』自『孰察余之中情』來，下文『勉升降以上下兮，求榘矱之所同』。」又，「好蔽美而嫉妬」條云：「文字既伏下章求女之事。」又，「欲遠集」條云：「行而至曰『集』，二句與『覽相觀』二句應。」又，「靈氛」條云：「屈子無擇君之心，故不提巫咸而提靈氛。」九歌十一篇皆爲分段。如，雲中君分二段，「齊光」條云：「是篇上八句，下六句。上段比楚君之懷安於玉堂中。」又，「既降」條云：「下六句别段也，故其辭不與上八句相接。」湘君、湘夫人「分段凡四」。湘君「吹參差」條云：「以上首段。」又，「隱思君兮陫側」條云：「以上二段。」又，「告余以不閒」條云：「以上三段。」又，湘夫人「罾何爲」條云：「以上首段。」又，「夕濟」條云：「以上二段。」又，「靈之來」條云：「以上三段。」大司命分三段，「在予」條云：「以上首段。」又，「余所爲」條云：「以上二段。」少司命分四段，「愁苦」條云：「以上首段。」又，「新相知」條云：「以上二段。」又，「望美人」條云：「以上三段。」又，東君分三段，「色聲」條云：「以上首段。」又，「靈之來兮蔽日」條云：「以上二段。」河伯分二段，「惟極浦兮寤懷」條云：「以上首段。」山鬼細分六段，「善窈窕」條云：「以上首段。」又，「獨後來」條云：「以上二段。」又，「孰華予」條云：「以上三段。」又，「君思我兮不得閒」條云：「以上四段。」又，「然疑作」條云：「以上五段。」國殤分二段，上十句爲首段，下八句爲二段。天問一篇以事爲六段，如，「顧菟」條云：「以上問天事。」又，「伯强」條云：「自此章問地事。曰『焉』、曰『何』、曰『安』，並問地方。」又，分九章惜誦爲八段，「使聽直」條云：「以上首段。」又，「所以證之不遠」條云：「以上二段。」又，「有招禍之道」條云：「以上三段。」又，「中悶瞀之忳忳」條云：「以上四段。」又，「爲此援也」條云：「以上五段。」又，「知其信然」條云：「以上六段。」又，「背膺牉合」條云：「以上七段。」自此以下爲八段。分涉江爲四段，「濟乎江湘」條云：「以上首段。」又，「承宇」條云：「以上二段。」又，「重昏而終身」條云：「以上三段。」自此以下爲四段。分哀郢爲三段，「思蹇産而不釋」條云：「以上首段。」又，「蹇侘傺而含慼」條云：「以上二段。」自此以下爲三段。分抽思爲二段，「矯以遺夫美人」條云：「以上首段。」自此以下爲二段。分懷沙爲三段，「自抑」條云：「以上首段。」又，「余之所臧」條云：「以上二段。」自此以下爲三段。分思美人爲四段，「難當」條云：「以上首段。」又，「與纁黄以爲期」條云：「以上二段。」又，「居蔽而聞章」條云：「以上三段。」自此以下爲四段。分惜往日爲六段，「雖過失」條云：「以上首段。」又，「過之」條云：「以上二段。」又，「無由」條云：「以上三段。」又，「久故之親身」條云：「以上四段。」又，「如列宿之錯置」條云：「以上五段。」自此以下爲六段。分橘頌爲二段，「姱而不醜」條云：「以上前段。」自此以下爲後段。分悲回風爲六段，「所明」條云：「以上首段。」又，「遂行」條云：「以上二段。」又，「昭彭咸之所聞」條云：「以上三段。」又，「所居」條云：「句與前段結對。以上四段。」又，「伴張弛」條云：「以上五段。」自此以下爲六段。以遠遊「四句一串」，稱「成於離騷之前」云。又，「忽乎吾將行」條云：「『曰道』至是句爲一貫。然王子之辭猶是四句一串，三串而十二句如例。」以招魂「不以四句爲串，變調也，唯『亂辭』如例。上半六段，下半二段而有『亂』」。又，「離彼不祥」條云：「五句總招以下四方天地之不祥。六節起結一例，而『修門』一節準初。其次起法不同，亦以『魂兮歸來』結。」又，「天地四方」條云：「以下亦巫陽之辭也。分二段，以言故居之樂。但作者所敷衍似與上不接，是屈調也。」又，「魂兮歸來」條云：「自『天地四方多賊姦』至此，一招畢，凡六十八句。」又，「魂兮歸來反故居」條云：「前以此二句括一篇上半，又以括下半，作者用心處。自『室家遂宗』至此凡八十句。」又，「亂曰」條云：「以上託巫陽敷衍之，以下屈子自叙實事。」則更見精密。以大招「體製與招魂同，不必四句成串」云。又，「青春受謝」條云：「陽春受萬物之謝，盡而又新也。招魂『獻歲發春』在篇末，此在篇首。」又，篇末云：「『美人』五節，『好閒』、『容則』、『滂心』等，皆有風宮闈之意。它二節，恐是後人竄入耳。」龜井氏或辯之以句法，亦多有警醒處。如，離騷「何方圜之能周」條云：「猶曰『方圜何能周』也。奇句。」又，「國無人莫我知兮」條云：「七字一句。」天問「禹之力獻功」條云：「首章變句法。」大招「英華假」條云：「四句一氣，言蘭桂假英華於瓊錯，互相紛葩也。」

龜井氏於楚辭可謂勤矣，海東研習楚辭者，當以此爲翹楚之作，不可多得。然三覆其書，不無粗疏悠謬之説。

其一，校讎未精。如，離騷「汝博謇而好脩兮」，校云：「『博謇』二字必有一誤。」案：王注「博采往古」云云，「謇」訓采，讀如「朝搴阰之木蘭兮」之「搴」。非誤字，通假字。「鸞皇爲余先戒兮」，校云：「林本『鸞皇』作『鳳鳥』。」案：王注：「鸞，俊鳥也。皇，雌鳳也。以喻仁智之士。」則舊作「鸞鳥」。又，「覽相觀於四極」，校云：「『覽相觀』字甚沓，可疑。」案：劉永濟屈賦通箋云：「本篇有『相觀民之計極』句，疑此與之同。『覽』字或後人旁注以釋『相』者，誤入正文耳。今删。」説同龜井氏。非也。朱駿聲離騷賦補注曰：「『覽相觀』三疊字。」覽，王注但訓「觀」，不釋

「相」，無由竄入正文。悲回風：「聞省想而不可得。」屈賦固有三疊字句法。又，「衆不可户説」，校云：「此二句與次二句前後錯誤。此二句屈子所嘆以緩遠遊，四句與靈氛語末全同。」案：龜井氏蓋以「衆不可户説兮，孰云察余之中情」，宜在下「世並舉而好朋兮，夫何煢獨而不予聽」之後，謂屈子感嘆不宜遠遊四方，與靈氛末句「世幽昧以眩曜兮，孰云察余之善惡」之意全同。然私臆妄改，無版本依據，不足信據。天問「列擊紂躬」，校云：「朱云：列，一作到，非是。」案：洪氏補注本、單行章句本並作「到擊紂躬」。到者，倒也，謂殷人倒戈以擊紂。列，訛字。九章惜誦「中道而無杭」，校云：「一作航，似未造。」案：杭、航同，非今云航船。抽思「望北山」，校云：「朱云：一作『南山』。」案：據下「臨流水」，流水，泛稱；北山，非特指山名。北，當作丘。丘，古作「北」，與「北」字形似相僞。周易頤六二：「顛頤，拂經，于丘頤，征凶。」丘頤，戰國楚竹書（三）周易、長沙馬王堆漢帛書周易皆作「北頤」。丘山，平列同義。作「南山」者，非也。思美人「其遠烝兮」，校云：「朱本可從。朱注：一作『承』。此本不可朱本，而從別本，未知何故。」案：單行章句本、洪氏補注本作「遠承」，洪又引一作「蒸」。然據王注以「流行」釋「承」義，蓋讀作騰，音訛字。騰，傳行也。淮南子繆稱訓「子産騰辭」，高注：「騰，傳也。子産作刑書，有人傳詞詰之。」惜往日「清澈」，校云：「朱本『澈』作『澂』，云：一作『澈』，非是。案：此類並通。」案：洪氏補注本、單行章句本皆作「澈」。慧琳音義卷十五「暎澈」條引考聲云：「澈，水清澈也。」廣雅釋詁：「澂，清也。」故云「此類並通」。又，「久故之親身」，校云：「莊本脱『之』字。」案：單行章句本無

「之」字。又，「孰申旦」，校云：「未詳。或『旦旦』寫誤。詩云『信誓旦旦』。」案：非是。九辯「申旦以舒中情兮」，王注：「誠欲日日陳己心也。」以「達明」解「申旦」，達，至也。申，猶終極之義。「獨申旦」，猶詩葛生「誰與獨旦」之「獨旦」。擊鼓「不我信兮」，孔疏：「信，古伸字。伸，即終極之義。」又，思美人「申旦以舒中情兮」，王注：「誠欲日日陳己心也。」惜往日「孰申旦而別之」，王注：「世無明智，惑賢愚也。」申旦，楚辭習語，非訛字。

其次，字義訓詁，識斷未明。如，離騷「靈均」條云：「大野曰平，平之廣爲原，非廣而平也。」案：非是。爾雅釋地：「大野曰平，廣平曰原，高平曰陸。」散則原、陸不別，對文則有「高平」、「廣平」之異。説文訓「高平」，段注：「謂大野廣平偁原，高而廣平亦偁原。」乃散文。又，「追逐」條云：「奮飛而去，不顧之意。三諫不從去之意歟？」案：非也。王注「言衆人所以馳騖惶遽者，争追逐權貴，求財利」云云，以狀衆人之穢行，非謂屈子三諫不從而去之。又，「朝誶」條云：「誶，告也，與訊同。幽通賦『既誶爾以吉象』。」案：王注：「誶，諫也。詩曰：『誶予不顧。』」王氏引詩，見陳風墓門。毛詩作「訊予不顧」，「歌以訊之」下傳云：「訊，告也。」鄭箋：「歌，謂作此詩也。既作，又使工歌之，是謂之告。」釋文：「又作誶，音信。徐：息悴反，告也。韓詩：訊，諫也。」王注因韓詩。詩之「誶」、「訊」皆爲「責誚」、「詬詈」之義，非謂告語。誶、訊一字。説文言部：「誶，讓也。从言、卒聲。國語曰：『誶申胥。』」卒猶猝。訊，從言、卂聲。卂，鳥疾飛，亦急疾義。言之急迫爲誶。左傳文公十七年「執訊而與之書」，杜注：「執訊，通訊問之官。」漢書刑法志「訊羣臣」，顏師古注：「訊，問也。音信。」賈誼傳「立而誶語」，服虔云：「誶，猶罵也。」又引張晏曰：「誶，責讓也。」鄒陽傳「卒從吏訊」，顏師古注：「訊，謂鞫問也。音信。」俗語「訓斥」，訊之遺義。朝誶，旦朝見斥讓。王注以誶解諫，「朝諫謇謇於君」云云，其失之旨。諫，讕也。漢書藝文志「讕言十篇」，顏師古注：「陳人君法度。」借「讕」爲「諫」。言部：「讕，抵讕也。」抵，讀如詆，訶斥。詆讕，以罪責讓人。又，「謠諑」條云：「謠爲毁，未見所徵。林云：『徒歌曰謠。』」案：謠無毁義。䍃、詹古書相亂，周禮考工記矢人「是故夾而搖之」，釋文：「搖，本又作搢。」搢，搖之別文。漢隸從䍃之字或變從晉。漢書天文志「元光中天星盡搢。」搢、擔形近相訛。史記建元以來王子侯者年表「千鍾侯劉搖」，漢書王子侯表作劉擔。墨子經下「而不可擔」，擔，搖之形訛。舊本作「譫」，通作譖。侵、談旁轉，照、穿旁紐雙聲。譖，毁也。九思逢尤「被諑譖兮虚獲尤」，諑譖，「譖諑」之乙，蓋因於此。太平御覽卷四八三人事部一二四「怨」引楚辭作「譖諑謂余善淫」，引王注：「譖，毁也。諑，譖也。」則其據本作「譖諑」。又，大司命「玄雲」條云：「玄天之玄。林云：風雨將作，雲色必玄。」案：非是。玄雲，黑雲，是司命所居，乃夏后氏所祭之司命。禮記祭義：「夏后氏祭其闇，殷人祭其陽，周人祭日，以朝及闇。」鄭注：「闇，昏時也。陽，謂日中時也。」孔疏：「以夏后氏尚黑，故祭在於昏時。殷人祭其陽者以尚白，故祭在日中時。」殷人、楚人崇尚光明、紅色，商人祭祀常用赤色雄雞爲犧牲品，用赤色陶鬻作爲彝器。楚人亦然，不論服飾、漆器、內棺，大抵圖案繁縟，色彩斑斕，以赤色爲主調。楚人尚赤色，以赤色爲貴。江陵馬山一號楚墓，年代屬戰國中期，出土衣衾，圖案繁縟，色彩豔麗，皆以赤爲主色。各地楚墓所出土漆器，黑底朱彩，絶少例外。淮陽楚車馬坑，屬戰國晚期，從中見多幅戰旗，皆爲赤色。夏人不然，其俗尚黑，故夏文化封口盉用黑色，或者近於黑色之深灰色。司命乘駕玄黑雲車而出天門之景象，乃夏人「尚黑」遺風。又，淮南子墬形訓：「玄泉之埃，上爲玄雲。」漢書息夫躬傳：「初，躬待詔，數危言高論，自恐遭害，著絶命辭曰：『玄雲泱鬱，將安歸兮。』」皆以玄雲爲冥界之象，漢世以後風習，非夏后氏遺義。又，東君「暾」條云：「日也，其光自扶桑而照祠堂之檻也。」案：非是。王注：「檻，楯也。言東方有扶桑之木，其高萬仞，日出，下浴於湯谷，上拂其扶桑，爰始而登，照曜四方。日以扶桑爲舍檻，故曰『照吾檻兮扶桑』也。」則因淮南子天文訓。然「日以扶桑爲舍檻」云云，日神所居，類苗、僮民族所居之榦欄房（俗稱高脚樓）。屈子言「檻」，蓋存沅、湘之越人遺制。又，「安驅」條云：「祭者迎日也。迎曰『安驅』，送曰『馳翔』，緩急之辭。」案：非是。「安驅」、「馳翔」皆狀日之升降，非言祭日者。又，國殤「霾兩輪」條云：「舍車馬而徒步，欲以侵軼敵也。」案：非是。王注：「言己馬雖死傷，更霾車兩輪，絆四馬，終不反顧，示必死也。」其説不移。縶馬霾輪，猶孫子兵法九地篇之「是故方馬埋輪」，曹操注：「方馬，縛馬也。埋輪，示不動也。」明姚福青溪暇筆卷下：「『方馬』二字，諸家之注皆欠明白。福按：詩大明篇傳注：『天子造舟，諸侯比舟，大夫方舟，士特舟。』爾雅注：『方舟併兩船，特舟單船。』『方馬』之義，當與『方舟』同。蓋并縛其馬，使不得動之義耳。」縶馬霾輪，亦九地篇所謂「死地吾將示之以不活」。左傳文公三年：「秦伯伐晉，濟河焚舟。」杜注：「示必死也。」史記項羽本紀：「項羽乃悉引兵渡河，皆沈船，破釜甑，燒廬舍，持三日糧，以示士卒必死，無一還心。」即曹公謂「示不動」。又，陳書虞荔傳附弟寄：「孰能被堅執鋭，長驅深入，繫馬埋輪，奮不顧命，以先士卒者乎？」藝文類聚卷五七雜文部三「七」條引梁蕭子範七誘：「守邊鄙而擁角節，集兵旅而馳牙璋。或埋輪於絶域，或繫馬於遐疆。」皆因於此。又，天問「擊翼」條云：「奮鼓其翅也。王注了了。」案：王注「奮擊其翼」云云，謂擊殷紂之兩翼。翼，陣之兩翼。銀雀山漢簡孫臏兵法官一：「口口陣臨用方翼，泛戰接厝用喙逢。」方翼，旁翼，謂軍陳於兩側。又曰：「浮沮而翼，所以燧鬬也。」十問：「擊此者，必將三分我兵，練我死士，二者延陣張翼，一者材士練兵，期其中極。此殺將擊衡之道也。」十問：「材士練兵，擊其兩翼，口彼口喜口口三軍大北。此擊箕之道也。」六韜云：「翼其兩旁，疾擊其後。」龜井氏誤解其意。又，九章惜誦「干傺」條云：「恐是『際』字，求親之意。交際之際。」案：際，古不解親近之意。舊訓「干傺」爲「求住」，自是可通。又，涉江「欸」條云：「訓嘆，似未確。詩云：『如彼遡風，亦孔之僾。』欸、僾，古蓋一義。」案：對文嘆曰欸，唈曰僾，散文則亦通。又，哀郢「當陵陽」條云：「朱云『未詳』。蓋舟向陵陽而經過也。」案：朱子「未詳」，見其謹慎。王注：「意欲騰馳，道安極也。」蓋以陵爲淩乘也，陽者陽侯之波也。若以「陵陽」爲地名，則「當」字不得確解，且與下文「淼南渡之焉如」亦不相接榫。又，抽思「造怒」條云：「爲己，故構造忿怒也。」案：造非構造、製造之意。王注以「横暴」釋「造怒」，蓋以「造」爲

「驟」。易乾九五象：「大人造也。」釋文：「造，劉歆父子作聚。」漢書楚元王傳引「造」作「聚」。聚、驟古字通用。説文馬部：「驟，馬步疾也。从馬，聚聲。」引申爲疾。老子「驟雨不終日」，河上公注：「驟雨，暴雨也。」驟怒，謂暴怒。又，懷沙「易初本迪」條云：「初本，猶曰本末。」案：非是。本，「不」之訛。易初、不由，相對爲文。郭店楚墓竹簡及漢馬王堆帛書，凡言「背畔」字皆作「伓」，「倍」字古文。緇衣篇：「信以結之，則民不伓（倍）。」忠信之道：「忠人亡僞，信人不伓（倍）；君子如此，故不皇（誑）生，不伓（倍）死也。」又曰：「至忠亡僞，至信不伓（倍），夫此之謂此。」老子（甲）：「絶智棄辯，民利百伓（倍）。」窮達以時篇：「善伓（倍）己也。」語叢篇（二）：「念生於欲，伓（倍）生於念。」戰國楚竹書（二）從政（乙）：「愳則伓（倍），耻則犯。」葛陵楚墓竹簡凡「背膺」之「背」，亦皆作「伓」。馬王堆漢墓帛書式法第三天地：「凡徙、［娶］婦，右天左地貧，右地左天吉，伓（倍）地逞天辱，伓（倍）天逞地死，並天地左右之大吉。凡戰，左天右地勝，伓（倍）天逆地勝而有口關，伓（倍）地逆天大敗。」經法四度篇：「伓（倍）約則窘，達刑則傷。伓（倍）逆合當，爲若又（有）事，雖無成功，亦無天央（殃）。」懷沙此「不由」，當「伓由」。由與迪通，訓道。「易初伓（倍）由」，謂違初背道。王注「違離光道」，今作「遠離常道」者，遠，當「違」之訛；光，蓋「先」字之訛。漢時舊本，「本」作「伓」，猶未訛。蓋在東漢以後，訛作今本「本由」、「本迪」。又，惜往日「弗味」條云：「不熟察忠佞是非之分也。」案：非是。弗味，猶未沬。味、沬通用。未沬，謂吳信讒無休止。又，橘頌「淑離不淫」條云：「淑離，未詳。」蓋離『文明』之象也。淑離，言果之文章而不淫，言不如桃李然歟？」案：强爲之説。王注以「言己雖設與橘離别，猶善持己行」釋「淑離」義，固繳繞之説。蔣驥山帶閣注楚辭：「離，麗也。」離、麗古字通用。易離六五象「離王公也」，釋文：「離，鄭作麗。」招魂「麗而不奇些」，王注：「麗，美好也。」淑麗，平列同義。張衡定情賦：「夫何妖女之淑麗，光華豔而秀容。」蔡邕檢逸賦：「余心悦于淑麗，愛獨結而未并。」青衣賦：「盼倩淑麗，皓齒蛾眉。」淑麗，恒語。又，悲回風「心調度而弗去」條云：「深慮而不去二子也。」案：非是。調度，同離騷「和調度以自娱兮」之「調度」，猶跮踱，謂猶豫未决之貌。心調度，謂心猶豫未决，非「深慮」之意。又，遠遊「担撟」條云：「担與揭通。撟，舉也。」案：非是。担、揭古不同音，乃訛字。慧琳音義卷七六「揭鳥」條引王逸注：「揭，亦高也。」其據本作「揭撟」。文選射雉賦「眄箱籠以揭驕」，徐爰注：「揭驕，志意肆也。楚辭『揭驕』字作『拮矯』。」李善注：「楚辭曰：『意恣睢以拮矯。』」則徐爰、李善據本作「拮矯」。「拮矯」與「揭撟」、「揭驕」同。又，招魂「以益其心」條云：「資其精力也。」案：心，無「精力」之義。王注：「言復有雄虺，一身九頭，往來奄忽，常喜吞人魂魄，以益其心，賊害之甚也。」其説不易。而他本「以益其賊害之心」誤作「以益其心賊害之甚」，則義遂晦。又，「秦篝齊縷」條云：「二句未詳，蓋招魂之衣也。篝，所以絡絲者，紡車歟？籰子歟？齊之縷，蓋美好。」案：謂魂衣者是也，然比之以紡車、籰子，非也。王注：「言爲君䰟作衣，乃使秦人職其篝絡，齊人作綵縷，鄭國之工纏而縛之，堅而且好也。」周禮司服「大喪，共其復衣服、斂衣服、奠衣服」，鄭注：「奠衣服，今坐上魂衣也。」賈疏：「至祭祀之時，則出而陳於坐上。」太平御覽卷八八六妖異部二魂魄引王肅喪服要記：「魂衣起苑荆。苑荆於山之下道逢寒死，友人羊角哀往迎其尸，恐神之寒，故作魂衣。」海録碎事卷二一上天衣：「亡人座上作魂衣，謂之上天衣。」馬王堆漢墓T形帛畫，蓋古魂衣。後世謂之魂幡。魂衣所以爲篝筈，因楚人崇鳥禮俗。清陈元龍格致鏡卷八一諸鳥引古今注（今本無此文）：「楚魂鳥，一曰亡魂；或云楚懷王與秦昭王會於武關，爲秦所執，因咸陽不得歸，卒死於秦，後於寒食月夜，入見於楚，化而爲鳥，名楚魂。」抽思：「有鳥自南兮，來集漢北。」蓋屈原以鳥自喻，宋玉編籠篝爲招其魂，供其魂鳥所栖息。又，招魂「砥室」條云：「朱云『礱之加密石』，最爲近理。」案：王注：「砥，石名也。詩曰：『其平如砥。』言内臥之室，以砥石爲壁，平而滑澤。」則以「砥」爲室石壁。朱注：「砥，礪石也。穀梁云：『天子之桷，斲之礱之，加密石焉。』注云：『以細石磨之。』」則以砥爲磨桷椽之器。王説是而朱説扞格不通。又，大招「湯谷宋只」條云：「朱本作『宋寥』，韻不得不然。」案：上句「白日膠」，膠、宋爲宵、覺平入合韻。後人未審，而妄增「寥」字。又，「娭人亂」條云：「未詳。亂，或『聽』誤。」案：妄改古書，不足爲據。然王注「亂」訓「理」，亦未通。「娭人亂」與下「極聲變」相對爲文。亂，猶招魂「亂而不分」之「亂」，謂合也，同也。言叩鐘調磬，與娭人者同。又，「青色直眉」條云：「林云：『直，當也。青色當眉，不資於黛。』」案：非是。王注：「言復有美女，體色青白，顔眉平直，美目竊眄，媔然黠慧，知人之意也。」蓋周、秦以「蛾眉」爲好，漢以後以「平直」爲美。姚最續畫品謝赫「直眉曲鬢，與世争新」是也。天問一篇分段亦未密。「烏焉解羽」條云：「墮羽於何地乎？並問地方。以下問地事，以鯀、禹土功起之，以異物異事繡錯之。」案：天問以事分段，則自「烏焉解羽」以上分「問天」、「問地」者是也，而「禹之力獻功」以下非問地，問人事。要之，大醇小疵，未足掩其弘博精微。

龜井氏此書未見刻本、印本，流傳未廣。日本國京都大學、慶應義塾大學、大阪大學等圖書館皆庋藏鈔本，惟未識孰爲龜井氏原稿。中國科學院圖書館亦藏一鈔本，而未及見。大阪大學圖書館藏二鈔本：一者爲雷山古刹舊藏，簡稱「雷本」，今藏於慶應義塾大學；一者爲碩園珍藏手鈔本，見其讀騷廬叢書坤集，簡稱「大阪本」。比較而言，似以大阪本最早，京本其次，雷本最晚出，如，「曰黄昏」條下小字，大阪本作「王氏無注，則必非別脱二句」，京本增「羌字後出」，雷本亦增。「所服」條下注，大阪本作「世俗所脱」，京本改「脱」爲「服」，雷本亦作「服」。「展詩」條下注，大阪本作「會舞，洽衆于中庭」，京本「衆」字下補「舞」字，雷本亦補。雷本在京本的基礎上，又有所增改。如「離騷」條下，雷本在史記引文下補「與君離別而憂」；「初度」條下，雷本補「正月，故吉月也。庚寅，故吉日也」；「木蘭」條下，雷本補「今性命剛强，故立身行道何以有哉」，以上大阪本、京本均無。然校書如掃落葉，雷本亦有不少訛誤之處。如，「放跡」條，「放」字，雷本訛作「施」，或鈔寫時與右側「施黄棘」相混。「斲冰」條，「斲」字，雷本訛作「劉」，形近而訛。「捐余袂」條，「捐」字，雷本訛作「揖」，形近而訛。今遂以雷本爲底本，參校京本、大阪本。若三本皆訛，則參校朱子集注、洪氏補注、單行章句、莊刻王注楚辭、林氏楚辭燈、屈復楚辭新注等。

雷本旁批，以小字夾注形式補入正文。由於本書並未定稿，訛錯處多爲筆誤，大多徑改，少量存疑者出校記。由於整理者水平有限，疏誤之處，在所未免，祈行家諟正。惟丁酉仲春，黄靈庚叙於婺州麗澤寓舍。

楚辭玦

上卷

離騷 史記：「離騷，猶離憂也。」與君離別而憂。案：未詳。篇中有「離尤」字，蓋離、罹同。一云：「離，別也。騷，愁也。」

通篇四句一轄，讀者要案之而不錯焉。

攝提 林西仲得之。云：「星名也，隨斗柄正指于寅方，是爲正月。」

初度 生時之風度也。「度」字義汎，月及干支包焉。正月故吉月也。庚寅故吉日也。

正則 名平也。平是正法。

靈均 字原也。可食者曰原，言穀土。廣平曰原。大野曰平，平之廣爲原，非廣而平也。原，是靈妙如砥者。字，是冠時賓所命。而併言之，辭家之文也。

脩能 美能也。楚辭「脩」字訓美。

紉秋蘭 紉，結也。

汩余若將弗及 汩，心不自安皃。言汲汲於國事。

阰 疑是丘阜一名。舊說：山名，在楚南。豈木蘭所産歟？

木蘭 王云「去皮不死」。案：本草：「涉冬不凋。」「木蘭」、「宿莽」二句，言要其性命强剛耳，今性命强剛，故立身行道何以有哉？意受上句。

不淹 淹有留意。

恐美人之遲暮 始提其君。二「恐」字相照。

不撫壯而棄穢兮，何不改乎此度 撫，循也。書經亦用撫循也。「撫于五辰」之「撫」，正同。度，言其所由行也。君方壯而我亦未耄，是國事更張之要時也。故曰：君今不乘壯時英氣而放逐讒佞，而何故夷居不改此齷齪之行乎？「壯」字，自上二「恐」字來。

來吾 「來，予與爾言」，一例。君若用賢才，馳騁千里，吾將爲前馬以啓行。

申椒與菌桂 林氏可念。云：「椒、桂帶辣氣，喻逆耳之言亦能受也，不但用純香之蕙茝而已。」申、菌，未詳。本草有「箘桂」，李時珍云：「葉卷如竹筒，故名。今本从艸作『菌』，誤也。」然則桂一種歟？

彼堯舜之耿介兮　提自上古，而既然以起桀紂。

既遵道得路　「既」字可玩。先三后、後堯舜之意在玆。曰道曰路，似自洪範來，無有作好，遵王之道；無有作惡，遵王之路。此乃光大也。

昌被　王云：「衣不帶貌。」劉良云：「亂也。」

捷徑　桀紂之失王之道路也。

幽昧以險隘　不耿不介也，唯是作好惡而已。

皇輿之敗績　君車必困于幽險，御者失其轡而壓覆矣。左傳：「未嘗登車射御，則敗績壓覆是懼。」

忽奔走　「忽」字受「恐」字，忠切屏營之意，可味。唯恐君車之敗績，故已盡忠信而奔走，先後君營己。

及前王　楚先哲王也。監于堯、桀，是語線。

余之中情　所以「奔走先後」之心也。

忍而不能舍也　忍，忍身患也。

指九天以爲正兮　正，猶證也。忍患而唯君是護，天神其知之耳。

靈脩　神也，美也，故以稱君。

曰黄昏　二句出九章，錯衍可削。王氏無注，則必非别脱二句。「羌」字注後出。

成言　亦出左傳，要結言語之謂也。

悔遁　背前言而躲避也。

數化　無恒則末路危，所以傷也。我離别，則必將被羣小愚弄。

余既滋蘭　四句言己多培殖群才也。屈子博學，必多弟子。

吾將刈　育英材者，欲以供國用故也。

萎絶　比群才窮處以至老死也，是天命無可如何。

蕪穢　比玉石混雜，貞士而題以僞也。畢生所育成，都爲俗士。

内恕己　己貪婪，故妄意屈子亦求利禄。以小人心量君子。

嫉妬　恐屈子之率群才以獲于君也。

忽馳騖　「忽」下添「欲」字看。

追逐　奮飛而去，不顧之意。「三諫不從，去之意歟？」云云。

所急　決起潔身，亦非所欲，唯要立名，遂臣節耳。

擥木根　亦佩具也。取剛堅。擥與攬同。

矯菌桂　揉以佩之。四句是「姱以練要」處。

謇　在楚辭爲發語詞，九歌注得之。下文「謇朝誶」，亦詞也。

所服　上所服，是唯我所法前哲也，世俗何服？

彭咸　至此始露己中心所自決。下受以「長太息」，情至文至。

多艱　哀生民困于塗炭也，亦屈子中心。我死，則民將益困。

鞿羈　「心鞿羈而不開」，出九章。王氏得之。

朝誶　誶，告也，與「訊」同。幽通賦：「既誶爾以吉象。」

蕙纕　馬腹帶亦曰纕，出晉語。曰「既」曰「又」，言屢以忠信得罪。

民心　君茫然浩蕩不察閭國公論，是以謠諑行。

謠諑　謠爲毀，未見所徵。林云：「徒歌曰謠。」

競周容　背規繩而競容悦，故邪媚進而正士窮。

忳　玉篇：「悶也，憂也。」

何方圜之能周　猶曰方圜何能周也。奇句。

攘詬　林云：「攘，取也。」

死直 自「屈心」至此一氣讀，是屈子別提一個臣節以自奮厲者。

所厚 厚，猶重也。屈子皤然曰：「自古屈抑忍攘以伏死者，是固聖人所崇重也。」

悔相道之不察 昔不察屈心死直之道，而今乃悔之，故將行且延佇也。都是眷眷之意。

及行迷之未遠 「不遠復，無祇悔。」「迷復，兇。」

馳椒丘 與「蘭皐」對。王誤。余據莊子謙校本，「馳」字皆作「駝」，閱字典不載。

且焉止息 躊躇以深思也。

進不入 進而言遂不聽也。此屈子又皤然自改者。止息而念之，椒、蘭之言，萬萬無可進之方。

昭質 内德也，與「芳澤」外飾對。此屈子脩初服，内省不疚者。

忽反顧 内省不疚，故又皤然生四方之志。

觀乎四荒 唯是遠遊也，固非求賢君耳。

佩繽紛 二句言行色之揚也。

有所樂 四句言脩姱，自遂決遠遊之意。

嬋媛 林云：「柔態牽戀之皃。」

博謇　二字必有一誤。

薋菉葹　薋，當作「資」，取以盈室，是姊之美意。

衆不可户説　此二句與次二句前後錯誤。此二句屈子所嘆以緩遠遊，四句與靈氛語未全同。

不余聽　姊責之也。雖畀菉葹，獨離不服；世並樂羣，汝何煢獨而不聽余言乎？

節中　節，有等。節其中而執之也。

憑心　發憤張氣也。

歷兹　心歷思之也。「歷吉日」之「歷」。

啓九辯與九歌　山海經：「夏后開上三嬪于天，得九辯與九歌以下。」此其説也。王氏不達。張詵訓「開樹」，大誤。以下數十句，皆屈子陳辭。夏康至后辛，皆風切時王。

淫遊以佚田　書云：「淫于游于田。」羿篡位後事。

射夫封狐　此辭家之妙也。夫狐蠱不無蠱惑。

亂流　羿逆亂之餘流，固無有終之理。「鮮終」，大雅字。

厥家　王氏得之，非「國家」之「家」。「少康未家」後出。左傳「棄其家」，言棄妻也。

縱欲而不忍　不忍惑溺，不能勝己也，不能制欲也。莊本衍「殺」字。

常違　居恒失道也，猶曰「康娛」。或云「背常道」。

乃遂焉　不聽諫而遂其違也。

后辛之菹醢　至此語氣愈切以激。

嚴而祗敬　自皐陶謨「日嚴祗敬六德」來。

不頗　此離騷之大眼目。「無私阿」亦同。屈子唯抱繩墨。

錯輔　是財成輔相之人，聖哲而用事於天下者。對皇天民故言爲天子也。非言如伊尹大公人也。

聖哲之茂行　莊子謙校本「之」誤作「以」。

顧後　上「顧難以圖後」，其語相類。蓋言聖哲明四目以察民極也。

相觀　下文亦出，蓋監察之義。

計極　未詳。或藝極之義歟？言民之常則也。聖哲顧瞻前後，以觀民極，則非義非善，斷不可服用。

危死　莊本衍「節」字。危，幾也。言濱於死。

覽余初　初，是屈子本志也。「不忘其初」之「初」。

正枘　枘，刻木端所以入鑿。鑿，孔也。正，直立牢固之也。

以葅醢　余又何悔矣。

曾歔欷　曾，訓重爲是。歔欷悲泣，氣結而抽息也。

陳辭　前作「陳詞」，字相變，是必輕薄生之爲。

耿吾既得此中正　耿，言忽然有所感通發明也。中正，即「節中」之「中」。初有四荒之志，而爲女嬃所沮，未果。因節中於重華，神明有應，志乃決矣。

溘埃風余上征　奄忽而與埃風偕上騰也。

發軔　去軔而後輪動車行。

靈瑣　縣圃之神宮也。

勿迫　莊本「勿」誤作「未」。

吾將上下而求索　上縣圃以望四荒，路曼曼脩遠，於是又作氣而有上下求索之志，不唯觀乎四荒也。「求索」自「孰察余之中情」來，言求同志者。下文「勉升降以上下兮，求榘矱之所同」亦同。

折若木　此若木似在東方。

拂日　蓋掃去雲物遮翳，而迎其光明也。

相羊　「相翔」一義。「相翔」出周禮。將升天，故姑且止息。

以未具　行裝既成，故鸞鳳和鳴以引路，則雷師來將沮我行也。此特言天遊亦有障礙。王逸鑿甚。

又繼之　莊本脱「又」字。林本「鸞鳳」作「鳳鳥」〔一〕。

飄風屯　爾雅：「風與火爲庉。」注：「庉庉，識盛之皃。」是歟？

相離　蓋披靡我行也。離，猶「風別」之「別」。

來御　別率雲霓來，大妨我前路也。是亦言夫遊亦有障礙也。

離合　二句言行列亂。離合上下，纔戾天也。

倚閶闔而望予　「倚」云、「望」云，傲態也。形容絶妙。

曖曖　暮景也，與下「朝」字晛。

將罷　天遊不遂，故將罷去也。

結幽蘭　整其衣佩而延佇，自顧念也。

世溷濁　二句下章亦出，並以實事取結。上天下土，滔滔皆是，雷風雲霓及帝閽，何與黨人異？

好蔽美而嫉妒　文字既伏下章求女之事。

忽反顧 四荒之志又躊躇。「尚憶終南山，回頭渭水濱」，一味忠厚。

哀高丘之無女 言楚宮無賢女也。有感於蔽美嫉妬。

溘吾 忽然反心而疾行，故曰溘。

春宮 欲以美物詒下女，故遊。以下車牽「思得賢女，以配君子」之意。

繼佩 前既有美佩，至此乃折天宮玉樹以繼之。

榮華 瓊枝之華也。及未落，即車牽「匪飢匪渴」之意。

下女 在天言之，故曰下土之女。

虙妃 蓋在簡狄之前。或云伏羲之妃，或云伏羲之女，溺洛水爲神。

蹇脩 蓋古媒氏之賢者歟？

爲理 行媒禮也。九章「薜荔爲理」與「芙蓉爲媒」對。

紛總總 再提是句，放甚。此言宓妃中背大有言。

難遷 其心狠戾，喻而不聽也。

夕歸 屈子進而待報，宓妃有他，故退也。

濯髮 欲改求而自新之狀。

保厥美 借宓妃以刺鄭袖也。雖有舊室新昏之别，是非所嫌。

來違棄　「來」字屬「改求」。言來于窮石、于洧盤也。

覽相觀　字甚沓，可疑。四極之觀，爲求女也。

吾令鴆　天問：「簡狄在臺，玄鳥致貽。」此蓋所以使鳥也。前時遣蹇脩而不可，故遣鴆與雄鳩歟？世人所好也。

以不好　以顔色不美，毁之也。

心猶豫　恐雄鳩又誤事而狐疑也。

既受詒　「下女可詒」之「詒」。使鳳皇代己而適也。

恐高辛　鴆與鳩沮格其事故也。

欲遠集　行而至曰「集」，二句與「覽相觀」二句應。

聊浮游　比之周流于天，意氣既懈矣。

留有虞之二姚　留者，不使行也，求而獲之也。

理弱　王所不求，故媒禮不盛。

恐導言　佚女也，二姚也，並以「恐」字取結。宓妃，我棄之。娀、姚，非曰事不偕，哲王不寤，未如之何已。

世溷濁　自鴆、鳩媒拙來，直言實事。

稱惡　媚鄭袖也。上曰「嫉妬」，此曰「稱惡」，各有所當。

既以邃遠　莊本脱「以」字。玄谷先生曰：以亦已也。

不發　雖有是心，不敢發之。上面所言，空想耳。

與此終古　溷濁之徒，不足與言故也。

筳篿　二物蓋並折竹爲算者。

兩美　屈子既美德不孤，必有同心者，故曰「兩美」。

孰信脩而慕之　楚人誰信汝美而愛之乎？

豈惟是其有女　是，是楚國也。九州必有知汝者，豈唯是楚國已乎？

曰勉遠逝　辭更端，故用「曰」字。

世幽昧　依舊傷楚也。楚之衰如此，故欲從吉占，然未敢奮飛矣。四荒之志未伸。

其獨異　好惡雖人異，唯黨人好惡大異於人。二句妙語。

狐疑　好惡反覆，以惑其君，故不忍去也。

要之　要，迎也。詩云：「要我乎上宫。」

百神翳　翳，是濟濟蔽天之皃。

並迎　百神天降，而九嶷之神亦迎之來集也。

皇剡剡　皇，亦神威赫爚之皃。「靈皇皇」出九歌。

吉故　吉祥善事也。

上下　亦升降也，辭沓而已。前曰「上下而求索」。

榘矱之所同　此「瞞九州而相君」之説也始出。

求合　求其「好仇」也。能調言和合也。

先鳴　言蚤鳴也。百草不芳，似言秋景。

不芳　林云：「巫咸之言止此。」蓋林説似是。

何瓊佩　己中情好脩之事也。上下照應。

薆然　掩曖之意。晻，靄。中情好修而行媒今且不得。

何昔日　君不好脩，故有美質者亦大壞從俗。

羌無實　變而不芳，無復蘭之本性。

容長　言枝葉暢茂也。

苟得列　徒有蘭之名耳。

能祗　椒蘭不自嗇其芳。

惟茲佩　屈子之瓊佩也。

委厥美　我亦欲棄美以從時，而又經歷顧念之。

難虧　厥美終不可委也。

和調度　蓋言歌樂也。聲調律度。奏九歌媮樂後出。

求女　依然車舝之意，而無求君之心。

及余飾　因求女，四荒之志又勃然。

靈氛　屈子無擇君之心，故不提巫咸而提靈氛。

爲余　二句命僕夫之辭。

瑶象　玉輅象輅，自古有之。

周流　言路之遠而迂回也。

翼其承旂　爲左右翼以從旂也。

容與　少憩以求所濟也。

徑待　「徑餒」之「徑」。我率我車而疾馳，故勵衆車飛騰而避于徑，以西海爲期會之地也。

屯余車　或云：西皇來涉，故有是千乘之盛也。是亦一説也。

八龍　侈言而倍四馬也。莊子亦曰「九軍」、曰「十二經」。

抑志　千乘八龍甚泰，故自抑，亦騷之立格，可謂守臣節也。志雖抑乎，神則高馳，此模寫之妙。

奏九歌　二句言神雖馳乎，姑且躊躇也。此時屈子之心又恍惚于魏闕之下。懷王屢敗，國容荒凉，而屈子則有是盛大知略。

陟陞皇　三字未詳。

忽臨睨　言不能奮飛之意以終之，突然奇轉。

僕夫悲　曰「僕」曰「馬」，並實語，與上「世溷濁」同結法。

蜷局顧　蜷然局顧也。二句取結，何等神妙。

國無人莫我知兮　七字一句。

又何懷　自奮決絶之辭也，懷之甚故也。

爲美政　故都無是人也，他國何關？王氏大謬。

從彭咸　屈子溘死流亡之志，此時已決矣。

九歌　自東皇至山鬼是也。末二篇，附之耳。

東皇太一　舊説祠在楚東，故曰東皇。漢書：「天神貴者太一。」

此篇寓意在千乘之富，君子可以娱樂。

璆鏘鳴　璆與琳琅鏘然和鳴也。「佩玉鏘鳴」，出玉藻。蓋玉珥是鐔，則鐔擊璆琳歟？將所謂刀環之類。

玉瑱　一作「鎮」，所以壓席也。

盍　蓋亦形容字，肅敬之狀歟？

將把兮瓊芳　巫將把以獻神也。下句四物，是時既陳。獻瓊芳，蓋灌欝鬯之類。

蕙肴蒸　蒸、烝通。言美肴升於俎也。

疏緩節　林云：「鼓節。」

靈　林云：「神也。」得之。此侈言神明感格之狀耳。

君欣欣　楚君也。受祭之福，以喜樂也。

雲中君　雲神。

寓君不我顧，好戰自敗之憂。

若英　祭者采衣如草木之華也。詩云：「美如英。」

連蜷　神容之盛也。或其從如雲之狀。又一説也。

既留　神來至也。留，言其安息。

未央　神方爛然昭然，而安息之期未央也。安然無去色。

壽宮　供神之處也。王云：「祀皆欲得壽，故名。」是未必。

齊光　言雲神之頗有淫心也。是篇上八句、下六句，上段比楚君之懷安於玉堂中。

帝服　意色揚揚也。王注：「兼五色，與五方帝同服。」

既降　下六句別段也，故其辭不與上八句相接。

猋遠舉　雲神無恒，或留而翱遊，或忽降而疾舉。

覽冀州　二句借雲神言懷王之好戰功。

有餘　有餘力也，遂横四海而無所窮。

思夫君　因雲神而思楚君也。君已懷安自得，又猋舉不與我親，徒欲「田甫田」而取禍，是以太息。

湘君　君及夫人，天帝之二女也，非堯二女，郭璞爲正，今從之。寓意在懷君雖切而君不顧。分段凡四。

君不行　湘君不發出而猶豫也。言迎而不應。

誰留　與誰偕留於中洲，而不我顧乎？

美要眇　迎神者，潔美而宜其脩飾也。乘舟以迎之。

無波　二句祈于神也。帝之二女，出入必以飄風暴雨。出山海經。

吹參差　彷彿如聞簫聲，嗟誰思乎？以上首段。

駕飛龍　心愈急，故駕龍以迎也。下文「蓀橈」，是迎神舟也。

洞庭　帝女居其山，出山海經。云：「洞庭之山，帝之二女居之。是常遊于江淵，澧、沅之風，交瀟、湘之淵。」故道於大湖也。

薜荔柏　栢，未詳。綢，蓋「綢練」之「綢」，束旃竿也。

揚靈　遥望極浦，則神揚其靈而將來也。「揚靈」，亦出離騷。

未極　極，至也。

女嬋媛　神不至，故祭女顧屈子而太息也。

隱思君兮陫側　比慕懷王也。隱，亦憂皃。以上二段。

蘭枻　閲字書，枻亦楫也。王氏有據乎？韻會：「短曰楫，長曰櫂。」

斵冰　天寒水凍，故櫂枻斫冰，而舟中雪埋，苦甚。

采薜荔　我求湘君，猶緣木求魚。

心不同　兩心不合，故媒勞。二句借伉儷爲比。

恩不甚　恩愛亦不信誓旦旦，則相離絶殊輕。

淺淺　水淺而石遮舟，故所駕龍亦翩翩慢也。

交不忠　人之交不以忠，則生怨。湘君遇余不忠，故使我怨長。

告余以不閒　前期不信，湘君告我以不暇。以上二段。未來、未極，並有待也；至此，無復待耳。

鼂騁騖　乃舍舟而馳馬，猶不離江渚，眷眷之意也。

鳥次　只是暮景淒涼也。「水周」亦一意。

捐余玦　棄玦、棄佩，周公屏璧與珪之意。遺，委也。

遺兮下女　詒祭女也。與帝女對之辭。

旹不可兮再得　傷失時也，何以再得之。

聊逍遥　衞詩「出遊寫憂」之意。附之於不可如何之辭，意味雋永。

湘夫人

寓意與湘君同。此言君之數化而猶有待時之意。湘君言其不一顧而無待也，此其異。分段凡四。

目眇眇 遠望帝子而恐其不至也。

秋風 帝子生風，與山海經合。

登白蘋 登水中萍也。華白，故名。據字典，此固作「白蘋」也。或云作「薠」爲是。

與佳期 上添「欲」字看。欲與帝子佳期而夕張供也。

罾何爲 所願恐不可得也。以上首段。

沅有芷 欲采以貽公子也。騷之體，不與風、雅同。説者混之，鹵莽甚。

思公子 非帝子也，但是所思也。佳人，亦非帝子。

觀流水 欲貽未言，怳忽間不復見公子。所以馳馬往迎。

麋何食 公子，亦帝子之從也，不與我人同。

夕濟 未弭節也，求而不已。以上二段。

佳人 帝子之使也。日既夕，則佳人來召我，是余「夕張」之志，感通於冥冥歟？

偕逝　欲直從佳人而同行也。

築室　林云：「營供神之處。」案：本志欲「夕張」，故帝子一顧，則承歡於是室也。

匊芳椒　匊，一作「播」。播，古文匊。

楣　前梁也。五架之屋，正中曰棟，是桂棟。次曰楣。

擗蕙櫋　櫋，連檐木也，在椽之端，擘蕙爲之。

既張　張薜荔之帷也。

荷屋　堂之屋，以芷荷葺之也。上「荷蓋」是室。

繚之　繞堂之屋也。

廡門　廡，幠也。言覆其門。

九疑繽　室纔成，而帝子將臨，則九疑之神來迎。

靈之來　繽紛雲集，則固無由支吾之。以上三段。

遺余褋　襌衣也，所以脩飾事神也。神已去，誰爲爲容？

遠者　與下篇「離居」同。屈子同心同憂，設而言之。

驟得　驟，速也。此有待之辭。

大司命　司中[二]、司命，出周禮。祭法「王爲羣姓立七祀，曰司命」。屈子將輔王成大業而不遂，此其寓意。分段凡四。

紛吾　吾，屈子自稱也。

玄雲　「玄天」之「玄」。林云：「風雨將作，雲色必玄。」

從女　女，亦君也。君若來降，則我將從而行。

在予　予，包九州之人言之。壽夭不在我，司命所司。九州之人，皆君所司，何所不可横絶乎？以上首段。

高飛　此段言大司命既從我願，乃我亦羽翼之。

道帝　殆似聖人東周之志，將還九鼎于楚之勢。

九阬一作「坑」。　朱子云：「坑，岡也。九州之山鎮。」

衆莫知　變化自在，誰測其所爲乎？況黨人豈能端倪之乎？

余所爲　余，併吾與君言之。以上二段。

離居　離群索居之人也。詩曰「聊[三]與子如一」之類，特設人言之，詩人多例。前二段言其志，末段即今日境界也。「乘龍」二句，神既去可知。

不瀀[四]**近兮愈疏**　老景既至，若不稍近司命以求福，則將愈益疏而薄命也。眷眷慕君之意。

沖天　神已棄我去也。欲近之，末由也已。

孰離合兮可爲　非人所能爲也。己與君離而不合，亦是人命有當也。

少司命　王初任屈子，以讒疏之，故憂，而願其去讒人以復初也。此是篇之意。分段凡四。

芳菲菲　亦出太一。言神之至，此亦言草而神。

夫人　民，夫人也。國有惡物，則煩司命。故有美子，則無愁苦。

愁苦　君好脩，則萬民皆君之美子也，又何愁苦之有乎？以上首段。

美人　美人滿司命之堂，而司命獨與我神契。

目成　目擊而成，所謂「王甚信任之」者。

入不言　既成言而後悔遁也。

乘回風　「彼何人斯？其爲飄風。」

新相知　王與我成言之時也。以新相知之至樂，而摧生別離之至哀，不勝感傷，不復著一語以結却。美人目成，生離新知，並借男女之情而成辭，史記所以引「好色不淫」。以上二段。

雲之際 浮雲蔽日，無乃須黨人乎？言司命而含是意也。

與女遊 二句古本無，王氏無注，衍文。

咸池 咸池，日浴處。一天無雲，旭日玲瓏。

陽之阿 蓋陽阿，亦地名。在天歟？在地歟？沐而晞，自新也。

望美人 言神而君也，不與上「美人」同。以上三段。

撫彗星 撫，言鎮之而不使爲孽也。彗星比黨人。

竦長劍 竦，高舉也。王注蓋言固執。君子如怒，亂庶遄沮。

擁幼艾 猶保赤子也。以擁美女成辭，上下照應。

荃獨宜 王初與屈子目成，則非無聰明也。苟無惑於黨人，國可更張，故曰獨。如問傍人，何得知？又誰須？

爲民正 正，長也。「余正于四方」之「正」。君雖不用我，苟登于岸，遏殘賊，殺可殺，保可保，必獨爲民明主。末結自上「目成」來。

東君 六府三事允脩，九歌所以作也。故太一在六篇之首，東君在三篇之上。寓意與太一肖，唯「射天狼」、「酌桂漿」比也。分段凡三。

暾 日也。其光自扶桑而照祠堂之檻也。

安驅 祭者迎日也。迎曰安驅，送曰馳翔，緩急之辭。

駕龍輈 二句言日也。以龍爲輈，乘雷如馬。

長太息 望日容之盛，而嗟嘆之也。

心低佪 將上祠堂，而眷眷日神盛容，不可忘也。

色聲 美色妙音也，二段所詠。「忘歸」以上首段。

簫鐘 朱子云：「與簫相應之鐘。周禮有鐘笙。」

思靈保 靈保，巫也。觀者皆思媚其巧妙也。

翠曾 字書有「翶」字，訓舉也。

展詩 詠詩于堂上也。會舞，洽衆舞于中庭也。

靈之來兮蔽日 日，神主也，故百神皆從之而降格也。以上二段。莊本「合節」下脱是句，鹵莽甚。

青雲衣 靈保之舞飾也。

射天狼 亦舞有是狀也。寓除讒佞之意。

反淪降 亦舞狀也。象日之入，故曰淪降。

酌桂漿 酌以北斗，大惠萬民也。

撰余轡 欠伸撰杖屨。鄭注：「撰，猶持也。」案：此亦摸索而執之也。日將入，故探轡，狀其心之不喜。

東行 日西入，在冥冥東往也。二句言自出日至入日，色聲媮樂之千乘之君，享是樂而可也。

河伯 河爲四瀆長，故以河神與山鬼取對。河非楚望，九歌固不爲祭祀作。此屈子寓懷沙之意也。分段凡二。

與女遊兮九河 欲與河伯遊，則風波作而不得會。

乘水車 二句屈子往而迎河伯也。水車，蓋涉水之車也。荷蓋，以遮其身也。兩龍，兩服歟？

登崑崙 河伯不見，遂至河之源以望也。

心飛揚 此特言遠望之愉快也。

悵忘歸　望河伯而遂不見，故悵然以至日暮。

惟極浦兮寤懷　既歸之後，唯懷河伯之居而不能忘也。寤，「寤嘆」之「寤」，言寤則懷之也。唯寤而忘之已。以上首段。

龍堂　蓋四面置龍以爲堂也。三句一串，次同。

朱宮　朱，當是珠。偉麗如此，水中果何所爲乎？已將入水，故且問之耳。林云：「訝其久居此而不出。」案：末段不復言河伯不見之事。

乘白黿　屈子乘之偕遊也。逐，亦驅逐也。

流澌紛　既得遊，則流澌下而渚没，不得留歡也。

子交手　子，亦河伯也。與子攜手，順流而東也。

送美人　與河伯相携而送我所美之人也。此寓與君王永訣之意。突然出美人，而寓意瞭然。

波滔滔　既與美人別，情境索然，而波迎魚送，隨河伯於水中也。懷沙之意，愴然有餘哀。

山鬼　山神也，非怪物，此所以終九歌也。體製與他篇異，上三段，下三段。山鬼之事，只在前二段，他皆思君之辭。既賦河伯，中心巑岏。

若有人 山鬼也。屈子屏營山谷，無一人相憐者。故首段言唯山鬼慕予，以寓王之始任用己之意。

含睇 睇，傾視也，微眄也。動其目而睇，故曰「含睇」。

善窈窕 唯山鬼愛慕我，窈窕成態，含睇宜笑，以慰我心。以上首段。

乘赤豹 山鬼今日幡然儼其容飾，有以分遺其所思。二段寓衆競進而己獨見放之意。

余處幽篁 屈子居於幽昧中而不見天也。林云：「不見天，故不知早暮。」「終」字恐衍。

獨後來 我獨後而不得見山鬼受芳賂。以上二段。

表 特立貌。以其似表形容之。屈子居山谷，獨依山鬼，而山鬼亦棄我，煢然無所依，一身淒涼，唯君王是思而不能忘。自三段以下，特覆言是意。

東風飄飄 據王注作「東風飄兮」，是爲得之。

神靈雨 言谷風不和，而怪物又降雨也。敘淒苦景。

留靈脩 欲留君王於此也。「靈脩之數化」，出離騷。

憺忘歸　使君安然忘歸也。此境雖淒苦，傍無一人，我若晤言，必不覺前席也。

孰華予　華，猶寵也。此屈子唯君是慕之意。以上三段。

采三秀　將以遺公子也。石與葛，言其多險阻。

怨公子　怨，怨慕也。公子，亦設一人言之，其實怨慕君也。林云：「世豈有稱其君爲公子者乎？」案：公子自公子，非君也。實怨君而曰怨公子，是雅辭也。

君思我兮不得閒　君，指公子也。雖思我乎，必不得閒，故不相見也。邶詩「必有與也」、「必有以也」一意。以上四段。

芳杜若　言己獨居山中，而徒與杜若親也。

蔭松柏　言無棟宇之蔽風日也。此愬苦景。

然疑作　憂讒人間之也。君借令思我，然疑作，不果見耳。屈子不能忘君，故曰：君知我深矣，雖一旦棄我，別後不必忘我矣。是篇在九歌之終，故其辭直而易見，所以作九歌，亦至此明明矣。不知者，以懷王思原疑之。以上五段。

靁填填　末段極言山中苦景也。

徒離憂　別而憂者，猶有眷眷之意故也。

國殤 蓋祭戰死者也。未知屈子何時作之，以其體製似，附録在此。上十句，下八句。

右刃傷 車右之刃毁折也。車右用矛，而其刃傷。

霾兩輪 舍車馬而徒步，欲以侵軼敵也。

天時墜 言我師敗績也。

威靈怒 武夫之威靈益怒也。

嚴殺盡 朱云：「鏖戰痛殺。」

帶長劍 言野戰之時也。

禮魂 蓋亦禮殤魂也。舊説祭善終者也。然質之事實，大屬濛澒。

盛禮 一作「成」。王注似[五]是。爲九歌之亂，是不通。

會鼓 會而鼓也。

傳芭 夏小正有「桐芭」字，與「葩」同。

天問

家語有郊問篇，一語法。王子朝以周之典籍奔楚，出左傳。則屈子博物，固當有世人不及者。故天問中事之有傳於子史者，可繹而通焉；其事不傳者，闕疑可也。林氏亦多誣。此亦風刺之作，不啻自渫憤懣。

遂古之初　遂、邃同。諸子有談太古者，故詰。

何由考之　未形是非人知所考，故詰。

冥昭　晝夜也。瞢闇而未分，何以極知其時？

馮翼惟像　依淮南。云：「天地未形，馮馮翼翼。」又：「未有天地，惟像無形。」似就說者之辭以詰之。馮翼，或曰「無形」，或曰「盛滿」。

明明闇闇　日月正，晝夜定，是其何故邪？

三合　出穀梁。莊三年：「獨陰不生，獨陽不生，獨天不生，三合然後生。」

何本何化　何者爲本主？何者爲使令？

惟茲何功　圜與九，有何功用而創作之？

斡維焉繫　天晝夜斡旋，其綱維何處繫邪？

天極焉加　南北極加於何處，而能爲天軸不動？何故虧也？

八柱何當　河圖曰：「地下有八柱，互相牽制。」

東南何虧　日者傳：「地不足東南，以海爲池。」二句言地，映帶上句，何處當而

九天之際　林云：「際，盡頭所届。」放，依也，至也。

隅隈　隅，角也。隈，厓也。天所沓，其隅與隈甚多。

誰知其數　誰知天之數爲九而稱九天乎？

天何所沓　九天之互相沓合，其在何處乎？

顧菟　其狀如顧。陰靈之腹。自有物以起女岐。以上問天事。

女岐無合夫　此人類之始也。一云：無合，無配也。「夫焉」字，下文亦出。

伯强　自此章問地事。曰「焉」、曰「何」、曰「安」，並問地方。

何闔而晦　此四句當在「所行幾里」下。「晦明」語接日月言順。

不任汩鴻　提惡神、吉神，而受以兇德、令德。自天而直及地，則事與辭少變化，故插入人事。然「汩鴻」亦水土之事。

鴟龜曳銜　屈悔翁有考。張儀依龜迹築蜀城，非猶夫崇伯之知邪？據之，蓋言鮌視鴟龜

曳尾相銜，因築城堤。未詳。

順欲成功 鯀亦順帝命，而欲成其功耳。帝既不試而行之，又加之刑，何邪？王注平易，然「何」字非詰辭，故改定之。

永遏 蓋幽囚之也。二句是異聞。施，加誅也。左傳多例。

腹鯀 朱云：「腹，懷抱也。」詩云：「出入腹我。」亦通。

洪泉極深 自禹功而及地，確有條理，非錯簡也。

墳之 「墳衍」之「墳」。分其墳而立九則，辨土色也。

應龍何畫 出山海經。禹治水，有應龍以尾畫地，水泉流通，禹因而治之。

河海何歷 河海之遠，禹何以能歷盡之？

鯀何所營 禹脩父功，至爲夏郊配天。故父子所營，混而無別，故問。鯀之配天，全在禹，以孝脩父功，使九載之營有作用，故曰鯀、禹之功。

東南傾 末結變句法，只言治水距海耳。林氏迂。

九州何錯 受上言之。既傾，何以疆界交錯安然？

川谷何洿 洿，窊下也。言成川成谷，盈科四流。

其脩孰多 詰南北長之說。河圖：「天地南北三億三萬餘，東西二億三萬餘。」

順墮　東西爲横，南北爲從，宜墮而墮，故曰順墮。

其衍　其長衍於東西者幾何乎？何人知所及乎？

其尻　山至高，則入地之根亦當至深。脊骨盡處曰尻。

四方之門　四句不與淮南文遠。淮南子：「崑崙有四百四十門，北門開，以納不周之風。」四方多門，誰人所從而出入邪？唯開西北，亦將通何氣邪？西北曰不周風。

若華何光　在何地放光乎？以下渾問異物異事之地。凡事物異者，因地氣。

何獸能言　何等獸而能言乎？石林有獸能言，亦古之傳也。

焉有龍虬　焉，猶何所也。此亦傳道怪，故問。「雄虺」，亦出招魂。

何所不死　此上下似脱二句。

長人何守　是亦失傳，蓋長人守人命歟？在何地守之？

靡蓱九衢枲華　蓋三物也。是章與次章，語勢相似。因大蛇推之，蓋南方之異産而大者歟？九衢，枝九出也。「枝五衢」、「枝四衢」，出山海經。

玄趾　王氏必有據。三所有延年不死之藥物也。四句併合成義。林引淮南。黑河之藻，可以千歲；三危之露，可以輕舉。

鯪魚　人面人手，魚身。山海經。鬿雀，白首鼠足，食人。同。

羿焉彈日 陟何地而射在天之日乎？説文：「彈，射也。」

烏焉解羽 墮羽於何地乎？並問地方。以下問地事，以鮌、禹土功起之，以異物異事繡錯之。

禹之力獻功 首章變句法。既陟人事，猶且以禹功下土起，受前段也。

下土四方 二句言禹孜孜不自暇，以起下也。朱云：「有『四』字非是。」案：無者或依商頌删，亦不可知。

通之于台桑 蓋迎自嵞山而嬪于台桑也。當費數日力，何以有是暇？禹之略私簡禮可知。

閔妃匹合 君爽：「閔天越民。」大雅：「天作之合。」

胡爲嗜欲不同味 依王注，一無「不」字爲真。

快鼂飽 與衆同味而不三餐，何邪？禹勤苦水土而朝一餐，亦古傳。

卒然離蠥 啓舍益而立，於心不懌，故曰罹禍。

拘是達 啓憂益不立，然能不拘節而達，其拘節，何也？非以天人所歸乎？即禹之餘慶，故曰我君之子也。

皆歸射鞠 射，當作「䠶」，以字重誤。言人皆服從啓也。

無害厥躬　天下皆歸而鞠躬啓，然無爲益害啓者。

作革　革、棘同。言爲田芟柞茨棘也。詩云「作之屏之」，又「言抽其棘」。

播降　「農降嘉穀」之「降」。辟如益墾辟，而禹收其利；益烈山澤，勤土功，而啓不與焉，亦禹積善所致。

啓棘賓商　棘、革同。賓，當作「宮」。言以天樂改宮商也。

勤子屠母　事見淮南。禹治水時，自化爲熊，以通轘轅之道。塗山女見而慙，遂化爲石。時方孕啓，禹曰：「還我子。」於是石破北方而生子。勤子，啓也，受上句美之。

竟地　既化石，故云。何勤恪子而屠其母，使母分裂竟地乎？啓之立，因禹餘德，無他，天人所歸也。假怪寓意。雖屠母乎？是亡論已。

帝降夷羿　太[六]康不君故也。天毒降災荒殷邦之意。

革孽夏民　革夏命而災夏人也。言羿篡立。

胡羿　羿，衍文，無者爲真。河爲四瀆之長，何故射河神而妻洛神？借怪言羿之狂妄也。

馮珧　馮，依也。珧，弓名。出爾雅「珧，小蚌」，以飾弓。「馮弓挾矢」，下出。

利決　決，韘也。言便利其決拾也。詩云「決拾既佽」，毛傳：「佽，利也。」

封豨　與「封豕」同，大豕也。豨亦豕也。

后帝不若　豕豨享天而不受。豕肉雖香，羿德腥故也。此亦一故事，不傳。

浞娶純狐　蓋浞欲奪羿妻而眩惑之，以謀殺羿也。純狐，大狐也，因其善蠱，稱羿妻也。王注有據乎？左傳：「浞因羿室。」

射革　朱云：「貫革。」交吞，言浞與妻交吞噬之。雖有材，臣與妻交揆而吞滅之，何也？羿逆天故也。

阻窮西征　蓋鮌在東裔羽山，而阻阨困窮，乃自向西行。

巖何越焉　何能越巖險而西向？此古事，不傳。

巫何活焉　蓋爲熊之後，巫復活之爲人也。越巖，鮌之暴也。巫活至怪，故問之。若説爲反語，則是非問也。

蒲藿是營　禹脩父功，而蒲藿之地，皆營治播秬黍。

并投　并，「屏諸四夷」之「屏」。四句言子則有大功，而父則就大僇。雖有聖子，鮌則屏投，況羿無妻子乎？疾，猶曰惡也。

白蜺嬰茀　蜺、霓同。嬰茀，霓皃。何來崔文子之堂？

不能固臧　深藏也。子喬既得良藥而不深藏之，何唐突文子而失其身乎？不能藏藥，比禹愍民疾苦，奔走營救。

天式從横 天則變化也。陽離其身則死。

喪厥體 大鳥何鳴？然則似體未嘗亡，何如？此八句自巫活來寓意。有道之人猶禹之死而不死，有不朽者。能化巫活，徒是一怪。

蓱號 以下言少康殺浞之子而復夏也。先語怪而邐迤入實。屏呼而雨，應自然之意。猶天之胙，少康明德。

撰體脅鹿，何以膺之 從朱本。案：協、脅字重亦可知。脅、協通。言協神鹿德，撰而賜體也。興之、膺之，猶少康之「厚之」、「取之」也，起結相應。

釋[七]**舟陵行** 左傳「舟師」、「陵師」對言。此蓋言澆。

遷之 遷移舟也。澆既涉而就陵，乃引其舟而遷之崖上也。多力如鼇，宜若無其敵然。

澆在户 迫嫂之户也。竹書沈約注：「女岐寡居。」浞因羿室生澆，出左傳。澆姦嫂，此何心乎？爲少康所殺，此亦何故乎？果有天罰者，多力何爲？

顛易 沈約云：「汝艾夜使人襲斷其首，乃女岐也。」

親以逢殆 女岐爲澆所親，卒然易首，何邪？亦是天罰。

湯謀易旅　朱云：「湯，當作康。」得之。朱云：「少康有衆一旅。」案：訓易爲治。

厚之　少康孤子，何以盛强其旅乎？確有天祐。

覆舟斟尋　竹書同傳。竹書：「澆伐斟鄩，大戰于濰，覆其舟，滅之。」少康父帝相居斟尋，既覆舟而滅，少康何道取之？亦是天祐。

何所得焉　勝蒙山不知何得邪？得惡婦則凱旋，亦不爲有得。

妹嬉何肆　桀不明，故末喜放肆，此湯所以殛桀也。「何」云者，問辭也，然非不知而問焉。讀者欲對之，不知天問也。柳疎而朱多腐。

二女何親　爲舜所親也，遂爲吉妃，以興其家。

厥萌在初　末喜以亡，二女以興，其萌在興亡之先。

何所意焉　意、億同。如之何其億度之乎？

璜臺十成　成，猶丘山幾成也。成，猶重也。玉臺，蓋紂爲妲己築之。湯雖殛桀，其後世又有桀，末如之何已！

誰所極焉　極，言極是至高也。

登立爲帝　女登，是神農之母。言始立爲帝也。

孰道尚之　誰爲先導而上之乎？靈德有異，固非因先導耳。

孰制匠之　其體七十化，是誰所斤斲乎？四句言女亦有靈異，以結妹嬉也。桀有明德，妹嬉何亡邦？

舜服厥弟　服，愛而懷之也。然弟則終爲害。

何肆犬豕　依王注。「豕」作「體」，失之。舜不危敗，似帝王有真。

吴獲迄古　朱云：「四句未詳。」允然。然曰吴、曰南嶽、曰兩男子，似言太伯友于，以反應上章。

緣鵠飾玉　緣烹鵠鳥，飾玉鼎以進也。林氏有考，然新説不及古揚、班，是所校於天禄、石渠，猶有傳。此言伊尹卑賤而見於后帝。

承謀夏桀　以滋味説及革命，而湯承之，以滅夏王也。書序：伊尹相湯伐桀[八]。孟子：「故就湯而説之，以伐夏救民。」其傳同。

帝乃降觀　下國降觀之時，得伊尹也。曰「降」、曰「下」，曲言君臣遭遇，不在門地。

條放致罰　放之鳴條，罰王如罰人也。朱引「致天之罰」，不當。

簡狄在臺　離騷亦言「瑶臺」，則狄或好臺居歟？言不淫泆。

嚳何宜　宜言琴瑟和合也。内則：「子甚宜其妻。」

女何喜　狄有賢德，故嚳宜之，而天貽之。此以狄爲嚳妃者。

該秉季德　自此四章，故事全滅，不可臆説，並闕疑可也。古注斷斷支離，林氏亦鑿，而曰「無疑可闕」，咄！將以誰欺乎？朱子皆曰「未詳」，是真實無妄。

昏微循迹　此二章蓋言象事，故差可論説。

有狄不寧　惕，一作「愁」。愁有憂懼不寧之意，乃寧之反也。蓋探人身迹甚隱微，則有惕然而不寧。以起下句。

繁鳥　據注，鴞一名也。屈云：「繁，當作鷩。」案：從鳥似未造。

負子　屈云：「負、婦，古相通。」負，蓋皇、英。子，蓋象。

肆情　蓋象欲殺舜，故二女時或團欒慰象。故世人詰之，曰：「何如鴞萃棘而婦子狎謔？」此「二嫂使治我棲」之俗説也。

眩弟並淫　父母惑於象，相與暴行也。朱云：「惑亂之弟也，不善。」

變化以作詐　象遂化爲好人也。作詐，乃「鬱陶思君爾忸怩」之説。二句言大舜仁聖，二女潔白。

而後嗣　莊本作「後嗣而」者，誤也。

逢長　洪範「子孫其逢吉」一例，言至於後嗣保長也。

成湯東巡 林引世紀。湯感夢，有人抱鼎俎對己而笑，寤而求伊摯於有莘之野。有莘之君留而不進，湯乃求婚於有莘，遂嫁女於湯，以摯爲媵。

吉妃是得 忽然而得之，非天爲之合乎？吉妃，乃有莘之婦。

夫何惡之 靈物而惡之，非帝賚良弼乎？媵，賤職也。

夫何辠尤 出則無罪過，可知。

不勝心伐帝 湯雖心不忍乎，不得已伐桀也。

使挑之 蓋伊尹以重泉之阸，嗾湯決策，是桀使伊尹挑湯也。挑湯者，伊尹也。使伊尹者，桀也。有桀、伊尹而湯作，天也。

會鼂争盟 蓋言八百會同乞盟也。詩云：「會朝清明。」

何踐吾期 軍涉孟津有日，而八百不後期而會。

孰使萃之 使武王萃蒼鳥者，非紂乎？爲湯、武敺民者，桀與紂也。

列擊紂躬 朱云：「列，一作『到』，非是。」

叔旦不嘉 蒼鳥皆奮，唯周公顔色不變于列也。

親揆發足 周公親謀而發行伐殷。依古注，有「足」無「定」爲真，朱本非。

周之命以咨嗟 每言周之命，嗚呼，重慎之也。

其位安施　既誅紂，又授殷以天下，則武王何位？

反成乃亡　紂自反祖宗成功而亡耳，非周弋之。

争遣伐器　諸侯争先發兵器也。

何以行之　紂甚暴而周甚德故也。

擊翼　奮鼓其翅也。王注了了。林從朱子而淪胥。

何以將之　率之何如而使士若是奮乎？三軍勇怯，獨系元帥。然士各自奮進，非武王怒之也，是天人所歸。

逢彼白雉　欲逢白雉耳，此何所利乎？白雉不關越裳，舊説昭王之季，荆人卑詞致於王曰：「願獻白雉。」王信之而南巡，遂遇害。未詳所出。

巧挴　巧，貪利也。昭、穆，言周所以衰也。昭，武王曾孫。穆，武王玄孫。

環理　周旋治之也。此亦何所貪求而自騷動乎？

曳衒　未詳。朱云：「夫婦相牽引，行賣於市。」

何號于市　據鄭語，「曳衒」恐「戮衢」寫誤。鄭語：「爲弧服者方戮在路，夫婦哀其夜號也而取之。」號于市，蓋小妾之子也。褒姒何以其時夜號見取？

周幽誰誅　晉語：「周幽王伐有褒，褒人以褒姒女焉。」

焉得夫褒姒　幽王所欲誅，實使王得褒姒。

何罰何佑　用凶人則罰，用吉人則佑。

卒然身殺　在所用賢佞何如。故下受以輔弼與讒諂。

孰使亂惑　上言褒姒，故不言妲己亦可知。

讒諂是服　服，職事也。詩云：「曾是在位？曾是在服？」

阿順　阿，當作「何」，寫誤也。

賜封之金　錫封土之金也。朱注：「之，一作金。」案：「封之金」，雅甚。莊本必有據。

卒其異方　卒，言其身之終也。二聖人雖一德，其終異所向也。

篤之　作「竺」爲是，「毒」通。山海經天毒，即天竺也。「竺」字出爾雅。不毒，則其靈不著，毒亦帝心。「竺」訓厚，則句勢上下不緊接。

馮弓　史記：「文王脱羑里，紂賜之弓矢，得專征伐。」

殊能將之　紂何使異材之人率諸侯而不疑？

驚帝切激　事出左傳。紂因文王七年，諸侯皆從之囚，紂於是乎懼而歸之。

逢長之　言紂不殺文王也。二章后稷、文王之天祐。

號衰　朱云：「号令於殷世衰微之際。」

秉鞭作牧 言文王艱苦以起下。朱云：「秉鞭策，牧者之事。」

何令徹 天使文王徹社，作都于豐、鎬也。

殷之國 諸本無「之」字爲優。

遷藏 「多藏」、「深藏」、「守藏」、「竊藏」之「藏」。

何能依 「于京斯依」之「依」，猶安。言太姜之内助。

何所譏 何以譏乎？非以其亡國故乎？

何親就 身自就罰，非惑婦之禍乎？刺鄭袖。

兹醢 梅伯上出，或曰邑考，非也。邑考曰「烹」，不曰「醢」。

師望 牧野之役，太公鷹揚，故提以起下章。

昌何志 志、識通。知其才能也。朱本、林本「志」作「識」。

何所悒 殺紂，何所忿悁乎？以其無道故也。

何所急 天罰不可緩也。

伯林雉經 屈引王充云：「申生雉經，林木震霣。」云：縊於林中。自此以下，就今日言之篇之收結。三段而四章。

抑地 抑，按也。上動天而下撼地也。蓋「林木震霣」之説。

夫誰畏懼　屈子以申生自期，故首提之。惑婦殺比干，我亦分無生命；雖無畏懼乎，有一死耳。

集命　集，成也。書云：「集大命于文王。」我死則國危，故受上戒王。

惟何戒之　王者必戒懼，自虞庭而然。使至代之故也。

受禮天下　受天禮命於下地也。左傳：「天其以禮，悔禍于許。」

後茲承輔　林云：「進於桀，爲疑承輔弼。」

尊食宗緒　見尊而配享於宗廟也。宗緒，正統也。使宗京薦食。

勳闔夢生　闔閭有功，故曰「勳闔」；生於壽夢，亦一傳歟？諸樊以下，數世不得立，故曰「散亡」。散亡猶能興國，唯簡在君王之心，何不改更而振衰乎？

帝何饗　帝亦求壽耳。欲壽，人之同心也。

夫何長　哀己將死也。三段之首，皆言己身。

中央共牧　中國，則同列爲人牧也。言七王。

后何怒　哀王之屢戰而敗，連禍構怨也。

力何固　微蟲且有力，大國安可陵犯乎？

鹿何祐　二章姑從古注。此言福自然而至。

萃何喜　萃，當作「卒」。二章成對，寫誤可斷。

百兩　言車也，秦后子鍼富於車。此章强而索求必無禄之意，與上章反，以哀王之欲戰以鬭土。

薄暮雷電　迫暮而雷電，行路之苦也。然我若得歸國，何憂苦景矣！亦言己身以首之。

厥嚴不奉　嚴，威嚴也。言不能奉君之顏色。

帝何求　於帝何求也？我於上帝無所禱耳。

荆勳　楚功也。縱作師有功，敵亦將交勝，功必不長。

夫何長　無「先」字爲良。雖曰「爰何云」，唯好戰一事，終不忍杜口，故又言之。

悟過改更　悟好戰之過也。不悟，故我不得不言。

吴光　大勝楚者，蓋比秦將吞楚。此起句也。前章六句，末段章句參差。

久余是勝　昭王立，每歲有吴師，遂大舉入郢，故曰久而勝余也。戰争不止，將有大禍。

何環穿　迂路旋之，狹路穿之，以求也。

自閭社丘陵　編户也。「里社」之「社」。幽僻也。子文出自夢中，故曰「丘陵」。或云：「自」字當在「何」字下。不必然也，末結取變。朱注引一本作四句，類非古辭。

子文 令尹莫賢於子文，故特提之。柏舉之後，子西出而楚又興。

堵敖 未詳，姑從古注。云：「楚賢人也。」謂懷王爲堵敖，尤不得其說。朱云：「堵敖，楚文王子、成王兄也。」屈云：「此堵敖，言懷王也，痛其客死於秦。」

何試上自予 屈子諫王以不長，臨別語之堵敖。提堵敖者，以爲徵也。我何敢以先見之言試君以自予其明，使己忠名愈顯乎？雖有先見乎，不試告君，則後來亦無夸其明也。故曰「何試上」，以先見之明自予。我言不中，國之福也，願求賢如子文者，以更張國家云爾。予，莊本作「于」，非也。朱本、林本皆作「予」。

【校記】

［一］「鸞」上原衍「作」字，據句意删。

［二］中，原作「命」，據周禮大宗伯「以槱燎祀司中司命」改。

［三］聊，原作「庶」，據詩經改。

［四］濅，原作「寢」，據集注改。

［五］「似」下原衍「以」字，據大阪本删。
［六］太，原作「少」，據尚書五子之歌改。
［七］釋，原作「繹」，據集注改。
［八］桀，原作「夏」，據尚書改。

下卷

九章 猶曰九篇也。朱子得之。云：「後人輯之，得其九章，合爲一卷。」或有「亂」或否，又有橘頌，非一時之作。林氏考改九篇之次，汔有所見，然亦有臆説。臨時述感，率易雷同，不同九歌。

惜誦 進諫得罪而作，蓋未見放。分段凡八。

惜誦以致愍 惜，憾也，痛也。誦，誦古也，所謂誦言。

所非忠而言之 朱云：「所，誓詞也。非，一作『作』，非是。」

嚮服 嚮，向也。服，屬也。與「備御」一意。

使聽直 以上首段。

贅肬 所擯黜在官僚如瘤，未見放可見。

忘儇媚 雖所擯，不敢佞媚以待君，上其知之。

言與行其可迹　我所言所行，可推迹以知之。

情與貌　貌不變，是不脅肩諂笑之類。

所以證之不遠　以上二段。證驗可迹，君盍察之？

又衆兆之所讎　兆，一作「人」，爲優。一本「仇」、「讎」、「保」、「道」下並有「也」字。

壹心而不豫　豫，猶豫也。老子「猶兮豫兮」。不豫，敢往也。涉江亦出。

羌不可保　我一心敢言，此非保其身之道。

疾親君　急於親君而無他念也。

有招禍之道　以上三段。每段八句。

莫我忠　無忠於我者也。

忽忘　言往日進言之時。

迷不知寵之門　言觸寵臣而忤旨。唯一於君而不知有權門社鼠。

余心之所志　志，記臆也。一無「心」字。「志」下、「咍」下有「也」字。

衆兆　汎斥世上人也。上衆人所讎，言士大夫。

余之中情　考韻，「中情」當作「善惡」。按離騷可知。朱子得之。

結而詒　綴以託人也。抽思曰：「結微情以陳詞兮，矯以遺夫美人。」

中悶瞀之忳忳 以上四段。二十句。

無杭 一作「航」，似未造。不曰「失」曰「無」，寫夢妙絶。

厲神 據祭法，王立泰厲，諸侯公厲，大夫族厲。君、大夫皆有厲神祠。舊説：厲祭無後者，主殺罰。故屈子就而占之也。辭，乃「辭家」之「辭」也，故曰使。

有志極而無旁 途極而無旁出之辭。

曰君可思 更端，故重用「曰」字。離騷亦有例。

不可恃 所謂君寵不可恃也。君不可不盡忠，然不可恃其寵而諫争。

故衆口 君不可恃，在此是屈子之言。故、固通。

初若是 初占如是，而今果逢殆。

懲於羹者而吹齏 言世人也。一作「懲熱羹」，其辭不古。朱子過矣。

何不變此之志也 言己也。一無「之」字、「也」字。下「也」亦無。

曩之態 言今猶有故態。林氏再進言之説，未必然也。

衆駭遽 朱云：「衆人見己所爲，皆駭遽。」

同極而異路 詩云：「畏不能極。」朱云：「如同欲至於一處，而各行一路。」

爲此援也 以上五段。十六句。言衆非我伴援也。

婞直而不豫　唯很戾切直而無所顧忌。

成醫　屢受大傷，則自然悟瘍醫之道。

知其信然　以上六段。八句。悟前聞之信然也。

矰弋機　見機待發也。機在射者。此亦以娛君言之。

設張辟　張，張網也。辟，驅逐之具也。「鞭辟」之「辟」。

願側身而無所　機羅張辟，我身側亦無所。

干傺　未詳。恐是「際」字，求親之意。「交際」之「際」。

罔謂汝何之　反語也。君恐怒而曰「汝何之」。吾必不免。

横奔而失路　朱云：「妄行違道之譬。」

背膺牉合　一無「合」字，皆好。以上七段。十二句。

願春日以爲糗芳　朱云：「新蔬未可食時。」

矯茲媚　「矯糅」之「矯」。多集之。「服媚」之「媚」。己所愛蘭蕙椒菊之等。

曾思而遠身　熟思而遠退也。曾，層也。

涉江　林云：「初放起行。」林氏證史記曰：「頃襄王放之江南，然不必符合。」史記亦事迹不詳。分段三而有「亂」。朱云：「是篇『余』、『吾』並稱，『余』平而『吾』倨。」

被明月兮珮寶璐　變句法章法。是章五句而四「兮」，次章亦同。

濟乎江、湘　以上首段。十四句。涉湘而南，故以名篇。

欸　訓嘆，似未確。詩云：「如彼遡風，亦孔之僾。」欸、僾，古蓋一義。

秋冬之緒風　屈云：「春寒，猶冬之餘風。」屈子仲春而放。

乘舲船　始就舟而發行。

吴榜　朱云：「蓋效吴人所爲之櫂，猶越舲蜀艇。」

承宇　以上二段。二十句。入浦、入林、入山，雨雪没所居。

哀吾生之無樂　只首章六句一串。

重昏而終身　以上三段。十四句。重昏，言永永冥處。

露申　朱云：「未詳。」

芳不得薄　林云：「薄，迫近也。」

吾將行　飄忽恍忽，生奮飛之心也。「亂」十二句六「兮」。

哀郢　「夏丘」、「門蕪」二句，所以名篇也。太史公數屈子作而曰「離騷、天問、招魂、哀郢」，則是篇爲絶調可知。分段三而有「亂」。

皇天之不純命　言天而王也，其德不一，其命多僻。

震愆　震動而觸咎也。書云：「造天丕愆。」愆，咎也，禍也。

民離散　時必有百姓亂離之事，非唯屈子一人。

仲春　朱本、林本「仲」上有「方」字，余以無者爲是。

去故鄉　以下屈子自述其身上。

容與　舟澹蕩而無心皃。下「逍遥來東」，亦一意。

望長楸　朱云：「故國之喬木。」

所蹠　在舟中而遠望，杳眇不自知足所踐。

焉洋洋而爲客　我其何處去而爲客矣？「焉」字妙。洋洋，猶悠悠。

思蹇産而不釋　以上首段。廿四句。悲回風以是二句結篇，未可併考。

背夏浦　屈云：「未過夏浦，故背之。」

哀州土之平樂　故鄉州土平且樂，今則爲愁媒。

悲江介之遺風　介，際也。江介，亦言郢都也。尚存古之遺俗，非不可復振，心思之悲也。

當陵陽 朱云：「未詳。」蓋舟嚮陵陽而經過也。

曾不知 朱亦曰懷王。林決爲頃襄王，是武斷耳。

孰兩東門 孰，猶何也。王不知宮寢之爲墟。噫！如之何堂堂兩東門而荒蕪，可乎？

可蕪 蕪，荒蕪生草也。

憂與憂 朱本可從。一本下「憂」作「愁」。

忽若去不信 朱云：「『去』字上下恐有脱誤。」一無「去」字。去，去謫所而召還也。忽有是説而終不見信也。

至今九年 其在何時不可考。卜居曰：「屈原既放三年，不得復見。」

蹇侘傺而含感 以上二段。

難持 極言柔媚之態。弱柳不禁風，春心不自持，並可相照，而默識其形容。

慍惀 蓋美紛綸之義歟？

忼慨 憸人客氣。

美超遠 「脩美」之美也。言美人。

曼余目 曼，言遠放其目也。

抽思　摘「少歌」字名篇。有「少歌」、有「倡」、有「亂」，是變調也。其辭直易而闕潤色。

悲夫秋風之動容　一無「夫」字，爲優。動容，言驚而亟起也。

回極　言風之回旋而至也。朱、林不得解。

數惟　恐有訛誤。説「數舉」而思之未乎。

多怒　林云：「以風引出怒來，即『終風且暴』之旨。」

摇起　奮起之意。朱本作「遥起」。然依古注，莊本可從。

横奔　與惜誦一義，然此是唯奮飛而去也。

自鎮　覽民之多罹尤愆，而未忍奮飛也。

結微情　綴區區載之詞。陳詞，言載是篇也。

矯以遺夫美人　以上首段，又一段，而「少歌」、而「倡」、而「亂」。「矯」上添「將」字看，非今實貽之。

成言　一作「誠」，誤。朱本可從。

憍吾以其美好　憍、驕同。美好、脩姱，蓋言其所愛。美，女子也。此節借於男女之情而成辭。

造怒　爲己，故構造忿怒也。照「蔯之多怒」。

自察　猶曰自白也。言自明白己心也。

兹歷情　追言昔日進言之事也。佯聾，即昔日實狀。

切人　忠切之人也。其言直指而不柔媚。

爲患　衆以我妨己，故患以相讒也。

豈至今其庸亡　一「豈」下有「不」字，誤。亡、忘同。

何毒藥　此句諸本曰「何獨樂斯之謇謇」。毒藥、獨樂，因形聲訛。

望三五　二句屈子所自許也。三五，蓋三皇、五帝。

何極而不至　極，至也。所至必達而不窒。其言中正故也。下同。

善不由外來　善必由中實而名，亦不可虚飾而取。

孰不實　二句受上言己忠信而得善名。朱云：「實，當作殖。」

少歌　荀子佹詩亦有「小歌」。

與美人之抽思　與，猶爲也。莊本無「之」字，「思」作「怨」，皆非也。朱本可從。

無正　思而不已也。爲美人抽愁緒，日夜眷眷，不能自是正也。

日忘　忘却故鄉之山水、人物也。

望北山 朱云：「一作南山。」案：以漢北照之，反顧南山，似優。

望孟夏 當秋夜而望夏，然秋夜自晦至明如年。

曾不知 不知南指，願徑逝其身也。身空留而唯魂獨往也。

信直 信，助字。朱、林皆誤。雖魂則直，如人心不同何？

尚不知余之從容 人心不同，理弱無媒，魂之歸又焉使我歸邪？是魂尚且不知我泰然於是地也。

軫石崴嵬 此二句，朱云「未詳」。林氏牽強。

苦神、靈遥思 神與靈一也。辭汔疎放。

道思 道、導同。即抽出其思也。

懷沙 絶命之辭也。史記：「懷石自投汨羅以死。」

南土 汨羅地方。林云：「原以五月五日沈水，則四月起行，適當其候。」

眴兮杳杳 目眩而望遥也。

撫情效志 鎮其情而不自失，百方思索以致其志。

自抑 以上首段。

常度未替　我雖毁方瓦合乎，本來規矩，未嘗變也。

易初本迪　初本，猶曰本末。前圖，亦己初志也。

揆正　作「撥」，非也。規矩之正也。言己不見用，故不能效功績也。

玄文處幽　比己居幽昧地也。文則文矣，然玄而幽，故人不知其章。

矇瞍　史記無「瞍」字。詳古注，本無「瞍」，可削。

離婁微睇　雖離婁乎，微睇而止，則有所不盡，於是無明之謗作。己欲大用其才，有司之職微睇而已。一云：明者一眄而盡其度，故曰「離婁微睇」；衆則以其不諦視爲「無明」耳。比己聰明立斷，能察未形。

黨人之鄙固　莊本脱「之」字。

余之所臧　臧、藏通作。以上二段。

窮不得所示　自窮而無可示瑾瑜者。

余之從容　屈子雖窘迫，胷中别有閑日月也。以上三段。

有不竝　臣良而君闇也。有其人而不用，自弱其國，此果何故邪？

豈知其故也　莊本似據史記，文字與諸本異同。

懲違　責己心所失也。違，莊本不從史記，因王注作「連」，非也。朱本作「違」。

浩浩沅湘兮 莊本似據史記添「兮」字，與他篇異。

分流汩兮 汩，流皃。林以爲汨羅，僻。

曾唫恒悲兮 此四句，莊本依史記補之。朱本無是四句。

人心不可謂 謂，告語也。訓説，非。言己心不可語人。

獨無匹 朱云：「匹，當作正。」得之。言無所就而明實。

定心廣志 當有「兮」。莊本校定汔粗。史記涉次章而失「兮」耳。

曾傷爰哀 此四句楚辭本脱於上而跳於是，史記亦涉楚辭而重出，故史記「哀」下、「知」下無「兮」字。可削。朱子得之。

將以爲類 後世若有與我同境者，其又如我而已，我將以其人爲吾疇匹矣。

思美人

蹇蹇之煩冤 慕之切也，然句上似脱一字。

申旦 載中情以至明發也。

不將 林云：「將，送也。」「無將大車」之「將」，亦好。將，扶進也。

難當 以上首段。

遭玄鳥　朱云：「因飛鳥難當感之。」案：二句特哀己無相知耳。王氏都僻。

憑心　憑，有憤意。憑心，即發憤也，多出。言「憑」字多例。

異路　己所懷與衆異途也。雖顛覆乎，不同於衆。

遷逡次　逡，訓次。蓋遷行列之義。朱云：「遷，猶進也。逡次，猶逡巡不穩。」

假日　藉日之力以自慰也。

與曛黄以爲期　與夕日期而税駕也。以上二段。

不及古之人　莊本脱「之」字。

備以爲交佩　朱云：「交佩，左右佩。」案：二物解去以爲備。新佩，茝、莽也。

竊快在其中心　朱本可從。莊本脱二字。

不竢　張我憤而無所待於時也。

其遠烝兮　朱本可從。朱注：「一作承。」此本不可朱本，而從別本，未知何故。

居蔽而聞章　以上三段。

不服　不從俗也。容與，躊躇之意。爲理、爲媒，是狐疑也。

廣遂前畫[二]　欲成前日爲王籌策之諸事也。

未改此度　故不能爲柔媚圓熟態，以容悦左右。

命則處幽　天命冥冥，我將罷去，指嶓冢以及曛黄也。上文「開春」、「白日」、「遵江夏」，皆曛黄期中事也。

惜往日

以昭時　朱本可從。莊本作「詩」。言振一時形勢也。

祕密事之載心　祕，國機密而藏諸心也。屈子最得意之事。

雖過失　王任屈子，授之密事而優待之也。以上首段。八句。

不泄　不洩密事也。朱云：「上官大夫欲奪憲令之草藁而不與之事。」

清澈　朱本「澈」作「澂」，云：「一作澈，非是。」案：此類並通。

過之　咎之也。以上二段。十句。

被讒謗　朱本可從。蒙訕上之名而見罰也。

光景之誠信　己白日之忠誠，徒備之幽隱而不明。

壅君　我死，則衆蔽君聰明之罪竟不昭。朱子得之。

無由　以上三段。朱云：「自『沈流』至『哭之』，二十四句。十四句爲一韻。」案：韻與段，固不吻合。

孰云而知之　云，當字誤。

弗味　不熟察忠佞是非之分也。

爲之禁　所謂厲禁也。言遮埒。

久故之親身　莊本脱「之」字。「哭之」以上四段。十四句。

孰申旦　未詳，或「旦旦」寫誤。詩云：「信誓旦旦。」

下戒　周語：「火見而清風戒寒。」戒，言戒人也。

諒不聰明而蔽壅　一作「聰不明」。未如作「諒聰明之蔽壅兮」，朱子得之。

不意　朱云：「出於意外。」

情寃　朱云：「猶曰曲直。」日明，明如日也。

如列宿之錯置　以上五段。二十句。末段十句。

乘騏驥　朱云：「詳下文，當作駑駘。王逸解爲駑馬。」

無轡銜而自載　自載，言載己身於車也。非己乘車也。轡銜，所以自載，而今則無之。猶曰無具轡銜以自載也。「而」字可味。

氾泭　朱云：「編竹木以度水者。」

無舟櫂而自備 無具舟櫂以衞己也。

心治 禮記有「目巧之室」字，用文甚肖。

有再 禍殃再至，與上「不意」同。屈子言是意甚多，朱以箕子比之，恐非。

橘頌 至江南，詠橘自比。上、下二段。

后皇嘉樹 后皇，神明也。嘉樹，乃橘也，美以爲神木。

橘徠服 來服於我南土也。

受命不遷 命，乃后皇之命也。

深固難徙 南中遷栽，其根深固而不易徙。

更壹志 其根既固，又固其志，期於不遷，故曰「更」。

曾枝剡棘 其枝層而其棘利也。

青黃 朱云：「青，未熟者；黃，已熟者。」

精色内白 皮外青黃，而内精白也。精明之色，皎白於内也。

類任道 朱本可從。朱云：「一作『可任[二]』，非是。」外青黃，而内則精白，有似忠信以明禮樂者也。

紛緼宜脩　枝葉華實皆繁乎，宜其脩飾也。

姱而不醜　美而無惡狀也。以上前段。十六句。後段二十句。

嗟爾幼志　橘本來有北化枳之性，故曰「幼志」。

獨立不遷　獨立於南國而不遷於北地也。

廓其無求　其心寥廓乎無他求，唯南土是服也。

蘇世　難解，恐有寫誤。

横而不流　蓋其枝横指而有節也。

閉心自慎　深固壹志之意。林云：「以青黄之皮，包裹精白之心。」案：不切。

終不過失　朱云：「『過』，衍文。」得之。

秉德無私　受命不遷、無求不流、閉心不失是也。

願歲并謝　歲時萬木并謝而橘後凋，寔好友也。

淑離不淫　淑離，未詳。蓋離「文明」之象也。淑離，言果之文章而不淫，言不如桃李然歟？青黄文章，方是歲並謝之時。

梗其有理　其木梗直而文理密也。二句蓋言中外皆可喜也。以上十六句與前段合，以下别起。

年歲雖少 橘樹夭夭，皆具上諸德，故可植以爲像。

可師長 師長非少年之任，故曰「雖少」。

行比伯夷 屈子曰：「我行比伯夷，而植橘以爲法矣。」

置以爲像 置，讀爲植。林氏「鏡花水月」之説好。云：「兩段中句句是頌橘，句句不是頌橘，但見原與橘分不得，是一是二，彼此互映，有鏡花水月之妙。」若知之，何不悟九歌寓意？但是篇全頌橘而自比，所比見於辭，固不用「鏡花水月」才子文評耳。

悲回風 秋日述感，決死之辭。分段凡六。

悲回風之搖蕙 寓邪横害賢之意。

物有微而隕性 悲微物之遇秋凋傷。微，故憐之。

聲有隱而先倡 雖隱不見者，亦因回風而發哀聲。

造思 林云：「猶曰設心也。」彭咸，乃回風之所不能搖者也。造，成也。言一定心思也。説，設心則淺，風不能搖，亦餘論耳。

暨志介 與彭咸俱也。是屈子懷沙之辭。

鳴以號群 林云：「物各求其類。」天性而非虚僞。

比而不芳　林云：「非其類，則氣爲之移。」失天性。

魚葺鱗　朱云：「葺，整治也。」魚以其類聚，是天性。

隱其文章　不羣故隱，亦天性然。蛟龍隱，蘭茝幽，是屈子自比。而「比而不芳」、「荼薺不同」，亦比其志介。

佳人之永都　佳人，自稱也。永保都美，乃世濟之意。

更統世而自貺　祖先世世濟美，今則以美自予。

憐浮雲之相佯　朱云：「高遠與浮雲齊。」

介眇志之所惑　林云：「介，因也。」惑，朱本作「感」爲是。

所明　自其志介所決也。以上首段。二十句。

自處　言獨自閑居也。

自恃　以身爲賴之意，所謂形影相吊也。

爲膺　蓋後世兜肚類歟？此言抑憂隨俗之意。

折若木　此聊吐一英氣也。此若木亦似在東。

隨飄風之所仍　朱云：「欲自晦而隨俗。」

存髣髴而不見　未詳。林氏亦未得解。蓋「存」當作「荎」。言羣小蔽君使不見，故承以踴躍若湯。非屈子實往，只是獨席上空想。

遂行　君不見，故決去。以上二段。二十句。

旹亦冉冉　歲，言天行也。旹，言身上也。離騷亦「歲」與「旹」對言。

芳以歇而不比　比，言成列茂盛也。以，朱本作「已」，古相通。

證此言之不可聊　欲踐此言，故不可安也。此言斥「寧逝死」以下六句。聊，「民不聊生」之「聊」，甚緊。

孤子唫而抆淚　比己獨憂也。放子，比己不復還。

昭彭咸之所聞　不辱所前聞彭咸之遺則也。以上三段。十二句。

聞省想而不可得　入絶區而聞省想，不得之異音。

無儀　屈云：「儀，像也。愁思之大，不可爲像。」

隱而相感　耳欲裂也。所聞異音，悄然不勝感。

純而不可爲　鐵心爲整也。雖純乎不可爲純之意，心散亂而欲濫也。林云：「即至全至粹之物，當之亦不能保。」

藐蔓蔓　心之愁苦，邈然而不可爲量也。漫然。

縹綿綿　輕舉遠逝，欲收之而不可屈也。

不可娛 聊逍遥而容與亦不能也。不容疎鹵讀之。

所居 句與前段結對。以上四段。十八句。

標顛 朱云：「杪也，頂也。」此段又作氣一發也。

據青冥而攄虹 跳虚空而提雄虹，挺之也。

嬋媛 心眷眷舊國也。朱云：「悲感流連之意未盡。」

瞰霧露 霧冥冥必成露，故曰霧露。是屈子所不怡也，故既降而至崐崘，又降至岷山。

清江 據江之源，而有浚清大江之心也。

憚涌湍 二句言惡浪，以寓多讒。

紛容容 飛揚皃。以下心煩亂，末如之何之狀。

軋洋洋之無從 闇忽望洋，不知所往。

馳委移 與「周道倭遲」同，悠遠皃。「無從」、「無止」對。

漂翻翻 三句成對。上下，故曰飄忽翩躚。

翼遥遥 左右，故曰翼然杳杳。翼，猶左右翼也。

氾潏潏 氾，水溢；潏，水湧。前後進退不定，故以水況。

伴張弛　林氏似是。云：「張弛，指水之潮汐。故曰：信期不敢失所守。」以上五段。二十句。

觀炎氣之相仍　借辭以言群小氣焰方熾也。相仍，宜與「飄風之所仍」並而窺作者妙思。

煙液　炎氣熾，則生煙降雨，故云。「薈蔚」、「朝隮」一意。

悲霜雪　二句言暴政下國壞亂也。己煽處而寒下，辭之絶巧，可味。

借光景　借白日之光明也。上則炎氣煙液，下則霜雪擊潮，是不可居。

施黃棘之枉策　言疾去也。用棘故枉，特況急速。

放迹　流落而所至之迹也。

心調度而弗去　深慮而不去二子也。下句亦一意。

曰吾怨　更端，言悔昔日諫君，故用「曰」字。

悼來者　來者，其頃襄乎？昔日可怨，今日亦遠我。

自適　自得也。子胥投水，故尸或於江淮乎？於海乎？

望大河之洲渚　彼洲，其申徒陳迹乎？遥望而哀之。

任重石　即懷石投汨羅之意，故緝録者以是終。

思蹇産 屈折皃。二句結法，高華絶倫。哀郢亦有是二句。

遠遊

蓋是篇成於離騷之前。離騷出，唯「王子」一節及末結可誦，它無它奇。

依例，四句一串。

内惟省以端操 形神離，故省思自敕也。惟，思也。

求正氣之所由 正氣，言己中心純正之氣也。

清塵 稱其懿迹也。

託辰星 傅説乘東維，騎箕尾，而比於列星。出莊子。

形穆穆 仙人其形深遠，日與世遠也。

因氣變 從六氣之變，遂以輕舉，是登仙也。

曾舉 「翠曾」之「曾」，出九歌。「翽」本字。

精皎皎 其精神分明在人寰而往來也。

淑尤 淑美而殊尤。

世莫知其所如　言古之登仙，爲己遠遊張本。

保神明之清澄　神明屬天地，屬己身，並通。

壹氣之和德　人身正氣，至和之德。

道可受　唯道人能知一氣之和。林云：「受以心，而傳以言。」

庶類以成　百善因一氣而成也。猶「其餘則日月至焉而已」。

忽乎吾將行　「曰道」至是句爲一貫。然王子之辭猶是四句一串，三串而十二句如例。

不死之舊鄉　古來不變之區域，故曰「舊鄉」。

微液　微妙之滋液也。

頩以晚顏　頩，氣盛皃。晚，色婉美也。

麗桂樹之冬榮　麗，美之也。榮，華也。林云：「暖氣著桂而冬不凋。」

山蕭條　二句言山野空闊，可以上征也。

登霞　莊子「擇日而登遐」。朱云：「霞，古與『遐』借用。」

大微　太微宮垣十星，是爲天庭。

重陽　林云：「天氣清陽之所也。天有九重，故曰重陽。」

旬始　林云：「旬始星，見北斗傍，氣如雄雞。」清都，帝都也。

西皇　遇蓐收於西皇之地也。西皇，西帝少昊，其神蓐收。

彗星　蓐收，刑神也，故攬彗星。

驚霧之流波　霧氣如流波也。

高厲　亦輕舉也。林不穩。云：「厲，以衣涉水也。高舉[三]而不待涉。」以流波爲水遊。

徑侍　侍，當作「待」，與離騷意自異。

欲遠度世　永永如是以度世也。林本無「遠」字。

担撟　「担」與「揭」通。撟，舉也。

自美　自誇以爲天下之美在此身也。

汎濫游　「游」字恐衍。

邊馬顧　邊馬，説兩驂，未穩。離騷作「蜷局顧」，恐訛。

自浮　氣芒洋而自上浮也。

張樂咸池　林本無「樂」字，爲優。林云：「咸池，黃帝。承雲，顓頊。」

便蜎以增撓　蜒蜒而屈曲也。

舒并節　并節，總轡也，弭節之反。徐徐而并節也。

逴絶垠乎寒門　寒門，是絶垠也。忽踔踰而赴之。

閶維　蓋亦天衢之維絡也。古注可從。

爲余先乎平路　爲余先導，而使其徒脩治道路也。

列缺　史記注：「天閃也。」林云：「電隙也。」案：天裂必見光，是歟？

泰初　林云：「列子以大初爲氣之始。」在未有天地之先也。

卜居

寧悃悃　八「寧」字，芳潔之行也。

將送往　八「將」字，皆污穢之事也，皆與上反對。

漁父

三閭　屈、景、昭，各成閭也。

淈其泥而揚其波　淈、掘通。撩其泥而揚濁波也。史記作「隨其流而揚其波」。

歠其釃　釃，言殘滴也。漉[四]取之曰釃，故借之。

懷瑾握瑜　本作「深思高舉」，史記注可徵。此本又據史記。

鼓枻 枻，楫也。以楫鼓舷。

招魂

太史公以爲屈子作此，自招其魂也。是篇不以四句爲串，變調也，唯亂辭如例。上半六段，下半二段而有「亂」。

蕪穢 言盛德不顯也。遠遊「遭沈濁而污穢」。

巫陽 筮人職有巫昜。古精筮者。山海經注：「巫陽，古神醫。」

掌寥 蓋巫職也。巫陽自稱，而因職以衡命也。

上帝其命難從 帝命有難從，故舍筮予而下招。

後之謝 言後其死也。屈子既困危，筮求其魂而予之，曠日彌久，必不逭其生。

不能復用巫陽 屈子已死，帝亦不能再用輔之。

恒幹 左傳「楄柎所以藉幹」，幹，言體軀也。

離彼不祥 離，罹也，罹也。五句總招以下四方天地之不祥。六節起結一例，而「脩門」一節準初。起句曰「魂兮歸來」，結句不復曰「歸來歸來」。其次起法不同，亦以

「魂兮歸來」結。

以益其心　資其精力也。

糜散而不可止　身即糜散，不可得而潔也。

其土爛人　西方日所入，故言熱。

致命於帝　守衛事畢，復命於帝，然後衆皆得瞑。

敦脄　身雖九屈，其背厚，所以善走也。

血拇　拇，足大指也。裂人蹂人，故常染血。

此皆甘人　竄入也，不然上下必有脫句。

入脩門　唯是門脩美而可入。舊說：脩門，郢城門也。未審門名與否。爲郢門，固也。說得不了。禁六合離散，而示故居之門。

背行先　却步而向魂導之。

秦篝齊縷　二句未詳，蓋招魂之衣也。王注猶古。篝，所以絡絲者，紡車歟？簍子歟？齊之縷，蓋美好。

鄭綿絡　蓋鄭人纏綿繞絡而織成之也。

永嘯呼　古「復而臯」之類。此節只是明王今將賜環之意。屈子言之，自慰耳，非實事也。下半皆同。

天地四方 以下亦巫陽之辭也。分二段，以言故居之樂。但作者所敷衍似與上不接，是屈調也。

像設君室 模像舊宅而造設之。古注猶可從；朱、林云「設像而祀」，未優。

網户朱綴 刻户成網羅狀，朱以飾其緣。

刻方連 連，所以連户，蓋栓也。據王注。其形方而鏤之。

夏室寒 突厦暖，而夏室則涼也。

朱塵筵 未詳，字必訛誤。林氏强甚。

砥室 朱云「礱之加密石」，最爲近理。

翠翹 翠鳥之羽，蓋所以飾玉鉤。古注可從。翹，長毛也。

挂曲瓊 室内挂之，以便衣物也。挂，非挂衣物之謂，挂瓊以鉤衣物耳。

蒻阿拂壁 徧敷席，故蒲席之隅迫壁。蒻，蒲初生也。

羅幬 釋訓：「幬，謂之帳。」案：「抱衾與裯」與幬同，卧時牀帳也。

華容備 朱云：「美人也。」

射遞代 所謂緝御、更僕之類。言侍宿備而無間缺也。王注失於辭。

九侯淑女　未詳，朱亦强。朱云：「設言商九侯之女，入之紂而不喜淫者。」

多迅衆　未詳，字必誤謬。

順彌代　未詳。林云：「自始來至代去，順適如一。彌，竟也。」案：解了其辭甚轇轕，豈如闕疑？

謇其有意　謇，詞也。有意，言其情態可憐。

脩態　美態也。「絙」字妙。古注了了。林總失之。

曼睩　朱云：「曼，是長而輕細之皃。」案：得字義。睩，眇視也，故訓謹視。

遺視矊　王訓「竊視」，必有據。矊，只是視之美狀。

翡帷翠幬　翡，赤羽雀也。翠，青羽雀也。

文緣波　水面風動，緣波成文也。

侍陂陁　未詳。林取王後説。云：「日侍於平漫連延之處。」

軒輬既低　林云：「凡車待駕，前方低而未昂也。」

蘭薄户樹　朱云：「草木叢生曰薄。」户樹，每户種之也。此遊車通行之路。大招「茝蘭桂樹，鬱彌路只」，與此全同。

魂兮歸來　自「天地四方多賊姦」至此，一招畢，凡六十八句。

室家遂宗　屈子繁榮如前段，故族人遂以爲宗。

食多方　此族食之事也。族人皆食於宗。

臑若芳　未詳。若，「且」字誤歟？

和酸若苦　朱云：「若，訓及。」此和施之牛腱。

粔籹　環餠也。以蜜和米麵膏熬作之，其形如環，冬春成者，可留數月。寒食用，故曰「寒具」。

蜜餌　先屑米爲粉，然後溲而蒸之，曰餌。

餦餭　飴和饊也。饊，師古云：「敖稻米飯，使發散也。」

瑤漿蠠勺　瑤漿，酒也。其色如瑤而尊，有冪有勺。

實羽觴　林云：「羽觴，形如生爵。」

挫糟凍飲　捉去酎之糟，而涼之以冰也。王注：「居之冰上。」

酎清涼　重釀之酒曰酎。月令：「孟夏，天子飲酎。」注：「春酒至此始成。」

有瓊漿　亦酒也，其色如瓊。二者必有小異。

歸來反故室　一無「來」字。朱注：「一作『歸來歸來反故室』。」案：涉前文而誤。

敬而無妨　室家皆敬事，而無敢妨害焉。

肴羞未通　通，言每品食而徧之也。

娭光　娭，當作「眸」。

目曾波　美目如層波之動也。

麗而不奇　「奇服」之「奇」。出周禮。合禮法而不奇邪？

撫案下　下，蓋舞畢而退也。

發激楚　林云：「激楚，清淒之曲名。」發清淒之曲，以止宮庭之震驚。

奏大吕　林云：「卒歸於六吕之正音方止。」

士女雜坐　四句不似屈子語，必是宋、景輩所攙。

激楚之結　朱云：「歌舞此曲者之髻。」

獨秀先　特秀出而上進也。

箟蔽象棊　蓋箟之蔽、象之棊也。朱注：「箟，一作琨。」王注「以玉飾之」是也。蔽，博箸投之者；棊，行之者。

六簙　博局戲名。投六箸，行六棊，名曰「六博」。

並進　相輩出而戲也。林似僻。云：「決賭之財曰進。」

遒相迫　遒，聚也。並進互聚，欲就局采戰。

成梟而牟　王注：「倍勝爲牟。」案玉篇：「牟，倍也。」已棊已梟，當成牟勝。林云：

「簙頭梟形。」案：戰國策注有是説。爲最勝。

呼五白 杜詩注：「五白：局戲之采，白黑各六，以白多爲勝，故呼五白，若今之骰子。」案：成梟大勝，乘其勝勢，又呼五白以助投。

犀比 據注，犀角飾棊箸也。或是古傳。比，集。蓋言六六相比也。

費白日 費，光皃。大似古義。必是古讀。二句承上，則是五白並應皜然，白之形容也。朱云「耗光陰」，林從之。然「晉制犀比」殊失句勢。

揳梓瑟 史記：「趙女揳鳴琴。」注：「與『戛』同。」林誤。古説不可漫改耳。

娭酒不廢 言日夜不徹而湛樂也。

華鐙錯 鐙，即燭臺也。徐鉉云：「錠中置燭，故謂之鐙。今俗别作燈，非是。」

蘭芳假 林云：「借蘭芳爲詞。」

人有所極 人人有所致其才思，同心而賦之。

樂先故 樂先世之故事也。三閭大夫更世世當有富貴之樂也。

魂兮歸來反故居 前以此二句括一篇上半，又以括下半，作者用心處。自「室家遂宗」至此凡八十句。大招無「亂」，頻招而止；是篇有「亂」，妙甚。

亂曰 以上託巫陽敷衍之，以下屈子自叙實事。

倚沼畦瀛 説沼之畦瀛，未穩。畦，或「蹊」誤。「蹊人之田」之「蹊」。

青驪結駟 下有「與王趨夢」句，古注明確，不可改。

縣火延起 只見縣火千里，一時炎發之勢。不必説火田。

玄顔烝 朱子亦曰「天容」。

步及驟處 步卒皆疾奔及驟馬所至之處也。

誘騁先 屈子先而誘騎也。朱云：「若射儀之有誘射。」

若通 未詳，必是寫誤。屈子誘騎，故或抑其騖者，或又通之，進退如意之義歟？

右還 朱云：「射獸之左也。」

憚青兕 憚，是負矢驚奔之勢也，非不能制。

時不可以淹 一作「時不淹」三字者是真。

斯路漸 水澤漸没舊路，蕭然非復昔日風景。

上有楓 林云：「唯有江水、楓木尚如故也。」案：言舊景以起下。

傷春心 千里茫茫，唯是春愁。莊本作「傷心悲」，何等鹵莽，可謂校書乎！

哀江南 我魂兮歸來，今不勝江南之哀也。説魂雖歸，當哀江南而已。非是。止是「魂兮」，屈子身自招之辭。

大招

是篇呼魂歸來，切於招魂，故曰大招，亦自招者也。體製與招魂同，不必四句成串。

青春受謝　陽春受萬物之謝，盡而又新也。招魂「獻歲發春」在篇末，此在篇首。

萬物遽　草木怒生之勢。

冥淩浹行　朱得之。云：「春氣既發，幽暗冰凍之地，無不周浹而流行，故魂亦隨時動。」

溺水　朱云：「一作弱。」案：似是。王注可徵。

白皓膠　白而皓膠，蓋言霧雨之常不已也。

湯谷宋只　朱本作「宋寥」，林從之。韻不得不然。

誒笑狂　説文：「誒，可惡之辭。」又與「譆」、「嘻」通。誒笑，蓋冷笑也。故王以爲「强笑」。始雖誒笑乎，遂傷害人，故曰狂。殺人，是狂異也。

盈北極　寒凝凝，其氣滿北方極地也。

五穀六仞　朱云：「高積。」案：先言積之萬億及秭。

設菰粱　設，治具也。菰，彫胡也。粱，招魂所謂「黃粱」歟？言以六仞之五穀菰粱，盛設而進之也。

鼎臑盈望 望，亦滿也。莊子：「望人之腹。」

味豺羹 味，言致味也，包上三鳥。朱云：「内、肭通，肥也。」是説僻。

醢豚苦狗 豚用醢，狗用苦也。苦，以膽和醬醢者。

膾苴蓴 膾，生切也，借而用之。苴蓴，即蘘荷。

吴酸蒿蔞 吴人爚蒿與蔞爲虀，以酸和之。

不沾薄 沾，是濡漬之義，故爲味淡薄之反。

遽爽存 未詳，必是寫誤。

麗以先 當麗其食以先進之。

四酎 朱云：「四重釀也。」每重俱熟。嗌，喉也。

不歠役 未詳。説不可使賤役之人飲之。甚强。

吴醴白蘗 以白米之麴造吴醴，而和之楚清酒。

不遽惕 猶曰無怵惕也。齊語：「朝服以濟河，而無怵惕焉。」

楚勞商 爲瑟曲名。差通。

揚阿 林云：「即陽阿，謳之以和竽瑟。」

定空桑　林云：「辨定楚勞商合于古瑟與否。」

二八接武　莊本「武」作「舞」。然詳王注，本作「武」耳。

投詩賦　王注：「聯接而舞，發聲舉足，與詩雅相合。」

娭人亂　未詳。亂，或「聽」誤。武、賦叶。磬、聽叶。

四上　朱云：「未詳。」焦云：「四奏。」林云：「四面合奏上達。」余嘗聞之精律者曰：「此聲律上之事。」左傳有「五降」字。

聽歌譔　「論譔爲銘」之「譔」。聽歌所譔述也。

比德好閒　侍女皆比其德而好幽閒之節也。

姱脩滂浩　姱脩，美也。滂浩，言其心曠而不相妬也。

麗以佳　妙麗而佳冶也。後世「佳麗」字多用，林氏僻哉。

曾頰　王注：「丰容豐滿，頰肉若重。」案：林亦從之，此余所不解。

倚耳　王注：「兩耳郭辟。」蓋言其耳輪郭貼後。

滂心　不相嫉妬也。妬忌者曰性不曠，宜反觀。

姣麗施　「施及」之「施」。言照映一堂也。

若鮮卑　王注：「鮮卑，衮帶頭也。如約而束之。」此余所不知。

易中利心 中心和易而伶利也。

以娱昔 昔、夕通。猶曰以樂今夕。

青色直眉 林云："直，當也。青色當眉，不資於黛。"「朱唇皓齒」以下，形容婦女甚煩，疑有宋、景所攙。

觀絶霤 舊説未穩。蓋言觀之高出房霤上也。

步櫚 「櫚」與「檐」同。蓋曲屋之檐長，而其下可步，是爲長砌，可以駕擾馬也。

英華假 英華，遊獵之氣勢也，言瓊錯亦助之。一云：四句一氣，言蘭桂假英華於瓊錯，互相紛葩也。

群晨 相群而晨鳴也。「鴻」重出，恐「鶤雞」寫誤。

鳳皇翔 衆鳥皆馴如是，魂若歸徠，鳳皇其翔矣。

居室定 宗族皆盈朝，居室可以定也。

接徑 朱云："「猶曰通路。」「出若雲」，言人民衆多。"

三圭重侯 王注可從。是時，楚自具五等也。

察篤 朱云："「察而厚之。」"案：篤，音督，蓋音義通歟？

正始昆 蓋正系世之義。正系世，則三閭大夫固貴。三圭重侯，不無後瞠耳。

獻行　朱云：「令百官上其行治。」如周禮「令羣吏致事」。上發、下獻，是二事。

壓陛　朱云：「在高位而壓階陛。」

譏罷　朱云：「衆所譏誚及罷軟不勝任之人。」

直羸　未詳。朱云：「理直而才有餘者。」案：羸，蓋寬弘之意。

近禹麾　朱云：「未詳。」「斥禹畿」之寫誤歟？

國家爲　朱云：「如是，則國家可爲。」

諸侯畢極　諸侯皆來朝我，立九卿以馭之。

昭質　朱云：「射侯所畫之地，白質、赤質之類。大侯，是所射之布也。」王者試諸侯以射，故言「射禮」。

揖辭讓　朱云：「揖，上手延登也。讓，壓手退避也。辭，致語以讓也。」

此篇言楚國之豐樂，君相之明良，皆反言而風切之也。「美人」五節，「好閒」、「容則」、「滂心」等，皆有風宮闈之意。它二節，恐是後人攙入耳。

【校記】

［一］畫，原作「書」，據集注改。

〔二〕「可任」上原衍「類」字，據集注删。

〔三〕舉，原作「厲」，據林本改。

〔四〕漉，原作「簏」，依文義改。

圖書在版編目(CIP)數據

楚辭纂説　屈原賦説　楚辭玦／（日）西村時彦，（日）龜井昭陽撰；崔小敬，黄靈庚，李鳳立點校．—上海：上海古籍出版社，2020.7
（楚辭要籍叢刊）
ISBN 978-7-5325-9628-7

Ⅰ．①楚…　Ⅱ．①西…　②龜…　③崔…　④黄…　⑤李…　Ⅲ．①楚辭研究　Ⅳ．①I207.223

中國版本圖書館 CIP 數據核字(2020)第 072253 號

楚辭要籍叢刊
楚辭纂説
［日］西村時彦 撰　崔小敬 點校
屈原賦説
［日］西村時彦 撰　黄靈庚 李鳳立 點校
楚辭玦
［日］龜井昭陽 撰　黄靈庚 李鳳立 點校
上海古籍出版社出版發行
（上海瑞金二路 272 號　郵政編碼 200020）
（1）網址：www.guji.com.cn
（2）E-mail：guji1@guji.com.cn
（3）易文網網址：www.ewen.co
上海展强印刷有限公司印刷
開本 850×1168　1/32　印張 21.25　插頁 3　字數 406,000
2020 年 7 月第 1 版　2020 年 7 月第 1 次印刷
印數：1—2,100
ISBN 978-7-5325-9628-7
I·3490　定價：86.00 元
如有質量問題，請與承印公司聯繫
電話：021-66366565